石榴籽丛书

《民族文学》

精品选 2018—2022

中篇小说卷

石一宁 主编

作家出版社

图书在版编目（CIP）数据

《民族文学》精品选 . 2018—2022 . 中篇小说卷 / 石一宁
主编 . -- 北京：作家出版社，2024.5
（石榴籽丛书）
ISBN 978 - 7 - 5212 - 2618 - 8

Ⅰ. ①民… Ⅱ. ①石… Ⅲ. ①少数民族文学 – 作品综
合集 – 中国 – 当代 ②中篇小说 – 小说集 – 中国 – 当代
Ⅳ. ①I29

中国国家版本馆 CIP 数据核字（2023）第 247601 号

《民族文学》精品选 . 2018—2022 . 中篇小说卷

主　　编：石一宁
责任编辑：韩　歌
装帧设计：书游记
出版发行：作家出版社有限公司
社　　址：北京农展馆南里 10 号　　　邮　　编：100125
电话传真：86 - 10 - 65067186（发行中心及邮购部）
　　　　　 86 - 10 - 65004079（总编室）
E - mail: zuojia@zuojia.net.cn
http: // www.zuojiachubanshe.com
印　　刷：中煤（北京）印务有限公司
成品尺寸：170 × 240
字　　数：551 千
印　　张：33.25
版　　次：2024 年 5 月第 1 版
印　　次：2024 年 5 月第 1 次印刷
ISBN 978 - 7 - 5212 - 2618 - 8
定　　价：56.00 元

前　言

石一宁

　　《〈民族文学〉精品选（2018—2022）》是继光明日报出版社 2018 年出版的五卷本《〈民族文学〉精品选（2011—2017）》之后，编选的又一套作品集。两套"石榴籽文丛"，大致可谓新时代十年《民族文学》的剪影，或许只是刊物面貌一个模糊的轮廓，却也清晰地印刻了此期间的《民族文学》深深浅浅的足迹。作为国家级的少数民族文学期刊，《民族文学》的这些作品也映现着这些年少数民族作家健步前行的身姿，是新时代少数民族文学的厚重收获。

　　《〈民族文学〉精品选（2018—2022）》仍以中篇小说、短篇小说、散文、诗歌、评论分卷，收入 15 篇中篇小说、29 篇短篇小说、48 篇散文·纪实、60 首（组）诗歌、92 篇评论。2018 年至 2022 年，是不平凡的五年，涵盖了改革开放 40 周年、新中国成立 70 周年、抗击新冠疫情、打赢脱贫攻坚战、中国共产党成立 100 周年、中国共产党第二十次全国代表大会召开等重要时间节点和重大事件，《民族文学》设立相关专号、专栏并得到各民族作家们的热切响应。各民族作家们心怀"国之大者"，以对生活的热爱、对人民的深情、对祖国未来的憧憬，倾心谋精品，竭力谱华章，向时代与读者奉献出一篇篇优异之作。收入丛书的这些作品大都以鲜明的民族特色和个性风格呈现中华民族的悠久历史，中华文明的丰富内涵，仁人志士抛头颅、洒热血的悲壮慷慨，人民共和国走过的风雨历程，改革开放的春风吹拂神州大地，城镇化建设、脱贫攻坚、乡村振兴大潮中涌现的新生活、新人物、新情感……这些作品记录历史也反映现实，是中国式现代化进程的美学写照，是历史巨轮庄严行进中的人性絮语、情感唱吟与命运沉浮。诸多理论评论与卷首语，则闪亮着理性的火焰与文学的灼见，是文学思想的结晶与成果。

这五年，也是《民族文学》办刊快速发展、事业继续前进的五年。2019年，为适应新时代少数民族文学繁荣发展的新形势，《民族文学》汉文版进行重大改版，刊物从160页增加到208页，进入刊发长篇作品的期刊行列。自2019年第1期至2022年第12期，《民族文学》汉文版共刊发了15部长篇小说、3部长篇纪实文学，而且大多作品之后已由出版社出版了单行本。2022年发表的维吾尔族作家阿舍的长篇小说《阿娜河畔》、瑶族作家陈茂智的长篇小说《红薯大地》分别入选了中国作家协会"新时代文学攀登计划"项目和"新时代山乡巨变创作计划"项目。这五年，《民族文学》一如既往得到社会各方的关注与激励，北京大学等多家高校图书馆研究和编制出版的《中文核心期刊要目总览》2017、2020年版（分别于2018年、2021年出版），《民族文学》继续入选。各主要文学选刊、各出版社出版的文学年选以及相关文学排行榜，《民族文学》的作品亦颇为常见。

这五年来《民族文学》佳作甚多，但仍因篇幅所限，这套丛书的编选原则是：小说卷、散文·纪实卷和诗歌卷，选入获得《民族文学》年度奖、《民族文学》主办和共同主办的"祖国在我心中——庆祝新中国成立70周年多语种有奖散文征文"奖、"甘嫫阿妞"全国少数民族女性文学征文获奖作品和部分栏目头条作品；评论卷除了收入获得《民族文学》年度奖的作品，主要选入关于少数民族群体创作和文学现象批评的文章以及部分卷首语。在此前提下，还适当考虑民族多样性、90后作家、入选中国作协"中国少数民族文学之星"项目作家的作品；同时，整套丛书中，同一作者只收入一篇作品。长篇作品囿于篇幅只作存目处理。如此这般，挂一漏万的遗珠之憾在所不免，殊为可惜。

《民族文学》是中国56个民族作家共享的文学园地，是铸牢中华民族共同体意识、构筑中华民族共有精神家园的重要载体，《民族文学》的点滴成绩，依靠党和国家的重视和关怀，亦离不开各民族作家、读者和社会各界的关心和支持。这套丛书的出版，亦是这五年《民族文学》办刊工作的一个汇报、一次请益。诚挚欢迎广大作家、读者和各界方家批评和指教。

作家出版社对出版这套丛书的热忱与负责精神，亦让我们深受感动与鼓舞。在此同时鸣谢。

目录

舞 蹈（节选）

肖 龙（蒙古族）

梦见那东西

1

旭日干是个不爱做梦、也不会做梦的人。可自打立秋以来，他的梦多起来。且都是些莫名其妙、八竿子打不着的怪梦：不是塔娜家的母鸡打了鸣，就是安吉斯家的骡子下了驹。有一次更是奇怪，梦里被一头白花母牛追着跑。白花母牛拖着鼓鼓囊囊的肚子，肚皮下的两只乳铃铛似的垂着，鼻孔呼哧呼哧地喷着气。白花母牛梳着理发店老板乌尤的发型，用乌尤的声调和他说话："旭日干有种你别跑，我看见你啦，你别想躲过去，烧了骨头认你的灰，钻进地缝里也能扒出来！"

这还不算啥么，醒来想想，闹闹心也就过去了。鹞子洞里的阿日图——据说得到老天护佑的老萨满，告诉旭日干一个法子：夜里做了不好的梦，翻翻枕头，朝地上呸呸唾几口，就解了晦气。可是昨晚做的梦，却让旭日干记忆深刻，挥之不去——开始时梦像麻绳一样细，他被梦牵引着往前走。接着是一片一望无际的大森林；刚下过雨，水珠在树叶间滴滴答答，流水在溪涧里玎玎玑玑；黑暗让他变成无头的苍蝇在森林瞎走乱撞。一阵山风从黑松林吹过来，吹得他头皮发麻。他四处张望，隐约觉得有双眼睛在几步远的石崖上盯着他。石崖上榛柴很茂密，他看不清里面藏着啥么东西，只觉得一道寒光让他浑身发抖……

猛地醒来，满身汗透，心脏跳得像手扶拖拉机。梦却没有走远，梦挂在屋檐下，被月光映衬得黢黑，扑棱棱打着窗棂。老婆吉雅睡在身边。她睡觉时总是发出一种哨音，像是小学教员额日德木图在操场上训练学生跑步。旭日干推推吉雅。吉雅以为旭日干要她，甩甩拆被褥拆得酸痛的胳膊，嘴里嘟囔道："累死啦，累死啦，快消停点吧！"翻过身继续睡去。

旭日干把刚才的梦从头到尾再捋一遍，越来越觉得那情景不像是梦，清晰得像发生在自己身上的真实事情一样……不敢想了！不敢想了！他怕被梦里的恐惧氛围魔住，赶紧起床。外面还黑着，街上连只狗叫的声音也没有。大学毕业的女儿乌仁其木格倒是在家，边复习边等待明年考公务员的机会。她睡在里间小屋。旭日干不敢打扰她。这时候叫醒她，非说他精神有毛病不可！旭日干从酒柜拿出一罐啤酒，坐在沙发上。

电视被他锁定在固定频道。打开重播旗县新闻：一个穿白半袖衫的干部正在介绍稀有矿区建设规划。干部转过半边身，张开修长的手指，对着墙壁上的地图画个大圈。（怕吵醒睡在隔壁的乌仁其木格，他把电视的音量调到最小）旭日干没有听清干部说的话，只看见他背后的镁光灯闪了一下。随后镜头不断切换——开始是过去的一排排破旧的土石结构的砖瓦平房：土坑茅厕，鸡刨狗蹬，肮脏不堪。接着是一栋栋整齐明亮的楼房新村。几个刚迁进新居的山民，站在楼梯上，龇着虫蛀的黑牙，胡子拉碴的脸上满是幸福的笑容……

早晨，旭日干坐在饭桌前。吉雅戴着头巾，在厨房里忙活着做饭。镜子里映着她臃肿的影子，僵硬得像根木棍。她不顾旭日干的存在，此刻在她眼中，旭日干只是挂在墙上的辣椒，或是一串干瘪的蘑菇。葱花荞麦饼的气味在厨房里回荡。乌仁其木格起床了。她头上箍着布带，马尾辫在后背披散着，身上穿着紧身的瑜伽服，脚上穿着白色瑜伽鞋。一股带着春天气息的风从旭日干面前飘拂而过。乌仁其木格在窗前的葫芦架下锻炼着：下蹲，劈腿，扭腰，晃颈，俯卧，倒立……锻炼完，用手巾擦着脖子上的汗走进屋里。这才抬头瞅眼旭日干。

"爹眼睛咋肿啦？"她说。

"夜里没睡好，"旭日干揉揉太阳穴，"老做梦！"

"做梦咋就睡不好觉了！"她说。

"梦不好，闹心！"旭日干说。

"不就是个梦嘛，至于吗！"乌仁其木搭撇撇嘴。

旭日干脸上挂着苦相。他摊开手掌，抠着手心的纹路。他想跟乌仁其木格叨咕叨咕梦里的情景。乌仁其木格却把耳机塞进耳朵里，听起音乐来。

2

旭日干走在街上。山风从街口吹过来，吹过铃铛麦吹过灰灰菜，吹到榆树上就没有了力气，成了挠痒痒的手。风的手纤细，翻卷着。榆树托掌着枝叶的颤抖像是在舞蹈。

营子（村子）里榆树很多。但这棵榆树是长在村委会门前的几百年老树。村委会就要拆迁了，营子里的人也都将像秋天的婆婆丁（蒲公英）一样四处蓬散，消失在县城的不同楼群里。村委会两层的办公小楼也只剩下个空壳。围墙拆了，老榆树孤零零立在街头。树下乱草里还能看见遗落的广告纸和盖着公章的废弃文件，但都失去颜色，软耷耷地贴在地上。那段火车铁轨还吊在榆树的枝杈上，现在锈迹斑斑，发不出声音来。旭日干数着上面的麻点。

树上咔嚓一响，一段干枝落在地上摔成几截。

旭日干朝后退几步，仰头望着树冠。

"下来！"旭日干说。

榆树静止着，不摇不动。蛐蛐儿吱吱地叫起来。

"下来！我看见你啦！"旭日干说。

"我拽石头啦！"旭日干装着摸石头的样子。

树冠有了动静。一阵窸窸窣窣的声音，露出一只皴裂的脚后跟。随着轻微的一响，一个瘦猴样小孩不是跳下而是飘到地上。小孩七八岁样子，脸上脏皴翘成瓦，头发蓬乱成毡片，不合体的衣裤瘦小部分撕条口子，肥大部分缠在腰上。小孩用脏兮兮的指头绞着衣角，哆嗦着站在旭日干身边。

"大清早上树干啥么？"旭日干说。

"我找我妈。"小孩说。

"树上有老鸹，没有你妈。"旭日干说。

"胡勒根说，我妈在树上抱窝……"小孩说。

"他妈才在树上抱窝呢！那二流子的话你也信？"旭日干说，"格杜，你记住，你是人，不是鸟！你妈不在树上，你妈是在地上叉着两条腿走路的人，知道吗？"

小孩把绞衣角的指头抽出来，放在嘴上，用牙齿咬指甲。小孩瞅瞅旭日干站着的地面，又瞅瞅旭日干的双腿。

"你是我妈？"小孩突然说。

"我不是你妈！我是男人。男人生不出小孩来，只有女人生小孩。"旭日干说，"你妈是女的。"他把手放在头上比画一下，"梳辫子，要不就是梳长发。"又在衣服上比画一下，"穿裙子，要不就是穿花衣服，也有穿长袍的……记住了吗？"

小孩点点头，把指头从嘴里抽出来，顺便用手背擦去鼻涕。小孩说："我找我妈！"转身撒丫子跑了。

街拐角再往前走两步，过了希都日古的诊所，便是安吉斯的"祖宗农场"了。安吉斯是个农夫。这个听上去冠冕堂皇又怪异的农场，说白了就是安吉斯家的宅院。叫它农场还贴点谱：别看半亩地大小的一个宅院，天底下所有农作物：五谷杂粮，山药地瓜，豆黍荞秧，应有尽有。但前面加上"祖宗"两个字，就有点八竿子打不着了。这恶作剧，除了杂货店老板浩吉格日这个促狭鬼还有谁干得出来呢！去年春节贴对子，人们都到集市上买些吉利祝福的对联贴在大门口。农夫安吉斯却别出心裁，花顿酒饭钱，请营子里半疯半癫的老秀才阿古拉写对联。当时老秀才阿古拉正患感冒。他在装墨汁的瓷碗里把毛笔磨尖，端着笔拧着鼻子，阿嚏阿嚏，一连串惊天动地的喷嚏后，对联出来了：

上联：忘了祖宗不如禽兽
下联：丢掉土地啥都扯淡
横批：勤耕细作

安吉斯拿到对联如获至宝，让老婆乌日珠占熬糨糊贴在大门口，他远远近近地看。正月十五过后沙尘暴来了。沙尘暴在地上驴一样打滚嗷嗷叫。年味没了，花花绿绿的对联挂钱都飘上天。安吉斯家的对联也难逃劫数，只剩下上联的"祖宗"两个字还在大门口紧紧贴着，仿佛生了根一般。

安吉斯不揭，就让它那样贴着。杂货店老板浩吉格日从他家门口路过，念声"祖宗"，捂嘴扑哧一笑。

打那，"祖宗农场"这名字就在营子里传开了。

安吉斯家里有二十亩地来着。二十亩地中除了黑山沟阴坡的五亩山地外，其余十五亩地都是上水好地，撒豆长金，刨坑出油。去年地被政府征收了。自治区的勘探队在后山勘探出稀有矿藏。矿藏量很大，包括上下附近的几个营子和周围所有的山岔沟谷。当时安吉斯梗着牦牛脖子，不同意。旭日干替政府给他做工作。旭日干说你死心眼儿啊，你榆木疙瘩不开窍啊！旭日干说政府征地也不是白拿，要给补偿的，在县城要楼房也行，要钱也行。几大麻袋钱你见过？把地征了，你老两口每年不用牲口一样受累，还吃香喝辣，钱几辈子也花不完，上哪找这样的好事情！安吉斯知道胳膊拧不过大腿，只好同意。那正是芒种时节，地里庄稼下种早的半拃高，下种晚的刚冒锥，鹅黄嫩绿煞是喜人。夜里安吉斯时常被哭泣声惊醒。早晨起来，看见满地的秧苗都挂着泪珠。安吉斯受不了，带着乌日珠占赶在工程车开来之前，把秧苗挖出来，肩扛车推，披星戴月，尽其所能地把秧苗弄回家，移植在院子里。老两口守着半亩地大小的宅院当二十亩地种……

"能守得住么？"旭日干冲"祖宗农场"说。

旭日干心里想：整个营子都将被征用啦！这俩老家伙是不知道，还是装聋作哑，揣着明白装糊涂？

3

如果附近街面上没见厕所，却有股呛鼻子臭味迎面扑过来，那保准离翁和日的皮匠铺子不远了。

皮匠翁和日是半个瘫子。小时候得过小儿麻痹症，落得残疾，一条腿长一条腿短。走起路来一瘸一拐，身子就像装满玉米秸又煞偏绳子、快要下蛋的毛驴车，朝一边直忽悠。但是别担心，皮匠翁和日永远也倒不了，他比好胳膊好腿的人在地上站得还牢固呢！皮匠这手艺不是翁和日家的祖传，他爹特墨沁夫是个磨刀师傅，整天扛着条一头绑着磨刀石一头绑着手摇砂轮的板凳满世界喊着招揽生意。磨刀行业是脚力活，靠一双铁打的脚板，扑扑腾腾，大街小巷，村里村外，十里八庄地跑。翁和日干不了这营生，一条小腿不但短，还细，细得就像麻秸秆儿。小儿麻痹症不但毁了翁和日的身子，还毁了他家祖业。为翁和日将来能有口饭吃，养活自己，爹特墨沁夫权衡再三，杀了只芦花老母鸡，把刚满十岁的翁和日送到蝴蝶沟老皮匠哈森乌拉家当学徒。

哈森乌拉在当地是有名的皮匠：活好，熟的皮子皮板又薄又柔软，还不伤外毛；做的马鞍结实耐用，缝的皮袄针脚细密，挡风隔雪又暖和。但就是脾气不好，脾气比沤皮子的陶缸还臭；整天嘟噜着脸，没有一点笑模样，像是谁欠他两百吊钱不还似的。论起来他和特墨沁夫还是拜过把子的兄弟，但对翁和日一点不留情面：剪错一块无关紧要的毛角，要挨他一脚——这一脚不是虚的，是攒足劲落在屁股上，让瘦小的翁和日像弹弓里的石子一样嗖地绷到院子里，或是皮毛垛上；刮糙一张皮板，他就要拿刮刀到院里不停地刮木桩，直到把一段水桶粗细的木桩刮成擀面杖……

严师出高徒。十多年的罪没白受，翁和日虽然只从老皮匠哈森乌拉那里学到七成手艺，但足够他撑门面过日子了。

翁和日的皮匠铺子在营子开张，场面很大。鞭炮放的是十响一咕咚（一种鞭炮，每十响之间隔一大响），光二踢脚就放了两大筐。鞭炮碎屑给皮匠铺门前铺了层厚厚的红地毯。生意红火起来。那时季节不像现在的季节——冬天不是冬天，夏天不像夏天的，没形样！那时的冬天拎把刀，专拣人露肉的地方割，穿薄了，瞬间就冻成要饭花子。这种季节，这样气候，皮袄皮裤成了避风港，紧俏货。订单软的像树叶，硬的像砖头，直往翁和日铺子里的柜台上砸。每天熟十张毛皮还供不上做。那段日子翁和日像只断了程齿的车轮，歪歪斜斜，咣咣当当，虽然破烂但却不停地转动。一个穿棉坎肩的姑娘借着烤火的由头赖着不走，还在翁和日面前秀针线活。翁和日把她推到屋里，挂上歇业的牌子。等姑娘脸上挂着泪痕，满身皮匠臭味儿从屋里走出来的时候，身上的棉坎肩换成了皮坎肩。翁和日把两套做工最好的皮袄皮裤让姑娘捎回去，堵住她爸妈的嘴。这姑娘成了翁和日的媳妇，生了孩子又变成他老婆。

孩子一年年长着，娜仁花一年年惯着。查干夫在学校打架，被老师停课反省。查干夫穿条露着膝盖和半个屁股的牛仔裤，头发染成橘红色，嘴里嚼着泡泡糖，整天在街上东游西走，惹是生非。翁和日训他，让他在皮匠铺里打下手。查干夫眼睛瞪得比爹的还大，喊出的声音比爹更凶："让我跟你当臭皮匠？嘁！"翁和日说："臭皮匠咋么？臭皮匠能养家糊口！"娜仁花上来帮儿子。娜仁花嘴上嚼着干薯片："靠你的皮匠手艺，孩子走不出营子！走不远！"她把干薯片吞咽下去，"不信你瞧着！"

翁和日就瞧着。

翁和日瞧着瞧着眼睛花了。季节在他眼中错乱。同时错乱的不光是季节，还有别的。随着冬季的变暖，砸在皮匠铺柜台上的落叶都回到了树上。冬天不落，夏天继续长。生意冷清的时候，翁和日就坐在柜台后瞅着院子发呆。没有落叶的院子长满荒草，积水成池，发出阵阵和皮子不一样的臭味儿。

旭日干走进铺子。

门前一黑，又亮了。

皮匠翁和日醒过神来。他拖过一条板凳让旭日干坐下。然后一瘸一拐地拎着铜壶去沏茶。皮匠铺柜台后站着打着"恭喜发财"条幅的财神，墙上挂着发黄的老皮匠哈森乌拉。旭日干心想：这一神一鬼，一哭一笑，不把生意搅黄才怪！

皮匠翁和日倒在杯子里的茶水旭日干一口没动。

"你说这是咋么啦？"翁和日说。

"咋么？"旭日干说。

"我这身子骨老是不舒服呢！"翁和日叹口气。

一只苍蝇在旭日干面前嗡嗡叫，旭日干躲着，他用手胡噜一下，又胡噜一下。苍蝇围着他飞了几圈，没有找到降落点。苍蝇贴着墙壁飞，落到玻璃上，隐蔽在玻璃的污点里。

"闲的！"旭日干说。

"不闲着干啥么去呢！"翁和日说。

4

"千缕丝"理发店正常营业着。

理发店门口的招牌是个玻璃筒子。正常营业的时候，玻璃筒子就转，其实转的不是玻璃筒子，是里面五彩的花条在转。五彩花条像螺丝往下旋，其实五彩花条没往下旋，它只是原地踏步。"千缕丝"理发店在街面原地踏步了十多年。没有生意的时候，理发店老板乌尤就站在窗前，隔着玻璃往街上看。玻璃是花玻璃。乌尤抱着胳膊，一看就是几个小时，只要不是顾客打断她。街面有啥么可看的呢？几十年，一副老样子。人像秋天的榆树叶一样，走来走去，留下个背影，一声叹息，几行脚印；街上石头嶙峋着，车轱辘菜葳蕤着。其实乌尤不是用眼睛，而是用脑子在看。脑子看到的东西永远是过去的，陈旧的往事。她渴望某件事情，又惧怕这个事情真的到来。在两者的纠结中，脑子累了，眼睛就被一层厚厚的雾蒙住，眼睛比窗玻璃还花……

一道闪电如烧红的钢丝，它弯曲着。闪电穿过十五年前的夏夜，乌尤在剧痛缓解后的舒适中躺着。爹娘被雷雨声切成碎片的咬牙切齿的低语声在黑暗中穿梭，寻找着乌尤苏醒的耳朵。"大闺女家家……丢人现眼……让人戳脊梁骨……咋活……没脸见人……咋留……山弯土沟里……哪辈子……摊上这事……"爹的声音由于愤怒变得尖细，娘的声音由于哀伤变得粗重，两种搅在一起的声音颠倒了男女，却有一种力量，像锥子样往乌尤柔软处戳。乌尤没有力气，也没有勇气从炕上爬起来，她闭上眼睛，整个世界都在她眼前闭合着……但天总会晴的，老阳儿（太阳）总会出来的。她趔趄着，背着爹娘和营子里人走出家门，走进雨后灰灰菜疯长的山弯。她啥也没找到。山湾的土沟被雨水冲刷得干干净净。杂草东倒西歪，裸露着乳白色的须根。一丛蒺藜秧幸灾乐祸地倒垂在沟畔上，炫耀着朵朵鲜嫩的小黄花。乌尤瘫软在地上，她把黏糊糊的双手插进头发里。小黄花是个预兆，小黄花早晚会结出成熟的蒺藜，蒺藜在她心里挖揌着尖锐的刺，成了永久的痛……

　　格杜从街角拐出来。格杜不是顾客，却走进乌尤的视线。格杜头上扣着不知从哪儿捡来的猪尿脬。手上推着根老阳儿转（向日葵）秸秆，那是他没花钱就能弄到的宝贝——拖拉机。格杜嘴上"嘟嘟嘟"学着手扶拖拉机的声音推着老阳儿转秸秆在街上跑。老阳儿转秸秆顶头部分弯曲着，接触地面，在暄土里搅得一股股尘土飞扬起来。

　　"你过来。"乌尤朝格杜招手。

　　格杜没听见，继续跑。嘟嘟嘟嘟！

　　"格杜！格杜！"乌尤提高声音。

　　格杜听见了。格杜嘴里"咔哧"一声刹住车，停下来，用嘴突突突地熄了火，扭过头看乌尤。

　　"过来，姨给你好吃的！"乌尤说。

　　格杜走过来，拖着的老阳儿转秸秆成了尾巴。乌尤把格杜拉进理发店，在厨房里翻箱倒柜找吃的。最后找出一包不知啥时候在县城超市买的盐焗花生。格杜没见过这东西，看也没看，忙不迭地往嘴里塞。乌尤说："小祖宗，慢着慢着，快把皮吐出来。这东西是扒皮吃的哎！"格杜连皮带仁吐出来，弄得满手满嘴都是花生的碎末儿。乌尤拉格杜到水槽里去洗，顺便按在椅子上理了头，把小脸小脖子洗干净。乌尤挑了件干净衣服给格杜换上，又往他皴裂的小脸小手上擦些润肤露和护手霜。

　　格杜站在地中央，吃着盐焗花生，有了孩子模样。

吃饱喝足了，格杜开始想事情。

"我找我妈！"格杜说。

"你是我妈？"格杜说。

乌尤打个激灵，心里的蒺藜又伸出刺来。

"别听人瞎说！"乌尤说。

"你是我妈！"格杜说。

错乱让乌尤混淆了时间的长度。在她的心中，一切都是昨天，一切又都在眼前。乌尤抓着格杜的小手，把格杜拉过来。在他面前蹲下，拿眼睛上上下下细细端详起来。她想从格杜的面相上找出点记忆中的蛛丝马迹，但是啥么也没有。她用手摸索格杜贴在脑侧的耳朵，耳朵柔软干爽像秋天的菜叶，耳朵上既没有麦粒大小的拴马桩，耳垂后也没有记忆中的杏核大小的痣斑。

"你记得年龄吗？"乌尤说。

格杜茫然地摇头。这是废话。

"你记得生日吗？"乌尤说。

格杜茫然地摇头。又是废话。

"你记得那场……大雨……"乌尤说。

格杜茫然地摇头。更是废话。

乌尤摇摇头，失望地叹口气。她眼睛紧闭着，手指头在眉心处揉捏。她清醒过来，拍拍格杜的脑袋："乖乖，去吧！常到阿姨的理发店来玩，有好吃的姨给格杜留着……"

格杜走后乌尤没有到窗前去，她点着了一支烟。那种甜腻的薄荷烟冒出的细细烟线让她想起西山的灵悦寺。甭说在大殿的菩萨像前烧炷香，听老喇嘛阿日善那带着外地口音的、谁也听不懂的哼哼唧唧牙痛似的诵经，光那笃笃的木鱼声就会让她尘埃渐落，气定神闲。乌尤收起晾在外面衣架上的毛巾，切断电源，正准备关窗锁门时，胡勒根骑着摩托驶来了。

摩托车在理发店前突突响。他转了半圈，又拧回来，停在乌尤面前。胡勒根一只脚点着地，坐在摩托车上用套着黑手套的手点着一支烟。他戴的蛤蟆镜不看蛤蟆，一只镜片上映着在墙角晒老阳儿的四眼狗，另一只镜片上映着乌尤。

胡勒根缩着脖子，斜楞着肩膀，走路一摇三晃。为了炫耀脑袋上的刀疤，他把本来稠密得像猪鬃的一头好头发剪掉，剃成秃瓢。那黄褐色、两寸多长的刀疤是多年前去城里打架斗殴的纪念。虽然差点要了命，却成了他永不磨灭的勋章，一生的资本。跟人斗狠时，胡勒根一只脚踩着短墙，把叼着的烟卷从左嘴角挪到右嘴角，拍拍秃瓢上的刀疤："老子死过，监狱蹲过，你说还咋么着吧！"就使对手自叹弗如，甘拜下风。那是年轻气盛时的胡勒根，现在的胡勒根一身城里人打扮：裁成燕尾的西服，皮鞋擦得锃亮，红底蓝格的领带裤腰带似的松垮垮在脖子上嘟当着。整天在营子里游窜，寻找机会，一心想做桩大买卖。

5

旭日干走进乌尤的理发店时，胡勒根正从里面出来。两人碰个对面，都一愣，但谁也没说话。胡勒根走到院子里，腿跨上摩托车。他坏坏地一笑，猛吸几口烟，拿到手上，指头一弹，冒着火星的烟头准确无误地射到正在墙根晒太阳的四眼狗的胯裆里。四眼狗惨叫一声跳起来，夹着尾巴钻进狗窝去。

"胡勒根！"乌尤从窗子探出脑袋。

"你要死呀！狗招你惹你啦！"乌尤说。

理发店是乌尤家临街的门房子，后面原来有三间虎皮石拦腰的砖瓦房，现在扒了，准备盖两层小楼。地基已经起来了，得到营子要拆迁的消息，工程就停了下来，砖石和木料就在地上堆着。这样一来，门房子一身二用，不但是理发店，还是乌尤的卧室。门房的门朝南开着，东面墙上挂着面大镜子，镜子前是把能升高降低的带扶手的木头椅子。靠北面墙上花花绿绿的广告画下，是一张铁腿铁撑的矮床，矮床铺着新的被褥。旭日干眼睛在床上扫了下，他坐在一条板凳上。

"这二流子来干啥？"旭日干说。

"剃头呗！"乌尤说。

"来我这除了剃头，还能干啥！"乌尤又说。

乌尤脸上扑着厚厚的脂粉，盘着发髻的头上油光可鉴。上身穿着带满吊饰的黑色小坎肩，里面是绲花边的粉红色 T 恤。T 恤领口开得很低，裸露着大半个香瓜似的乳房。下身绿色紧身裤，裤腿塞进高筒靴里，显得麻利又干净。旭日干想起昨晚的梦，眼睛起了雾。他摩挲下脸，咳嗽一声。乌尤没有回头，背对着他。乌尤从镜子里扫了他一眼，然后用笤帚清理地上理发落下的头茬。一枚硬币在凌乱的头茬里闪亮着。乌尤猫腰捡起硬币，咣啷一声丢进桌上盛零钱用的麦乳精铁罐里。旭日干想象着乌尤和他对话。乌尤说村长好久没见你了嗨！旭日干说别叫我村长，这个营子快没了，我这个村长也当到了尽头，是聋子的耳朵摆设！乌尤说到哪你都是村长，你啥么时候都是我们的村长嗨！

乌尤没吭声。旭日干觉出刚才的问话有些欠妥当。乌尤生着他的气！他在心里寻找着补救的法子。

"你没问，我昨晚做了啥么梦？"旭日干说。

"啥么梦？"乌尤直起身来。

旭日干停了下，咽口唾沫，故意把腔调弄得神神秘秘的。

"我上山去……"旭日干说。

"上山？"乌尤回过头。

"你没问，我上山瞅见了啥么！"旭日干说。

"啥么？"乌尤惊讶。

"怪东西！一只大眼睛的怪东西！"旭日干说。

就这句话，从旭日干嘴里出来，竟像拔了根的野草，在营子人东编西改、添油加醋下，一传十十传百，就面目全非了……

营子中间隔着条壕沟。雨季壕沟用于排水，旱季壕沟就成了进出营子的通道。壕沟两旁长着榆树、柳树，极少的几棵新疆杨举着肥厚的巴掌。营子横躺在壕沟上。营子躺着是个营子，站起来就是个人。是人就有五脏六腑，就会说话喘气，会坐卧行走。壕沟东头乌尤的"千缕丝"理发店是营子的耳朵，壕沟西头破败的打谷场就是营子的嘴巴。耳朵听到事情嘴巴说不出，是哑巴；嘴巴说出的事情耳朵听不到，是聋子。营子五智俱全，健健康康，不聋不哑。营子要说话！站着说，跑着说，蹲着说，坐着说，喊着说，慢悠悠地说，气喘吁吁地说，东拉西扯地说，天南海北地说，吹胡子瞪眼地说……

过去营子的嘴巴在村委会小楼前的老榆树下，现在村委会快拆了，营子的嘴巴就长到壕沟西头的打谷场上。

老辈子人不把这里叫打谷场，他们那时候叫地场。那时候还时兴打猎，猎人把打到的猎物毫无保留地摆在地场上，让族长按人头分配。战争年代，小鼻子鬼（日本人）来了，破坏了规矩，小鼻子鬼在地场上给抗租抗税、交不上烟土的人坐老虎凳，灌辣椒水。小鼻子鬼跑了，解放了，不允许打猎，政府收了猎枪，分了土地，地场成了打谷场。寒露节气收秋，打谷场被五谷杂粮占据着：高粱，大豆，谷子，荞麦，黄黍，到处都是。扬场的木锨把谷粒搅成一道道成熟的墙幕。磨坊里灯火通明，戴着眼罩的驴的蹄子把碾道踩踏得光滑如磬。也有棒子（玉米），但数量很少。后来土地收回集体，有了村长，普及种植棒子，打谷场上剥了包皮的棒子堆成金山银山。村长的权势大，脾气比抽打谷穗的连枷还暴躁，喊话声比豆荚的爆裂声还脆响。后来实行责任制，土地又分给个户，五谷杂粮又回到打谷场。一茬茬人老去，一茬茬年轻人站起来。没有会使木锨扬场的庄稼把式，年轻人没有把粮食带皮吃，机械代替了一切，磨米机吃进脱粒的谷子，吐出金黄的小米。

小米只是一个过程，一个替代。小米吃进人的肚里，然后通过排便又回到土地，变成谷子回到打谷场。往复不息间，运转着狭长的历史履带。它挟裹着泥土向前，轰轰作响。可是现在，这历史的履带轰然断裂了，腾起的尘埃把打谷场遮蔽……

大山牵着土地，营子挂在土地上面，它们是营子的脊梁和根基，没有根基和脊梁的营子像羽毛一样在天上飘着，人没着没落。补偿款只是物质：房子、汽车、马路和广场，但成不了安慰。被农事工具和牲口缰绳磨出老茧的双手成了累赘，没处搁放，胡抓乱挠，头皮屑雪片似的飘，女人身上伤痕累累。在这种情形下，任何一件无缘无故、跟他们毛关系没有的事情就成了事件，引起兴趣，激起探究。在这种情形下，打谷场就成了营子的科研所，信息发布中心。坐着用破砖碎瓦垒起的凳子或废弃的缺胳膊少腿的沙发，人人都是学富五车、才高八斗的学者教授。

问："你们说，皮裤里面为啥么套棉裤？"

答："必定有缘故！"

答："不是棉裤薄，就是皮裤里面没有毛！"

问："你们说，蛇为啥么不长腿？"

答："那还用说！"

答："穿鞋套袜嫌费事呗！"

那东西活了

6

麻雀驮着老阳儿，麻雀的背是金黄色的，秋天朝前走着。秋风在营子里逡巡，所有的树都是它们的娱乐场所。它们把透明的麻将藏在袖筒里，它们在所有的树上唰啦唰啦地洗着牌，炊烟升起来，又被按下去，猫头鹰泥塑似的蹲在树杈上。营子里的男人们聚到打谷场上。他们宿醉未醒，鼻子通红，眼眶发青，眼皮浮肿，但深居其中的眼仁儿却放着让人闹不清是忧郁还是兴奋的光芒。用破砖烂瓦垒起的凳子不够高，就再加块砖头；废弃的沙发不够牢固，就用石头垫稳。从打谷场往营子里看，营子缥缈着，显得很遥远。房屋的檐角仿佛蒙着纱。旭日干从巷口走出来的时候很缓慢，很艰难，很痛苦，像是女人分娩。营子头土黄色的墙用力向两边分开，黑色的巷子是个出口。旭日干露出脑袋，他蠕动着，身影一寸一寸长高，变大，最后努力一挣，摆脱羊水似的光线的粘连，整个人终于浮出在地平线上。

"呜哇！"猫头鹰恰逢其时地叫了声。

猫头鹰又叫了声，它歪着脑袋瞅着树下的人们，它拍拍翅膀飞走了。旭日干朝打谷场走过来。他腰板挺得笔直，倒背着双手，敞着衣襟，四方步迈得有条不紊。性子慢的人搓手捏指头，性子躁的人在土地上磨脚尖。最后干脆主动迎过去。旭日干脚跟还没在打谷场上站稳，人们已经将他包围了。

"村长哎！"有人说。

"我们的好村长！"有人说。

"你可来咧！"有人说。

"我们等你……"有人说。

"心成焦炭咧！"有人说。

人们包围着旭日干，把他簇拥到打谷场中心。有人扯着袖子擦干净破沙发上的尘土，让他坐；有人不合时宜地拿蒲团当扇子给他扇风。都争抢着说话：瘦小的扁着膀子，个矮的跷着脚；前面的话说到半截被后面的抢过去，后面的又表述不清，又被旁边的人推到一边。这样鸡一嘴鸭一啄，零零碎碎，就把话说成一锅乱菜粥。旭日干费了好大劲儿，才把事情听出大概模样。旭日干笑呛了，他喀哧喀哧地咳嗽着。

"弄错啦弄错啦!"旭日干摆手。

"啥么错啦?"有人说。

"没错呢没错呢!"有人说。

"错不了咧!"有人说。

"那是我做的一个梦!"旭日干说。

"别瞎掰!"有人否定。

"瞒哄我们咧!"有人说。

"我们都听人说啦!"有人说。

"都有鼻子有眼的!"有人说。

"你就跟我们说说呗!"有人说。

"讲道讲道!"有人说。

"那东西啥么样呢?"有人问。

"啥么毛色?"有人问。

"腿有多长?"有人问

"脖子多粗?"有人问。

"你是咋么逃脱的?"有人问。

"它没把你……"有人问。

"那家伙!眼下……"有人问。

问话连珠炮一样紧密,让旭日干无法回答。旭日干眨巴着眼睛,瞅着东面这张粗糙的脸,盯着西面那张被烧酒熏黄牙齿的嘴,不知接谁的话好。他的脑袋里嗡嗡响着,混沌得像开了口子的河渠。对这些无须回答也无法回答的问话,他只能出只耳朵听着就行。他语焉不详,含含糊糊地顺口应付着。有脑洞灵光,在县城见过世面的人嚷开了。他使劲挥手才把乱糟糟的声音压下去:"都静静!都静静!别苍蝇似的瞎嚷嚷!你们也不瞅瞅这是啥地方,让咱们村长偻风说话!"

人们醒过腔来,大腿拍得像打连枷。

"对着!对着!"有人附和。

"去酒馆!那森布赫的酒馆开着!"有人说。

"边喝边聊!"有人说。

"边聊边喝!"有人说。

就这样，在众人的簇拥下，旭日干走在去那森布赫家酒馆的路上。尽管远处此起彼伏地传来已经开工的矿山的机器声，尽管脚下道路被过往挖掘机的履带轧得坑坑洼洼，但人们捡到宝贝似的兴高采烈地走着。人们把旭日干抬在用眼睛和手势编织成的轿子上，就像是抬着当年打虎下山的武二郎。对这样久违的场面，旭日干还能有啥么可说的呢？众口一词就是事实。事实永远是甜蜜的。

7

营子西头有片红柳丛，离营子不远，半刻钟的路程。那森布赫的酒馆就坐落在红柳丛的边上。站在打谷场能看见酒馆白色的穹顶和立在酒馆门前木杆上的酒幌。酒馆紧把乡镇公路，占个好地方，生意做得却不咋么样，不温不火，半死不活的。名号也土得掉渣。医生希都日古是那森布赫远房的表舅，当年酒馆开张时，希都日古好心好意替他找老秀才阿古拉给酒馆起个好听、有吉祥寓意的名字，叫“闻香来客”酒家。那森布赫看着满意，等拿着阿古拉写的字到镇上的装裱店刻匾时，却舍不得掏二百块钱的装裱费。（尽管他把价钱压到最低，压得装裱店老板直冒冷汗，到了急赤白脸的程度。）最后就让阿古拉把自己的名字用红漆写在旧床板上，挂到酒馆门楣上。

那森布赫长着张马脸，膀壮腰粗，浓眉下一双牛眼总是瞪着，显得呆滞。坐在酒馆吧台后面像尊黑铁塔。穿着特号运动鞋的大脚走起路来像柳条编的簸箕，扑通扑通，踢得细沙石子骨碌翻滚。营子里人都说他是个摔跤手的料，但老天捉弄人，却让他当了酒馆老板。他长着一双不匀称的胳膊：一粗一细，一长一短。细胳膊拎起吝啬的槌（他认为不该花的钱一分不花），粗胳膊擎着仗义的鼓（他认为该花的钱便慷慨解囊），这一粗一细间，敲打出让人捉摸不透的声音，也敲打出极不协调的性格。

拿老婆通拉嘎的话说：酒馆是被那森布赫喝穷的！

他好酒，但不喝闷酒。来了酒瘾，不管是不是熟悉的顾客，只要会说几句本地话，拎着酒壶就去凑桌。酒喝好了，仗义劲来了，顾客去结账时他大手一挥，嚷嚷开了：“得！这桌我请了！谁让咱们是兄弟呢！”顾客不好意思：“别呀别呀！打打折就行。”他不高兴了，马脸拉下去，牛眼瞪上来，凶得要抢起拳头揍人的样子：“瞧不起哥咋么的！”扯嗓子朝后堂的老婆通拉嘎喊：“当家的，让伙计到库里拿两瓶‘套马杆’给兄弟们带上！”

眼下，营子来了一大群顾客，通拉嘎皱着眉头犯愁。那森布赫安顿好桌席，出来拿酒："酒呢，上酒呀？"

"酒没了。"通拉嘎说。

"进货呀！给酒厂打电话呀！"那森布赫说。

"钱呢？"通拉嘎说。

那森布赫挠挠脑勺，声音小下来："钱马上就会有的。你先到表舅那儿拿点，等咱有了钱还他。"

借钱可是通拉嘎的事情，那森布赫磨不下这面子，张不开嘴。没办法，通拉嘎只好去屋里找电动车钥匙。

酒精在桌上没有生命，到了人的肠胃就变成一群桀骜不驯的野马。野马在血管里乱撞着，它挓挲着鬃毛，拖拉着鞍鞯；它撒欢尥蹶子，几次把旭日干掀翻在地上。他趴在小树林的断墙上，把黏糊糊的手伸向嘴巴，一群野马奔腾而出。他苏醒着，马蹄声渐行渐远，他听到怀表在胸前嘀嘀嗒嗒走动的声音。

天已摩挲黑，西山响起悠扬的敲钟声，那是灵悦寺在做晚课的仪轨。随后，管睡觉叫另一种修行的老喇嘛阿日善就要卧榻了。凉风吹起来，旭日干擦擦嘴，想在野马返回前走回家去。他弄不清现在身在何处。前面有亮光闪动着，亮光越来越多，像飞蛾的眼睛汇聚成一条灯河。他退回来，亮光和城里的生活一样都是让人眼花缭乱的东西！他现在需要一个僻静地方，静下心来，把心里的乱麻找出头绪，捋捋清楚。

白天的事情太像梦中！

"我在哪？"旭日干在心里问自己。

"这是做梦还是醒着？"混沌中，他一时也闹不清楚。

蝙蝠把黑夜让给猫头鹰。猫头鹰叫着，它的翅膀像铅一样沉重。黑夜像倾倒的墨汁在天地间洇染着。旭日干的眼睛融化在黑暗里，他摸索着往前走，趔趔趄趄，深一脚浅一脚。云彩给月亮裁剪着衣服，月亮穿着合体的轻纱。月亮笑了，她把一切幻化成梦的状态：树木把梦藏在草丛里，河岸把梦投到水纹间，旭日干把自己的梦踩在脚下……他用指头掐掐胳膊，没有痛感；摸摸脸，脸冰凉得像瓦片。这些让旭日干对自己身在梦中确信不疑。

梦是好东西。梦是宽松的，自由的。梦不像现实那样冷着面孔，可丁可卯，一成不变。吉祥梦也好，噩梦也好，醒来都能找到回旋的余地和安慰的空间。梦里的人才是人，才活出人模样：能做自己愿意做的事情，能说自己愿意说的话……旭日干感觉脚步轻轻飘飘，好像行走在无形之间。夜风吹进营子，把一种隐约着荞麦秸气味的声音拧成绳送进他的耳朵。

旭日干凑过去。村口荞麦垛堆成小山，和河岸的黑色连成一片。一高一低的声音从黑色的空洞传出来。

"不行！……"男孩声音。

"你行！我说你行！……"女孩声音。

"我不能……"男孩声音。

"能！你咋么不能！……"女孩声音。

窸窸窣窣，窸窸窣窣，声音招来猫头鹰，猫头鹰打个旋落在荞麦垛上。它衔住声音，它的啄打不开声音坚硬的核，又把它吐到地上。猫头鹰第二次打旋的时候，声音回来了。

"我不能那么……"男孩声音。

"废物！……"女孩声音。

"我！我……"男孩声音。

"尿包……"女孩声音。

旭日干听见怀表咯哒咯哒响起来。有一种更大的声音敲打着他，从他胸口一直蔓延到脚跟。当他从荞麦垛里女孩猛然爆发出来的笑声中嗅出乌仁其木格的味道，从男孩笑声里嗅出柴胡膏的味道，那种声音猛地蹿上来，在他脑袋里嗡嗡震响。

8

无须敲门，旭日干顺利挤过门缝，水一样流进自家院子。院子里桃树的果子正成熟着，桃子闭着眼睛，桃子成熟的梦比旭日干的梦还沉、还远。屋子里灯火通明，吉雅埋头忙活着拆洗被褥的事：吉雅眼泡红肿，嘟噜着脸，把自己埋在棉花堆里。屋子里到处是游动的棉花桃子，人坐在屋子里面，就像坐在春天柳絮乱飞的柳荫下。乌仁其木格从屋里走出来，胳肢窝里夹着精装彩印的《时尚》杂志。旭日干瞪大眼睛瞅着乌仁其木格，他没在她衣服上找到荞麦秸的痕迹，连荞麦秸的气味也没有嗅到。

乌仁其木格用手掌在面前扇着，她在鼻子上堆起一道堤坝，"阿嚏！阿嚏！"她打着连串的喷嚏。

"妈，你害死我啊！"乌仁其木格捂着鼻子。

"你这是要干啥么？"她说。

"你开被服厂？"她又说。

吉雅翻翻眼皮。她从棉花堆里抬起头瞅着乌仁其木格，脸上的皱纹向嘴边聚拢，然后又扩散开来。那是她酝酿着要说话，或是笑的表情前奏。吉雅龇龇牙，她把那只拆棉花拆成鸡爪子似的手从棉花堆里抽出来，在脸上胡噜一下。

"看你的书去！"吉雅说。

"你懂啥么。你就知道吃饱不饿！"她说。

"能拿被子当饭吃？"乌仁其木格说。

吉雅坐在炕上，表情一本正经。她用手摘胳膊上的棉花桃子时，手指准确得像箴子："你听我说，闺女！你说等营子拆迁完了，是不是要住进县城？"乌仁其木格点头："对呀，这跟你拆被子有啥关系？"吉雅说："你听我说，别打岔！你说住进县城，是不是得搬到楼里去住？"乌仁其木格说："那当然，不住楼住哪儿？"吉雅拍打下大腿，脸上的皱纹向嘴边靠拢过去，算是笑了下："这不得啦！你说炕是铁打的，地是水泥抹的，墙是砖垒的，都是冰凉瓦块的东西，不多铺盖点能行？"

乌仁其木格无言以对，哭笑不得。她摇着头，嘴上说着真服你们啦！真服你们啦！夹起书回到房间去。旭日干开门的声音被乌仁其木格关门的声音掩住。旭日干蹑着脚跟走到吉雅身后，把吉雅吓了一跳。吉雅捂着胸口呼哧呼哧喘着气。

"要死啊，连个动静也没有！"吉雅说。

"瞅我是谁？"旭日干说。

"去，我忙着。"吉雅说，"没时间跟你瞎扯！"

"正经的！"旭日干说。

吉雅眯着眼睛，她把拖着长线的针在头发里箅箅，然后在被子上飞针走线起来，连瞅都没瞅旭日干一眼。

"黄鼠狼！"吉雅赌气说。

旭日干见过黄鼠狼。小时候常听营子里老人讲黄鼠狼的故事：一只快修炼成精的黄鼠狼头上顶着牛粪坨站在路口讨人口风，问过路人"我是谁？"，过路人说它像人，它就真成了人；过路人说它是黄鼠狼，它就还回原形，终身为畜……
旭日干对吉雅气头上的话半信半疑：摸摸嘴，嘴巴光秃秃，没有隆起的尖鼻和啮齿；摸摸屁股，屁股平展展，也没有拖曳着黄色的尾巴。

又去敲乌仁其木格房门。半掩的门探出张敷着面膜的脸。

"瞅我是谁？"旭日干说。

"说真的！"他又说。

乌仁其木格惊讶地瞪着眼睛瞅旭日干半天。她的身子从门里冲出来，用手试试旭日干的额头。

"你没病吧？"她说。

9

灵悦寺的一天是从飞檐上的风铃声开始的。

熹微的晨光里，老喇嘛阿日善睁开眼睛。他翻身时念了声佛，佛祖在他老迈的血管里流动着，让他安之若素。他坐在床沿上，穿着帆布手缝袜子的脚耷拉着。睡在榻下的小喇嘛三丹机灵地爬起来，及时地将他的脚放进并排摆在床根下的那双黑帮白底的麻鞋里。

"师父，你醒啦？"三丹说。

三丹跷起脚。他蹦一下，先把一条腿攀在和他齐胸平的床沿，然后整个身子爬上去，摘下黄色的喇嘛帽递给师父。

阿日善用手在帽盔里撑撑，端正地戴在头上。

"师父，你晚上又说梦话了！"三丹双手搀着阿日善的胳膊，扶他下地，用眼觑下师父灰呛呛的脸。

"阿弥陀佛！"阿日善说。

"你晚上老念叨……念叨……"三丹吞吞吐吐。

阿日善止步收回迈出门槛的脚，停在地上，看着三丹。

"少布、少布的。"三丹说。

"少布是……"三丹小心地试探。

阿日善稀疏的白眉在喇嘛帽下抽搐一下，他愣了愣神，双手合十念了声："阿弥陀佛，罪过！罪过！"随后沉下脸来，"多话！掌嘴！"小喇嘛缩起脖子，不敢再问。小喇嘛三丹蹑着脚跟在阿日善后面，去佛殿做早课。

灵悦寺三进院落三个大殿。中殿和后殿由于年久失修，正在修缮，只有前殿和两个偏殿开着。三丹像个影子一样亦步亦趋地跟着阿日善：供水，上香，礼佛三拜。不是特殊节日或初一、十五信众上香的日子，寺庙里只做一堂功课。诵完《楞严咒》，唱梵呗赞偈，为众生许愿回向。早课完毕，净了手，三丹跟随师父去后院"过堂"（吃早餐）。

斋堂悬挂着云板和梆子，木门冒出清淡的热气。火头高娃坐在板凳上习经，看见老喇嘛和小喇嘛进来，站起来念声佛。这个六十多岁粗手大脚的矮胖女人，头发剪得齐过耳朵，不听声音辨不出性别。丈夫胡雅克是个猎人。高娃自知丈夫过去杀生过多，罪孽太重，皈依三宝做了居士，每天来灵悦寺烧香念佛，义务打扫卫生，择菜做饭，也算给丈夫赎罪，积累些福报。

饭是馒头。菜是高娃从家里带来的菠菜，青青绿绿地浮在陶瓷盆里。还有一碟掛着盐渍的咸菜疙瘩。阿日善吃得很少，是因为这几天没有胃口。三丹也吃得慢，筷子在汤盆里拨弄着。阿日善没有说他。三丹是个弃儿，阿日善从寺院门前捡回他时，只有羊羔般大小的他在襁褓里胖乎乎地弹蹬着腿。虽然在寺院里长大，现在还是刚受过十戒的小沙弥，阿日善没对他要求太严。

"过堂"后是静修时间，没三丹啥么事情。高娃用钵盂盛了份饭菜，用笼布包裹好递给三丹，并在他耳边小声叮嘱句啥么。三丹拿着笼布包向外走，被站在大殿前的阿日善叫住。阿日善想说啥又没说，朝三丹挥挥手，说："你去吧。"

阿日善回到大殿，在蒲团上打坐静修。但感觉境况不佳，六根三业未能通利纯和，念三遍《心经》，也未能使自己心清净下来。他念了声佛，"罪过！罪过！"他反躬自省：难道自己修炼不深，学佛不诚？或是自己真的老迈昏聩，意志薄弱了，使一些尘世凡俗的旧事泛滥上来，无法克制？

阿日善感到头昏眼花，身体开始抖动。他早早结束静修，给供灯添满酥油，回禅房休息。窗前瓜架上的虫鸣，使禅房更加肃静。阿日善摘下喇嘛帽，不自觉间，他又从枕头底下掏出那个油渍斑斑的手工缝制的牛皮口袋，在手里摩挲着。

牛皮口袋里装着只切割成两半的白银手镯。

他老眼昏花地瞅着下面的床铺，仿佛三丹在床铺上打坐。他嘴里嘟念着对三丹说："少布就是阿日图，我那同胞兄弟……"

和他的乳名嘎鲁（鸿雁）一样，少布（鹞鹰）是阿日图的乳名。这两只还没长出羽毛的鸟在母腹里脚蹬脚、手拉手地成长着，等待坠地。但生不逢时，正赶上战争年代。小鼻子鬼把培植着病毒的老鼠放到草原，瘟疫迅速传播开来。去漠北草原放牧的爹感染上瘟疫。爹在棺材里又把病毒传给还在月子里的娘。娘预感到自己时日不多，就请工匠把一直戴在手腕上的手镯截成两段，分别刻上双胞胎的大号和乳名。在她奄奄一息之际，将手镯塞进各自的褓褓里，然后瞑目而去。两只褓褓用皮绳吊在榆树上。三天后，大号阿日善的那个褓褓被过路的游僧挑在禅杖上带走了，而他的胞弟阿日图则在夜里一场黑风后不知去向……游僧把阿日善带到青海，送进塔尔寺。阿日善在塔尔寺剃度：七岁做驱乌沙弥，二十岁受具足戒成为比丘。阿日善在寺院里跟着高僧大德们系统地学习了《现观庄严论》《入中论》等显教代表性典籍，得到师父们的赞誉。正当寺院准备推举他进一步研习密法时，他却放弃深造机会，回家乡的灵悦寺做了住持。

灵悦寺是个小寺院，最多时不过十余僧众。后来都下山还了俗，只剩下三丹和阿日善两人，难得的清静。入寺五十年来，阿日善一心念佛，心如止水，可这种心性却被搅乱了。

就在昨天，一个男孩来寺院找三丹玩耍。男孩手里亮闪闪的半只银手镯引起阿日善注意。男孩告诉他，这是住在鹞子洞的老萨满让他拿去换酒的。阿日善从禅房取出五百元钱，对男孩说："这五百块钱你交给萨满师父，就说手镯我收下了。"男孩连忙说："太多了太多了，有五十就足够了。"阿日善说："不多不多……"像是在自言自语。

"其实，我师父他……"

"知道知道。"阿日善没容男孩说完，径直回到禅房。

阿日善掏出皮口袋，两半手镯严丝合缝地对在一起。

阿日善心里隐隐感到一种从未有过的不安……

老萨满阿日善见过，那年为修缮钟楼，他带着三丹到营子里化缘。一家正在为夜哭的孩子做法事。萨满是个精瘦的老头，三九寒天里穿着单薄的兽皮裙，披发跣足，手拿抓鼓，脖子和腿腕上的铃铛随着萨满舞的跳动和着驱鬼咒语的节奏咣啷咣啷地响着。往常遇到这种事阿日善只是念声佛远远躲开，那天不知啥么驱使，他多瞅了两眼。萨满也抬头看见他。两道目光碰在一起，在他意识中咣地响了下，阿日善赶紧拉着三丹走开。

10

阿日善躺着。他用吉祥卧的姿势在禅房的床上躺了一会儿，但没有睡着。出去送东西的三丹还没回来。他到大殿续了香，看看离晚课时间还早，想到寺外转转。高娃过来扶他。阿日善念声佛说："不会走远，只到外面山丘上站站就回来。"

高娃把阿日善送到门外，目送他走远。回来见杏叶红红黄黄落了一地，就去后院拿来竹扫帚准备打扫，却被台阶上卧着的人影吓了一跳。胡雅克龇着被烟草熏得焦黄的牙齿朝她嬉笑。

"你来干啥么！"高娃说。

"瞅……瞅你呗！"胡雅克说。

高娃知道瞅她是假，来跟她要钱才是真话。她掀开围裙在裤兜里翻找着，掏出皱巴巴一张五元票递给胡雅克。胡雅克捏着纸币一角，用指头弹弹，咧着嘴笑。高娃又在另一侧的裤兜里抠出三个一元的钢镚，说："没有啦，就这些！再要就把我骨头砸了卖吧！"胡雅克说："瞅你这话说的！要是当年……嗨！说这话干啥，好汉不提当年勇……"用纸币裹着钢镚，卷巴卷巴掖进裤腰里，扑打扑打身上的泥土，腆着肚子走出寺院。

没多大工夫，一个年轻人信步走进寺院。高娃看他西装革履，脖子上还扎着领带，外面又停着黑色的轿车，知道年轻人有些来头，忙扔掉手中的竹扫帚迎上去。

"哎哟，今儿个真是黄道吉日，佛光普照，尽来些贵人！"高娃说，"施主是上香？还愿？还是……"

"随便转转。"年轻人说。

黑色的奔驰轿车走在路上。轿车叫奔驰却奔驰不起来，一是坎坷的乡路让轿车脚长腿短，徒有虚名；二是开车的人本来就没想让它跑快，就让它慢悠悠地走着，走出低调的样子，让路上大众、夏利、摩托车、自行车和行走的人随意超过去。

开车的人是医生希都日古的儿子勒布克。

勒布克眉头半锁着，心事重重的样子。他用一只手把着方向盘，另一只手摘掉眼睛上的驾驶镜。他把胳膊肘挂在摇下玻璃的车窗上，手指头捏着驾驶镜的纯钛镜腿。驾驶镜是美国进口的雷朋牌子，飞行员专用品，勒布克用手指头转着它。他的手机放在驾驶座旁边的卡槽里。他戴着耳机，一条金色的线连着他在都市的家，连着他老婆的耳朵和嘴巴。

"还拿不准。"他说。

"不知道。"他说。

"看情况吧。"他说。

"希望能够顺利。"他说。

"我路过一个寺院，进去烧了香。"他说。

"但愿……"他说。

"到时候我跟董事会解释吧。"他说。

奔驰轿车开进营子的街道，街两旁的闲人踮着脚看，眼睛跟着轿车轱辘转。格杜从巷子里跑出来。格杜眨巴着眼睛。随后他开着他的老阳儿转秸秆"拖拉机"跟奔驰轿车赛跑。格杜超在前面，他咧嘴笑了。老阳儿转秸秆"拖拉机"的嘟嘟声音比奔驰车大十倍。勒布克不认识格杜，营子大部分人他都不认识。自从他合上印着李白《静夜思》的课本，打开印着诸葛亮《隆中对》的课本后，他就很少回营子来。回来也只是寒暑假，蜻蜓点水似的待几天，根本没有长住的机会。后来他打开另一本书的时候，就进了城里医学院。在医学院他放弃蒙医而学习西医，为此他和父亲希都日古闹僵了十年。每次回来爹眼睛盯着患者脉象却不瞅他。他住几天就走了。有孩子后这种局面有所缓解。说起孙子爹希都日古就把脸上停滞多年的笑摆出来。去年他受聘到一家很有名的私企单位，单位扩展项目，他想把爹接进城里去，但他没敢张嘴。这次拆迁给了他机会，于是他在董事会上拍了胸脯。

看着格杜在路上踌躇满志地笑，勒布克在驾驶室里朝他竖大拇指。奔驰轿车左转弯后，看到了门前的石磴。

石磴是希都日古过去骑驴出诊的下马石，现在不用了，还摆在那里。现在出诊是斯热开着三马车（三轮摩托车）。车厢里铺着厚厚的毡片，里面载着行医器械和草药。斯热在前面双手抓着车把，希都日古坐在后面。三马车突突突响着，冒着烧柴油的黑烟。这在上下营子就是城里救护车的鸣笛声，患者听见它就是听到了福音。连续的熬夜让希都日古疲惫不堪，昏昏欲睡。他闭着眼睛眯着，短暂的瞌睡长过一夜。他开始梦见草地上的羊群，接着梦见吃奶的羊羔在母腹下撞奶的情景——这是他脑袋不断磕碰车厢的护栏造成的意象。半夜回到诊所，雪亮的灯泡未能驱走身上的黑夜，三盆热水才让他的脸见到黎明……

11

格杜蹬上石磴。他跷着脚跟，鼻子蹭到墙垛上。

"来人啦！"格杜说。

"来——人——啦！"他加大声音。

屋门一响，风门打开。穿着老式掩襟袄白发苍苍的陶如格走出来。她边往外走边擦着半盲的眼睛。

"是勒布克吗？"她说。

"娘！"勒布克说。

陶如格拉着勒布克的衣袖，用手摸着勒布克的脸。"是我儿子勒布克回来啦！你瞅这咋么说的！你瞅这咋么说的！几千里地，我儿子勒布克说回来就回来了！"突然想起啥么，歪着身子朝勒布克身后找着，"媳妇和孩子呢？"

"孩子上幼儿园，他妈上班脱不开。"勒布克说。

"你瞅这咋么说的！你瞅这咋么说的！"陶如格说。

屋子还是那两间土坯泥屋，低矮的瓦檐露着虫蛀的橡子。两扇开的窗户，下扇三格玻璃上留着苍蝇的痕迹，上扇糊纸上贴着过年时的"庆丰年"剪纸。昏暗的屋里，墙壁在年深日久的烟熏火燎中自然形成黑色的保护层。小时候的勒布克在墙壁上的镜框里唱歌："啊啊啊春天，春天在哪里，啦啦啦啦……"小时候的勒布克朝现在的勒布克微笑着。还有奖状，字迹模糊在草纸样黄的纸张里。勒布克心里涌上一股难以说清的滋味。他庆幸拆迁，他想如果没有拆迁的话，这些永远不会改变，永远都是老样子。娘在外屋做饭，凭着微弱的光影她能准确地找到放鸡蛋的篮子和盐袋的位置，并能得心应手、合理使用它们。爹整天带着徒弟斯热出诊，去百里之外给患者治病，却把身边得了眼疾的老伴遗忘在家里，错过最佳治疗时间，使她成了半盲的老人！

勒布克在屋里坐不住，他抬步朝诊所走去。

穿过一片堰埂上点种着大丽花的白菜地，勒布克看到诊所。诊所和医护室连在一起。爹把行医挣的钱和勒布克寄回的钱都花在这上头，条件比家里好许多：新油漆的木门，塑钢窗宽敞明亮，老阳儿在墙上走着，蒙医始祖奥特奇布日罕在挂像里翘着他的小胡子。他被患者和政府送给爹的各种锦旗包围着。诊室靠墙的木头书架上，《四部甘露》等蒙医典籍有序地放着，里面夹着树叶标签。药房里的草药香从给药口飘出来——是那种没有化学制剂、让人心神安宁的香味儿。

一个穿白大褂的女孩从药房探出头瞅勒布克。勒布克介绍了自己。女孩又把头缩进去，不再管他。

出于职业习惯，勒布克披上白大褂坐在爹的座椅上。他朝办公桌上四处看，他打开抽屉又推回去。他把挂在桌角的病例本摘下来翻看着，厚厚的病例本上详细地记录着爹医治过的各种病案。他感到震惊，那些在城里医院不能医治，或医治也要大笔花销的疑难杂症，在爹的手里没花几个钱就治好了。治疗程序简单：爹用口哨或吟唱做麻醉剂，一把小刀或梅花针，放点瘀血，拔几个火罐，就解决问题。随便一撮塔灰、一条蚯蚓、一把红花都是治病的药材……

候诊室里，一个患哮喘病的老妇躺在床上等待救治。她喘息着，胸部上下起伏，呼噜呼噜，像刮着一场风暴。她用溺水者无助的目光瞅着穿白大褂的勒布克：她把所有穿白大褂的人都当成救命的稻草。家属是个老实巴交的老汉。勒布克问他话时他局促地不知说啥么好，挤着笑脸，只把被农事工具打磨得骨节粗大的手放在膝盖上抠着。他挠挠头皮，想找点活儿干，就坐在凳上帮护士踩药碾子研药。

勒布克从诊所里走出来，哮喘老妇的目光在他脑后燃烧着。他在白菜地站了会儿，他朝白菜地尽头的一棵榆树走过去。揪片榆树叶放在嘴里嚼嚼，随后又揪了片白菜叶放进去，被嚼烂的两种不同的叶片在他嘴里释放出异样的滋味儿。

12

三马车突突响起来。它打破黄昏的沉寂，还有黑烟。黑烟开始从气筒排出来时是急促而喧嚣的，没一雾就松缓下来。它们低垂着，在营子的街道上弯弯曲曲，画着各种符号，然后就消散在咸腻的空气中。聚在村口榆树上开会的麻雀轰地飞起来，在空中盘旋一圈，又落回到原来的榆树上，各就各位。

麻雀叽叽喳喳叫着。

麻雀告诉人们：出诊的医生回来了！

希都日古先没回家，他让斯热把三马车直接开到诊所。脸没洗，就让油烟在脸上黑着。他穿上白大褂，给哮喘老妇诊脉。听诊时他用手抹了把脸，五根手指是五棵茁壮的仙人掌，在他黢黑的脸上开出五朵白色的花；诊脉，下药，腾床，住院，希都日古把病人安顿好，看着服下药去。又把正住院治疗中的几个病人详细询问一遍，才踩着黄昏的白菜地往家走。

勒布克迎出来。斯热和他握手。希都日古虽然没和勒布克直接说话，但他洗脸时，大声和陶如格絮叨着路上遇到的新鲜事，语气难以掩饰地快乐着。勒布克把手巾递给爹，他接过去擦着脸。低瓦度的灯泡将爹弯曲的身腰映在墙上，他的头发在昏黄里亮着，皱褶也在脸上铺展开来，横七竖八像雨水冲刷出的沟壑。他盘腿坐在炕上，问了句孩子的事就再无话说。斯热帮着陶如格往炕上端菜。勒布克打开一瓶从城里带回的茅台酒递给爹。

"都过来吃饭。"希都日古说。

斯热把勒布克推到炕上。他两腿耷拉在炕沿下坐着。陶如格没有在桌前坐。她站在地上，随时准备给桌上的碟碗盛饭添菜。斯热给桌上的玻璃杯倒满酒，酒散发着城市的味道。酒是好东西，酒是把钥匙：挂在腰带上哗啷哗啷响，倒在杯里能打开讷言人的话匣子，把深藏心底的话一句一句掏出来。

"我去了家医院。"勒布克说。

"好啊！"希都日古说。

"是合资企业。"勒布克说。

"好啊！"希都日古说。

"我当了院长。"勒布克说。

"好啊！"希都日古说。

"爹……"勒布克转着酒杯。

"大城市也扭秧歌？"希都日古说。

"大城市不扭秧歌，大城市跳舞，他们管那叫舞蹈。"勒布克抬头瞅瞅爹，他把酒杯端起来，"爹，我想……"

"都一样，都是扭屁股。"希都日古说。

"大体看上去一样，目的都是为锻炼身体，但审美上还是有差别的。"勒布克说，"爹，我打算……"

"大城市喝洋酒？"希都日古说。

"有时喝，最多的还是国产酒。"勒布克说。

"好啊！洋酒马尿似的，啥么喝头！"希都日古说。

父子俩喝着酒说话。话是下酒菜，舌头是把勺子，咸淡掌握在唇齿间。希都日古人老酒却不老，酒壮着呢。一瓶酒下去，希都日古醉意上来。勒布克不敢让爹再喝。陶如格拿枕头让希都日古依着。他勾着头，鼻孔响起粗重的呼吸，他睡着了。梦里他给哮喘病老妇把脉。脉不动，它硬挺着——那是他手里攥着的沾着菜汁的筷子。勒布克从屋里走出来。屋檐的阴影盖过半个院子，风从墙头草吹下来。他仰头看天，却没有数星星。

斯热小心地走过来。

"我没能……"斯热抠着手指。

勒布克拍拍斯热的肩膀。

"你尽力了。"勒布克说。

三天前勒布克给斯热打过电话。斯热把勒布克的话在肚子里装了一天，第二天才说给师父。出诊时师父跟他说了一车话。斯热心里明白，一切都是借口。年老怕给儿女添麻烦是一方面，主要是那些病人的眼睛，那些眼睛像钉子一样钉在师父的心里。师父也有一双那样的眼睛，师父用那样的眼睛看他时，让他心里颤动不已，使他的良知战胜城里高薪聘请的诱惑。他不能那么做，师父救过他的命。斯热十三岁时上树掏鸟跌进山涧，已近半死，镇里医院不敢留，希都日古收下他。希都日古将斯热倒悬在挖好的两米多深的坑里，用手掌击打脚心，然后将口含的烧酒喷在他的头上。斯热有了气息，醒后他在地上长跪不起。希都日古收他做了徒弟。老人毫无保留地把医术教给他。

"营子拆迁诊所怎么办？"勒布克说。

"师父说那没啥么。"斯热说，"师父说有人的地方就有医生。人吃五谷杂粮难免生病，生病就离不开医生。"

"辛苦你了。"勒布克说。

勒布克又拍拍斯热肩膀。斯热没有说话，只是咬着嘴唇点点头。勒布克明白沉默是男人最好的誓言。

13

斯热的手机响起来，是诊所值班护士打来的，诊所来了重伤病人亟待抢救。斯热跑进屋里穿衣服。睡着的希都日古蓦地睁开眼，光脚在地上划拉着，嘴上说："鞋呢！鞋呢！"陶如格摸到鞋递给希都日古。他提上鞋抬脚便往屋外走。陶如格摸到帽子捯着脚追着往希都日古头上扣，嘴上不住说着："孩子好容易回来一回！你瞅这顿饭吃的！你瞅这顿饭吃的！"

竟是一场虚惊！

伤者并无大碍，只是额头上被啥么剐破杏核大小一块皮。由于保养得好，皮薄肉嫩，多流了些血。这个四十出头的女人认为要死了，"杀人了！救命啊！"喊得凶。斯热给她止住血，用酒精棉消了毒，缠了纱布，她还咋咋呼呼嚷嚷着。

"不会发炎吧？"女人说。

"开点消炎药。"斯热说。

"不会伤到心肝吧？"女人说。

"离心脏远着呢。"斯热说。

"不会留下疤吧？"女人说。

"一般不会。"斯热说。

女人放心了。她摸摸头上的绷带，又哭起来，"你说那个挨千刀的臭皮匠！瘸驴！他竟敢对老娘……你说他咋恁狠！……不活了，我跟他没法过了！呜呜呜呜……"

伤者是皮匠翁和日的老婆娜仁花。本来翁和日打的不是她，翁和日谁也没想打。木尺是裁衣服的工具不是用来打人的东西，它放在柜台旁边。翁和日想吓唬吓唬查干夫这个口出不逊的兔崽子！——胡勒根借给查干夫一本花皮杂志，查干夫如获至宝。杂志上满是穿泳装的美人儿，胡勒根说那些美人儿其实不是女人，他们是带把儿的男人，这就是"人妖"。花钱去国际旅游公司买张票，"新马泰"线到泰国就能看到人妖。查干夫心里长了草，他去跟翁和日要钱，张口就是两万。翁和日吓了一跳，问查干夫要这么多钱干啥么，查干夫说你别管。翁和日说没钱！查干夫说拆迁补偿款在你账户存着。翁和日说那只是瞎呛呛，还没说咋么着，有钱也不能这么花。查干夫说咱们算笔账：叫声爹二百块，你说该付多少钱吧？（其实查干夫从小到大也没叫过翁和日几声爹。）翁和日说你混蛋！查干夫说你不是我爹！我是天上掉下来、地缝里爬出来、娜仁花划拉来的野种！

翁和日气得五炸六肺，顺手捞起柜台上的木尺抛过去。依着橱子嗑着瓜子看电视的娜仁花横过身来拦挡，木尺不偏不斜地落到娜仁花的额头上。娜仁花瞪着眼睛和翁和日理论："你打我！你竟敢打我！"摸摸额头，手上沾着血迹。她立刻瘫倒在地上，杀猪似的一声紧似一声地号叫起来。翁和日吓傻了，苍白着脸站在那里不知咋么着。查干夫没事人似的吹着口哨走出去。

哭着，娜仁花想起啥么。

"离了婚，补偿款还有我的份吗？"娜仁花说。

"说不好。"斯热说。

"这个瘸驴！没安好心眼儿！他想把我打死，想独吞补偿款娶个小的！我就不离，拖死这个臭皮匠！"娜仁花擤把鼻涕擦在鞋底上，"你甭说，真是那么回事儿！现在的女人贱着呢，管你年纪大小是猪是狗，只要有钱就抢掉帽子地嫁！……"

查干夫在街上走着，路灯亮着。查干夫脚上穿着新买的耐克运动鞋，运动鞋是白色的，白色的运动鞋把昏黄的路踩成斑点。他把一块没长眼睛撞在他脚下的石头踢进路边的草丛。他号叫一声，他讨厌着一切：讨厌这个营子，讨厌又穷又破的家，讨厌又瘸又吝啬的爹和无知不争气的娘。他想，如果他生在城里，如果娘嫁的是有钱人，或者他是娘跟有权有势人的私生子，那他的人生肯定是另一番样子，活得不会像现在这样窝囊！

"啊哈！——"他又号叫一声。

一辆摩托车从黑影里出来。摩托车贴着查干夫身边停下，头盔里露出胡勒根的脸。胡勒根从皮衣兜里掏出烟盒，抽出两根香烟，嘴上叼一根，另一根甩给查干夫。

"咋么样？"他说。

"跟哥干，保你吃香喝辣的！"他说。

那东西吼叫了

14

营子在晨雾里静止无声，晨雾在季节里静止无声，鸡静止着，鸭静止着，狗静止着，篱笆也静止着。退役的牛马，缰绳耷拉在静止的石槽上，无聊地嚼着干枯的草料。感受季节来临的只有榆树。榆树挺立着。榆树不是人，人到这个季节会一件件往身上添加衣服，还有帽子。而榆树们却将衣服一件件从身上脱下去。榆树的衣服在地上，榆树的衣服在天上。小草把露珠挂在尖梢，露珠不是小草的衣服，露珠是小草们的梦。小草的梦是易碎的，它们在白天的风里会消失掉。

然而，旭日干的梦却像秋后的鬼菜姜一样疯长起来。

孙悟空在变化时，开始拔出的只是根腋下的猴毛。只有吹口仙气，猴毛才能变化成他想要的千奇百怪的东西。旭日干的梦最初也只是个模糊的怪物而已：个挺大，挺吓人。然而这个怪物在营子人嘴里来来回回嚼几遍：你添一条尾巴，我添一张嘴，他添一把鬃毛，梦里的怪东西就喘气了，就活动了，就站起来了。它打着哈欠，伸伸懒腰，扑棱扑棱耳朵，耸耸鬃毛，它从旭日干的梦里走出来，站在黑山沟梁岗上啸叫了！

"我瞅像头野猪呢！"有人说。

"我瞅像只熊瞎！"有人说。

"我瞅像匹野马吧！"有人说。

"我瞅像只跳猴！"有人说。

"像只老虎！"有人说。

"像头叫驴！"有人说。

"像匹骆驼！"有人说。

"我咋么瞅咋么像只海豹呢！"有人说。

海豹是海里生活着的家伙，咱这荒山野岭的，哪来的海豹？这话不贴谱，就有点扯远了，就有点瞎掰了。于是就争起来，一个个面红耳赤，抓耳挠腮。瞅着场面不可收拾，就有人出面调停。调停的人把烟卷从嘴里拿出来，顺手扔在地上，再用脚来来回回地踩。仿佛那不是抽剩下的烟头，仿佛那是装满智囊的宝匣子。调停人说:"这样吧,咱们谁也甭争,谁也甭抢,还是老办法'锵金锤'吧。这样公平合理。你也别说是海豹,他也别说是老虎,谁输了呢,谁就请大伙客。"大家都同意。"锵金锤"是一种类似"石头剪子布"的争输赢的游戏。营子里凡是有争执不下的事情,又是小事,犯不上诉官争讼的,就用这种方法裁决。赢者满心欢喜,理所当然;输者无怨无悔,甘愿受罚。

调停人在中间喊口令。当事者分两边站立,都把攥起的拳头藏在背后,都瞪着眼,猜测对方的意图。

"一!二!三!"调停人喊。

"锵金锤!"当事人出拳。

"一!二!三!"调停人喊。

"锵金锤!"当事人出拳。

……

如此三番,三回两胜者赢。赢者雀跃欢呼,输者从怀里摸出钱包,嘻嘻笑着去浩吉格日家的杂货店买香烟。

浩吉格日是旭日干的小舅子,也就是吉雅的娘家兄弟。他个子不算高,人很瘦,但脖子挺长。这样就使他和齐背并肩的人站在一起时,瞅上去高出一大截;刀条脸上一对黏核眼总是待眨不眨地眯着,让人想起电视里美洲的树懒。浩吉格日是营子里唯一还使用算盘珠的生意人。营子人说他有三副算盘珠:一副摆在杂货店的柜台上,用作买卖;一副放在肚子里,用作盘算;一副装进脑袋里,用作算计。钱对浩吉格日来说既是冤家又是朋友——因为钱就像系在狗尾巴上的骨头,时刻在他后面跟着,看得见形状,闻得到香味儿,却总也到不了手,让他心犯痒痒。

他每天想着挣钱的事,却很少付诸行动。每天躺在杂货店门前的躺椅上,喝着茶水,瞅着天上飘过的云彩,想象着钱像雨点一样落下来,或像流星一样砸在他家的院子里。

"瞅着吧,快咧!"浩吉格日说。

"这话不假!"他老婆说。

浩吉格日老婆秀花,由于一只眼患玻璃花(白内障)的缘故,瞅啥么总是歪着头，像呆鹅盯着墙上的蛾子。要说和气方面，这两口子在营子里堪称典范。从没红过脸，从没拌过嘴，更别说打架了，总是夫唱妇随着。秀花矮墩墩的，像口装粮食的地缸；和别人说话时总是手拉着别人的衣服袖子，跷起脚跟，把尖嘴拢起来往前一啄，仿佛唯有这样她才能把话真实可靠地送进人家的耳朵里。她没事就到街对面的"千缕丝"理发店去和乌尤聊天说话，回家再把扫听到的消息添油加醋地学给浩吉格日听。在旭日干梦境成真这件事情上，这两口子功不可没。

"瞅着吧，等咱有了钱，咱在城里开五金店！"浩吉格日说。

"这话不假！"秀花说。

"我是老板，你是老板娘！"浩吉格日说。

"这话不假！"秀花说。

"咱住别墅，开宝马！"浩吉格日说。

"这话不假！"秀花说。

两口子天天这么盘算，却没做成一桩像样的生意。几月前倒是有桩稳赚不赔的买卖，却让乌仁其木格这丫头给搅黄了！

树海七岁，在营子上小学，正是脱齿换牙的年龄。由于贪玩老是完不成作业，放学后老师留他补作业。晚上树海哭着回家。秀花问："咋么啦？"树海张开嘴："老师……"话还没说完，一颗豆大的东西从嘴里滑出来，掉到地上。浩吉格日捡起来，是颗带着血丝的乳牙。秀花炸了："是老师打你来着？把牙齿打掉啦！"浩吉格日不急，拿着牙齿在灯下左左右右瞅。他笑了。浩吉格日像捡到宝贝似的把牙齿纸包纸裹装在衣兜里。秀花说："孩子牙齿被老师打掉了，你还笑！"浩吉格日没说话。他让秀花把他出门赶集穿的那套体面衣服找出来，穿上，倒背着手走出门去。

15

额日德木图离家很近，但没有回家。他晚饭吃口炒面，披件褂子坐着椅子在台灯光下批改作业。桌上一摞摞的学生作业像一堵堵墙把他围在中间。他高度近视，灯光透过他的近视镜片聚焦成光点射在学生的作业本上，像扫雷器一样寻找着病句和错别字。他用红笔认真勾画着，红色的圈圈点点在黑色的涂鸦中像盛开的花朵。额日德木图是个有责任感、有梦想的小学老师。他从师范学院毕业到这所学校教学，已经二十个年头了。刚来实习的时候，面对这被高山大林遮蔽的村落感到憋闷、惶惑。但是他还是选择留下来。这是片僵化的土地，但并不是没有希望的土地。他的梦想是用所学的知识给这里打开一扇天窗，让新鲜空气透进来。他教孩子画画，写字，学知识，培养习惯，打好基础。一茬茬孩子从营子里的小学拿到毕业证书；一茬茬孩子走出大山，考进镇上的重点中学。

额日德木图感觉眼睛发酸，流下泪来。他摘下眼镜，哈口气用衣襟擦着。他看见一个人走进办公室，他以为是哪个学生的家长来访，很激动，拖过把椅子到跟前。

"坐！坐！"额日德木图说。

"你是……"他问。

来人不说话，他的脸罩在桌上台灯的阴影里。额日德木图打开大灯，办公室骤然亮堂起来。

"树海是我孩子。"来人笑着。

来人把一个纸包打开，拿出个东西放在办公桌上。

"这是……"额日德木图说。

"牙齿！你打掉了我孩子的牙齿！"来人说。

"我打掉树海的牙齿？"额日德木图张大嘴巴。他拿起牙齿瞅着，然后又盯着来人看，来人的脸平静得像水一样。额日德木图说："你说我打掉了树海的牙齿？"

"瞅你这话，好像牙齿是风刮掉的？"来人说。

额日德木图没再说话。他在屋里走着，想着晚上给树海补作业时的每个细节：树海连做带玩，额日德木图训他，曾用黑板擦敲过树海的课桌。额日德木图想树海的嘴又没长在课桌上，怎么会敲掉牙齿……不管怎么说，放学后把学生留下做作业是违反教师条例的，出事情老师脱不了干系。

"我承担责任。"额日德木图说。

"咱不识字，但咱懂法。"来人把黏核眼眯成条细缝，"你要是处理不好，咱就去找校长说搭说搭！"他瞅瞅额日德木图，把牙齿收入纸包揣进贴胸的内兜里，"我知道你们当老师的也不容易，谁叫咱心慈面软呢！也不能眼瞅着你把饭碗丢喽，这样吧，也不难为你，就掏五百块钱医疗费吧。"

"好吧。"额日德木图说。

额日德木图把钱包里的二百块钱拿出来递给来人，又从衣兜里掏出折叠在一起的两张二十块钱和两张五元的票子，再到身上的裤兜和上衣兜找了个遍，也没找出一分钱来。

"只这些……"额日德木图说。

"傻子数！"来人笑着。

"要不……"额日德木图不好意思。他抓抓头皮，"要不……周末给树海……"

来人翻翻眼皮，黏核眼挤了挤："这样吧额老师，你每周休息日去我家，给孩子补补课，再做些杂活算是补偿。咱按最高薪水给你算，每天二十元，你瞅咋么样？"

16

几月前的额日德木图推着他的自行车，走在夏末的乡间小路上。没有暮归的老牛，因为这是清早；也没唱张明敏的歌，因为他的脑子被勾勾圈圈的拼音字母占据着。他给树海补习已经过了六个周末。现在到了认读音节的关键时刻。每当周日额日德木图去浩吉格日的杂货店时，他只对妻子琪琪格说去给树海补习功课，把在店里干杂活的事情隐瞒下来。琪琪格是镇上一所幼儿园的老师，每周回来和额日德木图团聚两天。额日德木图却要在浩吉格日杂货店花一天的时间。

"这就走？"琪琪格说。

"这就走。"额日德木图说。他拍拍琪琪格胳膊。

"啥时回来？"琪琪格说。

"一会儿，一会儿就完事！"额日德木图说。

这"一会儿"，就到了日落。

额日德木图出门时带着两身衣服：一身干净的学校发的教师制服，一身脏衣服。脏衣服也脏不到哪去，只是胳膊上打着补丁的粗布劳动衣。早晨出门时他穿着学校发的教师制服。到浩吉格日家的杂货店后，他换上劳动衣开始干活。浩吉格日分派给他的活儿是：清理储藏室、打扫卫生、拉货、搬货、登记账目。好在这些零碎活并不重，小时候在家里都干过，他能轻松应付。干完活儿，洗把脸，穿上教师制服，开始给树海补课。树海脑子并不笨，只是学前没开发基础太差。经过几个周末的补课脑子开了窍，进步很大。额日德木图很欣慰。像在班级鼓励进步的孩子一样，他自己掏腰包给树海买了糖。班级里就几个差生，要是把树海的成绩抓上去，期末考试优秀率就会提升。这倒不是为了奖励金，而是为付出看到回报。

快到浩吉格日杂货店时，额日德木图听见有人喊他。他捏住车闸，抬头看是乌仁其木格。乌仁其木格是他教过的学生中比较喜欢的学生：活泼、开朗、天真，做事风风火火，像个男孩子。小学期间一直是班里的学习委员。

"额老师，你……"乌仁其木格说。

"给学生补课。"额日德木图说。

"喊，别瞒啦！我都听说了。我舅做事也忒缺德！"乌仁其木格抓着额日德木图的自行车把，"找他评理去！"

饭后的浩吉格日用牙签剔着牙。秀花打着饱嗝。沏好的茶在壶里冒着热气。一只蚂蚁拖着脚印在柜台上爬。秀花逗弄着蚂蚁：她用手挡住蚂蚁的去路。蚂蚁掉头往回走，她又把手挡在蚂蚁的前面。蚂蚁走投无路，蚂蚁摇晃着脑袋想着。他们看见乌仁其木格像领着小学生一样领着额日德木图走进来。

"给额老师算账！"乌仁其木格说。

"关你啥么事？"浩吉格日说。

"他是我老师！"乌仁其木格说。

浩吉格日嘴上叼着牙签。浩吉格日瞅瞅秀花。秀花瞅瞅浩吉格日。两口子又瞅瞅额日德木图。

"咱们可是有言在先，是不是额老师？"浩吉格日说。

"这话不假！"秀花说。

额日德木图通红着脸。

"乌仁其木格……"他说。

"痛快算账！"乌仁其木格说。

"算就算！"浩吉格日说。他把牙签吐到地上。他不用柜台的算盘。他脑子一磨转，里面的算盘珠就归位了。账目瞬间出来。"账明摆着：六个礼拜。额老师周日做杂工六天，每天二十块钱。刨去这六天的工钱，还欠我一百三十元呢！"

"你说额老师是休假日来做杂工的？"乌仁其木格说。

"没错。"浩吉格日说。

"这话不假。"秀花说。

"那好。"乌仁其木格说,"最新《劳动法》规定:法定休假日安排劳动者工作的,支付不低于工资的百分之三百的工资报酬。舅舅你知道吗?"浩吉格日说没听过。乌仁其木格打开手机搜索出那条法规,举到浩吉格日面前给他看。两口子傻了眼。他们大眼瞪小眼地互相瞅着,不再说话。

"看清楚啦?"乌仁其木格说,"按法律规定,额老师周日做杂工六天的报酬,刨去欠你的钱还余出一百一十元。"乌仁其木格笑着瞅瞅浩吉格日,"账算得对吗舅舅?要是没错,就把欠额老师的工资结了吧,这大杂货店也不差这点钱。"浩吉格日和秀花鼓着脸不吭声。乌仁其木格绕过柜台,打开抽屉找出一沓钱,数出钱塞进额日德木图兜里。临走乌仁其木格说:"我家的桃子熟了,哪天我拎筐桃子来看舅舅。"

浩吉格日和秀花愣怔地瞅着乌仁其木格的背影。

"你说这丫头!"浩吉格日说。

"算计她亲舅!"秀花说。

17

"千缕丝"理发店开门很晚。

乌尤家里没种桃树,桃子却结在她的眼睛上。桃子熟了。乌尤眼皮红肿着。昨夜她睡得很晚。她失眠了。一件事情在她心里画了条界线,两个乌尤抓着粗重的绳索在两边拉扯着。白的乌尤说:"你别去!你别去!那是个陷阱,你如果去你就不是人!我就不原谅你!……"黑的乌尤说:"你该去!你该去!那是难得的机遇,你要是不去你就成了天下最大的傻瓜蛋!你不去我就不理你,抛弃你!……"黑、白乌尤在界线两旁拼命拔河。一会儿白乌尤用力把黑乌尤拉过去;一会儿黑乌尤拼命把白乌尤拉过来。有时她们势均力敌,不分上下,都趴在界线上喘息着,呻吟着……后半夜猫头鹰叫起来。黑、白乌尤争累了,安静地隐进黑暗里。乌尤来了困意,踏实地睡了一觉。醒来时老阳儿爬上屋檐,已是小半晌时候。她拉开窗帘,让阳光透进屋来。她打了个哈欠,伸伸懒腰。她用淡粉色的眼影将眼皮的桃子遮掩住。去街上买了早餐,拎着回理发店。

胡勒根等在理发店门口。

摩托车在地上支着。推到额头的蛤蟆镜给胡勒根多安两只眼睛。他骑在车上抽烟：把烟吹成圈圈，然后伸进指头去转。胳膊上刺着"忍"字的查干夫，忍无可忍地用脚扑腾扑腾地踹着墙。乌尤走过来，胡勒根坏坏地笑着瞅她。

"啥么时候了才起床！"胡勒根说。

"你管！"乌尤说。

"让谁压住大腿啦？"胡勒根说。

乌尤没理他。

躲进窝里大气不敢出的四眼狗，听见主人掏钥匙开门的声音，噌地蹿出来，扑闪着身子，朝胡勒根狂吠。

"这狗记仇，糊肉吃算了！"胡勒根说。

"还要糊你吃呢！"乌尤说。

"我的肉硬挺着，怕你嚼不动！"胡勒根说。

"狗嘴吐不出象牙！"乌尤说。

开了门，胡勒根招呼查干夫进来理发。乌尤按胡勒根要求给查干夫剪了个秃瓢。胡勒根让乌尤用剃须刀片把查干夫头茬刮深些，露出粉色头皮，看上去像刀砍斧劈留下的疤痕。胡勒根在旁边的椅子上坐着，跷着二郎腿和乌尤说话。"跟你说的事考虑咋么样啦？"乌尤说："啥事？"胡勒根说："我他妈还等你回信呢，你倒给忘了！"乌尤装着想起来说："噢，想起来了！合伙开洗浴中心……这事咱不行，您还是另请高明吧！"胡勒根说："多好的事呀，别人想干我还不用呢！——你甭投资，也甭干别的，只要你给我管理好小姐，教小姐伺候好客人就行。"乌尤说："这脏活咱干不了！"胡勒根扑哧一声，笑喷了，他喀哧喀哧咳嗽着："我擦！脏？别他妈装×啦！你以为你干净呀！一个营子住着，这墙那院的，谁不知道谁呀！……"

胡勒根带着查干夫骂骂咧咧地走了。乌尤心里难受好长时间，她劝慰着自己，渐渐消了气，一个在心里酝酿很久的念头又浮出来：她想去灵悦寺烧炷香……

灵悦寺安静凉爽，早课的青烟缥缈着。阿日善从斋堂出来，高娃照常把用笼布包好的盛着饭菜的钵盂递给三丹。三丹刚要走，阿日善叫住他。高娃和三丹都瞅着阿日善，阿日善没解释，只说："三丹，你去把偏殿和寮房打扫下吧。"

"师父，那……"三丹犹豫着。

"去吧。"阿日善合掌念声佛，然后说，"观音菩萨出家纪念日快到了，这是秋季大法会，我们早些做准备。"

三丹只得去找笤帚。

昨天三丹很晚才回来，他没有进禅房找阿日善，在斋堂里叽叽咕咕和高娃小声说着话。阿日善猜到了：鹞子洞口石桌上的斋饭依然那么放着，依然没人取，这样已经有些日子了。阿日善心里已经意识到，阿日图殁了！——萨满最后的尊严，选择人迹罕至的高山大林，是不让任何人看见尸身的。

因为早有心理准备，阿日善显得很冷静，没有过度悲伤。他回到禅房，把那只折断的白银手镯收进牛皮口袋，永久地压在箱底。阿日善觉得轻松了很多，就像走了很多路，终于把肩上的包袱放下来。了结这份尘世挂碍，他在佛途上更进了一步，过去的蒙昧豁然消散，他听到佛的脚步……从禅房出来，看见一位身材姣好的女施主在大殿上香。阿日善感到神清气爽。女施主秀眉半蹙，心事重重，虔诚地为过去的业障忏悔着。

阿日善心生怜悯，他决定重登讲经台，给营子里的人做一次讲经说法。

……

（原载于《民族文学》2018年第3期）

亲爱的树

肖　勤（仡佬族）

一

照野坐在冥货铺里，小心翼翼地糊着一只"爱凤十八"。现在流行这个，在他年轻的时候，都那人家出殡烧灵房，时兴配一台"两头爬"——那会儿县城很少见到轿车，以为它两头分别坐了个师傅，车往哪头开就归哪头的师傅管，于是给小轿车起了个名字叫"两头爬"。再后来，有了别墅电话手机女秘书，照野开冥货铺这十多年，糊的纸手机从摩托罗拉、诺基亚一直换到苹果，由于大家一致认为那边要"快"一些，所以已经用到了十八。照野经常想，那边是什么样子？常年昏暗还是有炫目的阳光？会不会有四季，或者暴雨来临的盛夏？是否有成群的蜻蜓飞过水面？过年的时候，那边的人也吃团圆饭？有没有酸酢鱼？要是什么都有，那边倒也挺好，相当于换一个地方活着。一想到这些，他就难免开心，糊手机的手也难免抖动，那个咬了一口的苹果图案也就难免跟着开心地贴歪了去。

但要从这边到那边的那一迈，到底是艰难的，就像打一副麻将，其实最难的不是倒牌时的结果，而是拿牌过程心中的纠结错杂。这不，殡仪馆里又传来嫁出去的姑娘回家奔丧请来的响器班吹打声，姑娘哭声惨烈，数着老父亲一点一滴的好，又数着老父亲一点一滴遭的罪，总之是生也划不来，死也划不来。这哭声一浪接一浪，铺天盖地，压得照野的心嘎嘣一下断了弦，强抑了一天的酸楚顿时摔一地。

昨夜，明生毫无表情地哼了一声，甩过来一句，你以为你是谁？

明生这孩子心狠，从小就有这本事，把暖的说凉，把凉的说死，把死的说绝。几十年过去，照野老了，明生也到中年了，可他嘴里吐出的话，依然这样砸得死人。

照野觉得心里有什么东西在垮塌。事实上，垮塌这个过程一直在进行，只不过以前的照野有力气支撑和修补。

你以为你是谁？异度肥胖的明生像个巨大的软体动物，摊在沙发上，他用这样霸气且无赖的姿态在这套并不属于他的房子里已经整整生活了四十二年，而真正的主人却佝偻着腰，站在过道里。

我是谁？从你两岁半我就养着你，现在你问我是谁。照野的声音有点颤抖，他很想发火，但他一辈子没跟人红过脸，不知道该怎样起头，因为这"不知道"，他不禁委屈起来，且有些茫然，骨头缝里冒出的那丝怒火便习惯性地缩了回去。他真是一个对扯皮吵架极不在行的人，而明生的架势显然是挑衅，他已经挑衅习惯了。

简陋的老砖房拐角，客厅的灯和电视的光线折射过来，与过道的黑交错在一起，汇成一道薄薄的灰，仿佛两个世界的交界地。茶馆张先生的说书里，阴阳交界不是个好去处，上天无路、入地无门，大庙不收、小庙不留，但它收留了照野。过道里这张一米宽、两米长的钢丝床是屋里唯一真正属于照野的地盘。从他到冥货铺第二天开始，他就失去了卧室。

照野默默打量四周，回忆当年搬进来的情景，还有树儿在屋里进进出出的场景，结婚那一年，树儿买了套黄梅戏年画回来贴在过道上，叫《追鱼》，上面的书生，长得比女子还好看。第二年冬天，树儿在过道烧了只铁皮炉子，他焊了个水箱挂在墙上，穿根水管出墙去，墙外头搭了个洗澡棚，再用牛皮纸把棚糊得个严严实实。每次树儿洗澡的时候，他就守在铁皮炉旁不停地添煤，炉上烤了红薯，屋子暖烘烘的，收音机里咔咔嚓嚓放着评书《大刀王五》，树儿洗完出来，把频段调到黄梅戏……屋子里充满蜂花洗头膏的香味、烤红薯的味道和着黄梅戏的味道，混合成幸福的味道。树儿的脸是红的、手臂是白的、头发是湿的，被炉火烘得直冒白气……那才是家。

可是眼前什么都不是。

屋里很闷，空气仿佛被巨大的明生吸完了，照野胸口有些紧，想出去喘口气，他拿起棉衣，缓慢走到门边，哆嗦着穿上鞋子，拉开门。

寒流灌进来，打在他身上，他有点犹豫。

明生无动于衷地挪了挪屁股，鼻孔里冒出一声"喊"，然后，他扔掉手里的遥控器，阴阳怪气地扔下一句，爱滚不滚。

他本来只是想出去透透气，却不承想变成了"滚"。

脱下罩在毛衣上的蓝布袖套，叠好，放进裤兜——戴袖套是当年在大山洞时留下的习惯，那时候，上至厂长、车间主任、工程师，下到工人、后勤、炊事员……谁都戴着双袖套干活，那时候，劳动是光荣的，袖套也是。

可明生嫌弃这袖套，每天进门第一眼看到它牢骚就开始，然后越扯越远，远到八竿子打不着的事上去。照野心里清楚，明生嫌弃的东西，根本不是袖套。明生想解决的问题，也不是袖套。

明生想要这套房子，还有这个院子。

但他不能给明生房子，因为房子有个院子，院子里有棵树。

亲爱的树。

每年春天，它都会开满洁白的木槿花，像洁白的蝴蝶挂满在树枝上，阳光洒在上面，风一吹，满树蝴蝶翩翩起舞。它是照野一生唯一的浪漫。

明生不喜欢这棵木槿，他叫它死人树，开的是死人花。晦气。

二

他是谁？

身份证上，他的名字叫令狐照野，很好听的名字，不过这名字自他五十二岁离开拖拉机厂后，便很少用了，大多数人叫他老令，明生一家则叫他"喂"，老贺呢，喜欢长长叹一口气，叫他"狐啊"。

令狐，美丽的复姓，据说家族的历史很悠远，始于周文王的姬姓后裔，后来，他的祖先在唐朝的时候，与杨氏一族从山西一路金戈铁马来到西南，替大唐巩固了西南边地，然后建立起了他们的土司王国。七百多年，也曾繁华如梦、世代尊贵，直到万历年间一场烽烟，土司和他的庄园化为帝王脚下万丈灰烬，令狐一族也四散乡野，一路向西，跋涉山野，像一粒粒被风吹散的麦种。他爷爷的爷爷便是其中一粒麦种，扎根在了这个苗族汉族布依族混居的小村寨，无声地生长。岁月在隐秘悲傲的口授中延续，"故乡"在这口授中成了一道遥远的微光，可是到底哪里才算是故乡？那里生长着什么？草地还是荒滩？直到爷爷说，老宅有几十棵木槿，花开的时候，像雪花满枝。

照野不知道木槿是棵什么树，也不知道传说、历史，还有祖先是不是真的，他们对他来说实在是太遥远，且像风雨一样飘摇模糊，但爷爷和父亲的表情里常常写满宁静的悲伤——回不去的悲伤，这悲伤影响着他。当寨里人唱苗歌喝苗酒时，幼小的他独自躲到一旁，拿着村小汉文老师的字典、地图和历史书，在字里行间寻找。遗憾的是，历史与土司的烟灭一起归于空白，而黄河长江也好、秦岭玉门关也罢，对他而言都太陌生，他的细小指甲在地图上划过一道道痕迹，经常中断在某一处——山脉或河谷——祖先是怎么走过来的？

老贺上了点年纪，常替他忧心，狐啊，莫管祖先了，你好好盘一盘自己这些年是怎么走过来的。

就这样子喽。他好脾气地笑，一天过了，又过一天。

深秋的晨光柔软地洒在老贺脸上，老贺老了，年轻时精亮的眼神也柔软了。他叹，你这个人，亏就亏在脾气太好，冯树儿说得对，像朵棉花。

时光顿时卡住了。

树儿。

那年她二十九。

树儿，你为啥子说我是朵棉花？

任由人揉呗，软绵绵的，但是热乎。羞涩的冯树儿吐了吐舌头，声音低下去了，和着摇曳的烛光，温柔的方言尾音却又微微往上翘，像一朵花摇曳在春天的枝头。

是了，他的确是个棉花性子，寨子里的娃娃，个个都是骑牛撵狗打架长大的，蛮崽们见不得人用功，抢他的书，嗷嗷怪叫，风一样嗖嗖嗖从寨子这头跑到那头，他光着脚板在后头追。这样的场景整个寨子都习惯了，哪天不见着都觉得奇怪。

老贺当然是其中抢得最起劲儿的那个。

算一算，世上不欺负他的人除了爹妈，只有冯树儿一个，不仅不欺负他，结婚后还事事由着他。尽管他对这种自己做主的人生感到手足无措，宁愿"树儿你说了算"。但是，冯树儿的态度让他很受用。

他以为他和树儿要在一起活到老，像都那县城那口老泉，结果却中了苗歌里的蛊——有的鸟儿刚找到枝条枝条就断了，有的秧苗刚结上谷穗谷穗就死了。

结婚才两年，树儿就没了。

至今他也没弄明白宫外孕是个啥子病，反正都是他的错，反正树儿就在这个事儿上走了。丢下他一个人了，既然是一个人，弄不弄懂的，也没有意义。拨弄它，反而痛。

后来，明生和他妈枝儿便住进了这个院子。准确地说，是霸进了这个院子，一住就是几十年。

三

响器班的敲打过后，一阵震耳的鞭炮声和哭声响起来，不用想，是进火化炉了。照野放下糨糊刷子，抠了抠手指上硬邦邦的糨糊。

坐在铺子里能看见火葬场那两根大烟囱，今天一早火化的那个，听说寿年九十九，真是活成精了。这不，化成的那缕青烟还在天上没散呢，在离大烟囱不远的地方悬浮着，纹丝不动，看来是在等炉里这个搭伴。

正瞎想，一个热腾腾的声音扑过来——开饭了。

是老贺。

命是个奇怪的东西，猴精狗跳的老贺欺负了他大半辈子，到老来心甘情愿当他的灶神，天天给他往铺子里送饭。

照野过意不去，老贺霸道地挥挥手，说我们俩什么时候轮到你说了算的？又自嘲地笑，都黄泉路上走的人了，我呢，送的不是饭，是活着——你能吃我的饭，也是活着。再说，白眼狼们一个个都长大走了，我空学了一手的本事，你不吃，我煮给谁吃？

也是，伤感了。人生几十年，再热闹，最后还是一个人。

这辈子也曾热闹过，在他俩初中毕业那会儿。国家号召三线建设，边远的都那县城突然冒出几多外地人，坐着北京吉普，有的卷着舌头讲北京话，有的咿咿呀呀讲上海话，惹得大家都挤在县招待所听稀奇。后来大家陆续知晓，苏联大哥不厚道，和中国断交，英明伟大的毛主席号召大家到三线备战备荒。北京有个神秘的工厂响应号召，很快就要搬到都那的拐沙湾里来。

都那，不是苗语，也不是布依语，它是当年蒙古军南下打到西南驻扎屯兵时留下的名字，意思是有泉水的地方。现在，这个有泉水的地方成了祖国的三线，老贺学习差，难得谦虚地问照野，那祖国的一线和二线在哪里？

照野摇头，祖国那么大，他怎么知道。

街上大喇叭不停地哇啦叫，好人好马上三线，愿意到拐沙湾拓荒的，请到大操场报名。

老贺没听懂，犯疑了，问，上三线为啥子要脱光？

照野抿嘴直笑。

听明白后，老贺唆使照野一起报名。在攒动的人群中，虎里虎气的老贺和文静温和的照野很自然地吸引了大家的注意。

荒无人烟的拐沙湾一夜之间热闹起来，到处都是人，大喇叭放着毛主席语录歌，斗志昂扬，人们开山、放炮、挖洞、平场、修路、打夯、烧瓦、建石灰窑、烧红砖、建员工宿舍，建设队硬是在野猪窝老蛇洞上建出一个全新的世界。夏天的一个个夜晚，源源不断的大卡车载着机器、文件柜，还有专家们安静地驶进拐沙湾，像天兵天将一样驻扎进来。

老贺和照野一辈子没见过那么多车。

因为上过初中，老贺和照野成了少数留用的正式工人，机灵的老贺那会儿叫贺精，照野老实，大家叫他笨狐。厂里一见到他们俩就叫狐精。

正式上班第一天，车间主任神秘又自豪地说，工厂是专门为国家生产重要的零件和材料的，这些东西要用到炮弹飞机原子弹上去，用到保卫祖国的地方去。他们车间负责生产的是一种特殊的螺帽，照野不知道这螺帽送到哪里去，只知道车间主任每周政治学习都要强调，一个不合格的螺帽有可能会给国家带来不可估量的损失。照野每天都会遐想，这一枚枚经他手的螺帽，会用在哪里？他呼吸紧张，细瘦的脖子上，搏动的青色血管像奉献的青春一样透明热烈。

山里的日子与世隔绝，每天只有一趟专线班车直通县城，把肉蛋等刚需的东西从外面运来。厂里外出办公事的也坐这趟车，一般都选政治过硬的业务骨干，他们可以凭工厂开的办事条坐车，不付车费，上车下车的样子都像只骄傲的公鸡。

四年后，照野和贺精才轮到第一次坐车出山，他俩上车的时候，也把腰挺得笔直，屁股撅得老高，也像两只骄傲的小公鸡。

小公鸡是去给新到的专家找治"蛇缠腰"的苗药。

进了县城，他俩傻眼了，这才明白什么叫洞中一日，世上千年。

县城变样了，泥槽子路变成了水泥马路，土坯房变成了砖房，电影院门口贴着彩色的画报——《马永贞》，售票口前排着长队，大姑娘小伙子挤来攘去，姑娘们给挤红了脸，眉眼带着恼怒也飞着蝴蝶，三月三摇马郎时的场景也不过如此。

从没进过电影院的贺精有点猴急心痒，盘算盘算了时间，忙火火地安排，狐，狐，有场下午三点半的，你去排队，我去找老苗医，抓完药就来。

万一你赶不来呢？万一回去的车开了呢？

我保证赶得来，我用建设社会主义速度！那车不用怕，六点才发。贺精说完，撒开腿就往城南摆列营跑，差点绊倒了电影院门口一个大眼姑娘的瓜子摊。姑娘骂，瞎了。贺精回头要还嘴，看一眼姑娘，眼神顿时迷离了。照野催他赶紧走，他才回过神来，嘻嘻一笑跑掉。

两人抓了药看完电影，再到乘车处，刚好赶上点，一直亢奋着的贺精坐上车后，先是兴奋，渐渐地语气就不对了，像被人抽掉了筋，直打蔫。

电影里那些江湖豪情、那些他从未听过的激昂又浪漫悲壮的音乐，还有卖瓜子的大眼睛姑娘辫子上粉色的发带、市场上生动的喧闹吵嚷……所有的一切，像安静的月夜里飞过一只惊鸣的鸟儿，那翅膀拍动和划破的不是月色，是空气、呼吸……和青春。

贺精突然“醒”了。

狐，我不想回去了，山里没意思。贺精半张脸贴着玻璃，无神地看着外面一蓬蓬白花花的野芦苇，恹恹地说。

丛山在窗外随着车身颠簸跳跃，无休无止。

照野不可思议地望着贺精，这样的生活，不用风吹日晒雨淋，不用上山种苞谷、下田栽秧苗，每个月有稳稳当当的工资寄给爸妈，又是工人阶级，多么自豪荣耀，而且工厂是那么神秘，神秘得对外只有一串数字编号。照野从山里寄出去的信写的是编号，爸寄进山里的信也是编号——因为祖上的缘故，照野爸是寨里少有的识字人，一直在公社做闲杂，见过点世面，对国家大事他从不多问，只说，孩子，好好干，十年以后，你再告诉爸，你们在山洞里做些什么伟大的事情。

伟大的事情，贺精怎么会觉得没意思呢？

我不知道为啥子，我只觉得，除了伟大，我们还可以有很多种活法。贺精说，你晓得不，我的心现在像一缸被晃过的麦子酱，长蹼了，没法子了，回不去了。

那段时间正是秋老虎的季节，每天的太阳都金灿灿的，山野其实很热闹，庄稼熟了，野果子也熟了，刺猬、斑鸠、老蛇、野猪、野黄羊，到处都是。可这热烈的秋阳照在贺精脸上，这些热闹呈现在他眼前，只能令他更疯狂，成天想往外窜，生来是个野猫子的他已经尝到山外的甜头，大山再也留不住他了。他今天嚷嚷好儿男应该学马永贞，仗义天涯；明天说他要到广阔天地去，天翻地覆慨而慷；后天又说他要做一架飞机开到太平洋去，打倒美帝国主义。厂里一大群安安分分的年轻人，眼看着就要全跟着贺精"长醭"。厂长毫不犹豫地决定把人调走，科学家厂长有的是能量，没有办不成的事，新单位是个拖拉机厂，在都那县城近郊，也算待贺精不薄。

贺精却不肯走——除非捎带上令狐照野，不然我不走。

副厂长这两个月已经被贺精折腾够了，一听火大，小赤佬，蹬鼻子上脸，滚。

阿拉唔跟侬计较。贺精学着他的上海腔，背起双手，像个领导一样来回踱步——令狐同志和我是阶级兄弟，革命友谊，情深似海，他不走，我不走。

照野一直到车间党支部书记要求他签保密责任书时才知道，工厂不要他了。

这些年，照野从嫩头蒜长成蒜苗子，当上工厂劳模，他已经在厂子扎根了，爸说过，要在伟大的建设社会主义的道路上做一颗默默奉献的螺丝钉，为了人民，为了祖国，要为壮丽的社会主义事业添好砖加好瓦，要为保卫祖国贡献力量。

说好的奉献一辈子，怎么说不要他就不要他了呢？

顿时就哭了。

支部书记见照野哭成那样，这才明白是贺精个人的主意，气得一搪瓷缸茶水就朝贺精泼了过去。

覆水难收。

从厂里出来那天，大雨滂沱，山路泥泞一片，车开到半路抛锚了，贺精和照野只好步行，一路上，满山沟的刺梨花瓣淋落一地，雪花似的，让人心碎。十月的雨水在一千三百米海拔的县城不算个事，但在一千九百多米海拔的山里却能寒进人的骨头。高大的贺精搂了细瘦的照野，一把油纸伞大半罩在照野头上，哄他，调个工作，苦兮兮的，整得像个婆娘一样，好大个事嘛。

照野还是伤心、恍惚，傻偏一样随了贺精，深一脚浅一脚地走，也不说话，偶尔回头望山里，虽然不是生离死别，但照野知道，这个地方他再也回不去了。

进了城，雨停了，照野听到贺精用奇怪的声音哆嗦着说，狐啊，我得去医院。

照野望一眼贺精，这才发现贺精早已全身湿透，头发贴在腮帮子上，脸色冻得乌青，整个人直打摆子。

那场雨着实把贺精淋坏了，高烧十天不退，最后整成肺炎，送到自治州，医了二十多天，把照野吓得不轻，巴巴地守在贺精病床前，盯着输液瓶整天不敢挪窝，被"开除"那点怨气，尽被贺精声嘶力竭的咳嗽和要死不活的呻吟给吓没了。

狐啊，你莫要气，我跟你讲，你这个软答答的性子，不带着你，我不放心。贺精边咳，边说。

照野的心底拂过一根柔顺的羽毛，望一眼贺精，谅解地笑了。

四

拖拉机厂和山里完全不同，这里没有什么是不能聊的，天上地下的事、神仙鬼怪的事、床上被窝的事，一到中饭时间，食堂里闹成一锅粥，姨妹子大嫂子亲姑父老丈人，荤素成堆。搞得照野无所适从，只好每天领了馒头和米饭，一个人绕到食堂背后，翻上围墙，坐在上面看远方。

远方到底在哪里？那里是不是故乡？不知道，照野只能看到围墙外成片的稻田，它们一望无垠，夏时青绿，秋天金黄，稻田的尽头是连绵不断的乌蒙山脉，山的背后是更大更深的山，那里有年轻的照野的梦想和事业，如今都跟照野没关系了。

贺精端着他的大搪瓷碗，靠在墙角边吃边数落——只要心中有祖国，到处都是练兵场。那边秘密的生产是为人民服务，这里也是为人民服务，送物资、收粮食、运国防，没有拖拉机，靠人工得背到几时？你这脑袋不开窍。

照野坐在墙头，眼神无光。

墙角骂不醒照野，贺精回了车间继续骂。沉的重的零件，催照野去搬；寒冬腊月钻拖拉机底，叫照野去干。照野不吭声，由着他拿捏。车间里，大家每天都能听见贺精骂骂咧咧的吆喝声，个个替照野打抱不平。

照野却渐渐喜欢上了这声音，在都那县城，他本就是孤单单一个人，如今有人在耳边这么天天骂，反而受用。

厂长从省里开解放思想座谈会回来，说到一个新词：沙发。

那个鬼东西，坐上去像坐棉花，腾云驾雾的，厂长卷起舌头——在英语里头，沙发就念沙——发——，是个洋家什。我看这洋家什也莫得啥子好，坐上去晕车。还是彩电好，彩色的电视。厂长边说，边学着电视广告里的动作——OK晨光，OK晨光，OK晨光羊皮装。

于是大家便都想坐在沙发上晕一回车，见识一回OK晨光。

没多久，县政府、供销社和邮电局也有了沙发和彩电。

坐不住的贺精又开始心痒，破天荒骑上墙头，盯着远方琢磨。

冬天了，收割后的稻田水汪汪一片，有的地方结着薄冰，上面站着几只麻雀，一阵风来，麻雀便飞散而去。贺精的眼神精光亮闪地随着它们望向天际，越过远山。

狐，你说我们什么时候也能买个沙发，还有彩电？贺精心急火燎地问。

照野不回答。

半天放不出个响屁。贺精气愤地跳下围墙。

那天半夜，贺精顺着县政府楼旁的一棵梧桐树爬上去，跳进二楼会议室。

不怕死的贺精是带着探索精神去的，他用刀子把沙发分尸扒皮，倒腾了大半夜，直到公鸡刨笼打鸣，他才醒过神来，逃离作案现场。回来后，贺精一鼓作气，从厂里偷了木料、钢条、螺丝、铁皮、弹簧，还有麻袋布，在厂区后侧一间废弃数年的厂房里悄悄搞实验。先是锯木料做沙发骨架，然后一个个安装弹簧圈，用铁丝固定绑好，再在木框和木杠子上缝钉麻布做布绷子——这个环节他一个人完成不了，要保证沙发饱满有弹性，得适度将弹簧均匀地压下去一部分，再绷上布，可他一个人压不匀。贺精无奈地意识到，一个好汉三个帮，他得找人了。

能找的人当然只有照野。

下了班，贺精把照野硬拽到茅草丛生的厂区后院。

不知为什么，在照野的回忆里，那天的夕阳比任何一个夏天都好看，金黄色的光像幻觉，诱着他一步步向前。杂草丛生的小路间，头年紫色的野棉花花朵已经谢了，只剩下一簇簇无人采摘的野棉花，像云朵一样在草丛中随风飘拂。尽头处，有一株陌生的树在杂草间安静生长着，开满了洁白的花，它们披着夕阳金色的光芒，像一个个神奇无声的光圈，呼唤着他。他从未看到过这样的一株花树，长在无人问津的地方，却那样从容地在夕阳下开出一朵朵镇静的花来，它没有欲望、不惹世事，安安静静地开。

而草丛里，每走一步，都惊起一群翡翠绿的蚱蜢，薄薄的翅膀划过空气，有一种生命的蓬勃。照野走着走着，奔跑起来，朝那一树遥远的花。

贺精在后面追，嘻嘻笑，跑个屁，一会儿吓你一跳。

推开废厂房的门，照野的确吓了一跳，回身就想往回跑。

有谁能比他更了解贺精呢，公安局这段时间警车天天呜呜叫着要抓的破坏公家财物的坏蛋原来在这里。

贺精早有防备，堵住门。他已经快两个月没剪头发了，此刻在厂房阴暗的光线里，头上像是顶了个鸡窝，显得古怪又阴森。贺精恶狠狠盯着照野，手里的扳手一上一下摇晃着——要么就帮我一起做完，要么我一扳手敲死你。

敲死我也不干，你这个犯罪分子。令狐紧张地咽了咽口水。

狐啊，装个傻子你会死吗？我在搞这个东西，不能证明翻窗上房搞破坏的人就是我。贺精狡辩。

看，你等于是承认了，你这个犯罪分子。这回令狐说得更流畅自然了。

我跟你说我真会敲死你的。

你这个……

信不信我真敲死你？你不开腔就不开腔，一开腔就是犯罪分子，我真是受不了你。贺精被照野单纯的执拗激怒了，要不是怕你一个人憋死在山里头，谁愿意带着你这个死脑筋？我跟你说，不管你信不信，这个沙发，是我们打开新世界的钥匙。

新世界是偷偷摸摸去拆人家东西吗？照野不安地反驳。

我不偷偷摸摸去，难道去跟他们要钥匙？再说，等我学会了还他们一个好沙发不就完了。好了这事就这样了。贺精提起扳手和钳子，指挥照野，那儿，给我趴上去。

干吗？照野一惊，捂着脑袋紧张地问。

趴上去，帮我把弹簧压好，我要绷布。贺精不耐烦地拿起一块麻袋布。顿一顿，又说，我警告你，你已经和我一起做沙发了，你敢说出去，你就是同案犯。

贺精说得没错，这张沙发打开了他们通向新世界的大门。两个名不见经传的年轻人突然就在县城出了名。街头巷尾都有人追着叫师傅，公安局没错过这线索，但贺精不承认，只带着工具去弄好了沙发。

弄好了还能有多大的事呢，何况没有证据，局里不甘心，趁机加塞订了一套沙发了事。

荒凉的拖拉机厂后厂区热闹起来了，正是夏季，野花蓬勃，杂草间，野芭蕉开出鲜红或鹅黄的花朵，贺精喜欢每天经过时掐一朵花蕊，吮吸里面带着花蜜甜的露水。照野却独爱那棵树，风吹一阵，他的心便跟着花枝徜徉一阵。

他每天都在数，开了几朵，谢了几朵。

木槿，来拉沙发的林业局局长告诉他，这棵树叫木槿，其实在西南地区很常见，只是海拔太高的地方，因为冷，它不容易开花。

不开花也是木槿啊，花可以开在心里。林业局长浪漫地说。

照野抚摸着白色的花瓣，释然一笑，其实爷爷找了一辈子的木槿，也是开在心里的。

做沙发的收入远远超过那几十块钱的工资，狐和精的日子从此过得挺滋润。

闹心的是房子。

拖拉机厂分配住房，按工作年限，照野和贺精都该有，但厂长不给，不给就算了，还要在大会奚落——占着公家的厂房干私人的事。

贺精扭头去找县供销社主任，供销社主任女儿出嫁要一套时兴的三合一高扶手沙发，正在贺精那儿排队。主任听了挠挠头，说县库边上有个巴掌大的小三合院，新中国成立前是地主小姨太的，五三年上吊死在里头，后来也没说清楚归哪儿，我们拿来放过一段时间杂物。前几年县城发大水泡过后，烂得不成货，你们两个要是愿意，自己想想办法整一下，也能用。

两人跑去一看，院子里干枯的茅草比人高，又烂又脏，破碎的青石板上积满了雪水和青苔，房梁顶也没几片瓦，鬼都不愿住。想走，又舍不得，终归是天上有横梁地上有院墙，待了半晌，还是贺精打气，说咱们工人有力量，收拾收拾，管让它旧貌换新颜。照野跟惯了贺精，他说什么便什么了。两人抽空当时间，前前后后忙活了整整一个冬天，倒出去几十板车烂瓦破砖荒草藤条，再到处找木条修了门窗、换了烂柱头、捡了瓦。第二年开春，小三合院模样出来了，秀气精巧，超出他俩想象地好。按贺精的意思，他左，照野右，每一面隔成三间，第一间起个灶头烧火吃饭，第二间大人睡，第三间以后有了娃，娃睡。贺精胸有成竹地规划着，仿佛媳妇孩子车子轮子的就在院子里排着队等似的。

左右分好了，正中的横排大房贺精规划成了操作间——从此不用受厂里的鸟气，这里就是我们的车间。

照野听得振奋，四处挖了些夜来香、鸡冠花、胭脂花、指甲花栽在院子里。他惦记着那棵木槿，趁黑偷偷挖了，由贺精在围墙外头接应，搬到了院子里来。贺精边搬边笑，说，还说我，自己也偷东西。

照野脸红了，说，没人管它。

没人管也是公家的。

也许它是鸟叼来的种子发的芽。照野昂头望望天空，腼腆地说，像我们一样，莫名其妙在这里生根。

木槿搬到院子里后，以一种神奇的速度迅速完成了迁移期的恢复和生长，夏天刚到，每个枝丫便都稳稳当当支开了花骨朵儿。贺精叉着腰巡视一番后，表示"这棵木槿就是你令狐家的"。傍晚，暑气降完后，照野提了把镰刀准备去割掉院外那条小路两旁半人高的野蒿丛，贺精不让，嘻嘻笑，说狐，这蒿草有仙气，你看，它把咱们这院子衬得像狐仙住的院子，逍遥。

照野全身起鸡皮疙瘩，说，被你讲得鬼气森森的。

贺精不管，回屋找了块炭，胳肢窝夹一块木板出来，麻溜往木板上写下三个字"狐狸居"，再穿洞拿麻绳系了，挂在院门头上。

照野抬头望半天，憋着笑，大着胆子说，这名字好丑，字也丑。

去你蛋。贺精一巴掌扫过来，我跟你讲，不要小看这三个字，从此以后，这就是咱们的地盘，谁来也撵不走。

晚上，夜露升起时，贺精神秘地端出一炉炭火、一瓶散酒、一碟油炸酸醡鱼、一袋瓜子，说是庆贺新家。贺精光着膀子，边嗑瓜子边神经兮兮地笑。照野看不懂，贺精自己忍不住了，说，电影院那个卖瓜子的姑娘，记得不？

不记得。

皮肤真白。贺精说。

照野明白了，指着贺精，愠怒道，道德败坏。

娶了就不败坏了。贺精笑得一抽一抽的，抱着自己的光膀子，眯着眼唱，你的身影，你的歌声，永远留在，我的心里。

照野哈哈笑起来，夜风吹来夜来香和胭脂花的阵阵香，照野醉了，四仰八叉躺在青石板地面上，看着天上的月亮咧嘴傻笑。

贺精还在嗲声嗲气地唱。

人世间最美好的夜晚，便是这样的夜风沉醉。

的确，这样美好的夜晚，在照野人生中再也没有出现过。

五

老贺今天送的是饺子，皮薄肉香，一般人做不出来的好手艺。

手艺其实是媳妇秀华教的，就是照野当年想不起来的那个在电影院门口卖瓜子的大眼姑娘，把老贺的心晃得长醭那个。

秀华是个能吃苦的好心肠女人，七十三岁查出肝癌后，不怕死，怕自己死后连蛋炒饭都不会做的老贺遭罪，撑着痛一天一个菜谱手把手教老贺，医生叫化疗也不肯去。

秀华走那天下午，突然想吃皮蛋瘦肉粥，老贺看一眼照野，面色发青，晓得是回光返照，直摇头，这吃的是散伙饭啊。

不做！他硬邦邦答，不会。

秀华由不得他，吩咐老贺把自己抱起来，放到轮椅上，吊瓶由照野举着，推她进厨房。

正是深秋，窗外梧桐树叶枯黄，在风中互相摩挲，沙沙作响，秀华声如游丝，断断续续地指点，吊瓶里的白蛋白也断断续续滴着，老贺自始至终垂着头，不说话，笨手笨脚地任由秀华摆布——水，少了；米，多了；皮蛋，松花皮蛋……

渐渐地，滴得越来越慢的白蛋白最终停滞下来。

老贺端着一碗香浓的皮蛋瘦肉粥，半跪在秀华面前。

嗨，你这个人，说要吃，又不吃。你不吃，我替你吃。老贺说完，坐在地上，端着一碗皮蛋瘦肉粥大口大口往嘴里灌，灌得脖子青筋直冒，眼眶红肿。

在照野记忆里，这是老贺唯一一次哭。

但其实老贺哭过两次。

秀华教给老贺的手艺，老贺惦记着，不敢生疏，一个人吃又没劲头，就去省城做给儿子孙子吃，结果儿媳妇说他做的饭菜太土，不洋。

洋个屁，你做的蔬菜沙拉像猪草。老贺心明眼亮，说，女，你少在我面前玩招，你老子混江湖那会儿你还没生呢，你哪里是嫌弃菜，你是嫌弃我。你嫌弃我也不要紧，你最好连我的钱都一起嫌弃，我拜你当师傅。

儿媳妇耸耸肩无耻地笑，说我只嫌弃你，我不嫌弃你的钱。

儿子在一旁听到这里笑得眼泪都出来，没心没肺地接一句，老贺，你的钱不给我们给谁啊？

老子全烧了，当冥纸烧。

儿子又猛笑起来，老贺搞不懂这有什么好笑，看着儿子一边笑一边抹眼泪的样子，老贺的眼泪也出来了。只是这一次，照野不知道。

老贺第二天回了县城，每天清早打完太极拳，就去菜场买几棵葱几块豆腐啥的，弄好后带到冥货铺来，跟照野一起吃，雷打不动。

贺精老了依然是精，饺子没吃两口，看出问题来。

狐啊，今天怎么蔫答答的？

莫得事。

莫得事才怪呢，说。

没啥好说的，半截身子都入土了。

既然半截身子都入土了，还有啥不能讲的？讲。老贺凶起来，反正他凶照野是凶惯了的。

照野无奈，放下筷子，说，我在想，要是没有你，就没狐狸居，我就遇不上冯树儿，也没有后来这些事。

树儿？都走了几十年，今天怎么想起她来了？

也不光是想她。照野叹口气，盯着眼前的饺子，碗里冒着的热气渐渐漫进眼眶里，好多事，明生这孩子，我是看透了。

六

照野第一次见到冯树儿，冯树儿才二十岁，中师毕业，回县里教俄语，三线建设期间专家队伍里有家属是俄语老师，跟着调到都那中学来，都那于是有了俄语班。

俄语老师冯树儿出现在一个夏雷滚滚的傍晚。

天黑得吓人，云层低到瓦当上，风大，远处隐约的雷鸣一声接一声传来，暴风雨就要来了。

秀华狠心摇着头，一边急匆匆收着晾衣绳子上的床单，一边推辞，这是公家的房子，我们做不了主的，不敢租。

贺精和照野在“车间”里焊热水煲——他俩的定制范围已经从沙发到修理洗衣机修电视到焊制家用热水煲了。贺精回过头表扬性地朝秀华眨了个眼睛——他每天要从拖拉机厂顺手牵羊带回若干螺丝钉子钢板啥的，让这姑娘住进来实在不牢靠。照野这家伙笨，看不见，但别人不笨。

照野也转身，不是看秀华，是看说话的姑娘，这一眼看过去心就软了，年轻朴素的姑娘就像那棵木槿花树，脆弱地摇晃在大风里。

要不，你住我这边，我不收你钱，公家房子嘛。

贺精一听，翻脸了，哐地甩掉手上的家什，说，什么叫公家房子？我们修的补的添的买的不是私人的？

照野嗫嚅不安地答，是嫂子自己刚刚说的，公家房子。

嫂子是嫂子你是你。贺精劈头泼骂，这院子你说了算还是我说了算？

照野耸耸肩膀，笑。

秀华看不惯贺精欺负照野，说人家也是快三十的人了，整天让你骂得像孙子一样。

我是他师兄。贺精凶巴巴地回戗一句，骂他是轻的。

是，是。照野照旧呵呵笑，小声说，师兄，她是老师，有她在，等嫂子生了，以后孩子作业有人教。

贺精心里七盘八算，想一想也是哈，便默许了，可回头还是不放心，晚上顶着瓢泼大雨猫到照野这边来，甩着湿答答一头的水，问，想不想结婚？

照野一愣，说，当然想，没对象啊。

请神不如撞神。贺精努一下嘴，命令照野——三个月之内，拿下那个冯老师！

照野听得头炸，说你都在想些啥子？树上蹿过只猫你都想要烧来吃是不是？人家才来租个房，你脑壳里就开始飞沙走石的，太快了，我赶不上。

你听不听？贺精揪起照野的衣领。

听。照野无奈地答，你疯不疯？那是个活人，你说拿下就拿下？

贺精走后，照野倒在床上翻来覆去睡不着，雷声轰轰，炸开了他沉寂多年的世界，他从未觉得夏天的夜晚是这样湿热难当，他发现自己的心也像一缸麦子酱，一晃，也长醭了。

这世上只要有贺精在，就没有什么实现不了的事。三个月后，贺精两口子吃上了照野和冯树儿的喜酒。

结婚那天，照野见到了冯树儿口中说得最多的二姐枝儿和她怀里抱着的明生。

和灵秀温和但身材舒展的树儿相比，枝儿瘦小得多，像是没长开，头发干焦枯黄，乍看上去可怜巴巴的，细看眼神里却透着股狠劲，一对细眼珠子尽乱转，像只野猫。

嘴硬、气硬、脾气硬。树儿悄声说，硬枝儿。

枝儿从进门开始嘴巴就没停过一分钟，不是忙着吃菜嚼肉，就是忙着倒苦水——兄妹三个，偏偏单顾她一个，我和我哥，读完小学就没得上了，打猪草喂牛种苞谷挖红苕。她呢，读了小学读初中，读了初中考师范，一家人土里刨山里钻，找的钱全供她读书了。姑爷你看看我，你看看我——枝儿摇晃着一头散乱的头发——干焦得像堆谷草，没火引子都点得着，为啥子？营养都给树儿了。说完，朝树儿翻了个白眼。

似乎冯家人都不喜欢枝儿，或者是听多了麻木了，所以她的话也没人响应，大家喝着酒吃着肉，以热烈和开心表达对枝儿的漠视。

枝儿的眼眶渐渐红了，咬着唇，恨恨地盯着树儿。

树儿不安地垂下眼帘，求助似的靠向照野。照野被这轻微的动作感动了，他活了快三十年，何曾得到过如此的依赖？他用手指头勾了勾树儿的嘴唇，低声说，没事。

还有，新姑爷，我跟你说，以后树儿的工资得分成四份，我爸妈一份，哥一份，我一份，剩下才是你俩的。

照野呵呵直笑，迭连点头，是是是。

和枝儿一起的，还有枝儿刚嫁的男人，枝儿怀里抱着的嫩崽，是男人和他死去前妻的儿子明生。

枝儿嫁这个男人嫁得有点莫名其妙——树儿和照野处对象回乡下去时，枝儿还翻着白眼奚落树儿急着嫁人不害臊，一转眼枝儿就自己吵着闹着要嫁给人家当后娘了。男人是县土产公司的推销员，脾气不好，出了名的酒鬼，又刚死了老婆，带着个半岁的儿子。这样的结婚对象，怎么盘算也是件划不来的事情，可枝儿笃定了要嫁，不让嫁就上吊，村里水井边那棵柏树上，又不是没吊死过人。

还没生过孩子就给人当后娘，枝儿抱孩子的动作显得有点笨拙，一不小心，差点把孩子抱了个倒栽葱。

推销员吓一跳，骂，个死婆娘，怎么抱的？

枝儿牙尖嘴利惯了，顶嘴，我又没生过娃儿，你行你来。

推销员怔了怔，接着一耳光甩到她脸上，鄙弃地吐了口痰，老子愿意娶你个农村婆娘，就是缺个人带娃儿，不会带，滚。

热热闹闹的场面给这一巴掌全弄哑巴了。

枝儿在娘家人面前突然挨了一耳光，哪里忍得，尖叫一声，转身就往院子外扑，嘴里哀号着——我不活了。

一时间，劝的拉的哄的抱的，乱成一团。

推销员根本不管，坐在酒桌上继续吃饭喝酒，吃饱了，才打着酒嗝，咧嘴剔着牙往外走，丢下一句，爱死不死。

冯树儿抢上前去拦住推销员说，姐夫，打人犯法懂不懂？要不要找你们工会说说理？

树儿说话声音不大，但占着理，分量重。当老师的人，神态间又多多少少有点教育人的架势。推销员从气势上先输了半截，酒便醒，转头恶狠狠瞪着还在闹腾的枝儿嚷，喂，走了。

枝儿许是怕他，顿时收声，跟在后面悄没声走了。

推销员回家第一件事就是揍枝儿——再敢在外头跟我犟一句，就给我滚蛋。

枝儿没处滚，不敢吭声，推销员揍了一次不过瘾，只要枝儿牙尖，就再揍。

打多了，枝儿也学乖了，天天在家里当哑巴，只等推销员一出差，就跑来找树儿撒泼。

要你多管闲事。

你就是个祸害。

你见不得人家嫁个好男人，你挑拨离间。

人家两口子扯皮，床头吵架床尾和，关你屁事，法律、工会，你有知识你了不起？你有本事把他关起来啊，害我天天挨打。

枝儿闹完，坐在门槛上，顶着乌青的眼眶哇哇哭。

树儿心疼，说，离了吧。

离？你说得轻省，我一个农村姑娘，没工作没收入，书也没得念，离了婚嫁给谁？嫁给街上的叫花子当叫花子婆？

树儿卡住了，什么话也答不出来，好半天，憋出一句，姐，我煨点骨头汤，你喝了补补身子。

我没那个命。枝儿又哭起来，我还得回去给那个杂种养儿子。

转身出门的时候，身子一摇晃，眼看着就要"晕"。

照野和树儿把家里的麦乳精、罐头、红糖都拿来喂一遍，枝儿才"醒"过来。走时左手扶着墙，右手提着一网兜的瓶瓶罐罐，抽抽泣泣对看热闹的贺精媳妇说，我这个贫血，都是树儿害的，前几年家里有点东西都拿去卖，给她抵学费生活费，我呢，想吃个鸡蛋都不行，医生说抓几服中药吃，补补血就好了，可我妈连中药都不给我抓，说是钱得留着给她交生活费。

我看你这面色……医生是不是看错病了。贺精靠在门框上剪指甲，很认真地发表他的看法。

啊？枝儿一愣。

贺精嘻嘻笑，说二姐，我觉得你这个病，不是贫血，是血吸虫病。

枝儿听出味道来，立马翻了脸，骂贺精，你才有病，你不要脸，斜眉吊眼，十足的二流子病。

贺精咦一声道，我好端端站在我自己家门口，一没出去偷二没出去嫖，怎么不要脸了？再说了，你怎么觉得我就是个二流子了？是我调戏过你？还是占过你便宜？

枝儿说不过贺精，气得脸通红，跺脚直骂，二流子，二流子，你就是个二流子。

你敢再说一句。贺精威胁道，信不信我让秀华去提醒提醒你男人，你三天两头来我们院子里，其实是想来勾引我。

秀华多年在电影院门口做生意卖瓜子，见惯了事儿，一听贺精这话，嘻嘻嬉笑，边吐瓜子皮边配合——好说，我明天就去。

枝儿是个欺软怕硬的货色，一看不是这两口子的下饭菜，埋头溜了。

尽管有贺精、秀华护着，但枝儿每来"晕"一次，树儿和照野便要过上好一段紧凑的日子，枝儿什么都拿，枕巾、毛巾、布票、杯子，连洗鞋子的猪毛刷子都不放过。秀华给她起了个外号——"大扫荡"。冬天，只要阳光好，一到傍晚，她必背着个背篼来，将照野刚做好晒干的蜂窝煤一个个装进背篼。照野试着说了说，你这样来来回回地背，太沉，要不，我把做煤的煤盒子送你。

枝儿皱起眉头说不行不行，我还要照顾明生那个小冤家，哪有做蜂窝煤的时间哪，这沉就沉点，能怎么办呢，我就是吃苦的命。

理直气壮得照野接不上话。

树儿见自己的姐这样子埋汰自己，羞愧不安，又拿她无法，躲进屋半天不出来。

照野等枝儿走了，劝树儿，算了，你亲姐呢。

就是亲姐我才伤心，比狼还狠。

别怄了，照野哄，有亲人总比没亲人强。

我说狐，你怎恁好恁棉呢？树儿听到这里，心疼照野，抹一把眼泪，强笑道，遇着这么个亲姐，你应该连我一起给撵出去。

照野嘿嘿笑，这辈子就遇到你一个不欺负我的人，我还往外撵，放着好日子我不过，傻呀。

这一年，木槿花早早开了，照野从粮管所排队买米回来，见树儿正和秀华在树下晒太阳。

秀华拿着胶布在缠玻璃杯底——电影院门口所有卖瓜子的摊贩都这么干——五毛钱一杯的炒瓜子，杯子下半部都缠着胶布，看不透，因为杯子里有小半截杯底都是填实了的。大家都这么干，看电影买瓜子的人也没法子。

奸商，照野看一眼，偷偷笑。

树儿逗贺精和秀华两岁半的儿子门头念俄语。

秀华放下杯子，好奇地问，吃营养、这是你大娘、死爸舍爸，你教些啥子破玩意儿？不是娘就是爸的。

树儿一愣，然后哧哧笑，笑得直揉肚子，皱着眉头说哎哟嫂嫂，你害得我肚子都笑痛了，哎哟。

秀华懵懂无辜地搓搓大腿，不好意思地嗔怪，笑啥嘛，你是这样在教啊。

树儿忍住笑，解释，这是你大娘，是再见；死爸舍爸，是谢谢；吃营养，是猪。

秀华哦一声，沉思道，吃营养……也对，猪肉吃了的确有营养。

听到这里，树儿实在憋不住了，脸涨得通红，一排白洁的牙齿咬着嘴唇，死死不放。秀华翻着白眼道，看你憋成这副样子，好吧好吧你笑吧。说着自己忍不住也大笑起来。

秀华的笑和树儿不一样，豁达的秀华笑得惊天动地，充满感染力，惹得一旁的照野和门头都跟着笑。

那一刻，阳光如水，木槿花开，流年清明。

回了屋，树儿盯着照野从粮管所买回来的半袋面粉发呆。

国家计划供粮不够，每月的大米都要配搭面粉，照野在苗寨长大，吃惯了酸，根本吃不惯面食。

你看啥？

树儿揉了揉肚子，皱眉说，我想着变个啥花样。

啥花样都是吃，过几天我去山里，网点鲜鱼，做点酸酢鱼。照野边修收音机边招呼，把镊子给我一下，接着又说，你老揉肚子做啥？

有点痛。树儿说，怕是刚才笑岔气了，肠子抽筋。说完转头看了眼院子里那一树缤纷盛开的木槿，哎呀一声道，我恁笨呢，木槿花面疙瘩汤如何？

照野眼前一亮，说好啊。

树儿便出去摘花。

照野修完收音机还不见树儿回屋，迈出门去瞧，却看到树儿一脸煞白站在树下，小竹筛掉在地上，扑散一地白色的木槿，看树儿的样子，像是被什么东西给射中，腰微弯着，腿微曲着，一手扶着树，人一动不动。

她身上那条藏蓝色的裤子在夕光下亮闪闪湿黑一片。

是血。

照野吓坏了，跑上前一把抱起树儿。

怎么了？照野紧张得手足无措。

可能是……那个来了。树儿咬牙忍着，面色羞红，低声道，放我到床上，你先出去，我收拾一下，你也赶紧……树底下怕也有，扫一扫。

听树儿一说，照野的心这才落地，点点头，不放心地拍拍树儿的手，说，还是去医院看一看，等我扫了就来背你。

树儿紧皱着眉，点点头。

照野匆匆转到厨房，在火炉子里铲一铲煤灰，提了扫帚来到树下，低头一望，铲子吓得掉地上。

秀华听到哐当一声，从厨房探了个头来。摔坏啥子了？

嫂嫂。照野咽了咽口水，面色苍白。

秀华麻利溜走出来，朝照野盯的地方一看，尖叫起来。

地上偌大一摊血迹，夕光下惨艳艳吓煞人。

我的个妈呀，秀华反应快，几大步抢进照野屋里，大叫，树儿。

冯树儿躺在床上，一脸煞白，眼睛瞪得大大的，手指微微动了一下，指向腰间。秀华上前去，一把掀开被子。

树儿的下半身已经被血浸透。

照野至今想不起那段昏天暗地的日子是怎么走过来的。冯家人来了一拨又一拨，把他摁在地上打，打了一次又一次，他躺在地上，眼前全是缤纷似雪的木槿花，还有摘花的树儿……打到最后，照野连树儿怎么下的葬都不知道，树儿的坟在哪里他也不知道，照野去乡下树儿老家找树儿的坟，大哥一脚踢在他裆上，滚你个杂种，你个杀人犯。

那一脚够狠，他蹲在地上，痛得缩成一团，差点晕死过去，模糊间，他看到陪他一起来的贺精血红着眼珠子猛扑过来，手里举着那只他从不离身的扳手。

从医院出来的时候，照野感觉裤裆空荡荡的，那东西明明还在，他却觉得它已经没有了。

小院也空荡荡的。没有贺精和着收音机唱天涯涯海角的声音，也没有秀华沙沙沙炒瓜子的声音，更没有冯树儿老师卷着舌头优美地读俄语的声音。门头趴在小板凳上，无聊地玩一只断了翅膀的蜻蜓。

照野静静坐在木槿花下，看天。

上午下过雨，这会儿晴了，雨水过后的天特别蓝，蓝得让人眩晕。

蓝得前生已尽，来世尚远。

秀华从屋里走出来，解下围腰扑打着身上的瓜子盖灰，大咧咧坐到他身边，没头没脑地说，算了。

师兄呢？他迟钝地回过头，朝她身后望一眼。

看守所里头。

啊？

树儿大哥的脑袋给他敲破了。

啊？

啊，所以啊。秀华洒脱地拍拍照野的肩，说，没了树儿你还有我们呢，就这样吧，没啥过不去的。

照野摇摇头，沉默许久，他望着雨后湿漉漉的院子，还有敞着门空荡荡的屋子，细蚊子似的问，我家树儿，他们到底把她埋哪儿了？

不说她。

那我说谁呢？照野软答答地问。

日子还长。

长才可怕呢嫂嫂。照野悄没声地叹息。

夜里，照野躺在床上，反复摸索着身旁的空床单。微风把一些温度和气息从床单上撩起来，又魂魄一样钻进照野的骨头。照野一动不动，心头唤，树儿。

天蒙蒙亮，照野起了身，认认真真地洗漱完，换上两年前结婚时穿的白衬衣，把树儿的黑白正规照放在贴胸的口袋里—— 一切都安排妥当了。

突然门哐当一声，泄进一壁天光和入秋特有的潮气，一个女人披头散发抱着娃提着箢背着背包黑咕隆咚地撞进来，接着便是一串熟悉的、尖锐又惨烈的号哭。

照野手里的菜刀哐当落到了地上。

什么情况？

没法活了，活不下去了。枝儿将手里、背上、肩上的东西悉数乱甩一气，一屁股坐在地上。

照野心想我才是活不下去了，你有啥好哭的。本是懒得理她，可终究被打岔了，不知道怎么重新起头，只好收起菜刀，茫然无计地提了只小板凳到门外，坐在屋檐下。呆坐了一上午，看蚂蚁顺着墙壁搬家，一只接一只，看雨水一滴滴滴下来，无休无止。

枝儿在屋里哭了半天不见照野撵她，收了声，趴在窗框上问，喂，不开腔，你装死人？中午了，明生饿了。

照野迟钝地转了转僵硬的身子，楞了她一眼，意思是你儿子饿找你儿子的爹去，找我做啥。

枝儿瘪瘪嘴，放下明生，做饭去了。

两岁多的明生胖得像个不倒翁，摇摇晃晃走出屋子，走到照野面前，学着他后妈的样子，朝照野凶，喂。

照野不理。

喂。这次用手招呼，啪。

照野站起身要走。明生一把揪住他裤管，尖叫，我要拉屉屉。

照野无奈，只好替明生脱了裤子，侍候他完成重要事项，再铲了煤灰来收拾小魔王的臭狗屎。

一整天，一心要寻死的照野给缠疯了。寻死不是件容易的事，是需要氛围营造的，但他刚一起悲凄的念头，这两个就在他面前呼来喝去，一惊一乍，搞得照野疲惫不堪，总之是死不成。到了下午，贺精正好从看守所出来，这家伙一回院子，看到多出个枝儿和明生来，顿时又火烧上房，提起顶门棍就要大开杀戒，嘴里叫着，大扫荡，我让你大扫荡。吓得秀华甩了饭甑子就扑上来抱贺精。

枝儿不省事，怕归怕，满院子躲着却不肯输嘴，又号又叫又骂，整得个鸡飞狗跳。

天黑后，几个人都筋疲力尽，贺精也不撵枝儿了，照野也再没力气去寻死了。

枝儿也累了，抱着哭哑了嗓子的明生，沙声沙气地抽泣，我也是没办法，那个死人把土产公司外销收回的账全赌光，坐班房去了。

贺精和照野面面相觑。

没钱，又拖着个娃，土产公司说他犯了法，要没收房子，回乡下我是打死也不去的，我只有来投奔树儿。

树儿都死了。

那也是姑爷害死的，树儿要是在，肯定顾我。

尽管沙哑了，但枝儿的声音仍然尖细锋利，勒成一股钢丝，绞在照野脖子上。

照野不反抗，抹一把玻璃上的月亮影，苦笑，是，我害了树儿，她不怀我的孩子，就不会死，我得去找她，枫香树下、忘魂河旁。

你说啥子？枝儿屁股一抬，又尖叫起来，你去找她？你死了我们怎么办？我跟你讲，你不能死，你死了，我就带着这小讨债的一起死，到了阴间找你和树儿评理去。

秀华在一旁附议，是的是的，树儿走了，枝儿又这样，你得负责任。

贺精回头瞪着秀华，秀华挤挤眼，贺精顿时明白，迭连点头，对，狐，你得管。

照野怔怔地盯着枝儿，又看一眼抱着白糖罐子舔得满脸糖渣的明生，明生生怕他抢罐子似的，往后一缩，像只刺猬一样反盯着他，盯得他直发毛，一痛，一潭死水仿佛又活了一下。

死不成了，得养活枝儿和明生，工资全交，他懒得管，更懒得说话。

一个院子进进出出，一分钟不说话都要憋死的贺精看着照野蔫不出声的模样，心头着实泼烦，个蛋蛋的，你像个男人行不行？

照野不回答，像不像个男人又有什么关系，树儿哥那一脚没废掉他的命根，却废掉了他的念想，那东西从医院里出来就没有动静过。

贺精不耐烦，死人，你吭个声啊？

照野不吭。

贺精挤挤眼，换了个招数，嘻嘻笑，我要是你，就把枝儿这泼妇给收了，也不白养活。

照野举起一块砖头就朝贺精砸过去，还是不吭声。

贺精麻利躲过，无计可施，跺脚，搞不赢你，你就这样吧，可是我跟你说，日子还长得很。

是长。

对于心如死灰的人来说，白天长，夜更长。

七

大雪，风刮得紧，关着门都挡不住，风从门缝里挤进来，发出嗷嗷的啸声。秀华从县汽车站取货回来，冻得嘴唇发乌，却一脸的欢喜，吃过晚饭便开始支起大锅炒瓜子——天越冷，人们越喜欢猫家里火炉边摆龙门阵、嗑瓜子。

明生听不得锅铲响，吃过晚饭便跑到那边，肥屁股杵在锅边的小板凳上就不挪窝，小眼睛精光闪亮，秀华一巴掌打在他肥屁股蛋上，说，打小像个贼，都是大扫荡把你惯的，一身的肥膘。

这边，照野捅透了炉火，洗了好几天的床单，一直不干，得烘。

狭小的屋子很快暖和起来，热浪滚滚，照野脱掉棉衣和毛衣，只穿了件腈纶运动衫，专心致志地修他的录音机。枝儿吝啬惯了，也不闲着，趁炉火旺，烧了锅热水洗头，洗完，端了明生的小板凳，猫在炉旁烘头发。

热腾腾白茫茫的水汽从枝儿头上弥漫开来，散到空气中，有蜂花洗头膏的香味，照野敏感地抬起眼帘。正好看见炉对面低垂着头的枝儿，一头青丝，还有白皙的手臂和细长的脖子。

一时间，照野有点恍惚，仿佛看见年轻的树儿正蹲在炉火旁烤头发，那么安静、那么温柔。

正巧，树儿抬起头拿炉上的梳子，看他一眼，笑了呢。笑得满屋的花开。

照野不禁也笑了，眉眼里都是深情。

枝儿很意外，一个屋檐下这么久，何曾见到这个冷冰冰的人儿笑过一次？她缓缓站起身来，转到他面前，半蹲下去，把柔软又挺拔的胸脯抵在他膝盖上，昂头看他，边看边解开胸前的扣子，然后去拉他的手。

姑爷，四五年了，我想和你一起过。

这声音粘满湿答答的欲望，勇敢、尖锐。

照野吃了一惊，回过神来，眼前的人是枝儿。

照野想要闪躲，却被枝儿紧紧拽着手，狠压在她胸脯上，枝儿挺着细小的腰，眼睛里闪着火热却又狰狞的光。照野吓坏了，眼前这个女人，分明是要吃定了他。

二姐，照野紧张地要挣脱，可被压紧的手掌让所有的挣扎动作变成了揉搓。

你摸我了。枝儿阴森森地说，冷笑，伸出另外一只手把她的碎花衬衣撕开，你要负责任的。

二姐。照野又急又怒又慌，一脚踢过去。枝儿一屁股摔倒在地上，碰翻了洗脸盆、铁水壶，绊倒了凳子、抓落了床单，一时间叮叮咣咣响成一团，水漫了一地。

枝儿坐在湿漉漉的地上，捂着肚子，一脸怨恨，无助恓惶又狠毒地盯着照野。

照野没想到这一脚会踢到枝儿的肚子上去，树儿捂着肚子血流不止的场景又浮现在他面前，照野吓坏了，赶紧去拉。枝儿却就势一把把照野拖倒在地，压在她身上。

贺精、秀华和小明生推开门看到的，便是这水漫金山、热浪滚滚、厮打呻吟的场景。

整个世界寒风猎猎，绵密的雪花在黑夜里沉默狂舞，秀华打了个寒战，赶紧去捂明生的眼睛。

明生一嘴咬在她手上，然后冲出门，一头扎进雪夜。

杂种，杂种。大风裹卷着明生幼稚却冷冽的嘶叫。

八

我没有。照野委屈疲倦，眼眶发红。

又不是啥子见不得人的事，好了就好了，明目张胆地好。贺精耸耸肩膀，无所谓地答，再说，大扫荡也不是吃素的人。

秀华一锅铲敲在贺精脑袋上，知道她不是吃素的你还起劲？别忘了还有个人在牢里头，他俩还没离。又批评照野，又不是没开过叫的嫩鸡崽，慌手慌脚的，门都不晓得锁。

我没有。照野低声吼，感觉胸口有一股血要渗出来，他要怎样才能让他们相信是枝儿在捣鬼，要怎样才能表达出那句难堪的话——从树儿哥那一脚以后，他就不行了。

枝儿红肿着眼缩在沙发上，自始至终不出声，为啥子要解释呢，秀华们怀疑的就是她想要的。

照野狠狠盯着枝儿，盯得她发虚，一个劲往秀华怀里躲。

你自己说。照野的声音比冰还要冷。

哥。枝儿怯声怯气地说。

贺精和秀华无声地对视了一眼。这以前，枝儿一直叫照野姑爷。

照野彻底崩溃了，他只是个老实人，老实到她想怎么压榨他就怎么压榨他，她把他每个月的工资都收空了，他都由着，因为她是树儿的姐。可她到底还是把他当老鼠一样玩了一把。照野转身拿起工具箱里的锯片就朝自己手腕上割过去。

贺精手快，一把抢过来。

疯了？贺精骂，男男女女，多大点事？

我没有。照野狂乱地吼叫起来，泪流满面，我没有，我有树儿，我不会，我不行了，我早就不行了，所以我没有！

屋子里的人都愣住了。

好半晌，枝儿从秀华怀里钻出来，说，姑爷，我不在乎，你是个好人，世上难得的好人。你可怜可怜我，我没得去处，你就当是搭伴过日子，我给你缝被子做饭，我给你洗衣服。树儿没做的木槿花面疙瘩汤，我年年给你做。

我只要树儿。照野靠着墙壁，缓缓滑坐到地上。

我晓得我不配。枝儿的表情寒凉了，我是麻雀，她是枝上的凤凰。一样的生，一样的养，人的命怎么恁不同呢？她都死了还要比我强，我还抵不上一个死人。枝儿苦笑，阳世，阴间，她处处占着好。凭啥子呢？

照野鄙弃地看了她一眼，说，她像木槿开的花，干净。

你的意思是我不干净？枝儿瞪大眼，凌厉地看向照野，我做什么了不干净？

照野答，你总想着要占别人的便宜。

是，我是想占别人的便宜，那是因为我没有，要是我有，谁稀罕。枝儿冷笑，我只有这个身子，送给他，他打；送给你，你踢。你们又凭什么？

照野愧疚地张了张嘴，说不出一句话。

沉默在屋子里伴着炉火升腾。

贺精烦乱无计，直搓头，说，晚了，都睡吧，明天再说。

枝儿蹲下身，捡起地上的零碎。

九

一年多都不来看老子，嫌老子丢人？

令人厌恶的光头一出了监狱便又不老实了，乜斜着眼问。

看你很光荣吗？你又不是英雄，你是贪污犯，害得我在学校红领巾都戴不到。十岁的明生大块大块地咽着卤豆腐，满嘴流油。

你他妈吃的东西都是我赊的，你嫌我是贪污犯？

谁稀罕。明生说，我是给你面子，谁愿意吃刚从监狱里出来的人赊的豆腐。

我说你这个崽，小小年纪说话咋恁难听呢？你妈怎么教的？

我妈早死了。

养你那个不是妈啊？

你是说大扫荡啊。明生脸上挂着与年龄完全不相符的猥琐笑容，她教我啥啊，人家忙着呢。

忙啥？大半年不带你来看我，老子出来她也不来接，嫌老子？她真有恁忙？

当然，人家忙着给她野男人做饭洗衣服。明生舔着手指上的卤油，毫不在乎地答。

小杂种，你说啥？光头的声音倏地收紧。黄昏的夕阳映在烧腊馆油腻不堪的玻璃上，像浓黏腥黑的血光。

四十年来，明生一直想清除掉脑子里那一段混乱的记忆。关于光头亲爹头上凸起的青筋，还有酒后跟跄疯野的脚步，狭长的巷道、脏乱的猪牛市场、高高的供销社仓库围墙、乱蓬蓬的蒿草、静谧的小院。他记得经过猪牛市时，光头亲爹顺手捞了一把杀猪刀，长相恶辣的杀猪匠竟然没有追上来打架，而是瞪着骇人的眼珠子指着天说，完了完了，下黄沙了，要出事，要出大事。黄沙在天空越聚越浓，浓得让人觉得走在梦境里……后来，枝儿妈的眼睛也瞪成了这样骇人的模样，只不过，她瞪的不是下黄沙的天，她瞪着从自己的脖子里嗖嗖冒出的血，她朝那细小的血柱间虚无地搂了搂，仿佛想把那些血搂回身体里。

然后，她看到了惊惧的明生，她往前走了一步，喉咙里冒出水泡泡一样奇怪的声响，她把明生揽到身后，手掌沾满了微温的血，碰触在明生脸上。

明生觉得那血是滚烫的，来不及惊叫，一切开始得太仓促，又结束得太急促。幼小的明生满脸鲜血地站在漫天黄沙般的暮色里，目瞪口呆。

枝儿轰然倒下那一刻，明生看到光头亲爹狂野凶残的表情突然变得惶然，他低头望了半天地上的血人，又望望手中的杀猪刀，困惑地问明生，什么个情况？

明生摇头，往后退了一步，又退了一步。

光头亲爹开始在裤子上擦拭手上的血迹，可他的裤子上也沾满了枝儿妈喷射出来的血，越擦越浓，越擦越稠。他的手翻转得越来越迅捷狂躁。

明生吓得全身发抖，但他的目光却是精亮的，像刀，他把自己肥胖的身体不露痕迹地移挪到木槿树背后，天空暗下来，呈青白色。他对着青白色的夜光想，好啊，好，把我也变成一棵树吧，不会说话，把这一夜烂到肚子里。

许久，明生在惊恐中沉睡了过去，直到小院里巨大的喧嚣声惊醒了他，他缩在树角，咽了咽口水，木木地看着小院里慌乱四窜的人们，冷冷地对着黑夜说，有什么稀奇，就是人死了，死了。

那天晚上明生全身痉挛，胡说了一夜，醒来浑身湿透，他朝里睡着，看着床栏与墙壁缝隙之间一缕随风飘摇的蜘蛛网丝，心怦怦跳，祸是他闯的，该怎么办？可打死他也不会说出真相的，因为这本来是大扫荡的错，她不贱，她不浪，她就不会死。还有姓令狐的，都是他们的错，凭什么要他来承担。想着想着，明生慌乱的心开始镇静下来，且变得冰硬，他不得不冰硬，不这样，他就没法活下去，以后的每一个夜晚，都将是他的噩梦，只有冰硬才无坚不摧。死一个大扫荡算什么，姓令狐的也该去死，怎么个死法？明生幼小的脑袋里闪过无数种杀人的念头，最终都否定掉了，他还小，他得活下来，要活下来，就得靠令狐养着，来日方长，杀死他不如磨死他。明生想到这里，胸口压得快窒息的那种感觉顿时消散，呼吸无比畅快，干裂的嘴角朝着墙壁一展诡异的笑意。然后，他收了笑容，转过脑袋，望着床前那张紧张的脸，眼泪流出来——姨爹，我以后怎么办？

令狐抱着虚弱的明生，心疼地说，不怕，有我在，不怕。

十

冥货铺开在殡仪馆的巷口最好的位置。殡仪馆在县城的东南角，再往里走就是崇山峻岭，没有店面，独此一家冥货铺，生意倒也火，不少人要在殡仪馆来开冥货铺，老贺不干，把门面空着放车也不干。

他投资殡仪馆时就没想着要赚钱，一是县政府盯着他那些闲钱，追着逼着哄着他。二来他想给照野找点事做，老贺本来就是冲着这想法才投资的。照野这几十年跟着他，他捏他圆就圆，捏他扁就扁，叫躺着就躺着，叫站着就站着，是自己太凶，把人家给整绵了，然后一路绵下去，招了枝儿欺负，还外带给人家养大一个没半点血缘关系的薄情寡义的娃。总之，把人摁到菜板上当肉，是他老贺下的第一刀。三是老贺觉得投资殡仪馆对他这个行将就木的人来说，还是有好处的。人嘛，最终都往这个地方去，钱、人、命，都是。投资了殡仪馆，往后自己往这里一扔，总能讨点好处，比如冰棺总会给一个不漏水的，搬的时候轻一些，或者给用那个最好的炉子，烧得净一些，免得遭了火罪，胳膊腿的骨头还得给再锤一遍。

老贺把冥货铺钥匙和三万块钱开张费交给照野时，照野看到明生正半躺在小院陈旧的竹椅上，支着半边耳朵紧张地盯着他，眼睛晶亮闪着光，手里的剪刀和剪纸停滞在微风中。

不得志啊，一年到头瞎剪，剪烂多少纸。

照野叹口气，缓缓起身，和老贺出了门。

铺子开张后，明生便把照野的房间换作了儿子江河的书房，把照野日常的东西都悉数拿到了铺子里。至于睡觉，明生在灶房与客厅之间的过道里安一个布帘子，里面给他摆了张一米宽的钢丝床。

反正就是睡个觉，明生说。

照野点头，反正就是睡个觉。

夜里，偶尔，听见明生和媳妇的卧室里传来吱吱哼哼的声音，照野便想起树儿，有什么东西从脸上滑过去，像羽毛掠过天空，照野摸了摸自己的身体，感觉枯空的闷响从骨头深处呛出来，愤恨又鄙弃。照野惶然地拽紧被子，瞪大了眼在黑暗中张望，还好，没有谁看见什么，或者是留意到什么。

没来由地，他觉得心里有什么东西毛毛躁躁，像吃多了油荤。

清清肠。在殡仪馆里做道场的先生笃定地对他说，你和俗世的缘结得有点乱，要清一清。

哪里乱了？他伤感地想，我自始至终，都是一个人。

尽管枝儿死了光头被枪毙后，明生继续还跟着他。即便明生跟他一直不亲。

也难怪，可惜了明生这娃，出了事后，胆吓小了，夜晚睡觉都得开着灯，学习也落下来了，只有个好吃懒做的德行一直还在，吃到三百斤重，秤都不敢上。医生说，是心理障碍导致的肥胖，自然啊，那么惨的场面，他一个孩子，怎么受得了。

眼看着明生一年年补习也考不上大学，国家最后一批顶替政策时，五十二岁的照野急急办了退休，把工作顶替给了明生。没想到明生才上了一个月的班就不干了，他说他受不了，累，本来一动就喘，在拖拉机厂搬的拿的不是钢就是铁，根本没办法。没工作，只好靠照野养着。后来娶了个瘫子媳妇，你不嫌我我不嫌你，倒还凑合。只是这么些年，明生除了那天命案后醒来叫了声姨爹，就再没叫过了。

在明生、明生媳妇、明生儿子小江河那里，他是"喂"。

他都认了，算了吧，他和明生一样，他的父母也都没了，在这陌生的县城，除了明生这一家没有血缘关系的人，没有谁跟他有关系，没有谁能和他成为"家人"。

还好，还有那棵木槿，每年满树累累白花，雪盖一样，这棵亲爱的树，是他最亲的家人。

十一

风越来越寒烈了，卷过地面，地面便起了薄薄的凌霜，微白，像通往另一个世界的路。

今天是周五，小江河回家的日子。

老贺搓搓手，看一眼满地的凌霜，缩着脖子往火盆里加了两块炭，说，你去吧，我看着，路上慢点。

照野点头，缓慢地弯下腰，换上厚底棉鞋，临走前指一指柜台的骨灰盒。老贺不耐烦，说知道知道，行了，你操再多的心，那个白眼狼是不晓得的，晓得了也不会念你的好。

照野好脾气地笑，裹紧大衣，揭开挡风的厚塑料膜，像一株瘦小的稻草卷进风中。

力不从心了。老贺看在眼里，叹气，探出头去大喊了声，别摔着。

照野回头又笑了笑，因隔得远，皱纹不可见，依稀有当年的少年模样。老贺心头又一颤，叹，茫茫啊。

在学校门口守到六点，却不见小江河出来。照野反复拨打小江河和明生的手机，一个是无法接通，一个是打了不接。眼看着最后一个学生都出来了，照野急红了眼，直要跟拦在铁门口的门卫打架，最后终于进了校园，把枯死的草都拨拉开来，一直找到八点，脸都冻青了，依然寻不见人影。

天黑尽了，天上飘起了碎雪米，盐似的，跟先前肉眼看不见但皮肤却感受得到的凌雨霜相比，更加凌厉，其中一粒打在照野鼻子上，照野茫然看着空荡荡的操场，鼻头一酸，眼睛就红了。

小江河是遭了罪才长到今天的。明生娶了个比他还要懒的媳妇，懒得怀孩子都嫌累，孩子不足月就剖宫产，生下来不到四斤，比猫儿大不了多少。明生媳妇又不肯喂奶，孩子一趴到她身上她就大叫刀口痛、要裂开了，明生刚开始还帮忙弯腰抱着给喂，弄了两天不干了。明生太胖，胖得自己走路都难，要他弯腰抱娃喂奶，等于是要他的命。照野说他来抱，给明生媳妇劈头一顿好骂，老不死的色鬼。

照野这才意识到，他们和他不是亲人，无论他怎么当他们是亲人，但他们是不认的。

没有奶喝的小江河，照野是怎么又当爹又当妈又当爷爷奶奶又当外公外婆将他养大的，照野自己都想不起来了，太多的琐碎、数百个不眠之夜。县城里的人都知道，没有照野，小江河早就扔乱石滩了。

小江河长到六岁，照野总觉得他嘴唇颜色不对，乌青乌青的，带到医院一查，心脏有问题，得手术。

照野回去给明生说，明生瞪大了个眼，望望媳妇，又盯盯孩子，最后闷不吭声地憋了三四天，对照野说，你找老贺谈谈，我们没钱。

照野找了老贺，老贺出钱给小江河动了手术，医生说，十八岁是个坎，三长两短的，都在那儿卡着，得准备些钱，到那时候还要花大钱。

照野从此把日子过成了日历，一张张心惊胆战地撕着，撕一张紧张一阵。

明生和媳妇却没事儿一样，该吃吃，该喝喝，反正他们有照野，照野有老贺。

出了校门，照野冻得眉毛上都是雪米。时间太晚，特设的上放学加班公交车早没了，路灯也不亮，照野顶风走了一个多小时，风把耳朵都刮没了似的。才回到家，远远看到小院灯光亮着，没心没肺的样子。照野心脏一阵猛跳，紧走几步扑进院子，推门一看，屋里热气腾腾，三人正吃着火锅看电视，电视里，黑脸的宋小宝正演咖妃，小江河笑得前翻后仰，欢实着呢。

照野一颗悬着的心落了回去，委屈却冒了上来，我的小祖宗，你怎么自己回来了？也不等我。

小江河回头看一眼照野，低下头，不回答。

明生和媳妇像两颗汤圆镶嵌在沙发里，也不回答。

你手机怎么不通了？没话费？照野焦心。

小江河塞一口饭，含混不清地唔了一声。

你的呢？打那么多不接，咋个了？照野又问明生。

明生盯着电视，不回答。

问你呢。照野有点生气，他很饿也很冷，七十多岁的人，在风雪里折腾了四个多小时，又没吃晚饭。可是这三个人没事儿一样，坐在暖洋洋的火炉旁，吃他们的，喝他们的，看他们的。

而他们吃的喝的看的都是他的。

猪投胎。老贺不止一次骂，两头猪，猪还喂了能吃，这两个，啃他脑袋硬，啃他屁股臭。

问你呢。照野又说了一遍。

我爱接不接。明生终于接腔了，道，谁规定手机必须得接的？我想接谁的就接谁的，想不接谁的就不接谁的，需要你批准吗？

我打了那么多遍！明明晓得今天我去接小江河，到处找不到人，着急成那样，你也一个都不接。

我儿子明明就坐在屋子里，我又不着急，再说，谁让你去接他了？他又不是你的谁，你以为你是谁？

照野愣住了，看一眼小江河，问，崽崽，你说说，你是我的谁？

小江河把头埋进碗里，说，我爸说，要是……要是你肯把这院子产权给他，他就同意我叫你爷爷。要是……你不干的话，以后……以后我就再也不和你说话了。

……

老式摆钟嗡地敲响，接着连敲了二十一下。

照野在心里默默计算，从四点出发到现在，零下三摄氏度的风雪里，他整整被戏弄了五个小时，从昨晚明生把他撵出门到今天，整整二十二个小时，就因为这院子。

这院子位于拟拆迁区，以后肯定会很值钱，他知道。

明生拿到产权后要做什么，他也知道。

可是他死后，这院子和因这院子会得到的一切，他都会给明生，这一点，明生也知道啊。

除了给明生和小江河，这世上他还会交给谁呢？明生那么急，何必呢。

照野转过身，缓缓坐到火炉旁，温和地对小江河说，去，给我盛碗饭来，我饿了，我找你把校园里的草都刨翻了。

小江河扑哧一笑，说我这么大一个人，还能塞到草里去。说完正要起身。明生媳妇板着脸饧了一句，饭没了，最后一碗喂猫了。

小江河耸耸肩膀，望一眼照野，把自己的碗往照野面前推。

照野呆坐了半晌，缓缓摇头，把碗推回去，说，我快死了，一顿饭吃不吃的，没问题。你长身体，你吃。

小江河大咧咧地一挥手，革命战士，你能活一百岁。

那不行。照野摸搓着火炉上脱落的漆皮，一字一顿地说，我活到那个时候，你爸等不及。

明生的耳朵一直没歇，他换了个姿势，冷哼一声。

崽崽，你给我说，你喜欢院子里那棵树不？

哦乎科斯。小江河答，他喜欢和照野对话时冒两句英语，照野是老初中生，能听懂，他老子反而听不懂。我还威尔瑞喜欢你拿木槿子花做的面皮汤。

可是你爸要了院子，第一件事就是要砍树呢。

他为啥子要砍树？

因为我特别喜欢，所以他就特别不喜欢。照野答，说出这句话后，他心里突然特别敞亮，舒坦。

小江河喊一声，侧身白了明生一眼，占山为王，砍树和砍旗一样，是个仪式，只有这样，他才真正是这个院子的主人。何况，老王最在乎的东西，新王必当诛之。

明生从沙发上费力地跳起来，颠着满腰的肉骂，小杂毛，你皮痒了？老子揍死你。

揍我？我让你一个八百米你都追不到我。小江河嘻嘻笑，又回头对照野说，其实我们完全可以换一个想法——你可以把产权让给我，我保证不砍树。说实话，产权给他们两个，实在是靠不住，以前他们啃你，以后肯定是啃院子——产权迟早给他们吃空花尽，给我呢，至少我可以拿去动手术——等我十八岁的时候。总之，我爸我妈咱俩都靠不着，不如咱们自己玩。

屋子里的三个大人都惊呆了，都盯着十四岁的小江河——不，已经不是小江河了，这孩子心里，大江大河大浪啊。

咻咻咻，照野突然笑了，笑声温和却透亮。树儿走了四十多年，他从没这样轻松地笑过，他指指明生，摇摇手。明生呢，目瞪口呆站在那里，难以置信地盯着他儿子，那模样像一只在外面张牙舞爪回来、突然发现老巢被占的企鹅，可怜可悲无计可施地杵在冰天雪地里。

寒薄无情的明生何曾这样子可怜巴巴过？

他捧腹大笑，直笑得搓肚子。时光倏然回到了那一年，木槿花树下，阳光明媚，树儿用好听的声音，卷着舌头教俄语，还有树儿和秀华嫂嫂开心的笑，咯咯咯，咯咯咯。

手机响了，直唱《梁祝》，是树儿当年的最爱。照野心情愉悦，已不觉得饿，也不觉得冷，开心掏出手机，高声道，喂。

十万火急，快点回来。老贺在那头一团乱麻地叫，刚送进来一个，走得突然，孝家啥也没准备，全堵我们店里，好多货我记不得价。

照野边出门边嘻嘻笑，说你又不缺钱，乱卖呗，白送也成。

老贺敏感地问，狐啊，你怎么了？语气不对。

我没怎么。照野笑着走出院子。

报应。他愉快地朝木槿挥挥手，大声说，报应。

又对站在门口的小江河嚷嚷——就这么定了。

什么情况。老贺在那头犯疑，说完要挂，又加了句，快点来，打车啊，打车来。

从来舍不得打车的照野还真打了车。

赶回冥货铺，孝家几十号人进进出出，的确乱成一团，这个要寿衣老被，那个装香蜡纸烛，加上袋子绳子孝布锁扣胶水账簿。老贺哪里搞得定这些零杂，人蒙了，站在柜台前直抠下巴，那里常年有个结痂，没长好又被他抠烂。

忙到十点，雪小了，夜却越发黑得跟瞎了一样。照野搓了搓冻得发麻的额头，别人老，怕冷是从脚起，他怕冷，是从头起，一冷就痛。

老贺把自己的鸭舌帽摘了，扣在他头上，他不要，说，像个特务。

老贺又扣在他头上，还顺带拍了拍他脑袋，像长辈的爱抚。

他抬头白他一眼，带点拒绝的淘气。

好，不戴，不戴。老贺投降。

关了铺子整理进账，两颗白发苍苍的脑袋凑在一起，算盘打了三次，次次都不一样，打到最后都笑起来，一个说，老了，一个说，糊涂了，又说，脑袋不够用了，又说要归西了，不算了。

照野便粗盘了盘，一千的赚头是有的。不用他说，老贺转身取出柜架上他指点过的两个骨灰盒。

这俩骨灰盒是他们开铺子时最初定的样式，那会儿刚开始搞殡葬改革，没经验，也不知道骨灰盒做多大合适，便做了三种尺寸，这两个是大号的，结果没人买，说是棺材不像棺材，骨灰盒不像骨灰盒。老贺说没人要也行，算我俩的。

打开骨灰盒，其中一个里面放着个红漆锡皮盒，另一个是白锡皮的。老贺轻车熟路地在红盒子里放了两百块钱，往白盒子里放了五十。

这样做已经四五年了，如今红盒子都快装满了，这钱按照野的意思，是给小江河存的，小江河的手术，他老子明生铁定是不会管的，都赖着照野呢。白盒子是照野给自己存的，百年归西时，靠明生不可能，他得给自己攒点伙计帮忙钱。

打理完这些，十一点了，俩老头儿静坐在狭小的铺子里，听火盆里炭火嚓嚓炸响，听门外风雪飕飕，突然觉得人生百年，终归是一个闹里归静。照野抱着盒子，拍一拍，听着闷闷的响声，心满意足地笑。

白送死、红送生，他和他的小江河，终归是要阴阳两隔的，红盒子是他送给小江河的命，白盒子是他送给树儿的相聚。

狐啊，你说你这一辈子，图个啥呢？我们上三线、进山洞、做沙发、搞生意……老贺打了个哈欠，盯着炭火的眼睛有点混浊。

那你说，死人做道场，敲敲打打的，又图个啥？

声响呗，动静。

就是嘛，你一辈子动静多大啊，贺师傅。

可我没见你动静啥，几十年，都耗在明生那头猪身上了，不值。

一个娃崽，半岁死了亲娘，两岁半老子坐了牢，九岁看见后娘和人勾搭，十岁又亲眼看着老子杀死后娘，再后来老子又被枪毙，换成谁也受不了，能指望他啥？

你承认你勾搭枝儿了？

我没有。

想过没？

想过，那天晚上以后，一阵一阵的。

你吹吧，骗我。老贺冷哼。

我骗你啥了？

你不是说你不行了吗？

那之后又行了，也是一阵一阵的。

再骗我。老贺点燃一根烟，说，你从没想过要勾搭枝儿，你只是给你这几十年照顾那头猪，找个理由。

嘿嘿，这头猪今天晚上怕是睡不着觉呢。照野边说边狡黠地笑。

怎么的？老贺来精神了，说说。

照野便把小江河的主意复述了一遍。

老贺听得直叫痛快，说，这个好，路是自己走的，坑是自己挖的。又说，狐呀，你早有这样的脾气，这辈子就不会吃这么大的亏了。

也不亏，当年要不是参加三线建设，我俩早就回寨里修地球了，咱们不过是修了条路凿了个洞，后来国家就要了我们，还养了我们一辈子，月月有工资领，亏啥子。

肚子一阵咕噜响，照野这才想起自己还没吃晚饭，便从床底掏了几个红苕出来，埋在火盆边的热炭灰里，顺手又加了两块炭，今夜实在是太冷，铺子在巷子口，风灌进来直往小腿钻。

你说，要是当年我们不从大山洞里出来，我们会在哪里，怎么个过法？

要是不出来，就遇不见树儿，我不干。

我也不干，要是不出来，秀华就嫁给别人了。老贺猥琐地坏笑，说，别看她脸上黑，一身的皮肤可白了，水汪汪的像豆腐，给了别人，我可不干。

照野也猥琐地笑，说，树儿也白，也嫩。

咦！老贺色眯眯地用手肘拐了拐他，今天老狐狸要露出尾巴了，说说，什么感觉？

感觉嘛……照野眯着眼，无限向往，就是我从小找，找了一辈子，地图上找，书上找，都找不着，远方啊，战火啊，囤堡啊，模模糊糊的，结果我才跟她睡了一觉，才在她身上走过一遭，突然就找到了。

什么？

故乡，老家。

也是……可惜，她们都不在了，只剩下咱们这两把老骨头。老贺长叹一口气，手又朝下巴抠去。

别抠了。照野递了张纸巾给他，又抠烂了。

管它呢。老贺接过去蘸了蘸，嘿嘿笑，你信不信，是癌。

胡说八道。

嗯，就算我胡说八道。我说你充电器呢？我手机没电了。

充不充的，谁稀罕打给你呢。照野贫嘴起来，你儿子一年半年的不来一个，一打来就是要钱。

好像你有个孝顺儿子一样，你比我还不如，你养的是头猪。

给你充电器，塞你嘴里最好。照野递过去。

夜深了，老贺睡眼蒙眬地看一眼手机，靠着柜台说，充满了我就走。

我困了。照野拍拍肚皮，饱打瞌睡饿新鲜，烤红苕一下肚，比安眠药还好使。我今晚不回去了，回去也不得安生，你走时记得把炭火熄了，拿灰盖着。

好。老贺打了个长长的哈欠，露出空空的牙床。

照野缓慢拉开折叠椅，铺上当年和树儿结婚时买的那床旧毯子，睡下了。

二十平方米的冥货铺，柜架上塞满香烛、阴币、纸钱和寿衣老被，柜台里也是。中间一个小过道，睡上一个他，有一点活人横在棺材里的感觉，这叫向死而生呢，还是视死如归？都不像，没那么坚强。他想，如果将这冥货铺当成火化炉，一把火烧下去，和着这么多冥人冥器冥纸洋，得烧多久？顶上这片天会不会灼得唤痛？一丝丝老旧细弱的心思，长长短短地，交错着悲欢离合，与夜里野猫过路凄凉的叫声合在一起，有点像做道场时的高高低低婉转曲折安魂归西的唱经。

其实他从没在铺子里留宿过，过道太逼仄，他小心地侧了侧身子，胳膊还是碰到了柜架上两个篾编纸糊的小人，红男绿女，小红嘴唇柳叶眉，男的俊女的俏，乖得很。膝盖呢，一弯又拐到了斜坐着打盹的老贺，老贺哼哼两声。照野躺着，看一眼左边的两小人，又看一眼右边的老贺，突发奇想，要是他死了，糊纸人时一定要糊一个老贺，管他先走还是后来，阴间阳世，只有老贺才是他的伴。

想起当年热热闹闹去报名修路的少年郎，满身都是蓬勃的汗臭味。再想起后来做沙发时的意气风发，人人追着喊师傅，喊得他俩走路都俏飞起来。再想想两个人一起修缮狐狸居时的艰辛和快乐，前前后后结婚时的欢喜……都化成一团虚无的雾，散了，散了。

还好，什么都没了，他们还有彼此。而且那棵木槿还在，树儿在花树下笑着的样子，就在他眼前，一如既往，鲜亮若刚拍的照片。

十二

风一夜未歇，老贺越坐越冷，想着要是熄了炭火走掉，照野盖得那么薄，怕是受不了。

老贺便趴在柜台边打瞌睡，时不时醒了，就往火盆里再加几块炭。

清晨，一阵响器吹打声惊醒了殡仪馆门卫老鲁，老鲁端了洗脸盆，照例到冥货铺打热水，远远地却见铺门紧闭。

打照野电话。

关机。老鲁想，也对，反正他那个手机开不开机，也没几个人会打，养的那个儿子，像只蚂蟥，除了吸血的时候，从来不会打电话，只有贺老板，天天打，这两人是一对历尽千年沧桑的老狐狸，恩爱着呢。老鲁边想边狎笑，再打贺老板的。

一阵单调的铃声从冥货铺里传出来，无欲无求，风波不起。

老鲁踩着积雪走到铺子门口，俯在门板上往里瞧，铺子里太暗他什么也看不见，只在清晨寒凉刺骨的空气中，闻到了炭火的味道，它香辣、狠烈、浓郁，带着一丝清甜，又带着一丝酸溲，像每一个逝去的老人身上的体味。

老鲁有点腿软，滑坐在雪地里，好半天，他拿后脑勺撞门板，边撞边大声喊——开业大吉啦。

（原载于《民族文学》2018 年第 4 期）

春 节

李伶伶（满族）

傍晚炊烟升起的时候，素枝回到了老家杨树村。杨树村很小，满汉杂居，猫在大山脚下。素枝走在村里凹凸不平的土路上，看着熟悉的房屋、树木、炊烟，甚至远处光秃秃的山，都觉得很亲切。对比之下，她还是喜欢农村，要不是为二顺，她说什么也不会离开农村跑到城市去打工。

手机噔嚓响了一声，又响了一声，是微信消息提示。素枝没理，这么频繁地给她留言的，除了长有没别人。长有这几天一直问她啥时候回来，她都说还没定呢。她不想一下车就看到长有在等她，让孩子们以为她张罗着回家过年，是打着祭祖的旗号跟长有见面。其实不是，见长有是一方面，另一方面是她想跟孩子们聚聚。她跟大顺两口子还有二顺都在外面打工，四个人在三个地方，天南海北的，平时连面都见不到，再不趁着过年祭祖的机会聚聚，还是一家人吗？再说，出去一大年了，也得回来见见各自的父母和孩子啊。一进腊月门，她就给大顺和二顺打电话，叮嘱他们提前买票，一起回家过个团圆年。

素枝先回来的，今年二顺要带他没过门的媳妇一起回来过年，她得好好准备准备。当家的不在了，她得把家撑起来，家里家外人前人后的，不能让人说个"不"字。给二顺媳妇的压岁钱已经准备好了，过了年跟新媳妇的父母见个面，把二顺的婚事定了。二顺跟她处一年多，也了解得差不多了。办完二顺的婚事，她的心才能定下来，对二顺他爸也算有个交代。

街上没看见人，素枝很惬意。她怕看见长有，也怕村里人看见她转告长有。其实她很想尽快见到长有，可是又怕别人看出这点，就刻意跟长有保持距离。这种矛盾的心情折磨得她很难受，她又没办法挣脱。

终于回到了盼望已久的家。虽然有心理准备，但是家里的冷还是出乎意料，跟冰窖一样，没有一丝暖气，到处是灰尘。有那么一瞬间，素枝有点后悔，不如告诉长有了，如果提前跟他打声招呼，他肯定能过来帮忙烧烧炕，家里也不至于这么冷。可那样的话，村里人又得说三道四了，还不如自己挨点累。

先烧炕，屋子暖起来，锅里升起水蒸气，家里就有了生活的气息。素枝换了身家常衣服，把头发包了起来，找块大塑料布，把家具都蒙了，然后开始扫房。按传统，腊月二十四就得扫房，东家不给假，她回不来，所以回来第一件事就是扫房。要不是没时间了，她会买点涂料，把家里重新粉刷一遍。二顺媳妇头一次进家门，不能让她觉得这个家埋汰，不像正经过日子人家。

正忙着，长有打来电话，素枝平复了一下心情，才接通。长有说，干啥呢？素枝撒谎说，洗菜呢。长有说，哪天回来呀，我去接你。素枝说，到时候告诉你。长有说，我给你留言你看了吗？素枝说，还没有，啥事啊？长有说，你看了就知道了，看完给我回个电话。

挂掉电话后，素枝点开微信。用微信收发消息是素枝去城市做保姆后学会的。通过家政公司的介绍，她给一个八十多岁的老太太当保姆。老人的闺女工作忙，会议多，平时不方便接电话，让素枝有事在微信上给她留言。素枝当时不懂微信，还是老人的闺女教她的。长有更不懂，他经常给素枝打电话，素枝有时忙得没空说话，长有会生气，素枝就让他弄个微信，有事在微信上说。长有过日子仔细，平时能省就省，别说买智能手机，就算电话费也要算计再算计。没想到半个月后，长有打电话问她的微信号是多少。素枝知道，要不是为她，他才不会费这麻烦。

长有的微信有两条，都是文字的。一条是：素枝，我想好了，过完年咱俩就去登记，城里那活儿你辞了吧，别再去了，二顺结婚需要多少钱，我出。另一条是：我是认真的，没开玩笑，你好好考虑一下。

素枝愣住了，没想到长有能说出这样的话。这两条留言她看了一遍又一遍，直看得泪光闪闪。

素枝和长有住在一个村。确切地说，是素枝从外村嫁到长有所在的村。当年俩人差点走到一起，那是三十年前的事。那年素枝才十九岁。素枝家是满族，那时满汉通婚已很普遍，但素枝的父母还是希望她能找个满族人家，媒人就把也是满族的关长有介绍给她。俩人在集上见的面。那是素枝第一次相亲，她都不太敢看长有，心里一直怦怦跳，用眼角的余光扫他几眼，觉得他长得挺好，身子很结实。媒人让他俩自己聊聊，然后借故走开了，剩下素枝和长有两个人。素枝心里很慌，没了依靠似的，她不敢动，甚至不敢抬头，时间像静止了，呼吸也变得不顺畅。长有好像在说什么，她一句也没听清，就觉得他的嘴唇一直在动。她感觉自己像掉进了水里，有一种窒息感，她希望媒人快点儿回来，好把她从水里救出来。媒人没回来，来个卖苹果的，可能是集市里面没地方了，卖苹果的把摊儿摆在了集市边上。苹果箱打开后，空气里很快溢满了香甜的气息。那又大又红的苹果，极大地吸引了素枝的注意力，她的眼神终于有了落脚的地方，盯着苹果看了又看。她想买个苹果吃，可是兜里没有钱。她期待长有能看出她的心思，给她买个苹果，长有却迟迟没动。因为他们站的地方影响了卖苹果的生意，长有还把素枝往旁边推了推。素枝时不时地扫一眼苹果，长有直到媒人回来，都没看苹果一眼。

那天回家后，家人问素枝对长有的感受。素枝没说，只说她很想吃苹果，但是没钱买。大哥当即回绝了这门亲事。素枝当时没有主见，也不能体谅长有家生活的贫困，就这样跟长有擦肩而过了。媒人知道素枝没相中长有，没有灰心，很快又给她介绍了一个满族小伙儿，叫白学林，就是二顺他爸，跟长有是一个村的。

素枝嫁给学林后，跟长有没有来往，学林去世后，俩人才有交往。是长有主动接近素枝的。长有媳妇十年前患癌症去世后，媒人给他介绍过几个，都因为他家条件不好，没成。其中有一个，相看之后很不高兴，说，就这条件还想找媳妇，做梦吧！长有受了刺激，以后再不相亲了。他什么都没有，只有一身的力气，就到处做工挣钱。干的都是力气活儿，挖树坑、起粪、垒猪圈墙、挖葡萄沟等等，给一百干，给八十干，给五十也干，只要能挣钱就行。因为去的地方多，知道的消息也多，听说用机器打茬子起垄挣钱，他就借钱买了台这样的机器，一年就把机器钱挣出来了。长有干活仔细，价钱又不计较，南北二屯、方圆几十里的人都找他，收入就渐渐多了起来。种地之余，他又买了两头牛，日子几年就过起来了。又有人给他介绍对象，这回变成他不同意了。大伙都说长有眼眶高了，一般人看不进眼。素枝也没想到长有会找到自己，这次没用媒人介绍，他自荐的，上赶着往前凑。

学林走后，家里的重担都落在了素枝一人身上，素枝整天起早贪黑地忙。长有经常去地里帮她干活，也不多说话，来了就干，干完就走。没多久，风言风语就传了出来。素枝受不了了，问长有想干啥。长有说，我想干啥你不知道吗？素枝没吱声。长有说，三十年前咱俩错过一次，这次别再错过了。素枝抬起头看着长有，他一脸严肃，不像在开玩笑。素枝心里却很复杂，当年她因为长有买不起苹果拒绝了他，虽然这事只有她自己和家人知道，但她还是觉得惭愧。现在长有生活好了，她又接受他，她成什么人了？她是那种嫌贫爱富的人吗？她不是，她要是的话早改嫁了，也不会大老远地跑到城市当保姆。后来她悄悄问过长有，还记不记得当年他俩相亲的事。长有说记得，说她一直低头不看他，他就知道她没看上他。可是苹果的事他却一点儿也不记得。长有小时候嘴馋好偷食，父亲总打他。都说打人不打脸，可父亲偏偏扇他耳光。有一次打得狠了，腮帮子肿得像猪八戒，同学和小伙伴都笑话他，过了七八天才消。以后他就长记性了，不属于自己又买不起的东西，看都不看，怕自己看了之后，忍不住伸出手。

原来当年自己和家人都误会了长有。这误会像铁轨上的道岔，把他俩的人生引向了不同的方向。素枝以为她和长有再也不会有什么瓜葛，没想到生活喜欢开玩笑，绕了一大圈儿，又让他们站在了彼此的对面。长有看着素枝，等着她回答。这时的他们都没有了年少时的羞怯，可以大方地盯视着彼此。素枝认真地说，现在不行。长有问，为啥呀？素枝没说。

看完长有的留言，素枝没回复，继续扫房收拾屋子去了。长有又给她打来电话，她没接。长有的想法很好，但是她不能答应，她一定要凭自己的能力给二顺办完婚事，这样才对得起二顺，也对得起二顺他爸。

素枝扫完房收拾完屋子已经晚上八点多了，累得晚饭都不想做，上车前买的面包没吃完，找出来垫补一口。好在火一直烧着，炕很热乎。闲放了一年的被子很潮，盖不了。素枝蜷在炕头，盖着自己穿回来的羽绒服，就那么睡了。想着明天得把被子拿到太阳底下晒晒，不能让新媳妇盖这样的被子，委屈人家，也丢人……

素枝一觉醒来天已经亮了，她赶紧起来，今天得去赶集买年货，米、面、油、蔬菜、肉，还有福字、对联等等，都得买。虽然在家里住不了几天，但是过年的味道和氛围，一点儿也不能少。

怕碰见熟人，素枝特意去了离家更远的邻镇集市。

因为出来得早，素枝到集上时，买东西的人还不多，她一样一样地耐心挑选。等她买完，集市上已经挤满了人。她拎着大包小包的东西往外走，好不容易从市场里挤出来，居然劈头碰见了长有。素枝吓了一跳，没想到他也来这赶集。长有看见她，脸色立即黑了下来，阴沉得像暴风雨来临前的天色。

一年没见，长有变得既熟悉又陌生。素枝有点紧张，也有点后悔，干吗不告诉长有她回来，他愿意接就接呗，别人爱说啥说啥呗，为什么她总是挣不脱这些羁绊呢？

素枝心虚地笑着说，你也来了。长有说，你啥时候回来的？素枝说，昨天晚上。长有说，为啥骗我？素枝跟长有处在集市的出入口，不断有人出来进去，时不时地瞟他们几眼，素枝脸上很热。她没理长有，低头推着车子从长有身边走过去，一直走出集市，走到马路边上。马路边上人少地宽，感觉连呼吸都顺畅多了。

长有追了过来。长有的火气还没消，雷暴天的脸色还持续着。长有说，我说的那事你咋想的？素枝说，现在还不行。长有说，为啥不行？素枝说，我说过，二顺不结婚，我不会考虑自己的事。长有说，二顺结婚还差多少钱，我去张罗。素枝说，不用你张罗。长有抬高声音说，靠你一个人挣，得挣到啥时候？素枝紧张地左右看看，压低声音说，你喊啥呀？我爱挣到啥时候挣到啥时候！长有压制着心中的火气，狠狠地盯着素枝，然后转身走了。素枝也生气，长有怎么就不能理解她，她怎么能要他的钱，到时候让人指着脊梁骨说她素枝没能耐，靠别的男人给自个儿子办婚事，将来让二顺怎么抬头怎么挺直腰板儿过日子？就是那头的二顺他爸也得埋怨她。

素枝没有去追长有。她知道长有会生气，生气也改变不了她的决定。其实二顺结婚的钱她已经攒得差不多了，给新媳妇的彩礼钱已经攒够了，就差办婚礼的钱了。婚礼素枝想好好办办。二顺总说父母偏心，向着大顺，他就跟捡来的似的，吃大顺剩下的，穿大顺剩下的，就连名字都是从大顺那儿顺下来的。大顺的名字还有个讲究，因为生在农历六月初六，所以叫了大顺。他的呢，太随意了，一点儿脑筋都没动。二顺长大后，总想给自己改个名，因为派出所那里改不了，才作罢。素枝也觉得愧对二顺，小时候，二顺皮实，能吃能抢的，啥病没有。大顺正相反，不经磕碰，有个头疼脑热的就招上，父母自然对大顺关心得更多一些，忽略了二顺。所以二顺结婚的事，她一定要办得热热闹闹、体体面面，也算是对二顺的一种补偿。她再做半年多，婚礼钱就能攒够了，等办完二顺的事，不就剩他俩了吗？这个长有，说话不走脑子，瞎生气。

素枝生长有气的当儿，大雪开着电三轮过来了，在素枝身边停了下来，问她啥时候回来的，咋没去看她。素枝说，昨晚回来的，还没得空呢。大雪说，我刚才看见长有，他脸色好像不太好。素枝说，生我气呢，嗔我回来没告诉他。大雪说，你为啥没告诉人家？素枝说，又不是年轻人，腻腻歪歪的让人笑话。大雪笑。素枝听到她要回村里，就让她把年货捎回去了。

素枝没有回村，她去集市边的超市买了面和油，还有点心、香肠、薯片等小吃，然后去了离集市五六里远的天宝他姥姥家。天宝是大顺的儿子，之前都是她带，自从她去城市打工，才送到他姥姥家。

素枝进屋时，天宝和他姥姥姥爷都在家。素枝说，没去赶集呀，以为能在集上碰见你们呢。天宝姥姥说，我们又不能出去挣钱，哪有钱赶集。亲家公觉得这话不妥，忙打岔说年货买完了。素枝知道亲家母不愿意她出去打工，她一走，天宝就得由姥姥带，当时天宝才三岁多，正是缠磨人的时候。素枝知道亲家母受累了，每次回来都会给她买东西，给天宝零花钱，但是这些都弥补不了平时的欠缺，尤其是情感上的欠缺。

看到奶奶回来，天宝并没有扑过来，反而躲在姥姥身后，有点害怕似的。素枝走到天宝身边，蹲下来，摸着天宝的头说，天宝，奶奶给你买好吃的了。说着把一大塑料袋小吃都拿给他。天宝有点不敢接。天宝姥姥说，凯越，拿着吧，你奶奶给的。凯越是天宝的大名，天宝妈嫌"天宝"这个名字土，去城里花二百块钱，找先生按生日时辰给起了"凯越"这个名字。当时天宝的爷爷很不高兴，天宝这名字是他给起的，取老天赐予的宝贝之意。儿媳妇没经他同意就把他孙子的名字改了，显然是没把他放在眼里。还是素枝劝着，天宝爷爷才没冲儿子儿媳发火。以后"天宝"就做了小名，家人私下里叫。天宝到姥姥家后，这个小名彻底弃用。素枝很无奈，"凯越"这个名字她怎么也叫不出口，感觉像在叫别人。

天宝接过奶奶给的小吃。素枝知道天宝爱吃薯片，从小吃堆里拿出一袋薯片，帮他打开。天宝拿着，小心翼翼地吃起来。素枝爱抚地看着天宝，悄声跟他商量，天宝，跟奶奶回家住吧。天宝还没说话，他姥姥先拒绝了，说，不行，你家这么长时间没人住，太冷，看给我大外孙冻感冒。素枝说，我昨天烧了不少火，今天早上起来也烧了，不太冷了。天宝姥姥说，那也不行，你家咋烧也没我家暖和。素枝不甘心，继续问天宝，天宝，行不行？回家奶奶给你蒸年糕，你不是最爱吃奶奶蒸的年糕吗？天宝有点犹豫。天宝姥姥说，晚上姥姥也给你蒸年糕。天宝笑了，说，我吃姥姥蒸的年糕。天宝的话脱口而出，没有一丝犹豫。正因为没有犹豫，才让素枝心里更难过，感觉自己被天宝一把推开了，虽然面对面站着，却像隔了十万八千里。以前可不是这样，以前天宝跟她最亲，晚上总跟她一起睡，他妈都叫不过去。现在离开她才三年，就变得这么生疏，她心里很不是滋味。如果她不出去打工，天宝跟她不会这样。素枝本来还想去父母家看看，因为心情不好就没去，等大顺和二顺回来一起去吧。

想到大顺和二顺，素枝才想起还不知道他俩都哪天回来呢。这俩臭小子，从来不想着先给她打个电话。素枝先问的大顺，打电话怕影响他工作，就在微信上问，大顺一直没回复，素枝又问大顺媳妇。大顺媳妇很快回复说，票还没买。素枝急了，直接给大顺媳妇打去电话，问她怎么还没买票。大顺媳妇说，开始没着急，这几天天天盯着手机，可就是抢不到票。素枝说，没去火车站看看吗？大顺媳妇说，没工夫去呀，工厂年三十儿才放假。素枝心里忍不住埋怨两人马虎，口里却安慰说，别着急，没有直达的，看看能不能在哪里倒下车。你们三十儿下午得赶回来，不然你爷爷奶奶该生气了。去年你三叔没能回来参加祭祖，你爷都发脾气了，你忘了？大顺媳妇说，到北京、天津、沈阳的票都没有，咋办啊妈，我俩要是回不去可咋办啊！大顺媳妇说着哭了起来。素枝说，别哭啊别哭，再等等，没准儿有人退票，又能抢到票。劝好了大顺媳妇，素枝的心却悬了起来，大顺和他媳妇要是回不来，他爷奶那里可怎么解释啊。

素枝回到家时中午了，她赶紧把几床被子抱出去晒晒，早上天气潮，她没敢往外抱。今天赶集她买了个新被罩，新媳妇头一次进家，来不及做新被了，给她换个新被罩也好。新媳妇长得挺好，就是工作不稳定，老是换工作，一会儿在饭店，一会儿在烧烤店，一会儿在火锅店，在哪儿都干不长。二顺的工作很稳定，一直在建筑公司安装水暖线路，偶尔还做点私活儿，每个月都能挣四五千。二顺过日子又仔细，没有不良嗜好，又不大手大脚的，挣的钱大多数都攒下了。他在城市郊区买个楼房，首付钱他自己拿出一半，减轻了当妈的好大一块负担。所以二顺结婚的钱，她一定要给他出，不然太说不过去了。

邻居看见素枝回来了，来家里坐，问她保姆这活儿好做不，她也想出去挣俩零花钱。杨树村地理位置比较偏僻，人们的思想相对保守，村里出去做保姆的人很少，算上素枝才三个。素枝跟她讲了做保姆的利弊得失，邻居听后，还是很犹豫。送走邻居已是做晚饭的时候，素枝才想起年货还没取，忙去大雪家。

大雪看见她，问她长有摔哪儿没有。素枝被问得丈二和尚摸不着头脑。大雪说，长有赶完集，帮青山拉沙子，青山请他喝酒，长有喝高了，骑电车往家走时摔了跟头，被人看见给他送家去了。素枝听后很着急，没跟大雪多聊，拿上年货就匆匆走了。

回到家，素枝找出给长有买的帽子和围脖，还有一双红袜子。明年是长有的本命年，她特意去商场给他买的，本来想过年时再给他，今天惹他生气了，就提前送给他吧。长有从来没有喝多过，要不是因为她，不会出这事。唉，跟他顶什么呀。素枝一边往长有家走一边自责。

素枝家跟长有家隔了一道街，直线距离没有一百米，但是没有直达的路，弯弯绕绕的，中间要拐好几个弯。等素枝走到长有家所在的胡同时，太阳刚好落下，她看见夏莲踩着夕阳的余晖，走进了长有家的院子。素枝的脚一下定住了。夏莲跟他们住一个村，男人在工地脚手架上掉下来摔瘫了，夏莲虽然没有离开家，但是听说她跟好几个人关系不清楚。素枝想起中午时邻居劝她跟长有赶紧把事办了，再拖着长有就成别人的了。难道那"好几个人"里也有长有？

素枝没再往前走，转身回了自己家。一进院，看到被子还晾在铁线上，赶紧把被子抱进屋。中午的阳光刚把被子里的潮气驱赶出去些，晚上又吸回来了，明天还得重新晾。

一时间，素枝不知道要干啥，满脑子都是夏莲走进长有家院子的画面，长有要是真跟夏莲有关系，她就跟他一刀两断。一边说过完年就跟她结婚，一边跟夏莲不清不楚，把她当啥了？素枝忽然打了个喷嚏，才意识到屋里很冷，赶紧去炕灶烧火。农村这点就不如城里，城里交完取暖费就啥也不管了，屋里天天暖乎乎的。农村就不行，数九时一天最少得烧三遍火，缺一遍屋里就发冷。

天气寒，柴火发潮，不好着。好不容易点着了，烧一会儿，往里续新柴时，火苗又被压下去了。素枝膝盖着地，低下头，对着灶口往里吹气，吹一口火星大点儿，再吹，火星又大点儿，接连吹了好几口，终于把火苗吹起来了。刚想抬起头，猛然从灶口里扑出一股烟火，素枝躲闪不及，被黑烟扑了一脸黑。素枝心里有点恼，人要不顺，干啥啥不顺。

锅里的水烧开了，素枝却啥也不想做了。本来想在长有那做的，长有喜欢她做的手擀面，说筋道，有嚼头儿，她好久没给他做了。长有做庄稼活儿行，做饭不拿手，不过以后有夏莲给他做，就不用她操心了。想到夏莲，她心里又有点恼，晚饭都吃不下。

手机忽然响了起来，素枝以为是长有呢，拿起来一看是母亲。母亲问她啥时候过去，她做了黏饽饽、黏火烧，还有年糕，都给她带出份儿了。还是有妈好，她在城里吃的都不如母亲做的好吃，不是那个味儿。素枝想了想说，明天就去。

本来她想跟大顺和二顺一起去的,大顺不定哪天回来呢,二顺三十儿才回来,有点晚,还是年前先去一趟比较好,有啥事帮着忙活忙活。

素枝回娘家前先看了学林的父母,虽然学林不在了,但是老两口对她和孩子们都挺好的。以前种地的时候忙不过来,老两口都会来帮忙,直到她去城里做保姆,把地承包给别人了,老两口才跟着轻巧轻巧。对于她跟长有的事,老两口从来没问过,可能他们内心里还是不希望她改嫁吧。

素枝的父母跟她公婆正好相反,她回娘家没聊几句就绕到了长有身上,问她跟长有啥时候办事,说学林车祸走五年了,她也该再成个家了,说长有已经送过三次提亲酒了,他们都收下了,说现在像长有这样按满族传统礼节做事的不多了,她再不结婚,该让人说闲话了。素枝有点烦,夏莲的事她不能说,要是说了,父母肯定怪她,当初他们也不同意她去城里当保姆,她自己非要去,一去三年,给别的女人留空,这事要怪只能怪她自己。她不想听父母这么说,只好拿二顺当挡箭牌,说二顺还没结婚,她不能先结。母亲说想不通她为啥非得自己给二顺办婚事,有长有帮着,不是挺好吗,少挨多少累,少受多少罪。父亲倒很支持她,说她这么做没啥不对,不给别人添负担,也不给自家丢脸。素枝很欣慰父亲能理解她。她帮父母简单打扫了房子,洗了衣服,又洗了被单褥单,晚上又帮父母包了些饺子,韭菜、芹菜、白菜、酸菜、牛肉,五种馅,每种六十个。父母都爱吃饺子,年纪大了不爱包,她每次来都会帮他们包些饺子冻起来,以后慢慢吃。一直忙到晚上十点多,才忙完。

关灯睡下后,躺在母亲家温暖舒适的土炕上,素枝却翻来覆去睡不着,她不想去想长有,可是长有自己闯进她脑海里。跟长有相处四年多,他除了思想有点传统,其他的都挺好,踏实,肯干,没有坏心眼,也没有不良嗜好,对她也很好。知道她爱吃鸡心,每次进城回来都会给她买二斤。这东西集上没有卖的,只有城里能买到。素枝没出来做保姆前,几乎每个月都能吃到,因为长有总能找到事由去趟城里,有时候甚至是特意去城里给她买鸡心,怕她过意不去就说是顺道。这样的长有怎么就着了夏莲的道儿?难道她真的不该出去打工吗?真的是她的错吗?素枝心里很委屈,眼泪忍不住流了下来。怕父母知道她哭,赶紧用手把眼泪擦了,可是眼泪却越擦越多,怎么擦也擦不干,她又赶紧用被子蒙住了整个头,努力不让自己发出一点儿声音。这事千万不能让父母知道,不能让他们大过年的还为她操心。

素枝努力控制着自己的情绪，什么都不去想，不知过了多久，终于睡着了。第二天早上，素枝第一个起来，照镜子一看，眼睛有点肿，眼角有浓浓的血丝。趁父母不注意，她赶忙用冷水洗了脸，眼肿似乎消了些。

早饭时长有打来电话，素枝没接。她常年不在家，长有选择了夏莲，她不怪他，只是以后再也不想跟他有什么联系。手机又响，还是长有。素枝还是没接。父母问谁来的电话，素枝说是骚扰电话。过了一会儿微信响，长有发来留言：素枝，你为啥不接我电话？素枝没回，直接把留言删了。长有又发来一条留言：素枝，我想好了，你要是非要等二顺结完婚咱俩再结，我跟你一起等。过完年我也去城市，在你跟前儿找个当保安或者扫大街的活儿，离你近点，我心里踏实。你看咋样？

要是以前，素枝看到这样的留言，会有一种温暖甜蜜的感觉。长有家是老满族，思想有点传统，尤其是外出打工这事，在村子附近做点零工还行，远了不行。当初素枝出去做保姆，长有强烈反对，两个月没理她。现在能有这样的转变，很让人惊喜。可是素枝却高兴不起来，反而觉得受了侮辱，所以又删了。长有又发来第三条留言：看到留言给我回个电话。素枝又删了。

父母跟大哥住前后院，平时由哥嫂照顾，素枝只是偶尔过来帮着忙活一阵，见父母这边没啥活儿了，素枝跟哥嫂打声招呼，就回去了。

路过镇上时，素枝去超市买了刀纸，到家后去山上看学林。面对那丘黄土时，她又觉得自己的坚持是对的。素枝很羡慕学林，静静地躺在地下，啥都不用想，啥烦恼都没有。这么想的时候，又怕学林生气，赶紧呸呸地吐掉。

明天就过年了，家里出来进去的还是她一个人。素枝觉得屋里空荡荡的，以前还嫌小，现在觉得太大了。因为长有，她过年的心情也大打折扣。

大顺打来电话说，妈，我们年前回不去了，年前的车票没抢着，抢的是初一晚上的车票，初二上午到家。素枝说，动车也没有吗？大顺说，没了，都啥时候了。素枝说，你还知道啥时候啊，早就让你买，你不着急。大顺说，没事，就差一天，不算差。我爷我奶那边你帮我好好解释解释。素枝说，怎么解释啊？你爸是长子，你是长孙，你爸不在了，你既代表你爸，又代表你自己。你爷最看重祭祖这事，你咋就不放心上呢？大顺说，我放心上了，可是我回不去我也没办法呀。等我初二回去先拜祖先，就差一两天，没事吧。素枝叹了口气，这年轻人的想法真是想不明白。好在还有二顺。二顺昨天给她打电话，说他三十儿下午两点到家。

年夜饭要在婆婆家做，大家一起做，但是油炸的东西她都是先在自己家炸好再拿过去。素枝最会做油炸食品，油的选择，油温的控制，出锅的火候，她都能掌握得恰到好处。比如炸花生米，依她的经验，炸到七分半熟就得出锅，没熟的部分余热就能把花生渡熟，而且刚刚好，出锅早了不熟，晚了过劲，都不好吃。炸地瓜就得稍微老一点，太老也不行，地瓜块的棱角刚泛上点红边儿，就得捞出来，这样才好吃。

素枝不常炸东西，因为费油，炸一回得半桶油，炒菜够吃半个月了。到城市后，老人闺女的单位总分油，吃不了，她想炸点东西，她们都不吃，说油炸食品吃了对身体不好。城市人讲养生，讲营养搭配，营养专家不让吃的东西都不吃。素枝刚去时不懂这些，老人的闺女给她做了个营养表格，表格里哪天吃啥，一星期都写得清清楚楚。农村人想象城市人的生活，肯定是每天大鱼大肉的，其实真不是那么回事，反正她待的这家没有，每天吃的油盐肉都控制在一定的量内。她在那儿三年时间，竟一次东西也没炸过。过年过节要是不满头大汗地炸点东西，总觉得少了点什么。回到家了，可以尽情地炸了，她却没了心情。正坐在炕上发呆时，大雪来了。

大雪说，你在家呀，那你家长有咋说找不到你呢，都找我那儿去了。素枝说，以后别理他，我跟他黄了。大雪说，啥时候黄的，我咋不知道？素枝没吱声。大雪偷瞄了素枝一眼，心里暗自笑了，说，是不是因为夏莲？素枝有点意外，说，你也知道他俩的事？还说跟我最好呢，这么重要的事都不告诉我。大雪说，我就知道你是因为她。那天听说长有摔倒，你就着急麻慌地跑了，长有却说他摔倒后一直没看着你，我就知道这中间出了岔子。素枝没吱声。大雪说，过了年是长有的本命年吧，夏莲回娘家时，长有他老丈母娘让她给长有捎一条红腰带，说避邪气，夏莲为这才去的长有家。素枝说，这些都是长有跟你说的吧，这次让我撞见，他编了这么个理由，之前的事怎么解释？大雪说，之前什么事？素枝说，之前传得风言风语的，我都听说了，你是不是被他收买了？大雪说，你听说什么了？我这儿一直帮你盯着呢，他要是真跟夏莲有事，我先跟他拼了。素枝看着大雪，没说话。大雪说，放不下心就别出去，我就想不明白你，放着好好的日子不过、好好的福不享，非得自己出去拼死拼活的，图个啥，显得你能？素枝扑哧一声笑了，说，我愿意！大雪说，知道你要强，顾这个顾那个的，也该顾顾自个儿了。长有不错了，比上不足，比下有余，你没在家，他也没到处花，经常开机器出去挣钱，回来照样种地放牛帮儿子带孩子，有时还到你家帮忙看看房子漏没漏，柴垛散没散，这些我都看着呢，比那些嚼舌头的清楚多了。素枝默默地听着，没再言语。大雪说，长有昨天才杀年猪，就为等你回来，让你吃上新鲜的肉和血肠。可叹人家的一片心啊！素枝没说话，心里既感动还有点埋怨，告诉他别等他怎么还等！现在杀年猪的少了，因为不合算，想吃肉，去市场，看上哪儿买哪儿，不用花那么多钱还省心。只有长有还固守着这份传统，每年都杀年猪，做杀猪菜，灌血肠，请大伙儿吃饭，还说只有热热闹闹的才有过年的气氛。大雪说，要不过完年你俩就把事办了吧。素枝说，还得再等等。大雪说，你呀，太犟了，谁也说不了你。素枝笑了。

几天来，素枝头一次笑得这么舒心，她终于没有失去长有。大雪走后，素枝赶紧忙起来。和面，削地瓜皮，削土豆皮，剥葱，洗葱，洗鱼，切葱花，切土豆条，切肉块，剁肉馅儿，揉面，做扦子，做丸子，做小麻花……木头火点上，铁锅刷干净，油倒上，烧开后开炸，忙得俩手都不够用。虽然城里人说吃油炸食品不好，素枝根本没往心里去，一年就吃这么两三回，能不好到哪儿？厨房里烟雾缭绕的像在仙境，素枝忙得汗都出来了，不时用手背擦下脸。炸完后，满满的三大盆，祭祖用的，给家人吃的，还有长有的，都有份儿。

炸完这些，素枝顾不上休息，又去擦了玻璃，然后在大门上、前门上、后门上都贴了福字和对联，还在玻璃上贴了两幅她自己剪的剪纸。贴完之后，家里立刻有了年的气息。明天去接天宝时，再顺便买点鞭炮，有了爆竹声，年味儿就更浓了。

晚饭后，素枝拿起手机，没看到长有的消息，微信上也没有，想起早上自己删掉的留言，一阵后悔，干吗那么快删掉啊。素枝找出给长有买的帽子、围脖和红袜子，犹豫着要不要给他送去，过了明天就晚了。可是之前一直不理人家，这会儿又去找人家，素枝有点磨不开脸儿，就没去。

素枝睡下后，听见敲门声，忙起来穿好衣服去开门。是长有。长有不知在哪儿喝的酒，一身的酒味儿，看到她，不说话只是笑。素枝说，你怎么又喝酒？长有说，你不理我，我心里难受啊。说着脚步不稳地走进屋子，一头扎进了炕上。素枝去拽他，却怎么也拽不动。不一会儿响起了鼾声，素枝无奈地叹了口气，找了个褥子给他盖上了。

三十儿早上，素枝醒来没看见长有，炕上也没有长有睡过的痕迹，她吸吸鼻子，空气里也没有酒味儿，难道是自己做的梦？素枝脸上有点发烧，看到她给长有买的帽子、围脖和红袜子还好好地装在塑料袋里，觉得还是应该给长有送过去。

　　素枝拿起塑料袋往外走。刚走到厨房，手机响了，是长有，素枝竟有点紧张。长有说，素枝，你在家吗？我想跟你商量个事，今年过年……手机忽然没声了，什么也听不见。山区信号不好，打电话经常听不见声。素枝一边“喂”一边往外走，走出屋门，走进院子，一抬头，看见长有就站在大门外，手里拎着猪肉和血肠。素枝挂了电话，说，都到家门口了，咋不进来呀。长有说，你不理我，我都不敢进了。素枝有点不好意思。长有说，为啥误会我？要不是大雪说，我都不知道你误会我了。素枝不想说这事，打岔说，你刚才说想跟我商量个事，啥事啊？长有绷起脸说，别打岔，你还没回答我话呢！素枝看着长有，没说话。长有说，为啥不说话？我是啥样人你不知道吗？素枝说，我信得过你，可是信不过夏莲，谁知道她会做出啥事？长有一听又急又气，起誓说，我要是跟夏莲有事，我天打五雷轰，不得好死！素枝急得直跺脚，说，你说这干啥？大过年的，又死又活的，呸呸呸，赶紧收回去！长有说，谁让你误会我，我对你从来没有过二心。素枝说，那我之前劝你出去打工你都不去，谁知道你是不是有啥别的想法？长有说，我能有啥别的想法？我父母年纪都大了，万一他们有个病有个灾的，到时候我不在身边，咋办啊？长有是个大孝子，村里人都竖大拇指，素枝心里也很清楚。长有说，再说，我不是说，过完年就跟你一起出去打工吗。看着长有委屈又难过的样子，素枝放心又宽慰地笑了，说，好了，我知道我不该误会你，冤枉你了，我向你道歉。长有的脸色这才缓和下来。素枝说，你想跟我商量啥事啊？长有说，大顺二顺都回来了吗？我寻思今年咱们两家一起过个年。素枝说，今儿个不行，大顺初二到家，二顺今天下午回来，回来后我们都得去他爷爷家过年。长有说，过两天也行，咱们在一起吃个饭团圆团圆。素枝说，二顺今年带新媳妇一起来，等他们结婚后再一起过，行吗？长有说，也行，他俩啥时候结婚？素枝说，还没跟他俩商量呢，我的意思是五一就把他俩的事办了。长有喜出望外，说，真的？素枝点点头。长有高兴得两眼放光，手有点不知道往哪儿放，不住地说，太好了，太好了，二顺办完咱俩就办，过完年我就开始收拾房子。素枝有点不好意思，四下看看，小声说，别瞎说。长有笑了。素枝看到长有额头上有受伤后的结痂，伸手摸了摸，说，这是那天摔的吧，别的地方摔哪儿没有？长有说，外表没受伤，受的是内伤，十八级伤残。素枝知道他在开玩笑，打了他一下。长有见素枝手里拎着东西，问她是啥。素枝说，给你的。说着把围脖拿出来，围在他脖子上，又帮他把帽子戴上了，红袜子让他晚上再穿。长有说，还是有媳妇好。

屋里的钟当当地敲了九下，素枝说，呀，不跟你说了，我得去接天宝。长有说，我陪你去。素枝说，不用，你这两天别过来了，我没时间招待你。长有说，我不用招待。素枝瞪了长有一眼，长有马上改口说，好，不来。

长有走后，素枝回到屋里，找出她从城市带回来的半盒巧克力。这是上个月老人过生日，老人闺女的朋友送的，老人和闺女吃了两块不爱吃，就给素枝了。素枝只吃了一块，这么好吃的巧克力，她的宝贝孙子还没吃过，所以她悄悄带回来。别看就这么一小盒，一百多块，那天她陪老人逛商场时特意看了价格，贵得令人咂舌。

素枝骑自行车从家出来，早起时还雾蒙蒙的有点阴天，现在太阳出来了。有太阳就是好天儿，有太阳人心里就亮堂。村里零零星星的鞭炮声也在传递着过年的喜庆气氛，素枝的心情也跟着愉快起来，在街上见到谁都会笑着打声招呼。

半盒巧克力好像有点少，到镇上时，素枝又给天宝买了些小吃，还买了两串糖葫芦。

到了天宝姥姥家，天宝竟不在，跟他大舅进城逛庙会去了。素枝问，啥时候回来？天宝姥姥说，不知道，晚上要是有灯，他们还想去看看灯。天宝姥姥的语气不太友好，半盒那么贵的巧克力，也没能让她的态度变得和蔼一些。好在素枝习惯了。天宝姥姥的不友好由来已久，从她闺女跟大顺处对象那天就开始了。天宝姥姥看不上大顺，说大顺太老实，不会来事儿，没能耐，挣不来大钱，所以当初极力反对闺女嫁给大顺。可是她的阻挠没有成功，两个年轻人还是如愿结婚了。这事像根斜刺一样，扎在她心里，拔拔不出来，化化解不掉，以后说话就阴阳怪气儿的，没个好声。尤其素枝去城市打工把天宝留给她后，她心里更不高兴了，老大埋怨。大顺好不好的，素枝啥也不说，反正你家闺女是我家儿媳妇了，但天宝这块她觉得理亏，所以能忍尽量忍，能让尽量让。要是别的日子，天宝姥姥这么说，素枝就走了，但是今天不一样，今天祭祖，天宝必须得回去，天宝代表一辈人。所以素枝用既是商量又不容拒绝的口吻说，能不能给孩子他大舅打个电话，让他下午两点前把孩子送回来，他太爷年年三十儿下午祭祖，他得去一下。天宝姥姥说，他爸妈都没去，他干啥去？天宝姥姥不是满族，不了解祭祖对满族人的重要性。素枝耐下心说，正因为他爸妈没去，他才更得去。天宝姥姥说，他这么小，懂啥呀？素枝说，不懂也得去，大了就懂了。天宝姥姥说，等他爸妈回来再去不行吗？素枝说，不能等他爸妈，天宝今天必须得到场。天宝姥姥还想说什么，天宝姥爷制止说，这事听亲家母的，下午两点前，我把凯越准时送过去。

素枝真要生气了，今天天宝姥姥要是敢不让天宝参加祭祖，她能跟她打起来，咋这么不通情理呢，祭祖这么大的事不让孩子参加，怎么想的？随后又埋怨自己，她要是不去城市打工，天宝也不会去他姥姥家，天宝不去他姥姥家，也就不会出这事，要怪还得怪她自己，怪不得别人。

因为有心事，素枝经过镇上十字路口时，没注意看车，差点被车撞上，司机使劲按喇叭，她才停住脚，让汽车先过。

街上的车比以前多了，店铺也多不少，还有一家民营快递代收点，她出去做保姆前还没有呢。以前镇上只有邮局一家能寄快递，价格贵得不行，要想发别的快递，得去城里，想取别的快递，也得去城里。素枝到城市后才知道，城市的快递邮件都给送到家门口，要是送到楼门口，收件人都会不高兴。难怪人们都愿意往城里跑，便捷之处不是一点两点。

正感慨时，二顺打来电话，让她别准备小朵的饭了，说小朵今天不回来过年。素枝大感意外，忙问怎么回事。这一问，打开了二顺的话匣子，在电话那头说得停不下来。

小朵是二顺没过门的媳妇，素枝表嫂介绍的，是表嫂娘家哥的闺女。表嫂没嫌弃素枝家孤儿寡母，肯把自己的内侄女介绍给二顺，这是一份情意。相亲地点定在表嫂家，双方父母和孩子一起见的面。小朵比二顺小两岁，长得干净清爽，一说一笑的，素枝觉得挺好，二顺也很喜欢，小朵一家对二顺也没意见，亲事就定下来了。商定彩礼后，先给小朵两万元，剩下的结婚时再给。

定亲后，小朵跟二顺一起去了城市。

小朵初中没毕业，也没什么一技之长，只能去饭店类的地方当服务员。开始还兴致勃勃的，干几天就厌了，嫌累，嫌挣得少，不到一年换了三份工作。最后到了美甲店，就是给指甲做美容的地方，在指甲上涂各种各样的颜色，让手指变得更漂亮。这活儿好，不累，坐着就把钱挣了。小朵一去就喜欢上了，没再张罗换工作。二顺挺高兴，小朵终于安定下来了。

可是没过多久，二顺就担心起来，他发现小朵越来越注重自己的形象，先是把头发染了，又烫成了小细弯，衣服也经常换，箱子里都装不下。二顺劝她少买几件，她不听，还笑话二顺土，整天就穿一身劳动服。二顺一天到晚在工地上安装水暖线路，好衣服也穿不出好来，劳动服结实耐脏，干活得劲儿，二顺没觉得有啥不好。

俩人不只在穿衣打扮上有分歧，在别的事上也谈不拢。二顺喜欢攒钱，平时能省就省，吃饭喜欢自己做，省钱又放心。小朵从来不攒钱，挣多少花多少，二顺做的饭菜她不爱吃，总去外面吃，二顺不去她就说二顺小抠儿。

俩人总为这些小事吵架，这次是因为一件大衣。

第一次去婆婆家，小朵想买身新衣服，她相中了一件两千元的大衣，让二顺给她买。她觉得这钱理所应当由二顺出，可二顺死活不出，她就跟二顺大吵大闹，说，你不给我买大衣，我就不陪你回家过年！二顺说，不陪就不陪，我不稀罕你陪！俩人不欢而散。

素枝在电话里听得目瞪口呆，她一直以为俩人处得挺好呢，没想到是这样。二顺在电话里气得唠叨个不停，素枝劝他别生气，说，小朵不愿意来就不来，你一个人先回来。二顺说，妈，我看小朵是不想跟我处了，要想处，她做不出这事。素枝说，她以前也这样吗？二顺说，她以前也总让我给她买东西，但是没这么贵，也没这么要挟我。素枝皱起眉说，我记得当初相亲时，她不这样吧？二顺说，不这样，到美甲店之后变的，总跟别人比吃比穿，别的啥也不想。素枝说，她对你怎么样？二顺说，她从来没关心过我，从来没问过我干活累不累，处这么长时间，从来没给我买过东西，总说我又土又抠。电话那头传来二顺难过又委屈的哭声。素枝心里一阵绞痛，她安慰二顺说，儿子别哭，她不喜欢咱，咱就不跟她处了，大不了那两万块钱咱不要了。在农村，男女双方定亲后，男方要先给女方一部分彩礼。结婚前，如果男方毁婚，这彩礼不能再往回要，要是女方毁婚，这彩礼得退还给男方。这是约定俗成的规矩。

二顺说，我不想您辛辛苦苦当保姆挣的钱，就这么白白给她。素枝说，你别想这么多，赶紧去买票，有啥话回家再说。

收起电话素枝才意识到，她还处在镇上纷乱的十字路口。路口没有红绿灯，交通规则都靠行人自觉，趁来往的车不那么多了，她赶紧穿过马路。

刚才听二顺说完，素枝的心情也不太好，俩孩子看着挺般配的，内在的差距咋这么大呢？要说好穿点儿好美点儿不算啥毛病，但是过了就不好，有多少花多少，一点儿钱也不攒，将来的日子怎么过？是不是小朵岁数小，还不懂过日子？过完年找表嫂说说，如果小朵能改，俩人能处还是处，实在处不了就不处，不能总这么僵着，对谁都不好。

素枝回到家时快中午十一点了，该去婆婆家准备年夜饭了，她赶紧去厨房把昨天炸的东西分出一大半儿，又拿了些肉蛋菜，准备去婆婆家。

刚要走，猛然想起她从城里带回来的东西没带，又放下手里的东西去找那些东西。不多，两盒点心，一盒牛肉罐头，一块南方腊肉，都是整盒的，没开封。点心是老人给她的，她没舍得吃，牛肉罐头和南方腊肉老人和闺女都不爱吃，想扔掉，她要下来，悄悄放在冰柜底层，回家时都拿回来了。虽然这些东西都是东家给的，不是她私自拿的，但她还是有种做贼的感觉。其实要为她自己，她肯定不会拿，但是想到祖先和老家的亲人还没吃过，她就不顾什么脸面不脸面了。

这些东西她连天宝都没舍得给，因为在她心里祭祖更重要，有好吃的东西，没先给祖先吃，总觉得是对祖先的不敬，这可能源于小时候母亲对她的影响。素枝小时候家里日子苦，高粱米饭玉米面饼子能吃饱就不错了，饼干蛋糕什么的，想都别想。就算偶尔有亲戚来，给买包点心，母亲绝对不让动，谁动打谁，不管儿子还是闺女。她留着也不是自己吃，是为过年时祭祖。有一年夏天，有个远房亲戚来找父亲帮点忙，来时拿了包点心，用纸包着，用纸绳子系着，点心里的油把纸都洇透了。亲戚走后，母亲打开一看，是蛋糕，一共四块，金黄色的，闪着油光。那是真正的蛋糕，看着比槽子糕柔软细腻，素枝还是第一次见。一家人都很兴奋，围在母亲身边，以为她会把蛋糕分给大家吃。谁知母亲只是看看，看完又包上了，纸绳系得更紧。母亲说，谁也不许动，留着过年祭祖。那年夏天出奇地热，母亲先是把蛋糕吊到房梁上，后来又移到地窖里，不管放哪儿都没能阻止它变霉的脚步。有一天父亲去地窖找东西，不小心把蛋糕碰掉地上了，纸包坏了，那金黄软嫩的样子早已不见，变成了浑身长满霉点的丑八怪，还缺边少角的，一看就是被耗子嗑的。母亲看了也直可惜直后悔，说当初要是把蛋糕晒干再放就好了。一家人都没听过蛋糕还能晒成干。就是这样，母亲仍舍不得扔，把蛋糕上的霉点和耗子咬的地方抠去，剩下的碾碎了，和进玉米面里，做成饼子吃了。素枝到现在还记得，那天晚上一家人都吃坏了肚子，轮流跑厕所。大伙都埋怨母亲，母亲却不认为是蛋糕变质的原因，反说是他们没福，说他们吃惯了粗茶淡饭的肚子，消受不了蛋糕这样的好吃食。

素枝小时候最恨母亲把好东西藏起来不让他们吃。可是长大后，她却成了跟母亲一样的人，有好吃的东西先想到祭祖。不过她不会像母亲一样无限期地留藏，她会看保质期，放不到祭祖就不放。

素枝到婆婆家时，两个弟弟和弟媳已经到了。学林兄弟三人，他老大。公婆见她一个人来的，问她大顺、二顺和天宝怎么没来。素枝说，二顺和天宝晚一会儿到，大顺没买到票，得初二才能回来。公婆听后脸色立刻沉了下来。婆婆说，大顺过年回不来，责任都在你，要不是你鼓动他们出去打工，他们不会连祭祖这样的事都来不了。婆婆说得没错，当初是素枝劝说大顺、二顺出去打工的，因为地里的出产有限，出点钱根本不够花。听说外村有人出去打工比在家里挣钱多，素枝就劝两个儿子也出去试试。两个儿子开始还不愿意去，出去一试，确实比在家里好，就一直没回来。再后来她也出去了。素枝承认说，这事确实怪我，以后他要是再敢祭祖不回来，我就不让他出去了。婆婆说，我不是反对你们挣钱，在家跟前儿不一样吗？非跑长江那边干啥？老三媳妇在旁边纠正说，是江苏。婆婆说，我不管是江苏还是苏江的，反正他跑那么远我就不高兴，一年一年见不着人，连重孙子也见不到，我和你爸都这么大岁数了，还能活几年？婆婆说着眼泪掉了下来。素枝很愧疚，她光想着出去挣钱，没考虑到老人的感情。她安慰婆婆说，妈，你老别难过，等大顺回来我跟他说说，让他别去那么远，找个离家近点的地方。婆婆说，你说咱们村，谁家一家子一家子出去打工了，咋的也得留个看家望门的。素枝知道这是婆婆又在埋怨她也出去打工呢。她想说，你看看别的村别的地方，一家人都出去打工很平常。但是没说，怕冲撞了婆婆。于是改口说，这事是我不对，我想好了，等挣够二顺结婚的钱，我就回来，一天也不在城里多待。说到二顺的婚事，公婆的脸色总算缓和下来，素枝见状，忙把她从城市带回来的点心、牛肉罐头和南方腊肉拿了出来。婆婆虽然没说话，但素枝知道她心里是喜欢的，便抽身去了厨房。

素枝厨艺好，每年做年夜饭，她都是主力军。她抱来柴火，老三媳妇凑到她身边说，大嫂，咱妈真向着你，舍不得说你，你看去年老三没回来她把我说的，就差没扒皮！总祭祖祭祖的，一回也不差，也没看她比别人好过多少。素枝说，别这么说，祭祖是对祖先的尊敬和怀念，不求大富大贵，他们能保佑咱们平平安安的就好了。老三媳妇说，我看也没保佑啥，大哥走得那么早。素枝愣了一下，她从来没把学林的死跟祖先们联系在一起，那是一次意外事故，货车司机疲劳驾驶，正常行驶的学林成了他疲劳的牺牲品。而祭祖在素枝心里是一件神圣庄严的事，跟自己的利益得失没什么关系。老三媳妇也意识到大过年的这话说得不妥，讪讪地走开了。

祭祖是满族的传统，也是满族人最重要的礼仪之一。素枝从小就参加他们佟家的祭祖活动，听父母说，以前祭祖的仪式很隆重，要立索伦杆，放鞭炮，敬高香，由族长主持祭拜仪式。这样的仪式到素枝太爷的爷爷辈还传承着，到素枝的爷爷辈已经没那么复杂了，到现在更精简了，只剩了简单的行礼。家族的范围也缩小了，最早是一个姓氏的人一起祭拜，后来是一个太爷的人，再后来是一个爷的人，现在很多都是一个父亲的人。当然也有不祭的。不祭祖的原因多种多样，大多是因为人聚不齐，平时各忙各的，过年也没时间聚在一起。再有就是彼此之间吵架了，有了不可调和的矛盾。还有就是年轻人的观念跟老一辈不一样，他们对这些东西没兴趣，不上心，自然也就不愿意参加。所以现在祭祖的人家不像以前那么多了。

祭完祖吃年夜饭，所以年夜饭必须做得美味丰盛。用这份美味和丰盛，来告慰祖先们的福佑，也慰劳一家人一年的辛苦付出，同时暗祈来年能同样富裕盛足。

素枝一边在厨房忙活一边不时地瞄一眼窗外，她盼着二顺也盼着天宝，希望他俩能早点到，可千万别再出啥岔子了。正这么想时电话响了，是城里她照顾的那个老人的闺女打来的。素枝心里挺高兴，这个妹子挺好，每年过年都会给她打个电话。素枝接起电话，刚说了句过年好，那边急切的问话即刻传了过来，大姐，我妈给你打电话没有？素枝意外地说，没有啊，怎么了？老人的闺女说，我妈这几天总念叨你，说去找你。我刚才有事出去一会儿，回来她就不见了。素枝也很着急，老人患了阿尔茨海默病，除了她和自己闺女，其他人谁都不认识，也不记道，天天出去散步，回来还是找不到自己家。这么个人走丢了，真让人担心。素枝说，楼下广场没有吗？老人的闺女说，没有，整个小区我都找了。你平时还带她去过哪里？素枝想了想说，楼下的水果超市，移动广场，还有龙湾公园。老人的闺女说，谢谢了，我再去找找。

素枝放下电话，却放不下心。她照顾老人三年，对老人很了解，老人喜欢吃什么，喜欢穿什么，喜欢去哪儿溜达，她都知道。老人对她也很信任和依赖，有时候闺女说话不好使，她说就听。老人有一儿一女，儿子在国外，一年到头也回不来一趟，大事小事都靠闺女一个人，闺女干工作行，家庭生活方面却粗枝大叶，平时在家找个东西都找不到……素枝越想越担心，菜也做不下去了，她得回去帮忙找找。看看时间，离二顺到家还有一个多小时，离祭祖还有两个小时。素枝想了想，决定不等了。可是马上意识到，公婆那里不好说，刚才为大顺没回来的事已经惹他们不高兴了，怎么能一惹再惹？可是老人那里她真放心不下。临回来时老人很舍不得她，不住地叮嘱她早点回去。老人喜欢吃零食，肠胃又不太好，经常不小心拉在裤子里，收拾起来很麻烦。找了好几个保姆，都是因为这个不干了。素枝不嫌脏，她觉得，只要心不脏，就没有脏东西。每次她帮老人收拾完，老人都很歉疚，像当年她奶奶一样。素枝奶奶后来瘫在炕上不能动，都是她伺候的。奶奶总是眼泪汪汪地看着她，那种愧疚歉意的表情她一直记得。人都有老的时候，谁都想体体面面地活，可是谁都有不能自理的时候。她把老人当成了自己的亲人，伺候她的时候就不觉得苦累。老人也把她当成自己的孩子，有好吃的总会跟她分着吃，过年过节还有她生日时，总会悄悄塞给她一个小红包。三年的朝夕相处，她们彼此之间产生了很深厚的感情，就像老妈妈和亲闺女。所以听说老人不见了，她心里的慌急不亚于老人的闺女。

　　犹豫再犹豫，素枝还是鼓起勇气，硬着头皮，走进屋里，跟公婆说了城里老人走失的事。公婆开始还跟着担心着急，听到素枝说也要帮忙去找时，俩人都沉默下来。婆婆说，你去能干啥呀？离得这么远，没准儿你到那儿人家已经找到了。素枝说，要是找不到呢？婆婆看了公公一眼，说，马上就要祭祖了，你要是愿意去，祭完祖再去。素枝说，我想这就去，早一会儿就多一分希望。婆婆说，他们让你这就去的？素枝说，不是，是我自己觉得我得去，大过年的人丢了，咋个糟心法，天又这么冷。老太太不认识人，也不认识道，我很担心她有个山高水低。婆婆说，你心里只想着别人，还有没有这个家？祭祖这么大的事你说不参加就不参加，你心里还有没有尊长？你是家里的大儿媳，你带的这个头，让下边的兄弟弟媳儿子孙子们怎么看？素枝料到婆婆会发火，而且不是她一个人在发，也是代替公公发，很多时候公公不便对她发火，毕竟她是儿媳，他们的儿子又不在了。其实就算她转身就走他们也不能把她怎么样，可是她不想把关系弄僵，所以还是耐下心，尽量说服婆婆，妈，我知道我是咱家老大我要带个好头，这不是情况特殊嘛，咱们得将心比心啊，咱家要是谁丢了，咱也过不好年，也盼着大伙儿帮咱们找。城里那个老人要是好找，她闺女也不会大老远地给我打电话，肯定是急得没法了，您说是不是？婆婆没吱声，公公脸沉似水。素枝这时有一点理解大顺不能回来参加祭祖的心情了。两个弟弟弟媳不知啥时也进到屋里来了，就听老三说，我看大嫂说得没错，还是找人要紧。祭祖就是个仪式，不祭，祖先们也跑不了，可是人丢了不赶紧找，可能就找不到了。再说，不参加祭祖也不代表心里没有祖宗啊，是不是大嫂？

素枝还没说话，就听公公一声厉喝，走吧走吧都走吧！你们都对，以后谁也别来了！公公发了火，是冲老三，也是冲素枝，也可能是冲整个家族的人，包括他自己。公公哥四个，他最小，三哥没成家就死了，实际上是哥仨。父母去世后，祭祖仪式由大哥主持，大哥走后二哥主持，现在他是长辈里年纪最大的人，所以由他主持。大哥二哥主持时，家里的人都会到场，一个也不少。轮到他主持时，人就开始少了，不是这事儿就是那事儿，每年都有人不来。大儿子学林去世后，来参加祭祖的人更少了。老人心里不好受，又没处诉说。他不能要求别人，只能要求自己的孩子，可自己的孩子也不给他长脸，大儿子就不提了，去年三儿子没参加，他心里就底气不足，今年大孙子又没来，现在，连平时做得最好的大儿媳也要走。人都走了，还怎么祭祖？

屋里一时安静下来，谁都没敢说话，也没敢走。过了一会儿老三说，爸，你看你生啥气呀，我也没说啥呀，以后都听你的，你说咋办就咋办，还不行吗？素枝也说，爸，您老别生气，我等祭完祖再走。公公沉默着，最后叹了口气说，你先去吧，找人要紧。素枝以为自己听错了，怔怔地看着公公，公公冲她摆摆手。老三悄声催促她，快走！素枝赶紧往外走，走到门口又转回身，给公公深深地鞠了一躬，又跑到西屋对着祖先们的牌位鞠了一躬，然后匆匆走了。

从婆婆家出来，素枝的心还慌乱地跳个不止，这是她第一次没有参加祭祖，像个逃课的孩子，心一直悬在半空，落不下来。

老三追出来，问素枝用不用他送她到镇上。素枝说，不用，你赶紧回去吧，看咱爸一会儿再生气。老三说，咱爸刚才发火，不是冲你，你别往心里去。素枝说，我知道。老三说，也不怪咱爸发火，你看现在都几点了，人还没来呢。素枝知道老三指的是他堂兄堂弟们。素枝往远处的路上望望，没望到人影。老三说，我看祭祖这事，坚持不了多久了。素枝说，别瞎说，咱爸听了又该发火了。老三说，他发火也没用，这不是发火能解决的事。素枝说，不跟你说了，我得走了。

素枝骑车到镇上，打车直接去了火车站。在出租车上收到长有发来的微信留言，问她晚上去不去城里看灯。素枝说，没时间，我得回城市去，老太太丢了。长有说，那你还回来吗？素枝说，回来，等找到老太太我就回来。

路上有点堵车，素枝很着急。她想，如果买不到票，她就直接打车去老人家里。到火车站售票口一问，有票，素枝赶紧买了一张。这时听见后面有人说，我也要一张。听声音很熟悉，素枝回头一看，竟是长有。素枝说，吓我一跳，你怎么来了？你家不祭祖了吗？长有说，祭。素枝说，那你怎么跑出来了？赶紧回去，你不参加祭祖，你爸该生气了。长有说，你不也没参加吗？素枝说，我是迫不得已，你别跟我学，我到现在心里还慌慌的呢。长有说，我心里也慌慌的，我也迫不得已。素枝说，谁强迫你了？长有说，你呀，你不放心我，只能你走到哪儿我跟到哪儿。素枝笑了一下，说，你跟我干啥，我还得回来呢，老太太找到后我马上就回来，家里还等着我过年呢，我还有一大堆事呢。长有说，你回来我再跟你回来。素枝说，你来回跟着瞎跑，不白搭火车费吗？长有说，就当给铁道部做贡献了。再说，我也能帮着找找，多个人多份力。素枝说，一年没见，你变化挺大呀。长有说，你变化更大。素枝说，我哪儿变了？长有说，哪儿都变了，你自己可能没觉得，但是我能感觉出来。我再不改变，就追不上你了。素枝说，也不知是好事还是坏事。长有说，什么？素枝没说。

候车室窗外，鞭炮声不时响起，年味儿越发浓上来。

（原载于《民族文学》2019 年第 5 期）

红灯笼

周建新（满族）

一

就从孩子他爸出事那天说起吧。

三十年过去了，薛七婆依然觉得，仿佛就在昨天，梦里她经常看到，雷电交加，丈夫郑阿大骑着三轮车，冒着滂沱大雨，驮着双胞胎郑小灯、郑小龙，艰难地跋涉在归家的山路上。漆黑的夜里，两盏红灯笼，透过斜刺的雨丝，鲜明地亮着。

这条路熟得不能再熟，一天两遍，闭着眼睛也能骑到家，不该有事儿的。可是，雨把路拉出了一道道沟，突然一个大颠簸，郑小灯的书包甩出了三轮车。郑小灯嗜书如命，惊叫声打雷一样，跳下车去追。

郑阿大宠孩子，含在嘴里怕化了，塑料篷罩在车上，还怕漏雨，干脆把自己穿的雨衣又绑在篷顶，怎忍心孩子被雨浇？他强行把老大抱回车里，卸下一只红灯笼，跑下路旁的沟，寻找书包。

山洪刚刚下来，书包裹挟进了河水，眼瞅着往下滚。郑阿大手疾眼快，一把捞出书包。然而，脚下踩的草湿滑得要命，无法止住身体，他栽入河中，用尽最后的力气，把老大的书包甩了上去。

书包回来了，可郑阿大不见了。

闻讯而来的薛七婆带着两个孩子，找到了天亮，才在三里外的下游找到郑阿大，死了还在死死地攥着那盏红灯笼。

灯笼真是百年不遇的好灯笼，居然丝毫未损，可惜百年不遇的好人郑阿大没有灯笼结实，在河水里滚成了千疮百孔，最终裹了一身烂柴杂草，卡在了一棵树杈上。若不是若隐惹现的红灯笼提醒了薛七婆，依然尸骨难寻。

薛七婆没有哭得死去活来，平静地安葬了丈夫，她哭出个好歹，俩孩子咋办？从此，晚上她不再当洗衣婆和围着锅台转，学着丈夫的样子，端着一本书，陪儿子灯下苦读。只不过，她无法像丈夫那样，给俩孩子指点迷津。

这是她一生的秘密，直至三十年后，老二锒铛入狱，她才哭着讲出。她没念过书，识不了几个字，伴读是装的，监督学习才是真。俩孩子谁溜一下号，谁多眨巴一下眼皮，都逃不过她的眼睛。

死鬼哪儿都好，就是给她起的名字不好，薛鹤舞，弄得她一生不会写。好在他给她留下了一方篆刻，需要签字时，盖下印就结了。

从此，薛七婆替代丈夫，蹬着三轮车，点着红灯笼，披星戴月地接送俩孩子上下学。

薛七婆的村子出过状元，姓张，所以叫张相公村。张相公的后人都很有出息，搬走了，只剩下个村名。也难怪，张相公村位于辽西走廊的最深处——大小虹螺山之间，虽说山清水秀，却是三面环山，八山一水一分田，只有一条崎岖的小路翻出山外。村人出村，辈辈靠毛驴，后来虽说修了路，每逢雨季，山上的洪水像牤牛，道路豁得一条一道的。直到俩儿子上了大学，才有了柏油路，新千年后，每场雨都贵比黄金了，路才平展得像炕头，可惜世间已无郑阿大，他走了十年出头了。

郑阿大一生最大的夙愿，让张相公村改名为郑家村。可他终其一生，依然面朝黄土背朝天，还是个乡巴佬，改村名是蚍蜉撼树。不过，他有愚公一般的毅力，双胞胎儿子又聪明绝顶，改村名那是早晚的事儿。

两个儿子一直是郑阿大的骄傲，天生聪明，那是遗传好，后天的努力，那是他教得好。念村小时，他给儿子定的目标是，老大能教老师的算术，老二能教老师的语文。他确实做到了，老师见到他，比见校长还亲，问他，你的俩孩子，咋教的？堪比凤雏与卧龙。

薛七婆听不懂，却知道是好话，喜滋滋的，站在村里的十字路口，目送丈夫怀里抱着一个，身上背着一个，走向村旁的学校。这番情景，成了村里的一道风景，被议论了许多年。

郑阿大娇孩子，不是无缘无故的，那是父母的遗传。孩子的爷爷郑阿大的爹，是个传奇人物，老家在自古出师爷的绍兴，曾任东北剿总副司令范汉杰的参谋，给范司令出主意，放弃锦州，退守葫芦岛，可这个饭桶司令不听，弄得个身败名裂。

现在，咱们就说那对红灯笼，绝对的举世无双。这不是村里人说的，许多年后，当薛七婆的脸老成核桃皮时，一位省城来的文化学者登门造访，呆愣愣地瞅着两盏红灯笼，自言自语。

灯笼是恢复高考那年郑阿大做的，用了整整两张羊皮，花了整整一年的工夫，为的是迎接两个未出世的孩子。羊皮是他自己熟的，收拾到最后，纸一样薄，绢一般柔，通透得铺上能读报纸。

既然是做灯笼，要的就是喜庆劲儿，给灯笼染红，且不褪色，相当地难。可这难不住无所不会的郑阿大，他把朱砂泡在酒里，研成粉末，直至浮出一层朱磦，用小勺一点儿一点儿地撇出，收纳进小瓶，敞口晾放。反反复复，天天如此，直至攒够了朱磦。

染色的那天，郑阿大神圣如祭祖，他取过盘子，从小瓶中舀出朱磦，一点一滴地调入蒸馏水，直至细腻润滑。抱着透明的大灯笼，郑阿大拿着毛笔，蘸着朱磦开始在上面描龙画凤。然而，不知描过了多少天，也不知描过了多少遍，直至朱磦用光了，灯笼上还是空空如也。

郑阿大郑重其事地说，这叫打底色。

有一天，郑阿大突然间兴奋得手舞足蹈，挥起粗毛笔，饱蘸曙红，瞬间涂满了灯笼。平静了好几天，才操起狼毫，在灯笼上寻找出朱磦的浅痕，一笔接一笔，慢慢地描摹。大功告成，灯笼点亮时，薛七婆才看明白，红彤彤的灯笼上，藏着一幅浅黑色的画——喜鹊登枝。

那一年，郑阿大提着那对红灯笼，翻山越岭，送走了好几个拜自己为师的弟兄，而他自己却黯然神伤地提着灯笼回来。原因是，政审没通过，他成了全县唯一一个没有资格报考大学的人。

不过，一个传奇却留在了村里，谁在红灯笼下苦读，谁就能考上名牌大学。

两个孩子得名于红灯笼，自然，从懂事开始，最有资格在灯下苦读的，还是郑小灯和郑小龙。双胞胎兄弟相貌相似，性格却迥异。小灯平静安稳，如同女孩；小龙生龙活虎，无所畏惧。

兄弟俩只在村小读三年，直接跳学，满分考上了虹螺镇中学。满打满算十岁刚出头，镇中学校长陆纯坦惊喜之余，又生出担心，毕竟孩子太小，才十岁，不能像别人家的野孩子，骑着自行车满山跑。

陆校长是十年前翻山越岭求教于郑阿大，在红灯笼下苦读者之一，既是郑阿大的兄弟，更是郑阿大的学生。他再次翻山越岭，来到张相公村，抱起两个孩子，欢喜得不得了。他叮嘱郑阿大，学校里的事儿他全包了，可每天的上下学，必须父母接送。

其实，不必陆校长叮嘱，郑阿大早就做好了准备。从此，他大悬着两盏红灯笼，骑上三轮车，驮着两个儿子，一起融入虹螺山如画的风景中。

三轮车挂灯笼，并非整景儿，大小虹螺山方圆近百里，林密谷深，野狼常见，真的被盯上，两个孩子就麻烦了。

薛七婆第一次骑三轮车接儿子，就遇到了孤狼，可见孤狼觊觎他们很久了，只是恐惧红灯笼，或者是郑阿大，不敢下嘴。看见薛七婆又矮又瘦，觉得机会终于来了，按捺不住了，从虹螺山的密林间蹿出来，凶狠地扑上去，一下子扯掉了蒙在三轮车上的塑料布。

两个孩子吓傻了，忘了操起身旁的红缨枪，只顾抱成一团。一只红灯笼从三轮车上摇晃下来，差一点砸在孤狼的头上，它吓得"嗷"地叫了声，发现红灯笼被甩在后边，丝毫没有伤害到它，反而熄灭在漆黑的夜里，胆子更壮了，再一次追赶上来。

身后丈夫留下的连珠炮没有机会点燃了，薛七婆拿它当棒子使，与孤狼近身搏斗。孤狼闪转腾挪，连珠炮的棒子把把走空，它本想绕到薛七婆的身后，咬她的脖子。可薛七婆怒视孤狼的眼睛，决不转身，她把胸中所有的郁闷都发泄在了孤狼的身上，最后和孤狼滚打在一起。

孤狼没有咬到薛七婆的脖子，薛七婆的胳膊却牢牢地卡住了孤狼的脖子，直至孤狼伸出了长长的舌头，脑袋有气无力地垂下，她那遍体鳞伤的胳膊还没有松开，嘴里咬满了狼毛。俩儿子这才如梦初醒，操起红缨枪，扎向孤狼的胸脯。

重新点燃红灯笼，真切地看到了孤狼的尸体蜷成了很小的一团，小得连一只蚂蚁都打不败，远不及进攻时那么凶悍。哥俩儿心里同时涌上一种感觉，世界上所有的失败者，都是如此可怜，他们决不能沦为失败者。

母子三人惊魂未定，虹螺山上突然传来此起彼伏的狼嗥，凄凉悲壮中含有恐怖。他们以为，狼群要报复了。绝望中，他们鼓起勇气，准备与群狼殊死搏斗。

然而，狼嗥消失时，除了微风摇动树叶，山野寂静得很。原来，狼群目睹了它们曾经的狼王与一个小妇人搏斗的失败，用它们的方式，给孤狼送葬。从此，不再出现在人类的视野。

那一夜，他们没有回村，返回到虹螺镇，进了医院。丈夫生前告诉过她，无论被什么动物抓了咬了，必须打狂犬疫苗。

校长陆纯坦听到消息，也像被狼咬了，急三火四地追来，和薛七婆商量，别让孩子来回跑了，就住他们家，他管孩子吃住。

薛七婆不同意，别人家再好，也是寄人篱下，孩子不会专心学习。况且，她听说过，校长的媳妇是母老虎，哪能容下别人的孩子？更不用说陆校长怕媳妇像老鼠见猫，哪如自己天天看护妥当。

二

两个儿子读满了初中三年，薛七婆起早贪晚地接送了三年。三年间，每一天的规律几乎雷打不动。

不等鸡叫，薛七婆起床，做好早饭，装好午饭，才唤醒两个儿子起来洗漱。她到院子里，把红灯笼挂在三轮车上，点燃灯芯，然后检查车胎、车链子、车轴，保证儿子顺利出行。

有人说，薛七婆像个陀螺，瘦小的身子，有使不完的劲儿。她一笑，回答，死鬼在那头帮我呢，为俩孩子。

当然，死鬼的教训，薛七婆牢牢记住，打开收音机，必听的是天气预报，一旦有急风暴雨，她不再惦记送货，而是驮上被褥，甚至干柴锅灶，送到学校，和俩儿子一块儿睡在教室。哪怕天气预报是谎报军情，她也是照信不误。不怕一万，就怕万一。

不管多忙，有一点薛七婆雷打不动，每天吃完晚饭，她都让俩儿子绕村走一圈儿，不管见到谁，哪怕是个傻子，也要打一声招呼，让他俩边消食，边联络村里人的感情，让人们像不忘张相公那样，时时念叨郑家人。

儿子回到家，红灯笼已经悬在了檩子上，炕桌早已放好，六十瓦的灯泡垂在炕桌上方，亮在两盏红灯笼之间。孩子上炕，立马就进入到学习状态。薛七婆也端起了一本书，装模作样地看。

世界在那一刻安静成了空灵。

直至时钟敲响了十下，薛七婆坚决地摘下儿子手中的书，督促孩子入睡。孩子钻进被窝，她便抱起他俩脱下的内衣内裤，睁大双眼，逐一寻找深藏的虱子，恐怕孩子被虱子咬，无法专心学习。最后，她还要用牙齿把裤缝咬个遍，不能放过任何漏掉的虱子。

薛七婆用牙齿阻拦住了虱子最后的反扑，直至在他们家绝迹。

初中毕业时，兄弟俩再也没有课业的负担，快活地挥起镐，帮薛七婆起院子里的土豆。薛七婆不许，哥俩虽然长高了，也是豆芽菜，手嫩得土豆秧子能划出血，撵他俩回屋，坐到炕桌旁，继续心无旁骛地自学高中课程。高中的课程，比初中的要深，哥俩边学习，边交流心得。毕竟是新知识，哥俩看法不同，偶尔还会有些争执。

正是暑热难消时，哥俩每天的讨论就像这天一般热烈。

忽然有一天，外边锣鼓喧天，人声鼎沸，热闹非凡。哥俩不为所动，依旧热烈地讨论，不知外边的热闹正是因为他俩。中考的成绩下来了，陆纯坦校长带着虹螺中学所有的任课老师敲锣打鼓地来到张相公村，奔走相告，郑小灯和郑小龙以全县第一第二的成绩，刷新了全县的中考记录，哥俩的每一科几乎都答到了满点。

村里人都到家里祝贺，办喜事儿一样，站了一院子人，喝水的碗都不够了。郑家没权没势又没钱，能得到这样的厚爱，已经是烧高香了。

薛七婆欢喜得不知怎么做才好，一个劲儿地给陆校长作揖。陆校长也作揖，冲着红灯笼说，没有大哥指点迷津，我不还在垄沟里累弯了腰。

大家看他们作揖，都笑了，都啥时代了，还用古礼。

村支书张守成也来了，觉得郑家太窄了，把大家领到村部，让郑家高兴的事儿变成了全村的喜事儿。

招待老师，少不了茶水、喜糖和水果，自然，都由村上担负。张守成说，村里又要出相公了。

县重点高中开学的前一天，薛七婆骑着三轮车，把郑小灯和郑小龙送到虹螺镇。她没有能力骑上一百里，把儿子送到县城，镇里有直通县城的长途客车。虽说那是个大白天，薛七婆依然坚持挂上两个红灯笼，喜庆。

送走了儿子，薛七婆心里空落落的，尽管不停的劳作挤占了她所有的时间，还是填不满她那种无言的空荡。思念无时无刻，劳累也赶不走她头脑中的念想，郑小灯、郑小龙的名字时常顺嘴溜出。她讪然一笑，俩儿子在百里外的课堂上琅琅读书呢，哪能出现在自己面前呢？要紧的是赚钱，给儿子攒学费。

薛七婆蹲在井旁，清洗着堆积如山的土豆，用挑剔的眼神，逐个挑出一尘不染的土豆，装进筐里。偶遇有疤疖、有溃烂的，她就会像遇到苍蝇般，毫不留情地用刀子剜掉。这也是郑阿大留给她的生活态度，任何事情都不能让坏的和错的混进来，她也是这样教育儿子的。

土豆一个接一个摞下去，直至把筐摞满，薛七婆才拎起筐，走进堂屋，将土豆倒入粉碎机里，推上电闸。机器轰鸣地响起，她这才得空儿，抹了下额头的汗水。接着，她还要将打出的土豆浆舀入滤包，滤出渣滓，将淀粉沉淀进滤包下的大缸里。

取出缸底的淀粉，与清净的水搅拌成黏稠的浆，拿过粉瓢，薛七婆就可以在烧得热气腾腾的大锅上漏粉了。她漏出的粉，清爽滑润筋道，嚼不出一丝沙尘，虹螺镇上的人进了食杂店，只要买粉，就会大着嗓门问，是薛七婆的吗？

薛七婆成了镇里的品牌。

另一个有关薛七婆的品牌，是不久后形成的。那天，村支书张守成牵着孙女张小芳的手，突然来到郑家，他们的身后，跟着六个小孩，背着大大的书包。那是个傍晚，浑圆的日头被虹螺山抱走，昏暗的光线中，张守成敲响了郑家的门。从此，她空落的心被七个小孩子填满了。

张守成的要求不高，只是让七个一年级的小孩在红灯笼下读书，还送来了七个小桌子小板凳。从此，每逢夜深时刻，总能看到薛七婆提着红灯笼，一个接一个地将七个小矮人送回家。

三年的时间很快过去了，郑家再次创造奇迹。老大郑小灯全省理科状元，考取了清华大学。老二郑小龙虽说逊色一些，也不简单，中国矿业大学。

送郑小灯、郑小龙上大学那天，校长陆纯坦来了，这回坐的是带拖斗的拖拉机，车头上还戴着一朵大红花，他要把哥俩的行李物品一块儿带走。薛七婆不同意儿子坐拖拉机出村，她还要像三年前那样，蹬着三轮车，悬着红灯笼，送俩孩子去虹螺镇。

和三年前完全不同的是，县长早就等在镇里了。他是坐着越野吉普车来的，陪同的有主管教育的副县长、教育局局长、民政局局长、高中校长，甚至还有财政局局长。总之，镇政府的院里，像是举办车展，排满了各种型号的轿车。

薛七婆并不理会陆校长的催促，也不明白县领导都在镇里等着呢是啥概念，反正才日上三竿，离中午还早着呢，她有自己的打算，不紧不慢地收拾，不紧不慢地走，等到中午时，赶到面馆，要两碗荞麦饸饹，三年前，孩子们没吃饱，她现在还在自责。

艳阳高照，三轮车挂上两盏红灯笼，出发了。薛七婆骑得很慢，恐怕给儿子颠坏了，她觉得，只有这样慢慢地走，走在郑阿大曾经走过的路上，丈夫的在天之灵才能看到，这么多年的含辛茹苦没有白费，他的夙愿在她的努力下实现了。

路还是三年前的路，颠簸摇晃，伴随着红灯笼欢喜的跳跃，薛七婆泪流满面。她心里默念，阿大，你看到了吗？你的大儿子考上了清华，你的二儿子考上了中国矿大，都是重点大学，还有啥未了心愿，你就托梦给我吧。

拖拉机跟在三轮车的后边，蜗牛般地走，好像山上的每一棵树都是人，向披红戴花的拖拉机致敬。松涛阵阵，发出海一般的呼啸，像是无边无际的掌声。

磨磨蹭蹭快到了中午，才到了镇上，薛七婆却不肯随同陆校长去镇政府。她带着俩孩子，进了镇里的面馆。三年前，娘仨进来时，门斗离孩子的头还挺远呢，这次进来，俩孩子的脑袋差一点撞上了。

进了面馆，在条形椅上坐稳，薛七婆给儿子一人点了一碗荞麦饸饹，郑小龙再也不狼吞虎咽了，要给母亲拨出一些，三个人一块儿吃。薛七婆说，小时候吃伤了，胃疼。

哥俩相信了，不知道母亲从来没吃过荞麦饸饹，只是听镇上人说好吃，奢侈地带儿子下一顿馆子。

看着儿子吃完了荞麦饸饹，薛七婆交了六块钱，这是她留出的最后一笔钱，幸亏全村人祝贺郑家，每家每户都随了份子，才没让她为凑不足学费而尴尬。老板娘接过六块硬币，在手中掂量了几下，她想说，荞麦饸饹价儿涨了，需要十块钱，可她最终还是没开口。

事情过去了好久，薛七婆偶然得知，少给了人家四块钱，脸涨得像红布，低着头要补上，老板娘死活不收，还怪罪自己，本来不应该收钱，全省的状元郎在她家吃面，是她的福分，也是给她家的饸饹做了活广告。

那天交完钱，薛七婆本该和儿子一块走出面馆，她却迟迟不肯站起来，她看到郑小灯剩下一根儿荞麦饸饹，粘在碗口，心中生起粒粒皆辛苦的恻隐之心。她以自己要上趟厕所为由，支走了儿子，低下头，连同碗底剩下的汤一同舔下去。

仅短短的一根儿，就品足了滋味，爽滑韧香俱全，味道绝美，薛七婆觉得，掏净了兜儿也值得，等到孩子们赚了钱，一定要美美地吃上一顿。

幸亏薛七婆舔得快，难堪的一幕没有被人看到，县长镇长局长们听校长说薛七婆不肯进镇政府的食堂，"呼啦"一声，全出来了，向着面馆，蜂拥而至。

迎接郑小灯，庆祝全省高考状元诞生在张相公村的大会，就在镇政府举行。会议时间按预定的晚了三个小时，陆校长一个劲儿地道歉，路太不好走。县长并没责怪校长，操起镇书记办公室的电话，打给交通局局长，把公路修到村里，就叫状元路。

庆祝会上，教育局局长表态，奖励郑小灯一万元，民政局局长不甘落后，补贴状元的母亲两万元，财政局局长干脆拿出十万元，做全县高考状元的奖励基金。

整个庆祝过程，没有郑小龙的事儿，他就是个陪衬，只有陆校长说句公道话，郑小龙也很优秀，中国矿大也不简单，却被欢笑声淹没了。郑小龙很失落，和哥哥差在哪儿了？不就是一道题没答好吗？至于差之千里吗？

郑小龙暗下决心，一定要当上管县长的官儿。

庆祝会上，薛七婆坐立不安，攒足万元，一直是她遥不可及的梦，现在这么多钱摆在她面前，她真的手足无措了，一辈子没见过这么多钱呀。知道会有人送钱，早点来就好了，开完会再吃面，何苦舍不得那一碗荞麦饸饹呢？

陆纯坦校长终于抢到了发言的机会，他讲起了红灯笼的神奇，讲起了薛七婆与狼的英勇搏斗，讲起了两个孩子在灯下的苦读。他只顾在会场上慷慨陈词了，忽略了另一个人的感受，那就是他的老婆。那天晚上，堂堂校长被老婆挠了个满脸花，原因是对一个寡妇的赞美。

庆祝会结束时，人们从一排排轿车间鱼贯而过，涌向孤零零靠在大院一角的三轮车，欣赏起了那两盏别具一格的红灯笼。

有县长陪着，薛七婆没有送儿子到县城。分别的时候终于来了，两个儿子从县长的越野车窗挤出脑袋，向母亲挥手。薛七婆眼里噙着泪，也和儿子挥手，她只喊出半句话，孩子，给妈——她本来想说写信，自己认不得几个字，看得磕磕绊绊的，岂不是白写；想说打电话，村里只有村部有电话，等到她跑到村部，得浪费多少长途费？她心疼啊。

车队浩浩荡荡地开走了，那半句话永远留在了薛七婆的肚子里。

三

孩子去了北京，薛七婆的心像断了线的风筝，空落落的。每每想到俩孩子一块儿拱进怀里的情景，她就止不住地落泪。

那时，公路段的人奉县长之命，正不分昼夜抢筑状元路，远远地看到这道灯的游龙，工人们纷纷让路，站到高处，目送着这道蔚为壮观的风景线。

状元路修好后，这道游龙如鱼得水，畅快地流向虹螺镇。每次路过郑阿大遇难的地方，薛七婆的心都被撞击一下，假若当年不是土路，有柏油护着，雨水就拉不出那么深的沟，哪能要了他的命？

把村里的孩子们送到镇中学，薛七婆总是不由自主地向陆校长的办公室望一望，看到校长在，她就进去聊几句，聊的话题都是俩孩子。陆校长很享受地打开信封，抽出郑小灯或者郑小龙写给他的信，深情地念上几段。那副样子，像慈祥的父亲。

薛七婆在一旁痴痴地听。

远在京城，虽说没有红灯笼的督促，可红灯笼已印在他们脑海，成了他们的魂灵，时刻挂在头顶。他俩认为，大学，才是系统知识的真正开始，四年时间，依然苦读。即使是寒暑假，也没停下进实验室，解习题，帮教授研究重要课题。

苦的是薛七婆，寒来暑往，一次次期盼与儿子相聚，一次次地落空，只能暗抹袖子偷洒泪。

红灯笼成了小芳的动力。从张相公村到虹螺镇，三轮车的游龙游了三年之后，张守成的孙女张小芳也坐进了薛七婆的三轮车，在两只红灯笼的照耀下，升入镇中学，接着当班长，接着在学习上遥遥领先。其他六个孩子，也不甘示弱，每次考试，都能进入全校的前三十名。

村里人都说，红灯笼的仙气不是吹的，只要挨上它，就挨近了状元桥。

苦学四年，哥俩向母亲交出了骄傲的答卷，老大郑小灯考上了美国斯坦福大学的研究生，公派的，全国就录取他一个人，不用母亲花一分钱。老二郑小龙也不简单，考进中直机关，成了国家煤矿安全生产监督的公务员，吃上了技术饭。

这是分别四年后，母子三人第一次相聚。郑小灯怀揣着国家助学金和奖学金，文质彬彬地返回。郑小龙也是拿着实习的工资，意气风发地出现在虹螺镇。哥俩是县长派专车接来的，这一次，县长对郑小龙比郑小灯还亲热，因为郑小龙是从中央来的。

这种场合，薛七婆很不舒服，本来就是风里长土里爬的，县城又不是没有通往镇里的长途车，讲这些排场干啥？她把挂着红灯笼的三轮车靠在面馆，安静地坐在窗边，等着，她不信儿子不来找她。

最先找到薛七婆的，真不是她的儿子，而是镇里的文书，随后秘书来了，书记、镇长们都来了，请薛七婆到镇里的食堂，那里已经摆下了盛宴。唯一没来的，就是镇中学校长陆纯坦。

薛七婆生气了，她说，郑小灯、郑小龙是我的儿子，不是你们的儿子，我还没请他俩吃第一顿饭呢，你们倒抢了先，告诉俩犊子，他俩不陪我吃第一顿面，一辈子别见我。

俩儿子规规矩矩地来了，薛七婆倔强地撵走了所有陪同来的人，断然拒绝了到镇里食堂吃大鱼大肉，她要安安静静地和儿子舒舒服服地吃一顿荞麦饸饹。这一次，薛七婆兜里揣足了钱，足足两百块，两个儿子不是助学金就是奖学金，还兼职带学生赚额外的钱，四年大学，基本上没让母亲寄钱，所以母亲不再囊中羞涩。

母亲对老板娘说，每一种饸饹都要来一点儿，娘仨要吃个遍。

老大郑小灯出国五年后，回来一趟，带给薛七婆两件大礼，同贺千禧之年，一件是他从美国买回了一辆小中巴，另一件是书记、镇长才配得起的手机。中巴车是郑小灯从首都国际机场开回来的，接机的弟弟郑小龙，顺便陪同回家。

中巴车停到了家门口，薛七婆不敢相信是自己的儿子，尽管状元路修好了八年多，却很少有车开进村里。这一次，状元路承载起了它真正的主人，留美博士郑小灯。

郑小灯下车了，西装革履，戴着隐形镜框的眼镜，无论见到谁，都彬彬有礼地点头致意。戴眼镜的老二，穿着夹克衫，不管见到谁，都挥洒自如地挥手。虽说俩儿子容貌依然相似，她却一眼分辨清楚了。不像小时候，她也会偶尔叫错。

薛七婆喜得满脸是泪，她没想到老大还在念书呢，一个月就能赚上好几千美元了，村里的好多人家，一辈子也攒不够这么多钱。看来，死鬼给她留下的红灯笼，确实有着神奇的魔力，莫说是她的俩儿子，就连张小芳也考入了北京的重点大学，其他六个小矮人虽说不是重点，也都成了人五人六的大学生。

张相公村接二连三地出相公。

薛七婆抹了把泪水，左手牵着大儿子郑小灯，右手牵着二儿子郑小龙，一块儿走进了屋。边走，薛七婆边不无担忧地说，孩子，钱来得水似的，可别干对不起良心对不起国家的事儿。

郑小灯说，妈，您多心了，我的导师是诺贝尔物理学奖的获得者，辅助导师做项目，经费多得您一辈子都数不清。

薛七婆问，啥项目这么贵？

郑小灯说，研究半导体。

薛七婆似乎明白些，家里有台半导体收音机，天气预报都是从那里听到的。

郑小灯苦笑一下，他永远也无法向母亲解释清楚什么是半导体，只好含糊地说，把世界上所有的书都装进指甲盖那么大的地方，谁想读，打开电脑就可以了。

薛七婆瞅着自己的指甲盖，她真的不明白了，不过，她很自豪，孙悟空也没这个本事啊，我儿子比孙悟空厉害。

在夸奖老大的同时，薛七婆绝不会忽视老二，手心手背都是肉，她捏着郑小龙的手说，老二上班才几年，已经是处长了，放在县里，就是县太爷。县里就那几把交椅，多少人熬白了头，也熬不上，老二一步就迈上那个台阶，还是念书好哇，能上大衙门。

娘仨唯一的遗憾，面馆搬走了，让郑小龙给鼓捣进了北京，吃不成荞麦饸饹了。不过，郑小龙拿起哥哥送给母亲的手机，打通了面馆老板娘的电话。老板娘说，她把饸饹做成了挂面，从北京邮到张相公村，让薛七婆可够吃。

薛七婆说，一把就够了，啥事儿多了，就是累赘，留个念想最好。

状元路终于跑上了状元车，一天两趟，风雨无阻。

那辆被称为状元车的中巴，与其说是状元郑小灯买给母亲的，倒不如说是送给张相公村的，它成了名副其实的校车。郑小灯心疼母亲，母亲身体再好，毕竟年过半百，骑三轮车送村里的孩子到镇上，劳累不说，还危险。

父亲的悲剧是郑小灯一生的阴影。

他有心劝母亲，把三轮车和红灯笼都借出去，和弟弟一商量，弟弟的头摇成了拨浪鼓。母亲视红灯笼为父亲的存在，是她一生的伴儿，莫说借出去，就是在家中，眼神离开片刻就去寻找。

郑小灯恨不得把自己的脑袋变成半导体，除了科学，什么都装不下，生活琐事儿，人情世故，一点儿都不懂。买中巴车的主意是弟弟郑小龙灵机一动提出的，哥俩通电话时，弟弟说美国的车那么便宜，随便带回来一辆，啥都解决了。

校车启动那天，郑小灯和郑小龙陪着母亲，带着村里十几个孩子，一块行驶向镇中学。路过父亲出事的那个地方，哥俩同时闭上了眼睛。假若当年有这么好的条件，他们也不会失去父亲。

村里人不断地称赞郑小灯的善举，郑小灯在胸前画着十字，称自己是救赎，为父亲，也为母亲。

开校车的司机，是镇上最好的司机，长途大货车跑了十几年，从没出过事故，郑小灯雇他时，直接用美元给司机开工资。司机谢绝了郑小灯的好意，常年奔波，他也厌倦了，开校车守家待地多好，只要同意他送完孩子可以自由拉活儿，比给他工资还高兴。

郑小龙替哥哥做主，同意了司机的方案，附加的条件是，司机除了保障用车，还要负责修车加油。司机满口答应，这样的话，就谁也不欠谁的了。

从此，村里的中学生们，每天舒舒服服地坐在车里，司机油门一加，沿着状元路，风驰电掣，窗外的风景一眨眼就过去了，没等孩子们背会几道题，车已穿过街巷的人群，从容不迫地停在镇中学的校门口。往常骑三轮差不多一个小时，被中巴车一下子缩短成了不到十分钟。

有时，陆校长出神地望着校车，似乎要说很多话，郑小灯和郑小龙给他写的信越来越稀了，电话也是越打越少，他也关心这俩孩子，很想问几句他俩的现状。

薛七婆把校车装扮得热热闹闹的，让孩子们每天都有个好心情，还有那两盏红灯笼，醒目地挂在车厢里，她要让村里每一个孩子都享受到红灯笼的照耀，让全村每一户人家都把郑家当成精神寄托。

有一天，薛七婆坐在车里，望着红灯笼，突然想起了丈夫生前教俩孩子背《三字经》，不由自主地顺嘴溜了出来。她虽然不太懂，却背得特别流畅。有意思的是，孩子们马上学会了，每天车一驶离张相公村，孩子们就开始齐声背诵，一直背到校门口，背得山路旁的那株老油松，瞅着他们，天天目瞪口呆。

背诵的声音结束后，《三字经》还留在薛七婆的耳中，她患了耳鸣，时常听到丈夫郑阿大对她说，把张相公村改成郑家村。她瞅着红灯笼，心里对丈夫说，别急，老大把世界都能装进指甲盖里，那得多大的本事，莫说是改村名，就是改县名，也不会太遥远。

四

俩儿子一个远在千里之外，一个远在万里之外，有了手机，薛七婆觉得，儿子就在身边。俩儿子再也不需要给别人写信捎话了，再也不用担心母亲识字太少，误读了儿子们的本意，电话一通，不管啥事，马上就说清楚了。高科技真好，只要活着，就没有距离。

每天早晨七点整，郑小灯准会打来电话。那时，薛七婆已经侍弄完了庄稼，浇罢了园田，洗漱得干干净净，一个接一个把孩子们接到车里，准备去镇中学。电话铃声响了，喧闹的孩子们立刻闭嘴，聆听来自大洋彼岸的声音。

母子的对话，成了孩子们早晨的第一课，也是督促他们学习的动力，接下来伴随中巴车的马达声，才是郑阿大留下的《三字经》。

严谨的郑小灯，把时间计算到了秒，早七点和母亲通电话二十二秒，已经成了铁律，哪怕天天重复一样的话。

其实，薛七婆每天都想说一句话，那就是问，和张小芳处得咋样？进展到啥程序了？啥时能结婚？她知道，小芳崇拜老大，就像自己崇拜郑阿大。夫妻间能崇拜，就能好成一个人。可是，和老大通电话，恰恰全村的初中生都能听见，家里的私事，她没办法拿到面儿上追问。

娶小芳为儿媳，成了薛七婆的心病，毕竟，老大在美国，远在天边，牛郎织女都当不成，万一老大不成，还有老二呢。

和老大一样，小芳也是天天和薛七婆通电话，时间也是特别准，晚上六点，只不过两个人的话题特腻，说村里的事儿，说大学的事儿，还说女人间的悄悄话，和母女没啥差别，可就是不说和老大的事儿。其实，在薛七婆的心目中，小芳已经是她的闺女，或者是儿媳了。

没过多久，小芳放假回家，带着薛七婆去了趟沈阳，坐着出租车，七扭八拐在楼群里钻，最后来到了四周围罩着电网的院子，那便是美国领事馆，门口还有武警站岗。小芳替薛七婆递交了各种证明，顺利地办下了护照。

薛七婆对护照不感兴趣，不过是个小本本，除了照片，她啥也瞅不明白。她感兴趣的是和小芳一块儿出门，两个人依在一块儿，那个亲昵劲儿，超过儿媳，胜过闺女。一路上，小芳一个劲儿地劝她去美国，你不想儿子，还不想孙子吗？等到小灯哥有了儿子，你不带谁带？

薛七婆被小芳说服了，才珍惜起了那个小本本，她的孙子是谁？那也是小芳的儿子呀，小芳这么上心地帮她跑护照，还不是帮他们解除后顾之忧？

然而，直到小芳大学毕业，到了民办大学当了老师，没有一丝出国的念头，薛七婆给她打了多少次电话，她一个字不提美国。直至此时，薛七婆才明白，小芳帮助她跑护照，仅仅是帮助她而已，没有其他的意思，是她想多了。两个人天各一方，长久下去，恐怕再也无缘分了，她必须把这层窗户纸捅破。

思前想后，薛七婆终于忍不住了，一天中午，她终于拨通了远在美国的电话，和郑小灯郑重其事地谈起了郑、张两家的婚事。那时，正是美国时间后半夜两点，薛七婆不懂得时差，不知道儿子睡得正香，硬让她吵醒了。

儿子"嘀里嘟噜"地说着她听不懂的话，她大声地告诉儿子，我是你妈。郑小灯这才改成了正常说话，不再用英语抱怨，忙向母亲道歉。

薛七婆没再顾及节省电话费，向儿子讲起了张小芳。讲起了张小芳送给她的一摞照片，女大十八变，张张都好看，像电影明星，一点儿也找不到当年村妞的模样。薛七婆对老大说，你也老大不小了，小芳芳龄正当，你俩赶快把婚事办了吧，来年，我好替你俩抱孩子，红灯笼给别人挂了这么多年，该回来给咱家挂了。

电话里传来一个女声的插话，满嘴的"嘀里嘟噜"，薛七婆虽然听不懂，感觉到语气充满不耐烦，儿子却耐心地用"嘀里嘟噜"安抚。薛七婆敏感地意识到什么，警惕地问，是谁？郑小灯很坦率，我妻子，美国人，给我当助手呢，形影不离。

薛七婆当时就火了，儿子结婚，居然没告诉她，眼里还有没有她这个妈？小芳那么好，长相脾气和能耐千里挑一，哪里配不上老大了？况且，人家小芳早在少女时代就向老大表明了心意，她都允许小芳叫她妈了，咋一出国，成了陈世美，心就变了，枉费了小芳对他一片痴情。

撂下了电话，薛七婆气得呼呼直喘，晚上接孩子们时，她一言不发。

她不再搭理老大，即使老大依然准时打来电话，她坚决不接。一连七天，孩子们望着满脸怒气的薛七婆，大气也不敢喘，谁也不敢提他们崇拜的郑小灯。接电话那天，是周末，孩子们休息，没来坐中巴车，她拿着手机，没说话，先哭了。张家恩惠郑家三代人，没有张家的庇护，他们孤儿寡母咋在村里活？十几年前她拒绝了小芳的爷爷张守成，现在，儿子又毫无道理地拒绝了小芳。拒绝张守成，情有可原，谁都知道，她发过誓，一女不侍二夫，更不用说张守成比她大那么多，通情达理的人都会谅解。张家把结亲的希望都寄托在下一代了。

老大在美国突然娶了妻，不但是抛弃了小芳，事实上也是抛弃了她这个母亲。薛七婆泣不成声。

郑小灯说，妈，我接你到美国生活。

薛七婆说，我不稀罕。

老大哪儿都好，每月准时给薛七婆邮钱，准到连时辰都不会差，镇邮政局长说，她养这一个儿子，比别人养十个儿子都强，每月一千美金，就是八千块人民币，让虹螺镇的人们好羡慕啊。薛七婆取了钱，一分不花，马上变成存折，她是给老大攒结婚钱呢。可是老大不要小芳了，娶了美国的骚狐狸，她的希望破灭了。

薛七婆把希望转给了她的二儿子郑小龙。虽说小龙不及老大优秀，能在中直机关也是属于一个国家的精英，年纪轻轻就当了处长，现在已经是副司长了，再过几年就能提司长。司长是啥官儿，她不清楚，可市长官有多大，她知道，县长熬到头发白，顶头熬个副市长，儿子满头黑发，司长就快到手了。

郑小龙淡然一笑，这才哪儿到哪儿，儿子的奋斗目标是活着进中南海，死了进八宝山。

薛七婆愕然，她听不懂儿子说的是啥，可她知道八宝山不是个好地方，年纪轻轻的说啥死了的事儿，连连呸了好几口。

有一点，薛七婆很清楚，老二郑小龙喜欢小芳。小龙曾经贪图小芳的美貌，挑逗过小芳，她正言警告过老二，小芳早晚是你嫂子，不许轻佻。小龙以哪有小叔子不逗嫂子为由，给遮挡过去了。

现在，能给薛七婆台阶下的，只有郑小龙了。小龙虽说没有老大优秀，好歹也属于国家的人，地位不算低了。小芳在北京当大学老师，虽说是民办的，可工资高啊，月薪过万了，配给小龙，不算低就。

给小龙打电话，不是国际长途，花费不了太多，薛七婆舍得出。再者说，孩子们都出息了，她没有花销，园田庄稼照旧给她出钱，村里有孩子的人家，把最好的东西都送给了她，推都推不出去，她要是拒收，人家就会坐在炕沿上哭，好像她给人家孩子气受了。她只好接纳了，自己一个人吃不了，又送不出，天天坐着中巴车，捎到镇上，卖出个好价钱。

小龙给母亲打电话，不像哥哥准时准点儿，刻板得雷打不动。他想起来就给母亲打，天南海北地说一顿，想不起来，一星期也不打一个，有时，说半截子被别人打断了。

有一次打电话，薛七婆开口的第一句话就是夸小芳，夸小芳的人品，模样，性格，夸得天上没有，地下找不着。郑小龙一边听，一边咯咯地笑，笑得薛七婆直毛愣。她问儿子，你笑啥？儿子说，小芳就在他身边，再夸她就飞起来了。

薛七婆放心了。

本来，接下来的话，薛七婆就该劝小龙追求小芳。没想到小芳抢过了电话，和薛七婆腻起来了，她告诉薛七婆，正在给小龙当参谋，小龙苦苦追求部长的闺女，好几年了，她在帮助小龙制订方案，一举拿下部长家的千金。

薛七婆的心掉进了冰窖里，小芳真是没心没肺呀，真把自己当妹妹了，还帮助老二追别人。两个儿子彻底指不上了，想和张家结亲，只能豁出自己的这张老脸了。她出神地望着红灯笼，仿佛郑阿大能从灯笼里走出来，她的心都被红灯笼装满了，容不下别人。

出门上山，料理那片芝麻地时，薛七婆看到了张守成。十几年过去，张守成不再是村支书了，他的腰弓成了7字，拄着棍子，很艰难地往山上走。他转回头，看到了薛七婆，停在那里，笑了，满脸的核桃，一嘴的黄牙。

薛七婆心里打了个寒战，岁月不饶人啊，张守成甘当桑叶，把岁月的精华都喂给了他的孙女张小芳这个蚕宝宝。

郑小灯说话，向来是板上钉钉。他说接母亲到美国居住，真的万里迢迢，不辞辛苦地从美国赶回村子，执意带母亲出国。薛七婆说，金窝银窝不如自己的土窝，我哪也不去。儿子说，他要在美国补办一个中国式的婚礼，他倾诉母亲的养育之恩，他要向美国公众和美国科学界讲述一对儿红灯笼、一碗荞麦饸饹、一个母亲和孤狼搏斗的故事。

红灯笼浸润着她对丈夫一生的思念，荞麦饸饹揉进了她对俩儿子的一往情深，打败孤狼是当母亲的一种责任和勇气，薛七婆恨不得把自己的故事讲给全天下人听，怎能会拒绝讲给美国人听？答应儿子，也就顺理成章了。

飞机起飞那一时刻，她仿佛登上虹螺山顶，瞬间大雾弥漫。舷窗外的迷雾中，有红灯在闪，好像是红灯笼跟着她一块儿来了。她知道，红灯笼她交给了中巴车司机保管，让它天天陪着村里的孩子们上学，不可能跟随她上天呀。

想一想，她突然明白了，红灯笼是啥，是郑阿大的魂灵，郑阿大的魂灵在天上呢，能不陪着她飞舞吗？直到飞机飞过云层，跃上蓝得发紫的天空，她才看明白，红灯是飞机带来的，闪在翅膀上，和郑阿大的魂灵没啥关系。

白天漫长得无边无际，好像一辈子没黑过天。满飞机的人都像海盗，戴着眼罩，他们把两只眼睛都蒙上了，包括她的儿子郑小灯也不例外。薛七婆的眼睛却瞪得像铃铛，咋的也睡不着，儿子给她套上眼罩也不好使，说啥也当不成海盗。

整个飞机，除了机组人员，不睡觉的只剩下薛七婆一个人，或者说，只有她一个人第一次坐飞机。

折腾到了美国加州，薛七婆散了架子，眼皮都睁不开了。金发碧眼的儿媳妇飞奔过来，拥抱她，亲吻她的脸。她把儿子教给她的礼仪全忘了，傻傻地站着，对儿媳妇的热情没有任何反馈，对方好像抱块木头。

就连她身上掉下来的肉，都不会有这些亲热动作，薛七婆从心里往外不接受这种礼仪。

薛七婆没有拒绝孙女的拥抱，她把孙女搂在怀里，仰着脸，等着孙女的亲吻。孙女长得真好看，深眼窝，蓝眼珠儿，鼻子没那么高，嘴也没那么敞，和商店里卖的洋娃娃一个模样。更让她喜欢的是，孩子身上有她爸爸小时候的那股奶香味儿，不像她妈。

是郑家的种儿，薛七婆满心欢喜。

薛七婆在美国的日子，只高兴了一天，那就是儿子的婚礼，特意给她办的，孙女成了伴娘。婚礼上来了一群华人，甚至担任过美国能源部部长的大人物也来了，薛七婆不知道大人物叫啥名，只记住了姓朱，获得过什么贝尔奖，大家都叫他教授。她看得出，那个人不仅仅是教授那么简单，大到了不管是谁，人见人敬。儿子郑小灯还是教授呢，自己的婚礼，被朱教授抢了主角，一点儿也不介意，反倒是满面春风。

　　这一天，薛七婆穿着红彤彤的唐服，一个华人主持人，冲着她含泪讲述，尽管嘀里嘟噜，她只听懂了自己的名字薛鹤舞，其他的一句也听不懂，但她知道，都是溢美之词，就连那个人人敬仰的朱教授，也走到她面前，抱着她，和她贴脸，亲她的手背。

　　薛七婆不习惯这种礼节，可她享受这个过程。薛七婆不喜欢没有汉语的环境，可她喜欢拜高堂的过程。最后，儿子儿媳还有孙女都来贴她的脸，亲她的老脸。她除了掉泪，啥也说不出来。

　　其实，她也很清楚，儿子的婚礼不需要她说话，只需要她偶像一般坐下。

　　高潮退却，是无边的寂寞，每天每天，儿子和儿媳回家都很晚，晚到了夜半时分，进屋就睡。早晨呢，俩人睁开眼睛就洗漱，叽里咕噜说英语，她一句也听不懂，末了，儿子只对她说一句汉语，吃的都在冰箱里，想吃啥，微波炉里热一下。随后，匆匆忙忙地走了。

　　薛七婆满脸木木的，她不是听不懂微波炉咋用，儿子示范一遍她就懂了，否则，不得天天挨饿？她用无声抗议儿子，不能像拴个小猫小狗一样，把她拴在屋子里，她需要儿子陪她，不需要花花绿绿的美元，她把存折给儿子带回来了。

　　她也想和洋娃娃的孙女说话，可孙女的中国话说得磕磕绊绊，常常和薛七婆的意思南辕北辙。比如，她想教孙女用筷子，孙女却没完没了地教她用刀叉。刀是凶器，怎能摆在餐桌上，一言不合，那就会闹出人命的，薛七婆百思不得其解。

　　喜欢归喜欢，所有的习惯都不一样，况且，孙女到了点儿，有校车接，准时去幼儿园，只有每天分别时亲吻她那一刻，她才温暖一下，整整一白天，屋子里只有她一个人，冷冰冰的。

　　她不喜欢一个冷冰冰的国度，更不爱吃美国的东西。

有一次，薛七婆胸前挂着钥匙，终于大胆地走出了家门，可在小区里没走出几百米，回头一看，就蒙了，楼房都是一样，她弄不清自己住的是哪幢楼了。好在她有手环，遇到谁示意一下，会有人帮她的，况且，手机也能打，儿子告诉她，打911什么困难都能解决。她说，我不会说洋话。儿子教她，就当东西丢了，忘了揣哪儿，喊几声揣哪儿就行了。

薛七婆不想这么快地解决，揣哪儿能怎样？就这么一圈儿，还能真的丢了？连家都找不回，那不是真的老了吗？可是，事实证明，她真的找不回去。反正太阳老高呢，小区里的风景也不错，忙着找回那个牢笼干啥？

小区里有树林，有草坪，树上有鸟叫，林间有花开，美国的鸟不怕人，甚至跳到她的肩头。草坪呢，浓密得像韭菜，她真想割下一把，炒菜吃，可她知道，割下来也不能吃，只能喂牛。薛七婆抬头看天，天蓝得透彻，太阳很慈祥，云比棉花白。

这么好的天气，正好坐在长椅上晒太阳。长椅设计得很独特，很适合人躺下休息，薛七婆想起丈夫哄她开心时讲的故事，安静地闭上眼睛，让太阳和故事一道温暖她的心。

她想家了，家里有等她侍弄的庄稼，园田里有被荒草欺负的蔬果，虽说鸡鸭委托邻居照管了，她也担心变成野鸡野鸭。更何况，她想红灯笼了，巴不得马上飞回去。

整个上午，薛七婆就这么呆呆地坐着，想着自己的心事。郑小灯气喘吁吁地赶回来，看见老妈安然无恙地躺着，一脸的无奈。母亲的手环和手机，连在郑小灯的电脑上呢，他是搞尖端科技的，安个监控母亲的设备，还不是易如反掌。母亲每天的一举一动，在屏幕上都有雷达显示，即使工作再忙碌，他也要扫上一眼，知道母亲的现状。这一天，是母亲第一次走到户外，居然很久很久地一动不动。他以为母亲出事了，才会如此慌乱地赶回。

薛七婆说，我要回家。

郑小灯预料到母亲会找不到家，扶起母亲，就要往回走。

薛七婆很坚决地说，不是你的家，我要回的家是张相公村。

郑小灯耸肩摊手又摇头，显露出满脸的遗憾。薛七婆说，我最烦的就是你这一套，能不能不整洋景？郑小灯呆呆地站着，他不知道怎么才能让母亲高兴。

只一个星期，薛七婆就非走不可了，再待下去，非憋出病来不可。

美国的机场，不很拥挤，儿子郑小灯携带洋媳妇洋孙女，很从容地来送行，薛七婆的心情一下子就晴朗了，好像张相公村就在眼前，虽然低矮破旧，却温馨亲切。快过安检了，她瞅着儿子，眼泪簌地一下子，掉下来了，她一个劲儿地盼儿子好，结果培养给了别人。

薛七婆不由自主地捧起儿子的脸，对儿子说，你吃了两个国的饭，不能厚此薄彼。

洋孙女用结结巴巴的汉语替父亲回答，我还有一个家，在中国。

五

郑小龙调动了一切社会资源，带着张小芳，到首都机场接母亲，走的是贵宾通道，陪护的是外国机组人员，所有的服务都参照外交礼仪。鱼贯而出的贵宾们，谁都多瞅一眼这位相貌平平、衣着简单的干巴小老太太，是何方的神圣，动了这么大的干戈？

薛七婆一贯内敛，老二这么招摇，她有点儿承受不起了。可她不认识路，看不懂路标，没人领着寸步难行，只得接受了。

坐在超长的林肯车里，她对儿子说，这么奢侈，不是孝顺我，是折我的阳寿呢，你哥都是科学家了，在美国也是人上人，连一片菜叶都不浪费。

郑小龙没想到会惹得母亲不高兴，想了想，拿起手机，忍痛退了订在王府的酒宴，转而联络家乡的饸饹面馆。

薛七婆说，不去面馆，大宾馆的客房也退了，我累了，小芳住哪儿我住哪儿，买一把荞麦饸饹挂面，凉水泡开了就够了。

郑小龙本想把母亲捧成皇太后，没料到母亲坚决地抵制，还放出折寿的狠话，再坚持就是忤逆了。有钱难买高兴，他只得顺从了母亲，只孝不顺，不算孝顺。在和小芳的婚事上，他已经让母亲不高兴了，好在母亲的初衷是哥哥，没和他计较。

小芳的家离机场不算太远，朝阳区三环外，只是车太长，转弯难，才开得慢了些。

临分手时，薛七婆正告小龙，人这一辈子，都是沟沟坎坎过来的，你不过是个农家的孩子，太顺了，不能一步登天，小心驶得万年船，记住没？

郑小龙讪讪地离开。

或许早就预感到薛七婆会和她住在一块儿，张小芳居然存了好几把荞麦饸饹挂面，打开一把，放入盆中，接了半盆桶装水，泡上饸饹，她就回到床上，趴在薛七婆的身旁，两个人便腻在一起聊天。

别看小芳满脸阳光，其实是个苦命的孩子。念高中时，小芳的花销大了，她父母想多赚几个钱，跑长途货运去了，彻底把家丢给了爷爷。爹妈常年以车为家，在车轱辘上过日子，人困马乏时，突发一场车祸，两个人全没了，还要赔偿车祸的损失。幸亏张守成见多识广，多年的村支书锤炼了他的抗打击能力，居然装成啥也没发生过，不但瞒住了小芳，还瞒住了村里所有的人。直到小芳考入北京的重点大学，爷爷才道出真相。

这时，薛七婆才恍然大悟，难怪张守成衰老得这么快，谁能承受得起老年丧子的打击？张守成不但承受住了，还满面春风地面对孙女，恐怕孙女留下心理阴影，影响了高考成绩。

薛七婆抚着小芳的脸说，该把爷爷接来了，享几年清福吧，他这一辈子不容易。

小芳摇了摇头说，爷爷找了后老太太，不想来北京。

薛七婆吃了一惊，离开村子，到美国才几天，张守成居然找伴儿了。

小芳说，爷爷身体差，没人陪护怎能行？

薛七婆的心弦拨动了一下，肯定是看到自己去了美国，张守成绝望了，才这么快地找了女人。不用猜，薛七婆也知道，张守成包括他后老伴的赡养费，注定是小芳掏的，她养着爷爷呢。

她的手继续抚在小芳的脸上，夸小芳是乖孩子，懂事儿，善解人意。想想自己的儿子，她自言自语道，多好的一对儿呀，就不成。小芳哭了，扑在薛七婆的怀里，泣不成声。

摸着小芳的脸，薛七婆渐渐地摸出了疑问，北京的房子那么贵，小芳没上几年班，怎么买得起房子？虽然面积不算大，也够得上温馨，这需要一大笔钱呀，听别人说，在北京买套房子，得奋斗一辈子。还有，她摸到了小芳的眉毛，眉梢居然是翘起的，不再老老实实地趴着，显而易见经历过男人了，别是被人包养了？

薛七婆试探着问，有男朋友了吗？

小芳说，我叫您妈，您还不明白吗？我把初夜给了小龙，我是小龙的人。

薛七婆生气了，你傻呀，为啥不嫁给他？还帮他找别的女人，小龙这么不负责，还是人吗，我去找他。

小芳扯住了薛七婆，央求道，小龙是中直机关中最年轻的司局级干部，还是专家型的，前程不可限量，再想进一步，不能没有后台。

薛七婆生气地说，没有后台就不能活了？当官儿先做人，前程再重要也不能当畜生，不能无情无义。

小芳耐心地说，小龙哥最讲情义，咋到机场接的您，您也看到了，就连这套房子，也是小龙哥给出钱买的，小龙没有对不起我。

薛七婆呆愣愣地瞅着小芳，虽说美国引发的这场金融危机让北京的房价掉下来了，可再贱也得一百多万，小龙哪来的钱？明摆着是贪官嘛。

小芳安抚着薛七婆，小龙凭的是本事，给多家煤矿当安全顾问，起五更爬半夜地给人家设计图纸，帮助整改危险巷道，都是熬心血熬来的，合理合法，不是脏钱。况且，小龙交的钱，只是首付，她每个月还要还按揭贷款呢。

薛七婆这才长舒一口气，她太害怕孩子走歪门邪道了，万一孩子们出个一差二错，她对不起早逝的郑阿大，对不起那对红灯笼了。

从北京回到张相公村，薛七婆家的院子长满了荒草，快追上院墙边上拔节的苞米了。这是她嫁到郑家从未有过的，不管儿子有了多大的出息，家也得有个家样。她放下行装，第一件事儿就是拔草。接下来，挥锹舞镐，整理园田，播下白菜籽，种下几畦秋豆角，还有晚黄瓜、秋菠菜，离中秋节只剩下两个月的光景，再不种点啥，就辜负了院子。

干了小半晌，薛七婆干不动了，毕竟年近花甲了，体力不支，况且一趟美国，不但很累，一点儿也不快乐，时差还没倒过来，她想回家补个觉。

薛七婆一生与人为善，没和任何人结怨，可和二儿媳妇一碰面，就觉得不舒服。那是到北京参加儿子的婚礼，儿子引见时，她怔了下，没有想到，费了九牛二虎之力娶来的媳妇，眼角布满鱼尾纹不说，眼袋大得能装下二两豆油，一看就知道是个二婚婆，和小芳没法比。

失望的薛七婆没有失去礼节，把小灯媳妇不肯收的彩礼——美元存折，递给了二儿媳妇。二儿媳妇满不在乎地把存折丢在茶几上，居然说了句，还不够买个包。

薛七婆惊得张口结舌，把全村的庄稼全卖了，也不值存折里的钱，那是啥包呀？金子做的也没那么贵。她把不悦写在了脸上，训斥着儿子，别忘了，当年咱连一碗荞麦饸饹都吃不起呢。

婚礼仪式的后半段，主角转换成了部长夫妇，薛七婆不过是个陪衬。她不在乎，反正谁也不能把她儿子改成新娘子，部长再荣光，也是嫁闺女。

薛七婆索性转移了注意力。现场是旋转的舞台，她觉得好像来到了太虚幻境，彩虹灯光，云腾雾绕，群仙聚会，眼花缭乱。如此繁华，过眼烟云罢了，远不及家中那一排向日葵真实，起码谁都明白，就是简简单单地围着太阳转，枯萎了也能给人们带来香香的瓜子。

儿子在婚礼上讲些啥，薛七婆一句也没记住，没讲啥，她记得很清楚，红灯笼、饸饹面、孤狼这三件事儿，他一件也没说，好像他是部长养大的，和张相公村没一点关系。老大在美国的婚礼，尽管用的是英语，她听不懂，也是给足了她尊严。老二的婚礼，生他养他的妈居然无足轻重了。从婚礼现场出来，薛七婆的耳根子才清净下来。她找到了小芳，说啥也不在北京待了，不辞而别，直接送她到火车站，买票回家。

一路上，薛七婆抱着小芳，痛哭流涕，捶着小芳的后背说，你为啥不当我的儿媳妇？

薛七婆第二次去北京小龙的家，已是两年后的光景了，小龙的媳妇生了孩子，男孩，她当奶奶了，郑家有后了。她虽然喜欢洋娃娃的孙女，毕竟是女孩，还是个外国人，不能延续郑家的香火。

薛七婆把家和红灯笼都托付给了老支书张守成，让他继续带着村里的孩子们，在红灯笼下苦读。

临出发前，薛七婆拎着手提箱在院里转了好几圈儿，最后猛然钻回屋子，趴在灶台下，刮下了一瓶子锅底灰。从嫁给郑阿大那天起，直到离开，三十几年过去，锅底积攒着她所有的日子。思乡了，就尝一尝锅底灰，那里浓缩着家乡所有的滋味。

县里的专车载着薛七婆，开到了虹螺镇，她让司机把车拐到镇中学，停在校园外，她要看一眼陪着自己十几年的中巴车。那辆中巴车太老了，不允许上路，摆在校园里，成为陈列品，激励学生们向郑小灯学习。替代中巴车的是真正的校车，学校统一管理。

专车沿着高速公路，直接把薛七婆送到北京郑小龙的家，司机从后备厢里卸下的东西，在客厅里堆成了一座小山，说是送给郑家添人进口的礼物。坐月子的儿媳妇望着客厅里的那些芝麻、小米、小杂粮、小咸菜、土特产品，不悦地说，有那份心思，折合成钱比什么都强，东西往哪儿撂？

司机奉命行事，一脸的无奈，赶忙告辞。

侍候儿媳妇月子的，除了薛七婆，还请了月嫂，月嫂受过专业训练，又经历了无数个人家，见过世面，勤快得无可挑剔，月子餐做得花样翻新。孙子呢，没继承他妈的眼袋，眼睛大得像灯笼，机灵鬼怪的，比他爸爸小时候还可爱。

儿媳妇终于管她叫妈了，吩咐她的第一件事就是把客厅里堆积如山的东西卖了。薛七婆当时就傻了，北京不是虹螺镇，人生地不熟的，上哪儿找买主？倒是月嫂机灵，打了个电话，就有人上门收货。

别的薛七婆不懂，可那些土特产品能值多少钱，她很清楚，便宜了人家一大半。她忍住了，没有说破，好歹不能让坐月子的儿媳妇心烦。

同样是带孩子，三十几年过去，薛七婆带郑小灯、郑小龙的经验早就过时，况且大城市和小山沟有着天壤之别，一个是照书养，一个是照猪养，还能培养出一样的孩子吗？三十年过去，鸿沟已然成了楚河汉界，郑小龙的孩子是部长的外孙子。

薛七婆突然涌出一种担心，她不知道红灯笼能否照耀她孙子。

有着月嫂的耳濡目染，即使不看书，薛七婆也很快学会了怎样给孙子喂奶、洗澡、换尿布，学会了小儿推拿，给儿媳妇做月子餐，帮儿媳妇做产后康复按摩。等到孙子百日后，月嫂辞别，所有的本事都没带走，薛七婆样样学会了，小孙子在她怀里睡得比在摇篮里还香。

薛七婆唯一的遗憾，孙子都一百多天了，和儿子还没照上几回面。

郑小龙说他忙，忙的理由是，全国都在用煤，所有的煤矿都在肥水快流，上边指示，即使煤挖得堆成了喜马拉雅山，也不能出安全事故。薛七婆拍着儿子的肩膀说，难为你了。

虽说二儿子家啥也不缺，薛七婆总是觉得缺点啥，慢慢地她就琢磨出来了，缺的是家乡的味道。偏巧儿媳妇月经不调，流血不止，还伴随着痢疾，喂完孙子奶，捎带孙子也屙肚子了。

郑阿大活着的时候，曾教过她，锅底灰就是百草霜，能治百病，尤其是例假太多和屙肚子，立竿见影。薛七婆心想，正巧也治一治自己的思乡病，煮饭的时候，就在电饭锅里加上了一羹匙锅底灰。

儿媳妇吃饭时，以为加了黑米，没当回事儿，吃完病就好了，还夸奖了黑米的功效。薛七婆本想告诉儿媳妇真相，可儿媳妇娇贵得没边儿，万一嫌锅底灰脏，恶心吐了，就糟了。话到唇边，她又咽了回去。

从此，每次做饭，薛七婆总是捏上几耳勺，放入电饭煲，锅底灰太少，影响不了白米饭的颜色，儿媳妇也会不知不觉。吃完这样的饭，她那颗无处安置的心总算安定了下来，全家人也不再闹肚子了。

直至孙子两岁时，儿媳妇发现薛七婆把黑黢黢的东西放入锅中，勃然大怒，抢了下来，不由分说地扔进厕所的下水道里，还大声呵斥薛七婆，不讲卫生。

抽水马桶旋转着，冲走了锅底灰，薛七婆的根儿就这样被儿媳妇掐断了。

受了多少委屈，挨了多少白眼，薛七婆都能忍，人家给郑家生了孙子，劳苦功高，她心甘情愿地在儿子家当老妈子。可抢下她视为珍宝的锅底灰，连一个解释的机会都不给，当成粪便给冲走了，她实在承受不了。锅底灰再贱，学名不贱，百草霜，那是聚集了多少个月夜的天地精华呀，也治过儿媳妇的病，扔掉了锅底灰，就等于扔掉了她这个婆婆。

薛七婆也是个有脾气的人，忍了两年多了，牢笼般锁在屋里带孩子，无法再忍下去，况且儿媳妇动不动就呵斥她，怎么带的孩子，书上写得很清楚嘛。她不会告诉儿媳妇，书上的字，她认识不了多少，总是以眼花了掩饰过去。反正孙子会吃会拉，知道的比她还多，也该去托儿所了，她二话没说，拎起自己的手提箱，头也不回地走了。

六

回到老家，薛七婆是做落叶归根的打算的，土埋半截子的人了，眼瞅着要和郑阿大会合了，一口气扔在外边不值得，还是家好，四周是熟悉的虹螺山，井里是甘甜的矿泉水，出门遇到的都是一辈子的熟人，沾亲带故的，问候声暖着人心呢。唯一的缺憾，村里几乎看不到几个年轻人，孩子们也越来越少，在红灯笼下读书的，凑不齐七个小矮人了。

庄稼地转包出去了，手再痒痒，也不归她种，孙子奶声奶气的十万个为什么听不到了，欢快的笑声只是她的回忆。薛七婆闲得五脊六兽，她觉得，自己就像蒲公英的种子，被风揪着，漫天飞舞，找不到落地扎根的地方。明明就在自己的家里，怎么会有这种感觉？她突然明白了，两个儿子，一个在美国，一个在北京，抛下两根相思的绳子，把她悬在了半空中。

家里的炕头刚刚烧热没几个月，张小芳风风火火地赶回村里，到家里给后奶奶扔下一笔钱，嘱咐她照顾好爷爷，便一头扎进薛七婆的家，劝她不能待在村里，必须回到北京。小芳的口气，不容置疑，好像张相公村根本不是她的家。

薛七婆拒绝得很坚决，不管二儿子雇谁来当说客，她坚决不和二儿媳妇生活在一块儿。小芳哭着说，你就住在我的家，我的家不就是你的家吗？

儿子家都不能住，薛七婆怎能住别人家？她还是摇头。小芳说，难道说您不想见大儿子郑小灯了？

薛七婆怔了下，老大给她打电话了，说出了思乡之苦，想回国效力，这才几天呀，能说回来就回来？

小芳说，小灯哥回母校讲演，不想陪几天？

一句话说动了薛七婆，她想老大呀，老大端庄，细致，体贴入微，自己的亲生儿子，见一次面咋就比登天还难，难得一辈子也见不上几次面，钱给得再多，也解不了思念之苦呀。就这样，薛七婆随着小芳来到了北京。

她特别想老大，哪怕就那么待着，一句话也不说。

小芳的家在哪儿，薛七婆大体是知道的，北京城方方正正，方向不错，终究错不到哪儿去，带孙子让她长了心眼儿，不能像在美国，出了家门居然丢了。

然而，下了火车，薛七婆就觉得方向不对，出租车把她们送到一家急救中心。薛七婆疑惑不解，小芳抱住薛七婆，哭得个稀里哗啦。薛七婆突然意识到，肯定出事儿了，是不是小龙出车祸了，或者是病了，否则怎能来到急救中心？

小芳说，妈，我是怕您出事儿，我告诉您，您可要挺住。小芳瞅着薛七婆，停顿了片刻，才接着说，二哥被中纪委带走了，他买了个房子，装了一屋子的钱，恐怕命都保不住了。

薛七婆闭上了眼睛，脸白得像纸，过了好久，才缓了过来，她说，他娶了个坏媳妇，不变坏才怪了呢。

小芳说，这事儿不能怪二嫂，另买的房子，隐蔽得很，二嫂不知道，那一屋子的钱，二嫂也不知道，山西腐败案牵扯到了二哥，中纪委盯梢给盯出来的。

薛七婆终于哭出了声，不管不顾地说，他若是娶了你，能出这么大的事儿吗？家有贤妻，男人不做横事。

小芳抱住了薛七婆，干妈能瞬间爆发出来，就不会有危险了。

那一夜，薛七婆住进了小芳的家，和小芳睡在一张床上，小芳把丈夫撵到了小房间。小芳的先生是大学的副教授，两个人结婚比小龙没晚几天，只是他们想当丁克一族，不要孩子。

郑小灯回来了，西装革履，戴着无框眼镜，风度翩翩，站在大礼堂的讲台上，给他的学弟学妹们讲美国与中国的高端科技。台下的人黑压压的，走廊过道都站满了。黑压压的人群中，只有一排居中而坐的薛七婆，一句也听不懂。

讲到最后，郑小灯不再讲他的专业，而是讲生命，讲哲学，讲人类，讲社会，讲国家，这回薛七婆虽然有些懵懂，最终还是听懂了。儿子大概这样说的，科学是把双刃剑，比如他研究的芯片，植入人脑，几近成功，他却放弃了。人脑的活跃细胞只占百分之五，假如每个人头脑中成功植入芯片，那就能激活人类百分之五十的脑细胞，人类就不必上学了，所有的知识都无师自通。那么会有什么结果呢，每个人都想以自我为中心，每个人私欲都会膨胀到无法限制。假若没有，没有研究出有效的控制办法，每个人都想占有世界上所有的财富，都有能力当国家元首，那么人类再也无法沟通了，种族宗教问题，人与人之间的冲突将会无限放大，如此这般，人类离灭亡还远吗？他实验成功的一只小白鼠，在限定的范围内，遇到的所有障碍都能解决，变得和人类一样聪明。我们没有办法控制它，只能将它杀死。

儿子还说，科学让他发现人类的渺小、狭隘与龌龊，而人类却在不断地沾沾自喜和自以为是，他很清楚，他的发明将无法演化成造福人类的产品，更不可能治疗人类普遍存在的精神疾病，只能成为国家竞争、财团利益的牺牲品，所以，他选择了放弃。

这些话说完后，儿子又说了一番题外话，薛七婆感动得满脸是泪，儿子再一次讲起了神奇的红灯笼，讲起了爽口的荞麦饸饹，还有母亲和孤狼搏斗的故事。他说，宁愿当一个目不识丁的农民，也不愿意当科学家，起码父亲不会被洪水冲走，起码能在母亲膝下尽孝，起码活个干净的心灵，所有的成功，都不能弥补做人的缺憾。

这回轮到莘莘学子听不懂了，他们所敬仰的大科学家，居然对成功有如此的质疑。

演讲结束后，郑小灯推辞掉了母校校长的宴请，陪着母亲，唤来张小芳，一块儿去了小龙从虹螺镇带到北京的饸饹面馆。

面馆还在小龙单位的附近，可那里已经没有小龙了，楼里清算小龙恶劣影响的运动如火如荼。坐在这家面馆，薛七婆心情复杂极了，透过包房窗户，就能看到楼里电子屏幕打出的内容。别的薛七婆不认识，郑小龙三个字，早就刻在她的脑子里了。

小芳说，咱们换个地方吧。

薛七婆坚持到底，说啥也不挪动身子。这么多年过去了，老板娘早就赚鼓了腰包，不再出现在前台，雇来的员工，谁也不认识薛七婆，她可以放心地坐着，不必担心家乡的人看到她。

呆呆地望着窗外的那幢办公大楼，薛七婆泪眼婆娑，她对郑小灯说，救救你弟弟吧，他快没命了，你和大人物能说上话。

大儿子没有回话，好像没听见，也像从来没有过这个弟弟。荞麦饸饹面上来了，郑小灯居然独自香甜地吃，称赞道，还是那个味儿。

薛七婆的泪掉在了荞麦饸饹里，她说，不是了，不是从前的味儿了，从前是你们哥俩吃一碗面，现在，你把你弟弟的那一半也吃了，我想你弟弟，想和他一块儿吃饸饹面。

郑小灯哽咽了，突然跪在薛七婆的面前，他说，妈，你不用想他，任何国家都不会容忍贪婪腐败，他把几个亿的钱装在屋里，拒绝流通，是人类的公敌，我不会替他说一句话。他抱着母亲的双膝接着说，妈，我决定了，不管多难，哪怕放弃美国的妻女，也要回到祖国，这样，既能尽忠，又能全心全意地孝顺您。

薛七婆瞅了眼小芳，言外之意是，你能放弃你先生吗？

小芳闭上了眼睛，两行热泪直落腮下。人生没有回头路可走。

薛七婆抚着儿子的头，和老大商量，咱不回去好不？直接留下吧。

郑小灯摇头，他说，人是要讲信誉的，课程安排完了，那么多学生等着他去讲课；助手还有许多疑问，他要一一解答清楚；还有妻儿，只要有一线希望，还是带到中国来。更重要的是，不回去，会引起两个国家的外交纷争，他不想给祖国添麻烦，还是走正常渠道好。

依依不舍地将郑小灯送到首都机场，薛七婆做梦也不会想到，这一别居然是生死两茫茫。她肠子都悔青了，假如她扯住大儿子的衣襟，不管国家之间的纠纷，死活不让老大走，哪儿会有后来的灾祸？

没过多久，美国传来噩耗，郑小灯自杀身亡。薛七婆打死也不会相信，这是真的，因为几个小时前小灯给她打电话，还告诉她一个喜讯，国内一家企业花重金为他设立了实验室，由他组成一个研发团队，成员任他在全世界随便选。

一个喜上眉梢的人，突然选择自杀，怎么可能呢？稍有一点儿常识的人都知道，小灯是被全世界关注的人，他的死非比寻常，只是人家不肯承认罢了，你无法推翻一个国家对一个人的死亡结论。

小灯的坏消息不是小芳告诉她的。那时，小芳把一个大律师请到家，薛七婆听律师说，经济犯罪不大可能剥夺生命，一颗悬着的心总算落地了。送走了律师，她正靠在小芳家的沙发上，享受没有女儿却胜似女儿的天伦之乐，美国华裔警员直接把电话打给了她。

薛七婆晕厥了片刻，努力地在沙发上靠牢了身体，坚强地挺住了。她毫不迟疑地拒绝了美国政府提供的家属吊唁资助，小灯已经没了，去了见到遗体更难受，她不想踏入美国领土半步，只提出把小灯的骨灰运回来，他的魂灵不属于另一个国度。

放下电话，薛七婆觉得放下了整个世界，哀莫大于心死，她认为，自己已经死了，就像大儿子，不该发现人类的龌龊。

真是福无双至，祸不单行啊。小芳望着呆滞的薛七婆，茫然失措。

运送郑小灯遗骨的，是一架专机，降落在锦州湾国际机场，薛七婆没有想到，机上一百多个座位全坐满了，都来护送郑小灯的遗骨。孙女第一个下了飞机，她已经长高了，飞也般地跑下舷梯，黄头发随着海风飘扬，扑进薛七婆的怀里，抓心挠肝地哭，一声接一声地唤着奶奶。

风再大，薛七婆也要挺直腰身，她要从洋儿媳妇手中接过儿子的骨灰，不能让儿媳妇看到她的脆弱。同机的，大多是科学界的华人，也有一小部分黄发碧眼的白人，还有一个黑人，他们一律穿着黑西服，白衬衫扎着黑领带。很多人都认识薛七婆，那场别具一格的婚礼，让他们都记住了这个不平凡的母亲。

走下舷梯的人们，一个接一个地拥抱薛七婆，悲伤地拍着她的后背。薛七婆居然没闻到他们身上的狐臭味儿，接受了他们的安慰。

追悼会安排在县里，英汉双语的悼词中没有溢美之词，很中性。很多中外记者如嗜血的鲨鱼般闻风而动，长枪短炮瞄准了追悼会，每一句话，都有可能引起国际上的轩然大波，所以，悼词中最有分量的一句话只剩下，一位即将捧得诺贝尔物理学奖的科学家陨落了。

出殡的队伍浩浩荡荡地开进了张相公村，郑小灯葬礼掩盖住了郑小龙的丑事，村里人没人敢对薛七婆指指点点。

墓地不需要另选，祖父的坟就在上头，下面顶着父亲郑阿大，郑小灯就葬在郑阿大的脚下，郑家的坟一字排下，就不孤单了。薛七婆哀叹，祖孙三代，命运何其似，都是死于非命，就让他们这样相逢吧，互相倾诉着人生苦短吧。

洋儿媳妇坚持用西方的安葬方式，不起坟土，花岗岩的墓，花岗岩的碑，墓碑上刻上中英两种文字。

人家是大老远地从美国来，又是丧夫之痛，尽管不是薛七婆想要的安葬方式，她也默许了。

等到送走了洋儿媳妇和洋孙女，薛七婆回到郑小灯的墓前，她发了疯一般挖土，谁劝也劝不住，高低将花岗岩的墓和碑统统埋掉，堆成一座土坟。村里的人们抢过薛七婆手里的锹，替她一锹接一锹地填坟。

薛七婆不怕洋儿媳妇不满意，洋人不会像她那样，为郑阿大守一辈子，儿媳妇早晚会是别人的媳妇，不可能再来中国了。洋孙女呢，名字长得薛七婆都记不住，只是夹个郑字罢了，今后能和郑家有多大的瓜葛？

坟堆好了，薛七婆点燃了烧纸，长长地哭号一声，儿啊，你死得不明不白，冤啊！喊声在虹螺山里久久回荡，山中的野兔、土拨鼠、雉鸡都静默了，抻长脖子，仁立向郑小灯的坟墓。

安葬罢郑小灯，薛七婆没有在家停留，随着小芳回到了北京。没过多久，有几个西装革履的人找上门来，薛七婆以为又是为郑小龙的事儿来的，非常反感，再次强调，我没拿郑小龙一分赃钱，老大在美国卖了命养我，我不欠谁的。

来人很客气，对薛七婆毕恭毕敬，她这才弄清楚，他们是为郑小灯来的，称郑小灯是爱国的科学家，生前他有一项特别重要的科研成果，无偿地转让给了他们的企业，让他们在高科技领域，领先国际。更让他们感动的是，国外财团抛出了郑小灯的爷爷被枪毙的事实，想要割裂郑小灯和祖国的感情。郑小灯驳斥道，我爷爷没死在战场，是托家乡人的福，没有家乡，就没有我爸，更不会有我，我是国家供养出的留学生，科研成果是我个人的劳动成果，转让给谁，是个人自由。

即使如此，郑小灯还是被扣上了小偷的帽子，理由是，没有他们提供的实验室，郑小灯将一事无成。来人哀叹道。

薛七婆终于知道来人是谁了，是小灯活着时提到的那家肯出巨资为他建实验室的企业。

临走时，来人给薛七婆留下一百万的支票，薛七婆拒绝了，让他们把这笔钱捐给家乡的中学，设立个郑小灯基金会，奖励学习好的穷学生。

来人应诺了，薛七婆心想，要是陆纯坦校长接下这笔捐款该多好啊，他是小灯成长的见证人。可惜的是，镇中学的校长不再姓陆了。

郑小龙的案子终于判下来，案情一点儿也不复杂，一屋子的钱和行贿的都对上了账，最小的数额是上千万，谁都怕转账露出马脚，一律是现金支付，每一次都会装满小龙那辆奥迪车的后备厢。从楼下把那些装钱的箱子搬到楼上的那间屋子，都会累得郑小龙一身的汗，然后，若无其事地离开。

然而，马脚还是露了，郑小龙的汗白流了，还付出沉重的代价，死刑，缓期两年执行。

宣判之后，入狱服刑，就可以探视了，毕竟只剩下这一个儿子了，薛七婆再不想见，也要见上一眼，谁身上掉下的肉，谁心疼。

狱警很讲人道，一般情况下，他们不刁难经济犯罪，毕竟没有暴力倾向。薛七婆得到了和儿子独处的机会。

薛七婆没有责怪儿子，责怪了能有什么用？已经发生了，无法挽回。郑小龙告诉了母亲，他也不想这么贪，这些钱，他推也推不掉，习惯了就成了自然。他还告诉母亲，为什么要收这么多钱，那是给他哥哥攒的，他知道哥哥的本事，他想用这笔钱在国内给哥哥建个实验室，让哥哥回国内发展，成为中国第一个拿到诺贝尔奖的物理学家。

面对着二儿子喋喋不休的倾诉，薛七婆哭了，很显然，狱中的老二，与世隔绝，还不知道他哥哥已经遭遇到的不幸，直至薛七婆狠狠地捶着老二的胸脯，哭泣着说，你攒多少钱能有什么用，就算是你不出事儿，你哥哥永远也用不着了。

郑小龙怔了片刻，说，有一段日子，我抓心挠肝地难受，不是怕判我死，那是说不出来的疼，我哥他怎么了？

双胞胎真是心有灵犀呀，郑小龙在看守状态中，没有任何人告诉他外边发生了什么，他居然能预感到哥哥出事儿了。

薛七婆只得告诉了儿子，你哥他没了。

郑小龙闭上了眼睛，居然没问哥哥是怎么没的，或者说，他只想知道结果，不想知道过程。等到郑小龙睁开眼睛时，已经是以泪洗面了，他说，我做梦了，梦中哥哥怎么死的，我一清二楚，我们都是蝼蚁，微不足道，只不过一个死了，一个等待死亡罢了。

薛七婆堵住了郑小龙的嘴，她不认同郑小灯是蝼蚁。

一阵长久的沉寂，薛七婆按响了狱警教她用的铃，不是结束探视，而是向狱警申请，要来了几张纸和两支笔。

薛七婆说，你活着，妈就有个念想，妈也是快古稀的人了，早晚要见阎王爷，到阴曹地府，需要签名报到，妈连自己的名字都不会写，牛头马面传不上报号，阎王爷不让我见你爸，那该咋办？儿啊，你教妈写名字，一笔一画地教，别让妈写错了。

在监狱的探视室，母子二人孩子一般，一笔一画地写着，薛鹤舞，就差头顶上悬着一对红灯笼了。面对着儿子，薛七婆终于默写下了自己的名字，这是她这一辈子不用印章，第一次写下自己的名字，尽管是歪歪扭扭。

薛七婆抱着儿子，眼眶里悲伤与喜悦的泪一块儿流下来。

分手的时刻无法拒绝地到了，郑小龙飞快地写下一行字，告诉母亲，这是陆纯坦校长的地址，你去找他，从今以后，陆校长就是我的父亲。

捏着郑小龙写下的纸条，在张小芳的陪护下，薛七婆终于找到了陆纯坦的家。那是仅有六十多平方米的小房子，很紧凑却不很紧张。薛七婆蓦然发现，那对红灯笼赫然地挂在他们家的客厅，不是仿造，绝对出自郑阿大的手。

陆纯坦有一点赧然，瞅了张小芳一眼，不好意思地说，回了趟老家，扯了离婚书，打着你们的旗号，从小芳爷爷的手里接过来了这对红灯笼。

薛七婆说，没关系，本来就想让你保管的。说着，她摘下红灯笼，细致入微地擦拭起来，那副样子，像是回到了久违的家。她又吩咐小芳，到市场买块羊肉，捎几两羊油回来，灯笼该擦油了。

小芳知趣地走了，临走时说了句，过几天送来。

薛七婆没搭理小芳。

陆纯坦说，小龙不是坏孩子，知道感恩，这房子我没退休时，他就买了，写的是我的名字，让我有了个避难所，那时还不贵，用的是合法收入，不脏。

薛七婆照样没搭理陆校长，擦完了红灯笼，说了句，我累了。

陆纯坦小心翼翼地问，今晚就睡在这儿？

薛七婆说，这下半辈子。

（原载于《民族文学》2019 年第 12 期）

七月之光

陶丽群（壮族）

一

四十分钟，不会有错。

老建爬上最后一级台阶（其实并无台阶，只是一些被他经年累月攀爬踩踏出来，比较方便下脚的石头窝子）。早些年他有过一块黑色的劣质电子表，每次在竹排山脚下开步，他便开始计时。有时四十五分钟，有时五十分钟，但从未超过五十零十秒。后来他慢慢摸索，根据自己气喘的程度和心跳的缓速来计时，稳稳地把时间控制在四十分钟上。对于一个长年累月爬惯山的人，四十分钟，可以想象得出竹排山的险峻和高度是相当考验人的体力和耐力的。但，这又如何？老建攀爬这座山已四十来年了。这座山长满了竹子，秋天满山竹叶发黄，夏天则一片苍翠，站在山顶上，你很难对眼下的景致无动于衷。但老建来山顶并非欣赏美景。

左脚稳妥地踏在山顶的平地上时，他缓缓出一口长气。早得不能再早了，天边的曙光才冒出淡淡的曙色，远处山头的光景尚笼罩在曚曚昽昽的黯淡里，不过，过不了多久，那些曚昽的轮廓便会慢慢清晰起来。竹排山背面一边山脚下的屯子，叫白牙屯。在竹排山顶俯视白牙屯，矮巴巴的石头房子像鸡笼一样蹲在芭蕉树下。那些住在石头房子里的人，小个子，凸额头，眼窝陷，眼睛小，他们的下巴短而尖，古怪的五官加上一个短下巴，总让人忍不住想朝那上面挥拳头……他们在夏天傍晚时会从石头房里出来，到山脚下的莫纳河（当然，那些短下巴肯定不这么称呼这条河）洗澡，男人穿短裤，尖声叫喊的娃们浑身赤裸。老建很少看见女人们出来，也许她们天黑后才出来，而他不可能天黑还待在竹排山上，下山比上山更危险，况且他对女人洗澡并无兴趣。他偶尔会看见那些穿花衣花裤的女人在地头忙活，长久待在某一棵芭蕉下，挥动手里的镰刀或短柄锄头。那种生活场景，其实与这边并无二致。

　　老建稍稍站了一会儿，他感觉今天心跳得有点快。夜里他睡得不太安稳，额头往头顶这块地方有些眩晕，不过他知道自己并没有什么毛病，他非常了解自己的身体。山顶没有风，但空气新鲜而清凉，很快就把爬山出的一层毛茸茸的汗水吹干了。山顶很开阔，长着矮小的灌木和一种七色花，香甜的花香飘浮在清凉的空气中，真是不错的早上。老建深深吸了口气，待体力恢复通透后，他朝那边走去——能够望见山脚下白牙屯的山背面。他开辟了三条通往山顶的崎岖山路，因此在山顶上有三个相当明显的豁口，这三个豁口最终在一株硕大的七色花旁交会，共同通往竹排山能够望见白牙屯的方向。真奇怪，难道山水也知道界限不成？竹排山朝中国的这边坡势也相当险峻，但总体而言还是能攀爬的。而面对越南这边，也就是能够看见白牙屯的这边，就像被刀削斧劈一般，这面山崖，别说人爬，恐怕连鸟都难以落脚，直直插入山脚那条并不算太宽的河里，好像这座山是从河里长出来的。

　　这么多年，嗯，四十年来，老建每隔几天就会爬一次竹排山，像在虔诚履行一种只有他内心才明了的庄重仪式。他是个高个子的六十一岁老人，多年来爬山使得他的筋骨非常结实（当然，他本来就生长在山里）。

　　清晨的曙光渐渐亮起来，远处山上飘移着渺渺雾气，它们会在越来越亮的曙光里慢慢消逝。老建刚才在山脚下时，感觉山脚下的天光比山顶要明亮得多，到了半山腰时，路过双亲二次葬的坟墓，天光似乎黯淡了许多，只模模糊糊看见落脚的地方。他只是在双亲的坟墓边稍微缓了手脚，并不停留。从双亲的坟墓边往竹排山顶去的路是老建开辟的三条路线中最难爬的一条，因此他并不常走这条路，一个月通常走一两回。路过坟墓时，老建瞥向二老的目光充满歉疚。他知道他们是带着对他的不解和牵挂离开人世的。

　　老建的呼吸变得紧迫和沉重起来，天光越来越亮，他闭起双眼，脑子里轰然作响，一些混乱的、血肉横飞的场面不断闪现在他的脑海里。这么多年来，这场面一直在他的脑海里翻腾，像间歇性发作的头痛折磨着他，促使他一次又一次攀爬这座山。其实战场上最惨烈的声音并非枪炮声，而是人受伤后的惨叫和哭号声，这种声音直观地展现出战争的残酷。

　　老建开始感到小腹慢慢胀起来，眩晕在他的额头一圈一圈扩散。他猛地睁开双眼，白牙屯在越来越清亮的天光里清晰起来，他解开裤子前门扣子，掏出家伙，尽量靠近悬崖边，开始方便起来。

每次要爬竹排山，他尽量憋着，带着隔夜积下来的体液爬山，然后贴在悬崖边上，朝山脚下的河里撒尿。

是不是能落到河里，其实他并没把握。但他得这么做，这也是他如今唯一能做的。在他的幻想中，白牙屯人早起来河边挑水烧饭，会吃下他排出来的体液……

过程缓慢持久，有时候他甚至希望就这样永远下去。这当然弥补不了什么，挽回不了什么。但人要活下去，就得有个像样的理由。你道时光飞逝，往事如烟，而一些隐痛只会让你越来越活得不堪。老建活着的理由很少，爬竹排山是他少之又少的理由之一。

他凝固似的站在悬崖边，裤门敞开，积蓄了一夜的体液早就排结束了。晨曦的风带着七月湿润的露水气息在越来越亮的光色里醒来，穿过他的裤门，凉意便从那里朝全身弥漫。一个寒战随之而来，老建恍如梦中。这很危险，假如寒战带来一个惊吓，很可能慌了神就一头栽下去了。

一头栽下去！四十年来，这个念头不断模模糊糊闪过老建的意识，就在它一点点将要麻痹并吞噬掉他时，随后突然而至的强烈自责将它猝不及防击溃了。危险的、不断重复的又不断被击溃的意识。它们像两个老建，几十年来在他的身体里血肉横飞地搏斗，都想将对方置于死地。

栽下去？开玩笑！从那场惨烈的战争里捡一条命回来就是为了从这里栽下去？！愤恨和怒火总是成为最后的胜利者，将他的求生意念一点点拉回他的躯体。

老建从悬崖边慢慢转身，退回到安全地方。那块坐了四十来年的偏平的褐色石头接纳他沉重的肉身。

早些年，老建的愤恨会演变成委屈和干号，身体下那块石头承载着从这个汉子身体里流淌出来的忧愤和哀伤，它见证了这躯体经历四季所有的情感变化。在四十来年里，有三只名为开荒、开路、开山的狗追随他来到山顶，在山顶上狗总是很安静，一种高远的气势震慑了这几只与他为伴的生灵。最近五年来，他形单影只，变成一个孤单的人……

太阳破云而出，霞光万丈，晨风缓慢吹拂，灌木丛里开始活跃各种昆虫，草绿色的"菩萨"跳到老建的脚背上，又一跃而起跳走了。虫鸣开始在光亮的天色里喧闹起来。

……

他折了根细竹条子，把摘下的圆白蘑菇穿起来，穿了两大串子，挂在手臂上慢慢下山。明亮的阳光透过茂密的竹叶射下来，林子里到处都是从竹叶间漏下来的丝绸般的光线，新鲜湿润的空气里带有竹叶的清香气息。林子里并不寂静，竹叶在微风中沙沙响，鸟鸣虫叫，和一些无法寻到出处的声音，但你会从这些并不算嘈杂的声音里听出更大的安静，像来自人内心深处的安静，你会被这种接近于生命的美好安静突然感动了。

往年，五年前的往年，每逢草木葱茏，这山上总会传来某个村人粗犷的喊山，人在林子里忙活着什么，忽然直起腰来那么一嗓，很难说那不是一种源于这林子赠予的深刻的情感的爆发。

老建不善于这种情感表达方式，他更喜欢和林子里的安静融为一体，像暮年的生命一样寂静。

他缓慢下到山脚，穿过长满杂草的石板路。一条碎石路，石头缝间也钻出杂草了。他暗暗叹息，再来两场雨水，杂草就该把路淹没了。这几年七八月份这条从山脚进入村子的路总是杂草漫漫。他一个人的脚步，哪怕日夜不歇地走，也阻止不了杂草生长。

沿着碎石路慢慢进入村子。

这个叫百大的小村子四面环山，村人的田地都在半山腰上。

清晨真正来临了，明亮的阳光洒在静谧的村子里，他的家在村子中央，地势稍高，一栋以石头为基脚的干栏楼，村里全是这样的干栏楼房。以前屋顶盖茅草，国家实施西部大开发后，对农村进行茅改瓦工程，茅草屋顶变成了黑瓦屋顶。五年前实施异地安置，镇子里来了庞大的搬迁队伍，帮着村民们搬迁到生活条件更便利的新村去了。为了防备村民回迁，搬迁队伍要把村里的老房子全扒掉。村民们不干了，扬言扒掉房子就不走。破败的干栏楼因此得以幸存。

老建黄昏时坐在屋门口，山风带着草木的气息从山间吹过，大大小小的干栏楼静默在群山间，他觉得自己像个富有的国王，当然，国王很孤单。他和弟弟一家搬到新村后，在新房里吃了一顿开火饭就回来了。一晃五年。悄无声息地在这个遗落的村子里生活，五天外出一次赶莫纳镇集子，在一些特别的时候爬竹排山登顶。老建没感到任何不适，他不觉得孤独，他早就习惯它了——孤独——那是他的另一个自己。

路过万寿家门时，老建被他家门口一片妖艳的紫红吓了一跳。万寿家有三个女儿，姑娘们总喜欢侍弄花草。她们在屋角和院边上种了不少招蜂引蝶的指甲花。这东西生长极泛滥，院子几年无人照管，它们便蔓延整个院子，花枝招展，快要长到闭拢的两扇陈旧木门前了，从院门外的路边已经无从下脚通到那两扇门前。

从他们家的屋顶上悬挂下来两条长长的丝瓜藤，藤子上已经挂有几个镰刀一样的丝瓜。也不知道丝瓜种子是怎么上到屋顶的。

唉，一个万物蓬勃的七月，天空已经从晨时的灰白渐渐转变成淡蓝色了，又将是一个碧空如洗的好天。早上就这样来临，有如经历过的无数个毫无悬念的早上。四周的群山如此巨大而宁静，老建的移动在群山中显得势单力薄，如同大地上的一只蚂蚁。

二

走上四级由大块石头垫成的台阶时，老建一眼就看见家门口的石磴上坐着一个人。他马上便认出着淡蓝色斜襟褂子的人影，内心深处柔软了一下，好像被一束温暖的阳光忽然照拂了。他的脚步不由加快起来。唉，四十几年，不，怎么才四十几年，已经六十一年了。很奇怪，她连孙子都有了，她曾经光洁的额头也不可避免地爬上愈来愈深的皱纹。

她应该很早就出来了，这里离镇子上有三公里，中途要路过一个一般的女人都得小心翼翼的山坳。其实那山坳并没什么特别。某年一个外地要饭的人不知怎么回事来到了那儿，结果死在那里了，老建和村里几个男人把乞丐埋在那山坳间。人们忌讳这样客死异乡的人。老建不怕，那样的灵魂还少吗？其实，从百大搬迁出去的人们并不住在镇子上，不过也差不多了。五年前，这个村子的十八户人家，不，应该说十七户人家全搬到新村去了，那里有通过管道流出来的干净自来水，有相对平展的稻田，娃娃们上学方便，抬抬脚就能到镇上的学校了。

"洛！"远远地，他朝来人送出热切的招呼。

洛从石磴上站起来，手里捧着一包用芭蕉叶当包皮的东西——山里人一向这么包东西，这地方长了太多的芭蕉。洛宝贝似的捂着，脸上带着隐隐的温顺的笑，在晨光里恬静地看着朝她走来的男人，他呼唤她的声音里永远带着只有她才觉察到的柔软。这光景很多时候让她恍惚，四十多年前那个意气风发的少年郎，依然没有变。老建瞧着洛手里拿的芭蕉包皮，知道肯定又是吃的，应该是老柴房今早刚出的豆腐。那是镇子上的一家老字号豆腐。做豆腐的老板不姓柴，早先他们的豆腐是在一间柴火房里熬的，所以叫柴房豆腐。每次她总是给他带来吃的，十天半月的她总是顺着那条越来越荒芜的山路，回到这个安静的世外桃源般的村子。

"你又爬山去。"洛有些责怪，不过她松弛的嘴角依然挂着笑。每次来总是叮嘱他不要再爬山，山里没人了，万一有个闪失，没有哪一双眼睛能够看得见。

老建照例瞧着她的左手腕，那上面戴着一只散发醇厚光泽的镂刻着精致花纹的老银手镯。那是三年前老建给她打的。洛一辈子没戴过什么首饰。山里人的日子其实不好过，稍微有点儿家底的人家会给儿媳一只细弱的银手镯。洛由于是招婿上门，她的老父母因此厚着老脸省了这笔其实并不大的开销。

"怎么不进屋，门没锁！"老建说。他从来不锁门，去镇子上也不锁，山风和西斜的阳光很轻易就能像个老朋友进入他的屋子里。他喜爱这宁静但并不僵硬的一切。有些时候，听着清风里送来清脆的鸟鸣声，他甚至快要忘记内心深处的嶙峋了。

"屋口凉爽，还是山里空气好。"她说，很快她意识到有些失口，新村四周其实也全是山，只不过地势比百大开阔了些。

老建觉得好笑，她也学会镇上人的排场了，动不动就"山里"，她让他觉得有点儿新鲜，不过并没半点儿责怪她。

"今天是六月初六！"她接过他挂在手臂上的蘑菇串，把那包芭蕉包皮递给他。老建看见她前额灰白的发际汗津津的，显然她也刚到不久，赶早把节日的食物送来给他了——这三年来洛一直这样做——阿弥陀佛——洛的上门丈夫三年前去世了，那个心眼挺实的外村人，非常佩服老建矫健的身手。他的个子矮小，但力气极大，在这片山腰上，最干净的玉米地和花生地总是他们家的，而洛极少下地。儿女们稍大，他领着他们下地，也不让洛下地。极少有的疼老婆的男人。洛到老了，脸上仍能保持着柔顺而羞涩的笑容，很难说不是个子矮小的夫婿贴心疼出来的。

然而洛心里有另外一个梦，他知道。她也知道他知道。

他看着她结婚生子，一年更替两季玉米和一季花生，竹排山上的竹子绿了又黄，这是生活决定的，包括人生命中的有无。他只能看着她，在和岁月的长久对峙中，他对她，渐渐变得豁达起来。她就在村子里，喝着同一条泉水，走同一条石板路，每天她在他的视线里忙碌，生活决定他只能拥有这么多。他对她强烈的想象和向往在一次又一次煎熬般的磨砺中渐渐柔软下来，变成一种纯朴却也越发醇厚的情感。她只要平安地在他看得见的岁月里活着便好。

他们在石板路上相逢，相视一笑，那是对命运的妥协的笑。

……

"馅是碎花生和白糖，我想包点黑芝麻的，"她望着他，目光中满含信赖，"去年的芝麻种不成，收成太少了，还不够一碗。那东西好像不适合在那边种，上肥也不见长，叶子倒是能长。"她总是把新村称为那边。

"花生和白糖也好吃！"老建说，热切地瞧着她。其实十天前她刚来过，带着一包芭蕉叶包的还温热的老柴房豆腐，还有半块胳膊般粗也是用芭蕉叶包的越南火腿肠。

洛提着那两串鲜蘑菇推门进屋，很快便端出来一把椅子，坐在老建的对面，快活地瞧着他吃糍粑团。

"今天要出去吃饭吗？"洛问他，她知道他生命里的一切隐痛，但她从未见他流露出半点沮丧，他像这山里的每一块石头般质地坚硬——当然是指他的刚毅，他的心肠一点儿都不硬，这一点她甚至比他本人更清楚。

"假如要出去，一块走。"洛说，有些向往，她指的是老建去他弟弟家吃节日晚饭。他有时会去，但多半不去。假如还没搬出去，他是会去的，他不能让村里人觉得他们两兄弟生分。他其实挺喜欢一个人喝两口，一碟晶亮的腊肉和炒花生米足够了。他不适应大团圆的家庭氛围，他更愿意一个人小酌两口到微微醺醉，然后熄灭了灯火，靠在门板上坐着，等待村子渐渐沉入夜的安静中。

"有这个就够了！"老建说，他整整吃了四个糯米粑。洛给他带来十个，里面的白砂糖馅已经溶化成糖浆了，糖浆暖融融的，这是最好吃的时候。然而不能再吃了，糯米不易消化，剩下的明早可以煎着吃。

洛轻轻叹息。老建知道她的想法，她希望他到新村去住，"早早晚晚的总也能见着人"。

"你总要做点吃的，节日总该吃一顿好的。"洛轻声说，她想象得出一双筷子和一个饭碗的孤单，她其实知道他多半不会出去。"我带来一只猪耳朵，给他们烤过了。"她的目光朝厨房里微微望了一下，美好的羞涩又在她的表情里闪现。

老建高兴起来——不是因为她带来的猪耳朵，而是因为她的身上有点儿钱。洛今年六十二了，过了六十岁，就能领取到每月一百二十块钱的养老金。这点微不足道的养老金让农村失去体力的年迈老人活得有点儿尊严。老建常常担心她把这点儿养老金全补贴家用了，她随儿子生活，儿媳妇有点儿刻薄。而她是无论如何都不会接受老建给予的任何关于钱的帮助的。他知道她身上有点儿钱，他就放心了。一个上了年纪的丧偶女人，口袋里的钱终归才是最贴心的。

"瞧，你都帮我打点好了，晚饭不用愁了。"老建说，他重新把那包糍粑包好，搁在膝盖上。他的高兴放大了洛心里的难受，一个孤单的人的快乐，似乎让人更揪心，她瞧着他，说："我帮你把晚饭做好吧。"

老建笑起来。清晨的太阳还没爬到山顶，这个时候说晚饭太早了。

洛也笑了起来，两个人不再说话，安静在他们中间一寸一寸蔓延，群山静默，看着人类一个充满悲悯而高贵的约会。

她一直在等待他说一句话，她要那句话。她觉得那将是岁月恩赐给她的最珍贵的礼物，虽然来得迟了些，但她充满期待。如今他们都老了，肉体的激情已然不再重要，他们只需要相互陪伴，将彼此余下的岁月献给对方。

洛有时候会迷茫：她不知道她的想法是不是有些自私。她在葱茏年华时结婚生子，她知道男女由五谷杂粮滋养出来的来自肉身的古老情欲，她并不为此感到羞愧，这不仅是孕育生命的古老方式，也是人类生命之本能。她在她的婚姻里遵循这古老情欲的召唤，并迎合它的到来。对于丈夫，她的肉身是忠诚而顺从的——将近四十年的婚姻生活里，她一直向他毫无保留地打开她的肉身，给予，同时也是索取。她的生命，是完整的。

而他一直孤单，漫长的或暖或冷的夜晚，许许多多的夜晚，他一定饱尝了那蚀骨的孤单和悲伤。她内心一直觉得对他有隐隐的亏欠和愧疚。所以她不能主动开口，她只能等待。

时光寂静。

"我给你摘点儿黄皮果带回去吧。"老建终于打破了沉静，他摩挲那包芭蕉皮，充满笑意地望着洛。

她扭头朝不远处山坡下的水柜望去，目光悠远地落在那棵茂盛的黄皮果树上。

"我不爱吃这东西，酸丢丢的，倒牙齿。"她轻轻摇头。

"给娃娃们吃。"老建站起来，朝厨房走去。

老建很快提满满一篮黄皮果回来，洛坐在石礅上缝补他一件腋窝裂开的褂子。他把篮子放在洛的脚边。洛低下头，咬断线头。

"还有吗？"她说，指的是需要缝补的衣物。

"没有了，就这件。"老建擦掉额头上的汗水，在她刚才坐的椅子上坐下，摘掉黄皮果串上的叶子。洛把那件褂子挂到屋檐下的晾衣竹竿上了，抓起屋檐下的竹条扫把打扫院子。

"中午要祭拜土地庙！"她说。老建点点头，这是风俗，他当然明白。也就是说洛得准备好中午祭拜的各类食品，这些节日的祭拜食品和祭拜活动一般是家里年长妇人做的。她的意思是不能待太久。

老建很快把黄皮果收拾好。

他目送她顺着那条长满杂草的出山的曲折小径走出去，臂弯里沉实的篮子拽着她，她的身子有些倾斜。

"洛！"老建朝身影喊了一声，回荡在山间的回音带着几分悲怆。身影转过来，立在原地。洛知道他并未有任何交代，他只需要她转过身看看他。老建的身影在她的目光中渐渐模糊起来，明亮的阳光在她凝聚的泪光里变得五光十色。洛朝他挥挥手，她知道一转身，这块并不大的山窝里便聚满了空旷，让她揪心的空旷，空落的房屋，沉寂的草木，坚硬的石头，山上祖先们低矮的坟冢，还有一个人。但她还是转身了。她的身影转过一栋日渐破败的屋墙，顺着出山的路走着，很快，一座矮小的山便融化了她的身影。

早上终于蓬蓬勃勃走到一天中最亮的光景，这个月份的每一天都在走向季节的深处。

三

一连下了几场让人心悸的雨水，从屋后的山上冲刷下来的雨水混着泥土，污浊不堪。水柜里的水简直成了黄汤，洗衣裳都嫌脏，更无法饮用了。老建把厨房里的水缸搬出来放到屋梢下，接了满满一缸雨水，可以烧水煮饭。这个村子里的人，在雨水充沛的季节里，山泉被污染时常常靠雨水生存。"天上来的泉水"，他们并不忌讳。山里恶劣的生存条件教会了他们怎么顽强地生存。

老建和一屋子的鸡安然迎接雨季的到来，每年的雨季都一样。

绕到屋后，他选了三条上山路最便捷的一条，人便闪进竹林里。从竹叶上滴落下来的雨水响亮敲打在他的斗笠上。草蛇多了起来，蜿蜒在上山的路上。老建砍下一条拇指粗的竹条子，一路横扫，把这些没骨头的东西赶进竹丛里。白嫩的蘑菇珍珠般铺满地面，散发出腥甜的气味。林子里的空气清新得使人身上的每个毛孔都张开了。老建解下斗笠，随手挂在路边的竹枝上。抬头看不见天，林子越来越亮，他觉得今天应该不会有雨了。上山的脚步有些轻飘，这几个夜晚的睡眠，常常被半夜突然而至的急雨所困扰。他靠在床栏上，胸口像有万马奔腾，起伏在夜的深邃里，小腹部下袭来一阵阵令人干呕的剧痛。悠远深长的痛。其实他身上没有一处伤口，剧痛完全是从他的意念深处生发出来，他无法阻止和控制，只能忍受它锋利的獠牙啃噬。

他在夜的深黑处痛苦得难以自拔，像个命悬一线的人。

……

一阵微风拂过，挂在竹叶上的雨水密集落下。路边一棵山鸡果挂满了半青不黄的果实，那些早熟而遗落在树下的被老鼠啃咬出一个个齿印清晰的豁口。去年老建摘了半蛇皮袋子给弟弟送去，家里的几个孩子贪吃，这东西又难消化，三五天都不拉一次，孩子们捧着鼓突突的肚子哭坏了。

也许今年可以摘去卖掉。老建从山鸡果树下路过时想。潮湿而闷热的空气让他出了一身汗水，身上薄薄的灰色圆领 T 恤贴着他的前胸后背，他一脚踩在一块凸出路面的石块上，停下来朝上望去，没几步路了，竹丛已经开始疏少，越靠近山顶竹丛越少，取而代之的是遍地矮小的七色花和长满青刺的野骆驼，地势也开始慢慢平缓起来。老建静静站着，身体因为出了一通汗而变得舒畅通透。没有任何急意。没关系，可以等。老建想。

终于登上最后一块石头，视线豁然开阔，风也变得更柔和了。山顶上的岩石干净得如同水洗，透出一层湿润的黝黑光泽，老建常年踩踏出来的小路几乎被滥生的七色花淹没了。他的脚步碰落了挂在花瓣上的雨水，很快便到了那块突出山体的悬崖，一并进入他双眼的，是悬崖下的白牙屯。

"千刀万剐的！"

诅咒千千万万次了。站在悬崖上俯视这个越南小屯子，愤恨总是一下子抓住了他，他唯有诅咒。四十年来这个屯子似乎没有变化，他在悬崖上碰见过这个屯子几场喜事和白事，人像蚂蚁一样在山脚下忙碌，隐约的喜乐或哀乐飘上悬崖，人们忙着往生和向死，和百大一样。往年百大都有喜事和丧事，喜事属于年轻的生命，而丧事则是暮年人在人间最后的仪式。老建在五十岁之前是百大的八爷，抬棺的八位司仪爷之一。他和另外七个八爷抬过百大无数位故去的人的灵棺，送他们回归土地。

　　人总是要死的。但人总是要经历过的那些事，老建并没经历过，两情相悦洞房花烛生儿育女，一个盘山而活的庄稼人，把这些从生命里剥离掉，日子还剩下什么？只不过一个看得见的生和死罢了。

　　老建站在悬崖边，瞧着山崖下的越南小屯子，深深的恨意落地生根。他紧着身子，却憋不出任何急意。悬崖下的河水浊黄不堪，它只要流经悬崖下的白牙屯，拐过竹排山，就进入莫纳镇，进入中国了。老建在悬崖上的每一次排泄，流经短短的一段异国河流后，最终也会回到祖国的河床里。

　　但再短，它也流经那个异国。

　　他徒劳地退回到那块常坐的石头，他要等。如今百大只剩下他一个人了，他的时间像古老的村庄一样空旷寂寥，没有任何人和任何事等着他，还有什么等不及的。

　　等。

　　洛是一个多么好的女人，无数个夜晚影影绰绰地摇碎他的梦。他记得她怀第一个娃时，看见她日渐丰盈起来的腰身，年轻的老建只想从这悬崖上跳下去。他也想过离开百大，也是这个影影绰绰的身影，让他无数次钢铁般的意念变成了绕指柔。他看她盛装出嫁，看她初为人母，看她青丝变白，看她容颜变老，如今她又一次孤身走到他面前。

　　三十七年前她也这样靠近过他。那时候老建还那么年轻，然后他却已经见识过太多的生死，不，应该说是死。如今还有多少人记得那场战争？你只要在每五天一次的莫纳镇集市上走走，看看满大街从口岸进入莫纳镇市场上做生意，穿拖鞋戴尖顶斗笠穿花衣裳的越南女人，以及她们那口地道的本地话，就知道已经没多少人记得1979年那场战争了。1979年，二十一岁的老建作为中方担架队救护员之一，跟那些和他一样年轻得来不及长胡须，也是第一次扛枪上战场的年轻人从莫纳镇口岸出去，进入越南北部前往高平战场。

1979年的2月中旬，按照莫纳镇的习俗，日子依然沉浸在年的节气里，年尚未过圆满。但边境线上的枪炮声打破了年的平和，年已经无法再过下去了。坐落在边境线上的村庄，村里人早在年前就被动员撤离村庄。但春节期间，他们还是陆陆续续回到自己的村庄。百大屯也一样，在大年三十那天回到家烧暖自家的柴灶，点燃香火敬神堂。这是必需的，大不了一死，村民们想。年三十的午夜没有爆竹声，任何和爆竹声类似的声音都极有可能造成恐慌。村里一片沉寂，清冷的空气里弥漫着无言的紧张，午夜的深处隐匿着看不见的危险。他们小心翼翼挨到天亮，大年初一的早上和往常一样清冷，静谧。早起的村人面面相觑，贴不贴门神呢？上不上对联呢？最后大家心照不宣地回到自家门里，半掩门户，不能关紧，要迎春。

1979年的正月初一是1月28日，到了2月17日，边境线已经硝烟弥漫战火纷飞，闷雷一样的枪炮声滚滚而来。老建所在的担架救护队跟随部队出了莫纳镇口岸进入越南，他们并不是第一批前往战事前线的部队，一路上不断与一辆辆运送前线伤亡士兵回国的卡车相遇。没多久，老建他们便在靠近越南高平的一个村庄与战争劈面相逢。

2月的天空灰蒙蒙的，寒冷的空气里弥漫着火药刺鼻的气息。这是一处山坳，村庄就坐落在山坳里，一个典型的山区农村。目之所及，除了缓坡就是芭蕉树，矮趴趴的泥墙屋子掩映在芭蕉叶间。山腰间上挂着镰刀似的玉米地，棒子早就掰了，只剩下干枯的玉米秆立在地里。该烧地翻耕了，过了正月，就是点播玉米的节气。这和中国边境线上的任何一个村庄一样。边境线上的两国村庄，甚至熟悉彼此的语言。

可战争打破了所有的秩序，它让古老的村庄失去了以往的宁静，土地上了无人影，战火把春天所有的生机燃烧殆尽。

午后，忽然下起了雨，村庄里有越南兵在把守，我方官兵匍匐在距离村庄不远的一条沟壑里，等待合适的突击时机来临。傍晚时分，嘹亮的冲锋号吹响了。那是怎样凌乱的场面。老建觉得像一场游戏，但这场游戏是真枪实炮杀人见血的。年轻的躯体中弹后像截木桩一样栽倒。老建和担架队救护员们朝那些栽倒的士兵扑过去，企图让那些栽倒的士兵在他们的救护下捡回一条生命。

十七天后，老建从战场归来，一脚跨过简陋的国门，他觉得像经历了一场残酷的噩梦。

百大又恢复以往的生活秩序，村民们在早春三月的山间开始点播玉米种子，比往年晚了些，但总算能让种子落到地里，地里有了种子，人的日子便有了希望。

洛一直在等。老建从越南战场回来后，她就一直在等。她做了各种准备，新婚的被面和绣花的枕头巾，贴身的精致衣物和缎面的大红色洞房门帘。她心里每天带着光和向往，想和他在这片山里生儿育女，让他们的日子在石头上流淌而过。她对人生没有太大的向往，老建就是她全部的向往。洛等了三年，却在他的祝福下成为他人妇。

这是生活所决定的，正如毁了他一切的那场战争。

微风夹带丰沛的雨水气息吹过来，隐隐地从悬崖下传来因雨水暴涨而变得湍急的河流声。在冬季枯水期，河床下落期间，莫纳河其实并不深，有时候河中心会隐约露出河底的石头。竹排山坐落在百大屯和莫纳河之间。水量丰沛的一条河就这样和百大屯擦肩而过，致使百大屯因缺水而只能种植耐旱的玉米。而比百大屯更往山里去的百楼屯却因傍河而居，在五年前的异地安置中免于搬迁，因为莫纳河赐予了他们一片平坦的良田和便于灌溉的有利条件。

老建一筹莫展地坐着，似乎爬山时出的一通汗水把身体里的水分全带走了，纷繁的往事和眼前的难堪让老建泪水充盈。这难堪，纠缠了他一生，折磨了他一生。

"操！"他一拳捶在身边裸露的石头上，疼痛早就麻木了，一种四分五裂的感觉穿透他的胸腔。

他站起来，"啊——"振臂一挥，声嘶力竭的吼叫破胸而出，把堵在胸口的一口闷气吼了出来，重重叠叠的群山送给他颤颤巍巍的回应。

"啊——"遥远的群山传来一声嫩生生的回应。老建怔了一下，他再吼一声，他的声音跌落群山之后，那嫩生生的回应声立即回响起来，连接着传来好几声回应。老建笑了，这难缠的娃娃！他又吼了一声，算是回应，然后无奈回望了一眼悬崖下的白牙屯，开始下山。

阳光很好，似乎不会再有雨了，也该停了。老建选了水柜下几块稍微平坦的旱地种玉米和花生，那地好，从水柜引水灌溉也容易，但接续几场大雨便害涝了，无处排水。七月的玉米正在结棒子，是需要晒的时候，再不能涝水了。

老建下到挂斗笠的地方，开始边下山边摘路边鲜嫩的蘑菇，他把斗笠翻过来，蘑菇装在斗笠里。靠山吃山，老话是有道理的。在这片山里，不耕不种，养活个把人没问题。那淡黄色爆炸头的女娃娃喜欢喝蘑菇汤，他可以打散两个鸡蛋煮一锅蘑菇汤，再搁把葱花末，味道就更美了。英吉利！那名字真逗，有一阵子这孩子没来了，该有个把月了，老建还真有点儿挂念她，每次她到来，这个不安分的孩子总会给沉寂的村庄带来不少鲜活气息。他想到她身上那些古怪的行径，每边耳朵上打四个洞眼，戴不同颜色的耳钉子，胸前还吊一只模样吓人的铜骷髅头，身上的衣裤到处是破洞，说那叫时尚。老建觉得那身衣物和要饭的没什么区别。不过模样长得挺喜人的，眼睛大鼻梁挺，额头有点儿突。英吉利来自县里，是个画画的，不知她是怎么找到莫纳镇来，又钻进了比百大屯还往山里去的百楼屯，说那里头风景好。去年深秋，她从百楼屯出来，顺着快被杂草淹没的岔路进到荒芜的百大屯，顿时被满山的黄竹吓住了，摆开画板就画起来。彼时老建正好从竹排山上下来，脱了裤子赤身冒汗，冷不丁出现在山脚下，英吉利和老建同时大叫一声，都被对方吓住了。英吉利认为老建是山上的野人，而老建从没见过这样一个黄发爆炸般蓬乱、浑身破烂雌雄不分的怪物。英吉利倒是胆子大，惊吓过后自报家门，老建才确定这黄颜色的爆炸头是个人，还是个女娃娃。当天老建杀鸡炖汤，安抚这位外星人般的不速之客。老建独身居住空村让英吉利佩服得不得了，在英吉利眼里，这空旷破烂而又景色别致的空村简直太魔幻了，特别有魅力，而老建独住空村简直就是"伟大的行为艺术"。这让老建哭笑不得，他盯住英吉利身上到处是破洞的烂衣裳，嘱咐她买几件像样的衣裳穿。她说那叫个性，也叫艺术，说着拿起挂在屋墙壁上的小柴刀，在已经破洞百出的裤子上又割出一个破洞来。老建目瞪口呆。英吉利来得挺勤快，每月总能进山一两次，背着比身板还大的画板和颜料袋子，浑身丁零当啷响一路进山。她每次从百楼屯出来，必定会拐到老建这里瞎聊上一阵，有吃的就吃有喝的就喝。她给老建带来的永远是各种桶装方便面和各类让老建哭笑不得的零食，动物饼干、牛肉干、腌制的袋装凤爪、口香糖、袋装炒花生。有一次抱来一大捧野花，说是没带零食孝敬老建，献野花一束，不成敬意。英吉利二十一岁，小巧玲珑的个子，老建吓唬她，进山的路上曾有过死人，路上有游魂哪。英吉利甩着爆炸头说，她不怕鬼，人也不怕，狗也不怕……

"啊——"

老建下到半山腰时，尖锐的喊山声再次传来，突兀而嘹亮，直直地炸响，显然是等急了。这是他们约定好的，英吉利进来不见人，便朝群山叫喊，老建若在山里，定会听见并回应，若不见回应，老建定不在山里，出山进镇子去了，也可能转到别的山头去，转远了。

"你没有手机？"英吉利问他。

"我这里就养公鸡和母鸡。"老建说。

英吉利无奈，翻了几个白眼。

老建回应了一声。他还想找一根嫩毛竹，这东西趁新鲜炒最好吃，黄皮果也正好摘给那娃娃。英吉利6月初来时，黄皮果还挂青，她在果树下转，遗憾得直跺脚。

顺着小路进了村子，老建朝院子张望，却并不见英吉利，黄皮果树下也不见人影。人又不知道蹦哪儿去了。她身上的年轻劲儿有时候真叫老建羡慕。老建回想起自己年轻时。他年经过，然而他的生命却没有活力。

上了院门台阶，故意咳嗽一声，也不见英吉利露面，却一眼望见屋门板上扎着一把红色小巧的水果刀子，钉住一张字条。这是英吉利的水果刀，不知她又搞什么名堂。他摘下小刀，取下字条，心想往后谁娶了这女娃娃那可真够呛。

"建叔，给你送来一个礼物，就在床上。这是在集上捡来的，给你做个伴，我回县里了，下次来看你哈，你的亲爱的英吉利！"落款是一个画得颇有章法的笑脸。

老建满头雾水。礼物？这娃娃真多事。他把一斗笠蘑菇放在屋檐下的竹椅上，进屋。两间厢房和堂屋，堂屋很宽绰，饭桌在神堂下，饭桌上放着一大塑料袋东西，不用说，全是花花绿绿包装的零食，还有几桶方便面。老建哭笑不得，他哪会对这些感兴趣。他进了房间，立刻惊得瞠目结舌。

床上的蚊帐下居然睡着一个瘦条条的孩子，黑色齐膝短裤，淡蓝色套头短袖，细瘦的四肢裸露在外面，窄小的脸，淡眉塌鼻梁，两只小手握成拳头举在耳边，睡得正酣。四岁？还是五岁？他没生养过，对孩子的年龄无从判断。他发现孩子的右手里捏着一张纸条，小心地从孩子的手里抽出来，不用说，一定是英吉利搞的。

我叫呆呆！

英吉利的字，用水彩笔写的，拖着一个惊心的红色惊叹号。

老建站在那儿，又惊又气。他瞧着床底下一双小小的沾满泥巴的布鞋，站了一会儿，轻轻靠近那孩子，捏捏他摊在床边的两只裸露小腿，孩子在睡梦里突然浑身抽搐了一下，惊得老建慌忙退开，绊倒床边一把小椅子。孩子又动了一下，细瘦的脖子来回转了转，睁开眼睛，安静躺一会儿，挺起小身子慢慢坐起来。那两只眼珠，天啊，全都集中在眼角，白多黑少地盯住老建。老建惊愕万分，居然是一个长一双斗鸡眼的孩子，那模样看起来就像个傻孩子，难怪英吉利叫他呆呆。

"爸爸！"孩子坐在床上，冲着老建笃定地叫了一声。老建感觉到脑袋嗡的一声响，一阵热流直冲脑门：他听得懂这种软糯的口音，分明是一个越南崽子！

四

一个长一双斗鸡眼的半傻不呆的越南孩子！

孩子赤脚站着，瞪着一双斗鸡眼，小尖脸上是傻瓜常有的呆傻表情。

"爸爸！"傻瓜冲他叫了一声。他光脚穿着布鞋，小布鞋是湿的，黑乎乎的，肮脏不堪。这崽子穿着去踩水洼了，专门拣水洼踩，他在水洼里踩脚，斗鸡眼兴奋地挤在眼角，嘴里哇啦哇啦叫，身上那身短衣服皱巴巴的，散发出一股汗酸味。没有什么换洗衣服，老建也不愿意伺候这越南崽子。两天，还有两天，再过两天就是莫纳镇集了，他打算到时把这傻瓜带到集市上，往越南人堆里扔掉了事。英吉利是在集市上捡到的，他的父母定会来集市上找。这个不靠谱的英吉利，他知道她迟早会惹出事的，而这个事情实在太大了。这两天无论他走到哪，小傻瓜像个小尾巴一样跟着，一双脚净往泥水坑里踩踏。你道他傻，倒也不是太傻，一双斗鸡眼盯着你，好像知道老建时刻想甩掉他。

老建把筷子摔到饭桌上，火冒三丈，"老子不是你爸！"他凶狠地冲孩子叫。

孩子立刻闭嘴，斗鸡眼翻白。他们能交流，边境线上中越双方的村庄，大抵上都能听懂对方说的土话。他断定这傻瓜的家应该在边境线一带的农村。傻瓜除了会叫吃喝和爸爸，还知道叫上茅坑。

"屙——"他叫，老建就扯下他的裤子，抓起他的胳膊拎到茅房里，等他屙完了取一瓢冷水冲洗傻瓜的屁股。

他对英吉利充满了恼怒。

"吃！"傻瓜把摔落到地上的筷子捡起来，直直递给他，不知道是叫老建吃还是表达自己也想吃。

老建愣了一下，傻瓜那双白多黑少的眼睛盯住他，他无法从这样一双奇特的眼睛里看到什么。孩子的脸上是木呆呆的执拗表情。老建的心像被什么撞了一下，心里硬邦邦的怒火软下来。他夺过那根筷子，饭是没法吃了，他转身在旁边的碗柜里取出一支塑料勺子，放在他那碗玉米粥里，把粥碗推到孩子面前。

"吃！撑死你这傻瓜！"

孩子没碰那碗粥，伸出脏乎乎的小手，直接抓取碟子里嫩绿的南瓜块吃。

"吃——！"他两手并用，一块往自己嘴巴里送，一块递给老建，老建给气得不知说什么好。他瞧着孩子，不坐旁边盯着不行，他会捧起菜碟子像狗一样直接埋头往碟子里吃。老建这两天一直拿筷子敲打他的手。孩子记性不错，再也不敢碰碟子了。手抓也好，说不定以后能用上筷子。不过这不是老建的事情，傻瓜拿筷子也好，像狗一样埋头啃也好，和他有什么关系？这孩子只是半个傻，还挺温顺，用心教一教也许能顶半个正常人用。

"你吃！"老建只顾忙着琢磨，口气冷不丁软了下来。他突地被自己温和的口气吓住了。

"爸爸——"孩子满嘴的吃食，含糊叫他。

老建只好站起来，出了厨房。

这傻瓜到来后，老天就开始放晴了，天空明净如洗，云白天蓝，再也不压在山顶上，天地之间变得高深幽远起来，天是天，地也是地了。阳光无声地照耀着，太安静了。只有每年的三月初三，壮族人祭拜祖坟的日子，那条寂静的山路才会迎来它曾经熟悉的脚步。人全回来了，只要能动的全都回来了。村里人搬去了新村，但他们故去的先人仍然埋在山上。一年一次和逝者相会的日子，他们携带老小和祭拜食品，陆陆续续进山。每家人都会给老建带来一包用芭蕉叶包好，还温软的五色糯米饭。在村人眼里，是老建在替他们守护旧时家园和祖先的坟墓。老建等弟弟一家人回来。其实也没谁，就弟弟夫妇两人。弟弟夫妇两人和几个族亲一起回来，老建会杀好鸡等。香火纸钱他是不碰的，这些都是女人们做的事情。他那份香火钱，在祭拜日前就给了弟弟，让他给弟媳妇帮忙采购。祭拜那天，山里热闹起来，半山腰上的祖坟被拔掉杂草，土也重新培上，一座座坟茔在杂草里新鲜露出来，坟顶上也插上白色的招魂幡。

老建一般只祭拜父母的坟墓，祖爷爷祖奶奶们就给弟弟夫妇和族里的年轻人们去祭拜了。不孝有三，无后为大。老建在双亲的坟前有深重的愧疚，然而这能怪他吗？又该怪谁？

爆竹声在山里不断炸响，幽远的回声在山间回荡，惊醒沉寂的古老村庄，山间欢声笑语。接近午时，祭拜结束了，村人们回到自己的空屋，在杂草丛生的院里架锅做饭，这顿饭一定要在老屋吃，一定要在祖宗跟前吃。弟弟夫妇就在老建家里吃，这是一年当中老建家唯一有人气的时候。空旷已久的村庄上空升起袅袅炊烟。家里的饭交给弟媳妇忙活，老建悄悄上了村后的竹排山。半山腰，村庄上空的炊烟和院子里忙活的人尽收眼底。似乎又回到五年前的村庄，简陋而充满生机，贫穷而安静祥和，村里从没发生过违法犯罪的事情，法律似乎离山里很遥远，他们恪守从遥远先辈那里流传下来的伦理与宗法，这比任何法律更能约束人们的内心和行为。

如今这一切都远去了，阳光照在空旷的村庄里，时间似乎也静止了。再也没有新生命的到来提醒村庄时间向前的脚步，只有当山上的杂草一岁一枯荣，才能使村庄感觉到时间的流淌。

山里当然有山里的好，山外当然也有山外的好，至少出去的人没有再回来的想法。而对于老建来说，他还是觉得山里更适合他，空旷寂寥，更像他的一生。

"爸爸——"

老建打了个激灵，吓了一大跳。孩子不知什么时候从厨房里出来，静悄悄站在他身后，两只手捏着两块嫩绿的南瓜块，嘴巴还在吞咽着。

"回饭桌去吃！吃饭应该在饭桌上，只有要饭的才走着吃。"老建抓住他的后衣领，孩子立刻两脚悬空，被他拎回饭桌边。

玉米粥孩子一口没吃，那碟嫩南瓜块空了。

这样的天气，能上山顶就好了！老建想着，他瞧在院子里撵鸡的孩子，叹了口气。他为什么老叫爸爸？妈妈不会叫吗？没有爷爷奶奶？他和谁来莫纳镇？真是个顶讨厌的傻瓜。英吉利更讨厌，孩子又不是猫狗，哪里能顺手捡来，太不像话了。

老建戴上斗笠，打算到玉米地去瞧瞧地里的雨水排干没有。得想办法排掉涝在地里的积水。他在玉米根下套种了十窝南瓜。吃瓜苗的月份已经过去了，现在正是吃南瓜的时候，南瓜结了不少比拳头大的嫩瓜仔，在玉米根下到处滚。老建摘掉不少南瓜叶子，以便南瓜仔得到更多的养分。他打算集日时背去卖。一篓子，二十斤该有的。一年四季他的地里总是有些东西可以卖掉，换一些油盐钱。老建的母亲还健在时，在家务活和农活上不厌其烦地教他，他甚至连缝补都会。老建的父亲是个手艺相当好的木匠，想把一手绝活教给两个儿子，但老建对木工活儿不感兴趣，这让老父亲很伤心。老建和弟弟，一个擅长种地，一个只会木工活儿，弟弟甚至连套牛耕地都不会，他家的地总是由老建帮忙耕犁。

母亲在地里忙活，告诉老建春播秋收，人不欺地地不欺人。她在一年四季的耕种中日渐衰老，跟着种地的儿子也不年轻了，她是有疑虑的。她坐在田埂上休息时，对地里忙活的儿子发愣。她喜欢洛，那姑娘性子好，面相和善，她早就看出儿子对洛的情愫了。洛讨夫婿后，老母亲又托人陆陆续续给他介绍过几个外村的品性和相貌都不错的人，儿子连面都不肯见。她早早打下一对银手镯，两个儿媳妇每人一个。老建的那一个，母亲临终前遗憾地留给了他。洛的上门夫婿三年前去世后，他把手镯送去重新锻打，给了洛……

"爸爸——"

叫喊声从茂密的玉米地传来，老建正在摘玉米地后面菜地里的青瓜。

"爸爸——"

傻瓜又在叫了。老建忽然心酸起来，他本该也有娃娃这么叫他的，他本该和洛有一堆儿女的，他本该也有男耕女织的生活的，他和洛本该在柴米油盐的时光里一起衰老掉的。这都是人生最基本的东西，然而他什么都没有。

"爸爸——"叫声里夹杂哭声，然后哭声传来。老建听那哭声一点一点移动，哭声离开水柜，很快，他就看见孩子赤条条地出现在往家里去的碎石路上，他边走边哭，在阳光下挪动小小的身子，小小的手臂拖着那把巨大的荷叶伞。

"爸——爸——"哭声回荡在空旷的村庄里，孩子趔趔趄趄走在炙热的阳光下。

"嗨！"老建心里像被什么东西激烈地撞了一下，忽地站起来，振臂朝孩子喊一声。哭声立刻戛然而止，小傻瓜顺着喊声转过身，当他看见老建站在离他不远的玉米地后面时，他呆呆站了片刻，似乎正在吃力辨认，然后哭声又一点点响起来。孩子一下子跳下小路，扑进长满杂草的荒地里，杂草淹没了他半个身子，他跌跌撞撞朝老建寻过去。

"爸爸——啊——"傻瓜打着哭嗝，上气不接下气。

老建跨进杂草地里，双手掐住孩子的腋窝，"真是个磨人的东西。"他朝孩子嘟哝，把孩子从杂草里提起来。

"好了，好了，我在这里。"老建把他放在玉米下的阴凉处，塞给他一条青瓜。孩子拿着青瓜，眼巴巴盯住老建，小脸蛋绷得紧紧的，眼珠不错地盯住老建。

"好了，我们去玩水！"老建劝孩子，他用一根瓜藤绑住几条青瓜，把孩子一把夹在胳膊下，穿过茂密的玉米地。

水柜上的水管还在流水，老建放下孩子，抓着水管往他身上淋水，孩子渐渐停止了哭，捏着一条青瓜站在水管下。

半夜的雷声又把老建惊醒了，接着雨便在黑夜里急促而来，响亮敲打在屋顶的瓦片上。老建在黑暗中起身，靠在床栏杆上，孩子在他的脚边睡着了。他不允许孩子和他并头睡。夜里他伸一伸脚，碰到孩子温软的小身体。孩子睡得很安静，偶尔在梦中发出一声稚嫩的叹息。

雨又来了，他总是在有雨的夜里深陷无边的痛楚。那场雨水，浇冷了老建漫长的大半生。

五

冲锋号在傍晚的雨中嘹亮吹响，战争的灾难之火烧向那个宁静的村庄。

从中午开始，他们一直匍匐在村外的一座缓坡上。满坡的芭蕉，是种植的芭蕉，而不是野生的，周围那片连绵的土坡上有规整的田埂，应该是属于缓坡下那个村庄的。虽然才是早春二月，但芭蕉叶碧绿，老掉的黄叶子被砍掉了，堆在芭蕉根下。已经有芭蕉开始结硕大的紫色坠子了，像个巨型玉米棒子似的从芭蕉树的顶端冒出来。六七月份，五六十斤重的芭蕉坠子会把芭蕉树压得弯了腰。越南北部盛产芭蕉，在边境线上，好些中国的村庄也种植芭蕉，它们像粮食一样能养活人。

宁静的村庄也传出枪声，可以看见穿土黄色军装的越南兵在简陋的村庄里上蹿下跳，边打边往村庄另外一侧的山坡坳口退去。

交锋的时间并不长，越方的枪声被迫撤出村庄，村庄在短暂的时间内拿下。

天空慢慢变暗下来，枪声变得稀少了，雨却渐渐大起来。队伍得到消息，要在这个村庄里休整。整整一天，饥寒使得整个队伍疲惫不堪。一场战火后，村庄变得破败且凌乱。老建钻进一间木板搭起来的破棚子里，紧张和寒冷使他像害了寒热病般不断哆嗦。

雨越下越大。

棚子不大，在一个角落堆着一大堆长短不一的木板，另一个角落堆放农具，三把锄头，两个竹篾筐子，一根扁担竖放在筐里，一头靠在木板棚墙壁上。木板墙缝里插着三把镰刀。一把断了柄、刀口生锈的斧头散落在筐子边的地上。老建匆匆扫了一眼棚子，脱下身上的衣服。他想拧一拧，衣服全湿透了。他光着膀子朝那堆木板走去，衣服得晾一下。木板堆和棚子墙壁之间有一个豁口，老建靠近那个夹缝，一阵母鸡惊慌的叫声从夹缝里传出来，接着飞奔出来一只褐色的母鸡，老建吓了一跳，手上的湿衣服落到地上，他光着膀子站着。

幽暗的夹缝里有一个人，一个穿淡蓝色花衣花裤的年轻女人，一条辫子搭在胸前，瑟缩成一团惊恐地望着老建。老建立刻判断出她是村民，但她为什么不跟村民转移？为一只母鸡？

老建一时不知道该怎么处理眼前的事情，报告是必须的，可有什么东西在心里阻拦他。

村民，她是村民，不是吗？村民和战争有什么关系？他想着，朝那幽暗的夹缝靠近一步。他可以轻声对她说点儿什么，她可以不必那么紧张，只要她不出声，也许什么事情都没发生过，他什么也没看见。不料年轻女人忽然迅速从角落里扑出来，伸手猛地攥住他的下身。一阵剧痛从大腿根处强烈袭来，强烈的疼痛使得老建浑身刹那间绷紧，两个膝盖一软，跪到潮湿的地上。

"放开！"老建龇牙咧嘴，两片嘴唇艰难地挪动，他甚至听不到自己发出的声音。下身剧烈的疼痛在加强，饥寒和疼痛终于使他慢慢软了下来，眼前渐渐发黑。

老建醒来时，几个人围在他身边，是自己人。

"怎么回事？不中弹不流血的？"大家有些疑惑。

老建依然感到钻心的疼痛盘踞在体内，他挣扎着动了一下身体，剧痛从两腿间弥漫上来，疼痛使他剧烈地颤抖了一下。

"没事，只是有点儿，累。"老建说，每句话都被疼痛牵扯。女人早已无影无踪。

老建一连尿了几天血，每走一步路都痛出一身冷汗。十五天后，战争结束了，从莫纳镇口岸回到祖国，他感叹捡回一条命，然而另外一种不幸悄无声息地降临了。这位历经生死有着旺盛生命力的战士，站在恋人面前，再也无法拥有甜蜜而又痛苦的坚硬了。

有时候他回想，也许他不应该脱下湿漉漉的衣服而光着膀子走向那个幽暗的夹缝，那个傍晚老天爷不该下雨打湿了他们，最可恨的是，为什么要发生战争？

岁月静静流淌，没有战争的漫长岁月，老建再也不是原来的老建了，原来的老建永远留在那场战争里，留在那个下雨的湿漉漉的异国傍晚里。

老建在半夜的雨中陷入无边的痛苦，他不再是白天的他，这个老建是脆弱的，无助的，破碎的，他需要一个温暖的怀抱，需要一只温暖的手，安抚他孤寂的无处安放的悲伤灵魂。他靠着床栏杆，垂着头坐在黑暗中。黑暗带来的无助是更深的无助，黑暗带来的悲伤是更厚重的悲伤。老建无法自拔，强烈的疼痛烙印在他的记忆里。

一只温软的小手轻轻碰触到他的脚踝。

"爸爸——"黑暗中传来孩子小心翼翼的呢喃。

孩子移动小小的身子靠近老建，他闻到孩子身上散发的温暖气息。他靠着老建，小身体随着呼吸轻轻颤动。老建伸出一只手臂，手掌盖在孩子小小的额头上。

"爸爸——"孩子又叫了一声。老建模模糊糊地答应，孩子很快就靠着他睡过去了，小小的呼吸声平稳传来。老建在黑暗中挨着孩子躺下了。温暖的小身躯很快让老建从无法自持的伤痛记忆里走出来，睡眠在黑暗中渐渐来临。

莫纳镇的集日很拥挤，靠近口岸右手边是莫纳镇旧中学，因为离边境线实在太近，几年前搬迁了，中学的操场便成为越南人集中交易的市场。来莫纳镇做生意的全是穿长衣长裤的越南女人，尖顶斗笠压得很低，盖住她们的眉眼。她们大多会操持温软的普通话，不很流利，但不妨碍交流。这主要是针对从中国内地去做口岸生意的各种生意人。她们会辨别，碰到本镇人以及边境线上的中国边民，她们便转换成土话，彼此都听得懂。越南人带着芳香的黑咖啡、甜腻的炼奶、硕大的火腿肠、棕色的椰子糖、木拖鞋等越南特产来赶集，大宗的交易则是越南药材和木料，一吨一吨进入中国口岸，来到中国市场。这些大宗生意主要是国内各地老板经营的，而中国诸如牙膏、肥皂等日用品则是越南人喜欢的。

阳光很好，明亮柔和，晨风中夹带越南咖啡略带点儿煳味的醇香，这是莫纳镇集市上的特殊气息，整个莫纳镇几乎被做小本生意的越南女人占领了。集市很早就开始热闹起来，午后就差不多结束了。乡镇的集市成得早，散得也早。

老建背着竹篾背篓，让孩子坐在背篓里。小傻瓜擎着一个煮熟的玉米棒子，斗鸡眼圆瞪那些来往的过路人。

"爸爸——"他拍打老建的肩膀，很兴奋。对于即将要做的事情，老建觉得有点儿不靠谱，可这孩子实在跟他没半点儿关系，尤其还是个越南崽子。

"不要叫我爸爸！"他呵斥孩子，他已经多次这样呵斥孩子了，然而傻瓜只认得吃的，什么都听不进去。

老建穿过拥挤的集市，尽量贴着街边走，他担心在集市上碰见熟人。他的背篓里装着一个越南孩子，这让老建无法解释。

进入中学的旧大门，老建开始有点儿紧张。偌大的操场上乱糟糟的，到处都是小摊子，一张防水布铺在地上，摆上商品，就是一个摊子。年轻的越南女人盘腿坐在塑料布上，热切地瞧来往的行人。本镇子的人很少进入这里，他们对于越南人和越南商品早已熟视无睹。进入旧操场这个交易市场的大都是来自附近乡镇和从县城里来的人。他们从这里盘越南货，带到自己的乡镇或县城去卖，赚取中间差价。

操场的西北角有一棵硕大的小叶榕，那里的摊子比较少，老建打算在那里撇下傻瓜。他沿着旧中学的围墙走，绕开人多的操场。

听着，我可没欠你什么，什么都不欠你，这几天老子没亏待你，尽你吃尽你喝，老子对你够客气了，你从哪儿来回到哪儿去吧，这不是你的国家，回去让你的国家抚养你！老建低声自言自语。没什么人注意他，今天运气真不错，甚至在集市上也没碰见一个熟人，以往总会碰见搬到新村的村里人，他们就住在镇子边上，隔着一个山口，在那里可以听见集市上的喧闹声。

爸爸！这个傻瓜怎么能这样称呼他，两片嘴唇一碰就把这个神圣的称呼给了他。这是一个梦，对于绝大部分男人来说，是一个再普通不过也容易实现的梦，然而对于老建来说，只能永远是个不可触及的空梦。

老建难过起来。

来到小叶榕下，他背着傻瓜站在树下东张西望了一会儿。很好，操场上的人们只顾眼前的生意，没什么人注意到这边。他放下背篓，把傻瓜从背篓里拎起来。他的玉米棒子啃得差不多了，胃口挺好，傻吃傻喝的。站到地上，眼前热闹纷乱的人群让傻瓜发慌了，一下子抓住老建的裤腿。

"放开！"老建呵斥他，从布袋里掏出一串黄澄澄的黄皮果。

傻瓜果然放开了，斗鸡眼瞪着老建手里的吃货。

一大串黄皮果，用草藤子扎着。老建把黄皮果塞到孩子手里。英吉利给的那包零食也放在孩子的脚边了。孩子立刻扔掉玉米棒子，扯着黄皮果吃起来。

"真是个小混蛋！"老建把玉米棒子捡起来，扔进背篓里。孩子只顾埋头吃。老建环顾四周，没什么人注意他们。他飞快拎起背篓，瞧了一眼傻瓜，他的目光落在孩子细瘦的脖颈上，这小脖颈让老建心里有些难受，很快，他便将那缕难受的滋味甩掉了。难受？他有资格为谁难受？他大半辈子的难受又有谁体谅？洛体谅他，洛是知道的，她知道一切，但她还不是撇下他结婚生儿育女去了。他的难受只有漫长的岁月懂，只有一个个孤寂的黑夜懂，只有他自己那颗孤独的心懂。

老建碰了碰傻瓜的脑袋，那脑袋并不圆，后脑勺突出，前额也突出，唉，怎么长这副样子？！傻瓜不断揪黄皮果吃，他居然也能吐出不能吃的果核，而且专门揪大颗的吃。

你是真傻还是假傻？老建叹了口气。

傻瓜抬头飞快看他一眼。

"爸爸——"他含糊叫一声。

"吃吧！"老建轻声说，心里有什么东西撞了他一下。傻瓜又埋着脑袋吃起来，小嘴里不断吐出绿色的果核。老建慢慢挪到傻瓜身后，一闪身转到榕树背后，急匆匆朝学校的后门走去，很快融入人群里。

好了，我们就此告别吧，误打误撞相识几天，就此结束吧，没什么可说的了。

老建背着背篓，心里默念着，朝集市中心走去。他打算买几斤煤油，点灯的煤油快用完了。新村有电，米再也不用磨盘磨了，当然也不需要再点煤油灯，弟弟家还买了电视机，老建一去，他便打开电视机，指着电视新闻告诉他这是党的总书记，那是国家总理。他在弟弟脸上看到神气和满足，也察觉到弟弟的优越感。不过他一点儿也不责怪他，他希望弟弟能过得好。打火机也需要买几个。在山里人心中，火不仅能烧饭，火代表吉祥，火能辟邪，能驱散黑暗中看得见和看不见的不祥之物，火到之处，万物安详，人心安宁。

打火机、煤油、盐巴，或许还需要一双防水长筒胶鞋，眼下正是雨水季节，进出两腿泥水，很不方便。老郭是不是已经替他从县城买回虎骨油了？那是一种抹关节的祛湿消炎药液，云南产的。眼下雨水多，湿气大，洛的膝盖关节炎又该犯了，那油对她的关节炎管用，就是味儿大。她的身板还好，除了关节炎，其他没什么毛病。她今年六十一了，他比她大四个月，但她看起来还显得很年轻。她常年用艾草烧水洗头，不知道是不是这个原因让她的头发至今还乌黑，她的身上总是有一股淡淡的艾草的清香，这个女人哪……

老建走在集市上，竭力想一些事情，但一直到了街尾，该买的东西都没买，那些想的事情只是在他的脑海里一飘而过，他的心神并不在上面。

也许那傻孩子……他心神不宁地琢磨，活了大半辈子，做下这么一件拧巴的事情。可这孩子实在是跟他没关系呀。

他又从街尾折回来。赶集的人越来越多，做边贸生意的外地货车缓慢穿梭在街道上，像个巨无霸。早先的莫纳镇街道很窄小，房子也是古老的木板房子，双边关系缓和后，边贸市场也开放了，进出口生意开始红火起来，为了树立良好的国门形象，政府给镇上的居民部分补贴，居民自筹部分，按照政府规划统一建起楼房，街道也拓宽了。莫纳镇摇身一变，成为一个有潮流气息的边防小镇，街上穿梭着戴尖顶斗笠和穿花衣衫木拖鞋的越南女人，异国情调也出来了。虽然只是个乡镇，但镇上的商店却有一个个响亮阔气的招牌：国际美发店，跨国五金店，中国早餐店，双边粮油店……

老建在街上一路买打火机、煤油、盐巴、防水胶鞋，虎骨油没买到，老郭说县里的药店也缺货了。他只好买了两瓶去湿气的药酒。一想到酒，老建忍不住笑起来，洛还是有点儿酒量的，山里的女人大多能喝两口。山里日子过得艰苦，田地全挂在山腰上，出门尽是爬山，晚上喝上两口玉米酿的农家酒，能解乏，夫妻对饮也是种乐趣，像石头一样嶙峋的山里人的日子，就只剩下这点儿乐趣了。

洛每次进山来看他，时间不紧，她会下厨房弄两个菜，和老建喝上两杯。玉米酒度数低，半斤八两对洛来说不是问题。两人把饭桌支在宽敞的堂屋里，屋门打开，凉爽的山风穿堂而过，洛给老建夹菜，碰杯，小口饮酒，脸上是驳杂的漫长岁月赋予的宁静微笑，一低头一抬头的端庄，老建喝着喝着就喝出了帝王心。当帝王也不过如此，有菜有酒有知心的女人，还有这片只属于他的阔大天地，夫复何求？只是到了洛要出山的时候，醇冽的玉米酒就浇出了满腹愁绪。她等他，等他说。他也知道她在等他一句话，然而他什么都没说。人生快要到尽头了，葱茏的年轻岁月都过去了，那一句话历尽风吹雨打，已经不重要了。

洛在夕阳下出山，身影渐渐模糊在小路那一头，他有一种安详，也有一种欲哭无泪感……

是不是就此回去？老建站在回山里去的岔路，没怎么踌躇，他便越过了岔路口。他必须去瞧一瞧，瞧一眼会让他更踏实，唉。

天空忽地暗下来，说变就变，阳光也退去了。这些短命的光！老建嘟哝起来，今天早上出来得急，也因为要做这么一件事，遮身的雨披也忘记带了。

一进入旧中学大门，果然，学校操场西北角落的小叶榕下围满了人，隐隐的哭声从嘈杂中传来。就看看，就看一眼。老建说服自己，越过操场上那些越南地摊，很快站在人群外。

傻瓜在哭，一双斗鸡眼糊满泪水，小脸哭得通红。黄皮果还在他的手里，脚边那袋零食却不见了。

"爸爸——啊——"他抽抽搭搭叫着。

"越南崽子！"人群里有人说。

"瞧那双斗鸡眼，八成是个傻子。"

"嚯，这不是上集那娃娃吗？那天他也在这里哭，那双眼睛，没错，是他。"

"穿得还干净，八成是和父母走失了。"

"能两集都走失？我看多半是被扔掉了，这帮猴子！"

一个年轻人从人群中走出来，蹲在孩子面前，"说，你是跟谁来的？"他问，食指弹了一下孩子的脑袋。

"爸爸——"孩子冲他叫了一声，人群哄笑起来。

小青年尴尬了，伸手拍了拍他的脑袋，"谁是你爸爸？老子连老婆都没讨。"又拧了一下孩子的腮帮，显然是下了劲的，孩子的哭声变得又高又尖。

两个镇上的孩子上前夺他的黄皮果，孩子的哭声戛然而止，把抓着黄皮果的那只手藏到背后。镇上的孩子推了他一把，傻瓜跌坐到地上，黄皮果也落地了，他睁着一双斗鸡眼干巴巴地看着黄皮果被夺走，泪水还挂在他的脸上。

"喏，真是个傻子，东西被夺走了也不哭。"

那两个夺走黄皮果的孩子也不吃，一颗颗扯下来朝傻瓜扔去。黄皮果打到他的脸上，额头上。

"爸爸——呀——"孩子又哭起来。

老建站在人群外，狠狠心，转了身。

"那边有个娃娃，是你们那边的人，可能走丢了。"他走进摆满摊子的操场，在一个卖咖啡和炼奶的越南女人跟前蹲下来，摆弄塑料布上的炼奶罐。那上面全是越南语，他一句也不认得。

"表哥，我自己的孩子也没人看呢，我哪里管得了别人。"越南女人说。

"是你们那边的人。"老建说。

"我管不了，管不过来呀。"越南女人重复。

"不知孩子的父母哪里去了。"老建觉得应该让她明白，这样扔下孩子是不对的。

"这种事情多了，管不了呀。"她说，黑红的脸上渗着汗水。

"孩子很可怜的。"老建拿起一罐越南炼奶。

"拿罐炼奶吧，表哥，很甜的，兑咖啡喝，真的很好。"越南女人已经把注意力完全转移到生意上了。她盘腿坐在塑料布上，脚上那双淡蓝色尼龙袜破了几个洞，有一根脚趾从破洞里钻出来。老建欲言又止，罢了。他把炼奶罐放回摊子，站起来。

又回到人群后，傻瓜还坐在地上哭，脚上的鞋子脱了一只，他捉住那只脱落的鞋子，哭得小脸蛋红通通的，额头上全是汗水。

"那爹妈真不像话，娃又不是只猫狗，说扔就扔。"

"越南崽子，你操哪门子心？"

"瞧你这话说的，哪里的崽子不是崽子。"

"呵，你好心眼，去，带回家去养。"

"我好心眼就该帮别人养娃娃了？我养得过来吗？"

"那你是光嘴皮子上同情嘛。"

"抬杠是不是？抬杠也不是这么抬吧？——喂，你俩干什么？"

那两个镇上的娃娃又去夺傻瓜那只鞋，傻瓜坐在地上踢蹬两只脚，另外一只鞋也脱落了，两个娃娃捡起那只鞋就钻出人群，傻瓜哭着慌忙站起来，面对围观的人群却不敢跑出去追，只上气不接下气地站着哭，"爸爸——呀。"他叫起来。

老建再也站不住了，一手一个捉住那两个抢了鞋子的娃娃。

"把鞋子给老子拿回去！"他呵斥两个娃娃，推着他们俩钻进人群，站到傻瓜跟前。

"爸爸——呀。"傻瓜尖声叫起来。

两个娃娃把手里的鞋子朝傻瓜身上扔，趁着老建松手，他们慌忙钻出人群跑掉了。

"喏，娃娃的爹来了。"

"瞎说，那是百大村的老建，他一辈子都没结婚，哪里来的娃娃？"

"不结婚就没有娃娃了？"

"闭上你的臭嘴吧！人家可是上过战场打过越南的，那时你还不知道你爸在哪里呢。乱说话小心闪了舌头。"

"打过越南？那是什么时候的事情？这老家伙知道这是越南崽吗？"

"无知的，1979 年打的越南，你书都读到狗肚子去了。"

"你这人，问问都不行，我又不是神，什么都懂。"

"我问你，你是不是莫纳镇的人？是莫纳镇的人就该知道 1979 年打越南的事。"

……

"爸爸——"傻瓜看见老建，一把抱住老建的腿，泪痕斑斑的小脸蛋扎进老建的裤腿里。

"好了，好了。"老建捡起那两只鞋子，蹲下来帮孩子穿上。

"有谁知道这娃娃的来历吗？"老建冲着围观的人群问。

"上集他就在这里哭了，后来不知去了哪里。这娃有点儿傻，冲谁都叫爸爸。"人群里有人答道。

"把他送到口岸，口岸会联系那边人的，他们应该管这些。这算不算国际事件？算吧，那他们应该管。"

"对，送去口岸。"

"啧，瞧你们说的，口岸又不是慈善机构，还管这个。"

……

老建低头看傻瓜，他已经不哭了，依偎在他的腿上。他发现给孩子穿错了鞋，右脚的穿在左脚上了，又蹲下来帮孩子正好鞋。一时没了主意，在小叶榕下坐下，孩子靠着他也坐下了。

天空更阴暗了，乌云黑沉沉地压在头顶上。

"都散去吧，都散去吧，一个孩子，没什么好瞧的，这事我来解决，各位都走吧！"老建朝围观的人群挥挥手。

雨开始落下来，人们渐渐散了。操场上摆摊子的越南女人们手忙脚乱收拾摊子。无风，只是下雨，这种雨往往不会下太久，一阵一阵的，冷不丁就下了，一天能下好几场。

雨不大，小叶榕下倒是干爽，炒豆子似的雨穿不透层层叠叠的树叶。老建站起来。

"爸爸。"孩子惊恐地叫一声。

他只好又坐下。

"坐下吧，坐下。"他拍拍身边，对孩子说。

孩子挨着他坐下了，干后的泪水在他的小脸上留下一条条痕迹。

"你叫什么？嗯？你知道你叫什么吗？"老建问孩子，爆炸头英吉利叫他呆呆，他不可能叫呆呆。英吉利肯定瞧着他是个傻子，顺口就浑叫了。

孩子的斗鸡眼盯着老建，一只小手牵住他右手的拇指。小手柔软，凉爽，一股细小而又无法抗拒的力量从那几根小手指传递到老建身上。

"唉，连个名都不知道，怎么弄的。"老建愁起来。雨越下越大，雨滴透过小叶榕响亮地滴落到地上。一老一小在榕树下坐着，榕树身粗大，身上满是疙瘩，树下的落叶黑乎乎地在地上铺了一层。雨一直在下，一老一小的，在昏暗的榕树下生生坐出相依为命的模样。一直到临近中午，这场不大不小的雨才算过去，天空并不透亮，一片灰白。

"走吧！"老建站起来。孩子似乎在打瞌睡，忽然惊醒似的睁圆斗鸡眼，跟跟跄跄跟随老建走出小叶榕下。

英吉利可真有本事，吊儿郎当的人居然也能把这傻瓜弄到他那里。

"怎么办，你说你？"老建边走边和孩子说话。

"爸爸！"孩子口里含着吃食，两条小短腿跟跟跄跄地跟上老建。

老建闷声不响，只顾走着，一回头，傻瓜远远落在他后面，正在奋力追着他的背影奔跑，噗地摔倒在路边满是雨水的杂草上，又迅速爬起来。老建只好停下来等他，这回他让孩子走在前面。但傻瓜无论如何也不肯，推他走，也不肯，一双斗鸡眼恐惧地瞪着他。老建忽然明白，傻瓜走在前面，就看不见他了，他担心老建又消失了，他得让老建在他的斗鸡眼视线之内。

"你哪里是个傻子？你分明精着呢。"老建哭笑不得。

六

淋雨，傻瓜打了两天喷嚏，清亮的鼻涕直流。老建觉得不要紧，山里的孩子，头疼脑热感冒拉肚子，哪里就用上医院，山里人要这么娇嫩，早就活不成了。小毛病太阳晒一晒，出一身汗，又活蹦乱跳的，山里的孩子都是这么长大的。他到地头挖了一挂鲜嫩的生姜，拍碎了煮水给孩子喝，孩子喝了一口，小脸扭曲起来，哭了，姜汤水从嘴里淌出来。

"喝，喝了才不感冒！喝！"老建把姜汤碗端到他嘴边，傻瓜扭过头去，手推开姜汤碗。老建喝了一口，辣是自然的，肯定辣了，不然哪里能发汗。良药苦口，毕竟还是个孩子，即便不傻也不会喝。老建放了一把红糖，红彤彤的姜汤水，他先喝了一口，甜蜜地咂吧嘴巴，傻瓜也不喝，辣味已经先入为主，他固执地扭着脖子。

老建只好作罢。到了午后，孩子居然发烧了，小猫一样蜷缩在床上，呼出来的气都是热乎乎的。老建着急起来，娃不是自己的娃，出了事担待不起。他打算带傻瓜到镇卫生院瞧瞧。找来背篓，在里面铺了塑料布，一张铺的一张盖的，傻瓜可以稳稳当当待在里面，雨再大也不怕了。

老建把背篓收拾好了，从堂屋下的祠堂柜子里摸出一个腌制酸菜用的罐子，里面有一小扎用橡皮筋扎的散钱，足够给傻瓜瞧感冒了。老建在镇上的信用社还存有些钱，都是长年累月卖山货和鸡鸭积攒下来的，用于瞧病以及以后的身后事备用。他盘算好了，小病小痛可以忍，大一点儿的病可以花钱瞧，大得起不了床吃喝不下的，就交给老天爷了。这和钱没关系，这是山里人祖祖辈辈流传下来的关于生命的观念。人还活着，在山上刨食，人死了往山上一埋，横竖都在这山上了，生死都不可怕。除去这笔备用钱，他一生没什么别的花销，当然他也没多少钱，山里人，怎么勤奋，石头也不会变成钞票，能管饱穿暖就很不错了。余下的闲钱，大都补贴了弟弟。早年两个侄女还读书，需要钱，现在都成家了，弟弟一家没什么负担了。

老建把傻瓜放进背篓里，他的小手热乎乎的，人烧着呢。又觉得该带点吃的去，傻瓜今天没怎么吃饭。于是又把孩子抱出来放回床上，进厨房烧火炖几个鸡蛋。

嗨，折磨人的。他操心起来。这种操心在他的生活里是少有的，平时全是为自己操心，当然，他自己没什么可操心的，粮食就在他看得见的地里，山里人除了粮食，还有什么可操心的。弟弟的两个娃娃，其实也轮不到他操心，操心也只不过是瞎操心。这来历不明的小东西，这操心，让他觉得生活里有了点儿热闹，有了点儿心里牵挂的东西。

他居然叫他爸爸。当然，这个傻瓜可能对任何男人都叫爸爸，在傻瓜的心里，"爸爸"没有意义，那是他毫无理性可言的混乱思维里唯一被记住的符号，仅仅只是一个符号，他并不知道"爸爸"为何物。可那又怎样，老建活了大半辈子，第一次有人叫他爸爸，别人也许不在意，但他在意。

他以为横在心里的坎会像一堵厚实的墙壁一样难以逾越，他以为时间不曾改变一切，他以为伤口一直血肉模糊，他活得太孤单了，这种孤单放大了往事在他心里投下的阴影，他的生活几乎被这种阴影全部覆盖了……

老建把煮好的鸡蛋放进冷水里浸泡，冷却后装进塑料袋里。五个，够了。他看着这几个白皮而圆润的鸡蛋，心里暖了一下。等孩子胃口好起来，可以杀只鸡给他熬鸡汤喝。他站在厨房门口，面对村庄出山去的山路，一个人影从小路的拐弯处移出来。爆炸头？很快就否定了。洛！他终于确认，心里突地跳了一下。她一定会有办法的，山里每个当过母亲的女人，都会无师自通地治疗娃娃们的一些小毛病，这是母亲的天性，也是生活使然。

"要出去？"洛看见他手里那几个鸡蛋。

"你来我就不出去了。"他笑。

洛上了院子的堤坝，往院子四周瞧了瞧。院子里有鸡，老建两年前就不养鸭子了，这货贪吃，太费粮食，不像鸡，能在草丛里找食喂饱自己。

他接过洛沉甸甸的袋子。

"老张头的玉米酒，三斤！"她说，眼睛却往别处瞧。院子是干净的，雨水洗过的干净。

"这老东西又能动了？"老建欢喜起来。老张头是瓦村人，说到酿酒，在莫纳镇上再也找不出第二个了。他舍得选好玉米，酿的酒口感醇厚，气味芬芳。半斤下去，浑身的血就鲜活了。他喝了他的酒几十年了。年前听说他得了一场病，老建以为他的寿到时候了。山里的老人吃了几十年的玉米，爬了几十年的山，身体一向硬朗，要么不病，要么就该抬上山了。没料到老东西居然又能动了。这半年来，老建一向喝镇上的酒，那酒是从县里贩来的，喝进嘴里，那哪里是酒，咽下去割了喉咙似的，烧是烧够了，但没什么回味，没有酒的味道，像一个人没有了性情，终归无趣。

好了，现在又能喝上了。他目光软软地瞧着眼前的女人，她是真懂他，体贴他。

洛的目光飘飘忽忽的，扫了一遍院子，然后才落在老建的脸上，阳光照在她软软的笑容上。

"今天不是集。"老建从布袋里取出酒瓶，拧开盖子，对着瓶口深深吸气，一股粮食发酵的芬芳扑鼻而入。他不禁赞叹起来。

"我特意去村里买的，他不再挑到镇上了，挑不动了。酿得不多，就买到三斤。"洛说。她朝厨房走去，他跟在她后面，进了厨房，从碗柜里取出碗，倒了小半碗，酒水像雾一样浓白，抿一口，爽滑的口感，他含着，慢慢体会酒味在舌头上一寸寸蔓延，然后才下咽，简直是要人醉了。他望着洛，说不出的满意。

"他们说的可是真的？"洛问他。

"什么？"他问，其实他心里明白，笑起来。

"别跟我装！"她的胳膊肘碰了他一下，神情里有些嗔怪。他心里涌动起一股难以抑制的激情，转而又悲切起来。洛的神情，完全是一个女人对自己男人的神情。

他出了厨房，她跟在他后面，进了堂屋。房间里很透亮，光线从门口和窗子里透进来，一眼就看见躺在床上的孩子。洛站在屋门口，静静瞧床上的孩子。

"感冒了，发热呢，我正想带到镇上瞧瞧，你就来了。"老建坐在床沿上，伸手摸摸孩子的额头。洛依然站在门口。

"进来呀，你总是有办法的。"老建招呼她，洛依旧没动。

"他们说是个越南娃娃？"沉默片刻，洛问。

老建盯住她，目光里带有愧疚。他朝她点点头。

"送到镇政府去，这不关我们的事。"她说，固执地站在门口。她不愿靠近那孩子。

"爸爸——"孩子软耷耷地叫一声。

洛吃了一惊。

"他脑子不太清醒，管谁都叫爸爸。"老建说，握住孩子热乎乎的小手。

"我们够苦的了。"洛说，声音颤颤的。

他明白她的意思。都不再说话了。

洛转身出屋子。老建把剥了壳的鸡蛋给傻瓜，出来了。

"孩子发热了，你给瞧瞧，有什么办法。"洛坐在屋檐下的竹椅上，屋檐下的阴影和委屈挂在她的脸上。老建蹲在她身边。

"你给瞧瞧，是个娃娃嘛。"老建碰碰她的胳膊。

洛拧了一下身子，一串泪水落下来。她伤心了。老建慌起来，他从未见过她这模样。他听见她哭过。在夜晚的竹林里，月光洒在她年轻圆润的身体上，她靠着他哭，发烫的身体一颤一颤的。白天里的洛总是笑，但老建知道她的泪水留在夜晚里了。

他拉过她的手。她的手厚实，手掌有常年操劳结的茧子，硬硬的一层，结在每根手指根下。

"洛！你给看看吧，那还是个娃娃。"老建轻声说，他瞧她的眼泪。

"这么多年，太苦了，你还没吃够苦头？嗯？"洛说，"你若不觉得苦，那就枉费我一片心了，我一直苦……"她的声音像被突然掐断了。

"你知道我的，"老建说，"可那毕竟还是孩子，孩子什么也不知道。"

"我不管，反正都是那边人。"洛倔强地说。

他轻轻抚摸她的手。洛拍掉他的手，站起来。

"我走，我这就走。"她说。

"洛！洛！"老建慌忙拉住她，"我们先把他弄好，弄好再想办法，成不？这个样子，我们怎么弄？你想想，对不对？"

洛瞧了他一眼，显然也在犹豫。

"先把他弄好了！"老建热切地瞧她。

洛低下头，泪水又落下来，老建伸出拇指，快速抹去那泪珠。他见不得她的泪水。

"你净给自己找苦头吃。"洛叹了口气，转身进了屋。

"是寒感的，淋雨了吧？"洛坐在床边，摸摸孩子的额头，孩子清凉的鼻涕直流。

"是淋雨了，我煮了姜汤，他不喝。"老建说。

"娃娃哪里能乐意喝这个，净瞎弄，你去挖点姜来。"洛说。

"姜有。"老建说，"今早刚挖的，嫩姜。"

"老姜有吗？"

"没有了。"

"拍碎了，越碎越好，要拍，不能切，火烤热了拿来。"

老建端来一碗热乎乎的碎姜，洛找来纱布，把姜裹上，叫老建脱下孩子的衣服，露出后背。孩子趴在老建的大腿上，露出半个身子。洛将裹着碎姜的纱布在孩子背上使劲擦，直擦到孩子后背发红。又擦了孩子的两个手掌心和脚心。反反复复地擦，酱汁辛辣的味道在空气里弥漫，孩子倒是很安静。

"姜辛辣，能发汗，汗水发出来了，娃身上的寒气也跟着出来了。"她一边忙活一边说。那缕头发又掉下来了，在她的耳边一荡一漾的，他瞧着，忍不住伸出手帮她把那缕头发别到耳后，她抬头看他一眼，软软地笑，醇香的米酒似的笑，恍恍惚惚的，老建醉了一般。

"爸爸——"孩子哼哼起来。

老建飞快地看洛一眼，有些难为情。

洛哼地笑起来，不再绷着脸。

"我知道你为什么上心，都是这爸爸叫的。"她把他给看穿了。

两个人顿时又有些伤心起来。

"今天你陪我喝两口，这么好的酒，得喝两口，我弄只鸡，也煮些汤给娃娃喝。"老建说，声音尽是对孩子说话时的怜爱，这个女人始终在他心里最柔软的地方，一辈子了。

"我是托傻瓜的福了。"洛说，埋怨似的。

"你还吃上醋了！"老建笑起来。

"我吃他的醋？！"她朝孩子的屁股拍了一巴掌。

擦得舒坦了，孩子又模模糊糊睡过去。

酒菜弄好时，也已接近傍晚，太阳这时才蒙蒙眬眬地出来了，像熟透的柿子一样红，整片山坳宁静柔和，草木葱茏，虫在草丛里鸣叫，一阵风来，草窸窸窣窣响，衬得这个古老的村庄越发宁静肃穆。人是离开了，可时光并不忘记这个村庄，它在暗中蓬勃着。两个人在厨房里忙活，饭桌上摆上了炖鸡，鸡汤晶亮芳香，洛放了点儿百部。她在竹排山下挖来的，一种草药的根，白嫩嫩的，像人参一样长着根须。百部是清凉补，适合在潮湿而闷热的夏季进食。青菜是炒瓜苗，还有一碟青瓜炒西红柿。饭菜上桌了，三个碗，一只碗里盛半碗鸡汤，还有一只肥嫩的鸡腿。

孩子出了一身汗水，衣服湿透了，烧退了不少，鼻涕也止住了。洛换下他的衣服，又用热碎姜擦了一遍身子，她用一张薄被单包住孩子，把孩子抱到饭桌前。

老建正在往碗里倒酒，饭桌边的女人和孩子让他恍惚起来，酒就溢出碗外。

"得缝两身衣服。"洛说，孩子安静地趴在她怀里，眼皮耷拉着。

"你给缝。"老建说。

他自斟自饮起来，洛给孩子喂鸡汤。孩子让她变了一个样子，老建从没见过的样子。孩子这时候只是孩子了，在她的眼里只是孩子，不再分那边这边的孩子。她轻轻吹饭勺里的鸡汤，软声软语哄孩子。

"喏，张嘴，乖，喝了能好。"

"你吃呀！"她对老建说，手里忙活孩子。自从孙子长大后，她再也没弄过这么小的孩子，怀里的娃让她重新变成了母亲。

老建喝着，忽然地抹了双眼。

"你瞧你，眼睛浅的。"她嗔怪他，往孩子手里塞一个大鸡腿，孩子扭头，把脸埋进她的怀里。她放下鸡腿，收拢胸口，把孩子抱紧了，手掌轻轻拍孩子的后背，嘴里软软地招呼孩子。

娃和女人。老建瞧着，瞧着，心里软软的，一股如火般炙热的激情油然而生，激情在他体内催生出奇异的力量，温暖而坚硬的力量。力量慢慢在他身上游走，朝一个地方游去。一缕细小而尖锐的疼痛在小腹下隐隐弥漫而来。疼痛过后，他感觉那力量在小腹下凝聚了，力量慢慢催生出了结实的坚硬，那坚硬渐渐变得清晰起来。老建感觉全身的血液在身体里咆哮着奔跑，蓬勃的力气在他的体内膨胀，他红头涨脸的，望着洛的双眼放出奇异的光芒。

"洛！洛！"他轻声叫起来，拉住她的手，按在蓬勃坚挺起来的地方。

"洛！洛！"他哭了起来。

（原载于《民族文学》2020 年第 3 期）

忠义图（节选）

刘荣书（满族）

第一章 危城

1

茂义来的那天下午，事不凑巧，父亲苏半田有推不掉的应酬，招待茂义的事，自然落在茂仁身上。

茂仁被人从柜台上喊过来，见了茂义，喜出望外，问茂义：你咋来了？茂义说：家里没啥农活儿，娘让我来看看你们。茂仁问：娘还好吧？茂义说：还好还好。一旁的苏半田接话：你要不惹你娘生气，她肯定就好。说到这儿，又对茂仁说：晚上，我有个应酬，你带茂义，出去找个馆子吃点好的。

茂仁说：爹，茂义好不容易来一趟，你还出去呀？

苏半田系好脖领上的纽扣，抄起一把笤帚，将布衫鞋面扫了一通，抬手，将袖口规规整整互挽两道，说：董事长孙秀三从长春过来，我不去哪行。你这当哥的，还照顾不好茂义呀？说罢，转头看着茂义：茂义，既然来了，就多待两天，让你哥带你好好逛逛，开开眼。等明儿晚上，咱爷仨再一块吃饭。

茂义规矩站着，满脸堆笑，说：爹，跟儿子您还这么客气。

苏半田半是嗔怪半是亲昵地挥掌作势，临了，轻轻抚一下茂义的脸，咳嗽一声，走了。

苏半田一走，茂义便多了些自在。他在屋子里乱转，见了什么稀罕物件，都要伸手摆弄。见父亲不大的寝室归置得井井有条，临窗的一张桌子上，摆着一摞账簿，一方砚台，笔洗旁搭一支墨汁未干的毛笔。吸引他注意的，是摆在桌面正中的一把算盘。他抬手，拨打算盘的动作难免露了怯，无名指跷着。问：哥，这把算盘，就是姥爷传给爹的那件传家宝吧？

茂仁跟在茂义身后，将他翻乱的东西一一复原，弯腰将父亲换下的一双布鞋摆到床底，顾不上回茂义的话，只轻轻嗯了一声。

茂义说：我早听娘说了，将来咱哥仨谁"账眼"清楚，就把这算盘传给谁……看来我是没戏喽，就看你和茂信的了。说着跳到床上，四仰八叉躺着。

茂仁皱眉看着茂义。他并不反感茂义小孩子般的不安生，心里只想着父亲的吩咐——该带茂义去哪儿转转好呢？他来奉天虽有一年多时间，除了南市场这一带熟悉，像外地人眼里很有名气的故宫啊东陵公园啊，只听说却没去过。转而对茂义说：茂义，晚上不如带你去开开洋荤吧。

茂义问：开洋荤，开啥洋荤？

带你去看场电影。

电影……茂义嘀咕一声，显然兴趣不大。

茂仁站直身子，认真对他说：我早约好了人，今晚请人家看电影，不好推掉……爹又不在，你若不去，就在家睡大觉好了。只是回家别跟娘说我的坏话，给我招抱怨。

去电影院的路上，茂仁不停地打问着家中近况。

三弟茂信最近忙啥呢？

茂义哼一声：他能忙啥！暑期在家待了一个多月，放着功课不好好温习，老往那戏园子跑，听说还拜了个师父，学唱大鼓呢。娘不说他，反倒宠着他。对我可倒好，动不动就家法伺候。

茂仁笑起来，指着茂义的鼻子：你说说你，在家肯定没听娘的话。整天东游西窜，不好好侍弄庄稼。

茂义嘟哝：你也不用跟娘一样，老是贬斥我……反正咱爹娘也没指望过我，他指望的是你们哥俩。

此话好像勾起了茂仁的心事。丢下茂义，径直前行。茂义跟上，悄声对茂仁说：哥，跟你商量个事……这次来奉天，我想顺道去锦州找老舅。

找老舅？你这次来，不是背着娘跑出来的吧？

茂义嘿嘿一笑：我哪敢啊！

你想找老舅干吗？

想当兵。让老舅推荐我去上讲武堂。茂义说着，口气变得谄媚起来：哥，得空，你能不能跟爹说说，也放我出来闯一闯。

茂仁讥笑他道：你自己去说好了……想当兵，老舅肯收你吗？他能过得了咱娘那一关？

茂义哭丧着脸说：娘就是偏心眼，让你在外面快活，在家里净憋屈着我！

茂仁叹口气：你以为在外面就快活啊？你以为结账盘点那些零碎活儿，我愿意干啊？大学毕业两年多了，也找不到一份正经工作，谁知道我心里的憋屈……茂仁说着，忽地停步，仰头朝西天看着，一脸的怅然。

那一晚，奉天城内的情形和往日并无不同。只西天的晚霞波谲云诡，起初呈鱼鳞状，纹理缝隙间镶嵌着天的蓝和云的白，慢慢幻化成两条蛟龙，无精打采的样子。随着日光的暗沉，怪状云朵皆被揉碎，两条蛟龙相互撕咬，后又被一股无形的力量玩弄于股掌。等醒悟过来，任它们联手抵抗，看上去也于事无补。只把西边的天幕翻腾成一片火海。

茂义见茂仁忧心忡忡的样子，拽着他问：哥，你咋了？咋生气了？

茂仁没有回他，身子晃晃，打了个寒噤，觉得眼前所见，好似一个不祥的预兆。此刻街灯次第闪亮起来，霓虹闪烁的南市场内，已是一番灯红酒绿的景象。"同泽"电影院门前，排队买票候场的观众，已有了人潮汹涌之势。

朋友丁宜到来的时候，影院进场铃声已摇过了三遍。茂仁喊他，他却听不见，兄弟二人便挤下台阶去迎。

正门处拥满持票进场的观众。三人走的是偏门，一位穿工装裤的矮个青年在门口迎候着他们。丁宜从身上拿出一本小册子，递给他。这位叫王开的青年，忽闪着一双细眼，将薄薄的册子团了，塞进贴胸的内兜，领三人鱼贯走进影院，为他们安排好座位后，悄然离去。

电影的名字叫《歌女红牡丹》。内容对茂义来说似乎无关紧要，看一段忘一段的。加之中间出现多次跳片、断片，吸引他的，便完全不在内容上，而是幕布上本该男人说话，发出的却是女声；本该女人说话，传出的却是孩子的哭声。茂义也算聪明人，觉得在幕布上演戏的，是一拨人；而发声的，则是另一拨人。这不就皮影戏嘛！他把自己的发现说给茂仁听，说得头头是道。他们咋搞的？说的演的全不在一个点儿上，就不怕观众砸了场子？

面对茂义的提问，茂仁也说不清楚。直到听了丁宜的解释，方知电影的默片时代已经结束，有声片开始登场。电影是按默片方式事先拍好，再把声音刻录在蜡盘上。此刻在放映间里，肯定会很忙乱。有人照管放映机，有人掌控留声机的播放。但对于内容与声音的穿帮，他们会不会感到很无奈？

鼓声响起，与陈发祥鬼混的金姑娘出场。看到这儿，茂义不禁笑了。只见金姑娘的嘴巴在动，手中的梨花板敲个不停。一段婉转的唱词过后，响起的是过场鼓声，声音铿锵激越。茂义从座位上跳起来，拍着巴掌。

在茂仁的记忆里，民国二十年九月十八日晚的炮声就是在那一刻响起的。当时他看了茂义一眼，觉得有点难为情。周围的观众很是克制和矜持，完全沉浸在剧情中。荧光烟尘般浮荡在他们的脸上。炮声显得很是沉闷，像从地底下冒出来，和鼓声有点不搭调，真的像一记搅场子的动静。茂义也不禁扭脸去看茂仁，脸上虽有疑惑，却带了更多喜兴。茂仁看着丁宜。此时第一记炮声余音消散，鼓书的节奏趋于平缓。丁宜的表情看上去虽颇镇定，却眉头紧蹙。

电影如常上演。观众的骚动更像微风掠过树丛，很快归于沉寂。京剧坤伶红牡丹的真诚道白，极具感染力，使观众完全忘却方才那记莫名的声响。只待第二记炮声响过，幕布上的陈发祥幡然悔悟，却再也不能使观众沉溺。

影院内登时大乱。

跑出剧场，见街灯与店铺的霓虹闪烁如常，夜游的人三五成群，不时抬头凝望，一颗心这才稍稍放定。丁宜小声对茂仁说：快回家，肯定有事发生。昨天我听王开讲，两天前，城内混入很多穿平民服装的日本人。他们背步枪，戴臂章，跑到照相馆拍照留影……

不待茂仁细问，丁宜已匆匆离去。

往回走的路上，人们三五成群在黑暗中伫立，喑哑或雀跃，像极了翘望烟花的看客，不禁令茂仁心生恍惚。他想起傍晚时分看到的火烧云，心中便有了一种更为不祥的预感。

茂义跟在他的身后，一迭声地问：哥，咋回事，到底咋回事？

一枚炮弹当空掠过，先是听到索索哨响，流星般划出一道弧线。茂义嘴里发出一声惊呼，宛如赞叹。等爆炸声响起，茂义仍旧瞧热闹般看着夜空。

茂仁有些气急败坏，冲他喊：这是在打炮！会死人的。走，快走！

子时过后，炮声每隔二十分钟便会响上一阵儿。苏半田盘膝坐在炕端，隐隐火光在窗外闪现，不时映亮他的脸。过了丑时，炮声暂歇。苏半田披衣起来，走到门外，见夜空无比澄澈，星云零碎而密集。竖起耳朵，除了秋虫的鸣叫，还能隐隐听见零星的枪声。抬手测测风向，却察觉不到风的半丝吹拂。

挨过卯时，苏半田彻夜未眠。窗外显露的鱼肚白，擦亮了窗户纸，给他带来一种暂时的安全感。觉得昨夜的枪炮声，恍如噩梦中的经历。出门一看，却见东方天际浓烟滚滚，火光好像一支巨大的蜡烛，烧穿大半个夜空。心里一惊，更加坚定了自己的想法，疾步来到茂仁宿舍，将正在睡觉的兄弟俩喊起来。

茂义，你得回家！

茂义还未睡醒，愣着，想不明白自己刚来，父亲为何要撵他回去。

茂仁虽忧心忡忡，却仍对苏半田说：爹，要不，让茂义在这躲几天，这时候回去，恐怕不安全。

苏半田挥手：走！现在就走，赶紧走！走晚喽，怕是出不去了。

茂义顿悟似的，连连点头：走，我走，我可不想待在这鬼地方。

你也一块回。苏半田看着茂仁。

我？茂仁不解。

嗯！苏半田说，昨晚我都想好了，你和茂义一块回去。咱老家苏家庄，总归安生。即便仗打起来，也不会打到咱那儿去。你先在家里躲一阵，等过了这阵风头，看情况，我再招你回来。

苏半田对茂仁说完，抬手抚住茂义的肩：茂义呀，真不凑巧，你好不容易来一趟，爹也没请你吃顿饭……等过年的时候回家，爹再好好犒劳你。你回家后，要听你娘的话，把家里安顿好。你看这外面兵荒马乱的，可别老想着往外跑了。

2

辞别了父亲，兄弟俩取道北宁路。

依据出门前的推测，苏半田给董事长孙秀三打过电话，向他征询离开奉天的最佳路线。孙秀三说，火车站的情况，他一时半会儿也搞不清楚，若想离开，还是及早动身为好。当然北宁站最为妥当。若北宁站关闭，也可走日本人的南满车站，绕道大连，再辗转回关内。苏半田不便向他提起心中的疑虑——茂义长这么大，从没出过门，坐火车也是头一遭。如果取道大连，绕来绕去，不把人走丢才怪。又一想，有茂仁同行，又有什么可担心的？

空气中弥散着一股焦煳的味道。晨雾飘忽的大街上，开始出现经遭破坏的迹象。路过警察所，见里面的情形更为骇人。门窗洞开，杂物丢了满地。灯光忽亮忽灭，一片狼藉。

茂义问：哥，咱们走得对不对？

茂仁头有些涨大。他对去北宁车站的近路也不太熟，只能硬着头皮，顺着通衢大街，战战兢兢朝前摸索。

一记猝然的枪声，打破混沌的寂静。隔了夜雾，很难看清前面的情形。快要走出商埠所在地时，茂仁一不小心，绊倒在地。俯身细看，这才发现脚下横陈着一具尸体。镶白边的帽子滚落在一旁，显然是个警察。他的脸朝下趴着，鬓角遮着耳际。路面上有血，蚯蚓一样慢慢蠕动，转瞬漫漶成一摊，濡湿他的鞋尖。不待他叫出声，便被茂义拽着，朝巷子深处狂奔起来。

子弹不时在身旁的砖墙上爆响。砖墙朽蚀，弥散着尘烟。茂义虽然紧张，却有些兴奋，觉得一颗心快要跳出来。令他恼火的是，茂仁的脚步拖累了他的速度，始终无法甩掉身后的麻烦。跟在身后的脚步声越发迫近，一时令他无计可施。直到刹车般停在一堵高墙下，这才明白，前面已无路可走——是一条死胡同。

茂义心有不甘，将茂仁推搡到墙角。自己弯腰，踏着碎步折返回去。朝前跑了一段距离，藏身在一堵矮墙后，伸头一看，见一位身穿警察制服的人，一脸血污，跑得如一只遭猎捕的兔子。可惜了他手里拎一把长枪，也不知道拿来抵抗。他的身后，迅速现身两名宪兵，显然已发现前面是条死路，放慢了追剿的步伐，嘴里哇哇啦啦叫着，端着姿势，举枪朝他瞄准。

听不到子弹的爆响，却听警察闷哼一声，身子扑倒在地，挣扎着想要爬起来，抬头看见茂义，不禁有些骇然。茂义同他对视着，倏而朝落在他身边的长枪看上一眼。警察喘息粗重，显然已惊恐到极点。他便怪异地冲他笑了一下。

矮墙后，奔跑声稍有停顿，脚步声越发迫近。茂义闭了闭眼，定住心神，忽地一个打滚，将长枪抓在手里，起身、端枪、扣动扳机，一连串动作虽说不上谙熟，却让警察看得有些傻眼。

冲在最前面的日本宪兵，看上去很年轻，脸上带着戏谑的微笑。子弹正中他的眉心。等他歪倒身子，身后便闪出另一张宪兵的脸来。圆胖的面相，额头蓄满汗水，眼里满是惊惶和诧异。不待他有所动作，茂义退出弹壳，子弹上膛，一枪击中他的脑袋。

躲在不远处的茂仁，目睹了茂义举枪射杀的全过程，人几乎瘫软在地。等茂义丢了枪，回身催他赶路时，他已两腿酸软，根本无法动身。

茂义架起他。兄弟二人勾肩搭背，往前仓皇跑了一段。茂义力不能支，口干舌燥地问：哥，你自个儿能不能走？我腿沉得老打哆嗦。

茂仁松脱了他的牵绊。茂义却停下了脚步，扭头望着。

哥，快走哇！还愣着干啥。茂义催促。

茂仁挪动脚步，却转身向矮墙后走去。矮墙后发出的呻吟，一度令他感到害怕。越是害怕，越是勾起他探究的欲望。

你没事吧？他问那警察。

警察见了茂仁，往后缩着身子。茂仁弯腰，抵近他的脸，又问一句，警察这才看清他平民的装束，方显镇定下来。打中腿了……他嗫嚅道。松开压住伤口的手，将手掌抵近眼前看，见抓了一手掌的血。

茂义跑过来，拽着茂仁的衣后襟，声音变了调：哥，快走！你还在这儿磨蹭啥。

茂仁不理他，抬头朝前面的巷口看着。微明的曙色中，两名宪兵的尸体叠压在一起，如横陈的柴捆。他不由加重语气，提醒那警察道：你得赶紧走，再晚就糟了！

我动不了……警察呻吟。

茂仁再次提醒他：你不能留在这儿……说着，去拽警察的胳膊，欲将他抻拽起来。

警察哎哟一声，右臂死死缠住茂仁的肩膀，显然黏上他了。

茂仁无奈，只得喊一声茂义，要他过来帮忙。

茂义虽蒙着，却终究明白了哥哥的用意——若将这警察扔这儿不管，他便只有死路一条。正当他愣神之际，茂仁已将警察驮在背上，招呼也不打，躬身朝巷口疾行。茂义随在身后，两手托住警察的屁股，借以减轻茂仁身上的重量。

仓皇奔走中，茂仁听到警察附在他耳边说：兄弟，我认得你，你是不是益发合大掌柜的公子？

茂仁心里一惊，问：你是商埠一分局南市场警察分所的？

警察嗯一声，嘀咕道：上个月，我们所里的人还去商场刁难你们，现在想想，真是不应该……

茂仁无心听他的唠叨，加快脚步。只等到了巷口，脚步放缓，问那警察：你家住哪儿？

警察没听清他的问话，沉默着。

茂仁又问：你家在不在奉天？

警察说：不在，我是岫岩的。

这里有没有亲戚？

有，我姐在奉天……

她家住哪儿？

此刻，警察终于明白茂仁问话的用意，声音随之沮丧起来：我姐家虽在奉天……可前两天他们去了朝阳，回家奔丧去了。

这附近，还有没有落脚的地儿？

有倒是有，可都是同事家里……昨晚事变，人死的死，逃的逃，几位同事的家，离这儿也有点远。

茂仁有些绝望，气急败坏地对警察说：那你倒说说，我该把你放哪儿？

警察继续沉默。隐隐听到远处传来的喧声。茂义去前面探路回来，跺脚问：哥，到底咋整呀？

茂仁泥塑般站着，就是在那一刻，他感到后悔，后悔不该把这样的麻烦揽在自己头上。警察似已觉察到他的为难，不禁在背上扭动起来，意气用事地说：放我下来吧，别连累了你们。

茂仁以商量的口吻对他说：要不先把你藏在哪儿，你自己再想办法？说完这样的话，茂仁自己都觉得有些荒唐。

出了巷口，茂仁心里有了一种如坠深渊的感觉，不知该何去何从，更不知该如何结束这荒唐的事端。刹那的闪念，恍然看到另一个自己，将驮在背上的警察丢了，不管不顾，拽了茂义，夺路朝前狂奔……有了这样一丝闪念，实际上，茂仁的心里始终在做着争斗。最终疑虑占据了上风，那鬼祟的想法，一度令茂仁感到十分痛苦。暗影幢幢的街道上，不时会有路人迎面而来，走到他们身前，一脸慌乱，避瘟神一样避开……幸亏一块招牌将茂仁及时解救，不然，他都不知道自己会做出什么事来。他做梦般想起来：再朝前走几步，便是来过几次的仁义巷。刚来奉天那会儿，他由父亲带着，去那巷子里的一户人家吃过饭，后来自己又去过两次：一次取东西，一次送东西。

北宁车站人满为患。

远远见站台上一片喧嚷，候车的人，如暴雨到来前的蚂蚁。乘警嘟嘴吹响哨子，也不能使人群保持应有的秩序，叱骂声、小孩的哭声、叫喊声，将哨子声淹没。有乘客从车门口挤上火车，打开车窗，伸手将等在窗外的乘客往车上拽。一时间所有车窗全部打开，包裹皮箱散落一地；有人挤掉一只鞋子；一个胖子，屁股被卡在窗口，扭动着粗短下肢，一时间动弹不得。

茂义显然没有从方才的历险中醒过神来，这是他第一次持枪杀人，当时并无任何感觉，仓皇出逃的路上，这才将其中细节一一记清。亢奋之余，双腿仍在打战。早起吃下的馒头，开始在胃里翻搅，随着急促的奔跑，几次险些从嘴里呕出来。等跑到站台上，再也撑不住，弯腰在那里呕吐。

茂仁顾不得他的难受，拽着他，在人群里寻找登车位置。看遍几节车厢，也无从得手。只能从车尾再次跑向车头，发现茂义瞪着一双通红的眼睛，嘴角挂着呕吐的残渣，一副心不在焉的模样。大喊一声：茂义，想办法，快爬火车啊。

一位妇人从窗口摔下来，恰好跌落茂义脚下。妇人一声不吭，爬起来再次扑向车窗，拽住一个男人的大腿，拼命撕扯着。茂义看在眼里，知道方才那妇人半个身子已进了车内，却被身后的男人拽下来。茂义血往上涌，拨开人群，一把薅住男人的脚踝，向后用力一拽。那男人双手死死扳住窗框，身子蚂蟥样粘在车厢上。等茂义抬起一脚，踢中他的肚腹，这才发出一声怪叫，平身摔落在站台上。

茂义回身，顺势托起妇人，助她爬进车内。车内，显然再不能多容纳一位乘客。妇人望向茂义时，竟然冲他伸手。茂义愣着，回头看一眼茂仁。在茂仁的助力下，纵身一跃，钻入车内。身子躬着，抵挡住车厢内的拥挤，努力在身前腾出一块空隙，冲车下的茂仁伸手，喊道：哥，快上来。

茂仁稍有犹豫，不想却退后一步。

茂义又喊：哥，快上来啊！

茂仁再次退后，他身前留出的空隙，被其他乘客迅速填满。只见茂仁冲茂义摆了摆手，大声喊道：茂义，我不走了，我要留在这儿。

茂义仍在呼喊，好像未听清他的话。他便只能往前挤了两步，仰头，看着茂义：茂义，我不能走！我要走了，剩下的事儿咋办？我留在这儿，也能帮咱爹一把，你就放心好了。

茂仁的喊话，也不知茂义能否听到。只见他张开的手臂慢慢垂下来，缩了回去。车窗瞬时从里面关闭。茂义的脸贴紧着窗玻璃，鼻子挤得扁平。

3

从人群中脱身，茂仁的汗衫已全都湿透，经风一吹，凉飕飕的。还未等他走出北宁路，便见路人纷纷避让，一辆装甲车的出现，使这个暴戾的清晨更显骇异。装甲车后面，是两辆厢式运兵车，车厢里站满穿黄军装的日本宪兵。帽带勒着下巴，领口和肩膀上的徽章格外醒目，刺刀高出头部半寸，在渐渐浓烈的阳光下，闪着夺目寒光。

车队掠过。茂仁和众人回望，见装甲车停靠的地方，正对北宁站入口。宪兵从车厢里跳下来，排成一列纵队，迅速将入口封住，朝候车大厅涌去。

想起父亲的决断，茂仁虽感到一丝庆幸，心里反而更加紧张。他攥了攥汗湿的手，疾步朝市区走去。远远见内城楼上插了一面日本国旗，戴钢盔的哨兵在城头游弋。有人伸臂，在城墙上贴着告示，因无路人围观，一位持枪的宪兵身旁，站了一位穿便装满脸横肉的男子，袖着手，背诵告示上的内容：

> 为布告事讯，得昭和六年九月十八日午后十点三十分时，中华民国东
> 北边防军之一队，在沈阳西北侧北大营附近拆破我南满铁路……

茂仁听不清他诵读的内容，却记住了最后拉长声调的两句：

> 凡妨碍我军行动者，一律格杀勿论。

通过城门洞，茂仁遇到盘查。盘查虽不严密，但他的神态却引起宪兵怀疑。他平阔的额头尚满汗水，一件深灰色汗衫几乎溻湿在背上。宪兵警觉地看着他，命他抬手，全身上下摸了个遍。抬手的刹那，茂仁无意间瞥见自己的左手背上，有一块黑褐色的污渍，汗毛孔不禁参开。假借抬手揩汗，用指尖按住袖管，将半个手背遮住。搜完身，茂仁仍张臂站着，宪兵抬枪桿了桿他的胳膊，嘴里喝一声。茂仁不懂，一旁的翻译说：把手心亮出来。茂仁垂下胳膊，手攥成拳头，先是褪在袖筒里，而后猜拳一样，将手心亮出。手心里汪着汗，细嫩得连一块茧子

都没有。

进了南市路段，茂仁的心情更为紧张。走到一家商铺门口，再也迈不开步子，手扶着门廊，停在那儿歇气。听见两个中年男人唠嗑。其中一位说，抓人呢，听说福佑街上，发现了两具日本子的尸体。另一位眼睛一亮，压低声音，是吗！哪位好汉干的？另一个说，还不是警察……茂仁身子一抖，用手杖一下门廊，迈开脚步，磕磕绊绊走起来。

经过仁义巷，他本想拐进一户人家，但一想自己身上的麻烦，决定还是先回一趟住处。进了屋门，随手将褂子扔在椅背上。茂仁稍一愣神，又将褂子抓在手里。袖口袄襟来回倒腾，这才看清褂子的肩背处，也沾了星星点点的血污。不由一声长叹，想到这褂子幸亏颜色深灰，又幸亏被汗水濡湿，要是穿了显眼的白色，今天的麻烦可就大了。

苏半田此时从门外进来，一愣，问：你咋回来了？

茂仁抬着一张水渍淋淋的脸，愣了半晌说：没能上得了火车……

咋回事！没买上票？

人太多，抢不上去。

茂义呢？

茂义……走了，他上火车走了。

苏半田这才如释重负，又觉察到茂仁神色异样，仍是盯紧他看。茂仁躲开父亲的目光，继续埋头在水盆里洗脸。苏半田倒背了手，在屋子里乱转，自言自语道：全乱套了，大伙儿都在议论，是回老家呀还是在这儿待着？走吧，商场咋办？不走吧，听说日本子牲口性子，翻脸就杀人……董事长刚才打电话说，要安抚好大家的情绪，暂时哪儿都别去。没事可千万别出门，茂仁，在家里待着最安全。

茂仁此时已洗涮完毕，心有余悸说：爹，我看不行，还是让大家走吧，不回老家，就去长春，总归要离开这个地方。

苏半田刚想说点什么，见虚掩的门扉被推开，一张女人的脸探进来。女人一脸慌乱，翻着眼白，嘴里急促地叫：茂仁，茂仁……看到苏半田，嘴角一牵，打声招呼：苏掌柜在呀！

这女人苏半田认识，是和公司常有业务往来的批发商王善义的老婆。刚想同女人说句话，茂仁却将女人拽到门外，二人悄声说着什么。从神态来看，女人似有指责之意，茂仁神情更为慌乱。苏半田的心不由往下一沉，刚想出去，见茂仁又匆促回来，闷声对他说：爹，我有事，先出去一下。

苏半田追至门外，站在亮晃晃的太阳底下，皱眉叫着：茂仁，这时候，你还出去瞎跑啥呀！茂仁……

王善义老婆一路上嘴都没闲着，那话里的意思，全然把茂仁当作一个行事不端的小人。茂仁无以应对。经过一条街口，见巷子里聚拢了大批宪兵，这才想到这里便是福佑街——茂义射杀宪兵的地方。脚步峻急，一颗心完全没了着落。

临近家门，王善义老婆忽然从背后将茂仁捽住，小声说：赶紧把他从家里给我弄走！

茂仁扬着胳膊，摆脱妇人的纠缠，逃也似的冲进屋内。王善义老婆紧随其后，似是要将他驱赶，但屋内的情形，一时也令她说不出什么狠话。

茂仁的到来，完全出乎警察的意料。他先是惊讶地看着他，忽而翻转身子，半趴在床上，两手呈作揖状：兄弟，你想想办法，救救我吧！

茂仁呆立在他面前，喉咙里咯咯作响，表情很是无奈：我也想救你，可怎么救哇？把你弄出去，出门就会被抓；藏在这儿，宪兵说不定马上会来搜查，恐怕会连累这一家人。

他的话还未说完，王善义老婆便哭闹起来，一屁股坐在地上，抱住茂仁的大腿，哭丧似的：你们赶紧给我走，我男人没在家，你们这是欺负我一个娘儿们啊！一旁她的闺女也吓得哭号起来。

警察铁青着脸，在炕上挣扎，未及站稳，一头栽倒在地，又闷声不吭，慢慢向门口爬。

茂仁顾不上理他，拥住哭闹的王善义老婆，嘴里一迭声地叫：婶，婶！要是现在让他出去，他必死无疑……要不这样，婶，你带上孩子，去外面亲戚家躲一躲，就当这里不是你家，即便被人发现了，也不会连累到你。

王善义老婆愣了一瞬，忽而警醒，止了哭闹，顺手拢了几件衣物，话也不说，抱起孩子夺门而去。出门之际，听到茂仁在她身后小声叫：婶，你别忘了，把门从外面锁上。

茂仁定住心神，查看屋内的情况。除了一间客厅和一间卧室外，这座普通的民房，临门处还辟了一间耳房，里面堆满杂物。虽离正门很近，因没开窗，藏身起来会更加隐蔽。他便把警察拖进耳房，反身将客厅和卧室的窗户全都关上，拉严了窗帘。回头张望，发现警察躺过的地方，褥单上沾有斑斑血痕，赶忙跑过去，迅速扯掉褥单。再次环顾屋内，确认再无疑处，这才喘了口气。愣怔之际，竖起耳朵，回想着方才门锁碰死的声音，仍不放心，过去拉了拉门环，听见门扉发出一声喧响，确认已从外面锁死。

现在，他要下一个赌注——如若宪兵不搜查到这里便好，但这种侥幸的概率，在他的判断里约等于零。搜查到这里，只能靠"关门闭户、家中无人"的假象来应对。想到这儿，茂仁便再次折身，将窗帘全都打开。如果想唱一出空城计，最好让对方将屋内的情形看得一清二楚。

纷乱像一锅沸水，终于静息。茂仁钻进耳房，半卧的警察为他腾了块地方，小声说：兄弟，你也走吧，做到这一步，你也算仁至义尽了。

茂仁勾头坐着，不想说话，伸手抚弄身边藤箱里的一只狸猫。狸猫舒展身子，对茂仁的抚摸非但没有敌意，反倒打着呼噜。它的身前，团着几只正在吃奶的猫崽。

时间慢慢熬过。屋外传来的动静虽在意料之中，却觉得还是来得太快。茂仁踅到门口，扒着门缝朝外看，见几名宪兵从巷口拥入。一名宪兵把持在一户人家的门口，其他宪兵破门而入……将那户人家查抄完毕，几名宪兵慢腾腾出来。候在门口的那名宪兵，此刻信马由缰，正朝这边踱步。茂仁急忙闪身离开，钻进耳房，掀起门帘一角，继续朝外窥看。

除了杂沓的脚步声，还能听到呜哩哇啦的低语。虽隔了一段距离，却知有人此刻站在门外。门先是响了一记，接着便传来硬物冲砸的声音。停顿的间歇，是一段令人窒息的沉寂。隐隐看到窗外有人影晃动，未等辨明形势，砰的一声脆响，碎玻璃纷纷迸溅到临窗的一张桌子上。烟黄色枪托在破洞处一闪，又缩回去。阳光霍然照进来，呈不规则形状，使一盆君子兰花开得有些不合时宜。

茂仁失手落了门帘，身后传来的动静，让他彻底乱了方寸。玻璃的响声惊扰了那只哺乳的狸猫，跳出藤箱，因茂仁挡住门口，便在耳房内乱窜，撞翻矮桌上的一只罐子。器皿落地的碎裂声，令人心悸。茂仁顾不了许多，伸手将狸猫抓住。狸猫喵喵叫着，在他怀里扑腾，将茂仁的手背挠出了血。稍有安静，茂仁挑门帘再看，这一看不打紧，正好看到一张窄瘦、黧黑的脸从窗口探入，额头被帽檐儿勒出的印迹清晰可辨。因怕玻璃碴子割了脖颈，动作十分小心，给人一种怪异之感。那张脸正对耳房，显然听到这里边传出的动静。

茂仁贴墙站着，大口喘气。那只狸猫顺势挣脱他的束缚，从耳房蹿出去，在客厅里闲庭信步，三蹿两跳，从破开的窗洞跳到屋外。

外面，传来一阵怪异的笑声，狸猫随之发出一声惨叫。听到有人在大声问话，有人应答。嘈杂过后，静寂显得荒芜。藤箱内猫崽的躁动声，以及身边警察的啜泣声，令茂仁坐卧不安。

你哭啥？他负气地问。

警察不答，用手捂着脸。

直到天完全黑下来，这才敢在屋内走动。警察仍待在耳房，伤口的疼痛与惊吓，加之一整天粒米未进，使他很快晕厥了过去——却被茂仁当成一种脱险后的放松。茂仁也有些饿了，去厨房翻找东西，找到两根秋黄瓜，一疙瘩咸菜，其余半点残羹剩饭也未找到。米面油盐虽有，他却不会做饭；即便会做饭，也不敢生火。将就着啃了一根黄瓜，仍觉饥饿难耐。想到那警察，总该给他找点吃的，不然这么凑合下去，腿伤不致要了他的命，营养的缺乏也会将他拖垮。茂仁折回耳房，唤了警察一声，不见应声，捅了捅他，仍旧没有回应。茂仁心里一慌，伸手去他鼻翼下试探，抬手拍打他的脸，犹如发泄似的抽他的耳光。警察这才发出一声呻吟，慢慢醒转过来，气息微弱地说：渴……

茂仁替他舀来一碗水，将自己准备离开这里的打算，对他讲了一遍。

你还会回来吗？警察质疑地问。

茂仁圪蹴在地，负气般沉默。

警察显然明白眼下的处境，遂又信誓旦旦说：兄弟，给我两天时间，让我在这儿缓一缓，等我能走路，一准儿不再麻烦你……实在不行，你去顺风路108号我姐家，替我捎个口信……过两天，他们肯定能从朝阳回来了。

茂仁点头，小声嘀咕道：我肯定会回来的，你不信任我啊？我要不想回来，当初就不会来了。说着，起身去拉屋门，门却岿然不动，这才想到从外面锁了。

他攀上窗台，跳到屋外。从窗台下来时，碎玻璃扎了他的手，手掌上粘了一层黏糊糊的东西。抬手嗅嗅，嗅到一股血腥味。低头，见皎白的月光下，狸猫的尸体横陈脚下。黑灰斑纹经由月光浸染，仿如一堆破败的乱絮。弯腰细看，这才发现狸猫的肚腹破开，肠子流了一地。

茂仁不由大恸，这才知道，若没有这只狸猫舍命相救，他唱的这出"空城计"，其实很难骗过宪兵。

4

茂仁从伙房找了些吃食，悄悄回到宿舍，想找一身替换衣服，不想苏半田正在宿舍等他。

一整天了，你都去哪儿了？

茂仁一时想不出恰当的措辞。

王善义家的找你干吗？

茂仁随即编出一套谎话：王善义不在家，他家里有麻烦，找我帮忙弄弄……

啥麻烦？

账本……被小孩弄乱了，让我帮忙整理整理。

弄了一整天？

嗯……

对自己所遇之事，茂仁不知该不该告诉父亲。回来的路上，他本打算去见一见父亲，省得他为自己担心。若有机会，便对他讲一讲这一天来的经历，也好替自己拿些主意。可现在见了父亲，茂仁便横下一条心，决计要把这麻烦一人扛起来。心里七上八下的，偷偷瞄父亲一眼，见父亲一脸狐疑。四目相对，苏半田张了张嘴，想说什么，甩手走了。

从窥伺的角度看，夜色中的茂仁显得有些孤单。他夹了一个包裹，弓腰，瘦高的身影显出与年龄不相称的落魄与苍老。左顾右盼的样子，像一只受惊的麋鹿。深夜的街巷一片死寂，被冒犯的城池亦如一座巨大的坟场。走至仁义巷，茂仁轻车熟路，三转两转，来到王善义家门口。翻窗入室的身影，看上去像一个宵小之辈。

你叫啥名字？

将警察挪到卧室，服侍他吃过饭，茂仁这才有心同他闲聊几句。

我叫宋华山。

你们咋和宪兵干上了？

黑暗中，看不清宋华山的脸，只听到从他嘴里发出的细微咀嚼声。咀嚼声停顿，宋华山的讲述，带有一腔愤懑而悲壮的气概。

早在上个月，不知咋的，我们总局局长黄显声，便把我们商埠一分局南市场分所的部分警察抽调了上去，编成一个总队，大概两千来人，给我们每人发了一条枪，每天操练射击，说是有重要任务……我也位列其中。打枪这种事，我喜欢啊！打小就喜欢打枪，可手笨，枪法老练不好。说实在的，像那种治安警，我早就干够了，整天除了从老百姓身上搜刮油水，基本上没干过人事儿！昨天夜里，炮声一响，我们接到命令，出城去迎战日本子，支援北大营的守军。可刚出城，便遭到日本子阻击，只能退回城内，和他们打巷战……打巷战我们不吃亏，我们熟悉地形呀。一直坚持到天亮，谁知道北大营的守军没和日本子交火，我们等于孤军作战。黄显声局长见城内要地都被日本子占据，知道大势已去，这才下达了撤退的命令……

为啥不朝城外撤？还跑来城里，不等于自投罗网！茂仁忧心地问。

别人是朝城外撤的……可我们和大部队走散了。我和高曙光两个人，困在城内。其他地方又不熟，只能摸回南市场，想换身衣服藏起来……刚走到福佑街，迎面遇到俩日本子，也不知他们打哪儿冒出来的。现在想想，有可能他们事先入了城，潜伏下来，等炮声一响，换上军服，是做内应。

茂仁哦一声，又问：那高曙光呢？

死了……我亲眼见他被子弹射中脑袋，死得好惨哪！

茂仁忽地"嘘"了一声，竖起耳朵，听到窗户被人轻轻敲响，声音谨慎而刻意，响过两声之后，又出乎意料地停了下来。

狭窄空间内，滚动着两人粗重的呼吸声。静寂片刻，敲窗声又响，仍是显得小心翼翼，唯恐惊吓到他们似的。

茂仁光脚从炕上下来，参着胆子摸索到客厅。碎玻璃硌着他的脚，使他脚跟一跷一跷的。慢慢掀开被风拂弄的窗帘，将脸探到窗户的破洞处。探头一看，吓得跌坐在地——窗口处，一张脸正对着他。

那人显然也被吓到，缩了缩头，小声喊：茂仁，是我，别怕。

茂仁起身，伏到窗口，等看清来人面相，这才带了哭腔叫一声：爹……你，咋是你呀。

苏半田环顾左右，小声斥责一句：别废话，赶紧把我弄进去。

苏半田毕竟老了，人也斯文惯了，翻窗入室的勾当做起来显得相当笨拙。从窗台上下来，顾不得发泄心里怨气，甩开茂仁的搀扶，捉贼先捉赃般冲进卧室。

在对茂仁的跟踪中，苏半田想不出茂仁会做出怎样出格的举动。他深知茂仁胆子小，自小听话，斯文得像个姑娘。他首先猜测会不会是茂义，因闯了什么祸，不得不留在奉天，瞒着他藏了起来。跟踪到仁义巷，见到茂仁跳王善义家窗户，虽然想过茂仁与王善义的老婆或有什么苟且之事，但苏半田动了这样的闪念，恨不得立马抽自己一个大嘴巴——即便把他打死，他也不信自己的儿子会如此下作。

听完茂仁将事情讲了个大概，苏半田有些把持不住了。眼前的事实，已超出他心理的承受能力。他一言不发地拽着茂仁，瘫坐在客厅的一把椅子上，喘着气，攥住茂仁的手，唯恐他跑掉似的。

你赶紧跟我回去！茂仁……你这是，想要爹的命呀！

爹，我不能走，他腿受伤了……我要走了，他会死的。

茂仁拧着身子，想将手从父亲的拉拽中抽出来，却感觉父亲的手铁钳一样，牢牢控制了他。

你就不想想你自个儿！你不想活了？要是被宪兵抓住，你浑身是嘴都说不清。你，你这是作死！

苏半田每说一句，便恨铁不成钢地推搡茂仁一下。从小到大，他还从未如此对待过自己的儿子。

茂仁放弃挣扎，身子松懈，知道如何辩解也难将父亲说服。他便换了一种口气，对苏半田晓以利害：爹，那俩日本宪兵，可是茂义打死的。

你说啥！苏半田身子一颤，半仰着头，呆住了。黑暗中虽看不清他的脸，茂仁却分明感受到从父亲身体里散发出的恐惧。他虽不忍惊吓父亲，却还是夸大语气，那想象出来的忌惮，实则是他的借题发挥。

爹，如果这名警察落在宪兵手里，保不准他经受不住拷打，把茂义供出来。到那时候，不光是茂义，还有我，还有咱益发合，都会受牵连——保住他，就等于保全了咱们自个儿！

他认识你们？难不成你把咱的底细都告诉他了？苏半田在地上顿脚，心里害怕，却仍心有不甘。

他是警察，商埠一分局南市场分所的，到商店去过。认识我，当然也认识你……茂仁这样诡异地说着。

苏半田总结出来的行商之道中，有几种人不能招惹，只能奉迎。其中之一便是警察。他甚而将此训诫当作一条不成文的规矩，成了益发合员工的铭录。此刻，苏半田已无心检讨自己观念上的得失，只被那巨大的恐惧溺了个半死。他垂着花白的头颅，抓紧茂仁的手。此刻倒不像要将茂仁挟持，而是向儿子发出了求助。

茂仁乘势攀住父亲的肩膀，安慰他道：爹，咱们都是中国人，不能见死不救。打小您就训导我——忠厚之人，多行仁义之事。

此刻待在卧室里的宋华山，放声说了一句：放心好了！即便我被日本人抓到，也不会供你们出来。恩将仇报，我宋某人还不至于这么下作。

茂仁沉默着。想到方才自己所说的话，都被宋华山听到，脸上不由一阵发烫。

苏半田也陷入了沉默，心里却更加怨怼，他真想回他一句：你少在这儿啰唆！却开不了口，只颤声问茂仁：茂义真的走了？

真的走了。茂仁说。

两天时间未到，茂仁偷偷去了一趟顺风路 108 号，见那里屋门紧锁，宋华山所说的姐姐姐夫，显然还没回来。跟邻居打听，也说不出个子午卯酉，只是顺便摸清了这家人的底细。末了，托邻居捎一张字条，说，那家人回来，赶紧让他们来见我。就说他小舅子有麻烦，去晚了，恐怕会出大事。

宋华山的身体，却违背了他的意志，先前的承诺自然不能作数。他本是说"给他两天时间"，但两天过后，他的身体却每况愈下，时而发高烧，浑身淌热汗；时而打摆子，即便盖上两床棉被，也冷得打战。茂仁触触他的额头，火炭般滚热。昏睡不醒的宋华山，此时陷入持续的噩梦，嘴里不时发出连连的惊呼：打死他，快跑！

九月下旬的天气，气温已转凉，屋子里却散发出一股臭味。起初，以为是久不开窗的缘故，什么东西发了霉，即便晚上打开窗户，那味道也挥之不去。霉味散尽，腐肉的恶臭更为难当。茂仁找不出味道的来源，只能嗅着鼻子，狗一样在屋内四处探查。走到耳房，忽地想起那没了母亲的猫崽，急忙俯身去看，见三只猫崽已死掉一只，尸体遭兄妹践踏，惨不忍睹。活下来的猫崽，饿得都叫不出声了。只将茂仁伸过去的手，当成它们走失回归的母亲，拼命吸吮。茂仁暗自谴责着自己，从厨房端来清水，用手掬着，撬开猫崽的嘴，将水灌进去。又拿半块面饼，将饼子嚼成饼泥，涂在指尖上喂给猫崽。

草草将猫的尸体掩埋，那味道仍挥之不去。听到苍蝇的嗡嗡声，从宋华山那里传过来，他裸露的腿部这才引起茂仁的注意。

小心将捆扎伤口的布带解开，茂仁不由叫了一声。只见宋华山的大腿呈青紫色，斑斑血污处爆起一层硬垢，子弹打穿的地方，皮肉外翻，大部分已溃烂。紫红的腐肉，看上去好似一朵狰狞的芍药。伤口正中，淌着黄色脓汁。伸手按按，肿胀部位发面馒头般暄软，黄脓流淌，濡湿了半个床褥。

茂仁深知若不施救，宋华山恐怕只有死路一条。他坐在他身边，发着呆，最后用毛巾蘸了清水，将伤口周围擦拭干净，这才义无反顾地翻窗出了屋门。

走在街上的茂仁是有些奇怪的。路人看他，并不为他脸上的忧戚感到好奇，而是为他怀中的猫崽感到奇异。猫崽团于他的臂弯，黄斑茸毛被秋天的阳光辐照，安抚了所有路人的眼睛。想起这人心惶惶的乱世，还有人抱着宠物如此坦荡地走在街上，不禁哑然失笑。心里又想：看来这日子该咋过，还得咋过！

茂仁将猫崽抱给父亲时，苏半田并非无意责怪他，只是真的厌烦：你说你这孩子，还有心思弄这个。

茂仁给猫崽搭了窝，又弄了些吃的，随口对苏半田讲起"狸猫舍命相救"的故事，说：这算是托孤救赵，爹，你可要帮忙照顾好它们。

苏半田一脸忧愤：我能照顾好你就不错了！

茂仁看上去心情还算不错。等他讲起宋华山的伤情时，却大大出乎苏半田的意料，还未等他咋呼起来，茂仁便笑着安慰他道：爹，你不用担心，我都安排好了。

安排好了？

嗯！茂仁这才把已去过盛京施医院，找过朋友丁宜的事，如此这般地讲了出来。

苏半田长舒一口气，仍显得忧心忡忡：那就好！只是这麻烦，啥时候有个"了"哇。

5

草草吃罢晚饭，苏半田心里仍不安生，想借归拢账目，平复一下心内的焦虑。坐在桌前将账簿摊开，算珠拨来拨去，却很难将以往清清如水的账目理顺。

算珠的磕碰声中，恍然听到水滴溅落的声音，隔窗一看，见外面下起雨来。秋雨敲打屋瓦，起初疏落，后又骤急，不由得更为忧心。

恰在此刻，有人敲门。苏半田以为茂仁回来了，急忙开门去迎，却见伙计小三子站在门口，说有人找。小三子身后，站了两位陌生人。

不等苏半田有所反应，陌生人已闯进屋内。卸掉雨披，见是一男一女。男的在屋子里转着，目光显得傲慢而警觉，女的一脸焦虑。那男的问：是你给我们留了张字条？苏半田顿然猛醒，连声说：不是，是我儿子。有啥事？神神道道的！男的问。苏半田这才想起印证对方的身份。男的自我介绍：我叫张凡廉，宋华山是我小舅子。他到底出啥事了？苏半田感叹道：你可来了……话音未落，女的扑上来：我兄弟到底出啥事了！他现在在哪儿？

手术台由两张八仙桌拼接起来，一张腿高，一张腿低，腿低的那张垫了几块砖头。之所以未在炕上实施手术，是因灯泡悬挂的位置，无法牵引到炕的上方。因考虑到聚光的缘故，又怕被人发现，丁宜便用报纸折了一个灯罩，罩在灯头上。即便如此，灯光仍显得昏暗。窗户遮得严严实实，外面虽下着雨，屋内却闷热异常。手术还未开始，刘仲明医生已是热汗淋漓。丁宜弯腰站在他身旁，做着辅助工作。虽显得有些笨拙，起码熟悉手术应有的程序，知道器械名称，而不会像茂仁这样，站在灯光外，只会用毛巾替二人擦拭额头的汗水。

手术进行得并不如想象中顺利。创口打开之后，发现伤情比预想的更为严重。一颗子弹镶在宋华山腿股，虽未伤及骨头，却比较麻烦。要将子弹取出，须将创口扩大，却又怕伤及动脉。茂仁虽不明白刘仲明医生和丁宜低声交谈的内容，却意识到问题的严重。此时宋华山刚被注射了麻药，仍旧十分清醒。他腰部以下，被撕开的被单绑定。当创口朝外扩大时，茂仁见他瞪着一双布满血丝的眼睛，显然忍受着剧痛。赤裸的上身，掠过一波又一波潮水般的战栗。

碘伏的气味盖过血腥味。寂静中，茂仁只听到器械的磕碰声、汗珠的滴落声，以及牙齿咯咯打战的声音。而这些细微的声响，渐次在茂仁的意识里放大，因此忽略了窗外的雨声……眼前忽地一团漆黑，茂仁仍呆站在原地，雨声随即从窗外漫进来。刘仲明发出一声轻呼。丁宜说：停电了。茂仁这才醒过神来，跌跌撞撞去找蜡烛。

蜡烛是早就备好的，得自刘仲明身为医者的经验。奉天城被日本人占领，全市电灯电话虽未遭破坏，但停电是常有的事。两支红色蜡烛点亮，一支放在刘仲明对面，另一支被丁宜端在手里，借以调整手术所需的亮度。一支的烛照显然不够，刘仲明又吩咐茂仁掌起另一支。和丁宜需兼任传递器械的工作不同，他也领受了另一项任务——摁住宋华山的腿，防止他动弹，以免影响手术进程。

昏黄烛光下，扩张的创口现出一种惊人效果。血肉的颜色极为怪异，像被捣烂的浆果。茂仁看到一滴蜡油滴在宋华山汗毛密集的腿部，迅速被流淌的血污覆盖。他感到一种难以忍受的困顿，身子开始变得酸麻。努力调整着站姿，支撑着手臂的力量。偶尔抬头，见对面墙上隐伏着被烛光放大的身影，时而波动。汗水从额头滴落下来，划过睫毛，茂仁闭了一下眼睛。等眼睛再次睁开，发现卧室通往客厅处的门帘，撩拨了一下，一张脸倏地探了进来。

他以为是烛光投影的效果，瞪眼再看，见那张脸待在原地不动。又以为自己因疲惫产生了幻觉，等再次定睛细看，这才认定是一个人隐伏在那里。猝然而至的惊恐，令茂仁一时间说不出话。

那人旋即躬身进来，悄悄站在刘仲明和丁宜的身后，好像要探究他们在干什么。直到发现这是一台手术，明显舒了口气。直腰，饶有兴致地看着。露齿的唇忽而翕动，很快挺直腰背，一脸愠怒地喝问一声：你们这是……

全神贯注的刘仲明和丁宜，显然受了惊吓，站直身子，目瞪口呆地看了看茂仁，这才顾及扭头察看。

茂仁认出了来者，不是别人，正是这户的主人王善义。想必他刚刚出差回来，开了门锁，径直进来，卧室里的几个人却没有半点察觉。

茂仁赶忙叫一声：善义叔，是我。

王善义也愣住，看清站在手术台对面的茂仁，习惯性笑了一笑，仍不明白家里到底出了什么事，不禁问道：你婶呢？

我婶，去亲戚家了。

你们这是……

听茂仁和王善义有问有答，刘仲明和丁宜松了口气，继续做起了手术。

起初，王善义以为躺在手术台上的人，是家人或家里的亲戚，遇到什么突发变故，将医生请到家中。及至看清宋华山的长相，是一位毫不沾边的陌生人。除了认识茂仁，虽清楚另二位的身份是医生，但也显得颇为奇怪。王善义绕到茂仁身旁，指着躺在手术台上的伤者问：这人是谁？

茂仁一时无法对王善义道尽事情的起因，又要专心擎着蜡烛，只能迎合王善义，他问一句，他便答一句。

我的……一位朋友。

你朋友，咋的了？

受了点伤。

咋不去医院？

这不把医生请家来了嘛。

哦，这是你家还是我家？

你家……

既然受了这么重的伤，放着医院不去，又知道这不是你家，大半夜的，咋偏偏跑我家来了？

茂仁乱了方寸：善义叔，您就别问了，别打搅了医生手术，等手术做完了，我再详细跟你解释。

哦……我知道了，我知道你们在搞哪样了。我说呢，方才我在外面吃饭，听人说前几天有人打死了日本子……你们，你们！

电灯骤亮，照彻王善义的一张脸，也映出他如梦方醒，脸上乖戾而愤懑的神情。此时手术已接近尾声。丁宜将缝合针递给刘仲明，抬头，看着正在指手画脚的王善义，眉梢微蹙。

你们胆子也够大的。我不在家，把我老婆孩子诓出去做这种事，你们这不缺德吗？要被日本子发现，我们一家还能活不？

面对王善义的指责，众人哑口无言。

刘仲明缝合完伤口，扭了扭酸疼的腰背，劝王善义道：兄弟，别激动，咱们都是中国人，自家人的事，啥都好商量。

刘仲明的劝解，让王善义更加烦躁，嘴里催促道：好了好了，手术你们也做完了，赶紧离开我家。

好，我们马上就走。刘仲明手下不停，喃喃地说着。

那伤员咋办？茂仁问了一句，显得有些懵懂，看着刘仲明和丁宜。

弄走，弄走，统统给我弄走！王善义挥手。

丁宜倒是很冷静，对王善义的作为也有一点气愤，冷冷地说：刚做完手术，他没办法走……况且，外面又不安全，让他走，等于让他去送死。

我才不管！我可管不了那么多。你们要是不走，那我就……去找日本子，日本子来让你们走，你们总肯听话吧？

王善义这样说着，真的朝门口迈了一步。脚步迟缓，其实他只是想做做样子，不想却让茂仁感到了胁迫和危险。瞟一眼丁宜，见丁宜冲他做了一个暗示，慌忙朝王善义扑去，想从背后将他擒住。不想弄巧成拙，被一张板凳绊倒，扑个空，只捽住王善义的衣后襟，被王善义摆脱。猝然的举动，反倒刺激了王善义。他飞快地冲出卧室，扯落了门帘，逃跑的身影，看上去像一只危险的兔子。

丁宜紧随其后，追到客厅，飞身将王善义扑倒。两人扭在一起。丁宜先是徒劳地抵挡，直到脸上被王善义挠了几下，这才挥拳，一拳捣中王善义面门。满嘴血污的王善义嘶声喊叫起来，声音在空寂里放大。丁宜赶忙用手捂住他的嘴，令其不能张口，身子扭动得更加厉害。

苏半田带了张凡廉，便是此刻找到这里的。

苏半田认为这是大水冲了龙王庙，对王善义好一番安抚。王善义嘴里喷着血沫，不好意思驳苏半田的面子，转而将矛头指向丁宜。用手指着他：大哥，他，他打我！本来我就掉了一颗门牙，如今又被他打掉一颗，这以后还咋出门，还不被人笑死。

苏半田手拿一块毛巾，为王善义揩着嘴角的血迹，息事宁人地说：算啦，现在的年轻人，就是缺点礼数，下手不知轻重！不问青红皂白，也不知道这是你王叔。你王叔王婶，帮了你们多大忙。这都怪茂仁不知好歹！赶明儿，让他帮你镶一颗金牙，不，镶两颗，以前掉的那颗，也让他掏钱帮你镶上。

茂仁弯腰谢罪。站在一旁的丁宜不由暗自发笑，揩着手上的血污说：好！保准能给他找最好的牙科大夫。

那不行！王善义摇头，我不能就这么轻易饶了他！

饶不了又能咋的，咱弟兄俩处了这么多年，看在我的面子上，你就高抬贵手吧。苏半田无奈地说。

王善义最终妥协，却一口咬定，非要将伤者即刻弄走。任苏半田怎么劝，再不肯答应。

大哥，我不去日本子那里告发他们，也算对得起咱中国人的名号……现在，立马，让他们把人给我从这里抬出去。这血赤糊拉的，我嫌晦气。

张凡廉凑上来，涎着一张脸，拍拍王善义的肩膀，操着官腔说：兄弟，现在真弄不走。给我个面子，过了今晚，我保证把他弄走。

给你个面子？你又算老几？面子是给我大哥的，你给我闪一边去。

张凡廉一张暄胖的脸，顿时僵住，却拿王善义毫无办法，只能亮出自己的身份：鄙人张凡廉，曾经是皇姑区一分局警察局局长，能不能给兄弟一个面子？

王善义愣一下，很快轻蔑地笑起来：呵呵，曾经……曾经那是张大帅的天下，如今日本子打过来，你就别提"曾经"啦……我听说，现在日本子正在搜捕你们这些军政人员，凡穿警服者，格杀勿论……往后你当不当得了警察，保不保得了命，都还难说。

张凡廉灰着脸，有些下不来台。

王善义话茬子硬，得理不饶人：少跟我在这儿唠瑟。你当官的时候，我管你叫爷，可今儿这孙子，可不是由我来当。

张凡廉拱手，脸都绿了：好，好，我是孙子。

经由苏半田和刘仲明劝导，事情最终敲定一个结果——张凡廉出一笔钱，让宋华山在此暂住一晚，算是风险费和慰劳费。后天，天亮之前，务须将伤者运走。张凡廉身上所带现金不多，空口无凭，付了一部分定金后，只能打一张欠条，由苏半田作保。

等大家准备散去，王善义倒有些拿捏起来，抖着手中的欠条，对苏半田道：大哥，你说今天这事，我还真不是这意思。咳，算是大水冲了龙王庙，完全一场误会。你说，我一个正儿八经中国人，能跟日本子去告发他们吗？那是婊子养的才能干出来的事！好了，大哥，我的人品你也清楚。今儿我也不在家过宿了，我找我老婆孩子去。

风波平定之后，中秋节很快就到了。

老家那边，并未传来什么不好的消息。在此期间，苏半田也曾有过让茂仁回乡的打算，却听说锦州那边起了战事，国军退踞关内，也就罢了这打算。

益发合商场照常营业，市面一派祥和。苏半田被推举为南市商会会长，是在张凡廉一再规劝下才勉强答应的。如今张凡廉摇身一变，成了南市警察署署长。他劝苏半田，老兄，让你做你就先做，我不也一样，给日本人低头，只为混口饭吃。大丈夫能屈能伸，那才算真本事。凡事要往长看。我向你保证，你要做了会长，益发合肯定平安无事，生意比以前还要红火……

第二章　真相

1

茂仁躺在宿舍里，听到外面传来阵阵嘈杂，锣鼓和军乐队奏出的激昂曲子，以及人们有气无力的欢呼，听来令人生厌。

父亲一早便出了门。按照市府下发的公函要求，除他本人必须参加一系列庆祝活动外，还要在商会内选出数位代表，组成南市商会代表团，参加为"满洲国"的成立举行的盛大庆典。因看过那份公文内容，茂仁心里清楚：这一切欢庆的假象，皆是伪政府与民间达成的一项无耻交易——每个按规定参加的团体，都能得到政府下发的千元赏金。

喧闹声一直持续到午后。苏半田一脸疲惫地回来，先是对茂仁讲了这两天来的经历，又告诉茂仁，他在省政府礼堂，碰到张凡廉了。张凡廉的意思，今天是个大喜的日子，他想晚上请客。

今天在他或许是个大喜日子，但对于旁人，又喜从何来？

苏半田苦笑：咱爷俩，真不愧为父子。这番话，当时我对张凡廉也讲过，只不过讲得比你要委婉，哪有你这般戗人……苏半田一边说，一边净了手脸，把身上的衣服全部换掉。穿在他身上的那件棉布长袍，除去上街游行时沾了些灰土，只穿了半天，实在没更换的必要。心里的那份硌硬，还是令苏半田觉得腻歪。他是一个有洁癖的人，换掉这身衣服，心里就清爽多了。

茂仁说：那就让他一个人去庆祝好了！

苏半田连忙解释：张凡廉或许并不是这意思。他要请客，是因为他又荣升了，调到省警备厅任了侦缉处处长，连升三级，所以要庆贺。另外……说到这儿，苏半田压低声音，最主要的，是想对年前的事有所表示……

茂仁看父亲一眼，不屑地问：表示个啥？

表示感谢呀，谢谢你救了他小舅子。

茂仁冷笑，不想说话。

苏半田凑过来，说：你要去的。

我不去！

你必须去。张凡廉说了，你是主角，不去能行？

茂仁说：我不舒服，肯定去不了。

你感冒的事，我都跟他说了。他说年轻人伤风感冒，不算个事儿。喝几杯白酒，说不定就好了……你要不去，他就亲自来接。他不但要感谢你，还要让你喊上你那两位朋友。

茂仁叫了一声：我的朋友，才不会和这种人来往。

苏半田说：好好，我知道他们都是有身份的人。可咱爷俩，却没那份清高的命。你必须去。身在屋檐下，不得不低头。以后咱益发合，还指望张凡廉给咱撑腰。你要不去，得罪了他，等于给爹找麻烦。

茂仁很是为难，磨蹭半天，所以去得晚。未能和父亲同路，反倒比父亲早到了一步。

鹿鸣春饭店的包房内，穿便装的张凡廉笑脸相迎，春风得意全写在一张大饼子脸上。他拽住茂仁的手，转过屏风。屏风后别有洞天，是一间包房。有人背对屏风而坐，听到寒暄，转过身来，缓缓站起。

茂仁僵在那里。

出现在他面前的，是宋华山。

宋华山冲他微笑，却令茂仁感到不适。

令茂仁感到不适的，是穿在宋华山身上的一身警服。茂仁虽不入警察这一行，因在生意场上混，对警察的配制还是颇有了解，知道以前警察官员的服制，一直按民国二年政府颁布的《服制令》而着用。军阀旧政权的秕政反映为警察的行径，完全充当了军阀的爪牙。加之本身素质低劣，因此，着警察制服者，无不受到整个社会的极度蔑视。从官厅、银号、会社、大商店的守卫，直到民间资本家的贴身保镖，乃至无业游民，都能随便搞一套穿在身上，声誉被这些人毁得更是到了无以复加的地步……宋华山今天所穿的这身制服，仍是茶褐色呢绒布料，从新旧程度来看，显然是以前的着装。变化发生在肩章与帽徽上。肩章质地十分粗劣，显然是临时缝缀上去的。帽徽成了金色三角星章。金属的质地，在灯光下闪着粗俗光泽。他没戴帽子，却将帽子托在臂弯，像一个受了加冕的新政权宠儿——以前，茂仁虽讨厌这身制服，却不至于这么恶心。今天见了，不惟是恶心，而是万分厌憎了。

宋华山洞察到茂仁的心思，心里自然后悔不迭。他本不想来赴这场酒宴，却经不住姐夫张凡廉的软硬兼施。宋华山的担心自有他的道理。但张凡廉却不在意，甚至从道义上对他进行了一番规劝。宋华山现在后悔的是——来就来了，可不管多忙，自己总该回家换身便服，免得在酒席上生出什么龃龉。

张凡廉窥出二人表情上的异样，在一旁忙打圆场：你们哥儿俩，咋好像不认识了？如今华山仍在南市场分所供职，刚当了所长。你们以后打交道的机会可就更多了。

茂仁不语。

宋华山亦不想说话，只是出于礼貌，语无伦次地解释道：我也是刚到……

三人落座，气氛略显尴尬。张凡廉坐在二人中间，说快板书似的开始嘚瑟。说起这鹿鸣春饭店的名头，说它正式开张的第一宴，座上宾便是张学良和他的夫人于凤至……他缩着短粗的脖颈，夸张地咂着舌头：如今改朝换代，我偷偷溜了一眼，来这儿吃饭的，都是省政府的达官要人。

宋华山黑着一张脸，垂手而坐，偶尔瞄茂仁一眼。见茂仁只是牵牵嘴角，算是对张凡廉的逢迎。服务员进来，问何时点菜。张凡廉说，现在就点。他将菜谱推给茂仁。茂仁摇头。张凡廉也不客气，菜谱都不用，只把服务员喊到身边，手指有节奏地敲打桌面，嘴里娴熟地报出一串菜名来：黄玉参烧猪蹄——猪蹄要烂；金牌扣肉——肉片间别隔姜丝儿；拔丝糯米枣——拔丝要脆；烤羊腿……

苏半田的到来，这才将沉闷气氛打破。

张凡廉上前，笑脸相迎，迎住的，却是抢在前面的王善义。

张凡廉一张热情洋溢的脸立马撂下来。王善义见怪不怪，同他寒暄两句，旋即走进包间。张凡廉小声对走在后面的苏半田嗔怪道：你咋把他喊来了？

苏半田一愣，装出一副糊涂样子：你不说把该谢的人都请来吗？

张凡廉嘀咕：可不包括他呀！

苏半田一笑，拍拍张凡廉的后背：你大人不记小人过，你家舅爷的事，总归给王善义添了不少麻烦。况且他不知和我说过多少回，求我有机会搭个桥，缓和缓和你俩之间的关系。

说是为茂仁设宴，但因茂仁的不热情，在王善义的张罗下，酒席的主题很快转换到对张凡廉升迁的恭迎。王善义急功近利，首先端起酒杯来敬张凡廉。

张凡廉虽端起酒杯，却扭身来敬苏半田。苏半田为照顾王善义的情绪，说，还是咱大家一块喝一杯吧。

张凡廉说：不行！别的由头不提，席上你年龄最大，当然应该先敬大哥。

敬过苏半田，张凡廉又喊上宋华山，一起来敬茂仁。茂仁只用茶水应对。

两杯酒下肚，王善义被晾在那儿。他心有不甘，端起酒杯再敬，却被张凡廉摆手制止。张凡廉说：我看你这人，就是不懂礼数——今天是我请客，况且你是"大爷"，这杯酒，应该我先敬你才对。说着，自顾倒了酒，端起酒杯，冲王善义虚晃一下，仰脖灌进嘴里。

王善义愣着，似有醒悟，想起那晚在自己家说过的一番过头话，慌忙站起来，冲张凡廉作揖道：张警察长，不，张处长，我狗眼看人低，有眼不识金镶玉，您别跟我一般见识。千错万错，都是我的错。

张凡廉拉长声调问：难道世道变了？

王善义的一张脸拉得更长，抬手抽自己一嘴巴：变了变了……不，不管咋变，你永远都是大爷，我这不识相的人，只配当孙子。

话说得如此轻贱，苏半田脸上都有些挂不住，急忙在旁打圆场。

张凡廉正色道：今天大家都在这儿，我把丑话放前头——年前发生的那件事，我也详细查问过了，是日本皇军走火，误伤了宋华山。我跟当局已经解释清楚，任何心怀不轨的人，以后都别想再拿这件事当嚼头。

茂仁一愣，和父亲对望一眼。

听到王善义诚惶诚恐地说：你张处长不提，谁敢提半个字。

张凡廉的情绪这才有所缓和，冲王善义扬手。王善义以为对方示意自己坐下，屁股还未落定，却听张凡廉拉长声音说：我敬你的酒，你咋还没喝呀！

王善义赶忙站起来，喝了杯中酒。又转桌替每人倒了一杯。宋华山站起来想代替他，他却受宠若惊，硬将宋华山按下。待回到座位上，让大家随意，自己连干三杯。三杯酒下肚，脸色苍白，神情倒活泛了许多。

张凡廉嘲弄他道：你可悠着点，这酒可是我让人专门从烧锅坊弄来的头茬酒。你别见了好酒，抢着把我们的都给喝完了。

众人皆笑。

酒过三巡，等张、王二人真正唱和起来，茂仁这才算真正见识到了酒徒的不耻。他中途离席。宋华山不声不响跟出来送他。茂仁本不想再同他有什么牵扯，却听宋华山自语道：那两个日本人，我对我姐夫说，是我射杀的。以后无论同任何人提起这件事，你都要这么说。

茂仁明白他话中的用意，脸上却露出厌烦的神色，语气不免带了一丝轻薄：记得你还和我说过，等伤养好了，即便不去投奔黄显声局长，也会回家种地……可咋就到末了，跑去给日本人当差了？

宋华山低头，嘴里讷讷：我姐和我姐夫的意思，也是想让我回老家种地。但我有自己的打算，也不便对你讲，或许，以后你会慢慢明白的……

茂仁不再说话，甩甩手，转身离去。

2

奉天"基督教青年会"位于井子街，沿大南门北行约百米的东胡同北侧，原是清朝景佑宫的地址。这景佑宫和皇帝的寝宫扯不上关系，只是用来供奉皇帝先祖的画像和牌位的。再说这青年会，最初由英、美、丹麦三国合资建立，当时并不在这一位置，而是在大南门里设了一处福音堂。民国十一年第一次直奉战争，奉系军阀战败，青年会在战后调停中起了一定作用。作为答谢，张作霖便将景佑宫的地皮拨付给青年会使用，后来才建起了这座颇为气派的四层洋楼。

那年茂仁初来奉天，由人带着，去小河沿公园游玩，回来时路经此地，被唱诗班的歌声吸引。信步走入，见院内不仅有篮球场和网球场，楼内的装修也考究。大厅宽敞，楼梯与地板都是木质的。二到三层，分别设有大小教室、讲演厅、游艺室。出入这里的人，多是彬彬有礼的学生，气宇轩昂的社会人士。去过几次，又知这青年会下设几个不同类型的团体：团契会，专门学《圣经》唱圣诗的；节制会，倡导禁烟禁酒的；家庭会，顾名思义，用来宣讲教育子女、安排家庭生活的。除这些开宗明义的小团体外，并设有夜校、数理化英文补习班。茂仁为打发时间，便去英文班听课。在英文班上，初识丁宜。

那天他去得晚，进门便见一位青年站在讲台上，着一件藏青色西装，浅灰色衬衫领子显得有些硬，束着他的脖颈。一张肤色黧黑的脸，刀凿斧劈，头发也是根根直立，硬钢丝一样蓬着。他的英文发音极富魅力，充满男性中音区域的磁性与浑厚。正与同学交流着什么，见茂仁进来，温和的目光从镜片后投过来，用英文问：What's your name, please？茂仁刚落座，不禁一愣，站起来，用英文回答：This is……苏茂仁。茂仁的话音未落，便引得同学们发出一阵善意的哄笑。因"This is"的发音茂仁说得还算地道，但"苏茂仁"三字，说的却是中文，并且带有一股浓重的"老呔"味。

就这样慢慢熟悉起来。得知丁宜的老家在昌黎，就读的学校也是燕京大学，只不过学的是英文。毕业后也未找到合适工作，暂在盛京施医院混口饭吃。茂仁低他一届，算是学弟。丁宜得知茂仁主修物理、化学，便极力引荐。赶鸭子上架，茂仁被迫做了几次代课老师。

初上讲台，在十几位学生的注视下，茂仁却分明在意着另外一双眼睛——丁宜坐最后一排，正在偷看着他，嘴角挂着一抹微笑。那微笑看上去有些莫名，令他感到紧张。料想若讲得糟糕，定会引来丁宜轻视。好在等讲起课来，见丁宜手握一支笔，不知在本子上记着什么。态度端正，托腮聆听的表情，竟有一种说不出来的谦恭。

那堂课讲得十分仓促，关于物理和化学的常识论述不多。课的末尾，茂仁不知怎么，竟讲起自己因何学了这偏狭的专业。他从自己的幼年说起，说起第一次捉萤火虫的经历，说起记忆中对风雨雷电的初次感受。这世间万千的自然现象，令一个孩童感到恐惧的同时，又令他感到好奇……及至讲到自己考上大学，之所以报了化学物理专业，除满足自己的偏好外，其实另有所图——等毕了业，不说有更高的造就吧，去学校做一名物理或化学老师，总能找到一席之地。但现实竟是如此促狭，偏偏就满足不了他的这一小小的心愿。

茂仁讲到最后，不知怎么，眼里竟泛起了泪光。因自己情绪的失控，再次感到不安。一记掌声响起，随着丁宜的第一记掌声，所有学生都为他鼓起掌来。

出了饭店，茂仁本想回他的宿舍，走到井子街交叉路口，不知不觉，竟然拐到基督教青年会。扒着门缝往里看，不见昔日灯火通明的景象。他并不知道夜校已停止授课，白天各团体的活动，也处于半停滞状态。他心有不甘，忽地感到一种前所未有的孤独。顺原路往回走，走过一条岔路，稍有迟疑，径直朝盛京施医院的方向走来。

丁宜的宿舍他来过几次，以前宿管都会很痛快地放行。这一次，却将他拦住，说要知会一声。

茂仁站在昏暗的楼梯间，等了片刻，见丁宜同宿管一道现身楼口。丁宜站在楼梯拐角，也不下来。宿管趋近，轻声对他说：上去吧。茂仁这才迈步走上楼梯，离丁宜三五级台阶的距离，见丁宜单手拎着长衫下摆，往上迈去的步子，看上去有些虚浮。

爬到三层，拐过一个楼道，丁宜再次停下来等他。等他趋近，这才伸手将门打开，将他让了进去。

茂仁愣住了。

只见屋内挤挤挨挨坐了七人，窗帘严严实实罩着，灯光炫白，灯头上蒙一个灯罩，聚光般打在一张长条桌子上，桌上放八只晶莹剔透的水杯。等他和丁宜在桌边落座，围桌而坐的人数便成了九个。茂仁这才觉得自己冒失，不该唐突来此。瞥一眼周围的人，见都是同自己年龄相仿的年轻人。有人垂头，表情沉重；有人将胳膊杵在桌上，单手抚着杯子，目光沉郁而忧愤。瞬间的沉默，使茂仁意识到，此前他们或许正在激烈辩论着什么，却因他的到来，才会有了现在的冷场。除了丁宜之外，其他的人一个也不认识，只一位矮个子青年看上去眼熟。想了又想，这才想起是在电影院见过一面的王开。茂仁用目光同他打招呼，王开却不看他，好像从未与他有过交集。

丁宜说：给他倒杯水。

有人站起来，给茂仁端来一杯清水。茂仁误将那杯清水当作待客之用，双手接过，即便不渴，也礼节性地抿了一口。嘴唇努着，腮帮鼓成一个椭圆。水的味道旋即在口腔内炸开，刺激着味蕾。不是清冽，也非甘甜，而是泛起一股浓烈的苦涩。若在平时，茂仁说不定早就吐了。他将水含在嘴里，舌尖与唇齿不敢动，抵御那苦涩的侵犯。抬眼瞅瞅身旁的人，没人在意他奇怪的表情。只得将唇腮收缩，喉头耸动，将那口苦水咽下，发出谨慎的咕咚一声。

在以后的几次聚会中，茂仁都会喝到同样一杯苦水，仿佛融入这团体的一种仪式。后来据他观察，发现屋内的其他八人，每当啜饮一口杯子里的水，很难见到那种饮水的酣畅，大多会眉梢微蹙，吞咽的动作，却显得毅然决然。茂仁这才放下心头的疑虑，知道他们喝下的，是同样一杯苦水，而非对他的怠慢和捉弄。

那一晚，茂仁并未更多获悉这一团体的秘密。吞下一口苦水之后，心内的志忐终归平复。他认真地倾听他们的交谈，感悟着他们的忧愤。他们的悲伤与绝望像引子，使他郁结在心头的情绪得以释放。当有人说起东三省的沦陷，以山海关为界，关外的人相当于成了无国可依的流民。"满洲国"的成立，无疑会使更多昏聩的民众意识不到身份的可悲。而那些日坐愁城的人们，报国无门，只能徒劳地挣扎。有人失声痛哭起来。茂仁也眼圈发红，忽地意识到自己的身份，想到家乡离关内仅一步之遥，自己也算半个关内人，却又因何，在这里做了亡国的流民。

时间有些仓促，此前他们显然已说过很多话了。丁宜最后端起水杯，示意大家将杯中水共同饮尽，并做了一番总结性发言：形势既已如此，我们更该留下。大家想想，如果所有人都走了，这沦丧的城市只能任由倭寇摆布。我们唯有做出抗争，哪怕这抗争显得过于微小和徒劳，我们也只能这样做！

大家分头散去。

房间里只剩下茂仁。丁宜站着，做出送客的姿态，茂仁却坐着不动。空寂的水杯交错摆在桌上，从杯底折射出的反光，好像那先行离去的七人，仍将他们的忧愤留在此处。

茂仁嗫嚅道：今天我不该来……

丁宜说：你总归会来的。

茂仁说：大家都想离开……可我有机会离开，却偏偏留在这里。

这里更需要你，丁宜说，之所以今天将大家召集在一起，是因为很多人都想投奔关内，不想留在这儿做亡国奴。道理我都讲过，只是大家还没有意识到，只一味地追求痛快，亡国忧心，在哪儿都一样。

可我又能做些什么呢？

别急……丁宜想说什么，又止住话头。

早在去年年底，从北平得知消息，"国联"将不日抵达奉天。

所谓"国联"，是"国际联盟"的一个简称，这个由多国参加的权威性组织机构，于 1920 年成立，总部设在日内瓦。它所宣扬的宗旨是：维护国际和平与安全。九一八事变后的第二天，国民政府已向国联行政院提出申诉，要求国联立即采取措施，阻止事态扩大。令日本军队撤至事变前的原防区，并对中国造成的损失予以赔偿。国民政府并提出附加建议：希望组成国联调查团，深入事发地调查真相。9月30日，以及10月24日，国联曾两次通告日本撤兵。日本不但置之不理，反而变本加厉，进一步扩张对东北地区的侵略。同时，日本政府一方面在国联召开的会议上为自己诡辩，另一方面催促关东军，在奉天加紧拼凑傀儡政权，以便盗用东北民意作为幌子，使其侵略行径做到最大的合法化，以搪塞国际舆论，干预国联插手。去年冬天，日本政府认为拥持傀儡政权登台已有把握，便有了反差极大的变化，不但不反对国民政府关于组建国联调查团的建议，反而主动要求国联派出调查团，来东北实地了解事变因由……也就是在这样的背景下，伪满洲国傀儡政权才会如此仓促地在长春成立。

听着丁宜的讲述，茂仁有些喘不上气来。他想插话，未等开口，便听丁宜又语速极快地讲了起来。

据我们分析，国联调查团是由"英法德意美"五国组成。出行前，必然同有关国家进行磋商。这样一来，便会给日本人留下充足时间，在调查团到来之前，安插特务，制造假象。调查团如无法深入到中国老百姓当中，很有可能会被蒙蔽。为不错失这唯一的机会，我们决定动用自己的力量，揭露日军的暴行，争取到国际社会的干预——要趁日本特务还未加强监视和戒备时，迅速采取行动，搜集足够的日军侵华证据。

茂仁激动地问：我能做什么？

丁宜按住他的肩头，说：我们拟定的工作方向，是要针对日本人谎称的三个欺骗论调予以揭穿。第一，日本军队进兵奉天纯属自卫行为。第二，日本军队占据东北城市，是为了维持秩序。第三，"满洲国"的建立，完全出于东北居民的自觉自愿。关于搜集材料的原则，我们决定采用以下两点。一、针对上述三点谬论，注重事实证据，包括人证和物证。贵精不贵多，虽有事实，证据拿不到手的，都不在搜集之列。二、特别注意寻找日本发行的报纸，以及敌伪的官方文件所发表的有关材料。用日本人的矛攻他的盾，使其无反驳余地。

你们都在做这件事吗？茂仁显得兴奋。

都在做！丁宜说，还有更多的人参与其中。从现在开始，为避免日本特务的注意，大家以后不再集会，就连青年会也不要去，那里已引起日本特务的注意。我们接下来要做的，是专心做好相关材料的搜集工作。什么时间碰头，再另行通知。还有一事，想请你帮忙，协助我们取得第一手相关证据。

茂仁抬头，目光中充满期待。

关东军警备司令部大门口悬挂的牌子，是证据中的重中之重。既是"满洲国"，为何还要成立这样一个部门？据我们推测，日本人在调查团到来之前，肯定会取下这块牌子，改头换面，瞒天过海。所以说必须尽快将这一有力证据拿到手。

怎么拿到？

当然是拍照取得……丁宜进一步解释，我们已观察过，离关东军警备司令部最近最可靠的地方，是一家商号。那地方你应该熟悉，即便不熟悉，也能通过关系带人进去。

是正兴街的那家商号？

正是。

茂仁哦了一声，前几天我还去过那儿，是一个大院子。南市场内的很多批发商，都在那里囤积货物。我们益发合，在那里有五间仓库。

那可太好了！看来，凭借你手中的资源，定能帮我们解决很多实际问题。

可我不会拍照啊，况且……茂仁的表情因焦虑而变得沮丧。

丁宜安慰他道：这你不用担心。我们会安排王开协助你来完成。王开的正式工作，是照相师。晚上才去电影院打另一份工。十岁左右，他便去照相馆当了小伙计，这么多年下来，对照相那一套已烂熟于心。你接下来要做的，便是带王开先去熟悉一下那里的地形。

3

茂仁不知道，位于正兴街的南市场仓库，以前是有前门和后门的。朝西开的大门正对以前的省财政厅，因车马喧嚣，便被勒令封堵了。进出这里的运货车辆，只能改由东门出入。好在院内比较宽敞，又兼仓库租金低廉，很多商户仍坚守在此。如今省财政厅易址，挂了关东军警备司令部的牌子，商家们唯有暗自庆幸。真不敢想象若开着西门，每天从戒备森严的警备司令部门前经过，会惹来多大麻烦。不说麻烦，单说那份惊吓，也会把财神爷吓走。

这一天，茂仁带上王开，先去商号内转了一圈。凭他的身份，进出这里很是自然。转遍整个院子，也找不出哪里是拍照的最佳位置。经王开提议，二人又绕到另一条街上，从警备司令部门前大摇大摆走过。见大门口戒备森严，两名站岗的宪兵，面朝的方向，正对商号仓库后身。走到正门位置，王开放慢脚步，迎着西斜日光，暗中伸出拇指，校正方位，皱眉朝对面瞄了几眼。见适宜拍摄的角度，应是一处靠近门脸的位置。夕照余晖中，门脸上方突出的檐角，被涂描出淡淡的阴影。

再次返回大院，二人又发现新的问题。那处靠近门脸的位置，离益发合所属仓库隔了五六间门面。若带相机贸然上去，必会引起住户怀疑。唯一的办法，只能从此处攀上屋顶，看屋顶上有无通往那里的路径……二人正仰头向上观望，调来仓库的伙计小三子凑过来问：少爷，你们瞧啥呢？

茂仁看他一眼，指了指王开：我朋友养的鸽子，受了伤，好像落在咱这片屋顶上了。说罢，捅一下王开，你确定吗？那只花了你不少钱买的鸽子，是不是落在了这儿？

王开心领神会，连连点头。

小三子说：那就上去看看呀。

茂仁吩咐他道：你去找架梯子来。

小三子搬来梯子，却善解人意地要架到对面人家的屋檐上，被茂仁制止。等王开攀着梯子爬上屋顶，小三子也跟着爬了上去，却因身材肥胖，梯子抖颤。王开俯身看他，意思是要他下去。小三子却偏要爬上梯子顶端，转着一双滴溜溜的眼睛，饶有兴致地朝开阔的屋顶张望。

站在房檐下的茂仁，仰脖朝屋顶上看。只见王开瘦小身形轻如飞燕，蹿房越脊，在黑色屋瓦间攀缘。走过一道窄墙，空中刮起一阵大风，王开张开双臂，保持着身体的平衡，衣襟被风掀起，摇摇晃晃走过一道矮墙，跳到对面的平台上。弯腰三蹿两蹿，便再也看不到他。茂仁知道，王开所做的一切，都是按实际操作而演练的——既要找准路径，又要尽量做到隐蔽。这样想着，不觉间心里已是万分紧张。

王开从房顶下来后，迅速画了一张草图，将观察到的情况一一告知茂仁。

从这里上去，绕到那处门脸位置，绝对没问题。那里不但正对警备司令部大门，南边还有一处地方很适合隐蔽。问题是，相机有点笨重，我自己根本无法单独完成拍摄，需要你的协助。

茂仁点头：这没问题。

还有，便是拍摄时间的选定。假设我们选定一个日子，那天必须保证天气晴好，有充足的光照。

茂仁苦笑：那就只能问老天爷了。

王开白他一眼，说：我说的并不是问题的主要，而是要精准掌握光照的时间，拍照时不能被哨兵发现。

茂仁并未厘清王开话中的要义，显得有些愣怔。

王开进一步解释：门口的哨兵是面东站的，我们必须利用上午太阳直射的时间来拍照。太阳照着他们的眼睛，相机的闪光才不会被他们发现。

茂仁恍然大悟，那就应该在上午九点到十点之间？

对！王开点头。

茂仁却有所担心。那段时间，正是院子里最忙乱的时候。人多眼杂，不被对面的日本人发现，也很容易被商号的人发现。

王开挥手说：这就看你的了。咱俩前一晚能不能住进来？天亮前爬上屋顶，先隐蔽好。只要拍完照，就啥都好办了。

茂仁说：这没问题。

前一晚，茂仁便留宿正兴街商号。

他请小三子喝酒。等小三子打起鼾声，他便出了屋门，去查看那架事先备好的梯子。返回屋内，坐在床头，想着王开如何对一部相机动了手脚，骗老板说相机出了故障，要送去检修。借这样的机会，王开会把人为的故障调试过来，等拍完照，再将故障复原，瞒天过海送去修理部……他虽去照相馆照过相，却对相机的性能一知半解。只知那行李箱大小的机壳子，蒙了一个黑布罩。照相师钻在里面，行为虽有些好笑，却是为了不使底片曝光。他忽地想起一个至关重要的细节——每次照相，照相师说完"看这边，笑一笑"时，总会攥一下手中的气囊，旋即爆出一束荧光……照这样的方法去拍照，即便日光晃着哨兵的眼睛，也保不准会被他们发现。

茂仁不禁心乱如麻。一直等到过了午夜两点，王开才来，身上背一只沉甸甸的帆布兜子。他倒一杯热水给他，不待他喝完，便把困扰自己的问题讲出来。王开微微喘着，伸手抚他一下，安慰他道：不用担心，那是闪光灯。如果有足够的光照，是用不到的。

虽是初春时节，黎明时分的空气仍显凛冽。瓦脊上生了一层寒霜。低头朝下看，黑暗填充了屋宇与地面之间的落差，只在天色破晓前的一抹亮色里，勾勒出瓦檐错落的剪影。穿行在屋脊上的茂仁，忽地生出一种恍惚之感。见走在前面的王开，低俯身子，肩上的背囊看上去像一件法器，颇像一个矮小侠士。

门脸南端的位置选得非常不错。墙垛上的豁口，恰好能容下相机镜头，褐色外壳虽与破旧屋瓦颜色有异，若不细看，很难分辨。他们站脚的地方，是一处不到半米的平台。两人只能并排蹲着，却不能前后交叉。好在身后，堆着一排松散的木头箱子。若不经意向屋顶上看，从商号大院里，也很难发现他们。

院内开始有灯光点亮，渐次熄灭之后，整个天宇慢慢苏醒过来。东方天幕像一块铅板，不知太阳会不会遂了人愿……就是在那一刻，茂仁这才洞察到自己体内的一种隐疾。他先是不经意朝下看了一眼，空井般的落差忽然抖了一下，恐惧瞬间在他的心里滋生。越是不敢看，越是想往下瞧。身上冒出的冷汗，瞬间濡湿了他胸背。

王开跪伏在瓦脊上，正在调整相机的角度。对面大门口的情形，在取景框里恰到好处，两块悬挂的牌子为主要拍摄对象，此刻那里静悄悄的……不经意间回头，见茂仁大汗淋漓平躺在房檐上，手捂眼睛，却掩不住脸色的苍白与淋漓的冷汗。王开抱着相机，滑下瓦脊，蹲在茂仁身边问：咋了？

我，难受。

咋这样？王开嘀咕一句，能坚持吗？

茂仁动了一下身子，艰难地坐起来，朝屋檐下看一眼，恶心与眩晕再次使他躺倒。不行，躺着还好受点，只要往下一看，便难受得要死。

王开"噢"一声：你这是恐高症，我有位朋友就有这样的毛病，那次我们爬高去挂幕布，他差点掉下来摔死。

那可咋办？

躺一会儿就好了，尽量别往下看，只把眼前的实物作为参照。

按照王开的指导，茂仁心里果然舒服了许多。即便找不到治愈恐高症的办法，接下来对天气的担忧，以及随着拍摄时间的临近，心里聚起的那份紧张与恐惧，也使他不治自愈。

好在那一天天气出奇地晴好，太阳冲破云层，迅速将东方天际的阴霾吸食殆尽。空中响起阵阵鸽哨声，一群白鸽从天际划过。对面上岗的哨兵，木偶一样站在大门口，皱着眉头，帽檐压得很低。脚下的院子里响过一阵喧闹，接着悄寂下来。所处位置的屋檐下，有人高声寒暄，后又传来骨牌被翻洗的声响。咳嗽声，吐痰声，因错过一张好牌响起的咒骂声，隔了房顶，清晰传到屋顶上来。

王开观察着身后的天空，偶尔伸出手指，眯起一只眼睛，目测光线瞬间的变化。经历过漫长的等待之后，时间似已凝固。茂仁跪伏在坡度起伏的屋瓦间，横向跪着，姿势像一匹木马，背部托着那部长方形的相机，当作调整高度的支架。王开也半跪，一只膝盖抵紧他的肚腹。

时间过去有一刻钟那么长，令茂仁感到难受的，并非身负的重量，而是屋瓦的棱角硌着他的膝盖，针刺般难受。后蹬的左腿绷成一张弓，小腿肌肉僵硬，导致脚尖酸麻。若不是那片屋瓦镶嵌得足够结实，他便有可能从瓦脊上失足滚落。汗水再次从额头渗出，这次是热汗，而非冷汗，濡湿发梢，滴落眼角。他瞪大眼睛，仿佛与重叠的屋瓦对峙。瓦缝间除了陈年的青苔，半枚干涩的树叶，还有一具齐整的麻雀尸骸，被灰尘半掩。快要撑不住了，只能低头，头颅也做了支撑，颤声问：还不行吗？

王开闷声说：光线差不多了，但我忘了件事——拍照时，会有响声，必须等有声音响起，才好按动快门，你再坚持会儿！

茂仁胳膊一软，腰背塌缩，听到王开低声提醒：稳住，稳住，马上就好！

一辆汽车驰入警备司令部大门。敬礼的哨兵忽略着镜头的反光，而汽车的轰鸣声，恰好掩盖相机快门发出的声响。茂仁只觉得背部一松，王开拍拍他的肩背，低声而兴奋地说：好了，快撤！随即整理好相机。茂仁想直腰，膝盖却如灌了铅，左脚用力，一个蹬踏，一失足，身子沿着斜坡滑落下去。

王开已将背包负在肩上，弯腰将他拽住。茂仁的一条腿跌出屋檐，两手奋力抠抓，这才止住下滑的势头。人如筛糠般抖着，抬脸看王开，脸上密布着惊恐。王开对他一笑，刚想安慰两句，却听碎裂声在屋檐下炸响，不是一声，而是两声。两片青瓦坠地，一片完整的瓦，变成数瓣，每一瓣皆有一记碎裂的余音。

屋内打麻将的人消停片刻，听到有人闷声在喊：谁在房顶？有人，会不会是贼？

　　有贼！

　　二人愣着。王开小声说：快跑！沿屋顶的通道惊掠而去，转瞬不见踪影。等他俯身跳到对面的屋顶上，回头见茂仁并未跟上，而是停在另一处屋顶。他的脚下，是一道仅能容纳双足交错而行的窄墙头。茂仁身子僵着，不知该站还是该蹲。他张开双臂，极力保持着身体的平衡，却挪不开步子。干脆蹲下，慢慢向前挪。挪了几步，低头窥见的高度令他更为不适，只能再次起身，抖抖索索向前迈开步子。

　　王开嘴唇翕动，无声催促着他，想转身回返，对他施以援手。听见院子里传来一通叫嚷，赶紧蹲下身子，藏在一堵烟囱后面。

　　茂仁终于越过了墙头，身子却瘫倒在屋脊上，再不能动了。他挺起身子，扬着胳膊，朝王开挥舞，示意不要管他。

　　院子里的人声越发嘈杂。

　　茂仁知道，这样僵持下去，王开根本没有脱身的机会。干脆屁股蹭着屋瓦，向前挪了一段距离，站直身子，向前迈出一步，笔直站在屋檐上，将自己暴露在光天化日之下。

　　他将眼睛睁开，见院子里虚浮着无数仰望的面孔，有人惊诧，有人愤怒，更多的则是好奇，嘴里不停议论着什么。蓝天、黑瓦衬着他高拔的身子，一道长长的影子投射在院地上，影子晃动，随时诱惑他往下跌落。由于背光的缘故，屋檐下的人们一时看不清他的容貌，一番议论和喧嚷过后，听到有人说：那不是贼，这人我认识。随即放声高喊：茂仁，大冷天的，你咋上了房顶？

　　茂仁定睛细看，是王善义，一脸费解地望着他。人群外围，小三子正气喘吁吁跑过来。

　　他转过目光，瞥见王开的身影在错落屋脊间一闪，心里这才放定，想回应王善义一声，却张不开口。

　　随着茂仁转头的动作，王善义也不由向屋顶的西南方向瞟了一眼，捕捉到一个稍纵即逝的矮小背影，身上负着东西，更像一个盗贼。他不相信茂仁会有什么越轨的行径，心里充满疑惑，拽过站在一旁的小三子，责问道：你家大少爷，到底咋回事？

小三子一脸困惑，嘀咕道：那是我家大少爷吗？

王善义说：你仔细瞧瞧，不是你家大少爷是谁！

小三子手搭凉棚，看了一瞬，噢一声，嘴里嘀咕：昨晚还好好的，这会儿上房揭瓦，犯了啥癔症。跺脚道：少爷，我找了你一早上，你咋跑房顶去了？

茂仁搭了腔，半空里飘下来的，却是一声长长的叹息，心里憋屈，想到房顶上散散心。

咋就憋屈了？

我不愿来这破地方，我爹偏要我来，让我掌管益发合批发部。人活着，咋就这么不遂愿？

下面议论声纷纷，他是要寻短见？

小三子带着哭腔喊：少爷，我的哥，你快下来吧，你要有个三长两短，掌柜的能饶得了我？你这是要把我往死路上逼啊。

茂仁实在坚持不住，退后一步，身子瘫倒下去，身影从众人视线中消失。声音飘下来：我想下去，可下不去啊……小三子，快想个法子，把我弄下去吧。

……

（原载于《民族文学》2021 年第 1 期）

鸣声幽远

谷运龙（羌族）

一

春风不知道他为什么要回来。二十多年了，只觉得城市的那些喧嚣已让他那么空明的心干涸了，需要一声带着晨露的鸟鸣唤醒他早已枯寂的心灵。

现在，他站上凤凰山的山嘴，眼前的干涸让他本就枯寂的心灵痛不欲生。倏忽间，就想起了三十多年前和师傅秋阳第一次钻入这片山林的美好时节。

是秋天，秋意正浓，凤凰山正浴在霞彩之中。山林在夏天并未走远时金光熠熠，夏天的幽趣只是少了好些的湿润和清爽。师傅不经意地学着母画眉喔喔地叫了两声，山林就躁动起来，雄画眉们争先恐后地都亮出了它们金沙沙脆生生亮光光的嗓子，让这片林子旋转起来扭动起来舞蹈起来。

师傅秋阳蹲下来，用他薄薄的嘴唇和灵巧的舌片更加动情而兴奋地吹奏。几只画眉从远处闻鸣而舞，张开它们用性爱装点的华美的羽翅，滑翔着向师傅秋阳飞了过来，落在了树枝上。

听着它们赛歌一样的婉转，春风的气都出不顺畅了，总觉得心在胸腔里就被画眉的喙轻轻地叼着，让它们的声波漾动出曼妙的姿态向高处或远方流淌。

就这样，儿时的春风鬼使神差爱上了捕鸟的行当。

下河知鱼性，上山识鸟音。师傅吹得一口好口哨，不管鸟鸣鸡叫，熊吼猴闹，他都会以假骗真。更让春风难以想象的是，他还可把各种戏曲唱腔、各种打情骂俏也吹奏得活灵活现。天上飞的哄得下地，水里游的也能骗得上岸。

春风也是生就吃这碗饭的。半年时间，就能巧舌似簧，灵唇如笛了。师傅听他学画眉叫，母画眉的声音不仅充满磁性充满温润还富有感情，雄画眉的鸣声更是极具阳刚之美。高亢时，被龙卷风扭曲着扶摇而上一直升上天宫；低缓处，又如流水入潭，泓碧澄滞。婉转时，如龙走曲谷，百折千回；直鸣时，又如闪电劈空，穿刺而来。出师那天，师傅给他送上九根雪白的马尾，再送上一张网，然后说：春风啊，这凤凰山是师傅几十年的饭碗，你可不准来抢夺。这么远大的岷山，自有成就你的地方！

然而，春风实在太喜爱凤凰山了，他低下头，像败下阵来的兵士，将一碗谢师酒捧给师傅。

师傅，你放一千个心，这一生，哪怕我一鸟难求，凤凰山的一片鸟羽我春风都不去碰。

话说得轻巧，春风和师傅在凤凰山钻了一年多的时间了，哪里有水凼，哪里是鸟道，他那心里自是清楚明了。现在，要去寻觅一个生疏的地方，查鸟路，识鸟语，还得找水流、辨山音，也并不是三五日就能熟知于怀的。正因为岷山太大太深，反倒茫然不知去处了。

春风灵醒，他在寨子里走访，凡打过猎的安过套的挖过药的老人，他都挨一挨二地询问，都听到过什么鸟叫，看到过什么稀罕的鸟。那些都老出岁月盐迹的人，就摸着胡子，吧嗒着叶子烟，眯细着眼，很享受地回忆起来，他们说看见过白马鸡、贝母鸡、娃娃鸡、锦鸡、星宿鸡，听到过画眉、相思、清明、鹦鹉等的呼叫。春风的心里就塞满了神溪沟的鸟鸣，眼前就飞翔着那么美丽的鸣禽。

春风是打定主意去神溪沟了。临行前，去师傅处辞别，也想顺便再讨教些问题，就碰上了夏花。

夏花算是半个鸟贩子了，不到十岁，就跟了贩鸟人，两三年后，已混出了少年老成。师傅的所有获鸟都是卖与她的。她虽还不会算计师傅，却多少也知晓些生意经。清清纯纯又鬼精鬼精地做着鸟生意。

夏花的初衷也是拜师傅学艺的，却因天生的舌头偏大，即使吹几句口哨都跑风漏气的，不要说学着雄画眉悠悠扬扬地叫个天花乱坠，就连母画眉那几声单调的音节都叫得拖泥带水，浑浑沉沉的。她那肉嘟嘟的朗朗的嘴唇虽不灵巧，却可以慢条斯理地把话说出一些青幽幽的颜色和回锅肉一样的味道。更为神奇的是，她仅凭自己的一张花手帕，便可勾引出那些雀鸟美妙的歌声，还可点燃它们的兴致，翩跹起舞。

"哦，真是出门遇贵人，幸运得很哩。"

"春风兄弟，又让我可以多赚些零零碎碎的小钱了。"

"以后，还请花姐多关心。"

"太见外了。"

说话时，师傅已将近些日子所捕获的画眉、红嘴相思、鹦鹉等鸟放在夏花面前。鸟们虽也急躁地在笼子里跳跃扑腾，到底已失去了刚捕获时的那股子猛烈的野性了。

夏花说：老规矩吧？

师傅说：这回不行了。

夏花不明就里地望着师傅。师傅说这只画眉是我这么多年捕获的最最了得的极品。说后，师傅便从它的头、喙、爪、毛色、体形、尾羽、眼水等一一地讲解。最后，师傅说：这是一只打遍天下无敌手的斗鸟。只要夏老板舍得花半载一年的工夫，价值不可限啊！

春风这才仔细地按照师傅讲的一一地对着看。他还未入道，连皮毛都看不出究竟。夏花似装又不像装，蹲下去像研究古玩一样地研究着。好一阵才站起来，咝咝地抽着凉气。

"那就三十吧。"

"少说也得六十。"

"五十！"

师傅没接话，绕着鸟笼走一圈，"看在这么多年的情分上，我亏点。"

春风没参与过这样的交易，他被这样的成交价吓得半死。一只鸟，怎么可以有这样的身价？那是半头肥猪哩！

夏花走后，师傅说：春风，人与人不同，鸟与鸟也不同，你得了解它们，和它们说话、交流感情。观赏鸟再好看，是养眼的；鸣鸟再好听，是养耳的；斗鸟再好胜，是养性的。个个不同。除此之外，你还得了解市场行情，不然，被别人骗了还蒙在鼓里。

想到这里，春风的心里已有了一脉细细的清流，他想吹奏一曲鸟歌。春风撮着嘴唇，舌尖积了厚厚的舌苔。

他这才发现凤凰山已早没了绿树纷披的景象了，那些孕育鸟鸣的林子，那些滋润鸟音的流水以及那些艳丽鸟羽的鲜花都离开了这片土地。

春风坐在山嘴上，向往着林茂木丰的浩荡时光。

于是，他说：神溪沟呢？

二

第一次钻进神溪沟，已是三十多年前的事了。

是夏天，雨脚一直没有停过，不仅河里的水涨得满盈盈的，就连那些板岩的裂隙中也汩汩地往外涌流。雨水还顺了树干向下淌着，在上面流出好些漂亮的水眉，一连连地串着。所有的鸟都淋湿了嗓子，喑哑了。偌大的山林就沉重地湿塌着。

春风按照师傅给他描绘的路线，找到了那孔岩洞，不深的洞里还残存着地楻，蒿草和竹枝参差在一起，楻旁还堆码着柴薪，余灰中有野兽的脚印。

入夜后，他刚在疲惫中睡下，山林就不安分起来，猴子打斗的声音，娃娃鸡哭叫的声音，还有其他辨不明听不仔细的声音，都闹腾起来，让山林之夜不再静寂，反倒生出热烘烘的恐怖。

好像在梦中，他听见了山鹊的啼鸣，喳喳喳喳，接着是斑鸠的咕咕咕……老学究一般的晨语。春风被这越来越紧的叫声唤醒了。他的眼前就有几只山鹊在洞口的树枝上雀跃，鲜红的喙总叼着这样干枯的啼鸣，尾羽却出奇地长。斑鸠又叫了几声，没睡醒一样的声音稠稠的。天光不是从枝叶间筛漏下来，仿佛是从天上瀑布一样倾泻而下，和着这样的天光，所有的鸟雀都宣泄起来，构造成明丽的交响，充盈在神溪沟这个美妙的清晨。

他没有爬起来，不愿去扰乱这个美妙的清晨，他要让所有的鸟都尽情地唱响这天籁般的晨祷，迎接久违的旭日君临。

热烈而澎湃的交响中，他听到了画眉极具质感的鸣叫，也听见了八哥金汤般流淌的絮语。没有想到，神溪沟居然还这么原生地给他留在这里。

这样的热闹持续了一个多小时，山林安静了下来。阳光将多日的雨幻化成缥缈的雾岚，起初是拥塞在沟谷，渐次地升腾到山峦，春风就对雾岚所制造出的那些明明灭灭的变幻莫测的景象不知所云了。这时，就有一声或两声悠长的鸟鸣从云雾深处响起，让山林更加空旷和幽深。

春风想起了释比爷爷的唱经：

神鹿溅起的水花
飞落到金鸡的羽翅上

金鸡一叫，把释比惊醒了

释比击鼓，把人类惊醒了

人声鼎沸，把太阳惊醒了

日出东方，把这个世界惊醒了

春风心里很舒服，舒服得一番云雾缭绕海市蜃楼的景象。他说好啊，都醒了。

春风找到了被称为神溪的那条小河，逆流而上时，他发现了许多小湖，湖水汪着一块块青碧的翡翠，碧丽中又绿意葱郁地生长着柳树、桦树和杨树，湖底澄淀着金箔一般的华贵。再爬上一个台地，台地雍容地被打开，薄薄的水银子似的往下滑动，遍地金沙流光溢彩。惊诧后的鸟并不飞远，或站在高枝上窥视，或钻入密丛中静听，或躲在浓荫中等候。春风看见溪流的两岸，生长着不同的浆果树，有藤萝缠绕的，也有枝虬干曲的。他看见了锦鸡在林下觅食，也看见了星宿鸡栖息在高树上。中午时分，所有的鸟都悠闲地慢生活着，只有神溪淙淙的更显活泼和洒脱。

春风沿了鸡们踩出的路道往前寻找，他要找到一个下马尾套的所在。他找到了，必经的地方又只可容一只鸡走过。他顺手拉过一根黄荆条，试试弹性和韧性。再上到更高处，接近山梁处，他发现了更大的马鸡群，炫幻的洁白的尾羽几乎接近于精灵了。

再次回到溪边时，春风被眼前的一幕给惊呆了。那么多鸟都云集到水边，约定俗成地在各自的领地上快乐地沐浴。它们先张开翅膀，抖动起来，将水滴洒向全身，再将羽毛舒张开去，蓬松出参裂的样子，抖动，扑扇，跳跃，当水流从羽背上滚落而下后，便静静地站立着，用它们灵巧而又纤美的喙一根根地梳理着湿滑的羽毛。先整理出胸前的柔羽，再扭过头去梳理翅膀上的硬羽。梳一梳，啄一啄，再理一理，每一羽都必须熨帖得巴巴实实，都必须梳理得伸伸展展。自己照顾不到的，还可由同伴代劳。完后，它们很惬意地将头扭回去，将喙插入洁净的羽毛中，小歇片刻。

阳光从它们的羽毛上游走后，它们便起飞了，飞到那些稠密的叶簇中，开始为大山颂诗一般地晚祷了。

夜幕降临了，神溪沟的第一天就这样飞走了。

春风最先捕得的是一只雪马鸡，他把马鸡关进笼子里，笼子太小，马鸡根本没办法转身。太小的笼子哪里罩得住马鸡，它的野性是春风完全没料到的，一个晚上，就死得硬翘翘的了，让春风心里很不好受。

这只画眉是春风花了整整两天时间才入套的。他几乎把学到的招全都用上了。当他将它捉到手时，他就感到了不一样。铁疙瘩一样紧扎，和凤凰山的画眉相比，劲也大多了，不仅爪子的劲把他的手划出几道血口，嘴上的劲就更让春风难以招架，一啄一个青疙瘩，一扯一个乌血点。再看它的羽毛，比凤凰山的有光泽，不是土黄、压铜黄，而是老金黄并镏金似的放出光华。特别是那画眉的眼梢，一直延展至翅膀的前端，剑锋似的插进去一样。春风将它放于笼中，这家伙极度不老实，片刻不停地上蹿下跳，左冲右突，大有不把笼子毁坏不罢休的阵势。

凭感觉，春风知道这是只好鸟，和师傅卖给夏花的那只相较有过之而无不及。

春风学着师傅和鸟对话，希望沟通后减退它的野性。然而，这只自以为是的鸟根本不领情，所有鸟语它都听不懂，几小时后就气息奄奄了。春风又是给它灌水又是柔情地抚摸，还是无济于事，不多久，它死了。

春风是痛心了，几十元到手的票子不翼而飞了。他不得不考虑如何解决这个问题。

几天内，又捕获了锦鸡、松鸡，都一个结果，不是碰得头破血流就是气绝而亡。所有的辛苦都白费了。

秋阳师傅上山了，和徒弟一起观察研究，这才发现，神溪沟的所有鸟鸣声都没有凤凰山的悠扬，但音质却极为硬朗，像是敲打钢板后发出的声响，鸣声停止后，似乎都还可以听见余音袅袅。师徒二人头都想大了，头都抓疼了，还是找不到对路的理由。只好把原因归咎于神溪沟的水，怪只怪水中的钙让水太硬，太硬的水养了太硬的鸟性。才知一方水土养育的岂止是一方人。

夏花当然不会放过春风的这笔生意，一周后就主动找到神溪沟来了。恰好捕获一只八哥，六十元成交。夏花还在路上，八哥就归西了，把夏花气得吐血。

春风被系列问题困住了，他失去了信心。师傅却劝他钉在神溪沟，只要找到驯化的办法，神溪沟的鸟是可以成全他的。

整个夏天，春风几乎没有什么收获。倒是夏花提醒他，让他把那些死去的鸟——马鸡、锦鸡等观赏禽类做成标本，多少也弥补了些亏空。

夏花告诉他说他做的标本逼真，不仅每一尾羽毛都毫毛无损，而且活灵活现，特别是那一双双眼睛，明亮光辉，盈盈地饱含情爱，总盯着主人，明星照一样，有些主人还为标本罩上玻璃房，生怕它扑棱一声飞回山林了。

春风做的观赏标本果然就走俏了。夏花就让他改行做标本，春风听其言，却不改初衷。他也发现自己是个做标本的高手，除禽类外，凡到山里打猎安索子的，只要有所获，他都买下猎物的皮，把它们做成标本。夏花为他带来了做标本生意的广东商人。那人眼睛都星星一样地亮了，脸上的肌肉都活活地要说话一样，在夏花的说合下，售价不比捕鸟低。

春风不为标本的事所动，他的心还在画眉上，总希望画眉把他带到城里去，让他成为城里的画眉。

入秋后，进山猎物的人多了起来，春风就主动当上猎人们的后勤部部长了。他把早晚的餐饭给他们侍候得比家里还巴实。猎人们自是感谢他，好些皮张就都送了他。到第一场雪沉沉地压住山林时，猎人们走了，留下满满一山洞生机盎然的标本陪着他，还有肉、酒、米、糖，要什么有什么。

雪一下来，鸟们就离开了神溪沟，一整天下来听不到一声鸟鸣。春风以为是那些猎人的枪声和吵闹声赶走了鸟儿，心里生出对他们的憎恨。他必须弄明白这件事，以决定明年还来不来神溪沟。

春风爬上神仙包。这是周边几条沟的总摄，可以望向四方，也可以听到周边的信息。终于，他听见了画眉的鸣叫，是沐浴后的歌唱，有些舒缓地流淌。循声望去，皑皑白雪中似有岚雾薄薄的袅娜，山风将一股矿石的味道送入他的鼻腔。他循着这样的气味向西行去，接近轻纱似的薄雾时，他看见了热气氲氲的那一股热泉。没有想到，鸟们都汇聚到温泉的周边过冬了。

春风回到山洞里，夏花已等在那里了。他说，冬天鸟们都飞走了，一无所获。夏花把送他的物品都摆在那里，每一件物品都让春风心里燥热。她望着他说这次完完全全为你而来。春风腼腆地低下头去，有些不敢看面前的这个女人。只听村里人说：做生意的人除了钱以外，什么都没有了。夏花这样做是不是只为了以后在他这里挣更多的钱。春风被这句话激活了，也许她拿这些东西来封他的口，让他以后不要与她在价格上过多计较。

夏花早就在春风身上打自己的主意了，特别是发现春风在标本上显出的与众不同，她的主意就打定了。她对自己很有信心，春风哪怕有十八变，在她面前也不过是如来面前的孙猴子。虽比春风大两岁，那又有什么影响呢？古歌不是唱："六月麦子正扬花，丈夫还是奶娃娃"吗？

"你那副样子，好像我有其他的目的。"

"我又没有说什么。"

"我真的是喜欢你！"

夏花如母画眉一般只叫了一声，就等着雄画眉为她动情地歌唱了。

这只画眉却还没长醒，还没长开，毛桃子一样地青涩。

"我说的是真话！"

春风不知道夏花究竟是不是真话，他还是那样低着头不回话。

夏花又说了些什么，春风根本没听见。他走神了，总在想如何去和那些鸟雀做朋友，赢得它们的芳心。

夏花没想到，春风连山里的鸟雀都不如，起身走了。

好一阵，春风才走出山洞，想招呼夏花进来，却连人影子都没有。他就说走了也好，不然，还不知道去哪里过夜哩。

这几天，春风好像有些感觉了，他每天早上都去到温泉处，将大米撒在地上，然后就躲在不远处观察。他看见了那只火红的画眉最先下地啄食，然后，有些神秘地低声呼唤同伴。又一只再一只，五只九只十只都来了。它们边吃边说着悄悄话，很是自在惬意的样子。不一会儿，米粒被它们捡食完了，意犹未尽地互相看着，用爪子剔剔金色的长喙。春风吹出一声清亮的口哨，那只火红的画眉只啾的一叫，全都飞走了。

以后，春风又将米炒了。他想炒过的米会让画眉逐日地染上人的味道，消弭它们的野性。

几天后，鸟们都会按时来到。只要春风晚到片刻，它们就会鸣叫着相互询问相互质疑，甚至一齐鸣叫着抗议。这时的鸣声躁烈得如看得见丝线的阳光。当春风出现在它们的画框中时，已没有了十足的野性，有些带着期待的低语。他将炒米撒在地上，马上就有胆大的去啄远处的米粒。

那天，夏花又来了。春风说来了。她说不会又撵我走吧。春风说我去找你你已走了。夏花说你是还没长醒吗？春风不明白夏花这样的问题，好久以后才说有些东西一直都是醒着的，不需要长。

天已不早了，太阳出奇地好，把山林都晒出了阳光的味道。夏花说我走了。

春风说我带你去看温泉。夏花用怀疑的目光询问他。他就拉开步子向温泉走去。

阳光将雾岚洞穿，他俩看见蒙眬中的画眉群浴的景象。它们的每一片羽毛都缠绕着洁丽的丝线，那些亮光光的丝线又鲜明地被薄薄的轻雾簇拥着。当画眉跃动时，仿佛听得见丝线轻触时发出的铮铮之音，断裂的嘣嘣之声，更多的却是一种曼妙的升华之音。当画眉扑腾时，便是珠落玉盘、雨洒金盆的美妙绝响。鸟们在这样的场景中穿行、扑闪、跳动，不断地钩织出虚幻的缥缈景象，春风和夏花都被鸟们的卓尔不凡惊得目瞪口呆了。他俩痴痴地陶醉了。这时，一声妙美的鸣叫带着千丝万缕从那里超越出来，金光四射地穿行在山林中，仿佛是一声号令，鸟们都齐扑扑地从雾气中飞向阳光驻足的枝头，吸纳着夕阳喷薄的能量。他俩向温泉走去，什么都没说，没有阳光照耀的雾气变得更加浓稠。

三

春风被神溪沟的枯萎和败落惊呆了。以前的茂树修竹都哪去了呢？他知道哪怕去觅得一声麻雀的枯叫也会是一种奢望。他找到了那孔曾给他那么多野味和女人味的山洞。现在什么都没有了，只呈现出岁月老朽的腐痕。本想坐坐，又突然打消了这样的念头。他怕以前的那些活灵活现的标本和清幽滑爽的鸟鸣钩织出一张无形的痛苦的大网将他罩住。他向神仙包爬去，神仙包已龟裂出临死的噩梦，那些腐烂的木桩，爆裂的树根，直直地戳在他的心上，杀灭着回忆中的青葱岁月。缭绕而升腾的雾气呢？汩汩叙语的温泉呢？都远去了，只留下一块块老人斑似的焦黑。

他知道，凤凰山、神溪沟的山林都是被人们偷砍盗伐了。那些被贫穷追赶着的人们，被穷根绊住脚的人们，心灵便在向往油光水滑的日子中因终年的素食而溃烂下去，这样的溃烂传染给了山林，山林因此以更加难以想象的速度溃烂开去，一片片林子倒了下去，继而失去了为它们装点和护脚的鲜花，赶走了与它们相依为命、相映成趣，为它们注入生命旋律的飞禽走兽。

春风何曾想到，失去了常态的自然，竟然变得这般面目全非，恐怖至极。这期间，对于一个捕鸟人来说意味着什么呢？在这样的难堪中，往事又妖娆地向他扑来。

春风经过一个冬天在温泉边对画眉的喂养和对话，神溪沟野性十足的画眉已变得乖巧起来，它们甚至会站在树枝上与春风对鸣，不服输的秉性进一步升华它们鸣唱的歌喉，它们不仅可以在鸣啭中增加一些陡然向天宇直上的阳刚，也可以缓缓地让歌唱变成轻轻的言语。甚至，它们还学会了林涛漫卷的声音、修竹摇曳的声音，学会了水漫乱石的穿越声、流淌声、滑落声，并将其融合着交织起来，创造出独特的流韵水律。

春风和夏花改变了策略，他们先捕回一只母画眉。这正是他们想要的那只，它的叫声很有磁性，总蕴含了腴美的诱惑，只要它一发声，所有的雄画眉都会争先恐后地歌唱起来。起初是清丽明快的竞歌，接下来便是对手之间的相互抗争、打压、谩骂，再后来就是绞杀、碾压、老子天下第一了。

他俩给它取名叫"牡丹"，不是因为它的鸣声，而是它的羽毛。

它的羽毛并不如雄画眉那样束得紧紧的，只在乎修长的躯体和健硕的肌肉。它不，它是雌鸟，要有母性的雍容和富有脂肪的弹性，加上它周身的金箔般的沉稳的黄，实在是太像一朵刚开放的黄牡丹。

在笼子里，牡丹先是急躁地蹿动和怒钻，春风用晨抚一般的叙歌安慰它，它听得很焦躁，过一会儿，它就偶尔停下，凝神聆听，在辨认中，牡丹安静下来了，并开始对鸣。

它停下来，再听一阵，又垂下开扇的尾羽，将头昂扬起来拉直，啾啾地又叫了几声。

在春风的对鸣中，牡丹显现了它的认同，它将头侧向声音传来的方向，满怀希望地等待着。

下午，一只雄画眉在春风的招诱中扑向了他的网子。

这只画眉羽色鲜丽，通体耀光，身体紧束，线条明快。它的眼线如镶嵌进去的钢丝，眼角很有劲道地向上斜去，刀锋似的。画框似的眼圈，却白得耀眼，闪耀着健与美的光彩。

春风给它取名"金刚"，将它和牡丹关在一起。两只画眉只短暂地对视后，便久违似的亲昵起来。对话让春风和夏花都难以听懂。

夏花自认为金刚是一只可以培养的斗鸟。它的鸣叫并不怎么动听悦耳，但声音中充满了刚毅和不屈，正是带着这样一股杀气，让它的特长和优势展示出来。

春风发现了金刚的弱项在它的腿和爪子上。它的腿过细过长，爪子的抓捏力量不足。即使在和牡丹的闲逛中，腿爪还不是牡丹的对手。

几天后，金刚这只十足的生鸟，野性消减得不少，只要和牡丹在一起，好像什么想法都没有了，天天守着仙女似的美鸟，自己是雌是雄都分不清了。再这样下去，就只能是一只公不公母不母的烂鸟了。

前不久，春风去斗鸟场观战，不大的斗鸟场被擂主装点得很是别致。广告画上的几只斗鸟被渲染得不可一世，那些名字都充满杀气，有战神、铁甲、雷公、金羽。不仅把斗鸟画得气宇轩昂，目空一切，而且还披上恶魔似的大氅，罩上一层恐怖的氛围。再看看那些介绍，都是攻无不克战无不胜的常胜将军。每一个字都沾满了淋漓的鸟血。

一张厚重的长条桌上摆放着散发血腥味的斗笼，笼子不大，结实、华丽、坚固。几百上千的观战者里三层外三层地围在斗鸟场，伸长了脖子攥紧了拳头，等待一场鸟羽横飞、你死我活的殊死战斗。

面对人声鼎沸的场面，主持人双手高举着往下压去，大声武嗓地让大家安静并宣布斗鸟战斗开始。

两位鸟主也很提劲，一位披着黑色的大氅，领口处露出朱红的衬里，戴着一副很是夸张的墨镜，神情肃穆，一脸杀气。一位着一身将军呢的将军服，头戴大盖帽，浑身弥漫着沙场秋点兵的胜利喜悦，每一步都是凯旋的英武和豪迈。

两只斗鸟在他俩的笼中被笼衣罩着，既听不见战斗前的铮铮誓言，也看不见临阵中的摩拳擦掌。一袭笼衣把什么都裹住了，所有的战事都只能从两位鸟主人身上去推演和猜测了。

春风是第一次来此地观战，夏花虽来过，从来没有认真过。倒是战斗后，胜利者的价值倍增，让她很上心。她怎么也没有想到，一只好的斗鸟居然可以几千甚至于几万。当夏花把这个信息传递给春风时，春风几天之中都未想明白。

想不明白不等于不发生这样的事。

主持人已将斗笼两边的门打开了，两位鸟主人很夸张地取下笼衣，面容威严，目光坚定，字字如刀、句句似剑地给斗鸟作战前动员。斗鸟亦心无旁骛地凝心聚神，信心大增地迎接大战的到来。

两只斗鸟迫不及待地几乎是破门而出，火速进入充满血腥味的战场，在对手面前它们没有丝毫的犹豫和等待，径直地飞扑过去，绞杀在一起。

这样的缠斗，春风从未见过。除了四只将每一根羽毛都竖得笔直、羽毛之间灌注了无尽力量的翅膀外，就什么也看不见了。它们没有了头，没有了爪和脚。

它们从这头扑腾到那头，战斗的翅膀发出机枪扫射的声音；再从那头滚翻着撕扯着战斗到这头，扫射的密度依然不减。没有伤痛的呻吟，更没有退缩的哀求，只有战斗中飘飞的羽毛从它们身上飞上去再落下来，如战场上勇士被战火、被弹片撕碎的军装，被弹片穿透的旗帜。

春风的心被这样殊死的战斗揪得紧紧的，他的手心里沁出了冰凉的汗水。几分钟过去了，两只斗鸟越战越勇。扑腾的气势、绞杀的阵势似乎丝毫没有消退。观战的人们开始躁动，有的叫着铁头，有的叫着金翅。听到这样的叫声后，两只斗鸟如听见冲锋号的战士，血气喷涌，血性再起。斗笼里再一次展开更加难解难分的战斗。

春风听见"铁头"这个名字后，心里为之一振，莫非这只叫铁头的斗鸟是秋阳师傅的那一只吗？他看一眼夏花，夏花看得入了神，他不便打扰，就继续观战。

现在，战斗已进入相持阶段。两只斗鸟已难以再长驱直入地进攻了，它们从运动战进入了阵地战。直立而刚毅的根根羽毛已开始收束，旗帜般飞舞的翅膀已没了风的动力而定格成一种铺张，显得机械而丧失活力。它们用喙发挥着更猛烈的作用，腿和爪轮番进攻。时而拉开架势，相互间用爪阻止着对方的进攻，头用力地向前支着，双眼仇视着对方，以逸待劳。时而，一方猝然从地上跃起，给对方的头上狠命地一啄，缠斗又进行。如此往返，又过了几分钟，春风看见铁头从金翅的爪下陡然地抽出身子，迅猛地扑了上去，将身子压在金翅的身上。仰身的金翅根本没有应对的办法，双腿用力弹击，何以能阻止铁头猛虎扑食的进攻。只见铁头用爪抓死金翅的胸脯，犀利的喙不断向金翅的头、脸、眼狠啄。十下、二十下、三十下，春风已看不见金翅弹击的腿爪了，只有贴在鸟笼底上的翅羽如硝烟中的败旗，时不时地叹息似的轻飘一下。

铁头放慢了进攻的节奏，啄一下，抬起它的铁头，以胜利者的目光扫视全场，再啄一下，将头高昂着，如雄鹰傲视自己的猎物。

这时，披黑氅戴墨镜的鸟主人做了个暂停的手势，并抱拳向将军服的鸟主祝贺！主持人将铁头举得高高的，以示对胜利者的颂赞。鸟主人将其放回笼中，为它吹奏出胜利的凯歌。将鸟笼顶在头上，吹着雄赳赳、气昂昂的口哨走出了斗鸟场，一大串斗鸟爱好者尾随而去，边走边议论着铁头的价钱。

春风问夏花：铁头是不是师傅卖给你的那只画眉？

夏花莫名其妙地看他一眼。这些年，卖出去的叫铁头的画眉不下十只，我哪记得住呀！

春风说我听见这个名字后，就认准了是师傅的那只铁头。春风心里就为师傅自豪几分。他吹着口哨，想着神溪沟的那些死在他手上的画眉，凭它们在他手上的感觉，它们挣扎时的力量，哪一只不比铁头强啊。春风心里甜甜的，他决心要把神溪沟的每一只雄画眉都训练成战无不胜、打遍天下无敌手的战神，而且要让神溪斗鸟成为一个价值连城的品牌。

现在，春风把金刚从牡丹处分出来，放置在听不到牡丹鸣叫的地方。他为它制订了一套训练办法，在膳食方面按照科学的方法为其配方，并结合神溪画眉饮水中多钙多微量矿物质，冬天洗温泉的特点，又完善充实一些他认为很有必要的自选项目。

春风让夏花去购了几只其他地方的雄画眉回来，按照自己的训练套路加以训练。好些时候，他将牡丹和那些雄画眉关在一起，让金刚远远地听它们的情语恋歌，看它们的耳鬓厮磨，培养和激发金刚的野性和仇视。有时，他又将笼衣沉沉地罩在鸟笼上，让金刚在黑暗中谛听牡丹的呼唤。他还让其他画眉将金刚围困在中央，让金刚见识如临大敌的场景，培养它临危不惧、临阵沉着的稳重。针对金刚腿细爪细的缺点，他在腿上给它捆上小沙袋，让它的爪子在乱丝线中去挣扎抓扒。每天，春风都花更多的时间和金刚对视，对话，对歌，让金刚在伤感时得到抚慰，在表现出众时得到表扬。让金刚看得懂他的眼色、脸色，听得懂他的每一句话。为了增加金刚的嘴劲，让它在关键时能一击制胜，他每天按时让金刚啄铁砂啄白石子，大到吞不下去。

半年后，春风想检验自己的训练效果，也想验证他的品牌设想。他将金刚放进另一只雄画眉的鸟笼中。最先激起斗志的是对方，它看见金刚的体形不如它大，又是金刚侵犯它的领地。于是，它扑了上去，想先声夺人。金刚来到一个陌生的地方，自是有些不适，还未对周边环境做出判断，对方已发动攻势，打了金刚一个措手不及。金刚躲闪开去，对方的嘴只轻轻地从它头上划过，并未造成伤害。金刚马上做出形势和力量判断。记忆中，这家伙恰好是和牡丹一起挑衅它的宿敌，它的愤怒的羽毛陡然如钢片一样直立起来，它扑将上去，用铁爪抓住敌人的背，将整个身子重重地压上去，与此同时，锋刃一般的嘴刺向对方的头部。对方想摆脱出来，使出浑身力量，金刚丝毫不和对方缠打，三下五除二地就让对败下阵来，金刚乘胜追击，春风让它停下。金刚站在那里，一副傲视苍穹的架势，双目不屑一顾地鄙视。敌人颤抖着，双眼发出哀怜的信号，头上滴着鲜艳的血。

那天晚上，春风把牡丹奖赏给了金刚。

为了进一步验证金刚的战斗力，也为了不断提高金刚的战斗技能，春风将夏花为它准备的所有斗鸟都一一地过招，没有一只是金刚的对手，少则一两个回合，多则四五个回合。即使神溪沟的生鸟也要不了六个回合，就再也不能动弹了。

夏花通过她在鸟市的各种关系，就近为春风联系了一些在当地还小有名气的斗鸟，均不是金刚的对手。春风心里有底了，他和夏花带着金刚上省城去了。

半年之中，铁头又参加了几场战斗，尽管有两场战斗势均力敌，差点被打败，但凭着它的经验和机智，最终还是赢得了胜利。这样，铁头的价值在半年中不断地创造新高。

这样的消息让春风心里有些发怵，但他找不到其他的对手。恰好应铁头主人的要求，主持人专为铁头搞了一场擂台赛。

春风决定去攻擂。

没有想到的是，春风报名时，主持人就劝他不要参加擂台赛了。

"你这不是让金刚去送死吗？我一眼就看准了，金刚和铁头不在一个重量级上。"

春风虽心里比较有数，但和铁头斗心里还不是完全有把握，经主持人这么一说，春风心里平添几分寒意。他看看夏花，夏花反倒一点不虚，坚定的表情让他都难以企及。他想，开弓没有回头箭，既然来了，哪怕败也得上，交学费也不一定是坏事。

于是，他对主持人说：它既然已经是只斗鸟了，不斗，又咋体现它的价值呢？

"我敢打赌，不到三个回合，金刚就会血忽淋刺的。"

"只要是战死，都是值得的。"

观战的人越来越多，很多都是慕铁头之名而来的。铁头依然还是老主人，主人依然还是那一身将军服，不同的是，主人的眼里多了更多的不屑，脸上增加了更多不战而胜的表情。对夏花他是有所耳闻的，对提鸟笼的春风可是从未听说过，一个还生硬得如大山里的石头的小崽子，也不掂掂自己几斤几两，居然敢来省城的斗鸟场逞能，更为可恶的是居然敢与他过招。"今天不好好教训教训你这毛桃子娃娃，我就对不起将军这样的称呼了！"

春风还真如春风，还没有风骨、风力和风势，在这样的场面上面对这样的对手，气场显然不如对方。夏花反倒见过世面一样，静静地心如止水，眼里却什么也不在乎，她的余光让春风长出了风骨，变得有些初生牛犊不怕虎了。

为了缓解战场气氛，主持人有意安排了些轻音乐，放了几首让人骨头舒缓的歌。紧接着，播放了十多种悠扬的鸟鸣，这些悦人心情的鸟鸣把太阳从雾霾中呼唤出来，远方的山峰若隐若现了。

看见远方的山峰，春风祈祷着说：神山雪宝顶啊，给金刚以加持吧！

春风打开了金刚的笼衣，他以坚定的脸色给金刚信心，又以握紧的拳头让金刚必须聚精会神、全身心投入，竭尽全力去战斗到底。金刚抖擞起来，将羽毛耸立起来哗啦哗啦摇晃着，然后收束到位，屏住呼吸，准备战斗了。

铁头和金刚从两边进入战斗位置。金刚正在观察战斗地形，找寻攻击点，铁头哗啦一声展开了它威风凛凛的翅膀，经验老到、先发制人地发起冲锋。面对突如其来的强劲之敌，金刚立足未稳，就被铁头重重地击了一爪，差点翻倒在地。金刚躲过了一劫，它马上意识到对手不同寻常，正当金刚准备发起攻击时，铁头的尖嘴已快啄在它头上了。金刚的长腿弹地而起，几乎是从铁头的左边临空飞起，瞬时用它的翅膀重重地拍击了一下铁头的头。跳出铁头的紧逼后，金刚迅猛地转过身来，乘势向铁头扑去。

铁头不愧是斗场老手，眼看自己的背部受敌，它来了一个倒滚翻，让金刚几乎扑了一个空。灵捷异常的金刚踮着身一个侧落，正好压在铁头的腿上，铁头本能地将腿用力蹬出去，正击中金刚的腹部，金刚借力将屁股向上，顺势一个俯冲，尖刀一样的铁喙刺入了铁头的脸，白色的眼眶上冒出鲜艳的血珠。

力大的铁头并没有受到第二次攻击，它一骨碌从地上站起来，照准金刚的背脊就是一嘴。金刚这时也站立着，它闻到了敌人鲜血甜美的味道，也看见了敌人开在脸上的美丽鲜花。它被这样的景象鼓舞着、刺激着。铁头被这样的对手攻击，受到了莫大的伤害，它被这样的不齿鼓舞着，被自己的鲜血激励着。它又扑了上去，小小的金刚收束着它精灵般的身躯几乎从它张开的翅膀下钻出去了，并在运动中急速地回击它一下。铁头彻底知道了对手的狡猾和机智，于是它采取了步步为营的战术，逼近了打，最好是绞在一起打，凭自己的体形，对方也是招架不住的。

当金刚被铁头在紧逼中攻击两下后，才知道自己的劣势，它必须在运动中歼灭敌人，它跳跃着、扑腾着、低飞着，让铁头晕头转向，找不到攻击的要害点，倒是金刚在运动中每一次攻击都准确无误。铁头在无效的攻击中耗费大量的体力，身体的魁梧变成累赘，进退躲让都显得笨拙，金刚就在这样的有利攻击中如鱼得水，它的爪撕扯着铁头的胸，嘴不断地刺入铁头的头，铁头已血肉模糊了。

　　将军并没有叫停，他听见那么多呼唤着铁头为它加油的声音，心里煎熬着。好在，春风招呼住了金刚，金刚收住翅膀，将身子放平顺，欣赏着失败者的难堪。

　　一切都结束了，只有主持人和将军用不理解的眼光盯住他。他被那么多的目光凝视着。夏花将金刚提着，连夜和春风赶回家去了。

　　第二天，将军找上门来，以昂贵的价买去了金刚。

　　春风卖掉了金刚，又收获了几只神溪沟的画眉，一只赛过一只。要比鸣叫，可以把人叫得回肠荡气，不知深远。要比羽色，找不到那么明亮艳美的羽毛。特别是那只火炭色的画眉，周身炽烈如燃，飞在天上，如一盏不灭的灯，落在地下，又如一块燃烧的炭。它的头是冷冽的铁青色，眼珠子蓝如翡翠，瞳仁似铁血，眉框白里染霜，泛出冷艳的光泽。翅膀的大羽金黄，收拢时，翅沿描出一条明丽的金线，不时还闪耀着火焰的光芒。它的腿粗壮遒劲，它的爪抓捏甚劲，张开是一道闪电，束住是一枚炸雷。他给它取名"火炭"。

　　金刚的名声大噪，为神溪斗鸟立起了牌子。春风知道不能大水冲了龙王庙，他不让神溪的画眉互相打斗，相互残杀，他把它们一只只地卖到不同的斗场，让它们各自在浴血奋战中尽享胜利的喜悦和华贵招牌的荣光。

　　春风没有卖掉火炭。他希望把火炭培养成无鸟能比的画眉。他喜欢火炭的鸣叫，它那声音总是把人带到很远、很高的地方去，然后又一声声地把人从远处和高处唤回来。只要它一开叫，所有的鸣鸟都噤若寒蝉。他试着让火炭去一些斗鸟场斗斗，无论什么场合，只要火炭往斗笼里一站，对方就抱鸡婆一样耸起了羽毛，那些羽毛被风吹出颤抖的声响，低垂着头，退至笼边，全身筛糠似的靠住笼子，不战而败了。即使像金刚这样难得的斗鸟，在它的进攻中，打不了四五个回合，就被火炭长梭梭地打趴在地，一息尚存了。

　　有人把价格出到很高很高了，春风还不出手，连夏花都觉得春风的心也实在太厚了。后来春风以一个夏花都想不到的价就让火炭和养宠鸟的人走了。不知什么时候，春风心痛起他的斗鸟了。他不愿意让火炭做一只完全的斗鸟，他说，只要是当了斗鸟，结局就是一个死。太心爱的东西，谁愿让它死呢？那是对美的摧残，对自己的残忍。

就这样，春风几乎把神溪沟和周边山林中的所有观赏鸟、鸣鸟、斗鸟捕尽了。以前，春风一说起神溪沟就浑身是劲，一说起鸟就口若悬河，总是把钱看得比命还重。他曾对夏花多次说过，那些在山林里飞翔的观赏鸟，在他心里就是一张张飘飞在空中的红票子，那些在山林中珠落玉盘、滴水穿石的鸣叫就是一串串掉落在钱盒子中的银币金币，那些在山林中打斗的斗鸟就是去银行和别人的衣兜里为他叼来钱币的吉祥鸟富贵鸟。

自他把火炭卖去后，春风一下就枯萎下去了，如一只不战而败的斗鸟，一点精神都没有了。几天之内，他连神溪沟、连鸟笼都不准夏花提了，像被什么东西腻透了，又像被什么东西伤透了。

春风对夏花说：我们干点其他什么事吧？夏花说我也这样想。于是，他们去建了旅游购物点，购物点按照两口子的要求，设计成了一只巨型画眉的样子，展开博大的翅膀，把方圆几十里都照得金灿灿。

四

春风想到这些年做旅游购物的事，心里有万千的喜悦。没想到，起步就顺风顺水的，每一天下来，数票子把手都数痛了，每晚上都似乎睡在一堆堆的钞票上。以后，又是开发新的根据地，在新的旅游线上布购物点。一个一个的点都风生水起的，就成了业内知名人士，行业的翘楚。夏花只在乎管钱的乐趣，对名啊位啊一点兴趣没有，就把他推出去，今天去参加旅行社的会，明天去参加协会的会，后天去参加知名企业座谈会，大后天又出席招商引资会，满身的烟酒味、火锅味、牛排味，要多腻味有多腻味，要多烦人有多烦人。以前，白天晚上都只想钱，总以为钱才是自己的天和地、父和母，只有钱才可以改变自己的一切。现在又觉得不是那么回事了，钱让人变得一点不清爽一点不明亮了，即使打一个屁都含含混混的。随时都有人用力地把你往高处拉，自己也鬼迷心窍地乐意去到高处更高处，殊不知，做梦一样，上去容易下来就难了。还有的时候，好些人，甚至好些官员簇拥着你往前走，鸣鸟在歌唱，鲜花在欢笑，大红的地毯为你铺就和延展，突然，那些人都不见了，你一脚踏在花丛中，却掉了下去，那些花瓣成了埋葬你的石头砖块。春风就越来越觉得没意思，钱越多越没意思了。

那天，夏花又让他去参加经验介绍会，他就突然想到了捕鸟的事。那算不算经验呢？怎么能不算呢？是真正的比金子还重要的经验哩。

无论从事什么行当，都要学会张网和收网，都必须学会知鱼性、识鸟音，以勾引的方式让对方上当钻入张网之中。春风这些年在生意场上能够如鱼得水、如日中天，就凭了这样的经验。但这样的经验你可以拿到桌面上去讲吗？你能够去推广吗？诚信不是金，算计才是金，诚信最多不过是算计生下的小崽子。

春风破天荒地蒙头睡了个大懒觉。夏花催了好几次，他纹丝不动。实在逼得凶了，他就吼道，你爱去你去，你的经验比我的还值钱。

夏花去了，他又觉得失去了什么，一屁股坐起来，不知从哪个鬼地方传来了一声麻雀单调的鸣叫。就这么一声在以前还讨厌的叫声，现在却以其无与伦比的力量穿越时空，直抵春风的心房，让他被钱压得死塌塌的心灵一下就流水淙淙、鲜花盈盈了。

他仿佛觉得自己笑了一下，但全然不知为什么笑，更不知道笑的味道。于是，春风想到了凤凰山和神溪沟，想到了秋阳师傅，想到了山林和山林中的红嘴相思、金喉八哥、虎皮鹦鹉和画眉。想到它们，心里解放似的轻快起来活泛起来。

然而，这次的回归，让他的心里更难受。他在干涸的心里呼唤着葱郁的森林、浩荡的林涛、清丽的鸟鸣和明净的流水。

更让他想不到的是，秋阳师傅已老过了头，贫病的斧子在他身上开出好些口子，师傅的血液和精气就汩汩地从那些口子中流出来。他无能为力，听着自己生命缓缓流逝。

他决心让师傅去省城治病，师傅的决心比他更坚定，他说：靠几只鸟起家，那钱挣得容易吗？我不忍心糟蹋你那些钱。

无论春风做何解释，说他什么都缺就是不缺钱，师傅就以陌生的目光凝视他，什么都缺的人还是人吗？不缺的钱还是钱吗？什么都不缺的人才是金贵的，金贵的人才是值钱的。良心钱才是金贵的，金贵的钱才可以治病才可以帮穷才可以结友。他甚至连医生都不信了，信寿缘，该活一百岁的不会死在九十九，该活六十岁的也不会走到六十一。秋阳自认为他不是春风的师傅。

夏花后悔不该让春风回去，这一回好像把心肝肚肺都留在了神溪沟，魂不守舍。所有的购物点都跟他没有丝毫关系，看到一捆捆的百元大钞，眼睛也灰灰的如死鸟的眼睛。没过多久，自己去鸟市上买回两只红嘴相思和两只虎皮鹦鹉，玩起宠物来了。

以前，他是没养过鸟的，至少没当宠物样地养过鸟。现在是真玩鸟了，整天围着鸟笼转悠，吹着声情并茂的口哨，欣赏着红嘴相思的轻捷跳跃，就连它低鸣一声，他都哈哈一笑，聆听颂诗一样给以赞美。要是他的鸣引让它叫出三个以上音节的绕梁之鸣，他又会大笑着围着鸟笼转上好几圈，甚至转晕在地上，让鸟笼在天上飞。

不到一年，这样的玩法再也生不出妙趣后，他便移情鹩哥，准备当一回真正的老师了。

他从鸟市上高价买回一只小鹩哥，嫩嘴的两边还装饰着软软的金边。他将小鹩哥的舌头轻轻捉住，用剪刀将舌尖剪去，然后在舌尖上擦上消炎的药。过一段时间，待舌尖又长出后，他又一剪刀将其剪下。几次后，舌尖的软舌不再生长了，他就将舌头进行修饬，很细心地做着外科医生的手术，把舌头一次次地修理圆实，让舌头可以在口腔里自由翻卷和伸缩。待修理后的舌头痊愈后，他开始教鹩哥牙牙学语了。他说春风，鹩哥不理睬他；他又说，它还是无动于衷。他换一个名字说夏花，鹩哥好像有点感觉地看他一眼。他骂它一句怪话，鹩哥动动小嘴巴，还以颜色。

这样的日子，红嘴相思、虎皮鹦鹉反倒争宠似的鸣声不绝，有意打断他的教授似的。他对它们说：以后你们就知道它的厉害了，唱得再好也不如它说的好。

不知春风教了多久，那样的耐心把死人都说活了。终于，是在他没有教时，鹩哥突然叫道：夏花。夏花应声而答，并望着春风。春风一点反应都没有。夏花说你神经病啊，我的名字是你喊来要的吗？春风什么都没说，径直跑到鸟笼下，鹩哥又叫道：春风。他就有几分肉麻地答应着：唉……

鹩哥不鸣则已，一鸣惊人。过不了几天，它就又学会了新词，有人来时，它欢迎后招呼客人请坐，吩咐主人倒茶。它一说话，相思和鹦鹉都闷闷不乐，整天一声不鸣。再过些日子，它们就交响起来，奏出动听的和乐。

这样的和乐让春风有些回归山林的味道，他在这种和乐中舞之蹈之，唱之歌之，每天沉醉其中。夏花觉得他神经兮兮，外人觉得他有毛病。问夏花说：你男人得神经病了吗？夏花也不回答，爱怎么说怎么说去吧。就这样疯疯癫癫地过了一段时间，春风又不满足了，总觉得单调乏味，和神溪沟的自然之声、森林之歌相较，简直太单调太枯寂了。春风又想到了画眉，他去鸟市购了三只叫得最响、唱得最动听的画眉，只待笼衣一揭去，三只画眉都等不及地唱开了。三种曲牌混在一起，就有了风吹林竹、溪落碧渊的不同凡响了。然而，画眉的鸣啭却喑哑了相思，连鹩哥都木呆呆地东张西望，有客人来也不知道招呼了。

春风就鼓动它们，他拍掌欢迎，以示奖励，口哨引导，都不能让相思和鹩哥开启金口。又过了些日子，它们都叫开了，形成了多声部、多器乐的共鸣，将春风的豪宅鸣叫出幽远的空灵和高旷的缥缈。在这样的仙境之中，鹩哥偶然为之的"请坐"和"倒茶"，又将这种远去的飘逸拉回到凡间，升腾起炊烟，弥散出饭香。

这次，不仅春风得意得忘了形，就连夏花都沐浴在一派让她惬意的阴凉之中。她说：好多年都没有在心里生出这样的凉爽了。

夏花这样一说，整个小区都沉浸在如雨的洒落中了。时不时地，就有人专门来此，微眯了眼，看那样子像欣赏音乐，听那呼吸又像是洗冷水澡。

春风为自己能在这样喧嚣的闹市中制造出这样的清凉甚是骄傲，他乐意在鹩哥的招呼中为客人沏茶、让座。上好的茶，上好的烟，从不在乎。只要有人来，心里就舒坦就安逸。

几个月后，春风的心里又空落了，烦躁起来，枯寂起来。鸟鸣中应该看得见锦鸡亭亭的漫步，雪马鸡欢快的跳跃。还有，梅花鹿惊悚的回眸，花老熊娇憨的嬉戏。他认真地把花园规划一番，每一种动物划定适当的空间。无论怎么苦心设计，地方都受限，就后悔购房时为啥没想到这一切。

春风刚买回一只锦鸡放在花园里，夏花就不干了。

"你是要当企业家呢，还是养殖户？"

春风认为这样的问题不值得回答。夏花就提高了嗓门："要当养殖户就滚回你的老家去！"

说者无心，听者有意。春风不气，回话说："说不定老子哪天还真的滚回去了。"

夏花就回想春风这几年的不务正业、不思生意，让她一个女流之辈在商海中搏击，沉也好浮也好飘也好停也好，他都远远地袖手旁观，完全是一个局外人。

"滚得越远越好，眼不见心不烦！"

以前，夏花是不会也不敢说这话的。自春风玩鸟丧志后，她的气就越积越多了，春风也做得受得地再也不还嘴，再也不发火了。

春风不发火，不是他不敢发火，而是他不想发火。他的肝不好，怕伤了肝。那些年，他对夏花是崇拜，就连师傅都高看她几眼。刚和她成家时，心里是信服，夏花的每一句话都是圣旨、真理，什么事都向她讨教向她请示。自开购物商场后，夏花的女人性就完全显现出来了。斤斤计较，心狠褊狭，总想一口吃个大胖子，一夜暴富，所有钱都让她一个人赚。他俩从外地进了一批货，有玻璃装饰品、人造珠宝，往货柜上一放，标签上就成了水晶饰品、天然钻石、海中珊瑚，标价就增加了几十倍甚至上百倍。春风说这样赚钱，心太黑了。夏花说不黑哪有大钱挣。春风说游客的钱不是偷来捡来抢来的。夏花说我也不是去他们兜里偷、从他们手上去抢呀！春风说这比偷和抢还凶。夏花说像你这样做生意，连裤子都要亏掉。春风说如果这样赚钱，哪怕用鸭绒裹住，心里也是冰冷的。夏花就说滚一边去嚼舌根，成事不足，败事有余。另一次，春风看见夏花和驾驶员、导游分利，夏花把一大半的钱都分给他们，他们还伸着手，眼里吐着贪婪的凶光。夏花一副可怜兮兮的样子，"你们再拿，我就没有赚头了。"那两只手还那样习惯地伸着，不给一点就收不回去。夏花无奈，又一边手里放了几百元，两只手才像生锈的连杆上了油后那样吱吱嘎嘎地收回去。

"这些人狗一样，总是喂不饱。"

"哪里是狗？是狼，是连骨头渣子都不留给人的狼！"

起初，春风还总觉得这是夏花的本事，是她的过人之处。慢慢地就觉有些变味了，赚钱必须黑心吗？夏花说不黑心就不要当老板。春风不同意她的观点，不是和她理论，他俩不是知识分子，更不是理论家，谁也理论不清；是和她吵，吵到夏花不依不饶时，就骂，骂她母老虎、美女蛇、毒药猫。

不管怎么说，夏花总还是让购物场风生水起了。春风也懒得一再操那些心了，时不时地也上鸟市去转转，和将军、黑氅那几位斗鸟高手在茶楼里聊聊鸟，听听他们对一只新近出现的斗鸟的赞美。清清闲闲的日子让春风已对购物点不那么过问了。

不过问不等于一点不上心。他心里明白，没有购物点支撑是万万不行的，他关心的是购物点的未来。他去好些购物点学习，了解这个行业的新动向，于是，他把那些购物点的新动态带回，他对夏花说购物点再这样开是开不下去的，必须要做更多的文章、上档升级，必须通过文化去打造。夏花不听，死心塌地守着以前的老模式，抱着以前的老办法。不到两年，风云突变，邻近的购物场都以文化为媒，将生产加工、文化演义、商品展示融为一体。那些以前和她家穿连裆裤的驾导、旅行社都在几天之内和她分道扬镳了。偌大的商场鬼都没有一个。危机来了，夏花却浑然不知，春风把话说得和她赚钱的心一样，她依然我行我素。春风只好眼不见心不烦地不再参与其间了。

那天，将军和黑鹜突然找到春风，很是奉承地邀请他出任市鸟协的会长，春风知道他在这个群体中的分量，哈哈一笑，婉言推辞了。辞别二位后，春风就感到钱的毒气和辐射了。

回到家里，他的所有鸣鸟都不在了，连鸟笼都不翼而飞了。

"我的鸟呢？"

"我是给你看鸟的吗？"

春风冷飕飕地看她一眼，去到花园里。回来后，他又问："我的鸟呢？"

夏花这才从鼻孔里哼出狗将咬人时的低鸣声。

"送人了！"

夏花昂着头，一副胜利者的派头。

春风见不得女人的这副派头，更何况这个女人是他的女人。他抓住夏花的衣领，劈头盖脸地就打了过去。

"送人了！你凭什么送人？有什么权利把我心爱的东西送人？"

夏花被惊吓怔住了。春风这是为什么呢？夏花乖乖地领受着男人的暴虐。

春风也被夏花的不哭不闹、不挣扎、不对打弄得不知所措了，将她推开，破门而出了。

春风走在大街上，车灯汇成的河流让他云里雾里，喇叭汇成的河流一点点掏空他的心，将他撕裂。这样的景象中，他仿佛看见一只只雪马鸡、锦鸡在天空中翩翩飞翔，那么华丽的羽翼怎么变得巫婆的脸一样。耳际轰然响起画眉相思、鹩哥的鸣叫，那么清丽的鸣啭怎么变得厉鬼的恸哭一样。心灵的那份僵硬，似乎让世界上所有的鸟羽抚过，都难有一丝的慰藉，浑身上下的燥热，似乎自然界所有的鸟鸣穿越也难生出一点点的清凉。

他毫无目的地走着，不知道走了多久，喧嚣依然不离他左右，车灯的河流仍然裹挟着他。浑身的燥热已将他的所有能量耗尽，四肢无力、口干舌燥，再也走不动了。

恰好，有一爿茶楼，他迫不及待地钻了进去。

服务员叫着春风老板，把他带进一间豪华包间，问他还是老规矩吗？春风什么也没有听见，只是觉得包间怎么熟悉得如他的鸟笼。他慌慌张张地退出去，自己在大厅的一隅，失魂落魄地坐了下去。

他低下头去，像对着茶几说："给我来瓶酒。"

"春风老板，我们这是茶馆，没有酒。"

他一巴掌拍在茶几上，吼道："没有酒，你不晓得去买吗？老子今晚只喝酒！"

茶几上的玻璃已被春风拍碎，碎碴刺入他的掌心，血沿着裂隙淌去，让玻璃开放成一朵桃花。

女老板跑过来，看到这副样子，得罪神仙似的，一边说大老板怎么发这么大的脾气呀，给你赔罪了，一边捧着他的手让他去医院，并责怪着吩咐：还不去买酒？

春风的火并不因女老板的亲昵而减退，他把手从她的手中抽回来，用纸巾捂住，瞪着女老板说：

"去拿酒啊！"

女老板笑容可掬地说："马上就来，马上就来。"她看一眼茶几，"给你换一个位子吧？"

"不！"

这时，春风眼前的血道，让他想起了猎人枪口下那头受伤的鹿，趔趔趄趄地奔跑在雪地上，血迹那么鲜美地枯竭着一个雄壮的生命。他欣赏着，渐渐地低下头去。

女老板在碎玻璃上放上高脚杯，春风推开杯子，从她手上夺过酒瓶，咕噜噜地往肚里灌注。

"给我倒一杯，我陪陪你。"

春风停下来，乜斜一眼她。春风感觉那笑很熟悉又很陌生，像那头受伤的鹿，倒地时，脸上凝固的不舍。酒让他的目光柔软一些，加快了速度，一口气喝完剩下的酒，把空瓶子递给老板。

他的头沉重起来，好像那头临死的鹿，试着用力抬起它的头，但是枉然，它再也抬不起了，身下是它挣扎中留下的血和泥土以及雪搅拌而成的黑色沼泽。

醒来时，灯光变得更加辉煌，他被裹在中间。这才认出这爿茶楼。他曾不止一次和黑鹮、将军在这里把那些鸟作为话题泡在茶香中。现在，他孤身一人，头有些炸裂般剧痛，舌头都成灰了。女老板为他端来一杯蜂蜜水，双手捧给他。他一饮而尽。看见她那一脸的华贵，春风又想起了那只雍容的牡丹，想起了火炭和金刚，想起了两位斗鸟的苦主。

"黑鹮和将军来过吗？"

"已经好些天没来了。"

"为什么？"

"你是真不知道，还是考我的反应？"

"什么意思？"

"来不了了。"

"为什么？"

"判刑，去坐牢了。"

"为什么？"

"为鸟！"

"为鸟？为什么为鸟？"

"倒卖珍稀动物，非法家养，非法开斗鸟场。"

春风的头又像那头临死的鹿头了。

"你真不知道？这些天，你没来，我还认为你也进去了。"

春风的头似乎又变成了鹿头，被猎人割了下来，并举在空中。寒冷的风让他在起死回生的轻盈中清醒过来。

"你在诅咒我？"

"只是以为。"

"为什么？"

"因为你们都是爱鸟的。"

春风露出阴霾的天空中黎明的苦笑，站起来，抖去身上的尘灰，走出了茶楼。

他走在路上，还是不知往哪里走。城市的楼群让他完全不知东西南北。他在心里想着：为几只鸟的不自由失去自己的自由，鸟笼和牢笼虽有大小、格局之分，功能是一样的。

天刚亮，春风来到了鸟市。鸟市的冷清让他浑身哆嗦。他幽灵似的走进去，那些不受保护的鸟也幽灵似的在鸟架上飘荡，乱七八糟的叫声喊魂一样。等候在鸟笼旁的主人们也僵着一张张吊死鬼似的脸。

鸟市的四周，有标语、有广告画，都是关于野生动物的，关于罪犯的。

春风又去到斗鸟场。斗鸟场更不堪入目。地下是撤出的铁架，铁架上尸衣一样飘着各式各色的布围，砸烂的斗笼，毁坏的音箱，让春风再也走不回从前，再也想不起血雨腥风中的生死决战。以前的广告牌依然挺立在场口，他看见了黑鳌和将军，还有几位面熟的人并排在一起，双手被铐着夹在两腿之间，以前的威风被扫地出门，一副悔不该当初的狼狈相。他们眼里的冷光变得比以前威风八面进斗场还灼人。春风在不寒而栗中似乎不战而败了。他退出斗场，保护野生动物人人有责的宣传广告，像猎人射进雄鹿心脏的铅弹，让他心里滴着血。

回去的路上，他想起那一阵如麻雀嫁女的拳头和那个如受孕后而乖巧的雏鸟一般的夏花，顿时生出怜惜和感激，多么绚烂的一次行动。

进门时，夏花用紫茄子一般的目光不认识地盯着他。

"咋不死在外面呢？"

他气短似的低着头。昨晚的酒劲又上来了，他径自去卧室和衣而眠了。

整整两天，春风门都未出，他那心里一直翻涌着黑色的血。女老板那句"我还以为你和他们一起进去了"的话，广告牌上黑鳌和将军的眼神把他的睡意赶得远远的。他打开《野生动物保护法》，鸟群就从书页中飞出来，环绕着他鸣冤叫屈。满目纷飞的羽毛、满耳悲悯的鸟语，碰在墙上、家具上，发出愤怒的回声。他不止一次地掐指算过，比照到法律责任，自己给自己判了个刑期，吓了他一身冷汗。他不知道该怎么去赎回那些长成刀剑的罪过。

那天早晨，一个难得的真正早晨，清明、亮色，他走向公园。

他听见满园的画眉的颂歌。他来到放鸟人中，听他们的闲言碎语。又一位提笼人走来，在树林中寻找挂笼的桂枝。显然是一位生手。当他选定桂枝将鸟笼挂上去揭去笼衣后，春风看见那只画眉如正燃旺的火焰。他马上想起了火炭。画眉在笼子里有些诧，起初是静静地听，后又欲鸣又罢地试了几次。待把所有的鸣叫都听过以后，它才站定在笼杆的正中。先伸伸颈项，再转转灵巧的头，一串高低错落、跌宕起伏、音韵悠扬、声色华贵的鸣叫响彻公园，一群放鸟的人都惊呆了。此曲只应天上有啊。所有的鸟都哑然了。它在这样的独鸣中更加自信和得意，一发不可收地叫出了好些个牌子，短的、长的、激越的、舒缓的，让偌大的公园充盈着这样的奇异的绝唱。

春风首先向他走去，其他的人也围了上来，向他询问不同的问题。

春风来到黑市上。黑市上什么鸟都有，只是不明摆着，它们被半隐藏起来。价格却比以前昂贵得多。

他买了一对画眉，来到公园的银杏树下，将鸟笼挂在低枝上，打开笼门。画眉站在横杆上，有些怕地打量着春风，又有些畏惧打开的门，似乎已不适应笼子外面的世界了，怕世界大了遭遇不测。他驱赶着画眉，它们飞出去了，落在桂花树上，再飞，就飞上了更高的银杏枝了。春风知道，这是鸟们远飞前的攀附。他望向公园外不远的林子，心里荡漾着绿色的涟漪。

有悠扬的鸟鸣传来，是老到的画眉召唤同伴的声音。他听见了它的回应，似乎是老朋友的畅快的应答。

外面的呼唤依然和缓平抑，听不见急切和等待。画眉站在高枝上转过去转过来，啾啾地低语。让春风想不到的是，两只画眉啾的一声，一同往城里飞去了。

他搞不明白，连鸟都向往城市，城市化居然让鸟都失去了鸟性。有了鸟性的城市会不会变得野性起来，失去鸟性的山林会不会变得温良起来呢？他不知道两只画眉去哪里寻得高枝度过余生。那么喧嚣的城市只会让它们的鸣叫变得越来越躁烈和寂灭。

次日清晨，他多带了些钱，想多买几只鸟放归山林。他钻入鸟主人的后院，一眼就认出了昨天的那对画眉，走过去，假装不认识，也不还价地多花了四百元将两只画眉提走了。他没有去公园，直接去了公园外的那片山林。他没有打开笼衣，想让画眉忘记来时的路。他坐下来，想听听有什么动静，会不会还有同伴的召唤。果然，和昨日一样的鸣叫在不远处响起。春风吹响口哨还以应答的鸣牌。那边叫得更欢更亮了。春风随着也拔高拔亮。笼子里的画眉耐不住了，在笼中不停地飞碰和扑钻，想以此去打破黑暗，迎接新生。

很久以后，山林宁寂异常，整个城市都休眠了一样。他再一次吹响已有些生疏的口哨，除了笼子在树枝上急切摇动外，什么也没有。他揭去笼衣，打开笼门，两只画眉急不可待地飞出去了。

第三天早上，就像天天早上看到太阳一样，春风又看见了那两个人和那两只鸟。他啐一泡口水，向两只失去鸟性的画眉不屑地横了三眼。

春风失魂落魄地跑回去，生怕那些鬼哭狼嚎——不！是献媚逢迎的鸟鸣把他的心掏空了。

夏花自被打了后，好一段日子都宅居着。没有钱赚的商人变成行尸走肉了，她整个人都焦灼着，像被拔去毛后晒干的病鸟。看见夏花，他就想到了凤凰山和神溪沟，这才终于明白了两只画眉的选择。

于是他说：我错怪你们了。他走到夏花身边，又说：我也错怪你了。夏花颤抖起来，他想起了名叫牡丹的那只母画眉。

第四天，他没去鸟市。一连几天，他都没去。他甚至不知道以后是否还去鸟市。

五

师傅秋阳的病，一直不见好转，也一直没有加重，不温不火地折磨了他十几年。十几年来，他的眼前就不离不弃地有那么多缤纷的鸟羽在飘，有那么多斑斓的鸟翅在飞。无论怎样缤纷和斑斓，都翻卷起黑色的浪头，如鸟网层层向他罩来，把他裹在中间，手脚被网线缠住，身体越裹越紧，手脚越缠越死，不仅气出不来，手脚的血液也被冰冻了，将血管胀破后，眼看着血就流进凤凰山那焦渴的土地。耳鸣是从什么时候开始的，他记不住。只记得最先是雏鸟张着嫩黄的嘴巴求食的声音。声音不大，急，如马蹄疾驰，以后就日臻成熟和响亮起来。开始是缓，但不舒，总还是好多了。没多久，秋阳连这样的缓都忍受不下去了，如在脑子里慢慢流淌的泥石流，流过以后，所有的一切都被湮灭了，脑子里就死寂得什么都没有了。再后来，声音就开始亮起来了，先是如黎明那般地亮，继而太阳出山了，再以后就烈日当空，每一束阳光都针尖似的了。它们不绝如缕地一簇簇扎进眼窝、扎进鼻孔、扎进心脏。那样整日整夜亮光光锋芒芒的鸟鸣，鬼也受不了啊！秋阳就生不如死了。

他想：这就是报应。

于是，他让家人通知春风回来，他有话给他说。

春风来到师傅病榻前时，师傅已进入弥留之际。春风看见师傅极度难受的面部表情和鸟爪一样冰凉的手脚，他的心里也如鸟啄一般。他想为师傅吹奏《百鸟朝凤》的曲子，又想为师傅讲讲城里那些鸟的故事，还在拿不定主意时，师傅醒来了。只见他双手在头顶挥舞，嘴里不停地吼着，驱赶着魔鬼一样。他叫着：春风快帮我赶走这些要命的鸟啊，哎哟，它们不停地啄我，好痛好痛啊！哎呀呀，它们站满了我的头，使足了劲地叫，把我的五脏六腑都扯出来了。你看不见吗？它们用很快的羽刀剥着我的皮，我的头皮剥下来了，脸皮也剥下来了。你们都听见我这枯干的皮和肉分裂的声音了吗？冰汪汪的声音，生牛皮掉在地上的声音。看啊，成千上万的鸟叼着我的皱巴巴血淋淋的皮在房间里飞。我的血滴在你的头上了，流下来了，流进你的颈项里了。

　　春风和所有的人都感到了这样的淋漓，嗅到了这样的血腥。然而，师傅还在挣扎，他无穷尽地胡乱挥舞，不停息地嘶哑吼叫。春风跑了出去，他将师傅已弃置多年的鸟笼提进来，放在师傅的床前。师傅安稳下来，长长地出一口气，他说："春风，生有生报，死有死报。记住师傅的话，以生报死呀！"

　　师傅永远地走了。让他想不到的是，师傅临死的遗言，就像百鸟唱诗般的晨祷，充满了那么神奇而又久远的自然的力量，深深地吸住了他，紧紧地抓住了他。

　　夏花是没有听见秋阳师傅对春风说的那句话的，她受不了秋阳那样的吼叫和挣扎。她跑到外面去了，和秋阳师傅那些年的交易画面一幅幅地展开。她又想起了为一只只鸟的讨价还价，看到了那些把她当村姑收拾的大商人。特别是和春风杀死锦鸡、雪马鸡、星宿鸡做标本的事，又如那些漂亮的鸡们列队向她走来，跳着临死前的芭蕾。以后，如果她也如秋阳师傅那样死不下去，将是如何的痛苦不堪。灵魂得不到安息，又将是一个多么污浊的人生啊。再多的钱，能买到平实而畅意的死吗？一夜之间，夏花似乎就把好多东西看穿了，因而她觉得平平淡淡才是真，和和美美才是福。

　　回去的路上，夏花对春风说：我们把所有的购物点都卖了吧？春风不认识地看着夏花。

　　"你不同意？"

　　春风心里绞痛着。

六

　　夏花一觉醒来，她后悔地对春风说：我梦见秋阳师傅了，他劝我们不要回去。城里的日子哪怕再倒霉，也比农村好十倍百倍。春风又有些不认识这个女人了。他看着她，你走你的阳关道，我过我的独木桥。他不相信师傅会去劝夏花，但他早就觉得和她无话可说了。已经被城市的喧嚣和铜臭熏出烟火味的一颗心，还怎么可以变得新鲜和清凉呢？

"那些购物的商场呢？"

"你要把它们怎样呢？"

"你不是说要把它们卖了吗？"

"现在我改变主意了。"

"再让你经营下去，过两年尸首都没有了。"

"你想怎么办呢？"

"出租！"

"出租？"

春风点点头。

"你怕我把它们吃了吗？"

"败比吃更凶险！"

很久不管生意的春风，又变得和以前那样说一不二了。

夏花闷了好一阵，这才突然想通似的。"好啊，我男人终于把我解放了。一了百了了。"然后，她真的就轻松得手舞足蹈起来，告诉春风说：不过，哪怕耍，我也只会在城里耍。要是回去，村里那些长了钩子的眼睛会让人难受得要命！

春风什么都没说，把头转向一边，眼前又呈现出斗鸟场广告牌上那些被判刑者的目光。

现在，春风是想回去了。二十年前的那次凤凰山和神溪沟之归在他心里种下的痛如今开始发芽和抽枝了。他并没有什么高尚的东西支配，只是真正厌倦了城市那些总让人心里腻歪的东西。以前，钱让他心里总长出向往和花枝招展的生活，现在，钱多了后，又让他总是心里有很多说不明道不白的空虚。不把这些让人空虚的钱花在自己想花的地方，心里的空虚就会蓬勃地生长，让心灵成为荒漠戈壁，人还未死心早已死去。他仿佛又听见了家乡几十年前那些鸟鸣，总觉得是一种新的召唤。

他又想起了师傅一家和家乡那些还穷得叮当响的人们。他以前怕穷、恨穷，当自己腰缠万贯，成亿万富翁后，又怕富、恨富了。特别是他和故乡的人因这样的悬殊越来越远时，他更怕了。

小的时候，他怕深入那些山林，哪怕山林中有那么多让他向往的野果、野菜、野菌。但这样的怕如露珠一样晶莹，太阳一照就化了。那年的回归，没有了山林、流水，让他生出别样的怕。那样的怕在心上扎下根来，不仅赶不走，而且还随了岁月长大，长出牙，不断地咬人的心。

让他特别恐惧的是师傅临死前的挣扎，他从未想到那么动听的鸟鸣、那么艳美的鸟羽，怎么会成为一柄柄刀剑、一阵阵炸雷，钩织成一个捕鸟人哀歌似的天罗地网，将捕鸟人捕走。他难以想象那是怎样的生不如死。几十年了，师傅教给他那么多东西，似乎都记不住了，只有临死前"以生报死"的遗言却刻在了他的心上。

最先给他启发的是凤凰山。林子没有了，但土地还在。厚实的土地一直都等待在那里，好像发酵的酒，总会有甘冽和芬芳的时候。

村里的人都不理解，春风在那片连蒿草都不长的地里寻找什么呢？找他的魂吗？

村里的干部问他想在凤凰山做什么？他就把想法告诉他们。人们的想法才如春水那样从冻土下冒了出来。

他们还是有些不相信这个把山林里的鸟捕完了的人。

春风回到城里，他现在需要大把的钱，修路、建水池、购苗木。估算一下，没有两千万是拿不下来的。

这么大一笔钱，要在以前连想都不敢去想的。现在有这个能力，但这钱毕竟是两口子的，夏花那里怎么交代？

没有想到的是，夏花竟然那么通透，你挣的钱，怎么花是你的权利，我不干涉。

村上把土地化整为零，一户一户地分下去，按照规划种植水果。所有的苗木款都由春风借给村上，再由村上借给村民，不计利息，待果林有收成后分三年还清本金。

已经穷出腐败味的老百姓，一下就看到了几年后的希望，竟不知从哪里喷涌出来，把凤凰山都快抬升到天上了。

春风也没有闲下，他的功夫在神溪沟。他回味着以前的神溪沟，想象这些年都游玩过的那些山水地，自是有一幅画装在他的心里。

春风去到以前的那孔山洞里，尘土飞扬，很是呛人。现在的他完全没有再当山顶洞人的冲动了，哪怕在这河谷中，春风依然要过现代人的生活。他也不必先治坡后治窝。首先要把自己安顿好。于是，他从俄罗斯购得豪华木屋的预制件，在已濒临干涸的温泉边将其拼装起来。让村民把瘦小下去的神溪好好地梳理出来，并把那些被枯枝败叶填充的水池打理干净，让水自上而下地将一个一个的池子慢慢注满。一个月后，神溪沟就有了清明的味道了，一池池碧丽的水如翡翠串着坦露在阳光下，可掬的童趣从沟谷中盎然升起。

春风决心让神仙包重新活过来，而且必须活出另一番壮美景象。他还决心让神溪沟重新神起来，神出不一样的妖魅姿态。

三年后，夏花坐不住了。春风在不知不觉中就花去了六千万。六千万呀，即使在她看来也是一个可以把她眼睛都撑破的数字啊，是可以用载重汽车拉的呀。以前不是骂她挣黑心钱、心狠手辣，是吃人不吐骨头渣的人吗？现在，他花钱时倒什么都不顾及了，如流水，比她挣钱时还狠一百倍。

春风原想待山上的树成林了，水恢复了，甚至温泉又汩汩地流淌了，给她一个惊喜，就像以前那只金刚画眉一样，不斗则已，一斗则要斗出一个自己的锦绣乾坤。

春风不劝还好，一劝反倒把夏花的那股母老虎的性子劝出来了。

夏花怀疑春风是不是拿了六千万花天酒地去了，去豪赌养小去了。不弄个水落石出、一清二楚，她挣了几十年的"黑心"钱不冤吗？

春风劝不住了，夏花去了，他也不陪。倒是乡里、村里把她当成香饽饽，生怕照顾不周哪里委屈了。

她去看凤凰山，真正的花果山，桃子、李子、枇杷都开始试花了，满满的一坡，比几十年以前的山林规整、气派。每一户人都有自己的果园，无论她走到哪里，总会有人对她说感谢夏老板啊，要不是你，我们还生活在贫穷的黑暗中哩。对这样的夸奖，夏花装着耳朵不好使一样，心里却比以前赚了大钱还舒服爽快。回到村里，这家请那家留，让夏花转着吃转着喝，不说鸡鸭鱼，还鲍鱼海参，让夏花难以相信，不吃还不行。几天下来，腰疯长了一圈，人们说夏老板更富态了，像个真正的老板了。

晚上，夏花就反复咀嚼那些话，几十年以前她做很不起眼的小生意，人们都瞧不起她，看到她时也有人喊她老板，背后更多的人骂她。即使以后她当了真正的老板，资产几个亿，回到村里人们更多的是躲她，好些人说：当屄你的老板，和我有屁相干。现在怎么就变了呢？以前不像老板，现在才像一个真正的老板了。难道真正的老板不在钱多而在花钱多吗？以前钱多总觉少，让别人捆着手脚牵着鼻子，依然唯钱是命，自甘做钱的奴隶、钱的婊子，从未像今天一样让人捧着陪着，每一句话都让自己的心里感到自豪，每一餐饭都让人吃得出一个真正的人的味道。这钱到了不同的地方就变出不同的样子，既可以把人变成鬼，也可以把鬼变成人！夏花真的不知道是钱坏还是人坏了。

唯一让她心里不爽的是那些施工队的人死死地将她拦下，不让她去神溪沟。说里面在建设，哪怕天王老子都不准进去。

进不去神溪沟，夏花的心里就又阴湿起来，她把脑壳都想大了，终于还是想不出春风在神溪沟里究竟干了什么见不得人的事情。回到城里，春风和她躲猫猫一样又去了神溪沟，夏花的心里更有一番滋味难以言说。

以前，他俩无论怎样都死心塌地奔着个钱去，如今不一样了，钱拴不住心了，他有他的奔头，自己还是冲着一个钱去。

一天，她问春风都七十了，还那么雄心勃勃的，被什么东西迷住了。春风却说再不雄几年，就再也雄不起了。人这一辈子，应该留点比钱还好看的好听的东西，让更多的人可以去看和听，不然，就不像一个人了。

夏花听他说天书一样，不相信他一个脱不了黄泥巴的泥腿子还能有日天的本事，无非给嘴打打牙祭，让自己的耳朵好听一些罢了。

夏花依然做着她的生意，当着她的老板。每天一睁开眼就去到购物点看那些车水马龙，听那些导游天花乱坠的讲解。以前，她真是对导游佩服之至啊，听他们宣传自己的商品，心里自是流蜜一样，再看看那些游客大把地花钱，眼睛也赏花似的。自打从凤凰山回来后，看了几天，听了几天，总有些怪怪的味道。明明锆晶体的，偏偏要说成天然钻石；明明是人造水晶，生拉活扯地美之曰天然水晶；更可恶的是把人造虫草卖成天然虫草。看见游客心安理得地掏钱，她真想跳起来对他们说睁大你们的眼睛看清楚啊，你们怎么那么容易当冤大头呀！她看见那些受租人问心无愧地哗啦哗啦地数钞票，她又觉得他们那一双双手多么污浊肮脏，她想问问他们晚上是不是听见鬼敲他们的门。

就这样，夏花算计着一个个购物商场的租期。

春风回来了，她说："你不是又要钱了吧。"

"还没花完。现在除了工人的工资外，已没有大把用钱的地方了。"

"你在神溪沟是修妓院还是赌馆?"

"没有你想的那么坏!"

"为什么不让我进去!"

"我什么时候不让你进去?"

"你以为我是傻瓜?"

春风不说话了,出门去鸟市场了。

合法的鸟市已快倒闭,里面除了几只麻雀和菜鸟外,什么也没有了。他又去到黑市里。让他想不到的是黑市反倒兴盛得不一般。他心里弄不明白,为什么还有那么多不惜铤而走险的人。在黑市里什么鸟都买得到,甚至还有一级保护鸟。他准备把黑市里的鸟全部买走,为它们放生。但他知道,今天买走,明天又会什么都有。他在路上拦住两个正往黑市走的人问他们就不怕判刑。他们反倒骂他神经病,躲警察似的往其他地方走了。以后他再去,所有的人都远远地避开来,他连一根鸟毛都见不到了。他把这事说给夏花,夏花怕他做出格的事,就说:那也是人家的一碗饭,千万做不得砸别人饭碗的事。

夏花本想和春风商量收回购物商场自己经营,她又怕春风不理解,就干脆自己做主了。

一年时间,说过就过去了。

夏花是从未这样苦恼过,她的每一个购物商场都不断地往里砸钱。她没有想到诚信连狗屁都不如,货真价实在旅游购物点一钱不值。哪怕她的东西再好,性价比再高,旅游大巴一辆也不来,游客们宁愿信导游的一张嘴,也不愿信一个老板的一颗真心。她才知道在颠倒的世界中,你站着走路,人们都会说你是怪物,在邪恶的蛊惑下,真话往往会被视为妖言。

春风看见夏花整日里愁眉苦脸的样子,就知道出了什么事。在他的再三逼问下,夏花才说出了真相。夏花等着春风劈头盖脸地训骂,春风说钱亏了就亏了,还挣得回来,心亏了就再也找不回来了。

夏花有些不认识自己的男人了。夏花对春风说:"怎么办呢?"

"放在那里,等几年,我相信一切都会变得真起来,好起来。"

夏花说:"但愿像你说的。"

歇业后,夏花无事可做,也就按照春风的吩咐做些自己猜不明白的事。

这些日子,春风四处去请客。他找到出狱的黑甃和将军说去山上看看吧,给朋友撑个面子，帮兄弟指点指点。他们都不知道这位一向心高气傲的朋友要他们去为他撑什么面子，指点什么，都一副落败的样子，望着他，眼里流露出不信任。

他们以为春风在山里偷偷建了鸟市和斗鸟场，他们也知道现在的黑市交易和斗场十分了得。虽然有大钱可赚，但提着头的生意也实在恐怖，加之他们是"进去过的"，哪还敢染指这样的事。

"两位老哥是不信任吗？"

将军摆摆手："就是去山上捡票子我也不敢了，我可不想'二进宫'呀！"

春风知道了他俩的顾忌，哈哈一笑。

"两位老兄，我现在改邪归正，悔过自新，以生报死了。你们尽管放一百个心，我春风再不做违法的事了。既然我们以前与鸟结了死缘，害了那么多鸟，现在，我们就与鸟结下生缘，成全鸟们吧。"

两位听了春风的话，半信半疑最后答应去看看，并强调"我们是受不得骗的，违法的事打死也不做"。

几天之中，人们不知哪里来的一群人，就把白市、黑市的所有鸟都收得一干二净。他们不问价不还价，抬着或用汽车拉着好大的鸟笼，将鸟们分类，放进去。一个笼子就是一个鸟的世界，唱的、闹的、斗的、打的，虽是一派混乱，倒也乱中生谐，斗中有和。

当这个城市的黎明如小鸟般破壳而出时，队伍出发了，罩着笼衣的鸟笼如一座座山峦，鸟们都静静地待在笼子里，只有那些坐在小车里的护鸟协会的成员和他请上山的朋友们，叽里哇啦地猜测着春风瓶子里卖的什么药。

汽车爬上了神溪沟那条乌黑的还散发出沥青味的道路，转过一道弯，车队盘龙而上，停在了一处可以放眼远眺的平台上。

人们纷纷从车里钻出来，眼前的一幕让大家惊叹。

深秋的太阳正从霞光中慢步出来，还弥散着淡淡的红晕，一列列高耸的山峰还笼罩在洁白的胎衣中，时不时地有一星一点的峰尖若明若灭。沟谷已在丝丝缕缕的轻雾中睁开迷蒙的眼，那些青碧可人的水池一个个在慵懒的腰肢中打着香气舒舒的哈欠，低低的晨吟曼妙地在薄如羽纱的轻雾中升起。阳光从天空明明灭灭地洒落下来，让那些细碎到汽化的水幻化成彩练，它们旋律般地舞动起来，在它们的舞动中，一个个水池金光闪耀，烁烁地在山林中跌宕。这样的跌宕中突然传出一声幽远的鸟鸣，这一声鸟鸣把所有人的心都叫出水来了。人们四处寻觅，总也找不实在哪个地方。接下来是第二声、第三声，仿佛都是从牛奶中洗浴出来的，滑爽、清明并含了乳香。就在这样的乳香之中，群鸟和鸣起来，神溪沟被这样的鸟鸣叫亮了，连阳光都汪在这样的鸟鸣中了。

神仙包这时也从牛奶的浸泡中浮现出来。再沉再现中，人们看见了一凶凶火红从神仙包的参差中晕晕地化开去，在这样的开放中，爽朗的金黄如簇拥花蕊似的翻卷，这样的金黄又被尽染的层林做了缤纷的裙摆向山下一路飘逸地滑去。

所有汽车的挡板都打开了，笼衣卷了上去。笼子里异常兴奋的鸟飞翔着、鸣叫着、呼唤着。春风将护鸟协会的会长引领到一个高台上，请他宣布放鸟的命令。会长在这样盛大的场景和至高的殊荣中深深地呼吸几口清新的空气，铆足了劲，提足了气嘹亮地吼道：放鸟了！

早就等在鸟笼门前的那些穿着节日盛装的漂亮姑娘、英俊小伙，快速将环状的笼门全部打开，所有的人都水鸣山应地齐声唱响：

放鸟啰！

山鸣谷应中，一群群美丽的鸟从人们的头顶飞过，从人们的眼前飞过，从人们的身旁飞过。它们在空中飞啊，飞啊，没有落在树上，没有钻入林中，像一群群离家太久归来的孩子反倒找不到家了，它们宁愿这样一直飞着。

人们久久地仰望着天空，看着这些精灵飞翔在它们的世界里，听着这些精灵歌唱在它们的世界里，感到了自然之美的无穷魅力，领略了和谐之音的无与伦比。

会长说：从来没有见过这样盛大的放飞场面，这简直是一场伟大壮举。

黑氅和将军什么话都没有说，看见蓝天上这么浩大的飞翔表演，觉得那两年牢没有白坐。

夏花仰着头，泪水依然从脸上滑落下来。一个卖鸟人何曾听过一个捕鸟人这么动听的诉说呀！

春风伸出汗津津的手，激动着颤颤抖抖地为夏花擦去泪水。

（原载于《民族文学》2021年第2期）

翅影无痕（节选）

梁志玲（壮族）

一

"笃——笃笃——笃笃笃"，手机是反扣着的，调了振动，被手机套密实套着的手机像一尾缺氧的鱼挣扎着求救，奋力浮出水面呼吸，"救"还是不"救"？接还是不接？李力捞起手机，瞟了一眼，是小皂的电话。

他犹豫了一下还是挂掉了，现在开会，其实去接个电话也没什么。但是想起去年的年度总结，就因为一个女副职领导在做年度述职的时候，李力尿急起身上了厕所，紧跟着有几个也一起上厕所，结果那一年他和几个一起上厕所的人年度都有一票不称职。而且后来，每一次开会，女副都话里话外说上一句：肾虚，尿频尿急的开会前赶紧上厕所了。

办公室的会议桌是长方形的，体形庞大的黄馆长选择桌子宽度的那一头坐下，双手张开一撑就正好结结实实把桌子宽部的那一头占完，手还可以攥着桌角，坐得很稳当，张开的两臂挂着的袖子，宽大、飘荡，羽翼一样，他觉得他在庇护着面前一群人。他抬眼，是一眼望到底可以做到退休的馆长位置。他坐的位置正好是对着办公室门，他觉得这才是宴席礼仪中主人的位置。他坐这个位置一直是理所当然的，毕竟他大小是一个有十几位职工的文化单位的小领导，虽然是个二级机构，但是调动手下十几号人还是让他有成就感的。其实按照行政单位的长会议桌主人的位置并不设在桌子的宽度那一头，但是黄馆长认为舒适就是主人的位置。

办公桌上堆着的东西看起来也很舒适，都是吃的，前两天搞活动留下的盐水花生、瓜子、糖，也堆了一些报纸。有一个搞美术的看着这个局面，自言自语：最后的晚餐。一看，真的像呢，耶稣就像黄馆长，其他围着他的人神色各异。

会议时间也很舒适。会议是昨天下午通知的，说是 9 点左右开会。有人开玩笑地问，到底是左，还是右，左的话就是 8 点开了哦，右的话就是 10 点开了哦。这样开会时间方式含糊，估计只有这些有艺术派头的人才做得出来。这样一问，逼得黄馆长表态，那就 9 点开会吧。

会议人员的到达更是舒适。虽然人都在单位，但来会议室却拖拖拉拉 9 点半钟人才到齐，然后像春晚一样先舞蹈暖场半个钟头。具体到现在的会议，就是先说半个钟头的名人八卦暖场，最后才想起是开会绕回来，黄馆长咳了一声，说：开会。他两腮的肉开始松弛，发际线已经一再退缩，寿星头初露，他还有一年就退休了，只想慈祥一点，无为而治皆大欢喜地退休。

自认为是黄馆长左右手的人很自然就落座在黄馆长的旁边。黄馆长经常说，你们，你，还有你，一个方案都做不出来，屁都放不出一个。然后黄馆长开始大谈特谈理想，前几年刚刚考进来的小鲜肉还被他的谈理想弄得热血沸腾，三四年后小鲜肉在云里雾里的理想中开始变成熏肉了，知道了只谈理想不谈钱的领导都是骗子了，当然这钱不是说落到口袋的收入而是业务活动经费。黄馆长的理想还是要谈的，恨铁不成钢的长辈姿态也还是要做的。手下的熏肉们嬉皮笑脸地应对他的恨铁不成钢：领导啊，你别生气，炼不成钢的铁，大多数都变成了艺术品，你看看北京那个什么艺术区，就是工业区改造成的艺术区，有很多炼不成钢的铁，都咸鱼翻身变成艺术品，这多好，条条大路通罗马。再说了你老是说我们没一个能干的，将熊熊一窝哦。

黄馆长一时无语。

右州县是崇左市下辖的一个县。会议是关于今年右州县 5 月份的基层文艺汇演布置工作，推荐、编排节目参加 8 月份市一级的汇演，最终是参加省一级的汇演。

基层文艺汇演按官方的文件自然写的是从基层群众选拔优秀文艺人才，为基层群众提供展示的舞台，诸如此类。

作为办公室主任李力知道自己按惯例得为这次演出写个报道，即使没开演，没弄好，也得写着备着，作为通稿给一些媒体公众号选稿。他一时间冒上了一句"五月是鲜花的世界，五月是群众的节日"作为报道的开头语；如果是 4 月份，他要用的就是"最美人间四月天"；3 月份就是"木棉花开春意闹"；2 月就是"早春二月，万物复苏，文化欣欣向荣"；1 月份就是"一元复始，万象更新"。他写得熟门熟路，黄猄走旧路。报道工作是有套路的，那些基层文艺汇演自然也是有套路的。李力走过几个单位，也知道工作做多了都有套路。

会议一时间变成诉苦会议，按套路工作中所有的困难到头来就是缺人缺钱。

第一个人先说了一通：哪一年我们的基层文艺汇演不是垫底的，说是为基层群众提供演出平台，那么多年来参加的都是专业演员，原来的文工团歌舞团改制后变成非遗传承中心，换了一个牌子，还是那些专业院校出来的人，名堂上一下子却变成非专业演员了，年年来参加基层文艺汇演，年年都和群众争这个奖，包揽完了。基层文艺汇演都变成别人的私房菜了。我们真正做群文工作的弄出来的真正的群众节目都是陪杀的。说到底，我们缺的是不能用专业的人充当群众去拿奖。

第二个人愤愤不平地接着说：老说我们不出作品，钱呢，钱在哪里？要知道现在舞蹈类的奖都是拿钱砸出来的，想拿一等奖就按一等奖的钱预算，找省一级的编导，制作音乐，还有服装的，还有群众演员来排练都得协调，给点补助。话说省级的编导还不能乱请，得请评委库的人，评委圈子的人，评委的徒子徒孙们，否则，你懂的。

李力听着，年年都听这样的话语，知道是事实，有时候舞台艺术比拼的不是创作实力，比拼的是谁比较有实力占据文化公共资源，单单是音乐类的奖项年年都是由某一个人物占据拿奖。这样的人没做领导之前啥作品都没有，做领导之后作品喷薄而出并且大面积获奖，天知道哪来那么多时间创作，恨不得颁给他一个终身成就奖，让他功成名就永垂不朽快点撤出这个圈子，让其他人有机会拿点残渣。李力也想不明白一个市一级的奖年年拿不腻味吗，年年来争这个奖，年年一副得意扬扬独孤求败的样子。就好比已经当了市长的人看见乡长的职位还要去抢一抢，西瓜要拿芝麻也要捡，大小通杀，这格局，官也就那么大了。李力对很多事情不以为然，但是他得遮掩好自己的不以为然。

黄馆长眯缝着眼睛，会议是沸腾热闹的，他是开个会给他们一个吐槽的机会罢了，对于一个快退休的人员，他只是按程序开会表示对工作的重视。他知道要改变现状是很困难的，艺术圈也玩成资本圈了。他不想对这样的事情做什么表态，不想被手下的职工套出牢骚话，不小心变成控诉某人物的一个棋子。

黄馆长听着，他知道这样的会议开后，还是得弄出一个囫囵节目捧场，至少弄个成本低的去陪杀，这是态度问题，得表示完成了一个业务，其他可以用能力有限来掩饰。

他打了一个哈哈：说这么多免责声明干吗，外部因素再多，关键还得是我们练好内功，你越强大，世界越公平。学会灌鸡汤是他多年以来的修炼，否则手下没人干活了。

"笃——笃笃——笃笃笃"，李力的电话还在响，黄馆长瞟了他一眼。他赶紧捂住手机要掐关了。

黄馆长发话：急，你就接一下电话吧。

李力赶紧抓住手机溜出办公室。

啥事，我开会——

力力，没事啊，我就是想你来了——

废话，小皂你别添乱，啥事，快说——

算了，没事，你忙吧，我挂了。

李力对着电话发了一下呆。现在早上10点，望向窗外的广场，草木郁郁葱葱，广场舞大妈还在跳舞，舞曲震到玻璃墙又反弹出去，水波一样，广场舞大妈突然就有了水草一样妖娆的身姿，左摆摆右摆摆肥硕的屁股。

文化的普及也许就是推波助澜的水波，给点水的波纹就算是离离原上草的野草都能水草一样妖娆起来，临终关怀一样的波光潋滟。

再回到会议室，会议换成另外两个人在争论了。

甲同志说：这规章制度也定得太密实了，我们又不是流水线的工人，好歹也是搞文化艺术，离开办公室半个钟头算脱岗，超过一个钟算旷工半天，都把我们当机器人管了，还创作出作品啊。沿海地区的渔民织网都不会把渔网织得太密，怕连鱼花都一网打尽，这样的网我们叫作断子绝孙网，现在的规章制度是一张网，断子绝孙的规章制度。都把我们管成犯人管成奴隶了怎么出作品。

黄馆长赶紧咳嗽一声：这是主管局的意思，也是照搬他们，有意见你们就去告，我可不想晚节不保，落个管理不力退休。再说嘛，奴隶社会也有繁荣昌盛的时候的。

乙同志说：就是。规章制度有就行了，非得弄那么认真，自己捆自己。还说告，鼓励我们上访啊。

黄馆长不冷不热地说：说到认真，有些事还是得认真的，比如说，原定一台90分钟的晚会，就不要弄一个旗袍秀就走了50分钟，又不是旗袍秀专场，有意思吗？有点职业道德、职业底线好不好。

黄馆长巧妙地把话题引到别处。

乙同志马上面红耳赤理亏地喃喃：谁知道后来是这样，哎哟，不说了。

在场的人都偷笑起来。那台晚会也太业余了，沦为地摊演出了，乙同志有点小职务，手下有一个旗袍秀团队，她把她那一点权力发挥到极限，硬是让她的团队在舞台上走了50分钟，老胳膊老腿的一群中年妇女的旗袍亮骚包了全场，满场的萝卜腿戳在高跟鞋上伴随着《月光下的凤尾竹》在挪动。硬是把音乐部舞蹈部的节目给押后演出。硬是把台下的观众都弄腻烦走了。

甲同志嘀咕了一下：捞油糍的那个节目不知道是哪个红薯藤亲戚的。

黄馆长听见了，侧身问：什么捞油糍？

众人大笑。

这是一个广场舞大妈弄出来的柔力球健身体操，乙同志再三交代这是某个领导的小姨子的女友的节目，也就是汤水的汤水的关系，好几道汤吧。好吧，那就是上吧，既不是音乐类的节目也不是舞蹈类的节目，兜球的动作，活脱脱就是家庭夫妇捞油炸糍粑的动作，这中间，好几个大妈还兜不住球，满场捡球。看起来厨房的手艺实践起来还是有问题的。这是去年一个"庆祝我们的节日端午节"的一台例行的演出。

负责摄影的小伙子拿了两个节目的镜头、一个观众的镜头也就交差了。反正也是营造了欢乐祥和的节日气氛，弘扬了民族文化。

李力也笑了，不过他倒是看得开，群众文化嘛，图个乐子热闹，大狗要叫，小狗也允许叫的。

丙同志建议：有一个现成的器乐节目可以交差参加基层文艺汇演，演员是现成的，器乐是现成的，服装是现成的，把这个业余团队归拢到文化馆挂名就可以了。

黄馆长不置可否，他当然知道这个乐队的水平了，都是六七十岁的老人，音调也不准，手脚都不怎么利索了。这么一个团队拉出去，都得考虑医疗保障了。而且40号人的乐队涉及的道具桌椅又多，上场撤场的时间很久，辅助配备的工作人员要多，陪杀的节目还得赔进那么多工作人员。

随后是一些陈年旧事的小争执了，丁同志说这个活动该活动策划部负责，戊同志推脱说唱唱跳跳的舞台演出就该音乐部舞蹈部负责。黄馆长照例来一句：分工不分家，民族团结一家亲。他大手一摆，一句话貌似就来了一个秦始皇一统江山。

间或角落里传来娇嗔的一句话，"嗯，我不，我不想做这个工作，我就是有一点小女人的小慵懒。"再夹杂着一句"年轻人多做点"之类的闲话。这些"甲乙丙丁戊己庚辛壬癸子丑寅卯辰巳午未申酉戌亥"同志们总是有话要说的。

李力烦躁起来。其实知道，这么一个文化单位，能够卖人情套关系的地方也就这些，几乎是不值一提，既然不涉及国计民生能做的也就是锦上添花之类的工作了。

"我想排一个舞蹈，初步构思就是编制的竹席……这竹席也是市一级的非物质文化遗产的。"说话的是舞蹈辅导员廖青月，毕业考进文化馆才一个月，是说话很卷舌的外省人，天知道她为什么考来广西，还是到一个小县城的文化馆来。李力看了她一眼，好年轻的脸，毫无例外舞蹈辅导员都是瘦得像纸片人一样，说话还脸红，不知道她怎么上台演出，平时穿的衣服倒是很中性冷色调，大多数是卡其色、焦糖色、灰色、牛仔色，板鞋搭大 T 恤。按理喜欢这样着装的不应该是爱脸红的人，很分裂的表象。

有人跟着说了一句：这睡觉的席子又不是支柱产业，青青黄黄，又大又方正，呆板得很，舞台效果哪好，关键是可以拿奖吗？

廖青月低头，那一句直接要结果的"可以拿奖吗？"让她一下子不知道说什么了，她不能承诺拿奖。李力理解这样的年轻人，上进想出成绩，可是舞蹈毕竟是一个综合性很强的舞台作品，得寻求舞美、服装、作曲、音乐剪辑等技术上资金上的支持，如果不是预判一定可以拿奖的节目是几乎得不到资金支持的。在政绩这方面，谁都不会说：文化是一个长期的积淀过程，不能一下子吹糠见米。其实就是必须吹糠见米，不然就是懒政。靠权力和资本运作出来的获奖舞台作品又能留存多久？也许只是政绩而已。

李力挪开目光，心想，这姑娘还不到看灰尘在黄昏下飞舞的年龄，她想自己翱翔呢。也许过几年这姑娘也会像自己一样，把听话做成她的专业并且是唯一的专业，这样日子也容易过的。

"笃——笃笃——笃笃笃"，手机执拗地响着，敲着桌子也敲着李力的脑壳，这一次还是显示小皂来电。

二

小皂是李力的女朋友，开个艾灸养生馆。他们还处在黏人的热恋期。

这天小皂醒来晚了，都 8 点了。

她一跃而起，拉开窗帘，阳光射了进来，正好照在墙角的转运竹上。把艾叶放进大电水炉烧上，开水壶放在煤气灶烧上。电饭锅蒸上两个隔夜的馒头。候着水开期间，洗脸漱口，拖地板。她打了个电话和李力嗲了一下，李力却很快挂了电话，说忙，开会。她有点扫兴。

小皂开的艾灸馆是正规按摩养生的艾灸馆，不是挂羊头卖狗肉的什么推油按摩九美子保健所之类，是正当生意。顾客都是女的居多。要说不正当，也就是她钻空子不办营业执照等证件。小皂是被投诉过的，楼上一户人家刚刚怀孕说艾草味药味太大，熏得她受不了。明明是很香，为什么是药味臭呢？再说艾草香味还有养神安胎作用呢。

市场和质量监督管理部门的人接到反映后来过，也看见摆放着几张按摩床。小皂说，凭那几张床你不能断定我就有经营行为啊，我带些亲戚朋友来家里做艾灸，都是熟人也没啥钱财交易，这是我一个爱好罢了。你们主张你们就举证吧。

穿制服的人不好说什么了，凡事都得讲证据的。私人住宅开门让他们进来已经很配合了，不开门，难不成他们敢破门而入？

楼上的人家又投诉到了环保局。这次更好，环保局工作人员回答得很官方，表示环保部门只针对有营业执照的店面排放油烟、气味和噪声等监督和管理，并不涉及在居民楼的私人住宅内的经营行为，无法对房东进行相应处罚。建议业主若是长期遭受浓烈药味干扰，又无法协调，可拨打 110 报警电话，称对方存在扰民行为。球就踢到了 110，110 管不了飘在空中的气味，没几个人认为是臭，就算邻居家熬中药，难道你也要投诉吗？

呵呵，投诉的事情就消停了，楼上的人家估计上辈子是狗投胎，鼻子太灵，自找难受。

小皂迷恋艾草的香味，它可以熏走她身体湿寒，那些湿寒来自出生地来自童年时代来自她的内心深处。

快十点半了，她把大门开了一条缝，然后端坐在茶桌旁啃上两个馒头，冲上一杯营养麦片。这时候房间弥漫着艾叶的清香，幽远，宁静。

"笃笃——"是高跟鞋的声音，空谷足音，停在了她门前，衣食父母来了。

来的人是云姐。

云姐差不多一个月没预约艾灸了。云姐微胖，穿着很职业。

她转着脖子连声说：好累，文山会海，该死的材料。我这脖子啊，肩膀酸痛，套头衣服差点都没办法抬手穿上。

小皂：你是该做身体保养，你大椎穴位都鼓起一个包了，那是寒湿拥堵啊。你看看你多久没来我这里按摩了。

云姐：我一直以为我后脖子那个包是人胖了就鼓了，是个富贵包。没想到——

小皂：大椎穴位是人体的十字路口，一堵就影响很多了，什么脑血管、肩周甚至肠胃，那可不是富贵包，堵得像小坟了还富贵包——

云姐：呸呸呸，大吉大利，什么坟的——

她们轻声慢语聊着。套上手套的小皂搓在云姐背上，开背刮痧，心里赞叹在这个年纪了还是那么白皙。窗帘低垂，抽风机发出低低的转动声。

小皂热爱这个工作，接触的人员都是伏案工作的女人，体面、优雅、知性白领，有些还有一定的职位，虽然顾客都隐瞒，但是从只言片语中，小皂大体也猜测得出来。和她们聊聊天可以窥探到另外一个阶层的一面。

如果开个杂货店就只能是计较到分、毛，只能是家庭主妇的家长里短，讨论抹布要分多少种用途备多少条，没意思。

云姐说：哎哟，说到十字路口，在路口，刚才我过来艾灸的时候，碰上一场车祸呢，大吉大利，就是那个路口，旁边有一个托马斯私立幼儿园，一个超市，一个小区，那个路口还没有红绿灯，说是等佛子路修好了才一起弄。是个中年妇女，拖着一个蛇皮袋，啧啧，看起来是伤到人了，看起来是农村的。

她们顺嘴哀叹了一声生命的无常。

10 分钟以后有一个电话打到了小皂的手机上。

几分钟后，李力的手机就催命地响来。

三

是小皂的母亲被车给撞了。

小皂的母亲叫李梅香，家在力屯，在"中国糖都"崇左，力屯这一带是不适合种甘蔗的。小皂父亲去世早，是母亲辛辛苦苦把小皂养大的，两母女感情很深。李梅香是菜农，有一亩临水的土地，这土壤适合种点菜。那几年这个屯都是大面积种植厚皮肉芥菜，芥菜年年丰收卖不完吃不完，于是由芥菜衍生了一个腌酸菜的行当。

于是李梅香的身上总有一股酸酸馊馊的气息。酸菜起缸的时候，李梅香总是要装上半蛇皮袋子的酸菜送来县里给小皂，小皂不爱吃，但李力爱吃。从镇里到县里是有客车也有绿皮火车，但是到了车站，她舍不得打车，到小皂那里得走三公里路，过四个红绿灯。李梅香把酸菜抡到肩上撒开脚丫就走，在用衣袖擦额头的汗时，黏湿的衣袖遮了一下眼睛，脚步却没停下，拐弯的车也没停，就撞上了。

肇事的是个小姑娘，一脸的惶恐，喃喃：我打转向灯了，我打转向灯了，她突然还横过来——去医院看看吧，我都付钱——

李梅香神经倒是大条：你扶我看看，我看看情况，我不能倒下的，我还要跳舞的。

小皂刚好赶到，说：妈，你坐下，去医院看看。

李梅香说：不去不去，医院有事没事就是一堆检查没病都弄出病来，我以前被牛撞过都没事。就是扭一下脚了，小姑娘你别怕，我没事的，我不碰瓷，过几天我还上台跳舞呢。

"跳你个大仙。"小皂气恼地说，"你看看你，还能来了。"

李梅香执意不去医院，还站起来跟踉跄走了两步说没事。小姑娘很惶恐地说，阿姨，你就去一下吧，钱我都出。

李梅香坚定地说：不去，那里都是白，消毒水味呛人，心堵。

好说歹说，小姑娘留下电话号码，说有什么事情随时联系。

小皂气恼不已。

李梅香说：你懂啥，我这一去医院，我们屯里的人知道了，还不把我从跳舞的团队里撤出来啊！

小皂说：不就是一个乡村级别的广场舞，争它干吗，爱上不上的。

李梅香自豪地说：不是广场舞，你妈还是有点出息的。

李梅香这次上城里来说是看女儿，实际上是看女婿，看李力。

加入屯里面的文艺队后，突然发现姐妹们对她这个寡母客气很多，话里话外说：梅香，你女婿不是在文化馆吗？到时候让我们的节目去城里跳一下啊，让他帮我们的节目提高一下，镀镀金，淖掉我们的土气。

她肩负起姐妹们的希望。

李力驱车赶往小皂的养生馆，心里转过一个念头，丈母娘不送去医院的话估计也就皮外伤，但情理上也得急急如律令，这是态度问题。

一年前小皂和他确定关系后，带他去过她生活的村屯，李力印象深刻，后来接连又去了几次。

李力第一次见李梅香的时候，李梅香在菜地里浇菜半弯腰，抬头一脸憨憨的笑。她对这个城里的未来女婿还是满意的，有工作，是吃国家饭的，还戴眼镜，断断不会欺负自己女儿了。

饭桌上，菜式是隆重的四菜一汤，酸菜炒肉、酸菜大肠、酸菜炒豆，汤是酸菜鱼头汤，只有一碟和酸菜无关的莲藕炒肉片。闻起来李力都口舌生津。李梅香不断给他夹菜。

李梅香说：你喜欢吃酸吗？可爽了，小皂就不爱吃。

小皂说：我牙齿不好，吃酸牙齿软，我就吃那莲藕炒肉就行了。

李力说：小时候经常吃酸笋。

李梅香说：酸笋不好，笋是发物，男的不要吃，尿酸高的人，发痛风，还是酸菜好，你尝尝。

李梅香探身过来夹菜给李力时，头就抵在李力下巴处，李力闻到她头发一股酸酸馊馊的气息。李力知道有一个长发红瑶的少数民族是用洗米水洗头发的，是用沤过的洗米水。但是李力觉得这股气息和洗米水有区别，暗合了他记忆中的某种气息，肥沃的气息，地母一样旺盛蓬勃的气息。

后来回忆好久才想起应该是母亲的味道。李力的母亲是开粉摊的，用得最多的是酸笋，炒老友粉用的。童年时代的李力剥过竹笋腌酸，洗米水倒进去沤几天就泛酸了，缸面上长了一层白膜，老友粉需要的酸笋量大，一缸接着一缸，都是酸度合适的时候就起缸了，不像现在的酸笋洒了一把防腐剂的。老友粉是少不了酸笋下锅爆炒西红柿、蒜米、豆豉、辣椒的，那个酸爽，现在想起来都还流口水。

李力还做过辣椒酱，一大箩筐的辣椒，一枚枚辣椒地摘辣椒梗，辣椒混着蒜米放进搅拌机搅着，红白的酱倒上盐和三花酒拌匀密封。

李力自以为聪明地对母亲说：辣椒那么贵，丢几个西红柿进去就行了，反正放到粉里面红彤彤就行了。

母亲敲着他脑壳说：有这样做人的吗？你放西红柿进去是红了，客人吃的是颜色吗？他们觉得辣舀一匙够辣就可以了，不辣还不是多舀几匙，还多耗我三花酒和盐呢。人的舌头、肠胃是骗不了的，做生意要回头客的，要不然你的学费怎么来的？指望你那个酒鬼老爸？他除了揍人啥都不会。

母亲戴着一顶白色的厨师帽，秀发掖在里面，有点像白头叶猴，围裙带子绕到腰后系了个蝴蝶结，把她的腰身掐出了风情。无论多忙无论要站多久，母亲都要穿高跟鞋，大长腿在小摊上"笃——笃笃——"神气而又精神抖擞。

有一个食客曾经意味深长地和李力说：看好你妈妈，说不定她哪一天就飞了，你看看稻田里的白鹭就知道了，也是脚长长的，稻田探两脚就量完了，这里太小了。

手被辣椒弄得热烘烘时，好像有无数火苗在十个手指里东奔西跑，撞击着。手皮肤却还是凉的，母亲教了他一个办法就是把手泡进清水，不一会儿，水就把血液里的热吸附出来，水就温热起来了。很神奇。

这多像他的生活，不论摸上去多冷，只有水知道他的血还是热的。

是的，他的血是热的，他不喜欢酸酸馊馊的小镇生活，他要逃出来。他一路读书考试再考单位于是有了现在这么一碗饭，这碗饭暂时不会变馊，日子还算安逸。

他那风韵犹存的母亲有太多的回头客，她的高跟鞋带着她也逃离了酸酸馊馊的生活，她离婚带走了小妹，把他留给了酒鬼老爸。

后来他才知道那种酸酸馊馊的气息无处不在。无论他逃到哪里，某一刻那种气息都可能会卷土重来。

四

车驶过一排排苹婆树时，在路口堵车了。路边就是龙腾湖广场，李力是在这里认识小皂的。

那时候龙腾湖广场还没有被广场舞大妈占领，李力还喜欢来湖边跑步。跑着跑着总看见小皂在那里练瑜伽，所谓吸天地之精华吧。她安安静静娴熟地下腰折叠着躯体，他安安静静轻快地跑过，看起来是不会有什么交集。

湖边的荷花开了又谢，他们互相成为风景两年了。

又是一年夏荷开的时候，小皂练瑜伽起身时脚居然抽筋了，他轻快地掠过她身边时，她喊住了他。他为她按压了小腿肚，他的手碰到小皂硬邦邦的腿肚子，就有了肌肤之亲的开头，他心动了一下，他到了需要一段结结实实的婚姻的年龄，婚姻就得像小皂的腿肚子一样结实、弹跳有力。

后来他们就经常打招呼了。后来他到她那里按摩刮痧拔罐，通过保健养生，他们的躯体先于灵魂邂逅亲近深入了。

她能够自食其力开有养生馆，他有一份安稳的工作，相互还不反感，就谈了恋爱。他需要有一点有活力的东西注入他的生活。小皂有他身上缺少的活力以及还保持的天真，而且能够天天来湖边练瑜伽的人多自律啊。

秋天的时候，干枯的荷花梗开始一横一竖一撇一捺一折一点地布满湖面，一阵风吹过，那些笔画一样的荷叶梗动了起来，蠢蠢欲动拼命想拼凑出一二字来。

小皂说：你猜猜它们可以拼出什么字？

李力有点敷衍地说：你希望它们拼出什么字就是什么字呗。

小皂陶醉地说：拼出"爱"字啊。心连心啊，莲花就是连着心的。

"夏天死的时候，所有的莲都殉情。"李力想到余光中的一句诗。他没说出来，那时候小皂已经偎依在他怀里。他不想让小皂知道他是一个活得很丧的人，他只想在她身上吸附活力。

到了小皂的艾灸养生馆，李梅香是真的没事，李力松了一口气，嘘寒问暖了一番。

午饭是李梅香做的，她对做饭有着超乎常人的热情，菜还是酸菜主打。汤是酸菜芋头汤，酸菜焖鸭肉、酸菜炒猪肚外加一碟空心菜。

李力夹了猪肚。酸菜把猪肚的下水味遮住了，生发出另外一种独特的滋味。

李梅香盯着李力笑眯眯地说：好吃吗？

李力看着丈母娘笑得那么认真，赶紧说：好吃，有钱人都吃不到的丈母娘酸菜。赶紧一口就吞了下去。

李梅香说：这就对了。这不是有钱人吃得到的。我这酸菜不放防腐剂的，市面上的很多酸菜都洒防腐剂呢，只咸不酸。酸菜的做法只有穷人才想得出来的。我们屯以前穷得很，又不适合种甘蔗，只能种芥菜。你要不要帮点忙？

李力以为丈母娘说的帮忙是多卖点酸菜，赶紧说：帮，肯定帮。

李梅香继续说：从前啊，有个农村小媳妇勤劳节俭。她第一次过门当家，有些生疏。她本来是想腌咸菜的，却又不舍得放盐。在古老的岁月里，有时候盐比油要金贵得多，结果白菜没腌咸，变成了酸的，可又舍不得扔掉，又怕公婆知道了嘲笑和丈夫知道了打骂，只好自己凑合着吃，一吃才知道这酸菜很有味道，比白菜和咸菜好吃得多。她就试着变换花样，煸炒、炖煮、包馅、生食，把一缸原本报废了的白菜变成了美味。过去是白菜，现在就是芥菜了。看农村人多聪明，农村妇女更聪明，做啥都聪明的，手脚都很利索的。

小皂说：你就会吃啊，帮吃啊。

李力说：我还能帮啥，妈都说农村妇女手脚利索啥都会了。

小皂说：手脚利索还会跳舞啊，你以为就会腌酸菜啊。

李力茫然地说：那就跳呗，防老年痴呆，出一身汗还能多吃几碗饭，身体健康就是对子女负责。好啊，跳舞好。

李梅香扭捏了一下，说：我们屯排了一个腌酸菜的舞蹈，你看看能不能来县里跳啊。

李力愣了一下把菜咽下去，抬头看了一下墙壁上的挂钟，赶紧说：都两点了，我下午得上班。我去汇报一下领导，回头有消息我告诉你。单位有单位的程序的。

小皂在身后喊着：记得哦。

李力回到车上，无缘无故觉得烦躁。

眼前的难题是丈母娘要上节目要提高节目质量，他想象中丈母娘的节目会是这样的，一群大棚蔬菜出来的反季节的冬瓜、南瓜、黄瓜、苦瓜、西红柿，大红大绿，臃肿着身材，比画着几个广场舞动作，再加上一个酸菜的主题，不就是持着一个个黑不溜秋的酸菜缸抡大锤一样抡来抡去的吗？胳膊肘又粗，抡起来和举重运动员有啥区别，气势估计和李逵抡的大板斧差不多，先不说什么优美曼妙了，倒是有杀气腾腾、威慑力十足的十八般武器纵横舞台的气象了。

他不厚道地想着。

五

上班时间一路堵车，紧赶慢赶到单位，还没来得及解开安全带打开车门，李力就急急忙忙掏出手机在手机软件上完成签到打卡。话说黄馆长虽然临近退休，这一天打四次卡的规章制度却没放松。渐渐地，李力也揣摩出黄馆长的态度，搞节目获奖嘛，获奖证书上又没有他领导的名字了，评职称嘛他也到头了，犯不着去争这些奖了，一年下来和别的单位合作搞一些活动，蹭一下别人大活动的屋檐挂个名，单位总结也能写得满满的了。但是手下的职工一定得打卡上班，至少有个全体在岗，免得给纪委主管局落下话头，弄个晚节不保。

所以，李力和很多人一样正常上班。打完卡，他打开车窗慢悠悠抽了口烟，享受短暂的腾云驾雾。

廖青月路过他车窗，恭恭敬敬喊了他一声：李老师。

李力掐了烟，好歹得在小姑娘面前有点师道尊严。他顺口问：小廖忙啥了？

小廖拿出手机，滑出一张图，说：你看看这舞台背景在电脑上看着还不错，怎么广告公司印出来后不大好呢？

李力看了一下，是偏黄色的底，知道黄色底拍摄效果不大好的，但是现在已经印出来，口上就说：没事的，淘宝网购物还有色差呢。

小廖又问：我们的节目是庆祝五一的，要不要审核一下节目质量呢？

李力心想，审核个鬼，有节目就不错了，这种营造节日气氛完成任务的例行演出，又没有领导出席，就是给观众看个热闹的，节目就聊胜于无吧。不过这样太老油条的话，不知道为什么他不想对小廖说，他希望她对工作对文化还有一股天然的天真，真的。

小廖说：老师你看——

李力顺着她手指的方向看过去。一群鸟儿在树梢间跃来跃去，然后并排立在电线上，音符一样。很常见的小雀，不是啥罕见的鸟类。

李力迈出车门，重重关了一下车门，鸟"呼"地全飞了，无影无踪。他不喜欢鸟拉的粪落在他车上。他看见小廖的车是"别克"，那一款好像要二三十万呢，小姑娘看起来家境不错。

小廖"哎哟"了一声，回头看了他一眼，有点遗憾。

小廖突然爆发表演欲，用主持人的腔调来了一句：亲爱的观众朋友们，大家下午好，这里是右州县演出现场，此时此刻天空中没有留下翅膀的痕迹，但鸟儿已经飞过——

很多年以后李力都还记得小廖说这句话时，细密的汗在她的鼻翼上熠熠生辉，那些汗散发着珍珠一样的光芒。还有她涨红的脸，天，她怎么那么容易脸红，不是害羞，是一点情绪的波动都能让她涨红了脸，年轻的血液一旦接到情绪的指令，就急行军一样奔赴脸上配合她情绪的呈现，并且以最明艳的红色，舞台效果一样。呵，怎么有这样没有城府的人呢？小廖不是一个内向的人。

李力很煞风景地来了一句：没有痕迹的工作是白做的，我们做材料的都是需要有相片佐证。你是不是曾经做过这个项目，曾经组织了这个活动，就是慰问职工信封不大大地写上金额拍照，谁知道你送了多少钱。你以后去哪都记得多拍点相片，好歹是呈堂证供，否则差旅报销都很难。

小廖好像没听见，说：这里的人不喜欢诗的啊，还文化单位呢。

李力没敢说自己以前喜欢诗，至少他知道"天空中没有留下翅膀的痕迹，但鸟儿已经飞过"是泰戈尔的诗。他这个年龄喜欢诗有点矫情，对小姑娘说喜欢诗都快近乎撩骚了。他可不想成为猥琐的大叔。

她也太活在诗里了，都20岁的人了。他35岁，比她多花了15年时间来铺设城府，比她提前知道生活不需要诗。

李力和小廖一起下乡去调研过一种民间乐器。她非常认真，录音、拍照、笔记、查看古籍。民间艺人估计接受过一拨又一拨的采访有点疲惫了，一开始马马虎虎对付着回答着，甚至还调侃性地说，关于这个民间乐器有好几个传说，你喜欢哪一个我就说哪一个。小廖认认真真地说，哪一个我都听。她眼神是热切的，对文化对艺术她的眼神充满了天真。艺人一下子收住了他的调侃，和她一起认真起来。接受过太多采访的艺人都很配合，配合多了有时候也知道官方需要什么样的民间传说，至少是祈福的阳光的，他们在配合中自己悄然改动二度创作了民间传说，形成了很多版本。小廖执着地寻找最初的版本。

李力对她的一根筋有着难以诉说的复杂心情。因为他看到以前的自己。他顺手帮她拍了几张工作照留痕。小廖额头的刘海掉下来，她撩了一下头发，手挡了一下脸，说：多拍艺人的啊，主角是他们这些老人。

李力若有所思，冒上一个念头：小廖你搞舞蹈的，帮老师一个忙，看看和酸菜有关的一个舞蹈，我私人请你去看看，你看看行不行，就一次，食宿全包。

小廖跳起来，"没问题，整天待在办公室，双规一样，没经费搞创作，闷死了。"

李力轻松起来，好歹对丈母娘有初步的交代了。

六

双休日，四个人，李力、小皂、李梅香、小廖坐绿皮火车直奔力屯。小廖是北方省城的人，对乡镇的一切都很新鲜。李力问过小廖好好的大城市不待考来小县城干吗？小廖说，我喜欢考一个地方待一两年腻了再考去另外的单位，有个单位解决吃饭问题，又能玩玩多好，趁年轻我要多待几个地方。

李力感叹：年轻多好，随便挥霍，反正一切都还来得及。这才是进退自如啊。

李梅香看着小廖感叹：多水灵的姑娘。

到了力屯，小廖眼尖，发现新大陆一样喊起来：村史馆。我要下车。

村史馆在村委的一个很小的房间，瓶瓶罐罐很多，说得好听是古朴，说得不好听是破破烂烂，唯一崭新的是牌匾，上面写的是"酸菜之乡"，估计是哪一个乡贤写的。有文字大概介绍了酸菜在这里的腌制历史有上百年，当然也附着了一个传说。小廖拍照记录，轻声念着：酸菜用传统方式腌制发酵而成，从原料开始就严格把关，肉芥菜从地里收回来后，清洗、晒蔫，加食盐搓软后，层层叠放进大缸里，每层菜里撒一些白糖，然后密封发酵。少则一个星期，多则一个月的时间，"酸中带甜、甜中带咸"的力屯酸菜就腌制而成了。

7点晚饭照例是酸菜宴。晚上8点终于见到了这个酸菜节目。其实酸菜节目有一个书面的名称叫《渍酸菜》，简单粗暴地点题，很原生态。

李力、小皂、小廖一起坐在长条板凳上看，像很多年前看露天电影一样的气氛。屯里有一个简单的水泥框架舞台，平时是晒场。20个大妈认认真真拉了枣红色的幕布，枣红色的幕布很吸光显暗，能够拉这样的幕布也是不错了，至少是有仪式感。李力见过拉床单的舞台背景。风呼呼地在舞台间窜来窜去，调皮地掀起一角的舞台布，"啪啪"地拍在墙壁上，像不断地鼓掌，像在赶蚊子飞蛾。在乡间，风是最好的观众，是最强力的捧场者、最盲目的追随者。舞台下几只黑色土狗伏在地上，下巴搁在两只前爪上眼睛耷拉充当观众。

菜农大妈们化了妆，眉毛毛毛虫一样粗黑而且具有被药倒后的僵直，两坨胭脂红脸盆一样生硬地挂在脸上，等待着随时哐啷掉下来，劣质口红淹没了唇线四处顺着皱纹的沟壑流淌，乡镇水平的妆容。舞蹈简直是广场舞动作的集大成，大多数的动作都是齐头并进整齐划一的，重重复复一个动作，腌酸菜的大缸果真排了一溜，菜市场摊位的气息扑面而来。结尾为了表现卖酸菜挣了钱，在表现钱这"辉煌"的东西时，她们弄了一个大大的道具，矗立起来有人这么高的一个孔方兄，外圆内方的铜钱的造型，金灿灿的，真的是黄金的金，咬一口牙齿都要崩的黄金颜色，这颜色倒是用油漆涂得很认真。最后她们一个个拿着簸箕从方孔中欢快地穿过，或许表示征服了财富。从孔方兄的孔钻出来，大妈们双手握着簸箕由里朝外略倾，簸箕上晾着酸菜，她们咧嘴笑着，倒是自然而然，画面很熟悉。哦，是《舌尖上的中国》版的笑容，借鉴"舌尖版"用大簸箕呈现食物的丰收，这大簸箕一比对还显得大饼脸都小了呢。

李力有点心酸，但还是忍不住笑了起来，扭头看见小皂也笑了。

小皂说：这钱的造型真亏我妈想得出来。现在都人民币，还铜钱呢，钻来钻去，不是钻到钱眼去吗？哈——哈哈——

李力不好站队，捣糨糊地说：艺术化艺术化，现在都支付宝、微信购物了呢，钱的影子都没有了。小皂，别笑那么大声，你妈会听见的。

小皂说：这舞台也够满满当当了，又是大酸菜缸，又是大簸箕，又是大钱币，又是酸菜，有点像开土产公司、杂货店。

小廖却没笑，眼睛亮亮的。她说：多接地气的节目，基层群众的节目就应该是这样啊。框架也还好的，但是还要大改的，要花钱。这些酸菜缸可以省略成为一个 LED 背景就行了，舞台就简洁了，挣钱致富这方向是对的，不弄出那个巨无霸钱币做道具就行了，有提升的空间啊。演员老是老了一点，再说了，化上妆，谁都不知道年龄的，这个不是问题了，关键是内核再提升一点。舞蹈动作还可以变化的，得有一点小情节穿起来，摘菜的动作、闻酸菜的动作、晾酸菜的动作、嚼一口酸爽的动作都可以增加舞蹈化的。

李力说：这得伤筋动骨地改啊。

小廖说：这酸菜是力屯的一个非物质文化遗产吧。

李力说：还只是县一级的非遗，这个节目弄出来都得强行往脱贫致富、乡村振兴主题上靠，很概念化的宣传品。现在这样题材的作品一窝蜂拥上，都快烂大街，过两年就过气了，留不住。别人都喜欢轰轰烈烈的题材的。

小廖说：对幸福生活的向往总归是永恒的吧。努力过好日子也不会是过时的理想吧。你们壮族的那个《百鸟衣》《妈勒访天边》也就这样的主题，哪会过时。你担心我喊口号啊，放心我不喊口号的。舞蹈不用喊口号啊，比较方便喊口号的是快板啊说唱之类的，我们舞蹈最多就是振臂一呼的动作。我不是别人啊，我是廖青月啊。

李力说：这个我是外行。这舞蹈差不多就行，帮她们看看，改一两个简单的动作，应付一下就成，她们也满足了，别费力气了，单位没钱支持的，怕你拿钱去练手败家，你又不能保证拿奖，又不认识省城评委圈，能得奖的县级、市级作品都是省级编导挂名下去编导的，不代表这个地方的创作力量倒是代表这个地方领导的政绩。习惯了。

小廖说：改不需要啥钱，单位不给钱，我再想想，能省就省点。我真没办法保证拿奖的，军令状是不敢立的，我想试一下自己能力。有一群人免费给我练手也不错了。

李力说：唉唉，感觉我拉你入坑了。好吧好吧，你看着办吧，别太一根筋。出不出作品年底照样有工资领的。

李力觉得这小姑娘开会时很腼腆，现在和他说话倒是思路清晰，可能是因为李力不是啥领导，她放得开，他一时不知道哪一面才是小廖真实的一面。腼腆可能也是保护色吧。

这当儿跳舞的大妈们全下了舞台，只剩下大钱币孤零零地立在舞台，风呼呼地从方口畅通无阻地通过。她们围着小廖静静地等待着。

小廖说：编导是谁啊？

大妈们你推我我推你了，有人小声地说：都是吧，反正我们都是瞎凑合动作，老师别见笑。

小廖一时不知道说啥场面上的话了，重重复复说了一句，我会经常来的，你们的节目很动人。

李梅香兴奋得脸红扑扑的，说：小廖老师现在也晚了，留下来住一晚吧。

小廖高兴地说：住下来好，我想看看农村呢。

小廖的情绪让李力放心起来。毕竟农村真不是什么田园牧歌，不是陶渊明吃吃精神食粮看看山水就能打饱嗝的地方，"种豆南山下，草盛豆苗稀"那得饿死。李力开始还怕她细皮嫩肉的不习惯。

......

七

厚皮肉芥菜一日复一日都成功转化为酸菜了，转化不再是秘密。节目要转化了。小说也开始转化了。

《渍酸菜》的节目通过县往市里报时，编导廖青月的名字面前署了主管副局长的名字，变成了两个人，理由是没有领导的综合协调还解决不了节目农民工的补助呢，好歹也是几百元的农民工补助哩。天下熙熙皆为利来，人性真是经不起试探。黄馆长欲拍拍小廖的肩膀，小廖机灵地闪开了肩膀。他面不改色依然语重心长地说：练好内功就是王道，就能逢山开路遇水搭桥，看看我们的小廖姑娘就是范本。他把无为而治演练到了炉火纯青，他也自嘲过：我这个芝麻官，说是黄馆，那可是一管事儿就黄了，不如放养你们算了。

市里往省一级报时，挂了市里一个舞蹈专家的名字，理由是他到县里审核节目、提升节目质量时提了修改意见，这个专家今年要评正高职称来的。李力打听到专家的修改意见，无非是建议换上高校的学生上台去演，颜值高一点，身材好一点之类的，据说高校有一批艺术系的学生，已经毕业但是也没到专业团体就业，有个时间差，算是群众身份可以打擦边球进来作为非专业演员去演，去拿群众汇演的奖。廖青月否决了，她坚持用她的力屯大妈，力屯大妈跳得再不好也是真真正正的群众，就应该在属于群众的舞台上跳，专业演员再怎么换马甲也是专业演员，拿不拿奖她不在乎了。

廖青月面前就排了两个人的名字，她是第三个，有点小三的味道了，貌似是一个没有职称、没有职务、没有背景三无人员兼第三者。到省一级审核时，编导只能留两个，毫无疑问末位淘汰，廖青月的名字被删掉了，在正剧里小三是不能上位的，这是不符合道德走向的。

后来这个节目在省级基层文艺汇演中获得了一等奖，据说这个节目还要参加全国农民汇演，据说非物质文化展演也选上了这个节目。

知道这个消息时，廖青月正在随"乡村大舞台"流动演出车在一个偏远的小村庄。

廖青月回过头，李力以为会看见她满脸的泪——然而，没有。

廖青月一脸的如释重负，然后说：以后我会把它排成舞剧，你相信吗？

李力赶紧点点头，像是安慰她：山高水长，来日方长。

廖青月大笑一如既往地涨红了脸，说：你这么相信我啊，其实我已经考了特岗老师，教小学的图音、舞蹈之类吧，以后我就是少先队辅导员了。对了，定向分在力屯的小学，两个月后就去报到，到时候我就是桂嫂孙女的班主任了，我大小也是一个主任了，有头衔官衔了。先待两年玩玩再说，不好玩就走啊。本姑娘要到乡下"种草"了。

李力一脸的错愕，进退自如就这样的，而他以前自诩的进退自如的人生哲学不过是苟且后的妥协退缩，美其名曰以退为进。李力从来没有过"进"——进取。

廖青月问了李力一句：拿奖就是终极目的，对吗？

李力说：世俗眼光是这样看你的价值的，得有一个简单粗暴的标签识别人的能力吧，现在的人没耐心花时间来认识一个人了，只能以成败论英雄。

廖青月说：唉，我说的不是我……我只想做一个"种草"人，草长得再高也触不到天花板，哈哈……

此刻下乡惠民演出已经结束了，李力看见摊开四肢躺着的舞台车，像苏醒过来的夸父，并起手脚，虚妄的舞台灯光灭了，演出终究是一场梦，车启动了，像没在黑暗中继续追日的夸父。天行健，君子以自强不息的淳朴沉甸甸压在一辆充满象征意义的车上，一辆可以命名为"文化"的车上。

这有点悲壮，任重道远的悲壮，却习以为常的悲壮。

李力在闪烁的灯光下眯缝着眼睛，恍惚间，廖青月就是一个素颜仓促上场没来得及酝酿激情的演员，伴随着温暖的俗世的烟火，一步步走在辽阔的舞台上。

（原载于《民族文学》2021 年第 3 期）

雪域奇兵

陈锐军（回族）

一

喀喇昆仑之巅，常年不化的皑皑积雪，覆盖在壮美的山脊之上，恰似冰雪美人一般安卧于此。层峦叠嶂的雪山之间，遍布着各种各样的堰塞湖，晶莹翠绿，如同一颗颗珍珠随机散落着，和美丽的雪山、连绵的冰峰一起，构成了喀喇昆仑山特有的亮丽风景。这些湖泊是亿万年来冰川活动的遗迹。亿万年形成的冰川，因全球气候变暖而逐渐消失，依依不舍，给人间留下这样一滴滴晶莹的眼泪。

在喀喇昆仑高原的腹地，有一座海拔将近五千二百米的边防哨卡——天文点哨卡，地处喀喇昆仑山脉之奇普恰普山的西侧，北靠小 5500 高地，南临奇普恰普河谷。

二十世纪五十年代初，国家天文气象勘察工作者经过艰难跋涉到达该地区，在一座无名山头上装置了测定天文气象的标志，气象工作者称该点位为天文点。解放军某部边防连官兵带着三顶帐篷一口锅，历经千难万险来到这里，建立了边防哨卡，从此这个哨卡就有了天文点哨卡的名字。

天文点哨卡海拔太高，属于生命禁区，这里每年冰雪期长达十个月，一年当中三百多天都在刮风，空气中的含氧量还不到平原地区的一半，最形象的比喻就是"氧气难吸饱，天上无飞鸟，地上不长草，风吹石头跑，四季穿棉袄"。这里离太阳很近，离我们很远，守卫哨卡的战士被称为离天最近的哨兵。

二十世纪九十年代中期深秋的一天，一场突如其来的狂风不期而至，一夜之间气温骤降。连长李志成清晨醒来，推门一看，一阵凛冽刺骨的狂风夹杂着雪花扑面而来，他不由得一愣，赶紧关上大门。门刚关上，一阵急迫的敲门声就响了起来。

"报告。"

"进来。"听到是战士樊凌云的声音，李志成利索地回答。

樊凌云急匆匆跑了进来，带着一身的寒气。"报告连长，咱们连的水快不够喝了。今年这天气真反常，不光冷得早，而且降温太快。刚到国庆，白天的温度就已经是零下二十几摄氏度了，夜里能到零下三十摄氏度。我们观察了一下，咱们平时取水的那个小湖，水太浅，已经冻透了、冻死了，凿都凿不开，这可咋办呀？"

"我也是刚接到团部的通知，让我们做好应对极端异常天气的准备。喀喇昆仑山的天气本来就是瞬息万变，谁也说不准在哪里、什么时候就会下大雪。连队用水，不能短缺，看来也只能去更远的地方，找一个再大一点儿的湖取水了。现在正刮大风，出行肯定不安全，能不能就近扫点儿雪化成水，临时先救救急呢？"李志成问道。

"咱这喀喇昆仑山，本来就是三里不同天。您就说咱这哨卡吧，正好在这风口上。昨天这场雪，要是下得大一点儿也行啊，偏偏就是这么薄薄的一层，风又特别猛，一阵风来还都给吹走差不多了。现在还真扫不了多少雪，光剩下土渣子了，根本就没法儿用啊。"樊凌云嘟囔着。

"婆婆妈妈的，光抱怨有什么用？"李志成推开大门，高喊了一声，"王强，王强，你过来一下。王强，王强。"

"唉，唉，到，到。"随着一连串由远而近的回答，汽车兵王强一溜烟跑了过来。

"瞎忙活什么呢，怎么半天才过来，八成又在那儿跟新兵蛋子耍嘴皮子呢吧？"李志成今天心情的确不太好。

"没耍！没耍！给新兵讲安全知识呢。连长找我有任务？"王强笑着回答，一口流利的"川普"。

"连队马上就要断水了，最近的小湖又冻死了。这周边也就你跑得最熟了，咋弄吧，你来说说看。"

王强掩饰不住，得意地回答："报告连长，还真是没谁比我更熟悉这里的地形了。您就放心吧，我知道一个地方，有一处挺大的湖，距离咱们哨卡也就三十多公里，按平时开车，也就一脚油的距离。这个湖啊，水挺深的，肯定没冻透。就近取水，小事一桩，您放心，在咱这海拔五千二百多米的地方，巡逻、执勤、勘查、边控，哪一个任务不比就近取水要艰巨得多啊。"

"小事一桩？你小子也别太大意哟！下午还有重要的执勤任务，取水必须快去快回。"

"二排长，请你过来一下。"李志成冲着院子一声高喊。

"到！"二排长汪国峰应声而至。"请汪国峰排长亲自带队，带上十个战士，王强开车，就近取水，快去快回，中午之前必须返回，下午还有重要执勤任务。"李志成非常简洁地下了命令。

"保证完成任务。"汪国峰干脆利索回答之后，立即组织大家快速收拾工具，铁锹、铁锤、钢钎、水桶，一应工具，很快配齐了。

天文点连队配备的车，仅此一辆，运送补给、执行巡逻任务，全靠这辆东风卡车。王强平日里把车当成宝贝，一有空就把车擦洗得锃明瓦亮。他利索地给爱车加满了汽油，检查车况、备齐工具，轻车熟路地做好了出发前的各种准备。万事俱备，等王强坐进车里发动汽车时，却发现这车今儿个哼哼叫唤得挺响，就是半天发动不起来。

汪国峰着急地问："王强，什么情况啊，怎么关键时候掉链子啦？"

"排长，您别急，我下去看看。"王强下车拿出摇杆，使劲儿用手摇发动，连续试了三四次，还是都不行。樊凌云和其他战士都聚拢了过来，片儿汤话可就来了。

战士克力木调侃道："怎么啦强哥，你刚才不是还吹呢吗，什么这车就是你的女朋友，你对她全身了如指掌，你们已经人车一体了，今儿怎么半天也发动不了呀，你昨天晚上咋惹着你的'女朋友'啦？"

王强不耐烦地打断他："去去去，一边去，别瞎捣乱，没看见啊，这车发生'高反'了。"

战士钱江潮也跟着起哄："哎哟嘿，强哥就知道糊弄我们吧？只听说过人有高原反应，哪儿听说过汽车也有高原反应的，你们说是不是？"

王强一边手摇发动机，一边不屑一顾地回答："就你这新兵蛋子，懂个屁！咱这高原空气稀薄，空气中氧气的比重，只有陆地的四成，高原严重缺氧，人离不开氧气，汽车燃烧无论是汽油还是柴油，离开氧气都不行。氧气含量少，机械功率自然也就降了。不光汽车有'高反'，很多机械设备到了这里，都会有'高反'，懂了吗？"

大家"噢哦——"了一声，也就不再起哄了。大家心里也觉得，王强说得的确是有道理，谁让人家王强是个有经验的老兵呢。

王强专心致志地使劲儿摇了好几次，累出一身大汗，发动机终于懒洋洋地轰鸣了起来。王强这才露出了一点儿微笑，士兵们也都赶紧上了车。刚才王强图干活儿方便，只穿了一身薄棉袄，本打算先打着车，再回宿舍去拿军大衣呢，一看战友们都已经上车等着了，排长汪国峰也已经钻进驾驶室里，他迟疑了一下，还是赶紧进了驾驶室，直接开车上路了。

车子在高原的公路上行驶，沿途四周，大大小小的堰塞湖，明显都冻得结结实实的。放眼四望，公路两旁的原始地貌和巍峨群山，风景非常壮丽。大家看着美景也不由得情绪高涨，一起高唱道："天上无飞鸟，地上不长草；风吹石头跑，氧气吃不饱；六月雪花飘，四季穿棉袄；困难真不少，我们吓不倒。"

汪国峰问王强："这帮新兵蛋子又乱改词儿，都是你教的吧。"

王强笑道："排长，您看我这改得多大气呀。后两句要按照民谣说的'十去九不回，白骨铺成道'，还不把那些新兵蛋子们都吓跑了。"

汪国峰说："都说这喀喇昆仑山的边防哨卡是'世界屋脊的屋脊'，是'生命禁区'。没来之前不理解，住了一段时间才真正领教它的厉害了。当初看你'高反'那个厉害哟，还想着你待不了几天呢！哎，对了，你小子怎么没穿军大衣就出来了？"汪国峰说着说着，突然间注意到王强只穿了一件薄棉袄。

王强说："放心吧排长，我叫王强嘛，'顽强'着呢！不就是取个水吗，不用到中午就能赶回来，驾驶室也不太冷，等会儿打水，我就偷个懒呗，在驾驶室里，不穿军大衣，不要紧，不要紧。"

王强敲了敲后面的车厢："同志们，再来首更有力量的。"

大家齐声唱道："十里高，四成氧，寒风怒号砂石癫狂。雪域美，高原壮，喀喇昆仑钢铁脊梁。爬冰卧雪砺尖兵，铮铮铁骨傲风霜。凛凛寒光照铁衣，披星戴月守边防。昆仑之巅青春绽放，热血男儿生命辉煌……"

二

歌声中，车子在壮丽的喀喇昆仑之巅快速行进着。大约过了一个多小时，终于到达了王强所说的那个很大的湖泊跟前。雪域高原上，十里不同天，这一段路面积雪挺厚，王强小心翼翼地开着车，把车在公路上靠近湖边的地方，慢慢地停稳了。

大家都拿着工具跳下车，赶忙去湖边探路凿冰取水。湖水已经结了厚厚一层冰。汪国峰走到湖边，看了看湖面，用大锤子敲了敲冰面，感觉冰太硬、水太浅，又往前走了十几步，再敲敲，反复试探，在找到既安全、不太远，又不是特别厚的冰面后，他召唤大家就在此处开始凿冰取水。

大家选准位置，围拢在一起，分成几组熟练地开始行动，有的负责抡铁锤，有的负责握钢钎，在冰面上叮咣五四地开凿起来。

王强嘴上说在驾驶室待着偷个懒儿，可大家都在忙着，他也闲不住。下车走到湖边，仔细踏勘着湖畔冰冻的地面。冰雪覆盖很厚，看不清雪下面地基情况。他用脚使劲儿踩踩雪地，反反复复试了又试，终于找准一处地方，放了块石头做个标志。

汪国峰回头看见王强，喊："外面那么冷，你又没穿军大衣，下车干吗呢？"

王强好像没听见似的，继续低着头仔细地看了看地面，然后回到车边，钻进驾驶室里，再次发动车，把车从公路上开到湖边搁着石头标志的地方，停下车对汪国峰说："排长，我想把车开得尽可能再近些，这样让大家更省些力气。我反复看过了，也只能把车停到这儿了。我担心以前湖水淹没的地面太软，容易陷车。依我的经验，这已经是距离冰湖最近的安全停车地了。"

汪国峰使劲儿跺了跺冰面，没再说什么，跑过去和大家会合，一起抡锤凿冰。王强也拿起一把大锤，一溜儿小跑跟了过去。

毕竟这里的海拔太高，即便适应了高原气候，可一旦干起力气活儿，大家都还会有明显的高原反应。大家抡起大锤，砸不了几锤，就开始显得非常吃力，干着干着，抡锤的准星就有了问题。克力木和钱江潮是一组，王强在一旁注意到正在抡锤的克力木脸色发紫，气喘吁吁，动作明显出现变形。他感觉不太对头，突然发现克力木的大锤眼瞅着就偏了方向，眼看着就要砸向扶着钢钎的钱江潮的手了，急忙大喊一声"小心"，手中大锤随手一丢，冲过去一把从底下托起克力木的锤把子。

由于冰上太滑，大锤下砸力度很大，王强和克力木同时失去了平衡，身体不由得一起摔倒在地，甩脱的铁锤狠狠地砸到了冰面上，哧溜一声滑出去老远。钱江潮握着钢钎愣在那里，其他人也都停了下来。汪国峰听见声音赶忙也走了过来："什么情况，咋回事儿？"

克力木还没反应过来，躺在冰上抱怨起来："强哥，你干吗抢我的锤把子呢？把我这屁股摔得好疼哟！"

王强爬起来，拽起克力木："克力木，真不好意思，不好意思，让你摔着了。可你这一摔啊，屁股顶多疼上几天。你这铁锤要真是砸到钱江潮的手上，他的手可就算是废了。"

钱江潮说："强哥，你也太大惊小怪了吧，就算砸到手上了，就能那么严重？"

汪国峰看着大家说："王强做得对。你们这些新兵蛋子，真不知道个轻重。前几年，兄弟连队有位战士就是这种情况，手被砸伤了，当时因为冻木了，没有啥知觉，就没当回事儿。回去之后才发现，手指被砸断了，又严重冻伤了，连队医疗条件毕竟有限，等送到山下治疗，错过了时机，最后落下了终身残疾，年纪轻轻的，多可惜啊！大家干活儿一定要加点儿小心。咱们边防战士，是要有敢于牺牲的精神，不怕受伤，这都是对的。但是绝不能做无谓的牺牲，你们都还年轻，我必须对你们负责，这一辈子还长着呢，一定要注意安全！都听到没有？"

"听到了——"大家齐声回答。钱江潮和克力木听这么一说都吓得擦了擦额头的汗，紧紧握住王强的手，使劲握了握，表示感谢。

王强笑了笑："记住了啊。我可是你们的救命恩人！回去要请我喝酒、吃烤包子啊！"

大家继续凿冰，没过多久，就听见有人高呼："冰面凿开了，可以取水啦。"

在海拔五千二百多米的高原，即使是空手徒步，也相当于在平原地区负重二十公斤，感觉很累。积雪的冰面，即使路看着十分平坦，走起来还是特别容易打滑，行走时还必须时刻多加小心，所以走几步就要停下来喘喘气，更别说是冰湖取水这样高强度的重体力活儿了。

刚才凿冰取水，几人合力用铁锤和钢钎，凿出一个大冰洞，凿了几百锤。钢钎冰冷至极，常人难以想象。人要是不戴手套，碰一下钢钎，就能把手牢牢地粘住；如果硬取下来，能生生撕下来一层皮，十指连心，疼痛难忍。冰洞凿好之后，取出冰块，再用桶探入冰湖。打出水来，然后费力地提着水桶走出冰湖，运到停在湖边的卡车边。要爬上卡车，还必须提升到两米多高，才能把桶里的水倒进储水罐。如此循环反复，要把容量五吨的水箱装满，至少需要几百桶水。这一系列动作，要是放在平原地带，对这帮小伙子，那根本就不算个事儿。可在被称为"生命禁区"的高原，那份辛苦，要是没有钢铁般的意志，还真的干不下来啊。

天，一直下着鹅毛大雪，寒风凛冽，钻心刺骨。在海拔五千二百多米的喀喇昆仑山，在零下二十多摄氏度的严寒中，大家高原反应越来越强烈了。提着一桶几十斤重的水，从湖边艰难地走到车跟前，虽然只有五十多米，路上也要歇好几回。不一会儿，大家就一个个嘴唇发紫，气喘吁吁了。

这种情况，越往后会越严重。在取水的路上，好几个战士眼看着就变得犹如醉汉一般，摇摇晃晃，步履维艰。水从桶里溅出来，落到大衣上，立马就结了冰。大衣也就很快变得像盔甲一般坚硬，大家行动起来越来越不方便，取水也就显得越来越累了，整体速度也就慢了下来。

王强穿着单薄，站在外面越来越冷。躲进驾驶室吧，又真不好意思。大家的辛苦，他是看在眼里，也急在心里。他实在看不下去了，在冰湖边一次次用力跺着地面。

"行了，行了，王强，你又没穿大衣，别冻感冒了。你是老兵，高原上冻感冒有多危险，你又不是不知道，赶紧回驾驶室去。"汪国峰赶紧喝止他。

"战友们取水实在是太辛苦了，我想把车开得再近一些，让大家少走几步。"王强一边解释，一遍继续踏勘已经冻得非常坚硬的湖畔。思索片刻，他决定冒险把车开得再近一些。这时候能近一点儿算一点儿，大家如果能少走十几米路，就能少很多辛苦。

王强钻进驾驶室，发动车子，又往后倒了十几米。他小心地把车停稳后，从车里跳下来，仔细地看了看地面，对大家说："大家接着取水吧。"

汪国峰走过来，喘着气："能行吗？不会把车陷进去吧？"

王强说："试试吧！我觉得问题不大，大家'高反'太厉害了，能近一点儿就近一点儿吧！"

汪国峰看了看已经疲惫不堪、体力到了极限的战友们，只好点了点头。

车开近些之后，运距又缩短了，大家装水速度明显加快了。不到一个小时就装好了五吨水。储水罐装满，大家简单收拾收拾，就准备出发归队了。

汪国峰冲着大家喊："大家收拾收拾赶紧上车，工具别落下，准备回去吃午饭喽。"

汪国峰拍了拍身上的雪，坐进了驾驶室，看看手表，刚过十二点。他重重地拍了拍王强："你小子不赖！车靠近了十几米，效率增加不少，等回哨所，我向连长汇报，给你记上一功。"

王强笑了笑，没吱声，发动车，挂挡起步，可是车子纹丝不动。继续使劲儿踩油门，发动机粗重地轰鸣着，可车子还是原地不动。反复加油，折腾了半天，车子还是没挪窝。

王强脸上没了笑容，一边下车一边自言自语地嘟囔了一句："坏了！"下车一看，原来他最担心的事情，还是发生了。湖边地质毕竟过于松软，尽管已经冻了很厚一层，也承受住了十吨的车身自重，可是加上五吨水的重量，再加上十几个壮小伙子的体重之后，地面就承受不住了。不知在什么时候，卡车悄然沦陷了，几个车轮已经悄悄陷到地里面了。

"嗨，要是刚才先不上人，把车先开出来就好了。"王强心里后悔着，嘴里没敢说出来，这世上从来不卖后悔药，"既来之则安之吧。"

"弟兄们，请大家先下车，减轻一些重量，我再试试看！"王强再次上车，招呼战友们先下车，再做一次尝试。可无论怎么加油门，车轮艰难地转动着，溅起了大量的冰雪和泥浆，车轮却始终没有办法从深陷的湖畔地里开出来。

大家都围在车子周围，有的从后面推，有的从侧面推。王强使劲儿地挂挡踩油门，车轮艰难地转动着，卷起的冰雪泥浆，把大家一下子都变成了泥人、雪人，可是自重加上载重已经超过十五吨的东风卡车，依然像个倔驴似的，站在原地，一动不动。

要减轻车的重量，看来只能放掉好不容易才灌进去的水。可这些水是战友们冒着极度严寒，战胜高原反应，辛劳了好半天的收获，王强怎么可能这样轻易放掉呢？还是再想想其他办法吧。

大家从四面八方找各种材料，往车轮下面垫上大小石块，来增大车轮的摩擦力。

王强继续加大油门，卡车嗡嗡作响，费力地怒吼着，喘着粗气。车轮只是在原地空转，再次溅起大量冰雪泥浆。一遍又一遍地尝试，终究还是无济于事。车子不仅在原地没能前进一步，在泥浆里反复高速旋转的车轮，反而越陷越深了。

驾驶室里，王强虽然没有穿军大衣，也是连累带急，满头大汗。他从后视镜中看见大家有的摇头，有的干脆躺在雪地里，显然大家也都泄气了。

排长汪国峰看了看大家，无可奈何地说："先放一半水吧！"

钱江潮踌躇地爬上车，打开储水罐，水闸一打开，好不容易装进去的水就一泻而出。看着流出来的水，大家都默然无声。水放掉了一半之后，王强再次挂挡踩油门，但车轮依旧是空转，没有起色。

偏偏这个时候，雪越下越大了，风也刮得越来越猛了。

汪国峰无奈地下了一个痛苦的命令："把水全放了吧。大家的命要紧，再折腾下去天就黑了。"大家这才意识到，不知不觉间，黑暗已经悄悄降临了。

水，一点儿也没剩，全部地、彻底地放了出来。在车子的尾部，很快就冻出了一大片光亮的冰面。累坏了的战友们，痴痴地看着自己那么辛苦的付出，就这么付诸东流了，一个个默默无语，有的战士眼睛已经有些湿润了。

王强透过后视镜看见水全部放空了，他嘴里念念有词，憋足了劲，挂上挡，突然猛踩油门，希望一鼓作气让车冲出地面。

可是已经太晚了，发动机牛吼着，车轮高速空转着，车身却一步也不肯前进，反而越陷越深。王强一边使劲儿地大声喊着，一边有点儿绝望地使劲儿地摁着喇叭。喊声和喇叭的声音交织在一起，响彻了寂静的昆仑之巅。

过了一会儿，一切都安静了下来。王强有些绝望地把头趴在了方向盘上，泪流满面了。这时，汪国峰过来敲了敲王强的车门："别费劲了。车轮已经三分之二以上都陷到地下了，今天车肯定出不来了。"

王强跳下车，他看了看车，又看见战友们有坐在那里的，有站着的，一个个都耷拉着脑袋。

王强自责地说："都怪我！都怪我！！"

汪国峰点燃了一支烟递给王强："你也别太自责了，你也是一片好心。"

王强接过烟，使劲儿地吸了一口，呛得咳嗽起来，半天说不出话来。

大家一个个像冰冻的泥人一样坐在雪地里，又累又冷，有的挤在一起抱团取暖。有的战士饿得实在受不了，就地取了一把雪充饥。

汪国峰问王强："车上有吃的吗？"

"出来时，都以为是个简单任务，啥吃的也没有。"王强回答。

战士陈兵突然站起来，步履跟跄："我去四周找找看看有没有吃的。"

王强走过去，一把拽住陈兵："不用去找了，这周边我走过不知道多少回了，别说吃的了，地上连根草也找不着啊。"

陈兵还要走："那我们也不能就这么等死呀！总要试试啊。"

王强使劲儿拽住他："你脸色发紫，走路晃荡，'高反'已经很严重了，这样太危险。"

陈兵嘟囔着："就你知道的多，还不是因为你，才把大家弄成这样的。"

听陈兵这么一说，王强拽他的手不由自主地松动了一下。

汪国峰大声斥责道："谁也不许胡说八道。你们都给我记住了，在咱们喀喇昆仑山，能救你的人，永远只是你的战友，没有别人！"

陈兵显然"高反"还在起作用，他继续愤愤地嘟囔："还说什么'困难真不少，我们吓不倒'呢，是吓不倒，但是会饿倒了，我看这回真要是'十去九不回，白骨铺成道'了。"

这时，钱江潮突然大喊："不好了，李阳晕过去了。"

王强喊："赶紧抱着他说话，'高反'了，天这么冷，可千万不能睡着了。"

钱江潮立刻把战友抱在怀里，不停地跟他说着话。

汪国峰说："必须想办法取暖或者弄点儿吃的，不然真的会有生命危险。"

王强突然心生一念，拽着钱江潮和克力木就往车子边上走去。三个人来到车子后面，王强爬到车子底下，让钱江潮和克力木帮忙去取备用轮胎，他们折腾半天才把备胎取了出来。

备用轮胎有几十公斤重，在雪地里滚着冻透了的轮胎，就像滚着一大坨冰块。

钱江潮奇怪地问："强哥，你拿这备胎干吗？"

王强没有急着解释，打量着四周地形，说："克力木，你去车子里拿些汽油过来；江潮，咱俩把备胎推到那个小山坡下面避风的地方。"

雪还在下着，风也越来越大。王强和钱江潮费力地滚动着轮胎，克力木拿着汽油走过来，一起走向小山坡。

钱江潮这才明白："你这是要烧备用轮胎取暖呀，那你干吗不把轮胎直接滚到那边去呢？"

王强苦笑了一声："这里山坡下可以避风，离汽车远一些，燃烧起来也比较安全。"

克力木找到避风处，拿起火柴就想点燃轮胎，可是轮胎一点儿反应都没有。王强耐心地告诉他："别看轮胎是以橡胶为主材做的，点着它可不那么容易。橡胶可燃，却不易燃，燃点至少要三百五十摄氏度以上，尤其在海拔五千二百多米的昆仑山，严重缺氧，更不容易烧着，必须浇上点儿汽油。"

钱江潮把汽油洒在轮胎上，擦燃火柴就准备点火，被王强一把拽了回来："你不要命了呀！这轮胎里装满了气，这样一点燃，还不把咱都给炸死啦。"

钱江潮吓得挠挠头，不好意思地说："强哥，你还真是个百事通呀！"

"隔行如隔山，对汽车兵来说，这都是常识。我当兵前学过修车，来部队又系统地学过。"王强一边说着，一边用改锥捅气门芯，慢慢放掉轮胎里面的气。王强小心翼翼地擦燃火柴，几个飞溅的火星，一下子点燃了浇在轮胎表面的汽油，轮胎表面立即就蹿出了红色的火苗，在风中抖动。

王强朝汪国峰喊道："排长，请战友们都过来取暖吧！"

大家围拢过来，围住燃烧的轮胎，在风中护住摇曳的火苗。轮胎表面的汽油，慢慢悠悠地燃烧了好一会儿，才真正引燃了轮胎。燃烧的轮胎很快就向四周散发出异常刺鼻的恶臭味，有的战士感到一阵恶心。但是，这团火还是一下子就把战友们紧紧地聚拢到了一起。大家的脸上逐渐红润了，也渐渐露出了笑容。

其实想到烧备用轮胎取暖这个办法，王强心里很不是滋味。在路况极其复杂的高原上行驶，路面上布满了各种尖锐的石头，对汽车轮胎伤害很大。司机必须随时应对各种险情，备用轮胎是不可或缺又经常需要使用的。司机主动提出烧掉备用轮胎来取暖，在平时那是不可想象的。可是眼下救命要紧啊，也只能如此了。

不到一个小时，硕大的轮胎就燃烧殆尽，只剩下了内部的钢丝散落在地面上。最后一丝火光，悄然熄灭了，黑暗和寒冷，再次毫不犹豫地包抄过来。四周再次陷入黑色的寂静，遥远的地方依稀传来几声狼嚎，各种危险潜伏在暗夜里，令人心惊胆战。

"没有火取暖，夜晚这么漫长，咱可该咋熬过去啊？""连长对咱们现在的情况，肯定还一无所知，他们肯定也都急坏了。"大家聚在一起，抱团取暖，悄悄议论着。

汪国峰把王强叫到一边："咱们从取水行动，变成了救车行动。战友们已经忙了整整一天了，白天都弄不成的事，晚上肯定更弄不成。今晚这辆车肯定是救不出来了。下一步怎么办，听听你的意见。"

"咱们整个连队只有这一辆车，平时既要承担边防巡逻任务，又要负责补给运输。今天出了意外，别说连部直到现在还不知道咱们这里发生的事，就算知道了也没啥辙，大雪封山了，他们也没办法组织快速救援。我觉得当务之急吧，是赶紧带战友们步行回到连部。"王强建议道。

"这里距离连部所在地有三十多公里。这个距离,平时开车也就个把小时。如果是白天,没有暴风雪,大家急行军,半天也就能回去。可现在正是狂风暴雪,夜里周边还有野狼,加上大家忍饥受冻已经一整天了,需要多长时间才能走回到连部,还真不好说。路上哪怕千难万险,现在也只有立即步行回连部了,这是唯一的一条生路。"汪国峰分析道。

感觉惹了祸的王强,耷拉着脑袋建议道:"排长,您分析得非常对。天黑了,其实大家都留在这里也没啥用。冰天雪地的,冻一夜太危险啦,也没啥意义,您还是带着战友们先回连部吧。请您给我留两个战友,明儿天一亮,我们继续想办法,我拼死也一定要把车救出来!"

汪国峰此时也别无选择。他站起身:"同志们,收拾好东西,轻装上阵,带上钢钎防身用,大家一个跟着一个,不要掉队,和我一起步行返回连队。钱江潮、克力木,你们两个留下来,配合王强继续救车。"

三

排长带着"大部队"离开之后,王强三人赶紧钻进了驾驶室。

车外的气温,已经降到零下三十多摄氏度,寒风刺骨。尽管薄薄的铁皮和玻璃,在昆仑之巅根本不足以御寒,可毕竟能挡住尖刀一般的狂风,人体热量流失总能慢一些。

三人钻进驾驶室,紧紧靠在一起,王强把车子发动起来,开一点儿暖风,大家顿时觉得暖和了许多。

"我说兄弟们啊,车里的汽油剩下得也不多了,虽然东风240有两个油箱,出门时也装满了汽油,但白天救车,汽车反反复复地发动,已经耗掉了不少;现在,剩下的油,咱必须省着点儿用。必须计划好,暖风不能一直开着。等会儿咱们轮流睡一会儿。车发动一会儿,还必须关掉。再过一会儿,还得再发动一次。在这零下三十多摄氏度的环境中,时间长了不着车,机油和汽油就可能冻结。真要是冻上了,这车子就彻底发动不起来了。"王强觉得有必要给两位战友打个预防针。

"放心吧,王强你先睡一会儿,等会儿还要靠你来操弄车呢。我们三个轮流睡会儿吧。一个小时轮一班。"三个人就这样时断时续地轮流休息，不能睡实了。他们都知道，这么冷的天，真要睡过去了，就有可能再也醒不来了。

折腾了一天的王强，已经耗尽了体力，此刻就像是撒了气的皮球，瘫倒在驾驶室，一丁点儿力气都没有了。

车上没有装食物，也是正常情况。平时取水，的确属于简单任务，按常规不需要装干粮。高原哨所，物资贫乏，车里也不可能有啥零食。三个人一整天水米没沾，肚子里面咕咕乱叫。实在饿急了，只能下车，从地面抓一把雪来糊弄糊弄肚子，可是一块雪真吃到肚子里，冰凉冰凉的，根本就不是个滋味。

在高原零下三十多摄氏度的荒野里，要熬过这漫漫长夜，谈何容易啊。饥寒交迫，又困又乏，还必须强打精神。吃了几把雪，一点儿不能解饿不说，这会儿冰冻的肚子还一阵阵发痛，不知道从啥时候开始，王强眼前出现了幻觉……

"王强——王强——"王强好像听到有人叫自己，连忙回答："到！到！"

恍惚中，王强正捧着绞痛的肚子，站在老家四川浦江县武装部门前。清秀的女护士正在叫自己进去做参军体检。他又回到了两年前那个让他激动不已又忐忑不安的时刻。参军正式体检，该查体重了。"又是该死的体重，这次到底能不能过关啊？"灌了一肚子自来水的王强，忍着一阵阵剧烈的绞痛，装着很轻松地上了体重秤。

"四十九公斤。"体检大夫报数了。

"是五十公斤，五十公斤，我感冒了几天，刚才又撒了泡尿，大夫，是五十，五十公斤。"

王强眼巴巴地恳求着大夫。

"好吧好吧，五十公斤！"大夫犹豫了一下，终于放了他一马。其实大夫和王强都知道，五十公斤是部队体检的一道硬门槛，体重只有四十八公斤但身体还算结实的王强，此刻最担心的还是五十公斤体重关。从体重检查室一出来，王强就再也忍不住了，急忙冲进厕所，一泻千里。"难堪死了，差点儿就拉了一裤裆。"王强心里嘀咕着。热切的期待、过度的兴奋，掩盖了难忍的疼痛和尴尬。

报名参军，成为一名光荣的解放军战士，这是王强从小的梦想。为了这一天，王强已经等了好久好久。王强从小就特别崇拜英雄，热爱军人。尤其是革命战争年代的老前辈们，他们用生命和鲜血保家卫国，这些感人事迹，从小就深深地感动、感染着王强。王强一直盼望着自己快快长大，盼望能早一点儿穿上军装。

早在十七岁那年，王强就迫不及待地应征报名参军了。可当兵的年龄条件是十八岁，自己还差一岁，王强死磨硬泡，也没有通过审核。

日思夜盼，终于熬到了十八岁，王强立即再次报名，参加了乡武装部初次体检。初检结果，其他方面基本够格，可偏偏卡在了体重太轻上。报名参军，体重底线要求是五十公斤，而王强因为家境不好，从小就是麻秆体形。年满十八了可体重却才只有四十八公斤。

距离五十公斤的底线，还差两公斤，怎么办？乡武装部严格按照规定办事，不同意王强继续参加县武装部的正式体检。

王强急坏了，他绝不甘心仅仅因两公斤的体重差，就和自己梦寐以求的参军梦想失之交臂。王强一次次找乡武装部领导，死磨烂缠，软磨硬泡，反复解释，说自己是因为最近感冒生病了几天，体重才降到了四十八公斤的。休养上几天，到县上去体检，体重一定能够格。一次次的热切恳求，也感动了乡武装部的领导，终于答应给他一次去县上正式体检的机会。

赶到县武装部正式体检那天，也是一个寒冷的大冬天，各乡镇报名的特别多，各项体检非常严格。王强有点儿心虚，特别紧张，生怕过不了体重关。为了补足体重差，在体检之前，王强临时抱佛脚，悄悄跑到水龙头前，拼命地喝了好多好多的凉水。

大冬天喝凉水，再壮实小伙子的肚子，也受不了这样的刺激，不一会儿王强就疼得出了一身冷汗。但为了顺利通过体检，为了能如愿参军，王强只能硬忍着，一直憋着不敢去上厕所。

"王强啊王强，为了梦想，这次必须豁出去了。"他一次次默念着。

体重检查，真的好悬！灌了一肚子自来水的王强，在体检医生的关照下，勉勉强强凑够了五十公斤体重，涉险过了体重关。

通过层层筛查，基本顺利。回家后度日如年，日思夜想，苦苦等待结果。等啊，等啊，等啊，等啊，怎么等了这么长时间……

"你的入伍通知书来了。""王强，王强，快醒醒，快醒醒。"王强被一阵阵呼叫声惊醒了，他激动地跳了起来，睁眼一看，发现天已经蒙蒙亮，自己正在雪山怀抱当中，耳边是两个战友不停在呼唤着自己。

钱江潮、克力木的叫声，唤醒了坚持了一宿刚刚入眠的王强。睁开两只通红的眼睛，这才想起来，自己是在陷入冰湖的卡车里面。天，刚蒙蒙亮。车，还陷在地里，周边寂静无声。

必须赶紧想办法，继续救卡车。王强和两个战友急忙下车，围着车仔细观察。

此时，六个车轮已经大部分陷入泥浆里面，轮胎露在外面的高度，只剩下不到三分之一了，车架已经紧紧地挨着地面了，仿佛和大地焊接在了一起。看到这个场景，王强的心不由得再次一紧。

"咱们绝不能放弃。全连只有这一辆车，巡逻和运送补给，全得靠它，这可是连队的命根子啊！无论如何咱也要想办法，把车救起来，开回哨卡去。"三个人击掌相互鼓劲儿之后，开始四处观察。

周边白雪皑皑，荒无人烟，没有任何可以辅助的外力。突然，王强盯住了不远处的电话通信线杆。

这是山下通往哨卡的边防通信线。每个电线杆都有几根钢丝连接在地面，分不同的方向固定着，防止被风刮倒。

"快来，快来，"王强叫来两个战友，"你们看，咱们拆几根钢丝回来，把钢丝绕在前轮上，在前轮的正前方，用大锤把凿冰用的钢钎钉在地面上，固定结实了，再用钢丝把两边前轮和正前方的钢钎连接起来，用车的前轮驱动，相当于用了几个绞盘，这样是不是就能把卡车绞出来啦？"

"好啊，好啊，咱们赶紧试试。"王强的想法得到两个战友的支持。三个人立即行动起来，兴奋地拿起车上的工具，非常艰难地来到电线杆前。

电线杆足有六米多高，在寒风中孤零零地挺立着。钢丝固定在两头：一头固定在地面上，拆起来相对容易，可另一头固定在电线杆上面，必须先爬得上去才行。

在平地上爬电线杆，大家都没啥问题。可这里是高原，更重要的是，三个人已经整整一天一夜水米未进了，天寒地冻，加上高原反应，两个战友根本没力气再爬杆了。

"还是我来吧，你们俩先给我当一回人梯吧。"王强让两个战友配合，自己硬努着劲儿，试图爬上电线杆。

此时此刻，风雪弥漫，狂风不止。每爬升一步，王强都要使出全身的力气。当王强拼尽全力爬电线杆快到顶时，因体力严重透支，加上手脚已经严重冻僵，突然眼前一黑，蹬着电线杆的脚一滑，脚下一空，人一下子从电线杆上摔了下来，硬碰硬地掉在了冻得像铁板一样的地面上，痛得他在地上来回打滚，不停地吸着冷气。战友们赶紧扶起他，帮他揉着身子。

"幸好是掉在雪地上，不然，我就彻底报废掉了。"王强也是一阵后怕。

"你不能再上了，不然真是要出人命的。"两个战友心疼得不得了。他们坚决不让王强干了。两个人硬撑着想要自己去爬电线杆。然而，无论怎样努力，俩人试了好几次，根本就爬不上去。

"还是我来吧，休息了一会儿，现在应该能行。"王强休息了一会儿，硬是忍住挨摔的疼痛，再次爬上电线杆。有了上次摔下来的教训，他更加谨慎小心了，一点儿一点儿地攀缘，小心翼翼地爬上去，慢慢地操作着。

就这样，一直到了中午时分，王强爬了好几根电线杆，终于拆下来四组钢丝。他走到离车子大概十多米远的地方，停下来，对钱江潮喊道："江潮，去从车子上拿几根钢钎过来。"

钱江潮从车子上拿出四根钢钎，走了过去。克力木接过钢钎插在雪地里，钱江潮用锤子使劲儿砸。固定好之后，王强看了一眼，钢钎直直地插在雪地里，他摇摇头，用铁锤把钢钎左一锤右一锤地砸松，又弄了出来。他把钢钎头放在与车子相反的方向，斜着往下钉，和钱江潮一起使劲儿往下砸，锤了半天，只露出一点点钢钎头。他们钉完一根又钉了另一根。

"钢钎要像我这样斜着钉进去才行。"接下来俩人都学着王强的做法，把钢钎钉到雪地里。一边钉下去三根钢钎。王强把钢丝一头绑在钢钎上，一头又拿到车子边上。

钱江潮问道："你这头钢丝绑哪儿呢？"

王强仔细看了看，发现东风卡车前轮的两边露出两个轴头，笑了笑，便把钢丝绑在上面。

克力木问："钢丝这么细，能撑得住吗？"

王强说："这也是没有办法的办法，死马当作活马医，咱先试试吧。"

王强钻进驾驶室，克力木和钱江潮跑到车后面和侧面推车。

王强打着火，发动了卡车。旋转的前轮，把钢丝越缠越紧。然而，面对大卡车，这些钢丝无力承受如此巨大的牵引力量。车，只是艰难地往前动了一点点，突然"砰"的一声，车子还没有来得及从地里挣扎出来，钢丝就被生生拉断了。

三个人都围了过来。钱江潮看着克力木："瞧你的乌鸦嘴。"

克力木说："这能怪我吗？"

王强说："行了，行了，省点儿力气吧，都别吵吵了。"

克力木看着王强："接下来怎么办？"

王强说："没想到钢丝这么不结实。"

克力木小声地说："这个钢丝也就是固定电线杆不让它们被风吹倒。"

钱江潮喝止道："闭嘴，就你话多。"

王强想了想说："把这钢丝打上结，一边两组钢丝，我们再试试吧。"

王强和两位战友把钢丝打上结。王强再次发动汽车，旋转的前轮，把钢丝越转越紧。

没一会儿，又是"砰"的一声，钢丝再次被拉断了。车，只是艰难地往前动了一点点，还没有来得及挣扎出来，钢丝就被生生拉断了，甩出去的钢丝，发出尖厉的呼啸，把地上的雪卷了起来，把三个人吓出一身冷汗。

仨人再三尝试，一次次反复试验，都以失败告终。

能做的努力，都已经做过了。仨人一句话也说不出来，沉默中，不知不觉间，一天又要过去了。

"眼看着天又快黑了，这可怎么办啊？"克力木忧心忡忡地打破了沉默。

"我分析啊，按照以往经验，这样的天气，山下一般不会派车上来。大雪封山，出行太不安全啦。昨天返回的战友，分别已经一整天了，也不知道他们是不是平安归队了，也不知道有没有开始组织营救咱们。咱和连队也没有办法通话，这样干等下去，也不是个办法呀。"钱江潮显然已经动了暂时放弃救车，先回连队的念头。

"我同意你们俩的意见，眼下只有咱们三个人。如果没有新的工具，车一时半会儿肯定是救不出来啦。咱们一直干等在这儿，也不是个解决问题的办法。救援部队也不知道什么时候才能赶到，三个人原地死等，真有可能冻死或者饿死。咱们还是先暂时放弃救车计划，现在就出发，连夜步行，返回连队。"王强的建议，也就成了三个人的共识。

三人收拾好东西，锁好车门，依依不舍地再看卡车一眼，然后头也不回地向着哨卡的方向，艰难地出发了。

四

夜幕完全降临了，四周漆黑一片。高原的狂风，卷着大雪和冰碴，扑面而来。风刮得吹口哨一样，发出连续、尖厉的呼啸。

已经两天一夜没有进食了，王强和克力木、钱江潮两位战友，相互搀扶着，行进愈发艰难。三个人就像汪洋中的一艘破船，狂风中的一片孤叶，被风吹得东倒西歪。

寒意刺骨，天地漆黑。无边无际的黑暗，周遭的空气仿佛凝固了一般。暗夜中，真不知道隐藏着多少令人恐惧的东西。虽然裹着军大衣，仍然冻得浑身直打哆嗦。出门匆忙没顾上穿军大衣的王强，更是冻得浑身僵硬。

平时从这座山到那座山，开车只需要十几分钟就过去了，根本不觉得远。可在狂风肆虐的寒夜里，三个人艰难地步行几个小时了，回头一看，好像也并没有前进多少。

夜，越来越深了，气温还在持续下降。飞雪夹着冰碴打在三个人的脸上，生疼生疼的。鞋早就被汗水浸湿，又冻硬了，几乎冻在脚上了，热量快速地流失，体温逐渐下降，双脚渐渐失去了知觉。白茫茫的一片雪夜，道路已被彻底遮掩起来。越走海拔越高，双脚踩进一尺多厚的冰雪中，深一脚浅一脚，每走一步都感到步履艰难；每走一步，都会觉得心脏咚咚直跳，仿佛要从胸口蹦出来一样。

这是高原反应很严重的表现。三个人围拢在一起，相互一看，每个人都是脸色发紫，嘴唇发青。实在是饿得不行了，三个人就从地面上抓起一捧雪，塞进嘴里，再糊弄糊弄肚子，然后紧紧地围拢起来，用彼此的体温相互温暖着，用彼此的心跳相互抚慰着。

这两天王强体力消耗最大，穿得又最单薄，眼看着一点儿力气都没有了。三个人走着走着，不知不觉间，就拉开了距离。渐渐地，王强的步伐跟不上两个战友了，没走几步就要停下来，站在原地大口大口地喘气。

王强一再硬撑着，身体处在极度疲惫、极度缺氧的状况，高原反应越来越狠毒地袭击着他，仿佛有一只野蛮的大手，抡着一根粗壮的木棍，一遍遍无情地敲打着自己的头部。对缺氧的忍耐，很快就到了正常人生理的极限。

王强走一步停一步，他每停一会儿，甚至不由自主地想趴下来休息，然后再硬撑着自己爬起来，接着往前走。走不了多一会儿，他突然一头栽倒在了雪地里。缓了半天之后，王强抓起一把雪，吃了一口，又硬撑着往前走上几步。不一会儿，他再次一头栽倒在雪地里，一下子就失去了知觉。

苏醒过来之后，王强使劲儿地拍打着雪地，想把自己撑起来，可是浑身上下一丁点儿力气也没有了。

起不来，实在是起不来了。

王强无奈地仰望着天空，这个瞬间，雪怎么好像突然停了下来，漫天的雪花，凝固在半空中；昆仑之巅的夜空，是如此清澈，如此空灵。

"真美啊！睡一觉再说吧，我不走了！"这个迷迷糊糊的念头刚一闪现，王强心里又忽然清醒了。他非常清楚，在这种极寒天气里，自己只要躺下睡着了，那就肯定再也醒不过来了。可是他实在是走不动了，真的走不动了。他心中默念着，带着孩子般的微笑，渐渐闭上了眼睛……

两个战友走着走着，回头一看，发现王强半天不见踪影了。等了好半天，也不见王强跟上来。一种不祥的感觉涌了上来。

"不对，王强掉队了，他可能出事了，赶紧去找他。"钱江潮说完，和克力木急忙转身往回返，沿路搜寻。沿途之上，到处白茫茫一片，没有任何人的行踪。

走了好一阵子，克力木突然发现地面上明显凸起一块。"你看你看，这里明显高出来一块，不会是王强被雪埋到里面了吧？"钱江潮跑得快，用手扒拉了半天，果然是王强。王强躺在雪地里，正在浑身瑟瑟发抖，整个人已经几乎完全被大雪掩盖了起来。

"王强，王强，快醒醒，快醒醒。"钱江潮使劲摇晃着王强，"你不要命啦，怎么能在这种地方睡觉呢，太危险啦，再睡一会儿，你就要见阎王爷啦。"

王强还是没有任何反应。克力木使劲儿摇晃着王强："强哥，醒醒！醒醒！"钱江潮带着哭腔叫喊着："强哥，你要挺住，挺住呀！"

钱江潮把大衣脱下来给王强披上，克力木不停地用雪在他脸上摩擦，王强终于苏醒过来。

钱江潮眼含热泪："强哥，你还活着啊，太好了，我刚才以为你死了呢，快急死我们了。"

王强拍拍钱江潮的脸："放心，我死不了。我是王强，顽强着呢！"

两个人用力地挽扶起王强。

此时王强的意识还算清楚，他知道，零下三十多摄氏度的严寒天气，人在雪地上躺下睡觉，纯属自己找死，也许再用不了几分钟，自己就会全身冻僵，很快就会彻底失去知觉，那这辈子就算是交待在喀喇昆仑山了。

在战友的搀扶下，王强努力继续坚持着，一步一步慢慢前行。可是坚持走不了多一会儿，他就不由自主地要倒下。王强的脚已经冻僵了，完全不听使唤了，脑子里已经开始出现各种各样的幻觉，时而天旋地转，时而眼前出现悬崖绝路……

"兄弟啊，我现在实在是走不动了，你们先走吧，就让我再休息一会儿，放心，我顽强着呢，我一定会去追赶你们的。"王强深知这样耗下去，三个人都会被拖垮的，大家都会有危险。为了不连累两个战友，王强非常坚决地赶战友先走，其实心里已经有了别的盘算。

"那我就先往前走走，打个前站，找到老营房，找些取暖的东西在那里等你们。"克力木冻得实在受不了，在王强的反复劝说下，他只好先行一步。

钱江潮死活放心不下，他坚决不让王强单独行动。他非常担心王强撑不住，再次躺下来睡觉，不论王强怎么说，他死活要拉起王强一起行动。

"你可真蠢啊，下次外出，就是时间再短，也不能不穿军大衣啦。"看见王强浑身哆嗦不止，钱江潮硬脱下自己的棉大衣给王强穿上。王强看着同样瑟瑟发抖的战友，再三推辞，也拗不过战友。两人只好相约，走一阵子，相互换着穿一阵子棉大衣。

两个人相互搀扶着，一步一步往前挪动……

就这样，在雪地里，两个人又艰难地走了好几个小时。

半夜时分，他们终于走到了以前的老营房。这里是1962年中印边境自卫反击战时使用的旧营房，因为多年不用，早已废弃，只剩下一些残垣断壁，寒风暴雪肆意纵横其中，也不能遮风挡雨了。

走进老营房，他们突然发现墙根蜷缩着一团黑乎乎的东西，两人警惕地低声喝问："谁？干什么的？"

"是我，是我，克力木！"

原来，是先行一步的战友克力木。克力木到了老营房，仿佛捞到一根救命稻草，就再也没有力气前进一步了。

钱江潮看了一下手表——从决定出发到现在，三个人连续走了十个小时，才勉强走了十五公里。老营房距离天文点哨卡，还有一多半的路程呢。三个人又饿又乏，实在是寸步难行了。于是三人相互搀扶着，在破败不堪的老营房，找到一处稍微避风的地方，先躺下来喘喘气，连说话的力气都没有了。

外面依然是狂风大作，暴雪不止。三个人脑子里面开始不停地出现了幻觉，各种往事错综杂乱地在脑海中浮现。王强听老战友讲过，人冻僵之后出现的各种幻觉，几乎就是死亡的前兆！

"管他能不能撑得到明天，先休息休息再说吧。"王强喃喃着。

也不知道过了多长时间，克力木又醒来了，他叫醒两人，三人硬撑着仔细搜索。他们发现，老营房里支撑屋顶的木头早已断裂，横七竖八，抬头就能看见黑洞洞的天，当年盖房顶的稻草也掉满一地。三个人喜出望外，把稻草和能搜集到的木头集中起来，围拢在一起，小心翼翼地用打火机点燃了稻草。一瞬间，温暖的火焰再次带来了一线希望。三个人聚拢一起烤火取暖，冻僵好久的身体，终于有了一点儿温度。

困乏至极的三个人，瘫倒在火堆旁，一点儿力气都没有了，只能一动不动，听天由命……

稻草本来就不禁烧，木头数量也很有限。很快，火就熄灭了，希望之火也渐渐暗淡了，黑夜和睡意再一次合围袭来。

"我说兄弟们，咱们不能都睡着了，过一会儿咱们就相互说说话，随便瞎扯几句就行，千万千万不能真睡着了，战友们在等着咱们呢，家人们在等着咱们呢，我们三个人必须一起活着回去。记着啊！"王强硬撑着叮嘱战友，"越是到这个时候越要坚持。我们一个人讲一个故事吧，相互说话，千万别睡着了。你们知道吗？刚火光一亮的时候，我感觉我们特别像卖火柴的小女孩。"

克力木苦笑了一声："王强，可真有你的，这时候你还有精神耍嘴皮子。你说故事也说个好点儿的，这卖火柴的小女孩，最后还不是冻死了，这时候讲这个故事，多不吉利啊。"

三个人都呵呵地笑了一下。

王强说："好，这个不算，你们想听啥故事？"

钱江潮说："强哥，你还是说说你那封神秘的来信是怎么回事吧。别人来信，都要炫耀一下，给大家念一念，你倒好，每次一收到信，你就偷偷摸摸地自己去看，自己一个人傻笑，是不是你女朋友给你写的？"

克力木也跟着起哄："对了，快说！是不是你女朋友写的？"

钱江潮说:"不会是那个给你体检的女护士写的吧?"

王强呵呵一笑,还是笑而不言。

克力木羡慕地说:"强哥你也太厉害了,小小年纪,去体检也能勾搭个女护士?"

王强难得地有些羞涩:"克力木,你可是党员同志,说话要负责的!"

钱江潮和克力木都起哄:"看来就是那个女护士,我们猜对了吧,就讲这个,就讲这个。"

王强拗不过他们,缓缓地说:"好吧,好吧,真有你们的!首先声明啊,人家不是我女朋友哈!她特别崇拜军人,听说我到海拔五千二百多米的喀喇昆仑之巅守边防就更加崇拜了,她希望我能给她讲雪域高原的故事,讲我们的生活……"

钱江潮说:"就这些?"

克力木说:"说重点,说重点,说点儿热闹的,说得好我一定请你吃我们家乡和田最著名的玉龙喀什河烤包子。"

王强说:"你小子老拿烤包子来馋我!她说希望有一天,能到喀喇昆仑山来看我。也不知道咱们能不能活下去,不知道我们还能不能再见面啦……"

三个人都沉默了。

仨人都想强打起精神来,尽管脑子里始终都绷紧一根弦,那就是——决不能睡着了。一旦睡着了,就可能再也醒不过来了,就可能再也见不到明天了,就可能再也见不到家人了。可是,疲惫和困倦不由分说地强力袭来,不知不觉中,三个人又昏睡过去了。

也不知道是什么时候,迷迷糊糊之中,王强隐隐约约听到,远处好像传来汽车喇叭的声音,同时隐隐约约看见外面好像有一道耀眼的光闪过。王强又往前爬了爬,这时,又有一颗照明弹在天空闪过。王强兴奋了起来,他挣扎着起来,喊道:"大家都醒醒,照明弹,照明弹!"

三个人流着眼泪,露出了笑容,大家想喊,但实在是喊不动了。

王强忽然想起来:"快,把钢钎和铁锹都给我敲起来。"大家铆足了力气,同时敲了起来。在空旷的雪域高原,钢钎的声音响彻天际,如此空灵,传得很远。

王强用尽全身力气,奋力艰难地爬到老营房外面的公路上,拼命地招手,用钢钎敲打着铁锹,发出尽可能大的声响,试图引起远方开车司机的注意。

万幸的是，来的车正是自己部队的车。从车上下来一个司机，仔细一看，居然认识，是山西籍的战友王华军。

原来，王强和战友们出去拉水遇险的事，已经报到了山下，团里的领导第一时间就派防区的战友，一路挖雪进山。王华军一路慢慢开车，一路仔细搜索，终于在老营房附近，发现了在道路中间爬着硬撑着求援的战友王强。

王强和两个战友终于得救了。

王强挣扎着询问王华军："汪国峰排长和战友们都平安回去了吗？"

后来王强从返回连队的战友们口中，陆续知道了他们的历险过程。当时连队缺水已经两天了，早上天刚蒙蒙亮，派出执行取水任务的分队就发车了，按常理最迟中午就能返回来。但一直等到下午，等到傍晚都没有回来，连长和战友们心急如焚。他们预计，肯定是出事了。

大家当时有多种猜测："拉水的路线要翻越两座山，翻车了？陷车了？还是车坏了？"最担心的还是由于离边境近，遭遇了印军，发生了冲突。

当天下午连长就给防区和山下团部做了报告，上级同意连长和另一个排长王忠凯，带领连队其他留守人员沿着拉水的路线徒步寻找，山下团部又派给防区一辆车，带领多个战友挖雪开路前来寻找。上级命令：尽全力营救，无论怎样，活要见人，死要见尸。

晚上搜索队带着枪，打着手电，带着压缩干粮，冒着严寒风雪，沿途寻找。走到悬崖峭壁的地方，他们就发射信号弹，借着信号弹的亮光，看看悬崖下面有没有车的踪迹。他们在厚厚的雪地里走了一夜一天，到第二天晚上，才终于遇见汪国峰带队返回去的战友们。此时大家都已经发生了严重的高原反应，一个个都已经疲惫不堪，正处于非常危险的状态。于是搜索队的战友背的背、抬的抬、扶的扶，经过长途步行，大家终于回到了哨卡。

五

回到连队，王强和战友们立即得到了卫生员的救治。王强持续发着高烧，在床上连续输液，昏昏沉沉地卧床整整三天，才慢慢缓过劲儿来。

王强微微睁开眼睛，发现自己躺在床上输着液，他挣扎着想要起来，卫生员看见了，连忙拦住："你已经昏睡了三天，才刚刚退烧，好好休息，千万别折腾了。"

"其他战友都怎么样啦？"王强斜靠在床上，硬撑着问卫生员。

"都挺好的。就是你，体力透支太厉害了。不过这已经算是奇迹了，你真是捡回来一条命，大家都在议论呢，说你的命啊，还真是大！"卫生员笑着回答道。

王强病情稍有好转，走出房门，一眼就看到了自己最不愿意看见的一幕——战友们步行巡逻，刚刚归来，一个个疲惫不堪，一走到院子里，全都一下子瘫倒在地上。大家见了王强，也是一言不发。

王强看见大家的样子，低着头，赶紧躲进了厕所里。

连长李志成问带队的汪国峰："怎么这么晚才回来？今天比上次回来晚了三个多小时。"

汪国峰喘了口气："连长，路上风雪太大，我们走到执勤点的时候就比平时晚了一个多小时，执勤点的海拔高，附近积雪越来越深，我们每走一步都非常困难。等巡逻完往回走的时候，就更没劲儿了。这没了车，确实太消耗体力了。"

说话间突然有战士喊："小马，小马。"

李志成等人围过去，小马躺在地上晕倒了。卫生员摸了摸小马的额头，非常热："赶紧送医务室！"

王强正要开厕所的门出去，听见有战友进来，他又等了会儿。

"这没车是真累呀。""你就别叫唤了。这不已经向军区打报告要车了嘛，你就再坚持坚持吧！""我也就是这么一说。咱边防兵没尿包。只是感觉王强干事太毛躁了。现在车一没，要水没有，巡逻只能靠脚走，又加上这破天气，时间长了，大家都受不了。今天小马都累倒了。再这样下去，我看晕倒的人会越来越多。"几个战士你一句我一句地议论着。

"看你脸脏的，赶紧洗把脸吧。""还洗脸？省省吧，炊事班做饭的水都不够，我已经好几天没洗脸了。反正也没姑娘看见。""也是哈！我们这哨所连苍蝇都是公的。"

大家嬉笑着走开了，王强听着感到脸上一阵阵发烧，他傻傻地将手在门把手上放了半天，最终还是没有走出去。

担心大雪封山后无法出山，团里派来救援的车辆当夜就下山了。而连里唯一的一台车已经陷入冰湖，战友们每天必须进行的边境巡逻，只能徒步进行。这样一来，速度明显慢了很多，巡逻时间延长了好几倍，巡逻的难度和强度，更是增加了无数倍。因为没有车拉水，战友们只能把院子里的雪堆积起来，放到缸里融化成水。雪水中杂质很多，化成水喝起来很不舒服。

这种情况下，大家有牢骚很正常，王强不管听见没听见，心里都知道。听着战友们一声声批评和埋怨，王强非常内疚，羞愧难当。平日里总是乐呵呵的王强，变得沉默寡言起来，经常一言不发，见人就一低头，恨不得随时能找个地缝儿钻进去。

就在大家一筹莫展的时候，副团长宋朝山从山下带队来检查哨卡冬防。他还专门带了两台牵引车来到哨卡，希望能帮着连队，把陷入冰湖的车抢救出来。

王强得到这个消息，激动得整夜没睡觉。大家也都觉得，这下子有希望了，这次救出陷入冰湖的车，一定没问题。

第二天一大早，大家就准备好了铁锹、十字镐、钢丝绳等各种工具，带领连队几个班一起出发，来到陷车的冰湖边。

此时距离陷车，已经十几天过去了。这几天气温还在连续下降，即使是白天，也到了零下三十多摄氏度。

赶到冰湖，大家发现，陷入冰湖的卡车，就像一座巨大的雪雕，十几天前陷车时，六个车轮旋转所溅起的冰雪和泥浆，已经冻得和混凝土一样坚硬。而东风卡车仿佛浇筑到了冰湖的泥浆当中，如同生了根一般，长进了大地之中。

战友们用钢丝绳把两台牵引车和陷入冰湖的卡车，紧紧地连在一起。经过反复努力，采取各种保暖措施，加足了汽油的东风卡车，居然也比较顺利地打着了火。发动机再次轰鸣起来，三辆车同时加大油门起步。

然而，三台发动机剧烈地轰鸣着，也没有拉动冻在冰湖中的东风卡车。这一辆要命的车，车轮居然纹丝不动，发动机很快就憋得熄了火。

"同志们，大家一起动手，把车轮先挖出来再说。"宋副团长指挥大家用铁锹、十字镐，对准陷入冰湖的轮胎周围开挖起来。大家用足了力气，可一镐下去，地面上只砸出一个小白点儿。战友们拼足了劲儿，挖了整整一上午，每个轮子边，也只挖出了一个十厘米左右的小坑。

宋副团长再次指挥着两台牵引车，在车头的两边同时挂上两根钢丝绳，同时加足油门，想把卡车硬拖出来。然而，只见车架以上的部分挣扎、摇晃着，眼看着卡车都快要散架了，感觉马上就要被"五马分尸"了，车桥和轮子还是深陷地下，纹丝不动。

救援的战士想尽了各种办法，折腾了整整一天，也没有任何进展。

眼看着天一点点又黑了下来，宋副团长来回踱着步，最后用力踢了一脚轮胎，失望地说："看来救车是彻底没希望了，这辆车只能报废了。这么冷的天，不能再把大家给冻伤了，大家还是先撤吧。我回去向团长汇报，立即给军区打报告，申请给连里再配备一台新的巡逻牵引车，配属连队，继续守防。"

"太好了！"大家一阵欢呼。

"不过大家别高兴得太早了。"宋副团长话锋一转，"申请还需要一段时间。本来团部想送一些水过来，解一下燃眉之急。但是这几天雪下得实在太大了，上山路上不少地方出现了雪崩，路已经彻底给封死了。现在什么时候能把道路打通，时间上根本无法保证。可能一个月，也可能两个月。这段时间，我们就只能靠自己了。"

大家都"啊"了一声！

"都啊什么呢？！我们连这点儿困难都克服不了吗？"

大家齐声大喊："能克服！"

宋副团长走了，两台牵引车也带走了。给军区打报告重新配给新车，需要走程序和时间。连队没了车，日常的巡逻和生活补给，又变得异常困难起来。

战友们再也忍不住了，纷纷埋怨王强："还是技术尖兵呢，我看技术也不咋的嘛。""还好没有打仗，要不然没有车，打起仗来，咱们早就成炮灰了……"

王强天天低着头，根本不好意思见任何人，心里越来越内疚。

连部的院子里能扫来融化的雪很少，总是夹杂着不少尘土，加热后化成水也很脏，战友们都不愿意喝。

更没想到的是，好几位战士身上开始长出红疹子，奇痒难忍。卫生员也觉得很奇怪，经过各种排查，分析最大的可能，还是近日喝的雪水有问题。扫雪化水，可能受了连队日常生活垃圾的污染，也可能当地的土壤有其他重金属之类的成分，再加上每个战士体质不一样，所以，有些战士会长红疹子。

这下子连长更着急了，只能组织大家完全靠人工，跑更远的地方弄些干净的积雪回来化水。可是，这样一来，能量消耗过大。这种连锁反应恶性循环，让连长李志成头疼不已，大家当面、背地里埋怨王强的牢骚话，就更多了。

没有了车，王强就好像战士没了钢枪，待在哨卡，几乎变成了废人一个。连队这些困难，大家的牢骚意见，他心里清清楚楚。这些天，他心底就像是压着一块沉重的石头，甭提有多难受了。

一天早上，出完早操，在哨卡蹲点的副营长范建国一出门，就看见王强蹲在墙角一个人发呆。他走了过去，和王强招呼了一下，然后指着哨卡不远处岩石旁的一辆报废车问道："王强，那辆车，你认识吗？"

王强回答："报告范副营长，那是一辆解放CA30牵引车。"

范建国问："知道那辆车是怎么回事吗？"

王强摇了摇头。

范建国说："当年有一个89年河北籍的老兵，和你一样，去拉水，陷车了，想了很多办法，结果车还是越陷越深，车也是被冻在了那里。想着第二年冰雪融化时再去救车，结果等冰雪真正融化了，湖水也上涨了，发动机被淹了，那辆车也就彻底报废了。"

王强心里一紧，追问道："那个司机后来干什么去了？"

范建国叹口气说："因为报废了军车，造成了损失，河北老兵很快就被处分了，开除军籍，遣送回家了。"

王强听罢，犹如五雷轰顶，当场就蒙住了，就像是被死死地钉在了地上。嗓子里仿佛堵了一团棉花，半天也说不上一句话来。一个人痴痴地发呆，谁给他打招呼，他也不作回答。

王强想到了自己童年的从军梦，想着自己到部队立功受奖的雄心壮志，想着父老乡亲赞许的目光和一遍遍的嘱托，想着自己家乡同年兵战友光荣退伍时，大家热烈欢迎的喜庆场面，而自己如果被遣送回家，有何颜面见家人和父老乡亲？

我也不是这样的废物啊？王强想到了刚入伍参加司训的那段往事。

两年前，新兵连集中训练了三个月，王强就被下放到连队了。他很幸运地被分配到了部队汽车连，参加司训。这是一件令人羡慕的事情。高原边防部队培养出来的驾驶员，以后都要上平均海拔四千五百米以上的高原，执行各种保障任务，对驾驶员的政治素质、身体素质、技术水平，要求都非常之高。

为了尽早做一名合格的汽车兵，从一开始王强就严格要求自己。理论知识学习，他总是把各种数据和交通法规倒背如流。白天没有背会的，晚上也要加班背。通常战友们都呼呼大睡了，王强还坚持打着手电，在被窝里熟记关键数据。不但要牢牢记住，还要做到随时灵活运用。实际操作也从最开始的基本动作要领练起，反复练习，努力做到熟能生巧。

通过半年的刻苦钻研和艰苦训练，毕业考核王强成绩名列前茅，成为同年兵中的佼佼者。王强在政治上也积极要求进步，通过连队党支部的考察和培养，也成为连队同年兵中第一个递交入党申请书的士兵。

"我一直都力争先进，一直都是先进，怎么会闯出这样一个大祸？这我可咋回去见父老乡亲啊？"王强越想越待不住了，无论如何他也无法接受这样的结果。更何况，军人有保卫军队财产的责任，有保卫边防的光荣使命，现在连队迫切需要这辆车，以便正常地履行边防哨卡的职责。无论如何，哪怕付出生命代价，也要救出这辆车，也要保证连队正常执行任务。

王强在哨卡寝食难安，一遍遍地思考，如何才能把车救出来。他想出来一个个办法，又一遍遍被自己否定了。

整车十吨重，整体一次性救出来，显然已经没有可能了。但是，如果把驾驶室、货厢以及和大梁连接的车桥等地方，全部拆下来，化整为零，只剩下三个车桥和轮子在地里，再想办法救出来，也许就能办成了。

思来想去，唯一的办法就是把车拆解开，运到安全的公路上，再重新组装起来。

"对，就这么办！"王强再次激动起来。

但这些想法，如果得不到连队的同意和支持，得不到战友的帮助，肯定是不行的。

王强决定马上就向连长报告，他立即跑去，兴奋地向连长李志成报告了自己的想法。

连长听完王强的想法，居然忍不住笑出声了："王强啊王强，你还真是个娃娃。亏你能想得出这鬼方法，简直就是天方夜谭嘛！不同意，根本不可能同意！简直是瞎胡闹，乱弹琴，行了行了，我还烦着呢，你就别再给我添乱了。"

自己的建议被连长生生地驳了回来，王强心里很不是滋味。

他悻悻地在院子里来回踱步。

几天过去了，王强嘴上都急出了泡。眼看着战友们因为没有车，日常巡逻强度增大了好多倍，一个个巡逻归来疲惫不堪。因为没有车，补给明显也跟不上了，仓库里粮食、蔬菜、燃料等物资也开始告急，战友们吃饭喝水都有了困难。王强着急得整个人失魂落魄，变了形一般。

看到王强自责、羞愧的样子，大家也不忍心再批评指责他了，反而开始想办法安慰王强。可越是这样，王强越是感到自责，愈发心急如焚。

不行，还要去找连长。

王强天天去找连长，一次次陈述自己的理由，表露自己的决心和信心，把李志成连长实在是惹烦了。

"好，好，好，王强，我说服不了你。你直接给团长打个电话，只要你有本事让团长同意，我就同意，好不好？行不行？"李志成无奈之中撂了一句话。

让王强直接给团长打电话，属于越级请示，这分明就是一句气话，连长这样说，无非是想让王强彻底打消这个念头。可焦急万分的王强，居然信以为真，当场抓起电话，非常冒昧地直接给团长打通了电话。

王强自报家门，非常紧张又显得自信满满地向团长报告了自己的想法。

电话中团长一句话没有说，耐心听他絮絮叨叨地说完。等王强无话可说了，团长才说了一句："说完了吧？请你把你们连长给我叫过来，让他接电话。"

连长刚一接到电话，就听见电话那头团长气愤至极的声音："李志成啊李志成，王强的这种想法，你为什么不直接拒绝？为什么让他给我打电话？还嫌你们连给团里惹的麻烦不够多？车坏了已经够闹心的了，人没事就算是万幸了。还想把车拆开再重新装上？你听说过这样的事情吗？简直是瞎胡闹嘛！要是出了安全事故怎么办？要是出了人命怎么办？你负得起这个责任吗？"

团长在电话里把连长狠狠地训了一顿，没再听他任何解释，就直接挂断了电话。

挨了训的连长，倒是没把火再转移到王强身上，他冷冷地看着旁听的王强，语气非常平和，但是态度非常坚决："你都听见了吧？这下过瘾了吧？让我跟着你一起挨通训，你这个王强啊！好啦，好啦，走吧，走吧！别闹了，回去好好休息休息吧。"

被团长和连长同时批评一顿，王强心里很是难受。可是他还是没有甘心，而是坚定地认为：车子必须救出来。把车子化整为零，到公路上重新组装，是唯一可行的办法。

于是，王强决定一次次地坚持找连长，采取"蘑菇战术"。

对王强的一次次软磨硬泡，刚开始连长还耐心听，可是架不住王强一天不停歇地连续几十次的堵门。连长实在是烦得不得了。再后来，在连部院子里，连长只要一看见王强，就赶紧绕着走、躲着走。

接下来的一个星期，大家都看到一幕幕循环播放的景观：王强一次次找到连长，连长走到哪里，他就跟到哪里，像祥林嫂一样，一遍遍陈述自己的理由，两个人在范围不大的地方追来躲去的。

"王强是不是受刺激了？神经会不会出问题啊？"大家纷纷猜测。

李志成觉得这样躲下去，也不是个办法，决定和汪国峰等人商量一下。几个人都觉得车的问题的确必须尽快解决，不然巡逻的时候真有可能有危险。大家走到山口已经精疲力尽了，再爬山都没力气了。

几个人正在商量着，王强再一次敲门进来，成功堵住了连长李志成，他含着泪说："连长，这是我最后一次找您。希望您给我一个将功补过的机会，让我的军营生涯不留遗憾，求求您，求求您了！是我对不起大家。您就给我一次机会吧！"

李志成生气地说："一个大男人，哭啥？"

王强擦掉眼泪："刚开始的时候，我主要是担心自己被开除。但现在，是否开除，对我已经不重要了。我不能因为我的过错让我们的国土有被侵占的危险，我不能让自己的战友有生命危险。要真是那样，我可就真的成为罪人了。"

李志成没好气地说："谁说要开除你了？"

王强深深地鞠了一躬："连长，您就再给我一次机会。哪怕把命豁出去，也要把车救出来，让我找回作为军人的尊严。求求您了！"

汪国峰也被王强打动了："连长，要不就让他试试吧！"

克力木、钱江潮等战士跟了进来说："连长，就让王强试试吧！"

李志成看着大家："那就试试？"

战友们都高兴地叫了起来，王强也抬起头，破涕为笑。

李志成突然说："你们也别高兴太早了。"大家都"嘘"的一声。"王强，你必须先准备一个书面方案，不能打无准备之战。"说完，李志成从抽屉里拿出几本关于车子的书和图纸扔到桌子上。大家一看都乐了："哈哈！连长，你还留着一手呀！"

李志成说："你们以为就他王强想把车子救出来呀！"

王强拿过资料，非常激动。李志成特别严肃地交代："一定要慎重，要是真把车子救起来，我给你申请三等功。我派三个战友给你帮忙。允许你们先去试干几天。但是，你小子给我记住了，别给我说什么豁出命去之类的话，绝对不能蛮干，绝对不能出任何危险，安全第一，绝对不能再给我捅娄子了，记住没有？"

　　王强向连长敬礼说："保证完成任务！"

六

　　终于得到连长批准了，王强非常兴奋。这一次，他做了充分的思考和充足的准备，带上了折叠式帐篷、压缩干粮、军用水壶、汽油炉、高压锅和方便面，自信满满地和钱江潮、克力木两位战友，重新步行来到湖边。

　　此时距离陷车已经过去了二十多天，时间已经是十一月份，白天气温也降到了零下三十摄氏度左右。第一次王强三人带着各种物资，从哨卡步行走到陷车的湖边，用了整整十个小时。

　　王强爬进驾驶室，费了很大功夫，把车子启动，他看了看各项参数，都很正常。他把车子熄火，从驾驶室爬出来。

　　三个人搭好了帐篷，王强急忙摊开自己画好的车辆的图纸，又看了看车子。"目前的情况，只能是把车轮以上挡住的东西全部拆走，就留下车桥和轮子才好一个一个挖，拆车的顺序是：货厢板，驾驶室，传动轴，大梁，刹车管。我们先动起来。"

　　三人把压缩干粮、军用水壶、汽油炉、高压锅、方便面、汽油喷灯等放进帐篷。克力木指着高压锅问王强："强哥，你这东西带得够齐全的。你要这高压锅干吗？"

　　王强狡黠地眨眨眼："到时你就知道了，成败就在此一举了。必须把各种情况都考虑充分了。"

　　钱江潮帮忙拧螺丝，试了半天，根本拧不动，他用扳手敲螺丝："这螺丝怎么这么紧？"

　　"这辆车常年在雪地上跑，在搓板路上经历各种折腾，损耗非常严重。尤其是各种螺丝，几乎已经全部生锈，拧不动很正常。别急，看我的。"

王强边说话边拿出汽油喷灯慢慢地烧红螺丝，快烧红了再接着用扳手来拧，还不行，就再接着烧，反复多次，才用扳手把螺丝拧了下来。

"拆一个螺丝就前前后后用了十多分钟。这把车都拆了得要多长时间？"克力木忍不住嘟囔了一句。

"哪儿那么多废话，接着干活儿，干活儿。"钱江潮阻止了克力木的嘟囔和抱怨。

此时气温零下三十摄氏度，手套很快就磨坏了。没有手套，不锈钢扳手拿在手上，一下子就和手粘在了一起。王强用另外一只手使了好大劲儿才再拔下来，顷刻间，王强抱着手就地打滚。就像撕掉一层皮一样，一阵一阵钻心地疼，眼泪差点儿掉了下来。王强躺在地上一动不动。

"这也太难了，强哥，要不算了，咱就不拆了吧！"钱江潮挺心疼王强的。

"我就是拼了我这条命，也要把车子拆下来装好。知道当年抗日吗？我们十万川军出川，没一个孬种，我要为荣誉而战。"王强态度很坚决。他扯了一片布，把手掌裹了起来，避免让手掌直接接触不锈钢扳手，避免再次粘连。

三个人又接着拆螺丝。时间慢慢地过去了，天黑了下来，但货厢板的螺丝还只是拆了一部分。忙了一天，三人已经累得精疲力尽了。

三个人坐在车子里看着满天星星。

"这昆仑山真美呀。我要是能一直在这里多好呀。"钱江潮喃喃自语。

"想得倒美。这昆仑之巅，每个人一次性守防最多一年，时间再长了，人的身体就垮了。"王强其实对昆仑山，也是一往情深。

苍茫夜空中，繁星点点下，车子显得那么渺小。

前两天，三个人先易后难，把容易拆下来的部件，都拆下来，编号集中有序放好，晚上就住折叠式帐篷里面。

按照约定，第三天他们再次步行返回哨卡。

"报告排长，我仔细检查了，车子没问题，一切都很顺利。我们一定能把车子组装好开回来。"王强故作镇定地向连长报喜。

"真的很顺利？"李志成将信将疑地打量着三个人，"顺利也不要去了，看看你们一个个的脸色都成什么样了？"

"连长，这是因为我们着急走回来，走路累的。"王强赶紧解释。钱江潮和克力木也急忙插话道:"连长,我们都好着呢,就是因为走路要八个小时,累的,休息一下就没事了。"

"我们已经把货厢板全部拆下来了,明天会继续加快速度。"王强努力要给连长以信心。

"真的?"连长李志成将信将疑,"明天再给你派两个新人,别老让他们俩盯着,吃不消。"

王强赶紧给钱江潮、克力木使眼色:"不用,不用!"

钱江潮和克力木也连忙说:"不用,连长,我们不累。"

李志成奇怪地看着他们:"为啥?"

"连长,您看是这样的,别人都不熟悉,我们三个人都已经熟悉那边的情况了,要是换人肯定还要相互适应,这肯定就会慢。"王强刚一说完,钱江潮和克力木赶紧附和道:"是的,是的,就让我们继续干完吧,保证完成任务!"

好在连续好几天没再下雪,防区从别的哨卡临时调一辆车和驾驶员过来,帮他们打冰取水,暂时解决了天文点吃水用水问题。不用车的时候,王强就开着这辆车,带上两个战友到冰湖边继续拆车。

天寒地冻,拆车远比王强想象中要艰难很多。但是毕竟有了一定的进展,也积累了不少经验。尤其是每天开车可以往返,晚上休息充足,第二天精神饱满,拆车进度也逐渐加快了。

王强用随车的各种工具拆车,把大厢板拆了之后,很快把驾驶室也拆了下来。汽车的金属部件,死沉死沉的,没有吊车,很多部件根本就抬不动。抬不动的,王强只能和两个战友用木头棒子和钢钎一点儿一点儿撬,一步一步挪,蚂蚁啃骨头一般,从湖边逐渐挪到了公路上。

尽管现场非常困难和艰苦,进展也比较缓慢,但王强每次回连部,都是笑眯眯地报喜不报忧。他生怕连长看不到希望,不再同意了,想用一个个小喜讯给连长以信心,换取连长的继续支持。

连长生怕把大家冻伤了,坚持把派去给王强帮忙的战友,两天一轮换。有了生力军,在去的路上王强进行细致的培训,到了现场很快就能上手。如此这般,又用了五天时间,王强和战友们终于把大厢板、驾驶室、发动机和大梁一起拆了下来。

大部分部件已经化整为零，并且已经运到了公路上。现在，只剩下前中后三根车桥和轮胎，还在地里深深地埋着。

"兄弟们，最关键的时候到了。"王强指挥钱江潮拿出高压锅，准备烧水，又拿出一个喷灯给克力木，"走，跟我一起来挖车轮。"

王强和克力木在车轮周围使劲儿地挖着，但由于冻得太硬，快一个小时了，也只是挖了一点儿小坑。"开水来啦！快让开。"关键时刻，钱江潮抱着一高压锅开水赶了过来。

王强一边在车轮边凿空，钱江潮一边往里面倒水，一锅沸腾的水倒下去，车轮周围的冰只是稍微有点儿融化。克力木接着用喷灯烤结冰层，王强接着挖，终于轮子边上挖出一个小坑。

克力木有些疑惑："强哥，这能行吗？这么费劲？"

"不是要靠热水把冰化了，那根本不可能。主要是靠这个。"王强拿出千斤顶，放进了小坑里。千斤顶巨大的力量将轮子顶起一点儿后，钱江潮将烧开的水再灌进去，克力木再接着用喷灯烤，王强用千斤顶往起顶，钱江潮再用烧开的水灌进去……如此循环反复，车轮顶松动后再把轮胎螺丝拆除，把轮胎卸掉后再挖车桥。终于，花了将近一天的时间第一个车轮从冰里挖了出来。

王强抱着车轮使劲地亲了亲，大家都笑了出来。

就这样，王强和战友们坚持用蚂蚁啃骨头的方法连续战斗，又用了七天时间，终于把三个车桥和六个轮子挖了出来。

第十三天，所有的部件已经全部拆解完成，在公路上分门别类集合完毕。王强和战友们开始手工组装东风卡车。

他们在地面上先把大厢板、发动机、驾驶室组装好，用千斤顶把车顶起来，再装车桥和轮子。

……

第二十天，整个车子组装已经成型，只剩下后桥没有装了。

连长听到这些进展，心里别提多高兴了。最后一天的组装，他决定亲自带队，来给王强帮忙、加油、助威。

在组装后桥和大梁固定连杆螺丝的时候，王强趴在车下面扳螺丝，千斤顶顶起了车架。

当所有部件组装在一起的时候，支撑千斤顶下面的冰，眼看着就要承受不住这么大的负荷，冰层已经发出了令人揪心的声音。

突然之间，支撑千斤顶的冰面破裂了，千斤顶倒了下来，近十吨重的车架一下子重重地向王强砸了下来。

就在这千钧一发之际，王强顺势趴到了两根横梁之间。但是大厢板底部，还是重重地拍到了王强的头。王强当场就昏死了过去。

战友们被这突如其来的事故惊呆了。

大家焦急地呼喊着："王强，王强，王强！"可是王强却没有任何回音。

连长李志成急出了一身冷汗。他以为王强就这样被活活压死了，哭喊着指挥大家一起合力，用电线杆把车架撬起，把王强从车底下拖了出来，紧紧地抱在怀里。

这时候，大家看见王强头上，鼓起了一个大包，可是周边却没有明显的血迹。王强昏迷了一阵子，在大家的呼唤声中，又奇迹般地醒了过来，居然没受什么大伤。

李志成看见王强醒过来，眼里含着泪水喊："王强，你真是顽强呀！"

王强缓了缓，站了起来："算命的给我算过，我命硬。"

"钱江潮、克力木，你们赶紧扶王强去休息，别再干了，再干下去就真要出人命了。"李志成下了命令。

王强眼里含着热泪，看着李志成，态度非常坚定地说："连长，就差最后一步了，这也许是我最后一次在这昆仑之巅，为部队再做点儿事了，我的命可以没了，但我不想留下任何遗憾！"

克力木第一个跳出来为王强求情，其他战友也都喊："连长，您就同意吧！"

李志成点了点头。他实在没有办法阻止王强，只好千叮咛万嘱咐，并和战友们一起，采取了更多的安全防范措施。

王强再一次钻入车底，战友们也一起过来帮忙。人多力量大，经过五个小时的努力，陷入冰湖已经一个多月的东风卡车，终于组装完毕。

车是组装好了，可是由于发动机一个多月没有启动过了，机油已经冻凝固，电瓶也早没电了。王强用汽油喷灯，小心翼翼地给发动机油底壳加热，用高压锅烧开水重新注入水箱，换上哨卡带去的备用电瓶。

大家眼看着王强手摇发动机，连续试了至少二十多次，卡车发动机终于发出了巨大的轰鸣声。

看到重新运转起来的发动机，看到起死回生的东风卡车，大家兴奋地欢呼起来。

王强坐在驾驶室里像一尊雕塑，向远处的李志成很认真地敬了一个军礼。

全体战友一起坐上车，把大卸八块又重新组装起来的、死而复生的卡车，完好无损地开回了哨卡。

连队已经一个多月没有车了，看到已经宣布报废又开回来的东风卡车，战友们都很高兴，一片欢呼！

车开回哨卡的第二天，团里主管车辆的后勤处杨厚生处长就来防区各个哨卡视察工作。杨处长坐车到了连队，他一眼看见院里的东风卡车，觉得很奇怪。难道连队说车陷到冰湖，是谎报军情了？

他急忙问连长李志成。连长详细地汇报了情况，杨厚生处长这才知道，原来还有这样一个惊心动魄的故事。他觉得太不可思议了："去把王强请来，我一定要见见这个将'报废车辆'又'起死回生'的愣小子。"

当王强走过来站到面前的时候，杨处长当时就愣住了。

只见王强脸上、手上到处是口子，新伤摞着旧伤，又黑又瘦。

杨处长当时就忍不住流下了热泪，问道："王强，你可真行啊！说说看吧，今后你有什么想法？"

毕竟是因为自己，才出了这么大一桩事，王强一直非常内疚，自认为工作没干好。他毫不犹豫地向处长报告："报告首长，我申请继续多守防一年，弥补一下自己的过失。"

杨处长毫不犹豫就拒绝了王强："不行，不行！那样会把身体搞坏的，每个人一次性守防最多一年。行了，你的事情我知道了，该什么时候换你，就什么时候换你，你继续守防吧！"

事后王强才知道，因为东风卡车要报废，上级认为王强根本不能胜任本职工作，杨处长这次上来，原计划就是打算把王强带下山，到炊事班锻炼锻炼，年底就做退伍处理的。真的好悬啊！

补 记

冰湖历险之后，王强继续坚守在边疆。

由于表现优秀，王强两年后加入中国共产党，后来又主动申请去全军最高的神仙湾哨卡守防。下山之后，在部队司令部小车班服役到退伍，历任战士、副班长、班长。

王强上海拔四千五百米以上的高原执行任务大概一百五十多次，累计在高原哨卡守防十六年。

如今王强已经告别边防军营多年了，但那些经历了生死过程的岁月还是刻骨铭心，历历在目。他和往日一同守边防的战友们，多年来保持着密切的联系。

现在的喀喇昆仑依然有王强的广大战友在那"生命禁区"里一如既往地坚守着，其实他们才是真正的英雄。

是他们用对祖国的忠诚，牢牢守卫着边防的每一寸国土，在西部边陲筑起了一道坚不可摧的钢铁长城！

（原载于《民族文学》2021 年第 8 期）

业委会主任

向本贵（苗族）

一

"今天，林苑小区业委会成立了，我们林苑小区的各位业主，要在业委会的带领下，与物业管理人员一起，把小区管理好，让居住在小区的人们，在干净、整洁、平安、和谐的环境里，享受幸福的生活。现在，请业委会主任张先成同志讲话。"

和平社区刘德仁书记高喉咙大嗓子说了这些话，就把一位个子矮小，腰有点驼，满脸皱纹的老人推到人们面前。

刘德仁瞅着日历挑选星期六召开林苑小区业主大会，可参加会议的，仍然大多是一些六七十岁的老人。上班族可没兴趣参加这样的会议，好不容易才盼到周末啊。那些住在林苑小区的外来户，就更不愿意参加这样的会议了。他们或是单位员工，或是做生意发了点财的小老板，在小区买了套房住下来。各自有忙不完的事情，谁还关心成立什么业委会。

林苑小区原来是县林业局的所在地，被人们叫作林业局大院。一堵围墙，像一只长长的手臂，把一大片地块搂了起来，里面却只有三栋房子——一栋办公楼，两栋职工宿舍。

外面人见不着围墙里的风景，却可以从高大的老樟树洒下的阴凉里，想象围墙里的林木葱郁；从空气氤氲的花香里，感知围墙里的花草繁茂。县城住着二十多万人口，拥挤而嘈杂，瞅着这样一个世外桃源般的院落，除了羡慕，就是嫉妒了。那些一心思谋着赚大钱的房地产老板，更是眼睛灌血。他们除了看上林业局大院那一片平整而空旷的地皮，还看上林业局大院的区域位置，两条大街在这里交会，不远处，是县一中和县二中，再往前走，就是大型农贸市场和高速公路出口。改造林业局大院，建成高档小区，准会赚得盆满钵满。可住在林业局大院里的人们，却是油盐不进，他们说住惯了老式的房舍，过惯了乡间般花香鸟语的日子。后来，县里修了办公大楼，各单位都集中到办公大楼上班，林业局大院就变得更加静寂，甚至还有几分荒凉。房地产老板就又把橄榄枝伸向了这些过惯了乡村般日子的人们。小户型变大户型，五层楼房变成电梯房，各家各户还不用掏多少钱。人们还在犹豫，林业局的领导却直接表态了：趁着机会，让那些一辈子在乡下工作的林业站的干部职工，在城里有一套房子，解决了他们孩子进城读书的难题。日后退休，也就可以进城来养老了。这样的打算，让那些长年累月风里雨里，在林业第一线工作的人们感激不尽。

多少家房地产公司几番角逐，一个姓吴的老板终于笑到了最后。他把改造林业局大院的规划图纸张贴出来：三栋十五层的电梯大楼，成 C 字形围着一片花草葱郁的街畔花园，花园的出口，是一堵花瓣镂空的瓷砖贴面围墙，两扇赭石色的大门，廊角翘首，古色古香。图纸上面还有一行醒目的大字：让那些从林苑小区门前路过的人眼红去吧。

当然，林业局大院老住户们的住房条件也就大为改观，宽敞、明亮、舒适。特别是住在四楼五楼的老人，上楼下楼，拐杖不离，还两脚发软，有的老人甚至说，已经半年没下楼了啊。看着电梯楼房图纸，早已老泪纵横。

吴老板还有他的招数，小区建成之后，物管也不用从外面请，一条龙服务，他们自己有物业管理公司，资质和设备一应俱全。到时候，大家只管尽情地享受幸福生活就是了。林业局的领导却总是觉得哪里不对。谁会想做不赚钱的楼盘？吴老板说，赚了，但不多。三百六十套住房，你们拿了二百八十套安置，我才有八十套外卖，算下来，能有多少赚头？我就靠着三栋楼房的一楼出租，你不会有意见的吧。林业局的领导在心里骂娘了，楼房不倒，出租门面的租金，就如流水般源源不断往你口袋里涌啊。

看着原来的林业局大院消失，又看着平地里长出了三栋巍峨的高楼。施工三年，小区建成，人们只用了两个字来形容他们开始新生活的小区：漂亮。放鞭炮，贴大红对联，摆酒席，各家各户在搬进新居的时候，一定是要弄出点动静来的。高兴啊。

只是，住进新居没多久，人们就发现，新建的林苑小区，并不是大家想象的那么美好。曾经的宁静打破了，曾经的和谐破坏了，曾经的平安也没有了。庭院里虽也有花开花落，却嗅不出让人心情愉悦的芬芳，小区人来人往，不再是过去单一的林业局的干部职工和他们的家属。不是一家人，不说一家话，争争吵吵是常有的事。更可恼的，三栋楼房的一楼全是铺面，做买卖的，日夜把招揽生意的喇叭叫得山响。开餐馆的更是不像话，环保局有规定，抽油烟机的烟囱，是绝不能对着当街的，违反就要受罚。各家餐馆的烟囱就都掉过头来，全对着小区，像是一门门大炮，轰隆作响不说，食客们在餐馆享受着各种美食佳肴，小区里的人们，却被刺鼻的酸甜苦辣的气味煎熬着。两扇漂亮的大门，也不过是一道摆设，外面人去餐馆吃饭喝酒，小车没地方摆，就横冲直撞往小区里面开。挤挤搡搡，像下饺子，喇叭声响，此起彼伏。业主们苦不堪言，和物管的矛盾也就日渐尖锐。可人家物管就当没听见，没看见。再吵，再闹，也就回你一句话，大家都要讨口饭吃。没地方说理了，就去和平社区找领导，不给解决问题，就不肯回来。和平社区的领导见着林苑小区的人就头疼："这样不行，社区没办法办公了。成立业委会吧。一般的问题，由业委会解决，解决不了的，业委会来对我们说。"

和平社区刘德仁书记来小区召开座谈会："大家要认真协商，推选出你们满意的人选，然后召开业主大会，投票选举。"过后，抓着一位林业局领导的手就不松开了，"看来，还是要你亲自出面管管小区的这些事情了，不然，你自己住在这里也没安静的日子过。"刘德仁的算盘打得好，让林业局在职的领导，做业委会主任，许多的问题也就不是问题了，小区住着的大部分业主是林业局的干部职工，吭一声，或是做个头脸，问题也就迎刃而解。跟物管生出了矛盾和纠葛，你做领导的发话，人家一定是得掂量掂量的吧。

林业局的领导却说："林苑小区住着三百六十户，每户派一个人参加选举大会，选谁是谁。"脸上还透出一种让人捉摸不透的笑。

刘德仁脸上的笑却是张扬的，舒坦的。林苑小区这个业委会主任非你莫属了，到那时，和平社区的办公室才能安静下来："好吧，先酝酿出七个候选人名单，差额选举，选出一个主任，两个副主任，两个委员。当然，业委会不是一级领导机构，当选的五位，什么待遇都没有，真正的为人民服务。工作却多，上传下达，调解矛盾，与物管沟通，维护业主的正当权益。"刘德仁这样说着，从文件袋里掏出一摞文件，"这上面有《物管法》，还有一整套的规章制度，以及业主的权利与义务。麻烦你带着大家认真学一学。推举的候选人名单，要张榜公布。"过后，就把林业局这位领导的手握得更紧了，"再有一个月，就过年了，明年开春的第一件事情，就是选举林苑小区的业委会。"

让刘德仁万万没有想到，选举出来的业委会，没有一个是在职的林业局干部，五个业委会成员，清一色的退休老人。四个林业局的退休人员，一个外来购房户，是一位乡村小学的退休老师，儿子在县城做生意，他就在林苑小区买了一套房，跟进城来了。更让人大跌眼镜的是，全票当选的业委会主任张先成，除了腰驼背弓，脚还有点跛，特别是那身打扮，一件洗得发白的藏青色中山服，腰间的皮带上还别着一只皮夹，皮夹里面套着一个砖头样的老式诺基亚手机，脚上穿的一双黄跑鞋还沾满了尘土，黄跑鞋也就变得没头没脸。活脱脱就是个"出土文物"。刘德仁脸色有些发青，可他却不敢把心里的气当着大家发出来，按照选举规则选出来的业委会，能否定吗？他狠狠地瞪了站在一旁的林业局领导一眼，有些没好气地对着张先成说："大家把选票投给了你，你得把这副担子好好担起来。不可不作为，更不可甩挑子。先说说你的打算吧。"

站在小区坪场上的业主们全都鼓起掌来。刘德仁没有鼓掌，心里盘算，用不了几个月，林苑小区的业主们还得召开选举大会。

张先成是林业局的退休干部，一辈子就做一件事情，联系全县两个国营林场。两个国营林场深藏在大山里面，人们说，张先成的背驼，是帮着林场的工人扛木头压出来的；张先成的脚跛，是翻山越岭爬跛的；张先成脸上网一般的皱纹，是被大山里的风霜雨雪抽绞出来的。他把自己一辈子的心血和精力，全都奉献给两个林场的林莽森秀，花馥苗葱，直到大前年退休，大山里茅封草长的路上，那一双黄跑鞋的印迹才算是停了下来。该去逛逛超市，看看县城的风景，享受晚年生活的乐趣了吧！让人们替他心疼的是，老婆又得了癌症，他陪着女人在医院住了几个月，泪水流干，心肝开坼，还是没能留住女人匆匆离去的脚步。儿子从省城一所大学毕业，早就跟着女朋友去了上海。刚刚装修好的安置房，就老人一个人孤零零过日子。

张先成是最后听说林苑小区要成立业委会的。人们是不忍打扰他，可他却一反多日来的哀伤与悲痛，说："这个业委会主任我来当吧。"

人们就把眼睛瞪大了："当它做什么，一文钱的补贴没有，小区里的麻纱事却是不断。"

"我有退休工资，用不完，要什么补贴。麻纱事情多，好啊，不然，才闲得慌。"

人们看着他的脸上泛起了难得的笑容，或许，有了理不清、忙不完的麻纱事，也就把对妻子的思念冲淡了些吧。

二

"张主任，我家的楼顶一下雨就滴滴答答漏个不停，对物管说过多少次，也没有解决，现在只有向你反映了。"

来找张先成的，是一个名叫伍玉芬的女人，也是林业局的退休职工，上班时，是和张先成同一个股室的后勤人员。业委会选举结束不过十分钟，她就把叫了几十年的老张，改口叫张主任了。

张先成好像还没听惯张主任这个称谓，眉头跳了跳，脸上的笑容却灿烂了许多，踅回身，往物管办公室去了："那就先解决你家楼顶漏水的问题吧。"

物管办公室在 B 栋一楼的一间杂屋里，一张桌子，几把椅子，墙壁上张贴的告示却多，物业管理条例、小区管理细则、业主的权利和义务，贴了整整一面墙。业主入住，这间简陋的办公室里，就坐着一个被保安和保洁员叫邹主任的高个子男人，浓眉，秃顶，四方脸上总是挂着一丝招牌的笑。除了每天坐在这里收取物业管理费和水费电费，张先成似乎没看见这个名叫邹同杰的主任，过问小区别的什么事情。

"邹主任，找你解决问题来了。"张先成人没进屋，声音先进屋了，和善，亲切，还带着几分巴结。

邹同杰正在看那本业主交费登记册，头没抬，嘴里说："我坐在办公室听说了，当上业委会主任了啊，祝贺你。"招牌的笑，凝固在四方脸上。

张先成脸上的笑，却是生动得跳跃起来："一辈子没做过官，退休了，却是弄了个官当。"

伍玉芬那张愁苦的脸上也挤出了一丝笑来，说："当官不是你这个样子的，脚上穿的黄跑鞋，砖头样的诺基亚手机挂在皮带扣上，一件洗褪色的中山服就是你的当家衣裳。还是二十世纪九十年代的做派。"

邹同杰四方脸上的笑没有褪去："艰苦朴素，老干部的本色。"

张先成摆了摆手，一本正经说："我们说正事。伍玉芬是我们单位的退休老人，原本应该坐家里享清福的，可家里却没有她落座的地方。外面下大雨，家里也下大雨，外面不下雨了，家里还在下雨。"

不等张先成说完，邹同杰把他的话给打断了，拿起业主缴费登记册，在张先成的眼前扬了扬，道："三百六十户，每个月收到的物业管理费才有二百户，刚好保证物业管理人员的工资。过去所收业主的房屋维修经费，也早已用完，哪有钱搞维修。我还在想呢，什么时候电梯坏了，高楼层的住户，上下楼只有靠两条腿了。"

张先成早就听说了，许多人家不愿意交物业管理费，原因有多种，但根本一条，物管没有把小区管理好，人们没有享受到应该有的待遇。张先成说："我们住进小区两年多了，你怎么就不想一想，为什么不愿意交物业管理费的人家越来越多？"

"卫生天天做，保安日夜三班守在大门口，电梯上上下下也没出过故障，还要我想啊，一些人家就是想白白享受这种不要钱的服务。"

"小区里的车辆像是下饺子，遍地垃圾和狗屎，住在十五层的住户，没一户不说下雨天家里漏水。还说天天做卫生，还说保安日夜守在大门口，还说大家就想白白享受不要钱的服务。这话你也好意思说出口。"

"一年到头，没有一文钱的奖金，有时工资都不能按时发，物管人员哪来的积极性。"

张先成的脸色变得有些难看，说话的声音也高了八度："刚才，还说祝贺我做业委会主任，第一次找你解决问题，就这样的态度。我现在就问你一句话，伍玉芬家楼顶漏水的问题，能不能解决？"

"我找人看过，做一层防漏隔热膜，少说也得好几千块钱。把她家楼顶漏水的问题解决了，别的人家怎么办？三栋楼房，十五楼有多少户？都来找我，我解决还是不解决？全都做一层防漏隔热膜，你算算，要多少万，我去抢银行？"

"别的人家下一步再说，先把她家的问题解决好，不就行了？"张先成心里有个小九九，解决了一家，就不愁别的人家不解决。

邹同杰连连摆手说："这不是惹火烧身吗？她家的屋漏解决了，十五楼别的业主，还不结伴来把办公室给砸了？"

张先成的脸色已经变得十分难看了，转身就要离去："下个月，你别指望收到一分钱的物管费。"

邹同杰就着急了，一步跳过去，拦住了他："什么意思？"

"伍玉芬家按月交物管费，楼顶漏雨你们却不管，她为什么还要交物管费？

还有那些按月交了物管费的人家，虽是不受漏雨之苦，进进出出却是要从车辆缝隙里挤，一不小心，脚上就踩着狗屎了，他们为什么要交物管费？你以为我们都是木疙瘩脑壳，不会算账？没钱赚，你们为什么要争着抢着做物管？"张先成的脸上流露出一丝狡黠的笑，"如今，我可是业委会主任，这点号召力应该有的吧。"

邹同杰的脸面变得有些僵硬，连连说："别生气，我们好好商量。"

"我主动来找你商量，是你不愿意跟我商量。"

"我愿意借钱给三栋楼房的楼顶全都做上防漏隔热膜，一次性解决好三栋楼房漏雨的问题。你也要答应我一件事。"

"什么事，你说。"

"要那些欠了物业管理费的业主，把钱全都补交上来。"

"新官不理旧事。我们朝前看。你们把服务工作做好，大家都满意了，往后谁拖欠物业管理费，我付。"

邹同杰还想说什么的，张先成却走了，说话的声音又高了八度："那些交了物业管理费的人家，还说要你退钱呢。物管不管，交的物业管理费就得退。"

三

张先成把当选的业委会成员召集到一块，连着开了一个星期的会，重新梳理了林苑小区业主的权利和义务。还自己掏钱去印刷厂印了几大张，每栋楼房的电梯口贴一张，大门口贴了两张。业主们就有意见了："大家投票选你当业委会主任，就是要你这样把大家管起来的吗？权利只是说个嘴香，义务却是要一条不落地落实好。"

张先成说："我们梳理了权利和义务，邹主任那里当然也是要弄个责任状什么的出来，不然，贴的这些你们就当没有看见。我们手里还有撒手锏，过几天，不就到交物业管理费的时候了吗？"

"如果还像过去那样，小区没一点变化，这个月的物业管理费，还真没人交了。"

没几天，就在张先成贴的业委会告示的旁边，邹同杰也贴出了一张物业管理的职能与责任。伍玉芬还告诉张先成，她家的楼顶已经开始在做防漏隔热膜了：

"张主任，感谢你。"

张先成习惯地摸了摸腰间的诺基亚手机，道："不言谢，只能说初战告捷。"

站在大门口的两个保安说："自从你当上业委会主任，就在这里陪着我们。我们按月拿工资，你却是分文没有，图的什么？"

"有所图才工作啊？告诉你，我什么都不图。"

"老干部，觉悟就是比我们高。"

张先成那张多皱的脸面却是板了起来："觉悟高不高，要对得起自己的良心。拿了钱，不做事，叫作剥削。我在这里站了许多日子，亲眼看见了，业主的车辆乱停乱靠不说，外面的车辆进进出出也不吭一声，门卫形同虚设。我得对邹主任说，奖罚要分明。工作不尽职尽责，扣工资。"

保安的脸就黄了："我们也想管啊，可谁听我们的？你也看见了，要他们把车靠边停，他们就是不听，还说我们算老几。外面的车辆不让进，他们就说是谁谁的亲戚，再拦，就要跟我们干架。"

张先成就不作声了。说起来，他们也有难处，怎么解决这个问题，还得动动脑子才行。

电梯上了C栋一单元八楼。张先成的家是803。那时小区修好，小区的安置户优先选房子，张先成选了一套大户型。儿子在外地工作，三两年才回来一次，可自己一辈子往来于城乡之间，两个林场的干部职工都混熟了，中间还有许多至交的朋友，进城来没落脚的地方，可以来家里啊。不承想，老伴走了，林场的朋友们担心打扰，来城里，也不吭一声了。一百多平方米的房子，空空荡荡，张先成有些后悔，那时就不该选这样的大房子。

门前有一团黑影，可把他吓了一跳。还没看清黑影是谁，那团黑影却扑了过来："儿呀，叫你多久也不开门。"

张先成这才看清，向他扑过来的是林业局副局长顾生柱的老娘，住在对面A栋。他只听说顾生柱的老娘有点老年痴呆，还真是啊，说："顾家伯娘，我不是你的儿子，你敲错门了。"

老人却抓着他不肯松手："我没有敲错门，你就是我的儿子。"

"你看看门牌号吧，这里是一单元803，你家的门牌号是一单元402。你家是A栋，这里是C栋。"

老人抬起头来，借着感应灯的光亮，认真地看了一阵，喃喃说："果真是错了啊。你是谁，叫我儿子来接我好吗？我走不动了。"

"好，我这就给你儿子打电话。"

张先成电话一拨就通了。首先听到的是狗叫，后来，就听到一个小孩的笑声。

"你是谁？"顾生柱的声音终于从那边传了过来。

张先成说："顾副局长，你娘找错门了，现在就站在我家门口，她要你来接她。"

"叫她自己回来吧，我没空。"手机挂断了。

"我儿子什么时候来接我？我饿了，想吃饭了。"老人一双浑浊的眼睛巴望着张先成。

张先成的心里不由得生出一种隐隐的疼痛。他是想起自己的老娘了，曾经听老伴说过，那阵老娘生病住在医院里，也是这样叫着儿子，可自己却在乡下的林场里忙碌，也没能在老娘叨念自己的时候，出现在老娘的面前，老娘的心里该有多么失望。张先成说："我送你回去。"

"我走不动了啊。"老人蹲在地上不肯起来了。

张先成只得蹲下身子："我背你。"

老人就趴在张先成的背上，嘴里不停地喃喃着："我儿子有孝心啊，背我回家啊。"她又把张先成当成自己的儿子了。

出了电梯，张先成没有放下老人。老人已经八十多岁了，神志不清，体弱多病，还真的不知道是怎么从 A 栋来到 C 栋的。

穿过小区花园，往 A 栋一单元的电梯口走去。见着人，老人还不忘说着同样一句话："看看，我儿子有孝心，背我在外面散步呢。"

顾生柱正陪着三岁的孙子在家逗宠物狗玩。那狗长着一身黄色的毛发，像是一团金色的绒球，除了会在地上打滚，还能做出许多惹人发笑的滑稽动作。张先成把老人从背上放下来，顾生柱也没有抬头看他一眼，嘴里说："张主任，还真进入角色了啊。"

张先成先是没有弄明白他说这话的意思，后来，脸就有些发红，带着几分尴尬地说："多好的一个小区，弄成这个样子，总得有人张罗吧。"

"有这样的境界，就值得表扬。"顾生柱随后就抱怨起老娘来，"明天把你送到养老院去，看还跑不跑。"

张先成说："听说养老院的服务设施不够健全，生活也不是很好，局里几个老人去养老院没多久，又都回来了。"

"我老婆走娘家去了，孙子他外婆还没退休。我要带这小祖宗啊。你说，我还有时间看着她吗？"顾生柱一声叹息，"现在，不是我做孙子的爷爷，而是要喊孙子做爷爷了。"

张先成才记起，顾生柱上个月满六十岁，已经退休了。两人的话没说完，厨房却传来哐当一声响。老人去厨房找饭吃，手里的碗没拿稳，掉地上了。

顾生柱一手牵着孙子，一手牵着宠物狗，一边往厨房走，一边骂："出门忘记回来，饿了却是记着找饭吃。把地上的破碗片收拾干净，不然，就别吃饭了。"

张先成不敢久留，心里说："还领导呢，这样的态度对待自己的亲娘啊。"

没有想到，走出 C 栋一单元八层电梯口，他家门前又站着一个人，是伍玉芬。伍玉芬笑笑地对他说："听说你送顾家伯娘去了，我就在这里等着。"

"有事？"

"没事，请你去我家一趟。"

"我还没有做晚饭呢，这个时候，还真的有点饿了。"

"不耽搁你做晚饭的，去去就回来。"伍玉芬伸过手，那样子是要拖他了。

张先成就不好意思说不去了，说不定又有什么事要自己帮忙呢。

去了 B 栋二单元 1503，打开门，一股酒肉香气扑鼻而来，客厅的桌子上摆着满桌子的好菜，还摆着两个酒杯、两双筷子、两个碗。

张先成就大声地叫喊起来："树生，回来看你娘来了啊！"张先成知道伍玉芬的儿子王树生在县农业局上班，接着说，"你爹不在了，你娘一个人在家，是要常回来看看你娘啊。"

伍玉芬却抱怨说："娶了老婆忘了娘。他说了，一个月回来一次。我记着日子的，还有半个月才会回来。"

"林业局在城中，农业局在城西，县城才多大？一条大街走一半，不过二千米，开车也就几分钟，星期六星期天也不回来了？"

"别说他，今天我要陪你喝一杯。"伍玉芬笑着说。

"我已经戒酒了。"

"什么时候戒酒了？去年腊月二十三过小年，局里请退休老人聚餐，我们坐一桌，我就见你喝了酒的。"

"那是过去。"

伍玉芬就笑起来："做了业委会主任，担心别人把你往'八个不准''四个注意'上面靠是吧？"

"就算吧。今天这餐饭不吃，酒也不喝。"

伍玉芬把他按在桌子旁坐了下来，说："我们谁跟谁，说那样的话。饭要吃，酒要喝，当然，我是不会把你弄醉的，不然，还得送你回家。"

张先成就不好再说什么了，酒不敢多喝，饭却是吃得特别香。他突然就想起死去的女人来。女人去世快两年了，他从没有认真做过一餐饭，一个菜是一餐，一个汤也是一餐，有时，干脆去门口的米粉店吃碗米粉，也就对付过去了。

"吃啊，在我家还做什么客？"伍玉芬喝了一杯酒，脸上泛起淡淡的红晕，两眼就更加妩媚，"知道吗，大前天的半夜，又打雷，又闪电，过后，就哗啦啦下起了大雨，我着急呀！把盆子桶子全拿出来接漏，却是一滴水没接着。要不是你，我家早成鱼塘了。"

张先成摆摆手，谦逊地说："各位业主选我做这个主任，就是要为大家做点事的。"

"都说业委会成立才几个月，林苑小区大变样了。"

张先成就又连连摆着手："你告诉大家，要给我时间，一些事情还真的急不得，要一步一步来。"

"这个大家知道。都说小区的许多问题，解决起来很棘手，真得考验你的能耐了啊。要是觉得我做的饭菜好吃，就常来我家吃饭吧。"

"这怎么行。"张先成又连连摆着手。

"怎么不行，你为小区的业主操心费力，就不能吃餐现成的饭菜？"

"你说人们背后议论我，都是说的什么啊？"

"我说了，你可要改正。"

"第一次做这样的工作，经验不足，肯定有许多地方做得不好，当然要改正才是。"

"不谈工作。"

"不是工作上的事情，那是什么？"张先成还真有些丈二和尚摸不着头脑了，"除了小区里的一些麻纱事，还能有别的什么让大家背后议论我？"

"其实，大家背后议论你的话，我早就当面对你说过的。做的业委会主任，抛头露面就是经常的了，要跟物管打交道，业主之间有了矛盾和纠葛，也要出面协调解决，还要常去社区开会。看看小区里哪个像你，就连乡下进城来的林业员，还有外来的购房户，衣着打扮都是有模有样的。你得把脚上的黄跑鞋脱了，换双皮鞋，腰间的皮夹子也不要挂了，皮夹子里面的手机也要换一换，人们说，站在大门口，有损小区形象。"

张先成才知道，她要说的话是这些，带有几分抱歉地说："你说的这些，我一个都改不了的。习惯成自然，改不掉了。穿跑鞋，轻便，还不打脚；穿中山装，随意，也不用系根带子在脖子上；手机揣在腰间的皮夹子里，掏起来方便。"这样说的时候，张先成还下意识地摸了摸挂在腰间的皮夹子，突然像是想起了什么，说，"我忘记一件大事了，业委会的成员约好，今天晚上要开个重要的会议。业委会的职责中不是有一条吗，对物管的工作进行监督。我们得回头看看这几个月来的工作，还有哪些地方没有做到位的，一定要尽力做好才是，不能负了各位业主投给我们的神圣选票。"

伍玉芬看了看表，说："才七点半，不急。"

"我这个做主任的得先去，不能让他们等着我。"说着便站起身，匆匆走了。

伍玉芬追着他的背影说："明天，我再做好吃的给你。"

四

五一小长假的前几天，张先成就在大门口贴出了通知：五一节，能挤出时间的业主，请帮忙把小区整理一下。打扫卫生，清理垃圾，花园锄草，洗刷贴在墙壁上的小广告。

让张先成没有想到的，五一节这天一大早，小区就聚集了很多人，除了退休老人，还来了许多年轻人，他们说，原本要趁着五一小长假去外面玩，看到通知，改变主意了，先把小区弄得干干净净、清清爽爽，再出去玩不迟。张先成十分感动："其实，你们应该出去玩的，平时有忙不完的工作，好不容易盼到了几天假，出去走走，呼吸新鲜空气，活动活动筋骨，上班才有精神。"

"你做业委会主任，整天忙着小区的事情，赶早赶夜还守在大门口。我们不过耽搁一天，有什么不可以。"

张先成说："加把劲，今天把该做的活儿做完，明天，要出去玩的还可以出去玩。"过后，就高喉咙大嗓子地开始分工了，"姑娘们心细，去洗刷墙壁上的小广告；小伙子劲大，把下水道的垃圾清理干净；老人去花园里扯草吧，都是细活儿，小心点，可别把花苗当草拔掉啊。"顿了顿，又说道，"这些活儿，也别怪物管没尽到职责，小区两个保洁员，能把三栋楼房的楼道和小区的坪场打扫干净，就不错了，这些地方，还真没时间关照啊。"

有人却跟他开玩笑："张主任的领导能力还真的不错，上百人，三言两语就安排得井井有条了。那时怎么就没弄个官当，在大山里忙活了几十年，大材小用了。"

"工程师，工资不比我低，还大材小用啊。"说话的是顾生柱，"当个业委会主任，整天咋咋呼呼的，不得了。"

张先成却问他："你娘去养老院几个月了，还好吗？"

顾生柱一下发起脾气来："每次去看望她，她就吵着要找背她的那个儿子。还说我不是她的儿子，不然怎么不背背她。"

张先成叹气说："老人家一辈子贤惠善良，仁德慈爱，老了，怎么就糊涂了啊！什么时候，我要抽时间去看望她老人家的。"

顾生柱连连摆手说："我可不让你去的，又弄出什么新花样来，要我照着做，还不整死我呀。我现在的任务，是帮着老婆照看我那小祖宗。去养老院半天没回来，小祖宗就跟他奶奶扯皮，把电视机也砸烂了。"

五月的太阳从楼顶洒下来，明媚而灿烂。扯草的，洗刷墙壁的，清理垃圾的，忙得不可开交，一个个脸上爬满汗水，却是热情高涨。突然，伍玉芬吸了吸鼻子，说："五一节，谁家里炖猪蹄，桂皮、八角、花椒、木姜子油，全都用上了啊。"

"哪是小区里的人家办好的吃。一楼米粉店的红烧猪脚上卤了，乡菜馆的麻辣火锅氽油了。"

"住进小区，我就闻到了这种气味，当然，还不仅仅是红烧猪脚和麻辣火锅的气味，小区周围有多少家粉馆饭店，就有多少种不同的饭菜味儿。冬天还好，到了热天，整个小区就被这种味儿笼罩着，呛得透不过气来。"抱怨者是小区的一家外来户。从农村来，在太平大道开了一家乡菜馆，挣了点钱，就在林苑小区买了一套房子，举家进城，按他的说法，现在算是真正做城里人了。可住进林苑小区之后，就把一句话挂在嘴边，"真的很后悔的，不该在林苑小区买房子，白天在乡菜馆闻油烟味儿，夜里回来还要闻油烟味儿。太平大道开餐馆的有很多家，抽油烟机的排烟管决不能这样的。"话说了一半，他就缄口不说了，外来户，说的话没斤没两，弄不好，还会招惹出是非来。

人们却是叽叽喳喳嚷开了："数数吧，八家餐馆粉店，八根抽油烟机的排烟管就像是八门大炮，东南西北，大炮口全对着小区。"

"业主的责任和义务，几条几款贴在墙上的，我们一条一条都照着做了，物管的工作和任务贴在墙壁上，不过是做做样子。"

抱怨声，谩骂声，乱成一锅粥了："不把这个问题解决好，这个月我不会再交物管费的。到时候，你张主任可别上门做我的工作。"

张先成抬头看了眼物管办公室，门关着。邹同杰也放假了。只有两个保安还站在大门口，两个保洁员则忙乱地在大门口清扫着人们扔下的果皮纸屑，还有宠物狗拉屎留下的印迹。他开口说："也别把话说得那么难听，才几个月时间，他们除了在三栋楼房的楼顶做了防漏隔热膜，前不久，又将大门口的道闸栏杆做好了。有了道闸栏杆拦着，外面的车辆，就没办法横冲直撞往小区里面乱停乱摆了。"张先成嘴上这么说着，心里却是真的来了气，跟邹同杰说过多少次，要一楼开餐馆的老板们改造抽油烟机的排烟管，却是无动于衷。不采用非常规手段，只怕是不行了。

五一小长假过去，张先成早早就站在物管办公室的门前候着。

邹同杰从大门口走来，老远就满脸堆笑地对张先成道："交物业管理费吗？五一小长假，耽搁了，我这就把交费通知贴出去。真的要感谢张主任，这几个月，物管费没要我操心，就都交了啊。"

"还别说，这个月的物管费，你是难得收到了。"

"为什么？"邹同杰指了指小区大门口，"一根道闸拦着，车辆从此进出有序。"过后，抬起胳膊又对着小区画了一个大圈，"我可以吹牛皮地说，县城多少小区，哪个小区能跟林苑小区比。年底一定要把县里评选的那个平安、和谐、美丽小区的牌子捧回来。"

张先成不跟他争论小区弄得这么干净整洁，草茂花艳，是不是全是物管的功劳，也像他那样，抬起胳膊，对着小区画了一个大圈。

早晨，正是各家餐馆粉店准备一天荤腥菜肴和香辣作料的时候，油炸煎炒，烹饪蒸焖，大厨们各显神通，挂在墙壁上的抽油烟机，也就开足了马力，轰隆隆惊天动地，海碗粗的排烟管，像是得了哮喘病一样，大张着嘴，呼噜呼噜将刺鼻的烟雾朝着小区喷出来。进进出出的人们，不得不紧捂着鼻子，来也匆匆，去也匆匆。

"记得小区成立业委会那天，我就对你说过，一楼对着小区的八台抽油烟机的排烟管，一定要改造好。餐馆要赚钱，住在小区里的人们也要过日子。你答应我，跟各家餐馆的老板协商，尽快解决。过后，我又多次找过你，你对我承诺的也是同样的四个字，尽快解决。转眼就快半年了，八根排烟管照样把油烟往小区排放。从清晨到半夜，一刻也没有停止过。"

"你对我说了不止一次，我也对他们说了不止一次。可他们就一句话，如今的餐饮业不好做，挣钱不多，改造排烟管，少说也要几千块钱。"

"要钱就不改造了？"张先成的脸色有些难看，说话的口气也有些冷，"我可是把大家的意见转达给你，到时候，没人交物管费了，你可别来找我。"

邹同杰脸上的笑却是又增加了几分："你们老是说油烟呛人，我整天坐在这里办公，怎么就没有闻到油烟味儿。"

"说的什么屁话。你以为我是吃饱饭撑的，无事找事啊！"张先成气得头也不回地走了。

这天下午，张先成带来了两个县环保局执法大队的人，他说："请你们检测一下，看看小区里油烟的污染超标了没有。"

两个执法队员刚把检测空气污染的仪表打开，仪表里面的指针就蹦得老高。

"的确是超标了。人们长年累月在这样的环境里过日子怎么行。"

"这是下午，要是早晨，你那仪器肯定是要爆掉了。"

"责令整改。"

环保局执法人员手里握有尚方宝剑，邹同杰怎么敬烟，怎么说好话，都无济于事。八家餐馆，一家不漏地在大门上贴了张限期整改的通告："限期内不整改的，要重罚。"

"好吧，我们就再等几天。"张先成说。

只是，限期过去，八家餐馆的生意仍是红红火火，八台抽油烟机从清晨到半夜，仍是轰隆隆地转动，八根海碗粗的排烟管，仍是不停地把呛人的油烟往小区排放。张先成问邹同杰："什么情况？"

"他们都说有困难，一时半刻拿不出钱来。"

"像别处的餐馆那样，把排烟管接长，不让油烟往小区排放，能要多少钱？半天的营业收入都花不了。"

"不管钱的多少，都是他们挣来的辛苦钱。"

张先成气得脸发青了："你心里的几道弯，几道拐，我清楚得很，担心要他们重新安装抽油烟机排烟管，他们就拖欠你的门面租金。"

"两码事，别扯到一块去。你看这样行不行，再等等，我去做他们的工作。这边，你也做大家的工作，催交物管费的通知已经贴出几天了，还没一个人来交钱啊。"

张先成却是不再搭理他，气冲冲走了。跟在后面的人全都气得嚷嚷起来："给环保局打电话，要他们来罚款。"

"罚再多的钱，问题没有得到解决，我们仍是整天要闻呛人的油烟味儿。"

张先成从腰间掏出手机，打了一阵电话，不一会儿，另外四个业委会的成员就都匆匆赶了来。张先成说："业主选我们这些退休老人做业委会的领导，不，是业委会的工作人员，就是好，闲着没事，什么时候叫，都能一个不缺地赶来。现在，大家回去拿凳子，再来这里集合。"

"拿凳子做什么，这么多日子了，有事不都是站着说的吗。"

"跟平时几句话解决问题，还真的不一样，这次的时间要长一些。站不起。"说着，张先成自己也回家拿凳子去了。

不一会儿，五个业委会成员，又一个不少地在小区大门口聚齐，每人手里都拿着一条凳子。

张先成说："八家餐馆，A 栋两家，B 栋三家，C 栋三家。先就近解决 C 栋的三家吧。"说着，大步流星地往小区大门外的一家乡菜馆走去。

另四个业委会成员有些发蒙，不知道他要怎么解决抽油烟机排烟管的问题，只得跟在他的后面往乡菜馆走。

乡菜馆的老板以为又来了生意，老远，就仰起一张笑脸迎了出来。见着他们的脸色很不好看，手里还拿着凳子，就想起几天前，环保局执法大队在大门上张贴整改通知的事，脸不由得就黄了，做出讨好的样子说："许多人在吃饭喝酒，请你们不要吵吵闹闹，不然，会影响我的生意的。"

张先成不理睬他，也不进乡菜馆，把凳子往大门口一摆，坐了下来。几个老人心领神会，并排把凳子摆在大门口，就把乡菜馆的大门堵得严严实实的了。

那些要去乡菜馆吃饭喝酒的人，看到这样的阵势，连忙扭头往回走了。饭香，酒美，把盏言欢，多么惬意的事情，谁愿意踏进是非之地。

乡菜馆的老板就气急败坏了："物管原来说好的，抽油烟机的排烟管可以对着小区，现在又要我们改造排烟管，哪来的钱？一个门面，每个月的租金一万多，物管不拿钱，我们是不会改造的。"

果然，不愿意改造抽油烟机排烟管，根子还在物管公司。八家餐馆，每个月收入十几万的门面租金，却让小区一千三百多人整日整夜被油烟气折磨着。几位老人齐声道："你的抽油烟机往小区排放污染气体，我们当然只能来找你了。你们之间的问题，与我们有什么相干。"

乡菜馆的老板就跳脚了："还不走，我打110了。"

五个老人不再理他，只管说他们自己的话去了。他们没有特定的话题，一时说美国的选举，一时说中东战争，一时说反腐败又抓了几只老虎，还说今年的退休金能加多少。当然，说得最多的，还是林业上面的事情。都是一辈子为着全县的林业建设和发展忙碌的人。绿水青山，就是金山银山，有他们的青春奉献，有他们的汗水辛劳，说起来，就格外地提神提气。

五月的太阳升起来，有点热，却也毫不吝啬地把一片明媚洒在门前。大街上车辆奔忙，人流涌动。天下太平，世道静好。老人们也就笑得特别地开心了。

乡菜馆的老板眼见着来吃饭喝酒的人们，来了，又走了，眼看到手的钱财白白地打了水漂，气得咬牙切齿，却是奈何不得。五个老人的身后，可是站着三百六十户业主，一千多号人，惹得他们火起，是会把乡菜馆给砸了的。

最先来到乡菜馆的是邹同杰，他说："这样不行，影响他们正常营业。"

张先成说："要想不影响正常营业，就赶快改造抽油烟机的排烟管。不然，就把你的嘴闭上。"

"改造排烟管也不是一句话的事情，要买材料，还要请师傅来安装。"

"买材料要多久，安装又要多久？"

"钱呢？"邹同杰两手一摊。

张先成不再理他，又去说他们的白话去了。

一阵刺耳的警笛声，从那边街口传来。一会儿，一辆警车就停在林苑小区的大门口，几个民警从警车上跳下来，问什么情况。张先成知道是乡菜馆的老板打了110，也不吭声，拉着一个民警往小区走去。民警说："我们是来解决乡菜馆堵门的问题，你要带我到哪里去？"

"三分钟，不耽搁你解决问题。"

走进小区没几步，民警就把鼻子捂了起来："什么气味儿？呛人。"过后，民警连着打了几个喷嚏，"谁家里炒麻辣鸡啊，又像是煮酸菜鱼，还是八角朝天椒黄焖黑山羊火锅？"

张先成对着小区三面墙壁上伸出来的八根黑洞洞的排烟管说："让你长年累月生活在这样的环境里，受得了吗？"

"还真受不了，你们应该找环保部门反映。"

"环保局执法大队早就来过了。"张先成把民警带回乡菜馆，指着大门上贴着的整改通告说，"他们只想着赚钱，没把大门上贴着的整改通告当回事，也不把小区里住着的一千三百多口人的身体健康当回事。"

几个民警耳语一阵，对乡菜馆的老板正色道："环保局执法大队的通告，要认真执行才是。你们认真执行了，几个老人堵门的问题也就迎刃而解了。"说完，警车一路呼啸着走了。

没一会儿，和平社区的刘德仁书记又匆匆赶了来，老远就上气不接下气地说："那天，环保局执法大队去了我那里，对我说了林苑小区餐馆把油烟往小区排放的处理意见，怎么还没把排烟管改造好？"刘德仁板着脸，吼乡菜馆的老板道，"再不把排烟管改造好，大门口坐着的，就不是五个人，而是六个人了。我也要加入到坐着的队伍里来。"过后，指着邹同杰道，"不是我说你，林苑小区成立业委会之后，面貌焕然一新，你们物管却是无动于衷，该做的不做，该改的不改，该管的不管。到时候，他们又不肯交物管费了，你别去找我。"

邹同杰苦着一张脸："他们已经说了，这个月的物管费又不肯交了。"

"要我说，一些问题不解决好，暂时不交物管费，也不失为一种督促手段。"刘德仁转过头来，对张先成道，"能不能给我一个面子，大门也别堵了，三天之内，把排烟管改造好行不行？"

张先成说："下午去买排烟管，明天动工安装，要不了三天。"

"那就两天吧。后天，还要把油烟往小区排放，我真的要来这里坐坐了。"刘德仁过后对着邹同杰道，"通知其他七家饭店和粉馆，都要在两天内解决好这个问题，不然，我就和张主任他们一块，挨家挨户坐下去。"

<h1 style="text-align:center">五</h1>

"过去，我们在乡下林业站工作，听到的，是百鸟的鸣叫，是山泉跳崖的欢笑；见到的，是青山绿水，是百花竞放；嗅到的，是沁人心脾的花草的芬芳。住进林苑小区，还后悔呢，举家进城的这一步，是不是走错了。没有想到，业委会成立之后，这一切，都发生了改变，道闸栏杆把大门一拦，外面的小车进不来了。张主任带着四个业委会成员往乡菜馆门前一坐，八根抽油烟机的排烟管全都改造好了。还别说，天亮的时候，还真的听到鸟儿的叫声了，你们去看看吧，小区花园里那棵桂花树上，还新垒了一个鸟窝呢。"

老人们没事，小区大门口就成了他们聚集的地方。按他们自己的话说，是陪着张主任啊。

张先成那张被风雨霜雪磨砺得皱纹密布的脸，就笑成一朵大菊花了，把手放在腰间的皮夹子上，那样子，又是要给谁打电话了。他说过，以前上班的时候，往来的电话，全是乡下两个国营林场的；现在，两个林场不给他打电话了，换成了小区各位业主的电话。或是业主要求业委会帮忙解决问题，或是上面有什么指示精神，业委会有什么决定，要向各位业主传达或是沟通。

"也好。替大家做点事情，日子过得充实。"过后，张先成就有几分自嘲地道，"几个月了，最大的体会是，这官也不是好当的啊。"

张先成的脸上带着得意，巴掌在腰间的皮夹子上拍了拍，大声对着大家说："下一步，小区花园是要重点改造的地方。我们能把全县的绿化工作搞上去，在全省的评比中争得了'最美绿化县'的称号，我就不相信，自己过日子的地方，弄不成全县最美小区。"

"青峰林场培育出的金桂新品种，特贵。从物管那里弄到钱了？你张主任的本领够大的啊。"

"让他们掏钱，还不要了他们的命！我掏的大头，四个业委会的成员也都掏了些钱，就算是这一届业委会留下的一份纪念吧。"这样说的时候，张先成扭过头，对着两个看守大门的保安道，"尽职尽责，把大门看好，年底县里要评选平安和谐小区，我们一定要把那块牌子捧回来。"

一个保安不作声，只是对着张先成笑，另一个保安却嘀咕道："前天，邹主任召集我们开会，说小区还有六户人家没交物管费，要是停了他们家的水和电，还不干架？平安和谐个鬼。"

张先成嘴里骂了一句脏话："亏他邹同杰说得出口，怎么能把停水停电当作催交物管费的手段？"说着匆匆往物管办公室去了。

两个保安对着他的背影道："不停水不停电，看你又能动什么样的主意来解决这个问题。我们可是靠着业主交物管费发工资的啊。"

人们就又议论开了："我们听说了，六户人家，全是外来的购房户，住的都是老人，他们的儿女或是在城里做生意，或是在外面打工。一场突如其来的新冠肺炎疫情，给人们的生活带来了多大的影响，一些人至今还没有缓过来。还真的不知道，张主任又会想出什么解决的办法来。"

六

时有争争吵吵，时有欢声笑语。日子如流水，从不停歇款款的脚步。转眼，就到了国庆节，张先成早早吃过早饭，就去了小区大门口。今年的国庆、中秋碰一块了，假就更长，各乡镇林业站的干部职工是会来城里住几天的，跟父母和家人团聚，问问孩子的学习情况。在局机关工作的年轻人，却是要趁着长假，可以自驾旅游，也可以坐高铁、坐飞机走远一点。看祖国的大好河山，看欣欣向荣的时代脚步。进出小区的车多，人多。站在那里，一些业主有什么事情找自己，不用打电话，当面说一声就是。

走出电梯，却看见伍玉芬站在电梯口，一脸笑样地说："我知道你要下来，就没有去你家。"

"有事？"

"中午去我家吃饭吧。"

"趁着长假，你儿子儿媳到外面旅游去了？"

"没有。就因为他们全家要回来，才来叫你。"

张先成就有点为难了，说："你们全家过节，我怎么好意思掺杂在旁边坐着。

好不容易盼着儿子儿媳孙子都回来了，正好一块说说白话啊。"

"我家树生说了，他就喜欢跟你说白话。特别是我那孙子，最想听你说林场里的故事。你还真的要准备几个好听的故事给他说说。"

张先成就不好意思说不去了。儿子昨天晚上打电话，说全家要去爬黄山，他说有点想孙子了，儿子说那就在电话里说说话吧，那边的电话里，就传过来孙子稚气的声音，说他现在想的，是要在黄山的松树下面认真看一看，那些长相雄奇伟岸的松树上，是不是栖有活泼可爱的小松鼠。心里喃喃，也罢，自己的孙子要去看黄山青松，就把伍玉芬的孙子当作自己的孙子吧，这才说："好吧，中午我一定要来吃饭的。有饭吃多好，能给孙子讲故事多好。"

大门口果然人多，车多，进进出出，络绎不绝。一群老人则跟往常一样，站在那里说白话，看见张先成从小区出来，就都大声地叫喊起来："干什么去了？今天怎么迟到了啊？"

张先成说："我一直在想，这里要摆几把椅子才好，我们这些老头，在这里一站就老半天，累。"过后，兀自喃喃起来，"旧物回收箱里的旧衣、旧被、旧物件塞得装不下，怎么就没听说有人要换新桌子、新凳子、新椅子。弄几条旧凳子旧椅子摆在这里，我们就不用这样站着了。"

"新修的大门，摆几条旧凳子、旧椅子，像什么样？门卫值班的地方，原本就该由物管置买桌子凳子的。"一个老人又开始抱怨起来，"送信的来了，送快递的来了，没地方放，随手甩在大门旁的角落里。"

另一个老人说："物业管理费的标准，跟别的小区一个样，不少分文，可别的小区的基本建设，却比我们小区好多了。我去过家家乐小区，那里的物管不但在大门口置办了桌子凳子，各家各户还有邮件柜，一长溜儿，快递也好，邮包也好，业主自己开邮件柜取就是了。"

张先成说："也不能说物管一毛不拔，年初的时候，把三栋楼房的楼顶全都打了防漏隔热膜，之后，又把三栋楼房的电梯安了监控。前不久，小区的坪场还做了硬化，还有化粪池的改造，蓄水池的清洗，林林总总，花了五十多万。邹主任对我说了，明年攒点钱，给各位业主置办邮件柜。"

"听他叫穷，还要攒？三百六十户的物管费，除了几户特困户减免了一部分钱，其余的按月交清，三栋楼房的一楼全部出租，共计四十八家，每个月收的租金五十多万。给保安和保洁员才开了多少钱？零头都不到。小区完善配套设施花点钱，就像割他们的肉。"

一群人，还在计算着物管公司一年要从林苑小区赚多少钱。这时，一辆小车从外面开来，喇叭按得山响，拦在大门口的那根道闸栏杆，却是一丝不动地横躺在那里。从小车窗口伸出来一个剪着飞机头的脑袋，对着站在一旁的保安吼道："耳朵聋了，没听见啊？"

一个名叫田如前的保安走过去说："外面的车要登记。"

"谁说我是外面的车？"

"小区里的车哪要我们动手按电钮提升道闸栏杆，车还离老远，栏杆自己就升起来了。"

剪着飞机头的年轻人戴着一副墨镜，把一张脸遮去了大半，张先成没认出他是谁，却是觉得这声音有点耳熟，后来，他就想起是伍玉芬的儿子王树生，想去对他说一声，多久没来看望老娘了啊。小区有新的规定，业主的车，都办了自动识别卡，进进出出，道闸自动提升栏杆，否则，就算是外来的车辆了。登记一下，明天让你老娘给你办张卡就是了。他还想问，你娘说你们全家都要来吃饭，怎么就你一个人来。只是，话没问出口，只听到咔嚓一声响，小车就把道闸栏杆给撞成了两截。田如前站在小车前面就不肯动了："撞断道闸栏杆，要赔的。"

王树生跳下车来，对着田如前一掌推过去："挡路。我娘还等着我回家吃中午饭的。"

田如前没有料到他会动手推自己，几个趔趄，就倒地上去了，脑袋正好磕着那截被小车撞断的栏杆。田如前除了觉得疼痛，似乎还有一种黏黏糊糊的东西在流淌，用手一摸，一巴掌的鲜血，就跳脚了："狗杂种，敢动手推我。"

眼见着两个年轻人就干上了，张先成一步跳过去，挡在了中间，嘴里说："王树生，你怎么能这样。"

看着王树生把小车开进了小区，张先成才回过头来，对着满脑壳是血的田如前说："我送你去医院。"

一个老人忙着从前面的大街上叫了辆的士来，田如前却不肯上车："为什么放他走了？我们的问题还没有解决。"

"先去医院，脑壳上的伤口弄了药再说。"

"你认得他？"

"当然。他娘住 B 栋 1503。你肯定认得的，平时就爱穿一件大红花衣裳，大家都叫她伍姨。"

"她的儿子啊，怎么像个土匪？"

"平时不是这样的，可能碰到什么不顺心的事了吧。"

"你说，我拦他对不对？"

"当然对。除了小区的业主，不管谁的车要进小区，都要给我拦下来。不登记，就不能进。"

"我拦了，却是这样的下场。"田如前一只手捂着满是鲜血的脑袋，一只手在口袋里摸了摸，"去医院的医疗费，我可是没有的啊。"

转了一个大弯，田如前才把当紧要说的话说出来。

"医疗费当然不可能由你出的。"张先成掏出手机，准备给伍玉芬打电话，想了想，又没，说，"我垫着，不从你的口袋掏钱就是了。"

医院人特多，张先成小心地扶着田如前，直接去了急诊室，医生说："打针上药，还不能走，要住院观察，担心脑震荡。"

"那就住院吧。"张先成把口袋里的钱全都掏出来，交了住院费，对田如前说，"你在这里躺着，我回去叫王树生来看你。"

田如前说："脑袋不过碰了一条口，应该不会有多大的问题，住两天，我就要出院的。"

"不管住几天，让王树生来看你，应该。"

从医院回来，大门口还站着许多人。邹同杰也站在大门口，老远就说："刚才我问了大家，责任全在伍玉芬的儿子王树生，医疗费我们物管不会出的。"

"没说要你们物管出医疗费。"

"王树生已经回去了。"

"他娘住在小区里的，少得了那几个钱？"

"伍姨很和善的嘛，儿子怎么那样？无理取闹，还动手打人。"

"用词不准确。他没打人，只是推了田如前一把。打人和推人性质是不一样的。当时大家都在这里，可以做证。"

"打也好，推也好，掏钱给田如前付医疗费就成。"邹同杰指了指躺在地上断成两截的道闸栏杆，"我问了，换一根栏杆要三百块钱。你得对王树生说，赶快把钱送来，才好请人换栏杆，不然，车辆进进出出，又没法管了。道闸机没被撞坏，就万幸了，不然，他王树生得赔四千多块钱。"

"我当然会让他把钱送来。年轻人，让他长点记性。一冲动，一个月的工资就没了。"张先成一边说，一边往 B 栋 1503 去了，"我这就去对伍玉芬说，让王树生送钱来，还要他去医院看看田如前。"

七

岁月静好，日子怡然，时间就过得快，转眼就过年了。那天，邹同杰找到张先成说："物管准备拿出一万块钱，春节的时候，小区搞搞活动，热闹热闹。"

"从你们口袋掏半文钱，就像是割你们的肉，拿一万块钱春节搞活动，骗鬼去。"

"真不骗你，就是一万。"邹同杰四方脸上的笑，似乎比平时要生动多了，"你就不想一想，这一年来，我们林苑小区的变化多大呀。八家餐馆往小区排放油烟的问题解决了，小区乱停乱摆车辆的问题解决了，宠物狗也不随地拉屎拉尿了。保洁员整日清扫洗抹，保安二十四小时守在大门口。平安、和谐、干净、整洁，鸟语花香，是对我们林苑小区的最好写照。要不是那次伍玉芬的儿子跟田如前发生矛盾的小瑕疵，年底我们就把县里评选最美小区的奖杯捧回来了。"邹同杰近前一步，附在张先成的耳边说，"还有，一年来，业主的物管费也不用我催了。除了几户特困户减免部分款项，其余人家，按月交清，一个不欠。"

"别忘了你许下的承诺，给每位业主做邮件柜。"

"已经安排好了经费，春节过后的第一件事，就是做邮件柜。我还请示了物管公司的领导，接受大家的批评意见，买几把椅子摆在大门口，往后，你们就不用整天站着了。"

"这当然好。"张先成仍是将信将疑地说，"我也不指望你拿多少钱春节搞什么活动，像别的小区那样，在大门口挂个大红灯笼，再写副春联贴在大门口的柱子上。我是看见了的，去年过年的时候，家家福小区、鑫世园小区，春联横幅，张灯结彩，就连小区里的风景树上都挂起了霓虹灯。我们小区却是悄无声息，哪有过年的样子。"

"意见正确，改。今年，大红灯笼要挂的，大红对联也是要贴的。我们公司的领导说，活动一定是要搞的，一是答谢各位业主对我们物管工作的支持，再者，也是为了相互沟通和了解，增进友谊。活动的节目由你们准备，我只出钱。到时候，我们吴老板和公司其他领导都要来，还要把公司管理的几个小区的物管人员和业委会成员，全都带来参加活动。吴老板说了，一定要把林苑小区的经验向别的小区推广开去。你是不是把和平社区的领导也请来？难得一块说说话，交流交流啊。"

"这个没问题，到时候，我把刘书记请来就是。"张先成说，"一万块钱，不是小数目，我得好好思谋一下，搞些什么活动，才能达到既热闹又喜庆的目的。"

"离过年就半个月了，赶快想好，总得准备一下啊。"

腊月二十八，林苑小区的大门口贴出了一张大红告示：考虑到新春佳节大家要走亲访友，要外出旅游，林苑小区的新春联欢活动提前至除夕举办。上午，能抽出时间的业主，帮忙打扫小区的环境卫生。下午五点，联欢活动开始，晚上八点结束。参加活动的人们，无论大人小孩，都能拿到丰厚的红包和礼品。

如一粒石子抛进水潭，激起多少浪花，又像是青蛙闹塘，透着欢悦和热闹，迎着款款而至的春的脚步。最高兴的当然是小朋友，猜想着丰厚的礼品是什么，大红包里有多少利是钱。

大红灯笼挂起来，大红对联贴起来，一片一片霓虹网，也披在了小区的风景树上。上午做过清洁卫生，张先成和邹同杰都没有离去，先是把从宾馆借来的红地毯铺在桂花树下，过后，在风景树之间扯起几根长绳，还在小区的坪场上立了许多牌子。小朋友们相互传递着打听来的消息，绳子是用来挂字谜的，立着的牌子则是要张贴灯谜，桂花树下铺开的红地毯，那是舞台，联欢时，要踏着红地毯唱歌跳舞。

下午四点多钟，小区的坪场上已经人山人海。好不容易等到下午五点，张先成才拿着话筒大声地叫喊起来："大家都听好了，我现在宣布活动项目和兑奖程序，不按程序走，是领不到红包和礼品的啊。"

叽叽喳喳的孩子们立马安静下来，生怕张先成说的话漏掉了半句，到手的大红包和可心的礼品，又悄悄溜走了。

"活动共有五项，一、请领导讲话；二、请县里的顶尖歌手献唱；三、请县里顶尖书法家书写春联；四、联欢；五、猜字谜、猜灯谜。字谜灯谜猜着之后，拿着谜面去领礼品，领红包。邹主任说了，每个红包里面都装着刚从银行取来的崭新钞票。礼品就更加丰富，没看见那边桂花树下摆着的几只大纸箱吗，里面装的全是小朋友喜欢的玩具和学习用品。"

倏然，大红灯笼亮了，风景树上的霓虹灯网闪烁着迷人的五彩图案。小区里人头攒动，特别是小朋友们，时而在挂着红红绿绿字谜的桂花树下挤搡，时而，又去摆着许多灯谜牌子的坪场上转悠。抓耳弄腮，冥思苦想。刘德仁书记的讲话没听，吴老板的新春祝词没听，对大哥哥大姐姐们唱歌跳舞也都不感兴趣，他们只是心急火燎地思索着，要尽快破解那些字谜灯谜。

一年四季花似锦，打一地名；千年古屋，打一现代作家；老来还乡，打一中药材名；新春佳节话元宵，打一报刊名……

"我猜对了！千年古屋——老舍。"一个小孩拿着刚刚领到的红包和一块印有一只小公牛的花手绢，稚嫩的脸蛋儿全是兴奋和得意，"牛年就是牛，红包到手了。"

"我也猜中了两个字谜，又是一年芳草绿——馥。有钱全靠点滴积累——金。"

"我猜的是灯谜：此曲只应天上有——不同凡响。老来还乡——当归。新春佳节话元宵——《半月谈》。"

"我猜的也是灯谜：一年四季花似锦——长春。"

小朋友们也都鬼精了，一只手接红包，另一只手却是在纸箱里翻腾着，挑选自己喜欢的礼品：红灯笼、布娃娃、花手绢、水彩笔、日记本、台历，随着孩子们兴奋的尖叫，一件件，源源不断地从大纸箱里传递出来。

天早已黑了下来。社区刘书记和吴老板相继走了，请来唱歌的几个歌手从邹同杰手里接过红包，也高高兴兴离去。小区的一群年轻人却是当起了主角，还有大婶大妈们，把广场舞也搬了来。唱啊，跳啊，整个小区，仍是沉浸在欢歌笑语里。

"不到晚上八点，还真不得散场。"邹同杰抬起手腕看了看表，说。

"我的肚子垫有货了，不管他们热闹到什么时候，我都陪着。"张先成抬起头来，看了看天。这是他上班时，长年累月在乡下林场工作养成的习惯。早晨看着窗口的朝霞起床，中午看着太阳当顶吃中午饭，太阳下山了，也就到了收工的时候。晚上没事，就坐在林场外面的小路上，听山泉跳崖，看月色似霜，数天上闪烁的星星。在城里，却是没机会享受那样宁静的山色，那样美妙的大自然风景。即便赶上好天气，白天见着的太阳长毛了，晚上见着的是满城灯火。蓝天霞帐，皓月当空，只是梦中的景致了。他常常在心里说，要是再让自己选择一次工作，还是会选择去乡下林场的。

张先成下意识地摸了摸腰间皮夹子里的手机，扭头对那边看了一眼。顾生柱还没有离去。只要有人请他写春联，他就会一直写下去的。他就喜欢听到人们说他的书法，是学得了赵孟𫖯的精髓，沉稳而大气，丰润而饱满。

突然，从A栋那边的转角处，传来一声声嘶力竭的呼喊："快来抓小偷啊——"

可把张先成吓得不轻，拔脚就往A栋那边的角落里跑。唱歌跳舞的人们，围着看顾生柱写春联的人们，还有猜字谜灯谜的孩子们，也都跟着张先成往那边角落里奔去。

最先来到A栋楼下转角处的，居然是顾生柱。张先成还对着黑蒙蒙的角落张望呢，顾生柱却是对着角落上面四楼的后阳台大声叫喊起来："那是谁呀？快下来！"

张先成这时才看见，一团黑影，挂在四楼后阳台的防盗网上，两只脚悬在半空中，猴子一样。那个在角落里呼喊的保安说："大家都在小区的坪场上搞活动，我就担心小偷趁机进来偷东西，各栋楼房的角角落落走一走，看一看，果然就看见一团黑影从四楼的防盗网里钻了出来。"

保安的话还没说完，人群里却是传出一片惊叫，那团黑影麻布袋子般从上面掉了下来。保安吓得抱着脑袋往一旁躲避，顾生柱也赶忙往后缩了缩身子。张先成却是把两手张开，还向前跨了一步，第二步还没有来得及迈出，只听到咔嚓一声脆响，就什么都不知道了。

醒来的时候，张先成发现自己躺在医院的病房里。病房里已经挤得水泄不通，都是来看望他的林苑小区的业主。除了关心伤情，大家说的都是同样一句话，不该冒着生命危险，去接那个掉下来的小偷。"万幸啊，只是砸断一条腿，要是砸在头上，这个时候，大家就不是来医院看望你，而是在给你开追悼会了。死了真的不值。"

他问："小偷摔死没？"

"命大，被你的脚垫着，才伤了点皮毛，已经被派出所抓去了。你却是要在医院躺两个多月的。俗话说，断手断脚，一岁一天。你这是粉碎性骨折，一岁一天肯定做不到。"

"既来之，则安之。"这样说过，张先成的眉头却是不由得拧了起来，叹气道，"只是，小区里的工作就耽搁了啊。新年伊始，有新的计划和打算。我还准备让邹主任出点钱，我们几个业委会成员出力，把小区的坪场再认真整理一下，搭个花架，从青峰林场的苗圃园弄几棵新培植的紫罗兰栽上，花期长，花色鲜，人们进进出出，满眼的绚丽与灿烂，浓郁的芳香扑鼻。"

和平社区刘德仁书记是第二天下午去医院看望张先成的，他手里捧着一个花篮，进门就说："舍己救人，苦了你啊。"

张先成苦着脸道："吃苦不讨好，林苑小区的人们都骂我，应该让那个小偷摔死。"

刘德仁连连摆手说："话不能那样说，罪是罪，命是命。"过后，挨着张先成坐了下来，"你住院的这两天，一定不知道林苑小区发生了什么事吧？那个小偷别的人家不偷，单单偷顾副局长家，原来，他跟田如前是老乡，从田如前那里得知林苑小区就顾副局长家有钱，不但开的小车比别人的高级，孙子喂养的宠物狗也是外国的品种金鑫长毛，就连狗粮也是从国外进口的。他就趁着顾副局长在坪场上给人们书写春联，老婆带着孙子和宠物狗在一旁看热闹的时候，悄悄溜进来对顾家下手。"过后，刘德仁压低嗓音说，"那个小偷向公安局报告了一个重要情况。他在顾生柱家发现了一箱子钱，全是一扎一扎的百元大票，把衣服口袋塞满，还没拿掉箱子的一个角落。"

张先成啊了一声，有话没说出口，却是被刘德仁抢着说了："我知道你要说什么。田如前已经被弄了去，公安局正在调查他跟那个小偷是不是同伙。顾副局长当然也是脱不了身的，县纪委要查一查，他的那一箱钱是从哪里来的。说不出来路，麻烦就大了。"

张先成就不作声了。这么多年来，顾生柱一直分管全县各乡镇造林育林款的发放，要是雁过拔毛，把群众造林育林的辛苦钱据为己有，牢狱之灾是免不了的。

"听说你儿子一家去北极村看冰雪去了，你没给儿子打电话，担心儿子匆匆忙忙往家里赶。这样吧，我从社区安排一个人来侍候你。脚上绑着夹板，怎么说，身边有个人才方便。"

张先成连连摆手说："刚才，邹同杰也说要派个人来陪陪我。小区几个年轻人，来了干脆就不走了，还是我把他们赶走的。我已经请了个陪护，晚上在这里给我打伴。"

刘德仁笑着道："我已经听说了，林苑小区的业主都来看望你了，难得。无权，无钱，又无名的业委会，要想得到各位业主的认可，可不容易。"

张先成仍是一副谦逊的样子："哪里，是刘书记领导有方。"

刘德仁走后，张先成还真的扳着指头算起来，林苑小区三百六十户，就连那些外来购房户的业主们，也都结伴而来，几声问候，几声安慰，浓浓情意，绵绵挂记。只有一个人没有来。这个人却是张先成盼着的啊。一声叹息，几许失落。他知道，她是不会来看望自己了。

（原载于《民族文学》2021年第9期）

太平有象

潘　灵（布依族）

一

公鸡已经叫过三遍了，太平村依旧没有醒来的意思。雾幔像个热恋中的痴情男孩，紧紧搂着村子，就像搂着心上人一样，怎么也不愿松开。沙玛在公鸡叫头遍时就醒了，他睁着眼赖在床上，反复回味着昨夜米酒的香甜。昨夜他喝高了，他精心饲养的黑山羊，下了小崽。那是故乡乌蒙山的黑山羊，是父亲一年前托人远道送来的。想着他的黑山羊，沙玛睡不住了，他一骨碌下了床，披衣推开门，探头看一眼，见一片蒙昽，就骂，有本事你就罩一天！边骂边回身去，将昨夜狼藉的饭桌上的半碗残酒倒进了肚里，就独自背了院里的背箩，准备下地去。一方面他想去巡视他的甘蔗林，更重要的，他想给那对羊母子，寻一箩肥美甘甜的青草。

沙玛人还没走出院子，黑狗大王就汪汪地叫了两声，意在提醒，它愿意给他做伴。沙玛侧身，表情严肃，声音威严地说，不准乱咬人。黑狗就摇尾巴。沙玛又说，不准咬牲畜。大王犹豫了一下，勉强又摇了一下尾巴。沙玛说，都记住了？大王狠狠地摇了一下尾巴。沙玛紧绷的脸松动了一下，掠过一丝浅浅笑意，手一扬对大王说，前面带路。大王就兴奋地蹿出了院门。出院门的沙玛蒙昽中看见，大王一出门，左右邻居出门的狗，都惊慌地窜回自家院落了。

沙玛见此，就笑出了一脸皱纹。这条叫大王的黑狗，凶得很。它见什么都咬，什么都不怕，它咬生人，也咬家禽牲畜，还咬同类，甚至连驴友开的大吉普，它也追着咬。它有一股莫名的狠劲，沙玛就是看中了它的这种狠。它的狠，无意中树立了沙玛这个村主任在太平村的村威。

沙玛手握一把月钩似的银镰，一路上寻着又绿又嫩的青草，割了就扔进背上的箩筐里去。草寻了半背箩时，雾也悄悄散了，早晨的阳光把整个山谷照得金晃晃的。这时，沙玛和黑狗大王，一起到了甘蔗林边了。

敞胸露怀的沙玛，身背背篓，手握银镰，看着长势蓬勃的甘蔗林，心中有了王者的荣耀，脸上泛起征服者一样骄傲的笑容。这个打小就在苦寒的乌蒙山区种荞麦的沙玛，如今硬是在滇南的山地上，带着大家种出了连本地人都羡慕的优质甘蔗。这份成就，不自豪都不行。他的目光，就像这早晨的阳光，明亮而温暖地掠过这像士兵一样齐整地站立的甘蔗。他把篓筐放下，将敞开的衣服纽扣扣上，还用手梳理了一下自己的头发。毕竟，将军是不能随便的。

但黑狗大王，却不合时宜地汪汪大叫起来，被叫声粉碎了将军梦的沙玛正心生不快，痛骂了一声死狗，就见大王像一道黑色闪电扑进了甘蔗林。沙玛以为黑狗发现了什么野物，赶忙伸手提起背篓，一甩手背到背上，也跟着扑进了甘蔗林。

蔗林里面，是一幅惨不忍睹的景象。

如此不堪的场景，怔得沙玛手一发抖，手中的银镰就掉地上了。他也顾不得也没心思去捡拾，木桩一样地呆立着。黑狗在他身边，吐着红得像火焰的舌头，喘着粗气，眼中尽是悲伤。一大片甘蔗林，被压得七零八落，像一个经历了战火却又没来得及打扫的战场。沙玛甚至闻到了被折断的甘蔗散发出的腥甜气息。那气息扑进鼻孔，仿佛是鲜血的气味。闻着这气味，沙玛就像烂泥一样瘫坐在了甘蔗的尸身上。他捡起一根拦腰折断的甘蔗，含着泪，用力去撕咬这半截残蔗，蔗皮割破了他的嘴唇，他把那还未成熟的甘蔗汁液和着脸上流下的泪水和嘴里冒出的血水一股脑儿咽进了肚里。

黑狗大王惊诧地看着自己主人疯狂的举动，又突然汪汪地大叫起来。沙玛捏着半截甘蔗，欲击打黑狗大王出气，却见大王大叫着，扑向了十几米处的被压倒的甘蔗林地。沙玛只见大王去处，嗡的一声，惊起一片黑压压的绿头苍蝇。苍蝇飞起处，大王围着啥东西，一边绕圈一边声嘶力竭叫唤。

沙玛赶忙起身，奔赴过去，看到了一大团血肉模糊的东西。浓烈的血腥味，熏得沙玛眼睛一阵刺痛。沙玛定了定神，将这沾着血迹的白色怪物抱起来，放进了篓筐里。

沙玛感觉到，自己抱起的，仿佛是一个软塌塌的面团。

二

太平村起个大早的，除了沙玛，还有两个被致富梦想鼓舞的年轻人，一个叫阿嘎，一个叫木呷。他们俩相约去雨林深处，看他们的发财宝贝。一年前，阿嘎从州职业学院大专班毕业，没像其他的毕业生那样在州府或县城找工作，而是心急火燎回了太平村。回到太平村的阿嘎，放下行头就去找儿时玩伴木呷。木呷取笑阿嘎，说你怎么放着城市人不做，回来当农民。阿嘎说，你懂啥，净说没见识的话，未来属于乡村，不赶早回来，致富先机就是别人的啦。再说，我们彝族人，跟那些傣族拉祜族基诺族的人待在一起，就像山羊混在绵羊里，人家天天想吃糯米团，我却想我的苦荞粑。

阿嘎告诉木呷，他学会了在大树上种铁皮石斛，吸大树的营养，是极品中的极品，市场上价值不菲。阿嘎一鼓动，木呷的血就热燥了，说不学做毕摩了，跟阿嘎学树上种石斛。

木呷放弃神职醉心于俗事，这让做毕摩的父亲乌火恼火透了。乌火认为阿嘎这几年去州里不是读书，而是修炼魔法，是他让自己的儿子着了魔，走上邪道了。他对儿子说，木呷，你不学做毕摩，太平村今后就没毕摩了。木呷说没就没吧。儿子的不以为然激怒了老子，乌火咬牙切齿说，你要太平村失去神的庇护吗？没了毕摩，太平村的人，就没人传达神的旨意了。木呷抢白说，在我心中，阿嘎才是真的毕摩，他带给了我发财的旨意。

在乌火看来，这阿嘎太讨厌也太讨恨，他蒙蔽了自己儿子的心灵。当清晨阿嘎去叫木呷进雨林时，躺在床上的毕摩乌火用诅咒的语气大声说，今天可不是什么好日子，从树上掉下来，人会砸成烂鸡蛋的！

一路上，阿嘎一边挥舞砍刀砍着阻挡他们前进的藤蔓和树枝，一边调侃木呷，你今后腰缠万贯，不会怪罪我断了你的通灵路吧？木呷说，要真发了财，我向阿爸推荐你，让你做毕摩。阿嘎说，你想得美，我们发了财让我侍奉神灵，你去花天酒地？

于是他俩都忍不住哈哈大笑，在静谧的雨林里，两个年轻人的笑声，清越而爽朗。说说笑笑的两个年轻人，不知不觉就进到了雨林深处。

雨林中，突然传来了一声恐怖的叫声。阿嘎和木呷像遭了电击，钉子一样钉在了地上。叫声掠去了他们脸上的笑意，惊吓让他们的头发瞬间竖了起来。

阿嘎心中嘀咕，难道是毕摩乌火的诅咒显灵啦？

叫声再次响起。这一次，挤进他们耳朵的，不仅仅是恐怖，还有悲怆、苍凉和绝望。

木呷定了定神，对阿嘎说，是哀鸣声。

阿嘎点点头，用手示意木呷跟着他往声音响处走。他俩小心得像怕踩死蚂蚁那样，放轻了脚步，像侦察兵一样往声音传来的方向挪。

洪钟一样浑厚的叫声，让木呷胆怯得小腿都打战了。阿嘎，不会是鬼怪吧？要不，我们别往前了，还是回去吧。

阿嘎回过头来，看一眼惊魂未定的木呷，他语气轻蔑地对木呷说，早知道你相信世上真有鬼怪，我不该约你来种石斛，你就该跟你阿爸学做毕摩。要想回，你就回去吧。

阿嘎自顾又转回身，径直往前走。这次他没放松步子，而是脚步坚定地往前走。看阿嘎态度坚决，木呷摇了摇头，只好也跟了阿嘎往声音传来的方向走。木呷发现裤管被草叶上的露珠浸得透湿，步子也变得沉重了。

怕就回去吧。阿嘎头都没回说。

木呷说，我可不愿做胆小鬼。

木呷边说边大步往前迈，他想证明自己并不胆小，不愿躲在阿嘎身后，但他刚要超过阿嘎，却被阿嘎一把拽了回来。

嘘——

阿嘎一个指头立在嘴边，接着又用力将木呷按蹲下去，随即自己也蹲下，用眼神示意木呷往左前方看。

木呷看到，在左前方，一头野象正在用长鼻往草丛里拨弄着什么，它似乎发现了什么东西，想用鼻子把那东西给卷起来。野象似乎很心急，它粗重而短促的鼻息，让木呷读出了它的焦虑。

它像是丢了啥东西。木呷对阿嘎说。

阿嘎白了木呷一眼说，这是大象，又不是人，身上有钱包手机？

但它真的很着急。木呷抢白说。

没错，阿嘎点头说，它都急得发狂了，快看，它正用腿刨泥嘞。

木呷说，它身子前好像是个深坑，它想下到坑里去。

阿嘎说，我看那是偷猎人挖的陷阱。

听阿嘎这么说，木呷急了，那它不能下去，陷阱下面布置有竹扦子，会受伤的，我们得阻止它。

他边说边腾地站了起来。

但他立足未稳，又被阿嘎拉扯了蹲下来。

想找死呀？你以为那是你家厩里的肥猪？这是凶猛的野象！阿嘎瞪一眼木呷说。

它要下去了真的会受伤。木呷用手拍了拍地面说。

大象可不像你那么笨，它聪明得很，会主动避开危险的。

还真像阿嘎说的那样，大象用脚刨了一阵，没再刨，而是昂起头，吃力地把长鼻伸向空中，又叫了一声。

这一声跟先前阿嘎和木呷听到的声音比起来，显得疲惫，却更加悲怆绝望。

那声音在阿嘎和木呷听来，不是叫声，更像是哭声。

它叫完，将头垂下，将长鼻又伸进坑里去，这次它没试图把什么东西给圈拽出来，而是在抚摸什么。清晨的阳光斑驳着透过树的缝隙，照亮了它眼角的泪珠。

木呷说，它好像很伤心。

阿嘎揉了一下自己的眼角，谁都看得出它很伤心。你木呷真像一个长舌妇，讨厌死啦！

野象似乎放弃了对坑里的东西的努力，它收回长鼻，沉默地围着那坑，绕了一圈又一圈，最后迈着疲惫而沉重的步子离开了，消失在了雨林的更深处。

阿嘎和木呷奔向那土坑，想看看坑里有什么东西。

奔到坑前的他们愣住了。

坑里是一头小野象。

俩年轻人如果不是看到小野象身边漫开来的血迹，一定都会认为这小野象是睡着了。它的样子看上去憨态可掬，安详而享受，像是正被一个美梦萦绕。

土坑确实是猎人挖的陷阱，里面有用茅草和芭蕉叶伪装起来的尖如芒刺的竹扦子。木呷尝试着想下到深坑里去，却被阿嘎唤住了。

阿嘎说，木呷别费心了，小野象死了。

木呷说，你凭啥说它死了？

我在州里念书时，听我的傣族同学说过，母象特别护崽，如果它没死，野象妈妈断不会离开。阿嘎手抚木呷肩叹息说，我们刚才听到的，是野象妈妈的呼救声。

木呷盯着深坑看了一阵，眼泪珠子就从眼角滚落下来了。阿嘎，木呷撇了嘴说，你别笑话我，我就是心软，想着它这么小，我就想哭，都说大象大，可它却这么小，还没头半岁的仔猪大。

阿嘎轻拍了两下木呷的肩膀，哽咽了一下说，哪个人的心是铁打的？我心里也不好受，只是人死不能复生，象也一样，我们回去吧。

木呷说，阿嘎，我想再看看它。

阿嘎没说话，他移开搂着木呷肩膀的手，从上衣口袋里摸出烟，但却没摸到打火机，他索性把一支烟揉得粉身碎骨，抛地上了。

动啦！

木呷惊叫了一声。

啥动啦？

阿嘎好奇地问。

木呷说，我看到象鼻前方的芭蕉叶动了一下。

他边说边手指土坑里的偷猎人用来作为伪装的芭蕉叶。

阿嘎朝木呷手指的方向看去，见那芭蕉叶，比这头小野象躺得还要死。

你眼花了，木呷。

我没有，那芭蕉叶真的动了。

要真动，也是风。

坑里哪有风，象鼻子前的芭蕉叶动了，说明小野象还有呼吸。

木呷边说边纵身就跳进土坑里去了。

当心竹扦子！

阿嘎心提到喉咙喊。

三

沙玛背着不知为何物的腥臭东西，三步并作两步往太平村走。一路上，浓烈的血腥味招来了大如蜂群的绿头苍蝇，它们像一群轰炸机，嗡嗡地在沙玛的头上边飞边鸣。黑狗大王冲蝇群汪汪大叫，但它低估了苍蝇对腥气的执着。

沙玛一身汗水吭哧吭哧背着一团腥臭来到太平村口时，遇到了毕摩乌火。毕摩乌火用手扇着自己的鼻子说，沙玛，你背的是大粪吗？都快臭死人啦，我说过多少次了，不干不净的东西别往村子里背，不吉利的。

沙玛将背篓往路沿坎上一放，喘着粗气说，乌火，闭上你的乌鸦嘴，别仗着你是毕摩，就信口雌黄。

乌火听沙玛数落，也不生气，只是皮笑肉不笑地说，沙玛，我知道你那点心思，总觉得我这毕摩的身份碍着你了，要不你拿去，这样，你这村主任就身兼二职，成土皇帝了。

于是，两人就真真假假斗上了嘴。

乌火，你这是假大方，我要真夺了你毕摩的职，你就啥都不是了，我怕你哭天抢地去告神灵和我们的老祖宗。

沙玛，你这是门缝里看人——把人都看扁了。我乌火不当毕摩哭天抢地？怕是你沙玛不当村主任才会捶胸顿足、寻死觅活吧？你也就只会当个小官，还有啥能耐？我乌火不当毕摩还能做彝医。

现在西医那么发达，谁会待见你那草药打天下的彝医。

沙玛，说你没见识，轻了，你这是真没觉悟！这是民族医药，连国家都得重视，你竟敢说它不受待见，我看你这村主任，是不想当了。

……

他俩使的虽都是嘴上功夫，仅是唇枪舌剑，但也弥漫了刀光剑影，心与心都碰了个火花四溅。

斗嘴斗累了，乌火就走近沙玛放在路沿上的背篓，探头想看个究竟。

但扑鼻的腥臭气熏得他差点儿没晕过去。乌火转身，呸呸呸地冲地上连吐三口唾沫。他一边用脚用力搓着地上的唾沫一边冲沙玛表情严肃地说，不祥之物，不祥之物！沙玛，这是不祥之物呀！

乌火！沙玛也语气严厉地说，别跟老子装神弄鬼，我沙玛是吓大的？不祥之物？你有本事就告诉我，这到底是啥东西？

不祥之物！不祥之物！乌火语气肯定地说。

是什么不祥之物？沙玛又厉声问。

我也不知道，反正不祥，沙玛，不吉祥呀！

沙玛气得上前揪了乌火的衣领，咬牙切齿地对乌火说，你们这毕摩世家是不是就只知道这三个字——不吉祥！乌火，你晓得不，这三个字害苦了我沙玛家！

沙玛边说边用力一推，把乌火推倒在了地上。

被推倒的乌火，皮球一样蹦跳了起来，跟沙玛扭打成一团。

村主任与毕摩互殴，这消息太令人兴奋，兴奋得比山坡上的风还要快地传遍了全村。于是村里老老少少都蜂拥了来看。

黑狗大王也汪汪叫唤着，伺机去帮主人忙。沙玛见大王欲扑过去咬毕摩脚，就大吼一声，死大王，滚一边去，不关你的事！

黑狗大王就丧气地摇了摇尾巴，溜到一边，张了嘴，伸长了舌头专心看它的主人与毕摩厮打。

围者众。毕竟他俩都是村里有身份的人，不好意思再拳脚相加下去，加之又有村里老者劝，一场好斗，也就悄悄收场。

全村人的兴致，迅速转向沙玛背箩里的怪物。

村子里两个体面的人物，像一对斗气的小孩做出如此不理智的事，内心都有了强烈的羞耻。毕摩乌火抹了一下嘴角流出的血水，跺了一下脚冲沙玛说，翻百年老账，真是心胸狭隘的东西。他就一甩手上的血水回家去了。

沙玛觉得自己确实有些过分了，他红着脸，冲好奇的众乡亲说，一团烂肉，看啥看？

沙玛原本想哄着众乡亲，却没想被众乡亲围住了。他们问沙玛，这些是啥？沙玛说，我要晓得是啥，还会跟乌火打架？

沙玛边说边伸手去摸被乌火踢伤的腿。

有人说，这看上去像猪肚。

就有人反驳，有这么大的猪肚吗？啥眼力？这怎么会是肚子，我越看越像胎盘。

众人就哄笑，人群中的闲言碎语又阴又损。

胎盘？是你家老婆肚里掉的吧，要那样，她生的八成是个神儿子。

什么神儿子，生下来能做你兄弟。这么大的胎盘，生下来还不是成人？

沙玛听不下去，火头上的他，没有任何幽默感，他用当村主任的威严吼道——

谁再嚼舌头，我就连同这臭东西把它扔山箐里去，一起喂狼！

但他的威严在此时已完全失效。村民中依旧有人嬉皮笑脸，说沙玛，这东西扔山箐里可惜，你背回家去，这个月你家都不用买肉了。

他边说边伸手，欲把沙玛背篓里叫不出名的那大团东西提将起来。就在此时，黑狗大王像一团黑色闪电扑过来，重重地一口咬向他的手臂。

村民们首先是惊呆了，继而就是各自抱头鼠窜。看着珠子落地一样四散开去的村民，先前给沙玛和乌火劝架的老者，摇摇头叹息一声，然后走向沙玛说，一帮幸灾乐祸的乌合之众。

幸灾乐祸？沙玛看着老者说，什么灾？什么祸？不就一团臭肉？

没那么简单！老者故作高深地摇摇头说，怪物现世，必有灾祸。沙玛别再往家背了，埋了它吧。

沙玛态度坚定地说，我就不信它是什么带灾带祸的怪物，我要弄不清它是什么东西，它就是把我家臭成茅厕，我也不扔它埋它。

老者摇摇头，叹口气径自走了。

沙玛重新将背篓背上，往家的方向走。黑狗大王一阵小跑，紧跟上主人。沙玛突然转身，说，谁让你咬人的？难道你还不嫌乱呀？

四

沙玛背着沉重的背篓，推开家的院门，站在院子里叫唤着自己的老婆。他粗脖大嗓地要老婆给他倒荞麦烧酒喝，却遭了老婆一顿奚落。

我还以为是英雄回来了！老婆语气中带着鄙夷说，彝家太平村村主任与毕摩打架斗狠，传到旁边的拉祜、傣家、哈尼寨子去，还不把人家的牙给笑掉了。

酒没喝着，却遭一顿奚落，沙玛窝火极了，但又不好发作。他把背篓重重地放在檐坎上，脸阴得像夏天雷雨前的天空，径直进了里屋，木桩一样倒在床上。

沙玛头才沾枕头，老婆就冲进来了。老婆冲他歇斯底里，说你要不把那背篓里臭烘烘的东西扔出家门去，我就死给你看。沙玛摆摆手，说恶婆子，你真比母蚊子都恶，耍啥泼？出去出去，老子困了，想睡觉。

老婆就骂，说沙玛，大中午的，你睡啥觉？早死三年，你背上都能睡起青苔。你一天就只想村子里的甘蔗、菠萝，什么时候想过家？什么时候想过我？什么时候想过儿子阿嘎？阿嘎成天往深山林里跑，哪天被豹子吃了，被毒蛇咬了，我看你用什么传宗接代？你现在又得罪了毕摩，他可不会替你给你那些逝去的老祖宗求情开恩的。

嫂子大声八气地说我什么坏话呀？毕摩乌火在院子里大声说。

说曹操，曹操到。沙玛老婆被吓了一跳。沙玛小声对老婆说，乌火要问起我，就说我没在家。

沙玛这一说，彻底激怒了自己的老婆，她尖着嗓门厉声说，沙玛，你安的什么心？你不在家？你要让毕摩以为，我刚才是跟野男人说话？唵？！

讨了个这么认死理的婆娘，沙玛只能服了。他一骨碌起床，披上衣抹了脸，推搡开站在自己面前的老婆，出了里屋。

院子里，站着笑得像弥勒佛般抱着一个酒罐的毕摩。

毕摩乌火看一眼哭丧了脸的沙玛，说沙玛哥，宰相肚里能撑船，还生我先前的气？

你太高估自己了，沙玛哼一声，说无事不登三宝殿，找我干啥？

毕摩乌火双手用力往上扬了扬酒罐说，找你喝酒，顺便告诉你那背箩里是啥东西。

沙玛斜睨了眼瞅一眼背箩说，你知道是啥？你真知道是啥？

当然！

毕摩乌火点头说。

你凭啥知道它是啥？

因为我是毕摩嘛。

沙玛老婆见俩人又斗上了嘴，就说，不是冤家不聚头，要打嘴仗，到堂房来，当着列祖列宗，让他们评评你俩，哪个更行更能。

毕摩乌火进了沙玛家堂屋，往火塘边木凳上一坐，打开了酒罐。荞麦酒的清香，就在堂屋里弥漫开来。

闻到酒香，沙玛的火气立马就散了。

沙玛拿来两个土碗，往火塘边一放，乌火往俩土碗里倒满酒。沙玛端起酒碗，也不跟乌火碰，一仰脖将一碗酒倒进了嘴里，他喉结耸动了一下，满满一碗酒就美美地进了肚里。他把酒碗往原处一放，说乌火，你别诓我，真知道我背回来的是啥东西？

乌火将酒碗凑到唇边，抿了一小口，说好酒要慢慢品。

沙玛说，我问你话。

乌火说，胎盘，是大象的。

大象的胎盘？沙玛有些惊异。

乌火点点头。

为何先前不跟我明说？沙玛又有些生气地说。

乌火又抿一口酒，说，我是毕摩又不是神仙，也是才知道的。

搬这里好几年了，没听说这里有大象呀？沙玛皱了眉头说。

是没听说。乌火应声道。

太平村来了大象，沙玛思忖了一下说，太平有象，按说应该是好事。

是不是好事，要观了天象再说。乌火用职业的语气说，他看了看沙玛，叹了一口气，又说，是麻烦事那是肯定的了。沙玛哥，你我都招惹上麻烦了。

麻烦？你说我招惹了麻烦？沙玛摇着头说，乌火，我搞不懂有啥麻烦。

不是你，是你和我，不，准确点说是四个人，还有你儿子阿嘎、我儿子木呷。

乌火的话听起来像绕口令。

沙玛越听越糊涂了。

沙玛兄，俩孩子摊上了大麻烦。

乌火语气不再像先前那么沉稳了。

到底啥事，你能不能说明白点？这又不是你做法事，装啥神秘？

你儿子和我儿子，弄回来了个象儿子，你说麻烦不麻烦？乌火摊了摊手无可奈何地说。

你是说，阿嘎和木呷，弄回来了一头小象？沙玛被惊到了。

正是！乌火重重地点了点头，说，要不我怎么知道你背回来的是大象的胎盘？在厨房里忙活着给沙玛和乌火准备下酒菜的沙玛老婆端一盘油炸花生米进堂屋，听说儿子弄一头小象，惊得一盘花生米全倾倒在堂屋地上了。

偷猎大象，那是犯王法的呀！她胆战心惊，又无比担忧道。

乌火说，不是偷猎，嫂子，俩孩子事实上是救下了一头小象。

沙玛老婆说，那是做了积阴德的事，有啥好担心的？

话虽这么说，道理也是这样。乌火端酒，这次没抿，而是一口干下了大半碗酒说，但谁能证明他们不是偷猎是施救呢？怕就怕……

乌火，你怕啥？沙玛说，我们彝家人，猎就是猎，救就是救，光明磊落得很。

但人家不会这么想。人家讲的是证据，你儿子我儿子，大清早就进雨林去，是不是去看他们挖的陷阱里困没困住猎物？乌火皱了皱眉头说。

沙玛老婆说，他们是去雨林里看种在树上的石斛。

嫂子，你知道他们是去看他们种的石斛，沙玛哥也知道是这么回事，我也清清楚楚，但人家执法的人会相信我们的话？乌火边说边摇摇头，我怕的是，黄泥巴掉裤裆——不是屎也是屎呀。

沙玛思忖了一下说，乌火的话有理，你巴望清清白白，却会越抹越黑。小象现在在哪里？

乌火回答说，在后山背阴地阿嘎育石斛幼苗的窝棚里。

五

阿嘎和木呷，费了好大劲，才把小象从陷阱里弄出来。他们在附近就地取材，砍了根竹子，又找了几根粗藤，抬了小象往丛林外走。

抬了小象走在前面的木呷越走越胆战心惊。木呷一紧张，小腿就不由自主地抖动，阿嘎知道木呷打小就这样，看他小腿抖动，就说，木呷，你肚子里又有啥弯弯绕了？

要是……木呷停顿了一下说，要是森林公安撞上我们，把我们当偷猎分子咋办啊？

阿嘎说，咋办，凉拌！我们这是救援，是做好事，怕啥？

救援，人家公安相信？我们额头上又没刻着"救援"两个字。人家要认定你我是偷猎分子，那就惨了。

木呷这一说，阿嘎就没了先前那份救援者的自信。他对木呷说，这小象，不能抬回村去。

那抬去哪里？总不可能抬镇上医院去吧？它中了毒，需要排毒解毒。木呷说。

阿嘎皱着眉头想了想说，抬村后山的背阴地去，我那里有育石斛苗的基地，把小象放窝棚里，那里很少有人会去。

木呷说，放那里好是好，但小象急等救治。

阿嘎说，你阿爸能与神灵对话我不相信，但我相信你爸的医术，特别是解毒功夫，那是你家的祖传秘方。

不行不行！木呷头摇得像一面拨浪鼓。

咋不行？阿嘎说，难道你怕你阿爸举报你？

老子举报儿子，至于吗？木呷说，我怕他骂我净给他找事。

现在你还想这些？救象是火烧眉毛的事，他想骂，你就让他骂几句，他能把你身上的肉骂少二两吗？阿嘎给木呷打气。

那……木呷犹豫一下，点点头说，好吧。

木呷急匆匆地回到家里时，他的父亲乌火毕摩正在手捂着被沙玛打伤的嘴角生闷气。看着心急火燎的儿子，他视而不见，把头扭到了一边。

儿子木呷没工夫去观察自己父亲的神色，进门就冲父亲嚷着要解毒药。

中了阿嘎的毒啦？我早跟你说过沙玛家没一个好东西！

阿爸你说啥呀？木呷说，是小象中毒了，它掉进了猎人的陷阱，被猎人的毒竹扦子毒昏死了。

儿子的话把老子听迷糊了，他转回头来说，什么小象大象的，我搬这里十多年了，从没听说这太平村周围有什么大象小象的。

木呷跺了一下脚说，阿爸，我骗你干啥？我今天跟阿嘎在森林里真碰上了大象了，那大象叫声又吓人又凄惨。

木呷语气急速地给父亲乌火讲述了今天的所见所闻。

听完儿子木呷的讲述，乌火脸上泛起一阵浅浅的笑意。看着父亲脸上一闪而过的笑意，木呷有些莫名其妙。

阿爸，你笑什么呀？

不关你的事。

那你快给我解药呀！

乌火起身，去给木呷配解药。他一边配药一边嘀咕，这辈子给人配过药，给牲畜家禽配过药，给象配药，还是大姑娘上花轿——头一遭呢！

多小的象？乌火问。

很小很小的，一头养了半年的猪那么大。

是不是一头出生不久的小象？乌火又问。

那我可不知道，木呷说，你问这做啥？

乌火诡秘一笑说，随便问问。

他配好药，递给儿子木呷。木呷拿了解药转身离开时，乌火又嘀咕道，沙玛，我终于知道你背来的是啥东西了！

木呷转身，说阿爸，你提沙玛阿伯干啥？对了，今天这事，你可别告诉他，就你知我知阿嘎知。

乌火摊了摊手说，为啥呀？

走漏了风声要是让公安知道了，把我和阿嘎当了偷猎分子，那是要坐班房的。木呷说完就小跑着去后山了。

乌火反复咀嚼着儿子的话。

他越想越觉得事情重大。

他决定放下面子，主动去找沙玛。

现在，乌火和沙玛两个太平村的显赫人物，相向坐着，都觉得这是件棘手的事。

沙玛说，那幼象要救不活咋办？报森林公安还是偷偷埋了？

乌火说，沙玛兄你放心，我对我毕摩世家的解毒药有信心的。

好，我相信你。沙玛说，救活了咋办？

乌火说，能咋办？让俩小子偷偷把它放森林里去。

说得轻巧！沙玛加重语气说，这么点大的象崽，放森林里找不到那象妈妈咋办？

咋办咋办？我又不是村主任！我只是个毕摩！乌火也加重了语气，说天上的事我管，地上的事，是你沙玛管嘛！

乌火这话，说得沙玛脸上有些挂不住。沙玛端起酒碗，自顾喝了一大口，抹了一下嘴，说天上的事你管，对对对，那我正好问问你，你那太爷爷毕摩，当年弥留之际，除了看见大鸟，看没看见大象？

一听沙玛这话，乌火就像皮球一样，气得从火塘边的凳子上蹦起来了。

沙玛！乌火抖动着隐隐生痛的嘴角说，你不仅记仇，还心胸小得像一条缝！这个时候，你都没忘记挖苦我，挖苦我毕摩世家。

乌火，你误会了我的意思，沙玛努力解释说，我这哪是挖苦你，哪是挖苦你毕摩世家，我只是有种不祥的预感罢了。这太平村来了大象，真的不知是福是祸。

沙玛的语音未落，他家的羊厩里的母羊就咩咩地叫唤起来了。那叫声仿佛是受了什么惊吓才发出来的。

沙玛起身去羊厩查看，乌火也跟了过去。

厩内，阿嘎正在手忙脚乱地挤羊奶，看他毛手毛脚的，就是挤奶外行。

乌火说，阿嘎，你这是要干啥呀？

一听声音，阿嘎站起来，铁青了脸的沙玛看见，自己儿子年轻的脸上，沾满了奶浆。

乌火叔，阿嘎边抹脸边说，我挤点奶去后山，那小家伙苏醒了，看样子是饿了。

你想得真好，沙玛依旧铁青着脸斥责说，你的象宝宝安逸了，我的羊羔子咋办？你让它喝西北风？

从阿爸的话中，阿嘎知道，乌火叔已经泄了密了，他有些尴尬地冲阿爸笑了笑说，要有办法，我也不会在你羊口夺食，你别马着个老脸，包容点嘛。

阿嘎说着，提了装有羊奶的塑料小桶准备离开。

把桶放下！

沙玛用命令的口气冲阿嘎吼道。

阿嘎吃惊地看着沙玛，见他一脸威严，赌气将塑料桶往地上一放，就大步流星往厩外走了。

站住！

依旧是命令的口气。

阿嘎站住，不回头也不吭声。

就这样走了，那可怜的象儿子吃啥？沙玛在阿嘎身后问。

阿嘎没好气说，这你该问你自己！

赌什么气！沙玛哼了一声说，这点羊奶，够你象儿子吃吗？把这拿去。

阿嘎回过头来，看见父亲手上，摇晃着几张百元大钞。

谁稀罕你的钱！阿嘎嘟哝道。

你这人儿子不稀罕，可象儿子稀罕！沙玛说，还不快伸手给老子接了，骑摩托去镇上买两大桶牛奶来。

听阿爸沙玛这一说，阿嘎感动得眼泪都快从眼眶中冲出来了。他伸手接过钱，冲父亲深深鞠了一躬，就从院子里推了摩托。出院门后一跃而上，轰响了油门向镇上扑去。

看着旋风一样离去的儿子，沙玛叹了一口气。他对乌火说，我担心得很，这大象要真来咱太平村，我们的那些甘蔗、苞谷、菠萝怕是要遭殃了。

乌火沉默。

他掐了掐手指，起身告辞了。

走出院门，他又折回身来，

吉人自有天相！

他冲沉默着坐在火塘边的沙玛大声说。

沙玛木头一样没反应。

只有黑狗大王，冲乌火一阵汪汪。

六

是夜，毕摩乌火换上了一身做法事才穿的盛装，手里握着他的法铃悄悄出了家门。他独自一人来到村口，站在村口的大榕树前，观起了天象。

夜的幕布上，繁星像一颗颗闪着金色光芒的徽章，又像一粒粒刺眼的金属纽扣，将所有的秘密，牢牢地扣锁住了。毕摩乌火深知自己的法力，不能跟那个能看见预言的太爷爷毕摩比拟了，他没看见任何天象，他看到的，跟所有凡人看到的别无二致。

在遥远的百年前，作为乌蒙山远近闻名的大毕摩的太爷爷，在弥留之际，硬撑着从病床上爬起来，穿上他做法事的盛装，手握磨得锃亮的铜质法铃，夜观天象，看见天空所有的星辰重新排列成一只大鸟。最后，这只像火一样的大鸟的阴影刚好覆盖了太平村。那个曾经的故乡，乌蒙山的太平村。

太爷爷用极为含混的口气说出了那个预言，大鸟出现的时候，就是太平村人失去家园的时候。

太爷爷没说这大鸟是什么鸟，但这个预言，作为毕摩家族领会的神的旨意，代代相传，一直传到乌火毕摩的父亲阿库。预言成了传说。

预言也好，传说也罢，太平村的人几十年来并没有把此当真。直到二十世纪九十年代初，一个叫马鸿鹄的老板带着一群做发财白日梦的乌合之众来到位于太平村的大包山。

据说马鸿鹄在大包山肚子里勘探出了大量的矿产，梦想发财的人们蜂拥而至，他们像土拨鼠一样在大包山私挖乱采。大包山旁的太平湖水渐渐没了，旁边的湿地也了无踪影。沙玛的父亲保伍，觉得事态严重，作为太平村的老村长，他往乡里县里反映，后来还递了状子，但无果。马鸿鹄的人，照样像以前一样，把个大包山弄得乌烟瘴气。

现实中求告无门，倮伍就去找毕摩阿库，他希望通过毕摩阿库，得到神灵的帮助，赶走马鸿鹄带领的这群土拨鼠一样的家伙。倮伍和阿库坐在阿库家院子里，足足喝下了一缸子荞麦酒，沉醉之时，也是阿库天灵盖打开之时。那个太爷爷预言的大鸟，飞进了他敞开天灵盖的脑袋，阿库顿悟了，他一拍大腿，摇晃着站将起来，对倮伍说，神灵说了，那只大鸟就是马鸿鹄！

倮伍以为，阿库一定是喝高了。他笑了，说，你哄鬼呀，马鸿鹄是个人，不是鸟。

阿库说，倮伍哥此言差矣，像没见识的人说的话。马鸿鹄是人没错，是个大活人，而且是个讨厌的大活人！但鸿鹄是啥？倮伍哥，你说鸿鹄是啥？

倮伍搔搔头皮说，鸿鹄是啥？鸿鹄是明摆着的人名呀。

错！阿库摇着头喷着酒气说，鸿鹄是鸟，而且是传说中的大鸟！

阿库此言一出，倮伍的天灵盖也打开了，他一拍大腿腾地站起来，喷着浓烈的酒气咬牙切齿——

原来如此！

有着"小诸葛"美誉的倮伍，作为太平村聪明过人的领袖，却因为领悟了预言干下了愚蠢透顶的傻事。他变卖了自家的羊群，拿出了全部积蓄，私下里又让毕摩阿库在村民中散布所谓预言，并向不明就里的村民说明大鸟指的就是马鸿鹄，一听说要让他们失去家园的大鸟是大矿老板马鸿鹄，村民们纷纷表示有钱出钱，有力出力，要帮着倮伍赶走马鸿鹄。

但马鸿鹄却像一座山一样是赶不走的。村民们提锄弄棒跟马鸿鹄明火执仗群殴了数次，但除双方落下几个残疾外，开矿的照开，过日子的也只能照过。

赶不走就只能除掉！这个疯狂的念头从倮伍脑子里冒出来，就野草一样疯长起来。他花十万元请了个杀手，要取了马鸿鹄性命。

百无聊赖的马鸿鹄，正在住处和他的副总还有财务总监玩斗地主的纸牌游戏。玩得正酣时，蒙面杀手突然出现在他面前。副总急得就要掏电话报警，被他摆摆没握牌的手制止了。他将捻开的纸牌合拢，往桌上放好，一脸平静地看着杀手，杀手握着寒光凛凛的刀子——

马总，有人出十万元想要你的命。兄弟，马鸿鹄说，我总得知道，我与人无冤无仇，为何有人要雇你杀我？

你觉得你不该杀？杀手的语气突然间变得高亢且义正词严，因为你叫马鸿鹄，你就该杀，就得死！百年前太平村德高望重的老毕摩弥留之际，夜观天象，他看见的那只凶恶的大鸟难道不是你？

一只大鸟？马鸿鹄说，老毕摩看到的大鸟，与我何干？我是人，不是鸟。

想想自己的名字。杀手冷冷地举刀指了指自己的头提醒马鸿鹄。

哦，马鸿鹄思忖了一下说，原来是因为我的名字，我原来的名字叫洪福，洪福齐天的洪福。我那在乌蒙山学院教书的婆娘嫌我名字土，硬逼着我改成了鸿鹄。名上多了两个鸟，我当时心里很不痛快，觉得在她眼里我就是个鸟人。现在看来，我最初的感觉是对的，一个名字都惹上杀身之祸了，你们说我冤不冤？

马鸿鹄偏头摊手对他的财务总监和副总诉苦的模样充满了委屈。

马总，你也别觉得冤，杀手晃了晃手中寒光凛冽的刀说，你竭泽而渔，把大包山变成了人间地狱，丧尽了天良，不该杀？不杀你，太平村人就得失去家园。

我现在算弄明白了，原来是太平村那群穷鬼想要我的命！马鸿鹄若有所思地点点头说，我开采矿石，炼钢炼铁，还不是为国家做贡献，谈何竭泽而渔？这太平村穷得叮当响，有何"鱼"可渔？你一个杀手，谁教给你的这些文绉绉的说辞？你今天要真杀了我，我冤大了，要真这样，我这个冤死鬼一生都饶不了你！

不是我要杀你，也不是太平村人要杀你，杀手用刀往上指了指说，是天要杀你，谁叫你要取个鸟名呢？天注定你要祸害太平村了，我不过是替天行道！

杀手此话一出，马鸿鹄像个充了气的皮球，从椅子上蹦了起来说，那我就冲着老天喊冤！你刚才说毕摩观天象看到了一只大鸟，一只对不对？

马鸿鹄边说边冲杀手竖了竖食指。

蒙面的杀手点了点头。

我马鸿鹄的鸿鹄可不是一只鸟，兄弟——马鸿鹄拉长了语调说，那可是两只呀，两只！一只为鸿，一只为鹄，鸿是大雁，鹄是天鹅。老毕摩观天象看到的是一只，怎么可能是鸿鹄？那你替天行什么道？

一句话问蒙了杀手。

杀手迟疑了一下说，也许搞错了，但我收了别人的钱。

马鸿鹄大声说，那你把我的头拿去不就行了，还让我费那么多话？

杀手颤抖了一下，说，我不错杀人。

马鸿鹄摆摆手说，那你就拿着钱跑吧，我看你也不是做杀手的料，婆婆妈妈的！你给我跑得越远越好，免得让我认出你！

马鸿鹄做了个送客的手势，杀手就风一样消失在了夜幕中……

翌日，马鸿鹄带着几个手下，他披着他的呢子大衣，迈着方步，手里握着炮弹筒做的水烟筒，在太平村里乱走，边走边咕咕地抽。他走几步，喷一口浓雾，然后大声说——

不是有人想要我的人头吗？想要就拿去！

他一遍又一遍地这么喊，直喊得嗓子都沙哑了才罢休。

太平村的村民，都听到了他放肆的声音，都觉得这辈子，从未像今天这样活得如此窝囊。马鸿鹄耍够了威风大摇大摆走了，警察来了，威严的警笛声把整个太平村都吓蔫了，人们一脸惊恐地看见那个刀脸警察，将锃亮的手铐重重地铐在了傈伍那双粗粝的大手上。

村民们后来都埋汰傈伍，说既然是神的预言，就不该跟马鸿鹄斗。他既然是天界派下的大鸟，就该对其逆来顺受。村子里一些身强力壮的人，还主动去找马鸿鹄，让他给他们派些挖矿的活计。马鸿鹄扬言说，他就是要掏空大包山的山肚子。

多行不义必自毙，这句大俗话，还真在马鸿鹄身上应验了。在一个漫天风雪的黄昏，喝多了酒的他驾车从大包山回市里，把车开出了路沿，葬身在了一个深箐里。

马鸿鹄死了，在大包山上私挖乱采的乌合之众，没了首领，为利益开始你争我夺，大打出手。大包山的乱象触目惊心，最终市里下了决心，为保长江上游生态，禁止了在大包山采矿。

傈伍的儿子沙玛，在得知马鸿鹄的死讯后，找到毕摩阿库家门上了。他认为是阿库蒙蔽了父亲傈伍，父亲傈伍才会铤而走险，干下雇凶杀人的蠢事，但阿库坚持说马鸿鹄就是大鸟的化身，是自己持续的法事和诅咒要了他的性命。

自从那以后，沙玛认为毕摩家族都是不诚实的人。他对阿库说，你撒下的弥天大谎会遭天谴和报应的。

现在，夜观天象的乌火毕摩，每每想起此事，眼前就会浮现出父亲阿库毕摩那张委屈的油脸，耳朵里就会灌进他山风一样的呢喃：

这怎么会是弥天大谎呢？你太爷爷那可是西南闻名的大毕摩，他看到的，确实是一只大鸟。沙玛小儿，老大不敬，口出污言，才会遭天谴和报应的！

七

乌火夜观天象的时候，沙玛在床上翻来覆去睡不着。沙玛老婆气得翻身起床，抱了被子去儿子阿嘎的房里睡。阿嘎没回家，他和木呷都放心不下象崽，两个年轻人决定守个通宵。

我可不愿跟一条蛆睡在一起！

要在平日，沙玛老婆这话一定会激怒沙玛，但今夜他懒得跟她吵嘴。没有见识的老婆怎么能理解一个脑子里扑腾了一只大鸟的男人。

沙玛的脑子里有一只大鸟，那是一只黑颈鹤。自从今天太平村周遭惊现了野象，沙玛的脑子里就扑进了这叫黑颈鹤的大鸟了。他躺在床上，不安和恐惧，让他翻来覆去。

很多年前，毕摩太爷爷的那个预言，像一个恶毒的诅咒，让沙玛在年轻的时候失去了父亲的庇护，被判了重刑的父亲，在那个名叫板板房的监狱里，苦熬着漫长的刑期。沙玛在农闲的时候，常去看望自己的父亲，但父亲却一次也没跟他见面。父亲托狱警带话给他，说我不要你看，不要你惦记，如果你是个真正的孝子，你就替我撵走马鸿鹄，守护好自己的家园。

马鸿鹄的意外死亡证明了他并不是那只大鸟，也并不是那只大鸟的化身。沙玛认为自己的父亲好诓，被毕摩世家的谎言骗了。

马鸿鹄死了，采矿者作了鸟兽散。看着那些被钻得千疮百孔的山体，沙玛在心中发誓，要把太平村和大包山建设成美丽的家园，要让蓝天对他笑，花朵对他招手，风吹草低见牛羊。

国家要保护长江上游，遏制水土流失，便倡导退耕还林还草。此时，沙玛也被太平村推选成村主任，他于是就镇里县里跑，硬是争来了一个退耕还林还草示范区的项目。

要退耕，不种土豆，也不种荞麦，太平村人想不通，他们说，沙玛你这是要让我们喝西北风呀。沙玛说，粮县里会供应，每个人头都有，而且是白花花的大米。县里市里都出钱给项目，大家种树播草，给大家工钱，等生态恢复了，就发展林下经济。太平村人听沙玛这么说，就都乐和了，说沙玛你不是村主任，你是画画的，给我们画蓝图哩。

沙玛说，我不仅要画，还要带着大家真锹实锄地干。沙玛说到做到，三五年过去，这太平村，就有了新模样。山坡有了新绿，原来干涸的太平湖，开始积水，周围呈现出大片的湿地。湿地里，有了小鱼小虾，有了泥鳅，有了秧鸡和水鸟。这些小动物，就像是从地底下冒出的不速之客。

而太平村退耕后，长得最好的是草。那些从前的土豆地、苦荞地和燕麦地，都变成了美不胜收的高山草场。每逢周末，就有县里市里的摄影爱好者和旅游者，驾车来这里游玩和拍照。草场绿草肥嫩，养的山羊也肥美，有经商眼光的个别村民，率先利用自家院落，搞起了农家乐，专营彝家羊汤锅。每到周末或节庆时，太平村就会热闹得像炸了锅，这热气腾腾的"锅"里，弥漫了诱人的羊膻味和彝家的烧酒香。

就在沙玛一幅蓝图初绘成时，那场太平村百年未遇的大暴雪，改变了一切。沙玛记得，那场雪一直下了整整半个月，半个月里都是纷纷扬扬的雪花，就像是天漏了一样，那年冬天还特别冷。与那场漫长风雪一起君临的，还有儿子阿嘎。沙玛的年轻媳妇，给他生下了一个胖小子。

初做父亲的他，又紧张又激动。孩子出生在这冰冻三尺的风雪严冬，让他操心起母子的保暖与饥寒。媳妇生产后，身子显得极度虚弱，奶水不足，吃不够奶的孩子就嗷嗷大哭，哭声让他内心发紧，心颤肉抖。他想了想，就决定去羊场买一只羊，杀了背回来给老婆熬一锅补身子的上好羊汤。

沙玛顶着风雪出了门。去羊场要途经太平湖边的湿地，但雪下得太大了也太厚了，看不见太平湖，更看不见湿地，整个世界像删除了一切，变成一片白茫茫。沙玛途经湿地时，惊飞起了一群嘎嘎叫的大鸟。沙玛过去从未见过这种鸟，他眯了眼呆呆站着，看着它们在寒风中飞远。

沙玛嘀咕说，这两天不仅给自己送来了风雪、儿子，还送来了鸟。这鸟长得像画上的鹤，看来有大吉祥。

这样一想，沙玛心情愉快了些。他重新迈开步子往羊场方向走。这时，他听见了两声凄厉的叫声，沙玛停住，往叫声方向张望。他看见一只大鸟，吃力地站起，张张翅膀，又吃力地倒下了。

他于是便踩着没膝的积雪，深一脚浅一脚赶了过去。

沙玛看见的是一只受伤的大鸟，这鸟确实像农家贴在堂屋的松鹤图上的鹤，不同的是，它脖子上的鸟毛是黑色的。

大鸟看见沙玛，惊恐地再次起身飞走，但它只是扑腾了几下，就绝望地蜷缩在雪地上了。

沙玛过去，把它抱了起来，他发现，这鸟的左翅膀和左脚都受了伤。沙玛没再往羊场走，他想，就用这只大鸟，给媳妇熬一锅鸟汤，这肯定比羊汤还补。

但媳妇听说沙玛要炖一只大鸟，就拖着羸弱的身子从床上起来，她用虚弱却又无比坚定的声音说，沙玛，你要是敢炖了它，我就吊死在院子里的柿树上给你看。

沙玛从媳妇的话里，听出了认真。他于是就将大鸟抱了放在柿树下说，你们一起死给我看好啦！

不要以为我不敢！

媳妇的语气里，既有警告又有挑衅。

真是个恶婆子。沙玛嘀咕道。

这时，县文化馆的胡有文馆员手里提着用红纸包好的礼物上门来了。这胡馆员是个摄影发烧友，雪一下，他就赶到太平村来了。这几天都住在他表弟乌火毕摩家，准备上大包山上去拍雪景。他听说沙玛媳妇为沙玛生了个儿子，就赶过来贺喜。

但他才推开沙玛家的院门，就被眼前的景象惊呆了，他看见一只大鸟掠过他的头顶，稳稳地落在了柿树上。柿树摇晃了一下，几团泡雪就落在了雪地的雪上了。那鸟太漂亮了，它收拢起翅膀，盯着院子里看。

院子的柿树下，也是一只蜷缩着的大鸟。它一动不动的样子，像是死了。胡馆员看着这一幕，吃惊被后悔取代了，他后悔出门时没随身带相机，错过了好景致。

站在堂屋前的沙玛，同样也看到了那只大鸟。

大鸟嘎嘎叫了两声。

那是呼唤的声音。

蜷缩在地的大鸟动了一下，随即想吃力地从雪地里站起来。遗憾的是，它摇晃着站起身，随即就又摇晃着倒在雪上了。

这时，树上的大鸟俯冲而下，试图叼走它。任由它奋力扑打着翅膀，任由它惊起一地落雪，还是不能将受伤的大鸟叼起来。

它仰颈又发出嘎嘎嘎嘎的叫声。

这声音里有着绝望，似人在大放悲声，仰天叹息，接着，沙玛和胡馆员就看到了惊心动魄的一幕——

它垂下头来，用自己的嘴轻轻地梳理着受伤大鸟的羽毛，它动作轻柔，生怕自己尖锐的鸟嘴弄疼了它，它做得一丝不苟，旁若无人，直到它认为已经为其梳妆好了，才走到它对面，蹲下身子，开始用自己长长的脖颈去碰了碰它的颈项。它与它就此达成了默契。它们交颈缠绕，用尽全力去缠去绕，两条大鸟的颈脖，扭成了一条粗壮的麻花。最后，它们在雪地上仿佛是相拥而眠了……

两只交颈而死的大鸟，让站在院门口的胡馆员泪流满面，沙玛像做错事的孩子，低垂了头呆若木鸡地站在堂屋前的檐坎上。见多识广的摄影发烧友胡馆员，哽咽着说，这是黑颈鹤，太平村怎么会有黑颈鹤？

从沙玛嘴里，胡馆员知道太平湖湿地的雪地上来了这被沙玛叫作大鸟的黑颈鹤，这个只要是摄影发烧友都会闻之激动的消息，让胡馆员断然终止了上大包山拍雪景的计划。

他背着他的摄影包，扛着支架，一身长枪短炮地就开始在太平湖边，像一个狙击手一样开始了蹲守。功夫不负有心人，他捕捉到了太平湖上黑颈鹤的最初影像。

胡馆员回县文化馆后，将他的摄影作品冲洗出来。他还将亲眼所见的两只大鸟交颈而死的"爱情故事"写成了文章，一并寄给了省里一家全国有名的摄影杂志。

黑颈鹤照片及其"爱情故事"引起的轰动效应是胡馆员始料未及的。人们蚁群一样向太平村涌来。一个名不见经传的偏僻彝村，现在成了旅游热点。城里的帅哥靓女，把太平湖当作拍婚纱照的好去处。有婚庆公司甚至找到沙玛家，说愿意出高价买下他家，将其命名为殉情地供人参观。

旅游资源匮乏的乌蒙山，突然出现这样一个旅游景点，让市里的领导也很兴奋，他们向县里明确指示，由市旅游局牵头，出巨资将太平湖太平村大包山一体打造成ＡＡＡＡ级以上旅游风景区。

这个消息传到太平村时，村主任沙玛兴奋激动得在村里摆酒畅饮了三天。但让他没想到的是，乐极生悲的事情也说到就到了。

太平村作为不适宜人生存的苦寒之地，整体搬迁的通知已逐级下放，最后，到了沙玛的手上。

知道太平村要整体搬迁消息的村民们，像接到一个噩耗一样悲悲戚戚了。有一个人却是例外，那就是乌火毕摩。他兴奋地冲沙玛说，沙玛，我太爷爷的预言应验了吧？毕摩就是毕摩！

搬离故土的伤悲，只有搬迁者才能体会那份痛彻心扉。他们集中在老祖坟场大放悲声，那哭天抢地的场面，成为太平村人记忆中的集体伤口。

沙玛没去坟场，他独自去了板板房监狱，父亲俣伍这次破例跟他见了面。披头散发的老父亲在沙玛眼中越发苍老了，父亲俣伍的脸上没有悲伤，他笑容满面地对沙玛说，你带领乡亲们建设了一个美丽的家园，才招来大鸟的。你要自豪地走，祖先的魂灵，会替你守好它的。

沙玛说，阿爸，相信你的儿子沙玛吧，我会带领乡亲们再建一个美丽的家园，等刑期结束，我就来接您。

俣伍收敛了笑容。看着父亲由晴转阴的脸，沙玛以为是父亲把他的话当了夸海口。

阿爸，你还是不相信你的儿子呀。

俣伍摇了摇头，叹了口气说，沙玛，不是阿爸不相信你，阿爸的心里担忧呀，要是再招来大鸟咋办？

沙玛忍不住笑了，他对俣伍说，阿爸，太爷爷毕摩看到的大鸟是黑颈鹤，它只生活在高寒之地，我们搬去的是炎热之所，它不会去的。

……

黑颈鹤没来，但大象来了。

为什么大象刚出现，自己的脑子里都是扑腾的黑颈鹤呢？

翻来覆去的沙玛，越想越想不明白了。

八

阿嘎用父亲给的钱在镇上买了两大桶牛奶。他骑摩托赶回背阴地的窝棚时，看见木呷提着一根木棍正与幼象对峙。

你敢出去，看我不抽死你！

听见木呷恶狠狠的声音，阿嘎忍不住笑出了声。他熄了摩托的火说，木呷，它饿了，想出去找东西吃。

木呷听到阿嘎笑，心里更来气。这畜生好难照顾，解药一起效，它就来精神了。他用木棍朝窝棚画一个圆弧，说你是骑摩托还是赶牛车呀？你再不赶回来，它讨厌的长鼻子，会把窝棚掀翻的。

阿嘎从摩托车上搬一桶牛奶过来，喘着气说，这是野象又不是家猪，能少了脾气？

他边说边把牛奶桶放在了木呷的脚边。

木呷白一眼阿嘎说，这么大一个桶，它怎么去吃呢？你不会以为大象是用鼻子吃奶吧？

阿嘎冲木呷神秘一笑，转身回到摩托车旁，从装头盔的后备厢里拿出一个大奶瓶，朝木呷晃了晃说，知道我为什么来晚吧？

为了制作这个大奶瓶，阿嘎几乎在镇上走遍了所有的商家，最后，经人指点，才找到镇上兽医站的龚兽医，软磨硬缠，龚兽医才答应现场为他制作了这个大奶瓶。为了这乳胶的大奶嘴，龚兽医可没少花功夫和时间。

阿嘎的细致和周到让木呷佩服。他冲阿嘎竖起一个大拇指说，阿嘎，行呀，心细得像绣娘。你奔波了大半天，喂奶的事，我来就好。

木呷从阿嘎手中抓过奶瓶，扭开奶嘴盖，灌满牛奶后又扭紧奶嘴盖，然后提心吊胆靠近幼象。木呷知道，要是幼象不领情地给他一象鼻，不亚于身上挨一闷棍。

但幼象似乎知道了木呷的担心和善意，它乖乖地垂下了长鼻，木呷靠近它，将奶嘴塞进了它嘴里。

它贪婪地吮吸了起来。

满满一大奶瓶牛奶，瞬间就空空如也。

木呷拿着空瓶子，冲阿嘎说，这家伙的食量，怕是能喝掉一桶牛奶。

幼象的牛奶需求量，超出了阿嘎和木呷两个年轻人的想象。阿嘎每过两天，就要往镇上跑，镇上卖牛奶的，都以为他是村子里来的一个牛奶零售商。

这样下去，我们会招架不住的。木呷对阿嘎说，这畜生把我们当开牛奶厂的农场主啦！

阿嘎对此早已一筹莫展，每每想到幼象与日俱增的牛奶消耗量，他内心都会生出一种崩溃感。但阿嘎不愿让木呷看透自己的心思，他故作轻松地说，一头幼象都养不起，还干什么大事呀？木呷把你讨媳妇的彩礼钱先借我，今后石斛有了收成，我就还给你。

木呷说，我准备讨媳妇的彩礼钱不都全投资给你买石斛苗了吗？

阿嘎拍了一下脑门说，你看，我把这都整忘了。木呷，你去找你阿爸，兴许他手上有积蓄。

你打我阿爸的主意？木呷苦笑着摇头说，我阿爸还想打主意向别人借钱哩，他手上一旦有俩零花钱，马上就会变成草药，他总对我讲，毕摩不能消灾祛病还是毕摩吗？

这下阿嘎是真的犯难了，他心里嘀咕道，都说钱能办到的都不是啥大事，但没钱连小事都办不了！

木呷说，阿嘎，你也别犯愁，大不了我俩把这畜生放森林里去得啦！

你说得轻巧！阿嘎断然道，把它放森林里去，找不到象妈妈，它会饿死的。要真是这样，你我都是刽子手。

阿嘎挖空心思想了半天，也没想出一个解决幼象牛奶钱的好办法，只好硬着头皮去找父亲沙玛。

儿子找老子借钱，老子没钱，这让老子又恼火又羞耻，帮不了儿子的老子急得团团转。

沙玛冲阿嘎摊摊手说，不是老子不借给你钱，而是老子两手空空没有钱，前几年的积蓄，一些供你读书，一些用在菠萝的品种改良上去了。

阿嘎低着头说，大家都没钱，可幼象要吃奶呀。

老子知道它要吃奶！

沙玛虎着个脸，翻了下白眼对阿嘎说。

阿嘎叹了口气，转身走了。黑狗大王想跟阿嘎去，没想换了阿嘎一飞腿。

死大王，滚一边去。

大王疼得一边打着滚一边痛苦地汪汪叫唤。

但出了门的阿嘎又低垂了头折回家来。他进屋后对沙玛说，跟你借两斤酒。

借什么借？沙玛粗声大气地说，说话生分得很！自己打去。

阿嘎自顾在酒缸里装了满满一胶壶酒，提着回背阴地去。

他出门前听见父亲的声音——

小子，酒会让你暂时忘记难题，但它解决不了难题。

父亲的话没错，阿嘎和木呷在背阴地的窝棚里相向而坐，也没想出个解决幼象牛奶钱的好办法，只是越发明白了"一分钱难倒英雄汉"的道理。

想不出办法的阿嘎和木呷只能借酒消愁。就在两个年轻人喝得酩酊的黄昏，沙玛找上门来了。

我说过酒解决不了难题的，小子！

沙玛的语气充满了教训，阿嘎说，你跑来就是来看我笑话吗？

笑话儿子不也笑话了老子？你阿爸没那么蠢。沙玛边说边从口袋里掏出一沓钱说，这象儿子再能吃喝，也够你对付一阵子了吧。

看着父亲手上厚厚一沓钱，阿嘎有些意外说，阿爸，你不是没钱吗？

沙玛说，我没钱，但我有家底，我把厩里那两只山羊卖了。

那可是爷爷送你的羊！阿嘎知道，阿爸把它们当了宝贝。

爷爷送的咋啦？沙玛故作轻松说，正因为是爷爷送的，你今后问爷爷要两头，你阿爸不是又有羊啦？

沙玛边说边把钱塞在了阿嘎手里。

阿嘎接了钱，就跟跄着往外走，他急着想骑摩托去镇上买牛奶。

但沙玛厉声唤住了他。

醉酒骑摩托是违法事。沙玛说。

沙玛走过去，伸手向儿子阿嘎要了钥匙，亲自骑摩托车去镇上买牛奶，他心里有些乱，想替儿子做点事，也顺便兜兜风散散心。

卖掉那两头羊。沙玛是痛下了决心的，这种痛只有沙玛能体会。父亲从监狱出来后，没有往自己儿子的新家来，而是独自回到了大包山上，做了一个放羊倌。父亲说，热地方的羊，肉不好吃，既膻腥，又粗柴。沙玛托人带信给父亲，说他孤身一人，自己放心不下。父亲于是就托人带了两只羊，说你既然惦记牵挂我，看看羊就好啦。

沙玛想，今后没羊看，又该想父亲了。他心里清楚，父亲犟着不与他同住，就是要让他牵肠挂肚，这样，他沙玛就不会忘了故乡。

沙玛去镇上，星夜买回来牛奶送去背阴地，人也困乏了。回家正准备洗脚上床睡觉，院门又敲响了，黑狗大王也汪汪卖力叫唤。沙玛此时被人打扰，心有不快，开门就嚷，什么鬼呀，深更半夜的。

不是鬼，是毕摩。

乌火抱着一罐酒，满脸堆笑地站在门口。看着一脸烂柿花一样笑容的毕摩乌火，沙玛没好气地说，你三天两头往我这送酒，想拉我下水呀？

你这是不服人尊敬，真把自己当干部了？乌火瘪一下嘴说，要不是我儿木呷摊上你家的事，我才懒得低三下四上门找你。

怎么是我家的事？你把话说清楚点。

怎么不是你家的事儿？你儿子蛊惑我儿子，跟他树上种石斛，他要不跟你儿子进雨林，会发生捡到象儿子的事？

都说来者不善，原来你乌火是兴师问罪来啦！

乡亲们夸你有格局，有气量有度量，我倒是看得相反，整个小肚鸡肠，兴师问罪，我乌火问你什么罪？何罪之有？你堵着门干啥？彝家有你这样迎客的吗？

乌火说着就自顾挤进了门。

在太平村人眼里，沙玛和乌火，是村里的两大能人，乌火管天，沙玛管地，一山难容二虎，俩人不待见，村里人也清楚，当然，他们彼此心里也清楚。

这样的两个人坐在一起喝酒，场面就自然有些尴尬，尴尬得憋半天三杯酒下肚，也找不到话头。

毕竟是在自己家，沙玛开了话头。

怪了，自从听说太平村来了大象，我就每晚都梦到了黑颈鹤。

你倒好，睡得着。

谁睡得着？一脑袋的鹤。

我观了几晚的天象。

看见大鸟了？

一说到鸟，话题就中止了。

我没别的意思。沙玛解释。

乌火摇了摇头说，没看见。

那看见大象了？沙玛又问。

乌火摇了摇头。

你什么也没看见，找我干啥？沙玛指着自己的鼻子说。

我看到书了，乌火说。

你看到了天书？

沙玛有些惊异，天书说啥啦？

不是天书，是太爷爷留下的书。乌火说，准确点讲，我看到了古典籍。

沙玛说，古典籍你看得懂吗？别在我面前冒充知识分子。古彝文，你也能看出名堂？

当然，要不也成不了非遗传承人。乌火边说边端起酒碗一饮而尽。

有名堂就摆来听听。沙玛说。

有了卖弄学识的机会，乌火是一定要在沙玛面前显摆的。他装腔作势咳嗽了两声，清理了一下嗓子，尽量放缓语速道——

我太爷爷抄的是《十月历》，也就是我们通常说的十月太阳历。历书上说，我们的先人，用十兽纪日，分四方五位，东方鳄鱼，南方大象，西方是驮太阳的神鸟，北方是猴子，中央是喊太阳的黄公鸡。鳄鱼掀开了洪水，招来水灾，是罪魁祸首，被砍了四肢作为顶天支柱，故鳄鱼被封为分管东方之兽。大象是动物界的和平维护者，居南，封为南方之神兽。神鸟驮来太阳和光明，居西，封为西方神兽。猴子被人用来发丧，它主管人类灵魂归去，为北方之神兽。天上原来有七个太阳，六个被神人射落，剩下一个不敢出来，大地漆黑。好心的先人养公鸡喊太阳，喊出太阳带来光明，所以公鸡位居中央，为中央神兽。我们彝族人婚丧大事，要毕摩卜卦，就来源于此。

你一下猴子，一下公鸡的，把我都弄糊涂了，你能不能拣重点说？沙玛有些不耐烦了。

啥在你心目中才是重点？乌火翻着白眼问。

大象，沙玛端起酒碗说，当然是大象。

乌火有些火气说，我不是早说了吗？大象是南方之兽，从来都是和谐吉祥的象征嘛。大象来我们太平村，叫太平有象，是吉象，大吉之象！

沙玛听乌火这一说，似信非信，他对乌火有些不恭地说，你们毕摩世家，从来都有望文生义的本事。

乌火这回是真生气了，他腾地站起来，反唇相讥道，毕摩当然是世家，这是传承的力量，但从没有听说过村长村主任有世家的！

他说完，拂袖扬长而去。

村长村主任咋啦？沙玛气得吹胡子冲着无边夜色说，村长村主任从来都是村中领头羊！

九

沙玛其实是听进了毕摩乌火的话的，要不，夜里他也不会睡得那么香甜。他早晨醒来，感觉到整个人神清气爽，身子仿佛卸下了好几十斤，乌火送来的酒罐还摆在火塘边。他抱起酒灌，倒出一碗喷香的烧酒，一仰脖就一口干了。

高兴了就喝一碗早酒，这是沙玛的习惯，这习惯会让他在一天里面不仅身体通泰，而且心里舒服。他抹了一下嘴，出门，在院子一角将背箩提将起来，反手往背上放时，才想到羊已经卖与他人，便将背箩扔地上，反剪了手，出了院门。

黑狗大王也欢天喜地跟在他后面，边跑边摇动着它雄赳赳的尾巴。

沙玛只要高兴，就会绕着太平村游走，样子像极了旧时土司巡视领地。村民们都能看出来，他身上总有一种掩饰不掉的威严与自豪。

这太平村，原本不叫太平村，它有一个听起来让人胆寒的名字：蚂蟥箐。蚂蟥箐名副其实，蚂蟥多，不仅有水蚂蟥，而且还有树蚂蟥。水蚂蟥叮了人的腿，会让人疼痛难忍，像粘了万能胶一样难除掉。树蚂蟥更恐怖，人打树下过，就会纷纷扬扬落下。旧时有马帮打蚂蟥箐过，都得在镇上买一只羊，到了蚂蟥箐，让马锅头将羊往前撵，那羊往树丛里走，树蚂蟥就纷纷落下，紧紧地粘连在羊身上，它们拼命地吮吸羊血，羊就咩咩地痛苦大叫，直到被吸成一具羊架。

沙玛率领村民来到蚂蟥箐，第一件事就是除蚂蟥，他带领全村人，用石灰粉将蚂蟥箐撒成了白茫茫一片，又用猪羊的血浸泡大丝瓜瓢子诱吸蚂蟥，将其集中后用火烧成灰烬。第二件事就是态度强硬地找搬迁办，改掉蚂蟥箐这个听起来就让人不寒而栗的名字，改回原来老家的村名：太平村。

沙玛想起刚来的时候，这地方就是一片蛮荒，除了蚂蟥，还有咬得人疼痛难忍的红蚂蚁和要命的蚊虫。这种湿热之地，草木疯长，各种叫不出名的有毒昆虫大量繁殖，让人不堪其扰。原本就是背井离乡的村民，到此后情绪都降到了最低点，成了个个哀鸿，沙玛的心中，也是悲凉一片，绝望与满腹苦水混杂一起。回去吧！咱们回去吧！我们回老家去，我们坐惯的山坡不嫌陡！他的耳朵里，塞满了山风一样呜咽的村民的哀求。

但沙玛知道回不去了，他们都是开了弓的箭镞。他冲那些哀求吼叫，告诉他们回不去的事实。跟着我干，不给老彝胞丢脸！我一定给大家一个更好的家园！他掷地有声的话，成了村民们的信心支柱。

什么都是问题，吃惯了苦荞疙瘩，吃不惯糯米团；吃惯了土豆，用红薯当顿，肚里就犯酸水。附近的本地人就嘲笑，说山猪吃不惯细米糠。吃是问题，干活更是问题，种熟了荞麦，种甘蔗稻田就手生。沙玛就跑到傣寨学，就像小学生一样找农科站的农技人员教。几年光景折腾下来，就还真折腾出了景象，他们种出了比本地人种得还要好的稻谷、甘蔗和菠萝，村子里有了欢声笑语，间断了几年的火把节，又在紧锣密鼓中，在火把、篝火和歌声中重新成了重要的民族节日。连省里来考察的领导都感叹说，这是一块风姿绰约的彝文化飞地。

而这一切，立头功者，非他沙玛莫属。在镇上、县里、州上、省里到处拿奖，直拿得脚瘫手软。沙玛每每想起这些，不骄傲都不行。

看着花团锦簇、瓜甜果香的家园，看着安居乐业、幸福安康的乡亲，沙玛在太平村周遭，怎么看都看不够，怎么走也走不累。

但志得意满的沙玛，心中还是有一份遗憾，那就是父亲俸伍，他怎么哄怎么劝都不奏效，出狱后径直回了大包山，回到了那黑颈鹤翩翩起舞的地方。他说，只要他在，太平村人就有了故土，就有了根。

而今天的沙玛，却想把根深深扎在这里。他总是这样教育儿子阿嘎，有志气的彝人，对故乡最好的怀念，就是用自己的双手打造出一个比故乡更美丽、更富庶的家园。这话，是在市里乡村振兴动员会上，那个市政府文绉绉的周秘书替他写的发言稿里的话，但确实是他沙玛的心声。

沙玛站在亮丽的阳光下，心中充满了豪情。意气风发的他涌起一个念头来了，那就是他要带领自己的乡亲，把脚下这块一直被族人们当作异乡的土地，建设成家乡。

我们就是这里的主人！

——这样一想，他整个人都像这美好的早晨，通透而敞亮了。

但这好心情却被毕摩乌火这讨厌鬼破坏了，胖得像一个皮球的乌火，蹦跳着冲他跑过来，气喘吁吁地说，不好了不好了，要出大事啦！

沙玛看乌火一惊一乍的模样，脸上就泛起了鄙夷之色。他皱着眉头说，沉不住气的男人，知道啥叫大事？乌火不会又看了啥古书，让你晓得天要塌？

乌火一听沙玛的话，就跺了脚说，你不说损人的话，难道会死吗？我昨晚在你家喝多了酒，回去就睡了。今早醒来，老婆就说，昨天晚上木呷回家来，翻箱倒柜找东西，把我的迷药拿走了。那可是能迷倒三头牯牛的迷药呀！

嗯，沙玛嘀咕道，这也算大事？

这还不是大事？乌火推了推手说，木呷拿那么多迷药去干啥？

你儿子拿的迷药，你来问我拿去干啥？毛病！

毛病？沙玛你骂我有毛病？乌火指了指自己鼻尖然后又用力指沙玛说，你才有毛病，脑子有毛病！他拿那么多迷药，要用在那象儿子身上，迷死了咋办？

沙玛听乌火这一说，上牙咬了下嘴唇思忖一下，觉得有理，就一拍乌火的肩头说，那还愣着干啥？还不快赶背阴地去。

木呷和阿嘎折腾了半个早上，也没能让幼象喝下迷药。起先，木呷将迷药溶在水里，让幼象喝，但聪明的幼象仿佛知道水里下了药，长鼻子刚触到水桶，就缩回来，然后一撩，就把一桶水给掀翻了。阿嘎见状，就取了奶瓶，将迷药兑在了牛奶里，装进奶瓶让幼象喝，幼象吸了一口，但随即就把吸的一口牛奶全喷在了阿嘎的脸上，弯腰站起身的阿嘎，弄成了一个大花脸，惹得木呷捂着肚子笑了半天。

笑啥笑？阿嘎说，等段晓果的车来了，我看你还笑不？这活蹦乱跳野性十足的，迷不翻，看咋把它弄上车？

阿嘎说的段晓果，是给阿嘎提供石斛苗的商人，昨天他驱车来背阴地给阿嘎送先前预订的石斛苗，发现了关在窝棚里的幼象。当他听说这是一头阿嘎和木呷从雨林里捡回来的幼象时，就动起了歪心思。他说他关系广，知道有人暗地里做收购野象的生意。

这能卖好大一笔钱，你俩要做成这笔生意，就不用向我赊石斛苗了。他说。

阿嘎在雨林的树上种石斛，因为缺少购苗钱，限制了种植规模。听段晓果这番话，心就动了。

但动了一下心的阿嘎，随即又坚定地摇了摇头，我和木呷犯王法的事不做的。

犯啥王法？你知我知木呷知，买的是泰国人。

泰国人？他们买象干啥？

做大象表演，招揽游客呀。

不……不行，阿嘎继续摇头说，那些驯象师，对野象的手段可残忍了。

段晓果听阿嘎这话，也摇摇头说，别装活菩萨了，发啥善心呀？你真以为你能养得活这幼象？你没这能耐也没这本事！你想过没？养死了咋办？你脱得了干系？

木呷抢白说，我们养它一段时间，等它大点儿就放它回森林去找妈妈。

找妈妈？段晓果冷笑一声说，木呷，你给我编童话呀？它要找不到妈妈，饿死咋办？它要饿死了，你说它是饿死的，还是被你们害死的？

段晓果让木呷无言以对。

即便饿死，阿嘎头昂一下说，也比受驯象师的活罪强。

此言差矣！段晓果不愧是一个巧舌如簧的商人，皮笑肉不笑的，目光尖锐盯着阿嘎说，没错，这幼象是要受驯象师的罪的，但那是要让它褪去身上的野性，经过受训，它就不是一般的象，是象里的艺术师，就像浴火重生的鸟那样，不是鸟了，是凤凰，你替它烦忧，真正是杞人忧天。它成了艺术师，体现的是价值。这价值，比它在山野丛林里做一头自生自灭的野象不知强到哪里去了。

听了段晓果这一蛊惑，阿嘎看看木呷，木呷看看阿嘎，都觉得此话有理了。

段晓果轻易地就洞察到了阿嘎和木呷内心的动摇，他说，我可不会白帮忙的，卖的钱我们仨等分。我今天回去就联系买主，明天就开车来拉象。

段晓果看了看幼象，试图挑逗一下它，伸手去挠幼象的鼻子，幼象长鼻一丢，吓了他一跳。他后退两步，对阿嘎和木呷说，明天怎样把它弄上车是个大问题。你俩得想法子。

阿嘎左思右想，也没想出个好法子，倒是木呷，一阵苦思冥想，就想到了父亲乌火的迷药……

沙玛和乌火急匆匆赶到背阴地的时候，两个年轻人已经累得汗流浃背，他们引诱幼象喝迷药没得逞，就想强行给幼象灌迷药。俩年轻人虽身强力壮，但却不是幼象的对手，制服不了幼象的他们，看见自己的父亲，来了援军般地兴奋，他们大声招呼两个前辈赶快过来帮忙。阿嘎说，乌火叔、阿爸，你们来得正好，我就不信我们四个人还制伏不了一头幼象。

他的话音刚落下，响起的却是响亮的耳光声。阿嘎还没反应过来，沙玛扬起的大手掌就重重搁在他脸上了。

这时段晓果驱车来到了背阴地，他斥责沙玛说，难道你不知道打人是违法的吗？

阿嘎捂着脸，说段总，他是我爹，你别管闲事。

段晓果说，老子打儿子也违法。

沙玛恶狠狠地瞪段晓果一眼，说你别人模狗样地装文明人，他阿嘎平白无故给大象下迷药违不违法？

这一问，还真问住了段晓果，一时语塞的他，赶忙从口袋里掏烟，递给沙玛。沙玛不接，段晓果也一脸堆笑给乌火递烟。乌火迟疑一下，就欲伸手去接，却被沙玛呵斥住了。

坏人的烟你也敢抽？沙玛冷冷道。

段晓果这下火气上来了，他说，大叔，我是正经生意人，怎么在你眼里就变成坏人了？

乌火也觉得沙玛言辞不当，就说，沙玛兄，生孩子气，也不要拿外人出气，你咋就把人家当坏人了？

沙玛瞥一眼乌火说，别人说你聪明，在我眼里你就是个笨球。

乌火摊摊手说，沙玛兄，气还生我头上来了？过分了！

我过分？沙玛上前，推了一把乌火，指着段晓果开来的车说，你睁开你的狗眼，仔细瞅瞅，他开的什么车？四周封着栏杆，我看你儿我儿要给这象儿子下迷药，就是想把这象儿子卖给他。

你说得没错，段晓果说，我这不是好心帮阿嘎和木呷，这象是野象，怎么能养？养不家的。我正是趁它还小，牵线把它卖给驯象师，既赚了钱，又免去了麻烦。这岂不是两全其美？

两全？全个狗屁，还其美？美你个头。沙玛气得吹胡子瞪眼，手指段晓果说，你这一肚子坏水，想的都是歪门邪道，说你是坏人轻了，你要真怂恿这俩逆子卖了这象儿子，你就是个罪人！而且你把他们也变成了罪人！

阿嘎捂着被打疼的脸说，阿爸，你别血口喷人。人家段总真是一片好心，是诚心诚意帮我们解决难题。

啥？沙玛没想到自己的儿子如此糊涂，他忍不住伸手往阿嘎头上又是一巴掌，说老子今天要是不把你打开窍，我就是个失职爹。他帮你们解决难题？他要把这象儿子买了，你和沙呷的人生就无解了！

你阿爸说得对，话丑理正！乌火附和道。

阿嘎，段晓果唤了一声，说我可跟境外的人联系好的，而且收了人家定金，你不会反悔吧？你反悔，你就得赔违约金哦。

听段晓果还在要挟自己的儿子，沙玛气得挥手一巴掌就过去了。好在乌火眼疾手快，伸手拦开了，要不，这一耳光，会比扇阿嘎的还要响亮。

段晓果吓得退后了两步。

沙玛欲再上前，却被乌火一把抱住了。乌火冲段晓果说，你这年轻人呀，还不快走，咋连势头都不看？

段晓果挪动了一下脚步，又犹犹豫豫停住。

沙玛说，你真的想要违约金？

商有商道，段晓果说，违约是要赔的。

好好好！沙玛冲段晓果连鼓三个掌，说我这就给警察打电话，让他们赔你违约金啊。

他边说边伸手对阿嘎说，把你的手机给我。

一听说沙玛要给警察打电话，段晓果就慌了，说，别别别，我走还不行吗？

就这样走？沙玛冷冷地说，你岂不亏了？

段晓果说，我认了，亏就亏吧，我认栽了。

那还不快滚，沙玛一挥手说，免得老子看你泼烦。

段晓果灰溜溜地小跑到车前，拉开驾驶室，一轰油门，车子放一串响屁，瞬间就从背阴地消失了。

沙玛瞪一眼阿嘎，又瞪一眼木呷，嘴里爆出了一声——

糊涂！！！

然后，他板了脸冲乌火招招手，就转身大步流星地走了。

乌火也冲两个年轻人说，糊涂！

说完就跑去追沙玛了。

十

这幼象卖又不能卖，养又养不起，幼象与日俱增的食量，对阿嘎和木呷，都成了压力和负担。

两个年轻人思来想去，最终还是决定将幼象放归雨林里去。在一个月黑风高之夜，两个年轻人将幼象悄悄地赶进了雨林深处。

赶走了幼象，阿嘎和木呷起初都有一种如释重负的轻松，但这种轻松感很快就被内心的不安取代了。这幼象找到它妈妈了吗？找到象群了吗？如果它一直脱群，它该怎么生存下去？

这些心中泛起的问题就像泉眼里冒出的水，越来越多。这些问题，将两个年轻人折磨得寝食难安。

　　在背阴地的窝棚里，阿嘎和木呷，两天来一直在黄昏相向而坐，喝上了闷酒，而且都喝到酩酊大醉。这样过去了两个夜晚，木呷终于率先在第三个黄昏打破了沉默，他说，阿嘎，我们是救护人呢还是刽子手啊？

　　阿嘎说，我要能回答上这个问题，我还喝这酒？木呷，就让那象儿子听天由命吧。

　　阿嘎的话音未落，窝棚外就传来了叫声。木呷被惊得站了起来，他对阿嘎说，外面有啥在叫唤。

　　阿嘎点点头说，我也听到了。

　　他们奔出窝棚时，看到了被他们赶进雨林的幼象。在血一样的黄昏里，这头归来的幼象，仿佛笼罩在某种悲壮的氛围里。

　　阿嘎突然抱了头，跪在了地上。

　　木呷赶忙上前，想把阿嘎扶起来，但阿嘎挣扎着就是不愿站起来。他说，木呷，它找我们来啦！你看到没，它是流着泪找来的。

　　木呷放眼望过去，看到了盈盈如月光的象眼和未风干的泪痕。

　　幼象缓慢地移动着脚步，走向阿嘎。它伸出它的长鼻子，轻轻地抚弄着长跪不起的阿嘎，它充满了温柔，仿佛是在安慰过度伤心的阿嘎。木呷跑过去，伸手搂着幼象的头，他哽咽着说，你要原谅我和阿嘎哦，我们要有能力和办法，不会赶你走。

　　阿嘎说，木呷还不快拿牛奶去。

　　木呷说，哪还有牛奶？

　　阿嘎腾地站立起来，他对木呷说，那就把酒壶提来。

　　木呷说，难道你要跟它喝酒？

　　阿嘎认真地点了点头，看看幼象对木呷说，今晚你，我，还有它，要一醉方休！

　　是夜，阿嘎和木呷都喝高了，翌日太阳老高了，才从窝棚的床上爬起来。他俩没顾得上给自己做早餐，却忙着给幼象准备食物。当他俩带着昨夜残存的酒意提着菠萝香蕉来到幼象住处时，两人吓得酒意烟消云散了。

　　幼象侧躺在地上，纹丝不动，就像死了一样。

你这是乐极生悲，这么点的象，你给它灌了满满一碗酒，木呷责备着阿嘎，它一定是醉死了。

阿嘎斜睨了一眼木呷，说木呷，它又不是你，小酒量还要冒充海量。

他边说边无限关切地蹲下身子，伸手去摸幼象的身子。木呷看见阿嘎的手仿佛被电击了似的颤抖了一下。

它怎么烧得像一截燃着的木炭。

木呷捂了捂鼻子说，这屋里咋一股屎臭味？

阿嘎吸了吸鼻子，一股令人作呕的臭味就扑进他鼻孔里来了。

这时木呷叫了起来，说象儿子拉稀了。

阿嘎这时才注意到象屁股上都是脏兮兮的粪便。

阿嘎认真检查着这头幼小的病象，发现他被毒竹扦刺破的伤口愈合得挺好，但脐部却严重化脓发炎了，感染让幼象出现了发烧和腹泻的症状。

他站起身子，对木呷说，我们得想办法救它，你快去找你阿爸。

木呷说，我阿爸医人行，医象绝对外行。阿嘎，你还是去镇兽医站请岩香医生吧。

阿嘎说，这会走漏风声的。

木呷说，顾不了那么多了，这畜生要真死了，你我那才真是吃不了兜着走啊。

阿嘎思忖一下，认为此言极是，就骑了摩托，奔镇上去了。

岩香是镇上新近从州职业学院分到镇兽医站的傣族年轻女兽医，木呷在州职院念书时，就听人说过，她出众的外貌和和善的性格让她赢得了院花的美誉。但岩香最出众的不仅是外表，她还是州职院著名的学霸，有关兽医的论文还上了院办的学报。

一听说去医象，岩香就来了兴致。她准备了一些消炎退烧的兽药，就跨上了阿嘎摩托的后座。

骑着摩托拉着美女的阿嘎，整个儿不仅身体通泰，心情也好极了。如果不是心里装着那头病象，他恨不得要用彝语为岩香一展他引以为傲的歌喉。

岩香真是一名出色的兽医，娇小玲珑的她虽是初次给野象看病，但仍旧镇定自若，样子像个行医多年的老手。她手指轻柔地安抚着大象，在它毫无感觉的状况下就打完了针。她给它消了毒，洗干净了身子。一切都做得麻利而熟练，阿嘎和木呷都赞叹不已。

岩香忙活完，站起身用手掌抹了一下额头上的汗水。她让阿嘎和木呷放心，说幼象的伤经过消炎，身体的烧就会随即退去，生命无碍。

阿嘎要岩香保守秘密，并强调说，这是背阴地的秘密，不能为外人道——他对岩香说。岩香点头，说保守秘密可以，但你得每天来镇上接我，我放心不下它。

这是个求之不得的美差，阿嘎爽快地答应了。一旁的木呷一肚子醋意，他实在后悔，先前去镇上兽医站接岩香为什么是阿嘎而不是自己。

幼象的病情，在岩香的救治和阿嘎与木呷的精心照料下迅速有了好转。归来的幼象与以前有了明显不同，它变得温顺安静了许多，对阿嘎和木呷表现出了亲热的态度。天热的日子，阿嘎和木呷躺在大青树下乘凉，它就会走过来，用长鼻为他俩"按摩"。它跟岩香更亲，每天岩香来看它，它都会高兴地抖动耳朵，卷起小尾巴，装一副"萌"态，求岩香抱它。岩香搂着它脖子的时候，它就会发出幸福的叫声。

有一天岩香爱抚着幼象对阿嘎和木呷说，它应该有个名字，这样我们好称呼它。

他们都点头表示赞同。木呷说它既然来到我们太平村了，就取个太太的名字吧。

岩香摇摇头说，不行不行，这什么名呀？难听死啦！

阿嘎说，那叫平平吧。

岩香点头，说平平好，平平安安也是我们对它的心愿。

于是幼象就叫了平平。岩香嗲声嗲气唤它，它还憨态可掬地迈开步子为岩香跳起舞来了。它笨拙的舞姿逗得阿嘎和木呷哈哈大笑。阿嘎边笑边说，看来它也认可了平平这名字。

岩香几乎天天都来看平平，阿嘎几乎天天都骑摩托去接岩香，这接来送去久了，就有了感情。当木呷意识到阿嘎已经和岩香好上了的时候，觉得自己成了多余的人。他想离开背阴地回家住，但又扔不下对幼象的关切与想念，只好作罢。

看木呷成天闷闷不乐，阿嘎以为这段时间木呷在背阴地待烦了，就劝木呷回村里去。没想到阿嘎这一劝成了火上浇油，木呷把劝当成阿嘎赶他走。他冲阿嘎暴跳如雷，他说，阿嘎，你真是个贪心鬼，岩香是你的，难道平平也是你的？我告诉你，平平是我们大家的！

看到自己的朋友像吃了炸药一般，阿嘎只能尴尬地笑笑，拉岩香走了。

岩香坐在阿嘎摩托车后座上，突然就咯咯咯地笑了。

阿嘎说，岩香，你笑啥呀？

岩香说，我要知道木呷喜欢我，才不找你嘞。

阿嘎说，木呷喜欢你？别自作多情好不好？

你说啥，我自作多情，岩香在阿嘎背上捶了两拳说，难道你看不出，你的朋友都成醋坛子了吗？

阿嘎就笑，说我要是早知道木呷也喜欢你，我就把你让给他。

你敢！岩香边说，边像擂鼓一样在阿嘎的后背上舞开了拳头。

阿嘎哎哟哎哟地叫唤着说，岩香，你手轻点，还真捶呀？

岩香说，想知道我为啥笑吗？阿嘎，听说过花为媒，没听说过象为媒。

阿嘎听岩香这一说，知道岩香想嫁给自己了，一脸幸福的他，把摩托骑得像闪电一样快。

十一

阿嘎与岩香的婚事很快就提上了议事日程。

按照傣族的婚俗，如果阿嘎和岩香结婚，阿嘎就要到岩香家去住上一段时间，这就叫从妻居。但阿嘎要照顾幼象平平，去岩香家从妻居不现实，岩香就去找自己的父母。岩香父母是通情达理的人，同意岩香与阿嘎按照彝族风俗举行婚礼。

这可累坏了沙玛，为了操持儿子的婚事，他像上足了发条的钟摆，忙得嘀嘀嗒嗒停不下来。整个太平村人也跟着高兴，阿嘎能娶貌美如仙的傣族姑娘岩香，让他们骄傲极了。

大喜的日子是乌火择的黄道吉日，这是毕摩分内的事。但沙玛还是亲自登门，给乌火送去了一坛陈年荞麦老酒以表谢意。乌火毕摩告诉沙玛，说阿嘎娶傣族姑娘岩香，是天意，是上天派神象来撮合的大好事。乌火的话，从来没有如此入过沙玛的耳和心，他的脸笑得就像个熟透的烂柿子，人机械得像鸡啄米般只会点头称是。

婚礼前一天，阿嘎回家去操办婚事。杀猪是必须的，结婚离不开坨坨肉；宰羊也是必须的，没有一锅膻香味扑鼻的羊汤，大家的高兴劲头就提不起来。一时间，沙玛家的院子热闹得像一锅翻炒着大豆的铁锅。

背阴地的木呷却冷清极了。他一个人守着幼象平平。平平吃饱喝足，不理会木呷，侧躺在地上，象眼一闭，就进入了梦乡了。木呷出了窝棚，看了看被火烧云染得通红的黄昏，就又折身回去，一个人坐在昏暗简陋的窝棚里，喝起了闷酒。

闷酒醉人，几杯烧酒下肚，木呷就醉得不省人事了。他身子一歪，就躺在窝棚里那把破旧的竹躺椅上，呼呼大睡了。

木呷是在剧痛中惊醒过来的，醒过来的他发现自己被压在一根原木下，身上是山茅草和石棉瓦。当他意识到窝棚垮塌了，酒就醒了大半，他用力推开身上的原木，扒掉身上碎裂的石棉瓦和零乱的山茅草，灰头土脸地从窝棚的废墟中站起来。站起来的他吓得哇地大叫了一声。

在木呷面前是一支严阵以待的大象的军队。木呷知道，是它们侵犯了窝棚。大象也发现了木呷，领头的母象示威地冲他发出了愤怒的吼叫声。

这吼叫声木呷似曾相闻，这不就是先前雨林中那只母象的声音吗？木呷意识到平平的妈妈来找平平了。

一想到平平，木呷心中一惊，就赶忙一边呼叫着平平，一边搬动着那些石棉瓦和山茅草。木呷想，平平一定是埋在了窝棚的废墟里了。

但象群里响起了一声奶声奶气的叫声。

这声音木呷太熟悉了，那是平平的叫声。

木呷呼叫着平平，让母象很不高兴，它打了一个生气的响鼻，就向木呷冲将过来，木呷吓得转身就逃。他最后爬到一棵大青树上，母象用鼻子去缠卷大青树，试图将它连根拔起。但它尝试几次后，感到了力不从心，于是就带着平平，领着它的队伍离开了。

惊魂未定的木呷确认大象离开后，依然不敢从大青树上下来。

离开背阴地的大象没有回雨林，而是径直扑向了太平村人居住的寨子。十数头大象肆无忌惮地进了寨子，一路上为显示自己的破坏力，它们掀屋顶，拔栅栏，弄了个一塌糊涂。如果不是黑夜掩盖了它们的暴行，场面将惨不忍睹。母象领着平平走在最前面，它们的目标是夜里依然灯火通明的沙玛家。

野象的到来弄出了不小的动静，但在沙玛家为第二天婚事而忙碌的人们依旧浑然不觉，他们忙活着给肥猪开膛剖肚，为壮羊剥去毛皮。欢声笑语让忙碌的景象弥漫上了幸福的光泽。沙玛更是忙成了陀螺,他不停地给来帮忙的人端茶递烟,和唢呐手们商议着如何才能将傣族送亲的葫芦丝乐队给比下去。婚丧嫁娶,离不开毕摩,他是当然的司仪。按理,今夜他应该早早来与沙玛主人家商议婚礼的程序,但沙玛知道,乌火喜欢在这时端着,要主人家派人三番五次去请,以此显示存在感。但沙玛就是不主动派人去请乌火,他知道无论他如何磨蹭,乌火最后都会出现在自己家的。但沙玛的老婆却沉不住气,她已经三次提醒沙玛,该去请乌火毕摩了。

放下你那硬撑着的身段好不好?沙玛老婆对沙玛说,这可是你儿子的终身大事,是你求人的时候。

沙玛说,正因为是终身大事,我才不求他,阿嘎成天叫他叔,我就不信乌火他不来。

沙玛话音还悬在空中,门就吱呀一声开了,乌火跌跌撞撞就扑进门来了。他进门就大喊,沙玛兄,你面子太大了,大象都来喝你家的喜酒了。

跟着沙玛落下去的话音,泛起的是院墙上瓦片掉在地上的噼里啪啦声。

沙玛说,来晚就来晚呗。编啥诳?

编诳?乌火说,你不信出门看看,大象的队伍都到你家门口了。

这时,一直趴在院墙角打盹的黑狗大王,腾地跃起,犹如一道黑色闪电就扑出了院门,沙玛也赶紧起身,小跑着出门一探究竟。

沙玛的头才探出院门,象鼻子就顶着他脑门了。吓得他赶忙缩回头,慌张地将院门给关上了。这头大象仿佛知道主人家不喜欢它,它象鼻一勾,就将挂在门头上的红灯笼给挑下来了。它抬脚,轻易地就将其踩了个粉身碎骨,但即便如此,也没解它心中块垒。它昂起头,就发出了愤怒的吼声。

它的叫声,引得院内的人们也发出了惊叫。

沙玛警告说,叫什么叫?野象来了,大家都赶紧奔顶房去吧!要快!要快点!

人们于是就一窝蜂地往沙玛家顶楼跑。

院内是嘈杂的脚步声,院外是黑狗大王的狂吠声。

黑狗大王实在是高估了自己,它根本没有意识到自己的行为是螳臂当车,是鸡蛋碰石头。阿嘎在楼底撕破了喉咙唤它回来,它却飞蛾扑火般冲向了象阵。井然有序的象阵没想到会碰上如此自不量力的亡命之徒,队伍出现了短暂的混乱,特别是幼象平平吓得直往象队的中间钻。

黑狗大王卖力的叫声和鲁莽的举动充分激怒了母象。母象小跑着摇晃着象鼻迎向黑狗大王。黑狗大王并不畏惧这庞然大物，依旧狂吠着扑向母象。它瞅准机会，张开狗嘴一跃而起，试图将那耀武扬威的象鼻给咬下来。但它的嘴还没碰到象鼻，狗身却被象鼻甩出去老远，重重摔在地上的黑狗大王发出了痛苦的惨叫。

几只成年野象快速围将过去，它们像一群曲棍球队员一样，用象鼻将黑狗大王抛过来又挡过去，尽情地戏弄不自量力的黑狗大王，把它从狂吠一直摔到一声不吭。

太平村给阿嘎婚事帮忙的众乡亲看着这力量悬殊的对决，都怔住了。他们挤在屋顶上，看着被黑狗大王充分唤醒了野性的大象们，轻而易举地将沙玛家的院墙夷为平地。它们大摇大摆地在沙玛家院子里提前享受起了为婚礼准备的菠萝、芒果和香蕉。有两只淘气的大象把鼻子伸进了院子里盛满酒的大酒缸，烧酒刺激得它们的长鼻子都直了，它们不喜欢这刺鼻的酒香，索性上前，将酒缸给掀翻了。站在楼顶的人们，第一次在酒香里嗅到惊心动魄的味道，都紧张得紧紧依偎在了一起。

它们把沙玛家院子弄得一片狼藉后，才心满意足地离开。

乌火毕摩在屋顶摇响了手中的法铃，他仰天大喊——

天神爷，你快显灵，把那些大象强盗赶回雨林里去！

众人于是都跟了乌火一起朝着夜空喊。

沙玛没跟着众人喊，他独自沉默着下了楼，走出家门，跨过院墙废墟，将奄奄一息的黑狗大王抱回了家。

十二

太平村惊现野象群的消息，传得比山风都快。一时间，科考队、环保组织和新闻记者都蜂拥而至。

外来的人们，饶有兴趣地向村里的人打探野象的信息，沙玛家被记者和自媒体爱好者围得水泄不通，对野象的热情和关切，让他们忽略了太平村人的惶恐和不安。

阿嘎因为野象的捣乱，没能按彝族风俗举办婚礼。他听了岩香的，按傣族习俗举行了婚礼，去傣寨从妻居。沙玛起先把自己关在屋子里，什么人也不见，后来在一个月黑风高的夜晚，他抱着黑狗大王来到了背阴地。他搭了一个简易的窝棚，在此住了下来，

是木呷发现的沙玛和黑狗大王。那天，他回背阴地，想看看那些好些日子无人照料的石斛苗，没想到却发现了命若游丝的沙玛和黑狗大王。

他和它已经多天不吃不喝，抑郁了。

木呷赶忙去找救兵，他请来了父亲乌火。乌火带来了沙玛最不愿意听到的消息，乌火说，太平村出现了野象群，引起县里和州里高度关注。州里领导在听取科考队专家的调查和意见后，认为由于近年生态好，亚洲野象种群繁衍速度加快，原有野象栖息地已经不能满足其生存需要，亚洲象自然保护区要扩大，太平村将在区域之内。

我们的家园怎么办？沙玛叹口气问。

乌火说，听说州政府正在考虑将整个太平村搬进县城里去。

沙玛兄，乌火说，下一步，我们都成城里人啦。

沙玛问，你想去城里？

乌火摇摇头，说不想。

沙玛问，为什么不想？

乌火说，城里夜空到处是霓虹，我怎么观天象？

沙玛低头不语。

匆匆赶来背阴地打理石斛苗的阿嘎，听到了两位老人的对话。他扶起沉默不语的父亲，又看看乌火毕摩，他冲乌火笑了笑，说乌火叔，城里观不了天象，你可以看世象呀。太平村被划进了亚洲野象自然保护区，我们看似失去了家园，但新家园在等着呀。县里划拨了最好的地块，给我们打造了一个美丽的彝族文化特色社区，我和岩香前几天去县里，听规划局的同志讲，我们的新社区还叫太平这名，每家都是宽敞、明亮、舒适的住房，而且是按照彝族民居的样式设计的。你们上了年纪的老人都住社区去，我们年轻人，一部分跟我学习树上种铁皮石斛，一部分去自然保护区上班，成为保护区领工资的员工。我们这是从糠箩里跳到米箩里了。

你说的当真？一直闷葫芦着的沙玛，张口问。

阿嘎点头，说当然当真。

乌火也频频点头，说这真是好世象！

沙玛白一眼乌火说，世象不归你毕摩管。

乌火急了，说不归我管难道归你管？

当然归我管，沙玛拍了一下胸脯说，太平村搬县里，我这村主任就是社区主任。

乌火撇撇嘴说，看把你美的。

沙玛说，我就是美咋啦？进了社区，你这毕摩，该退休了。

阿嘎就笑，说别听我阿爸的，县里知道你救治野象的事，决定建一个彝医传承馆。石斛是名贵药材，今后我们的销路，还得仰仗你老宣传哦。

大家于是都爽爽朗朗笑了。

一直趴在一旁装死的黑狗大王，哼了一声。沙玛瞅它一眼，说你听好了，进了城你就不是大王了，别再乱咬人，要做文明狗。不听招呼，我就送你回来，让大象教训你。

（原载于《民族文学》2021 年第 11 期）

团　年

吉米平阶（藏族）

一

快到年关，下村的年味儿也渐渐浓厚起来。

好像越是快到年关，没干完的活儿越多。这不，阿妈刚刚在院子里指挥着家里老二和来帮忙的邻居拥西，把拆洗的一大堆被褥和藏毯晒到院子里的铁丝上，一进厨房，就看见对面墙上的木台上，那几排大小不一的汉阳锅还原封不动地摆在那里。汉阳锅是一种铝制的平底锅，大概最早是在湖北汉阳生产的吧。那些汉阳锅，经过一年的烟熏火燎，个个黑得快要流油了。如果不把汉阳锅刷洗得锃亮，那叫什么过年呢？阿妈从厨房的窗户里伸出头，叫正在院子里跟拥西说笑的老二赶紧去把汉阳锅刷洗出来。

老二从晾晒的被单后头答道："您两个儿子不是就要回来了嘛，等他们来刷！"

"天晓得他们啥时候才到，电话里又不说清楚，你不要啰唆了。等会儿拥西要帮我擀面翻花茹，你又做不好。"阿妈说。

老二放下手里的活儿，嘟嘟囔囔去厨房，搬出大大小小十来个汉阳锅，在院子里的水池子里泡上，转眼，人不知哪里去了。

拥西进门来，见阿妈已经在厨房里摆开架势，准备要炸花茹。

花茹是一种油炸馃子，下村过年必备。炸花茹既是过年的准备，又是过年的开始。以往，过年炸花茹，是很隆重的事情，一家人无论大小，围坐在一起翻花茹，家里主事的拿着长长的竹筷，在翻腾的油锅里查看花茹的成色，很有架势。

上好的花茹，要在面粉里加鸡蛋、酥油、红糖，擀成黄豆薄厚的面皮，涂上玫瑰花瓣泡出来的食品红，撒上豆粉防粘连。翻花的时候，对折成两三指宽的两层，切开，再在折缝处切出连接的细条，六、七、八条不等，做成花瓣花茹。做花瓣花茹一定要在接口的地方涂点儿糖水对接粘牢，再翻出五瓣六瓣七瓣等各色花样，下油锅炸透，捞起来放在竹筲箕里。还有一种蝴蝶花茹，做法就简单多了，把涂抹食品红的面皮卷成圆筒，切出半厘米薄厚的圆片，放平两手一捏，就成了蝴蝶形状，精细点儿的再在下方捏出两个小尾巴来，就更神似。

花茹焦黄香酥，作为过年的上等供品，神龛前必不可少，供奉，祭祖拜佛。家里来客人，摆上一盘，格外增色。花茹既可当糕点，还可以解饿，早餐时抓出一盘花茹泡酥油茶，也是很好的，特别是蝴蝶花茹，酥油茶泡出来，又酥又软，香甜可口。过年，下村再不济的人家，也要炸几斤面粉的花茹。

今年阿妈的花茹炸得多，光面就发了满满两大面盆，还专门去县城买了一米来宽的擀面板，客厅里的藏桌已经擦得干干净净，预备着放翻好的花茹。

阿妈家已经好多年没这么热闹过了。

自从老大结婚以后，回家过年就稀松，老三高中毕业出去打工，已经有三四年了吧，全家没有在一起团过年。今年，阿妈早早就给在外面的老大老三说了：天大的事情放一边去，一定要回家过个团圆年！还有一层意思她没有说，初二是他们阿爸七十岁生日。

想到老头子，阿妈停下来听听动静，知道他肯定又去村委会扯闲篇去了。从乡小学退休下来，老头子完全不适应闲适生活，不像其他老人，去村头的甜茶馆喝喝茶、打打牌、转转经，不然出门旅游也行，他不，整天跑到村委会找那些驻村干部东拉西扯，好在他对村里的情况了解得多，驻村工作队经常有求于他，倒也自在。

阿妈想叫老二去把老头子叫回来帮忙翻花茹。别的事情他干不了，一辈子拿粉笔，地里家里的活儿，都是她和家里的几个孩子干了，不过像翻花茹这样的细巧活儿，老头子还是得心应手。

阿妈看院子里的水池边，只有水管汩汩流着，不见老二人影，她对翻花茹的拥西说："你看，这么大的人了，屁股还是坐不稳。"

拥西说："她老公小廖不回来过年吗？好长时间没看见他了。"

"不晓得。这些年总加班，难得回来住几天。"阿妈说。

"他们这样子，啥时候才要得上小孩。"拥西说。老二结婚也快十年了，翻过年就是本命年，往四十奔的人了。

"就是啊，我看她倒是不操心，整天嘻嘻哈哈。"阿妈说。

"要说人家小廖也不容易，当个副乡长，整天忙得跟跑山神一样，啥事情都跑不脱。"拥西是本乡卫生院的医生，老二的丈夫廖志远在金沙江边的白玉乡当副乡长。今年，江边泥石流形成堰塞湖，全乡干部在山上当了两个月的山大王，等到泄洪结束老百姓都回到家他们才"解放"，这两年又是安居房改造，又是脱贫攻坚摘帽，真是忙得够呛。

"我们小廖就是哪个都能支使，窝囊！"阿妈这样说，语气里却透着自豪。

"人家好歹是乡领导呢。"拥西说。

正说着，阿爸溜达着回来了，手里还拿着一捆碧绿的油菜，说是村委会温室里种的。

"你咋个不在村委会吃过午饭才回来呢？"阿妈调侃道，又问，"看见老二没？"

阿爸说："我这里有家有室，好意思在人家那里吃午饭？人家的饭钱也是有数的。"又连忙说，"拥西留下来吃饭啊。"

"还用你说？正好来翻花茹，我还说叫老二去找你。"阿妈说。

"我看见老二往乡政府那边去了。"老头子说。

"你看这半截子活儿，汉阳锅还在那里堆着呢。"阿妈抱怨道。阿爸连忙说："我去洗我去洗。"说完放下手里的油菜忙着刷汉阳锅去了。阿妈看着老头子的背影对拥西说："这女儿都是被他惯坏了。"

还别说，老二从小到大，阿爸就没有动过她一根毫毛，村里的人都说，这个在全乡（过去叫公社）都出了名的坏脾气，有了老二就变了。

二

下村四十多户人家，这些天，家家都有在外工作或者打工的人回来。

虽说现在的生活天天像过年，但真正到了过年的时候，还是不一样。村边小河沟总是热闹非凡，家里的小媳妇、未嫁女都在那里叽叽喳喳，洗各种东西。其实现在每家都通了自来水，聚在河边的性质，更多是交换些家长里短。而水泥铺就的小道，通到了家家户户，每家人都把家门口冲洗干净，在大门上换上新香布，就是那种藏式的门楣帘。

这个靠近金沙江边，坐落在山坡上的小村子，冬小麦已经油绿绿长出来了，不时有小孩子放几个二踢脚，空气中弥漫着淡淡的硝烟味儿。

阿妈今天主要的事情，就是准备古突夜（藏历十二月二十九晚上）的东西。

古突就是一种面疙瘩汤。做古突时，会在面疙瘩里包上各种不同的小东西，都有不同的含义，谁吃到什么，或者象征他的性格，或者预示来年的运气，是一种轻松欢乐的饮食文化。

阿妈把准备包在面疙瘩里的干辣椒、木炭块、羊毛一类的小玩意儿都找出来，放在一个瓷碗里。切玛盒、养着青稞苗的罐头盒子、彩绘羊头这些东西都早已备下，花茹炸了整整三大筲箕，还不包括送给拥西家的。

天气很好。偏西的阳光透过窗棂照进有点儿发暗的厨房里，分散成许多细小的光柱，一些平常看不见的尘埃在光柱里飞舞，好像快乐的小精灵。这个时候，连村子里的狗都不叫，院子里的藏狗孔老五也懒懒地趴在门槛后面眯着眼打盹，俩眼眉上的黄点，在阳光的照射下，倒像是睁着的眼睛，显得炯炯有神。

老二一大早就去白玉乡看老公去了。

老二的老公廖志远是阿坝汶川人，"5·12"大地震时在汶川一个学校教书，忙着抢救学生，家里双亲都遇难也没顾得上，重建开始，小廖再也无法在那里待下去，报考了这里的公务员，分配到白玉乡工作。因为肯吃苦心眼儿实，现在已经是副乡长了。

阿妈经常为有这个女婿感到安慰。家里老二也不知像谁，在县里读完初中死活也不愿意继续上学，那些年跟着几个姐妹在成都的宾馆当服务员，跟小廖谈上恋爱。这桩婚事老两口还是相当满意的，小廖对老两口很尊重，老两口也把他当亲生儿子。结婚后，老二就回来在乡小学打小工，离家也就几公里，经常回来住，这样老两口身边也算有个照应。

说起来，这个家在下村，甚至在全乡，也都是让人羡慕的。老大上学时，阿爸还在乡小学教书，那时候精力旺盛，把儿子的功课抓得紧，老大考上了大学，毕业后分配到州里的单位，娶妻生子，现在是什么副处长了。女婿是乡干部。老三现在在拉萨打工，听说也混得不错。阿爸在村委会进进出出，不时会有人对他恭维几句，这也是他愿意往村委会跑的动力之一吧。

肯定，他现在又在村委会的院子里。

阿妈到客厅看看挂钟，摇头叹气。老大今天一早就来电话说出发了，还说大门和厨房的吉祥图都等着他来画，现在还没有音信。老三前几天电话里说是跟几个朋友开车从川藏线出来，按说也该到了。

听着挂钟嘀嗒嘀嗒的声音，阿妈心里七上八下。这时，大门口响起了汽车刹车声，阿妈赶紧迈过孔老五的狗头，往院子里迎去。院门打开，白玉乡的朋友送女儿和女婿小廖回来，老二手里提着几个点心盒子，小廖扛着一箱啤酒。

"小廖，不是说今年过年值班吗？"阿妈问。

小廖说："是值班，我们书记说今天是古突夜，让我回来陪老人，明天大年三十他回去过年，我去替他。"

"那就好那就好。"阿妈搓着手说。

放下东西，小廖挽起衣袖进到厨房准备帮忙，看见厨房里堆着的东西，吃惊地叫了起来："妈呀，您准备这么多东西，这得吃到什么时候？"

他还没看见厨房旁的食品仓房，这里光是肉食就有猪牛羊鸡鸭鱼，还有香肠腊肉各种罐头，和血肠风干牛肉，更别说其他的蔬菜干鲜果品，林林总总堆满一屋。阿妈说："今年好不容易大家都回来，我还嫌不够哪。"

小廖摇头道："您这得花多少钱呀。"

阿妈说："你阿爸的退休工资，每年都涨一点儿，我今年还卖了两头猪。"说完推小廖进客厅，"该准备的都准备好了，你就歇歇吧，等老大老三到家就开始做饭。老二，给你阿爸打电话，叫他回来和小廖他们先喝着。"

三

老大和老三差不多前后脚进的门。

老大开着两年前买的国产越野车，还没到家门口就开始摁喇叭，孔老五听见动静，一跃身爬起来往大门口跑，阿爸也放下酒杯急匆匆往门口赶去。

此刻那辆白色的越野车已经停在大门外，首先下来的是孙子，因为两年没见，长高一头的孙子有点儿腼腆地跟爷爷问好，然后跟藏狗孔老五搂在一起。

"跟你说做人不要张扬，两里地以外就听见你来了。"阿爸有些抱怨地说。

"不是想通知你们一声嘛。"老大不以为然地说。这时老大媳妇从车上下来，手上脖子上耳根上金光闪闪，大概车里很热，鲜艳的上衣敞开着，露出丰满的身材。跟阿爸打完招呼，老大媳妇就忙着指挥从车上往下搬东西。

"又买这么多东西，哪里吃得完？"阿爸看着院子门口包装得花花绿绿的一堆，摇着头说。

此刻阿妈、老二和小廖都从屋里出来，阿妈说："不着急搬东西，先进屋喝口热茶。"

老大媳妇说:"还是先收拾停当,不然车没地方放。"

因为下村地形不平整,能停车的地方很少,这些年,开车回来过年的人越来越多,这个时候能停车的地方都停满了。阿爸之前跟村委会打过招呼,在村委会里预留了一个车位。

搬完东西,阿爸带着老大停车回来,阿妈已经张罗了一桌子酒菜,老大媳妇也换了一身衣服从楼上的卧室下来,大家围着藏桌坐下,阿妈问:"咋个顶着年关才回来?"

老大媳妇说:"还不是您儿子,今天早上还到单位去了一趟,不是我催着,现在还到不了呢。"

"有那么忙?"老二问她哥。

小廖说:"大哥是单位领导,忙是肯定的。"

老二撇了撇嘴:"都像你,攒笨的料。"

小廖住了嘴,阿妈招呼大家吃喝,突然想起来说:"阿牡丹今年该高考了。"

"就是啊,最要紧的时候,你们非叫回来。"老大说。

正跟爷爷说话的孙子阿牡丹此时插嘴道:"也不在过年这几天。"

老大横过去一眼:"这个时候分秒必争,你看你这个不上进样,不要像你叔叔,考成高考次数状元。"老三高中毕业后复考了几年没考上,老大着实有点儿看不起他。

"哪个兴在背后说人坏话。"话音刚落,老三推门进来。

"你个短命的……"老二看见老三进来,站起来就叫,说到这儿,意识到现在是过年,赶紧把话音咽下,迎上去说,"还是鬼鬼祟祟的。"老二和老三从小一起长大,说话没遮拦,看得出他们感情很好。

门口的老三双手一摊:"院子门就没关。"说完往后面招手。

随着老三的招呼,从门外怯生生挪出来两个人,一个年轻女子,手上牵着个五六岁的小女孩儿。已经起身的老两口身子僵在那里,向老三投去询问的目光。

"这个是德吉,还有她女儿云珍。"老三介绍说。

"哎呀呀,这个孔老五越来越不懂事了,来了客人也不吭一声。"老大媳妇怪罪着藏狗,随后又热情地对怯生生的母女说,"快进来快进来,一路肯定辛苦了。"

一家人如释重负般纷纷起来让座,阿妈说:"还是请客人先洗漱一下吧。"说完用眼神儿示意老二带着母女俩去洗漱，老二本来有一肚子话要问老三，此刻万分不情愿地领着德吉母女去了卫生间。

待她们看不见身影了，阿爸问："这是什么情况？"

"没什么情况呀，女朋友。"老三轻松地说。

阿妈忍不住问道："你的女儿？"

"说什么呢？这小孩儿多大了！"老三说。

"啊？找个二婚的，还'买一送一'。"老大说。老三很不高兴地看老大一眼，转过头去。

"这个……德吉，你是认真的？"阿妈小心翼翼地问。

"不认真我带回来？"老三说。

"她是哪里人？家里情况你了解吗？爸妈是干什么的？"阿爸插进来问。

老三说："家是拉萨的，她爸妈我都见过了，挺好。"

"那在电话里不提前说一声？"阿妈说。

"电话里又说不清楚。"老三说。

"按你说的，不是几天前就跟几个朋友开车过来吗？"阿爸问。

"加上她们两个车坐不下。她们也是临时决定过来的，只能赶长途车，所以耽误了。"老三说。

"那小孩儿怎么回事？"老大媳妇好奇地问。

"没怎么回事，就是德吉的女儿，一直跟着她。"老三说。

"那她的父亲呢？"老大问。

"不知道，没问。"老三说。

"这个人……"老大环顾四周，见没人理会，自言自语道，"太不负责任了。"

老三想要答言，阿妈见不是个事儿，圆场道："老三你不提前说一声，这多失礼呀。"

"反正要成一家人了，不用那么客气。"老三故作轻松地说。

四

古突之夜的气氛，由于德吉母女的到来，有点儿沉闷。

本来，下村人对过年吃古突，可有可无，这个风俗也是生活富裕以后兴起来的。有的家庭早在下午四五点钟，就开始张罗晚饭，到天黑时都喝差不多了，加上当地习俗，大年三十早上，家家户户都要上山扫墓祭祖，所以许多家庭吃完晚饭，看会儿电视也就睡觉了。

阿妈家不一样。阿妈年轻时从江那边嫁过来，之前过年一直要过古突之夜，到了这里二十九不吃古突，很久不习惯，所以，下村开始过藏历新年，她就积极推行吃古突。今年的春节和藏历新年正好在一起，加上儿女们都回来，就更搞得隆重些。

还在晚饭时分，为了调节气氛，阿妈让老大带着儿媳妇和孙子，在厨房和家门口，用糌粑和石灰画吉祥图案和符号，她带着德吉和老二准备做古突的面汤，客厅里只剩下阿爸、小廖和老三喝酒扯闲。

"老三你应该经常给家里来个电话，爸妈平时常念叨你。"小廖酒量有限，几杯啤酒下肚，就开始跟小舅子掏心窝。

"来电话就听他们唠叨。再说平时也没时间。"老三说。

"没时间？你现在在忙啥？"阿爸问。这个小儿子从小不听话，因为是家里最小的，舍不得严管，结果高中毕业考了三年，连个技校也没考上，前几年去拉萨打工，平常也没有几句真话给家里。

"反正有我的事情。"老三不满地说。

"你把人家母女两个带回来，拿什么对人家负责？"阿爸也有些不高兴了，他觉得这个小儿子吊儿郎当，管自己都困难。

"这个不用担心，我又不会问你们要钱。"老三说。

"老三，阿爸也是为你好，少说两句。"小廖说。

几爷子在这里拌嘴，那边老二早把老三在拉萨干什么、混得怎么样，从德吉嘴里套得清清楚楚，原来老三先跟几个人合伙开旅游车，这几年拉萨搞供暖工程，又跟着几个人在做供暖，干得好像还不错。德吉嘴甜，没少说老三的好话，加上有一个小女儿云珍在身边晃着，几个女眷周围的气氛慢慢轻松起来。

大号的红双喜高压锅里，骨头汤里加了牛肉碎、萝卜丝的古突开始冒气，牛肉萝卜混合的面汤香味儿弥漫出来，连刚刚喝得有点儿上头的阿爸，都从楼上的卧室里踱步下来。数着人头，阿妈把十个金边瓷碗摆好，把藏狗孔老五的饭碗也准备好，开始给高压锅浇水冷却，老大媳妇和老二在旁边打下手，所有人都眼巴巴地盯着她们操作。

今天晚饭的座位是这样的：藏桌在客厅正中靠着北墙，由三张雕花小方柜组成，两边是两张藏床，阿爸和老大分别坐在藏桌北边的两头，孙子阿牡丹坐在爷爷旁边，老三和德吉母女紧靠着坐下，老大旁边给老大媳妇留着，然后是老二小廖，藏桌的南头是一个四方火盆，高压锅从厨房煤气灶上端出来就煨在火盆上，阿妈在南头忙碌，座位也在那里。

这会儿，热气腾腾的突巴（面汤）已经上桌，桌子中间还摆着晚饭时剩下的一些凉菜，卤牛肉、香肠腊肉之类，最显眼的有两盘红彤彤胖乎乎的辣椒，是这里有名的醋海椒，最配面食。

也许刚才只吃菜喝酒了，一家人也不多话，各自端着碗拿着小勺呼噜噜吃起突巴来。阿妈给孔老五端了突巴回来，坐下说道："你们吃慢点儿，里面还包着东西呢。"

一句话提醒了大伙儿，都在碗里边吃边找。

五

做古突德吉在行。在拉萨日喀则一带，家家妇女都懂得做古突，当然，每家在面团里包的东西不尽相同，所以说辞也都不一样。刚才，德吉不仅包了阿妈准备的那些东西，还用面块捏了太阳月亮、小狗小人混在里面。

大家正认真吃着，老大媳妇夸张地惊叫起来："看我吃到啥了？"

大伙儿都抬起头，老大媳妇用勺子高高挑起一撮羊毛，左顾右盼。

吃到羊毛代表心肠好，大家纷纷夸她，阿妈看了看，说："你们不要'只顾人家碗里的菜，不管自己碗里的肉'。"

大家又都认真在自己碗里挑起来。

一会儿，叫声此起彼伏，所有的人都有发现，阿牡丹把手举得老高，说吃到了一粒玉米。大家都看着阿妈，因为过去没有包过玉米。原来，在刚才做古突的时候，德吉告诉阿妈，说现在他们那里都不包羊毛，嫌吃到嘴里不舒服，用玉米替代了。

这时候阿妈愣了愣，德吉说："真是好兆头，玉米代表强大的心脏，说明这个人宽容善良，还有，玉米节节高，说明今年高考考得好。"

老三说："你还懂得挺多。"

阿妈意味深长地看了德吉一眼，德吉旁边坐着的云珍也跳起来说："我吃到一块糖。"

德吉说："云珍啦就是嘴甜。"

老二听德吉用敬语叫自己的女儿，说："你们那里的人奇怪得很，跟自己的女儿都说敬语。"

老二刚才吃到了一块瓷片，瓷片象征游手好闲，大家为此取笑了她半天，这会儿她有点儿不高兴。

德吉不知道说什么好，这时候阿爸插话了，阿爸说："给孩子说敬语好，教育他们从小就懂得互相尊重。"

大家都把各自吃到的东西吐出来，放在自己跟前的纸巾上，什么辣椒呀、木炭呀、人参果呀、青稞粒呀，人参果、青稞粒代表有口福，木炭说人狠心黑，辣椒表示此人说话尖酸刻薄。每吐出一样，就会迎来一家人的品头论足、哄堂大笑，气氛越来越热烈。说也奇怪，这些打趣的象征物，好像总是和吃到的那个人性格有几分吻合。

"啊呸呸。"阿爸小心翼翼从嘴里掏出一包东西，放在面前。阿妈一看乐了："哎呀老头子，你吃到了最吉祥的东西，代表我们全家今年都丰盛，取不尽，用不尽。"

"那是什么？"小廖问。

"一包盐！"阿妈开心地说，然后一边伸长脖子四处看，一边自言自语，"包的黑豆子没有出来。"原来，黑豆子象征小气、吝啬，被老三吃到，悄悄咽了。

<h1 style="text-align:center">六</h1>

德吉看出了老三的小心眼儿，又不便说明，就说："我吃到了小面人，该我出节目，我给大家唱个歌吧。"

阿妈说："也是，说不定我舀给孔老五了。孔老五就是个小气鬼。"又说，"今天大家肯定吃到了好多代表吉祥的太阳月亮，都是德吉捏的呢，现在请德吉给我们唱歌吧。"

德吉唱了拉萨流行的酒歌，接着大儿媳妇、小廖都唱了各自家乡的歌，反倒是阿妈一家子，没有人出节目，阿妈说："老头子，这下该你表演了。"

阿爸抹抹嘴，起身上楼拿了一把胡琴下来，抹松香、调音，认真捣鼓了半天，拉起了下村著名的弦子。

悠扬的琴声响起，一下子就让屋子里所有的东西都生动起来。阿爸陶醉地随着琴声晃着脑袋，不知什么时候，桌上的人，除了德吉母女和老三，都在客厅的另一头拉起圆圈跳了起来。

年幼的云珍好奇地张大嘴巴："阿妈啦，他们都会跳耶。"

"他们还都会拉琴呢！"德吉说。

果然，几首曲子过后，趁阿爸为了防止琴弦划伤手指关节，往左手食指中指上缠胶布的时候，老大拿过胡琴拉起来。他拉的风格跟阿爸不太一样，欢快中带着一丝急躁。女婿小廖也不知从哪儿弄来一把胡琴，在圆圈里边拉边唱：

长在石头上的神树，已过千年万年，
我们慈祥的父母，希望也这样长寿……

一边是丰盛的餐桌，一边是欢快的弦子，火盆里炭火熊熊，在这个温暖的冬夜，这样的场景，让人感觉好幸福呀！

云珍兴奋地在弦子队伍里，一会儿跟这个模仿几步，一会儿又蹿出来找吃的，阿牡丹从舞蹈的圆圈里出来，这会儿已经完全投入到和同学的手机联机游戏里，周围的音乐歌舞对他毫无影响。

老三凑近德吉的耳朵："我没说错吧。"老三曾经跟德吉夸耀，说他们那里的人，只要是男人都会拉胡琴，只要是女人都会跳弦子。

德吉推老三起来："你也去跳呀，一家人这样，多好。"

老三轻蔑地撇嘴："我才不跳这些老土。"

德吉没办法，站起来往厨房走，老三追上去问她干什么。

"我去做驱魔用的糌粑。"德吉说。

老三拦住她说："我们这里不兴这个。"

德吉说："刚才我已经问过你阿妈了，阿妈说可以。"

歌舞尽兴了，吃古突前的酒也消散得差不多了，阿妈说："德吉今天带来了拉萨的风俗，我们也都祛祛一年身上不干净的东西，图个吉利。"说完拿起德吉准备好的糌粑团，在身上四处滚擦一遍，啐三口唾沫，扔进大家吃古突后倒残汤剩水的砂罐里，大家学着阿妈的样子，纷纷拿起糌粑团，老二一边滚擦一边叨叨："净整这些没用的。"

小廖说："这就是图个吉利，给过年增加点儿仪式感。"

都扔完了，足有半砂罐，阿妈叫孙子："阿牡丹，跟你叔叔去把它丢村口垃圾桶去，记住丢了不要回头啊。"

德吉挺好奇地问："大哥儿子怎么叫阿牡丹呀？不是本名吧？"

老大媳妇说："他叫洛桑次仁，小的时候我们忙，在老家跟着爷爷奶奶，那时候也没什么娱乐，天天听广播里蒋大为唱'啊牡丹'，就学会了，到哪里都唱，结果叫名字没人认识，叫阿牡丹，都知道是他。"

阿牡丹正忙着打联机游戏呢，很不情愿地说："叔叔去丢就行了嘛。"

"你是家里的长孙，再说今年要高考，讨个吉利。"平常一贯不信这些的阿爸这会儿说。

老三抚弄一下阿牡丹的头发说："走吧，我想一个人丢还没资格呢。"

七

阿妈家的房子是这一带常见的藏东风格小楼。阿妈家人口多，前些年盖安居房时，为了扩大居住面积，就只留了一个小院落。

盖房子时老三还在上高中，老大老二都反对盖这么大，说将来只怕老三也不会回来住，但阿爸阿妈坚决要盖大房子，说这辈子就这一回了，赶上安居工程的好政策，你们不出钱，也要给你们留出房间，哪怕一年住几天。所以就盖成了这样一楼一底的楼房，楼下正门是客厅，西边是厨房和食品仓房，东边是卫生间和堆放杂物的储藏室，楼上东面是两个老人的卧房，往西缩进去一溜，是四间不大的卧室，一个卫生间在楼梯旁边，三层是一个晒台，北面起了一个架子，夏天可以乘凉晒东西。

这样一栋楼，可以说耗尽了阿爸阿妈的心血，也是他们为之骄傲的家业。他们给每个子女分配了卧室，每间卧室配备了双人沙发床，准备了被褥，只有西头那一间大一点儿的屋子，放了一套藏柜一套藏床，阿妈在里面安了佛龛，阿爸的很多书刊报纸，也都摆放在书架上。

趁老三和阿牡丹去丢砂罐，阿妈开始一边在火盆里埋木炭留火种，一边安排住处。

老大和媳妇准备上楼，他们的行李下午来的时候就已经拿上去了，阿妈问："阿牡丹是睡楼上还是楼下？"问完又自言自语道，"还是楼下暖和些。"

老大两口子对视一下，什么也不说就上楼了。儿子从小在这里长大，轮不上他们操心。

老二这会儿正跟小廖嘀嘀咕咕不知说什么，一边还往阿妈这边看，阿妈冷眼看见，不理他们，转过头给德吉母女说："你们两个睡楼上老三的屋子，有电热毯，今天路上累着了，等会儿洗洗就早点儿休息吧。"

德吉说："现在还不想睡，还有什么要做的您告诉我。"

阿妈说："都收拾差不多了，真要谢谢你呢，今天刚来就做了这么多活路。"

"嫫啦（奶奶），不用谢！"云珍在旁边脆生生地说。阿妈抚摸着云珍的头说："云珍啦真乖！"

德吉学着云珍的口吻说："嫫啦您叫我们云云就好。"

"云云好，云云乖！"阿妈说。

正闲话着，老二过来说："阿妈，小廖明天值班，我们今晚回白玉乡住，反正家里这么多人。"

"人再多你们房子也是空着，回乡里明天一早上山，你们赶得回来？"阿妈问。

廖志远凑过来对老二说："你看嘛，我明天扫墓完了回去来得及，再说你后天一早就要走……"话说到这里，自知失言，连忙闭嘴，但阿妈已经听出来了，问老二："后天是初一，你到哪儿去？"

老二不满地瞪小廖一眼，随后轻描淡写地说："我们几个姐妹约好了，去海南岛。"

"去海南岛？没听你说过啊，再说得花多少钱哪。"阿妈说。

"我们也是才定下来，今年小廖发了加班工资，初一的机票打折，便宜。"老二说。

"春节不在家里过，今年可是你的本命年。"阿妈说。小廖对阿妈说："她好不容易有机会出去一趟，有我在家呢。"阿妈看看小廖，没再说什么。老二和小廖也悄悄上楼了。

这时，老三和阿牡丹叔侄两个说说笑笑回来，阿妈说："你们两个睡客厅藏床，好不好？"

老三左右看看，说："好啊，我没意见。阿牡丹不要扯噗齁哈。"

阿牡丹干脆地说："我睡楼上西屋！"

"这孩子，楼上冷，这里舒服。"阿妈说。

"我不怕冷，奶奶，给我灌个热水袋就行。"阿牡丹说着急忙往楼上跑，他和同学们约好的鏖战才刚刚开始呢。阿妈放下拨火钳，起身到储藏室找出热水袋，倒进开水，用毛巾包着送上楼去，边走边嘱咐："老三你记着睡觉时看看厨房和院子，不着急睡就把火盆拨开，让德吉她们早点儿睡，今天一路辛苦了。"

八

听着楼上没动静了，德吉脱掉鞋，把两腿平放在藏床上，靠着床沿轻轻叹了口气。

"累了吧？"老三小声问，"要不你们早点睡？"

云珍放低声音说："我们不累，我们不想睡。"

德吉挺有感触地说："你们家真好，你爸妈真好！"

老三不置可否，向德吉做了一个拉易拉罐的动作说："想不想再喝点儿？"

德吉点点头。老三从食品仓房抱出几罐啤酒，小心翼翼放好，拉开一罐，"刺——"易拉罐开启的声音，在安静的夜里显得很刺耳。阿妈听见了楼下的动静，走到楼梯口说："在火盆上烤点儿干肉，或者拿点儿零食出来，空肚子喝酒不好。"

"您就别管了。"老三说，德吉和云珍对视着吐了吐舌头，又听见阿妈说："德吉，我把你们的电热毯开到高挡上了，等会儿别忘了调小，楼上卫生间牙刷和毛巾是现成的。"

"好的嫫啦，我们跟着就睡。"德吉向着楼梯点头说。

老三去把火盆拨开，拨出火种，挑几根新炭架在上面，一会儿，火势就起来了。小云珍新奇地看着这炭火，老三把火钳给她，看她小心翼翼在火盆里夹木炭。藏狗孔老五听见客厅有响动，扒开大门钻进来。

德吉看着老三烤干牛肉，说："你们家好奇怪，狗叫老五，那老四是哪个？"

老三被这个问题问住了，想了一会儿才说："没有老四。这个老五跟我们几个没关系，它是孔老五！"

藏狗听老三叫它，顺势跑过来趴在火盆边上，要是不来客人，它可没这个待遇。

"这样啊。"德吉说着也去挠挠孔老五的大脑袋，说，"也是你家的一分子了。我看你哥哥嫂嫂好像不满意你。"

"我哥和我从小就不对付，他觉得他学习好，本事大，当了个什么副处长，哪个都看不起。"老三说。

德吉把手指竖在嘴上说："小声点儿，我看你跟阿牡丹挺好。"

"那当然，小时候净是我带他玩儿了。"老三骄傲地说。

两个人说话间，云珍在藏床的一角睡着了。看着云珍熟睡的样子，德吉心里百感交集。本来，这次她并没有打算跟老三来，她还没有想好他们之间的关系。直到跟老三进到这小楼之前，她还没有想好要不要把她们母女的终身托付给他。她觉得老三处事有些优柔寡断。但自从进了这栋小楼，她立即被一种温暖厚重的气息包围起来，有一种从未有过的安全感。

云珍的生身父亲，也是一个康区男人，那时候跟着他舅舅在拉萨做生意，租住在德吉家里。德吉跟他结婚时，刚刚从卫校毕业。那个人开朗帅气，表面豪爽大方，可是好赌好酒，没有自制力，输了做生意的本钱，他们结婚时置办的一点儿家当也输得精光，最后打起了她父母财产的主意。德吉毅然告诉那人的舅舅，把他告上法庭判决离婚。

在跟那人共同生活的两年多时间里，他从没给她提起过他的父母和家人，让德吉觉得很古怪，难道康区男人都是不顾家的？刚跟老三认识，觉得老三干事认真踏实，没什么坏习惯，知道老三也是康区人以后，她很犹豫要不要继续跟他来往，但云珍很喜欢老三，老三也经常跟她们讲起老家和父母，所以，德吉才下决心跟他来一趟，主要就是要看看这个家庭。

老三拿一床毛毯轻轻给云珍盖上，然后在火盆架子上烤牛舌和风干肉。看着薄薄的牛舌片冒出的油脂，沁润到干牛肉上，散发出奇特的香味，德吉食欲来了，她拿过一罐啤酒，用毛巾包裹着打开，坐到火盆边问老三："你们这里大年三十上坟，是哪里的风俗？"

这又把老三问住了，他想了半天说："不知道，反正别的地方好像没有。"

"其实挺好的啊，在过年之前先祭祖，不忘祖先。"德吉说。

"就是，西藏好多地方没祖坟，我也觉得怪怪的。"老三说。

"风俗不一样吧。"德吉说。

其实，西藏最早是流行土葬的，吐蕃时期留下的藏王墓就是证明。大概是由于西藏地处高海拔，木材稀缺，挖掘墓穴也不容易，土葬的成本实在太高，于是就有了天葬、水葬这样的替代形式。佛教传到西藏，赋予了这些丧葬形式一定的特殊意义，使它们更容易让人接受，这些东西，德吉是不明白的。

"明天我们要一起去吗？"德吉问。

"我去就行，你们不用去。"老三说。说到明天早上上坟，老三有点儿兴奋，"你不知道，有的家庭四五点钟就上山了，明早你看吧，天还没亮，漫山遍野都是手电光。"

德吉看看手机，过了子夜了，老三帮助抱着云珍上楼，安置娘儿俩睡下，也下来收拾睡了。

九

早上五点刚过，阿妈就起床下楼，看见火盆呀桌子呀收拾得干干净净，老三蜷在藏床上睡得正香，孔老五也伸长了身子，舒舒服服趴在火盆边。阿妈在厨房烧上水，放上砖茶，在电动酥油茶壶里放上酥油、盐、碎核桃仁，还没有等茶烧好，看见德吉从楼上下来，手里还捧着两样东西。

阿妈轻声说："还不多睡会儿，昨晚睡那么晚。"

德吉惺忪着眼睛说："我看看有什么可以帮忙的。这里给您一个帮典（围裙），是山南杰德秀的。还有几斤酥油，礼太轻了，昨天不好意思拿出来。"

"德吉太客气了。"阿妈接过礼物说，"帮典正好新年系上！坐长途车还带酥油，难为你了。酥油真新鲜，今早上就用它打茶。"

德吉拉开客厅门到院子里四处看，果然看见一面山上手电光闪动，隐隐有人声传来，感慨道："真有早的呢。"

阿妈出来与德吉并肩站着说："有些家户人少，要赶着回来预备年饭，有的是扫完墓去泡温泉，所以起得早。"

"这里每家都有祖坟吗？"德吉问。

"只要过上两三代的，都有，过去是土葬，现在是骨灰了。还不知到了我们会是什么样子呢。"阿妈感慨道。

"嫫啦您说什么呢，您和啵啦（爷爷）的身体都好着哪！"

这时候厨房里烧茶的壶哨响起来，两人反身回屋打茶。阿妈把刚才放好的酥油挑出来，换上德吉带来的新鲜酥油。打茶的声音成了起床号角，这会儿，一大家子纷纷起来，在楼上楼下洗漱。

廖志远在院子里先洗漱好，钻进储藏室准备上坟用的香烛纸钱，阿妈在厨房装好了苹果、橘子、桃干、杏子干、花茹，都放在一个背篼里。

几个女眷帮着阿妈把花茹、饼子还有几个冷盘摆上桌子，阿爸见阿牡丹还没起床，自己上楼去叫，老二给老大媳妇使眼色，意思是"看把你儿宠的"，老大媳妇也用眼神儿回敬，很得意的样子。

除了还在楼上睡觉的小云珍，一家人又聚集在了餐桌上。因为起得太早，都没什么食欲，端着碗响声很大地喝酥油茶。阿爸没话找话说："今天的茶很香啊。"

小廖应和道："就是，加了核桃米就是香。"

阿妈说："用的是德吉带来的新鲜酥油。"

老二说："我们拿来的那一包在哪呢？不用的话我带回去呀。"

小廖说："德吉她们那里的酥油，跟我们这边的味道好像是有点儿不一样。"

老大抓起几个花茹泡在酥油茶里，说："其实都差不多，远香近臭。"

见老三要说什么，德吉急忙说："上山扫墓，我跟云云可以去吗？"

老大媳妇说："你去做什么？要不是阿牡丹今年高考，我都不去。"

德吉有点儿尴尬地埋头喝茶，这时候阿牡丹说："上山扫墓又不是去贿赂祖先，如果这样想，我就不去了。"

老大厉声道："你是长房长孙，你怎么可以不去？"

老二讥讽道："就是啊，我们家坟头冒青烟还靠你呢。"

阿妈见不是个事儿，说："一大清早吵吵吵，你们都快去，我和德吉在家里给你们准备冒面。"

阿牡丹欢呼道："太好了，好久没吃奶奶的冒面了！"

十

上山扫墓的队伍出发以后，屋子里安静下来，德吉不安地说："都怪我不好。"

阿爸说："别往心里去，跟你半毛钱关系也没有，他们是属刺猬的，近不得，

离不得。"

阿妈被老头子的话逗笑了，说："还满嘴新词呢。这会儿还早，你们去睡个回笼觉，我去清洗佛龛。"

德吉说："反正也睡不着了，我帮您吧。"

阿爸说："你别，这件事她谁都不放心。"

阿妈说："德吉从拉萨过来的，我就要她帮忙呢。"

阿爸说："那你们忙，天也快亮了，我正好散步去。"

德吉跟着阿妈来到二楼西屋，边收拾屋子边聊天，德吉知道了阿妈是江对面的人，由亲戚介绍嫁到这里，因为两个地方只隔一条金沙江，风俗习惯都差不多，很快就适应了。这些年大家都忙，亲戚走动少了，阿妈把心都放在了这个家里。

"嬷啦，冒面就是臊子面吗？"德吉在拉萨吃过四川臊子面、岐山臊子面，但她不知道拉萨还有盐井加加面，跟冒面类似。

"冒面你都不知道？"阿妈有点儿吃惊，在她看来，中国人应该都知道冒面吧，"好多内地人专门过来吃冒面呢。"

德吉为自己的无知感到不好意思，阿妈说："今天我专门手工给你和云云擀一刀面。"

待阿爸散步回来，阿妈便指挥他从呫口楼上搬下几抱烧柴，现在做饭烧茶都用液化气罐，用土灶的时候很少，为了做出地道的冒面，阿妈让老头子专门点燃柴火灶，摆出隆重的阵仗。

阿爸用一小截蜡烛生火。德吉知道点柴火灶要有技巧，有的人一张报纸就可以点着，有的人要不弄得满屋子浓烟，要不把自己弄个大花脸，像阿爸这样，用一截蜡烛慢条斯理点着柴火灶的，德吉第一次看见。只见阿爸不慌不忙，拿着一个水桶从院子里提水，德吉连忙去抢，阿爸说："这点儿小事不用你插手，你去看看冒面是怎么做的。"

这会儿，阿妈在客厅藏桌上架起那个大面板，开始准备擀面的工序，德吉在边上看着，一点儿插不上手。

阿爸那边已经在大铁锅里倒了大半锅水，一边招呼德吉坐在灶口边上，一边给她介绍：这个地方地处茶马古道干道，历史上就是四川和西藏的交通咽喉，许多四川、陕西地方的客商路过，有的见这里气候宜人，便停下脚步，在当地安家，娶妻生子做生意。这两个地方的人都很会做面食。也因为这里日照充足，气候温润，出产的小麦磨出来的面粉筋道柔滑，所以面食很有名，冒面就是代表。

听阿爸这么介绍，德吉的好奇心更强了。只见阿妈已经盛好了两盆面粉，加入鸡蛋，又从灶膛里筛出灶灰，用水拌了沉淀好，然后滗到面粉里。阿爸和德吉力道大，和几大坨面，用湿毛巾搭上醒在那里。这时，阿妈已经把预备好的牦牛肉、香猪腿剁成肉丁，在煤气灶上放上炒锅，倒少许菜籽油，先把剁好的香猪腿推进去炒出油，再放进牦牛肉碎，炒断生，撒进去姜葱末再炒，一会儿，一股浓浓的香味就从锅里飘出来。

阿爸抽抽鼻子说："可以了。"从大铁锅里舀了几大勺开水加进去，阿妈再往肉汤里加了些昨天的骨头汤、盐和胡椒粉，把煤气关小慢慢熬起来，德吉看阿爸阿妈在灶台边配合默契，简直是享受。

"这个就是冒面的关键，汤好不好，决定你们家在村子里的地位。"阿爸夸张地说。

接着就擀面。阿妈从面盆里醒着的面里切出一块，揉过之后拿出一根一米多长的擀面杖擀起来，一边擀一边撒上干豆粉防粘连。先上下左右平擀，然后裹在擀面杖上擀，再摊开把面皮换方向擀，一直擀到阿妈气喘吁吁，一直擀到几乎都透明了，才算大功告成。但是，且慢，还有一道最见功夫的工序，只见阿妈把擀好的面皮来回折叠成两寸宽，然后用刀细细地切起来，每一刀下去，出来的是一缕一米来长的金丝，德吉看得倒吸一口气。

阿妈凝神屏气一口气切完，伸直腰杆说："这就是一刀。"

"阿啧，这些面全弄完得什么时候了！"德吉说，就这一刀，快一个小时了。

阿爸摇摇头："现在没这个精力了，有现代化工具。"说着从储藏室拿出一个小型擀面机，固定在面板上，调好宽窄厚薄，切下一块块和好的面，手柄一摇，一缕缕的长面条就出来了。

阿妈一边在面板上分长面，一边说："这一刀手工面是专门给你们做的，快去把云云喊起来，先尝尝。吃完了帮我扫阳春。"

见德吉听不明白，阿爸解释说："就是帮她打扫卫生，今天大年三十，最重要的事情就是大扫除，我们这里叫扫阳春，应该是扫扬尘的意思。"

德吉赶紧上楼去把云珍叫起来，洗漱完，阿妈已经在灶台上排出一溜漂亮的瓷碗，比喝茶的龙碗大不了多少，见母女俩过来，阿妈抓了几缕金丝长面放进大铁锅，几分钟，见长面断生了，捞起来放入旁边的凉开水里，"这样可以漂去碱味。"阿爸说。

阿妈在另一个汉阳锅里舀了些臊子汤，往里面加入切好的番茄，然后把冷水里的面用筷子挑起一撮，手指轻轻一抖，面就理顺控干了。阿妈左右层叠把控干的面放进小碗里，将滚开的热汤舀进去又倒出来，反复好几次。

这就是"冒面"的由来吧，德吉心想。

冒好的面碗放在德吉母女俩面前，精致的碗里只有两三筷子的面条，撒上切碎的香葱，舀上汤，中间一勺肉丁臊子。

"快吃吧！"阿妈阿爸笑盈盈地看着她们。

云珍端起碗，三两下一碗就下肚了，伸出碗来："嬷啦，我还要。"

阿妈已经有一个添面的"浇碗"在手里，里面是冒好的面。阿妈把面稳稳地落到云珍碗里，一勺臊子正好在碗的正中。"嬷啦这里有的是，多多吃！"阿妈一边对云珍说一边催促德吉，"凉了不好吃。"

德吉双手捧着瓷碗，热热的，像带着两个老人的体温。她的眼泪在眼眶里打转。

十一

看见这样的吃法，德吉有点儿难为情了，照她的饭量，这得吃多少碗哪。"嬷啦，您给我盛一大碗就行，这样太麻烦。"

阿爸坐在灶台前说："那样吃就不叫冒面了。冒面不能加酱油，可以来点儿熟油辣椒、香醋，要不要？"

"要！"德吉说，双手伸出去，她好像要把这种幸福感牢牢抓住。

吃了第七碗，连云珍也吃了四碗，德吉不好意思再添了。大过年的，要吃的东西还多，阿爸阿妈也不勉强，自己冒了面来吃，这时，一起出去的上坟队伍，稀稀拉拉回来了。

最先到的是阿牡丹，刚进院子门就叫："奶奶，快冒面！"直奔厨房里来。

"先去洗洗，有你吃的。"奶奶说。

德吉催着要去扫阳春，阿爸说扫阳春大扫除，要一家人都吃完面才开始，德吉不解，阿爸解释说："冒面要好吃有三个诀窍，一是灶灰拌，二是柴火烧，再就是扬尘飘，如果没有点儿扬尘飘进铁锅里，就没有那个味道，所以要等大家吃过第一锅，然后把擀好的面都煮好凉起来，才能扫阳春。"

"不要听他瞎说，照那样，没有柴火灶的家里，还吃不成冒面了？"阿妈说。

老二老三一起回来，老三背着背篼，阿妈知道小廖回白玉乡值班去了。老二老三好像路上怄了气，老二回来，谁也不理，径直去楼上的房间收拾东西。德吉用眼神儿询问，老三转移话题说："冒面好吃吗？"

"冒面太好吃了，我还想吃，阿妈啦不让。"云珍说。老三看向德吉，德吉说："她吃了四碗，我怕她吃撑了。"

老三对云珍说："这几天早上天天都要吃冒面，你要吃伤的。"

"天天吃，我喜欢。"云珍说。

德吉说："冒面真不一般，还有那么多讲究。"

老三不以为然地说："又是我阿爸跟你神吹吧？"

他们在客厅说话的时候，阿牡丹洗完手，到厨房里跟爷爷奶奶说："其实我的补习班过了十五才开始，他们要到我妈家去，又不好明说。"阿牡丹从小跟着爷爷奶奶，在两个老人跟前，称呼自己父母都用"他们"。

"什么时候去呢？"正在灶台前收拾东西的爷爷问。阿牡丹愣住了，他不知道父母没跟爷爷奶奶交底，支支吾吾说："好像说是明天走。"

"喔！"阿妈把手里的汤勺和漏勺砸到灶台上，说："那还回来做什么？哪有大年初一都出门的道理！"

"算了算了，人家眼里只有媳妇，哪次听过你的？"阿爸说，"快给阿牡丹冒面吧。"

阿牡丹跑去搂着奶奶："奶奶别生气了，我留下来陪你们！"

阿妈叹口气，说："你那个妈我还不知道，你好好考试才是阿弥陀佛。"

十二

老大两口子回家进门，感觉气氛不大对头，老大媳妇高声说："阿妈，你们做面辛苦了，我来给大家冒面。"

阿妈冷冷地说："大家都吃完了，你们自己弄来吃吧。"

老大说："你们真是，也不等着一起吃。"

阿爸哼一声，招呼道："吃完的动起来，赶紧把扬尘扫完。老三和阿牡丹把春联贴了；老二，你不是明天要走吗，还不帮你阿妈把切玛盒装上。"

老二正埋头吃面，不吭气。老大两口子有点儿不自在了，老大媳妇明知故问道："老二明天要去白玉乡？"

老二抬起头来要发作，阿妈说："你们快去冒面吃，吃完该干什么干什么。"

春联是驻村工作队送的，两副，一副是"一干二净除旧习，五讲四美树新风"，横批"辞旧迎新"；一副是"欢声笑语贺新春，聚集一堂庆丰年"，横批"合家快乐"。老三和阿牡丹商量半天拿不定主意，老大出来指挥："合家快乐"贴客厅大门，"辞旧迎新"贴院子大门，"你看嘛，先在大门口辞旧迎新，然后进来合家快乐。"老大这样解释道。

阿爸收拾了一包花茹，把煮好的香肠血肠腊肉什么的各装一点儿，另一个无纺布包里的小汉阳锅装了一锅膜子汤，锅盖上放着煮好的长面，准备出门。阿妈叫住老头子悄悄告诉他，让他顺道去小卖部给德吉和云珍买新年礼物，每次过年他们都要给儿孙们准备礼品，这次德吉母女突然来，有点儿措手不及。

"小卖部有啥好东西？"阿爸为难地说。

"家里也没有现成的，这咋办呢？"阿妈也着急了。

"不行你到拥西家看看，他们家女儿在县城做服装生意，可能有合适的。"阿爸出主意道，阿妈觉得这个想法不错，决定抽空去一趟。

看着阿爸提着两大包东西出门，老二说："阿爸真把村委会当家了，也不知道那些驻村工作队给他灌了什么迷魂汤。"

"可不好这么说，人家工作队的孩子们为了啥，过年都回不了家，这几年没少给村里办事，亏你还在乡里工作。再说，工作队也没少给你阿爸拿东西。"阿妈说。

下村的习俗，除夕的晚餐最丰盛，第二天初一的饮食也要准备出来，阿爸去了村委会，一家人就各自忙碌起来。

老三和阿牡丹从楼上开始，逐个房间掸尘土、拖地，德吉跟在后面擦窗户桌子。阿妈从藏柜里取出切玛盒，开始隆重地工作。切玛盒藏语叫"竹素切玛"，是一个长方形雕花彩色木斗，中间隔开，一边装酥油拌好的糌粑，一边装五谷，再插上麦穗、干花和彩色"孜卓"。"孜卓"是令牌一样的东西，用酥油花装饰，下村的气候暖和，用酥油做容易融化，"孜卓"是画上去的。做完这些，阿妈把切玛盒摆在客厅藏柜上。因为各怀心事，干活儿的时候，大家谁都不说话，屋里静悄悄的。

看准备差不多了，阿妈去隔壁拥西家，也没跟谁打招呼。老大两口子和老二看没什么事，都回屋去补瞌睡，楼房里，就只剩下老三、德吉和阿牡丹在扫尾。最后，阿牡丹接上水管，开始冲洗院子。

他因为心里不高兴，拿着水管到处乱滋，阿妈从拥西家回来，在门口默默看了一会儿，走进来问："你叔叔他们呢？"

刚才老三带着德吉母女出了门，临走还打了招呼，阿牡丹没在意，他说："好像说出门转转。"

"两母女昨天坐了一天车，今天又起个大早，也不让人家休息一下。你去睐一会儿。"阿妈对阿牡丹说。

"我不困，在学校天天起大早。"阿牡丹说。

这个身边长大的孙子开始懂事了。阿妈没进屋，坐在客厅门槛上，看阿牡丹忙活，心里有点儿感慨。

虽然是冬天，但太阳很好，阿牡丹冲洗院子的水一会儿就干了。三十下午，本来应该热闹的院子现在却格外安静，孔老五跟在阿牡丹的身后转悠，也安静得一声不吭。

坐在门槛上，阿妈差点儿睡着了，阿爸回来，看见老太婆这样，说："哎哎，大过年的，不去做饭，在这儿闲坐，小心感冒。"

楼上睡觉的这会儿都下楼来。老三领着德吉母女回来，说是带她们去看村里的泉眼。下村的泉水好，冬暖夏凉，从不结冰，周边许多村子讲究的老人，都到这里打水烧茶。下村出美女，据说是因为这股泉水。前两年，驻村工作队专门花钱把泉眼修葺一新，还把水送到州里省里做了化验，说要开发矿泉水，不过还没有下文。

大扫除，收拾屋子，准备年饭，年三十的时间过得很快。

下村的除夕比古突之夜要隆重得多。一大早摆上藏桌的花茹呀、水果呀、干果呀，各种冷盘，谁要饿了就去抓几个填填肚子，五六点钟，大部分家庭就开始吃团年饭了。这会儿，村子里这里一家，那里一家，陆陆续续响起了鞭炮，那是每家开始团年的告示。

阿妈家的团年饭，照例是阿妈主厨，老大媳妇和老二打下手，今年多了一个德吉，厨房里显得很热闹。几个男的坐在客厅里，电视开着，却没人认真看。阿爸戴着老花镜在翻一本杂志；老大一会儿打电话一会儿发信息；老三不知道跟哪些人在发语音，没完没了；只有阿牡丹，既不看电视，也不玩手机，在藏床上呆呆地坐着，云珍躺在他身边，睡得很香。

一会儿，菜做好了，呼呼啦啦上来，六个热菜六个凉菜，月月好，摆得满满一桌。酒有老大带来的绵竹大曲，有村子里自烤的青稞酒，也有新鲜的叫"酉仓"的酿酒，还有啤酒，爷爷还专门从小卖部买了一罐豆奶。下村许多家庭都酿酒，按阿妈家的条件，也应该自己酿酒烤酒才对，但阿妈试了好几次，都不成功。酿酒这件事也是怪得很，同样的原料温度，每家酿出来的，口味都不一样。

全家人坐齐了，老大叫阿牡丹去放鞭炮，阿牡丹才清醒了一样回过神儿来，老大说："这小子，也不知怎么了，一整天愣怔怔的。"

阿妈听说了，在围裙上擦擦手，等阿牡丹回来，就把一撮熏香撒在火盆里，让阿牡丹伸头熏一熏，说："上了坟回来，大家都来熏熏。"

其实，阿牡丹是因为自己跟爷爷奶奶感情深，父母要提前回去，心里不痛快，加上上午扫墓，想到爷爷奶奶年龄大了，又想到了生死这样没法悟透的问题，所以有些郁郁的。

上了山的依次都熏了熏，小云云也去学着，惹得大家都笑起来，气氛活跃一些。老大说："我们还是先敬爸妈酒呀。"大家站起来，有白酒，有酿酒，有啤酒，有饮料，五花八门，依次碰杯，互道扎西德勒（吉祥如意），一时间，好像所有的不愉快也烟消云散了。

吃饭间，老大不断起身离席，一会儿接电话，一会儿打电话，有个电话打了将近半小时。老大媳妇殷勤地一边给大家敬酒，一边解释，老大现在提了单位的副处，相当于县里的副县长了。给老二敬酒的时候就说："你们家小廖加油哦，级别越落越远了。"

老二说："我们家那位，只知道攒笨干活儿。"

阿爸说："小廖不错，实在。"又说，"老大也不容易，成大干部了，驻村工作队最大的领导也是副处长。"

一会儿，老大媳妇、老二也不断起身去接电话，阿妈看着摇头说："人被电话牵着走，吃饭都不安生。"等老大和老大媳妇都坐定，阿妈挑明了问，"老大你们也明天走？"

老大媳妇说："是这样阿妈，阿牡丹的成绩我们很担心，给他找了老师补习，只有春节期间有时间。"

"阿牡丹平时学习不是挺好吗？"阿爸问。

老大说："你们不知道现在竞争多激烈，只有拼命考个好大学才有前途，不然……"他看看老三，把话咽回去了。

老三若无其事地喝啤酒，他的跟前已经堆了一堆啤酒罐子。

阿牡丹说："人生也不只读书一条路。"

老大蹾下酒杯说："人生不只读书一条路，你现在的人生就只有读书一条路！"

老大媳妇忙打圆场："好了好了，你们两爷子。"

阿牡丹说："还不是你，非要去丹巴！"丹巴是老大媳妇的老家，这句话把老大媳妇弄得很尴尬。老大暴怒道："你胡说什么，我们还不是为你好！"

"去看看亲家也是应该的，老大你应该提前说。"阿妈平静地说，老大反倒不知说什么了，都沉默下来。

"老二明天怎么走啊，我们可以送你。"老大媳妇转移话题。

"不用，我们几个伴儿一起走，明天一早去格萨尔机场飞成都转机。"老二冷冷地说。

"这么麻烦。"阿妈感叹道，又说，"大年初一出门，你们都小心点儿。"

这顿饭吃得冷冷清清，还不到八点，老大推说头昏，上楼了，大家帮忙收拾完桌子，老大媳妇和老二也上楼去。桌上的许多菜，都还没动一动。

十三

在下村，除夕团年饭没这么早就吃完的。"年饭年饭，要吃一年。"阿妈把没动过的菜都加热，重新拼了几个凉盘，把火盆也拨旺，招呼老三、阿牡丹、德吉母女再围拢来。阿爸一直稳坐在他的座位上，不时呷一口青稞烧酒，眼皮也没抬一下。

老三已经完全醉了，一会儿哭一会儿笑，一会儿说自己没出息，一会儿说要挣大钱孝敬老人。德吉有点儿惊慌失措，倒是阿爸阿妈很镇静，让德吉和阿牡丹把他放在藏床上，用热毛巾擦把脸，马上就睡着了。阿妈问德吉："他在拉萨是不是常这样？"

德吉说："过去不清楚，反正我认识他之后，这是第一次。"

阿爸说："大男人，几瓶啤酒就醉成这样。"

阿妈说："他心里有事，不痛快。"

"不痛快也不是这样的。"阿爸说。

桌上没人陪阿爸阿妈喝酒，德吉倒上啤酒敬老人，阿妈问："还能喝点儿？"

德吉不好意思地点头，阿妈说："大冬天不喝啤酒了，我们喝'琼擦'（热酒）。"

阿妈拿一个搪瓷缸煨在火盆上，把酥油化开，加上青稞烧酒、蜂蜜，用木碗盛出来。木碗保温，喝起来热乎乎的。德吉在老家初一早上喝过"规颠"，是用热青稞酒加甜奶渣、人参果、红糖拌好，再加糌粑搅成糊糊，味道有点儿像，但琼擦的劲头更大。

阿妈说："明早我们喝的琼擦，也是加糌粑糊糊的。"

琼擦很好喝，云珍抢着喝了两口，也睡着了。德吉晕晕乎乎，整个人都像要飘起来。阿牡丹喝得脸红红的，但还清醒，他一直催着爷爷奶奶去睡觉，"都快十一点了。"阿牡丹说。

奶奶一点儿事没有。看爷爷，也像一尊菩萨样坐着，除了不时咂口琼擦，动也不动。奶奶说："守岁守岁，不守过午夜怎么行呢，再说等到了十二点，我还要去抢头水。初一的头水礼佛，给大家烧茶，最吉祥！"

阿牡丹说："奶奶，今年我去抢头水，您就不要去了。"

阿妈说："哪年不是我去抢头水，你一个男孩子抢什么，不过今年你和德吉我们一起去最好。"

像菩萨一样坐着的阿爸这会儿说话了："德吉还不知道抢头水是咋回事吧，现在不告诉你，等会儿你去看了就知道了。你们那里肯定没有。"

阿妈推老头子一把说："会不会说话？"说完起身上楼去拿来一个包袱。她把包袱打开，是一件半新的女式藏装。

"德吉，我看你这次没带藏装来，本来应该给你做一件新的，时间来不及，这一件是我年轻时穿过的，你要不嫌，明天穿这件吧。"

"我不嫌我不嫌，走得太急没有带，正发愁明天穿什么。"德吉说。

"家里过年，每个人都有我们准备的新衬衫，也给你和云珍准备了，在卧室里。"阿妈说。

"阿妈，阿爸……"德吉眼睛红红地低下了头。

阿妈说："我们也看见了，你跟我们家老三挺好，云云也很乖。我们家老三从小娇惯了，没养成好习惯，但人不坏，以后有什么事情多担待他。"

老三其实已经醒了，他静静地躺着，任眼泪流下来。

十四

本来，德吉是没打算跟着去抢头水的，她刚刚到下村，屁股还没有坐热呢，可不想抛头露面，但阿爸坚持让她去。"这是下村好几百年的传统了，每年新年到来，周边村子的女人和小孩儿都要聚到下村的泉眼来抢头水，主要还是图个吉利，放心去，云云有我照顾呢。"阿爸自告奋勇地说。

临出门，阿牡丹带着德吉去厨房拿盛水的容器，阿妈专门嘱咐，不要拿那些塑料桶，"塑料桶装山泉水，味道要变。"阿牡丹从厨房里找出一个有盖子的铁皮桶和一副挑水桶，德吉从小在城市长大，既没有挑过水也没有背过水，为难地站在那里四处看，阿牡丹找出两个水壶让德吉提着，几个人开门出去。

按德吉的想法，抢头水，那场面一定乱哄哄的，她挺担心阿妈的身体。在出门的那一会儿，她悄悄跟阿牡丹说了自己的想法，阿牡丹笑着摇摇头，让她不用担心，到那里就知道了。

泉眼下午老三带她们看过，就在村口的人字桥往西拐不到一里地的山沟里。山沟不长，一直上坡，两边长满针叶松，虽然冬春季节，也显得郁郁葱葱。山沟里面的气候明显不同于周围。沟底一条青石铺地的小路，因为长年人来人往，青石路面光滑透亮，好像有了一层包浆。

泉眼那里有一个蓄水池，是略低于地面，两米多宽不到十米长的池子，也是青石砌成。水池左边贴着山沟搭起一个半敞的围栏，大概是防止山上的土石溅落，右边一块不大的空地，立着一个一米来高的熏香炉。围着泉眼和水池，有一圈铁栅栏，大概是为了保护这一处水源地吧。铁栅栏门锁着，老三要去找人要钥匙，被德吉拦住了，大过年的，在外面看看就行，何必麻烦人家。

一股清泉从水池上方的石缝里流出来，水量挺大，水池清澈见底，水面上氤氲着一层薄薄的雾气，那是因为泉水的水温高于周围气温，使这里看上去有点儿神秘的味道。出水口的水流过滤网，欢快地流进了前面的水窖，那是全村自来水的水处理池。

下村在泉眼所在山沟的东南方。进村的路从南向北过人字桥东拐，四十多户人家四处散落。此刻，十一点刚过不久，家家户户的院门洞开，家里的女主人带着女眷和小孩儿纷纷走出来，背着的、挑着的、提着的，是各式盛水的容器。这个由女人和孩子们组成的队伍，从各家门前的小道上汇到大路上来，大人们互道"洛萨扎西德勒（新年吉祥如意）"！孩子们在人群里追逐打闹，从衣兜里掏出各家炸的花茹显摆，互相评价。当然，队伍里少不了许多热辣辣的眼光和低声的评论，都是针对陌生人德吉的。

这样的阵势搞得德吉有点儿不知所措，隔壁的拥西过来拉着德吉的手，高声对阿妈说："她就是老三从拉萨带来的女朋友吧？"

阿妈知道拥西的心思，便也高声回答："是啊，昨天刚到，还没来得及到各家问好呢。"

年龄大的几位就纷纷表态，欢迎德吉过了初一到家里做客，人群里也有不和谐的声音："听说是个二婚嫂，还带个拖油瓶。"拥西给身边的阿妈说："我们村里这几年外地来的不少，还没有从拉萨来的呢。"旁边有人接嘴道："可不是嘛，这几年真没有从拉萨过来的。"拥西说："要不我们让德吉今晚开头煨桑？"

阿妈说："这可不行，德吉刚来村里，又没有做什么。"

几个年龄大的说："有什么不可以，德吉从拉萨来，正好给我们带来拉萨的祝福呢。"

一行人挤挤挨挨往村口去，几个年龄稍大的凑在一起继续商量着，还没到人字桥，就看见周边村庄里抢头水的队伍，浩浩荡荡而来，虽然没有月亮，但就着星光，德吉也能看见人头攒动，她有点儿担心起来，就泉眼那里不大的地方，出点儿事可咋办？

十五

阿妈和村子里几个年龄大点儿的，也有点儿担心起来，她们没有想到，今年村里的抢头水怎么会来这么多人。

顺着人流来到村口桥头，阿妈看见驻村工作队队长小唐、队员扎西，还有村支书顿珠都在那里，拦在进沟的青石板路上跟大家解释着什么，下村和外村抢头水的队伍都在这里停了下来。

阿妈和拥西挤到跟前，只听顿珠正大声跟大家解释："大家不要挤不要挤，今年来打水的人太多了，每个家庭先进去一个人一只水桶，不然里面装不下。"小唐、扎西还有几个村委正在一个一个往里面放人，进去的人都在顿珠身边的一个罐子里摸出一块牌子捏着。拥西转过身把德吉拉进来，对小唐说："队长，这是阿妈家拉萨来的客人，我们一起进去呀。"

小唐说："知道，是阿妈的三儿媳妇吧，村主任祥秋在里面呢，你们去找她。"

德吉不明白抢头水还找村主任干什么，跟阿妈、拥西一人提一只水壶进去，到了泉眼的小空地上，已经有十来个人在里面了，村主任祥秋站在熏香炉旁，看见她们进来，使劲朝她们招手，待她们走近了，便说："阿妈，今年是你家熏头香，都准备好了？"阿妈从怀兜里掏出火柴、藏香、爬地柏的树枝："都准备下了。"祥秋主任看看手机说："十一点五十开始煨桑。"

拥西把祥秋拉到一边耳语半天，祥秋回来对阿妈说："德吉从拉萨来，让她来煨头桑也是挺好的。"阿妈听了，知道拥西这是给德吉争面子，也不再说什么，拉着德吉到熏香炉前，把一应东西都交到她手里。

德吉自始至终也没有搞懂这抢头水的仪式，阿妈趁着这个空当，一五一十把下村抢头水的来历告诉了她。

说起来，下村抢头水的历史，不知经历多少代人了，反正从阿妈这一辈记事起，就听长辈们说下村的抢头水。最早的时候，泉眼还只是一个洇水的石缝，在下面流出个小水凼。传说有一年这里地震加泥石流，江流淤堵，水流干涸，加上瘟疫流行，能见到的水都受了污染，这时下村的泉眼里冒出了一股清泉，泉水甘洌清甜，解救了周边无数的老百姓。

灾疫过后，下村老百姓觉得这个泉眼有好生之德，感念它的哺育，逢年过节就前来祭祀，周边的村子也不断加入，久而久之，渐渐演化成了抢头水。最初，还只是邻近的几家人到泉水冲积成的水凼里抢几瓢水，以示吉祥，后来演变成下村人家和周边村子为了抢头水大打出手，伤了和气。经过村里老人们协商，每家每户只能派妇女和儿童来打水，也不能抢，每年由下村的四十多户轮流出一家女主人负责煨头桑，十二点一到，每家根据进沟之前抓阄领到的号牌轮流取水，既保证了抢头水的秩序，又延续了祈福的传统。

十六

十一点五十，随着阿妈的示意，德吉点着了准备好的柏树枝。多油的柏树枝在熏炉的炉膛里噼噼啪啪燃起来，把德吉的脸映得通红。阿妈在炉膛里点燃三炷香插在香台上，这会儿，大家都按号牌的顺序前来往炉膛里添加煨桑香料，一时间，熏炉上冒出滚滚桑烟，阵阵香味在整个空间弥散开来。

十二点快到了，很多人都在看手里的手机，村主任祥秋已经站到了水池边上，提醒大家不要跌落到水池里去："要不明天全村人要喝你们的洗澡水了。"

说来奇怪，在德吉刚点着桑烟的时候，四周还人声鼎沸，吵吵闹闹一片，可这会儿临近十二点，周边却出奇地安静下来。德吉四下打量，见所有的人都凝神屏气，有的像在低头祈祷，有的像在侧耳倾听，也有人闭着嘴四处张望，德吉见这架势，不敢出声，只能静静等待下文。十二点一过，只听"当"的一声，祥秋主任敲响了挂在泉眼上方的一只铜铃，领到前十名牌子的妇女们蜂拥而上，一起在水池边抢起水来，这个小小的空间马上又热闹起来。

一拨一拨，舀满水的主妇们兴奋地蘸点儿水抹抹额头，交换几句感想，提着水纷纷回家，抢头水的队伍慢慢稀疏起来，刚才被拦在外面的也都放了进来，里面夹杂着好些外地游客。阿牡丹奇怪地问村支书顿珠："我们村子什么时候成旅游地了？"

村支书顿珠和几个村委跟着被放行的队伍进来。抢头水的时候，他们男人只能在外面维持秩序，是不能擅自进入的。顿珠对阿牡丹说："这个你得问小唐队长。刚才我也奇怪，今年抢头水怎么这么多人，这会儿才知道，工作队在网上把我们村的抢头水传了出去，吹得神乎其神，还不知道明年会是什么情况呢。"

原来，驻村工作队这些年一直想把下村的这股水开发出来，成为村里的一棵摇钱树，但在省上州里都争取了，这股水水质虽好，但水量上不来，形不成规模，更重要的，这里是下村的水源，周边好多村子的人也喜欢骑着摩托在这里打水烧茶，如果建厂开发了，村里的饮水就成了问题。开发矿泉水的计划就搁置了。工作队当然于心不甘，就想到了网上宣传，把下村的抢头水包装成一种民俗文化，说不定能成为旅游热点呢，今年就初见效果了。

对这个点子，支书顿珠可不太认同，在他看来，保护好这个水源地，才是天大的事情。现在平常外村来打水的，也只能通过水管接水，泉眼水池平时都是锁着的，要是开发旅游，这个矛盾怎么解决？

人快走完了，阿牡丹把背的水桶挑的水桶都带了进来，准备去舀水，小唐队长拦住他说："哎哎，这是女同志干的事。"小唐驻村不久，并不认识阿牡丹，阿妈赶紧去打圆场："没关系，阿牡丹还是小孩儿呢。"

阿妈这么说，阿牡丹脸红了，快要高考的男子汉，哪能算作小孩儿呢？小唐看看阿妈，看看阿牡丹，笑了："你就是著名的阿牡丹啊？"扎西、顿珠，还有村主任祥秋都笑了起来。小唐说："不好意思，只闻其名，未见其人，今天见着真人了。你爷爷经常在我们面前夸你呢。"

阿牡丹更不好意思了，德吉见状，把水桶拿到水池边舀满，趁这当儿，阿妈把小唐拉到身边悄悄说，初二是他们家老头子的生日，邀请工作队的同志们都到家里来热闹热闹，小唐爽快答应了，说没有这件事，初二也要登门讨冒面吃。

打完水，小唐执意要帮阿妈背水送回家，这样，阿妈、小唐、德吉、阿牡丹和扎西、顿珠、祥秋告别，支书顿珠去锁泉眼院子的门，阿牡丹挑着一担水，虽然好几年没有挑过水了，但走起来还是稳稳当当，不溅水出来。小唐虽然是驻村干部，背水也像模像样，几个人慢慢往坡下走去。

十七

抢头水这样井井有条，德吉没有想到，更让她想不到的是，为什么快到十二点的时候，抢头水的地方一下子安静下来，只听见蓄水池出水口哗哗的流水声？走到半道，她就把这个问题提了出来，阿妈准备解释，小唐队长抢着说："这个我知道，这里面有一个传说故事呢。"

下村地处川、滇、藏三省交界的地方，风土民情和文化传统都有许多融合的痕迹，关于抢头水，下村就流传着这么一个民间故事：说很久很久以前，下村的气候条件和田地出产都跟现在差不多，但是几个地方的头人一会儿你打我，一会儿我打他，连年打仗，匪患不绝，乡亲们的日子过得很苦。下村有一对老夫妻，晚年得子，但是家境贫寒，无法让他认字读书，好不容易拉扯长大，过了十二岁，就开始上山打柴挑到县城卖钱。小孩子年龄不大，但人很孝顺，每次卖完柴，买两个荞麦饼子，自己舍不得吃，都带回去给家里的双亲。

县城有一个四川的茶商，见这孩子聪明伶俐，还很孝顺，心想这样的小孩子长大了保管错不了，一心想要收他做个小徒弟，将来招赘进门，是一把好手。等小孩子上街卖柴，就热情招呼他在他的茶叶店门口卖柴，顺便歇脚喝茶。

茶叶店隔壁是一家杂货店，店主人是云南来的纳西人，看见这个孩子也很喜欢，希望把他收为徒弟到云南贩卖山货，保管又稳当又安全。在杂货店隔壁是一家皮货店，老板是从西藏过来的，也想要收这个孩子做徒弟，跟他一起往返西藏和四川做生意，准是个好帮手。三个店主人各怀心思，都想着要收小孩儿当徒弟。小孩儿家里有上了年纪的双亲，他不能撇下他们独自到县城去，但县城的三个老板对他都挺好，他心里很纠结。

下村后面的高山上有一个七色海，海子边上的青冈柴很耐烧，能卖好价钱。月亮好的时候，小孩儿就早早地起来爬到高高的七色海边去砍青冈。这一天，小孩儿砍完柴坐在海子边想心事，忽然看见海子中间呼啦啦一阵响，海子水翻滚起来，一个龙王从水里冒出来，小孩子吓得扭头就跑，听见背后说："普（小孩），你跑得再快跑得过龙王？"

小孩儿一听，对呀，就不跑了，听见龙王说："你天天在我家砍柴，看见我不说谢谢，还拔腿就跑？"小孩儿想想，是这么个理，转过头来向龙王道谢，龙王和颜悦色地说："我看你赡养双亲很是辛苦，想送你件礼物，不知你想要什么？"

小孩儿想，三个店老板在县城做生意，日子过得都不错，如果自己能够有点儿本钱盘个小店，就可以把双亲接到县城，他也可以跟三个老板学做生意，岂不是两全其美。

龙王看出了小孩儿的想法，他把小孩儿手一拉，就走进了海子里。海子里的水原来比云朵还柔和，比山风更轻巧，哗啦啦向两边闪开，露出一条贝壳铺地的大路来。这条路一直通到一座金碧辉煌的宫殿跟前。这宫殿啊，别说人间没有，天上也难寻哩！龙王说："我的宫殿屋顶是金子做的，台阶是银子做的，窗户是珊瑚做的，门是玛瑙做的，柱子是绿松石做的，就连地面，也是琉璃的。但它们不是你的，它们是属于海里的珍宝！"又说，"四川老板的茶叶不是你的，云南老板的山货不是你的，西藏老板的皮革不是你的，只有海子边的青冈才是你的。我教你一个青冈烧炭的手艺，你如果勤快地做，大年三十晚上，你阿妈去村子的泉眼边抢头水时，就能听见一对金鸭子的叫声，如果你的青冈炭做得好，说不定还能看见这对金鸭子呢。"

在龙王的宫殿门口，果然有一对金鸭子，它们游来游去，正对着小孩儿嘎嘎叫。

小孩儿回到岸边，按照龙王教授的技术，垒砌土窑烧炭，抽空回去照顾双亲，起早贪黑。过了七天，第一窑木炭出来了，一根根敲起来当当响。小孩儿把木炭背到县城，很快销售一空。小孩儿的青冈炭烧起来气味芬芳，烧完的炭灰雪白，还能治疗好多疾病。很快，小孩儿招了徒弟，在县城开了小店，生意兴隆。因为他的双亲离不开下村，他就在村里娶妻生子，一家人过上了幸福的生活。

"你还没说抢头水的事呢。"德吉提醒道。

"哦，对对。"小唐从她的故事境界里清醒过来，接着说，"小孩儿的生意做得很成功，他完全忘记了龙王的提醒，忘记告诉阿妈打头水的时候听金鸭子叫，所以他阿妈每次抢头水都匆匆忙忙，舀一盆水就走。有一天，他的炭窑突然走火，也找不到水灭火，损失很大，他才想起了龙王的话。这一年过年，小孩儿就把龙王告诉他的话，编个故事告诉了县城的三个老板，几家人的女眷相约着年三十去泉眼看金鸭子。这样口口相传，到了年三十抢头水，大家都安安静静地守在泉眼边，听金鸭子叫，看金鸭子现身。据说当年小孩儿和三个老板的女眷都听见了金鸭子嘎嘎叫，他们以后的生意也红火了好多年，这个习俗就这么流传下来了。"

大家都听得聚精会神，连阿妈也听入迷了，小唐讲完，阿牡丹说："原来村里抢头水的传说没这么复杂呀，唐队长您编的吧？"

小唐笑了："我哪有这个本事，这是我在州里听一个叫志玛的老师讲的，这个传说的名字叫'金鸭子'。"

十八

抢头水队伍回家了。

到了家门口，阿妈无论如何要小唐队长到家里坐坐。为了村里的抢头水，小唐在外面冻了半天了，家里有现成的酒菜，暖和暖和。小唐说什么也不肯，都过半夜了，再说她还要回去跟儿子视频。小唐队长的儿子刚上小学，春节第一次没跟母亲过，真是可怜见的。

老三出门接过小唐背上的水桶，加上阿牡丹的一担水和德吉提的两壶，厨房里的一个大水缸也快灌满了。现在自来水很方便，水缸基本不用，今天打来的头水，够阿妈做一周的酥油茶。

阿妈和德吉他们出门的时候，老三就已经醒了，他本来想劝阻德吉参与抢头水，在他看来，水还是那个水，难道今天晚上的就不一样了？都是些迷信活动，女人和小屁孩儿喜欢的事情。他从小就不掺和这个活动。可是他一直假装睡着，也不好意思醒来。

德吉他们开门出去的时候，老三应声醒来，揉揉眼睛，看见阿爸还坐在他的座位上，半眯着眼睛似睡非睡。"上楼睡去吧。"老三说。

"你现在酒量越来越差了。"阿爸答非所问地说。

老三挠挠头说："可能路上没休息好。"又说，"阿牡丹还掺和这些无聊事情。"

阿爸抿了一口酒，想想说："你带着人家母女两个，身上的钱够不够？"

老三愣了一下神儿，说："这个您就别操心了。我先把云云安顿好。"说完抱着熟睡的云珍上楼去了。

也不知道从什么时候开始，这父子两个越来越不会相处，如果房间里只剩他们，其中一个一定会找个借口走开。老三上了楼，阿爸把杯中残酒一饮而尽，双手搓搓脸，正准备起身上楼，见老三手里拿个东西下楼来。阿爸拿不定主意要不要站起来，老三说："拉萨有羊羔皮的护腰，带了一个，您试试。"阿爸站起来戴上，很合适。阿爸年轻时下乡，睡湿草地，落下腰痛的毛病，天一阴冷就常犯，没想到这个儿子倒有心。

阿爸站在那里，左右活动一下腰身，站了片刻，最后说："那我上楼了，你等他们回来。"

看着阿爸上楼的背影，老三舒了口气，他是真怕跟他继续昨天的话题。本来，他带德吉母女回来，也是临时起意。他该成家了，每一次打电话，阿妈总要唠叨半天，说他的那些小伙伴，这个生了个儿子，那个去年带回去一个，过去大家眼里没有出息的降初，都结第二次婚了。老三这次的举动，就是为了堵家里人的嘴，甚至有点儿赌气的意思。没有想到，德吉一来就跟家里融为一体，这倒让老三有点儿措手不及，照这样下去，想甩也不容易。

老三和德吉认识，颇具戏剧性。那天，老三送完阿里昆莎机场飞走的客人，为了省钱，连夜赶回拉萨，等到公司交完车之后，浑身疲乏，在回出租房的公交车上睡着了，下车时晕头涨脑，把手包落在了公交车上，里面有身份证、驾照、公司的票据、钱、手机。这么说吧，老三的全部家当，都在那个包包里，等他发现手包不在的时候，公交车已经开出老远。没有手机，周边也没有一人，加上身体疲惫，老三觉得天快塌了。正在老三无计可施、像热锅上的蚂蚁在公交站团团打转的时候，德吉拉着云珍气喘吁吁跑来，她们是从下一站跑过来的。跑到跟前，云珍说："叔叔，您是不是丢了东西？"

老三看见德吉手里的包包，眼睛发亮，一边说是一边就去抢，德吉把手包藏在身后说："等等，你说一下包里都有什么。"老三这会儿六神无主，哪里说得出来。德吉见状问："里面有身份证吗？"

"有有。"老三连忙说，心想，敢情你们连包都没有打开啊。德吉翻出包里的身份证，对照看了一下，认定了身份，把手包还给老三："本来我想交给公交司机或者附近的警务站，云珍说看见丢包的叔叔在公交站上，我们就想着先过来看看。"

"谢谢，谢谢！"老三双手合十打恭，掏出一沓钱塞给德吉。德吉连忙双手往外推，嗔怪道："您这是做什么，让孩子看见难为情！"

老三红着脸收回手，但无论如何也要给云珍买个礼物，或者至少去吃个午饭，"我也连早饭还没吃呢。"德吉答应了，就在附近找了家甜茶馆吃了藏面和咖喱饭，吃饭时，老三解释说自己开通宵车从阿里回来，也知道了德吉在一家私人诊所上班。后来老三给云珍买了玩具送到那家诊所，他们就这样认识了，应该说，在他们的关系中，云珍的作用很重要。

打完头水回来，大家都有些累了。本来德吉还想给老三讲讲抢头水的见闻，阿妈说："今天都到这里，不许再熬夜了，明天早起还有事情呢。"

老三和德吉对视一眼，吐吐舌头，阿牡丹扶着奶奶，德吉跟在后头，逶迤着上楼去。

十九

初一一大早，老二就悄悄起床，谁也没有惊动，下楼开门出去，孔老五看看是她，抬了抬头，连尾巴也懒得动一动。

阿妈起来，看见老二的卧室门虚掩着，知道她已经出发了。

阿妈烧好茶，上楼把佛龛的净水供上，点好油灯上了三炷香，把阿牡丹叫起来，他是长孙，今天早上要给大家敬切玛，得提前洗漱穿戴好。

陆陆续续，大家都起来了，老大两口子还是来时的打扮，没换衣服，只有阿爸阿妈和德吉母女穿了藏装。老大媳妇解释说："这身衣服坐车方便。"

等大家坐定，阿牡丹捧着切玛盒从爷爷开始，用切玛盒的五谷和糌粑敬天地神，最后各自往自己的嘴里丢一点儿。吃完切玛，准备开始喝茶吃早点，云珍站起来走到大家跟前，鞠个躬行礼，高声念唱起来：

　　　扎西德勒彭松措！（愿吉祥如意美满！）
　　　阿妈巴珠工康桑！（愿女主人健康长寿！）
　　　顶多德瓦吐巴秀！（愿岁岁平安吉利！）
　　　朗央总久拥巴秀！（愿年年这样欢聚！）

这是德吉今天早上专门嘱咐的。云珍奶声奶气的祝福，让大家感到惊喜，也马上反应过来，都和着念道："吉吉！索索！拉结罗！（吉祥平安！）"

祝福完，云珍跑到阿妈跟前说："嬷啦，不是说天天早上吃冒面吗？"

阿妈笑得眼泪出来了："吃冒面吃冒面，嬷啦马上去做。"

老大说："吃冒面好，路上舒服，喝了琼擦要被查酒驾的。"

阿爸阿妈听罢，知道他们是吃完早饭就要出发的意思，吃完冒面，两个老人把阿牡丹叫到食品仓房，往大门口搬东西。

"阿牡丹，你干什么呢？"老大媳妇高声叫起来。

"大过年的，还不给你爸妈带点儿东西。"阿爸说。

"其实我们车里带了一些，就不用麻烦了，还要把车开过来。"老大说。

"这是我们的心意，带不带你们看着办！"阿妈说。

老大没办法，只好去把车开过来，老大媳妇劝两位老人进屋，说他们装车就行，看他们扭扭捏捏的样子，大家都退回到院子里，老大两口子把东西在后备厢和后座上装好，松了一口气，来跟大家告别。

老大要跟大家握手，一家人都觉得挺别扭，老大最后抓住德吉的手说："我们家老三就交给你了，他有什么事情给大哥打电话，大哥收拾他！"

看见老大磨叽的样子，老大媳妇在副驾驶座位上不耐烦地说："好啦，人家用你管，管好你自己！"说完又回头看后座上的阿牡丹，"跟爷爷奶奶告别没有，别成天耍手机！"

阿妈说："要嘱咐的话，我们昨晚就跟阿牡丹交代了。"

阿爸给老大挥手："快点儿吧快点儿吧。"老大这才不情愿似的开车门上车点火走了。

看着远去的车影子，阿妈半天没有说话。初一的早上，村子里很安静，只有家家户户的屋顶，冒出新年的桑烟。

回到屋里，阿妈跟谁赌气似的说："老头子，我们今天做真茹！"

阿爸吃了一惊："我们这几个人，吃真茹？"

"吃真茹，德吉和云云第一次来，不能亏待她们！"阿妈肯定地说。

真茹是什么东西，这么郑重其事？德吉满腹狐疑，又不好问。这时老三说："别算我的啊，我出去吃。"

"大年初一，哪有出去吃的？"阿妈说。

"昨天碰到降初、丁真他们几个，非要今天聚聚，德吉她们在家陪你们啊。"老三说完，回屋拿件衣服，也走了。

"这人，每次都这样，说是探亲，净跟狐朋狗友混了。"阿爸不满道。

屋子里一下清静了，气氛有点儿怪，连云珍都不敢出大声。阿妈坐在那里，理了理藏袍，站起来说："做真茹！"说完就到厨房忙碌起来。剩下的几个人，都跟到厨房里。

阿爸给德吉解释说："真茹，就是我们这里的团结包子。"

"团结包子？"德吉还是不懂。

"是这样的，"阿爸边想边说，"我们这里面食做得好，对吧？"

德吉点头。

"这个团结包子，也是面食，但是是包子，是大包子。"阿爸有点儿说绕了。

"先别说了，帮我把起面（发面）找出来。"阿妈说着，已经盛了一盆面粉出来说，"真茹其实就是普通话里的蒸肉，是用排骨或者五花肉加土豆做成粉蒸肉，用发面包起来蒸熟吃。"

这没什么不得了呀，德吉心想。

阿爸把起面找来，接着说："团结包子结合了四川的粉蒸肉和陕西的蒸馍手艺，最主要是跟蒸笼要合为一体，可大可小，大的团结包子有小圆桌那么大，够十来个人吃呢。蒸出来的团结包子用刀切开或者用筷子挑着，蘸蘸水，当年解放军进军西藏路过这里，就是用团结包子招待他们。"说完又加一句，"团结包子一般人多的时候才做。"

德吉听到这里，突然眼睛一酸，急忙背过身去。

做团结包子很费功夫，一笼屉做好，都过中午了。团结包子端上来，热气腾腾。阿妈用薄盐酱油、熟油辣子、香葱、香醋、味精调出蘸水，粉蒸肉的油汁和料汁浸到发面里，蘸着调料，真是别一番滋味，而五花肉跟土豆，又都融进了小麦的清香，德吉母女这一次可是饱口福了。

几个人小心翼翼地吃着团结包子，喝着琼擦，阿妈感慨地对德吉说："你看，养了三个儿女，今天还是你跟云云陪我们过年。"

"阿妈别么说，陪你们过年是我们的福气。他们都有事情。"德吉说。

"都有事情，就我们是闲人。"阿爸说。

德吉不知道说什么好，云珍说："嬷啦啵啦，以后只要过年，我们就天天来，有这么多好吃的。"

阿妈说："嬷啦欢迎云云天天来。"

这里正吃着说着，老三急急忙忙进来，催德吉收拾东西，说正好有去香格里拉的便车，可以带上他们。

这一下，阿爸火了："搞啥子名堂！一个两个，初一就心急忙慌，这个家就这么难在吗？"

老三说："他们走您不吭气，冲我吼什么吼？"

"要走就走远点儿，不要回来了！"阿爸说。

阿妈急忙向老三使眼色，老三嘀咕道："人家的车等着呢，能省几百块钱哩。"

"这么急，"德吉为难了，"要不你先去，我跟云云过两天去找你。"

"碰巧他们的顺路车有座位，省一笔钱，再说，老板催着香格里拉的工程开工……"

"你们一起去，路上有个照应！"阿妈说。昨天她跟德吉了解到老三的供暖工程技术不错，老板派他去香格里拉的工地带班干活儿，正经的事情，要支持！

刚来不到两天，德吉有点儿舍不得两位老人。

"走吧，"阿妈帮着德吉收拾东西，"照顾好云云，好在这里离香格里拉不远，随时可以回来。"又对老三说，"多带一点儿吃的去，到那里顶事。"

老三说："人家的车都装得满满的，带不了。"

阿爸赌气躲进厨房，德吉带着云云跟他道别，他也只是背着身子摇摇手。

跟一阵风似的，说走就走，连藏狗孔老五都不明白，这些突然来的人突然又都不见了，仰头嗅着天纳闷儿。

阿妈看着厨房和库房里的东西，叹了口气说："这么多东西，哪个时候才吃得完哦。"

"吃不完给孔老五！"阿爸说。

孔老五听阿爸叫它，巴巴地跑过来。

"四条腿的狗，撵都撵不走，两条腿的人，留也留不住。"阿妈感叹道。

二十

初二。

初一晚上下起了大雪，下村满山皆白。

雪到天亮还没有停下来的意思。阿妈从厨房里望着天色说："要是昨天下这么大的雪，他们几个都走不成了吧？"

坐在火盆边的阿爸说："脚长在他们身上，要走，下刀子也留不住。"

"老头子，我给你冒长寿面啦，"阿妈说，"我们两个也要过生日啊。"

正说着，门口响起摩托车的声音，穿着藏装的小廖，雪人似的推门进来。他知道今天阿爸过生日，专门请假回来陪老爷子喝酒。

一会儿，门又被推开，驻村工作队的小唐队长和扎西，还有村支书顿珠，捧着哈达进屋来。

这天，雪一直没停。阿爸喝醉了。

（原载于《民族文学》2022 年第 2 期）

藏香师（节选）

觉乃·云才让（藏族）

一

上海到拉萨的列车已经进入西藏境内，诺布坐在靠窗的位置。窗外天空高远，有大片的白云，因为海拔不断升高，植被越来越稀少。远远望去是一片姜黄色的土地。坐在诺布对面、穿着藏袍的中年妇女带着两个五六岁大的小男孩儿，因为坐了太久的火车，他们开始烦躁地打闹起来。小孩子把一个饮料瓶丢到诺布面前，中年妇女有些不好意思地对诺布笑了笑，以示歉意。诺布回以一个礼貌的微笑。看了看对面的两个小男孩儿，诺布将视线转向了窗外。

诺布在外地漂泊了十多年，过去那个温馨的家几乎成了再也回不去的地方。直到得知父亲生病，诺布才踏上回乡之路。然而莫名其妙的，他突然有点害怕。内心里总有一个声音，聒噪着劝他买张返程票。他知道，这显然是不可能的。然而，眼前越来越熟悉的一切，却又让诺布忍不住想起那一幕幕如烟往事。

二十八年前，洛桑顿珠带着两个儿子到野外采药。他身上背着背篓，两个儿子也背着特意为他俩编织的小背篓。他们到了崇山峻岭之中，小诺布和小旺堆在某个山坡上打闹追逐。

洛桑顿珠严厉地说：诺布！旺堆！

旺堆说：爸啦，怎么了？

洛桑顿珠说：不能打扰人家！

诺布说：打扰谁啊？

洛桑顿珠说：山神。山上各种动物和植物都有生命，所以山神保护它们，他非常辛苦，搞不好这会儿他正在休息呢。

旺堆从地上拔了一棵草，调皮地说：那这棵草也有生命吗？

洛桑顿珠说：你从地上拔出来那一刻，它就没有了生命！

诺布说：那山神会不会惩罚我们呢？

洛桑顿珠说：这个难说，所以你俩一定记住，采摘草药时，一定要向山神祈求，并且告诉他，我们采摘草药是为了制作藏香，以便获得他的默许和谅解。

诺布和旺堆立即停止了打闹，乖乖地来到洛桑顿珠的身边。洛桑顿珠背着背篓站在溪边，虔诚地双手合十，口中念念有词，默默念诵了什么，然后蹲下来采摘溪边石缝间的草药。

诺布的父亲洛桑顿珠是他们那一带最有威望的藏香师。诺布是个男孩，让父亲如获至宝，给他取名诺布，意为宝贝。父亲希望诺布能和藏香结下深缘，将来继承藏香师的事业。

父子三人上山采了一天的药，黄昏时分，各自背着沉甸甸的背篓，歇息在一座背靠雪山的山梁上一块貌似狮子的巨石旁。父子三人闭眼深呼吸，大自然的气息扑鼻而来，让人心旷神怡。

旺堆偷偷睁开眼睛，发现诺布也正睁着眼到处偷瞄，两个人的目光相遇后，一起调皮地笑起来。诺布看了一眼父亲，他依然正襟危坐。迫于父亲威严的气场，诺布不自觉地收敛了笑容，端正坐好。

旺堆说：爸啦，你不是说给我们讲有关藏香的历史吗？

洛桑顿珠说：传说一千三百多年前，吐蕃赞普赤松德赞大力推广佛教，发愿建一座寺庙以弘扬佛法。可是由于吐蕃鬼神的破坏，白天修筑的，到了夜间就会倒塌；山上的石头滚到了河谷，而河谷中的石头却飞到了山上，建筑用的木草全被烧毁，更为严重的是各种疾病流行。于是，赤松德赞就派当时一位叫博帝萨埵的大堪布到印度请来法力高强的莲花生大师。

诺布说：是否莲花生大师从印度带来了藏香？

洛桑顿珠说：不是，当时，大家都认为莲花生大士会跟妖魔鬼怪斗法，可是谁也没想到，莲花生大师来到当地后，却收集了当时最好的五甘露（菩提树、白檀木、野蒿、乳香、卷柏），以及一些好吃的食物、好看的物品。等到晚上，莲花生大师将这些美好的物品一起点燃，同时配合念诵经咒，降伏妖魔鬼怪。

这些妖魔鬼怪被降伏后尽心尽力地协助寺庙建设，最终竟然使寺庙工程提早完成。而这座寺庙便是西藏的第一座寺庙——桑耶寺。从桑耶寺开始，西藏才真正具有了佛、法、僧三宝一体的寺庙。也是从那时开始，桑耶寺就有了焚"香"的习俗。

据说世界是在一呼一吸间触摸到的。做藏香也不是一门简单的手艺，从最初的采药，到中间的制作，再到最后出成品，整个过程更是一种修行。倘若不够虔诚的话，一辈子也当不好一个称职的藏香师。

下午，洛桑顿珠带着诺布和旺堆走在吞弥村的街巷上。吞弥村背后的山沟里流出清澈见底的小溪，小溪穿过两村之间，汇入谷底的尼木河，最终流入雅鲁藏布江。小溪上每家每户都搭建了水磨，在哗哗的流水声中，水磨悠悠地转动。他们遇到了运送香料的村民，路人热情地与洛桑顿珠打招呼。整个村子炊烟四起，处处都是一派忙碌而温馨的景象。

洛桑顿珠带着两兄弟洁面、洗手、更衣，准备开始制香。香坊内，洛桑顿珠把古书放进藏柜深处。柜子里有一个长条盒子，里面放着已经制作完成的各种藏香样品。

诺布的曾祖父曾留下一味藏香，其中最重要的原料是一种只能在雪山上采摘到的"吉布桑"。但是几十年来，后辈们再也没有人找到过它。留下的几支仅有的成香，虽已历经百年，却从未变质，香味依旧。边巴老人是他们本村的人，过去在布达拉宫里当过验香师。他是最后一个闻过诺布祖上所制藏香的老人，因此每次父亲制作了藏香，都会送到他家里，请他亲自检验。

洛桑顿珠把制作好的藏香包在黄色丝绸里，带着诺布和旺堆，来到村子边角的一座农舍里。农舍里有位上了年纪的老人。父子三人到了老人面前，非常恭敬地打开黄色丝绸，从里面取出一炷藏香。洛桑顿珠小心翼翼地将藏香点燃，然后插在香盒里，顿时屋里香烟弥漫开来。他生怕老人闻不到藏香，两手捧着香盒，把它送到老人手里。老人捧着香盒闻了闻，久久不说话。最后，老人把香盒轻轻地放在眼前的藏式木桌上。顿时，屋里的空气凝固了一样，气氛有些紧张。

洛桑顿珠有些着急地问：边巴叔叔，这批藏香是最近新研制的，你觉得如何？

边巴老人眯着眼睛，摇了摇头。

二

旺堆和诺布在香坊里和香泥，洛桑顿珠走过来，他的表情像往常一样严肃。诺布抬起头看了一眼洛桑顿珠，然后乖乖地让到一边。洛桑顿珠开始做示范。洛桑顿珠作为藏香师，他的话总是离不开藏香。他经常说，当藏香的烟雾升起时，人与大自然、人与天地万物之间的对话就展开了。小时候的诺布无法明白其中的道理，只记得当双脚踏入藏香坊，就必须心无旁骛，可那时的他却总是做不到。

有一天，旺堆拿着做好的香砖按手印玩儿，诺布的注意力不由自主地被吸引过去。

洛桑顿珠严厉地说：诺布！

诺布不敢多言，重新把注意力放回到香泥上。旺堆虽然在一旁玩耍，但洛桑顿珠严厉的目光只会落在诺布身上。洛桑顿珠做完示范后，就抱着草药出去了。

旺堆看着父亲走出去，小声说：喂，诺布，你看！

旺堆把印有自己手印的香砖给诺布看。诺布笑了。旺堆飞快地把香砖递给诺布，诺布接过香砖也按了下去。小巧玲珑的手印，清晰可见地印在上面，兄弟俩开心地笑起来。

洛桑顿珠在院子里整理药材，即使是在最放松的情况下，他也总是微微皱着眉头，看起来像是随时会发怒的样子。梅朵拿着一个狼毒花编的花环走到他身边，他立马朝梅朵露出了温柔的笑容。

梅朵的全名叫格桑梅朵，她是晋美大叔的女儿。诺布兄弟和她从小一起长大。后来听别人说，梅朵的母亲在生她的当天因为难产去世。晋美大叔是父亲的至交，也是一名藏香师。从前他们两人常常一起外出采药，直到一次进雪山寻找"吉布桑"时，晋美大叔为了救父亲，不幸从悬崖上掉下去遇难了。因此，梅朵自三岁起就住进了诺布家，洛桑顿珠夫妻俩待她就像亲生女儿。

梅朵说：爸啦，我的花环坏了。

洛桑顿珠接过梅朵手里的花环说：我看看。

梅朵说：爸啦，你觉得狼毒花好看吗？

洛桑顿珠说：好看极了，不过狼毒花编织的花环，不能经常戴。

梅朵说：为什么？

洛桑顿珠说：因为狼毒花的根上有毒素，我们藏族人用狼毒花制作纸，就是为了防蛀虫。

梅朵说：这样美丽的花怎么可能有毒素？

洛桑顿珠说：梅朵，你要知道，任何事情都有好和坏。

梅朵说：光要好，不要坏行吗？

洛桑顿珠说：这个还真不行，不过不管是好的，还是坏的，关键看它值不值得让人记住。

洛桑顿珠开始修补花环，他的脸上挂着少有的微笑。等他把花环修补好，戴在梅朵头上，梅朵开心地跳了起来。洛桑顿珠很少朝诺布和旺堆笑，他把他仅有的温柔全部留给了梅朵。母亲说那是因为梅朵是女孩儿，而且乖巧懂事。但是诺布总觉得，父亲始终对晋美大叔的死放不下。

旺堆在进行制作藏香的下一个步骤，用牛角画线。他总是画不直，气得把画出来的线香都毁掉了。他看了一眼诺布，诺布边唱歌边心不在焉地画的线更是歪歪扭扭的。

旺堆笑着说：诺布，你画的还没有我的直呢。

诺布看了一眼旺堆，然后坏笑着接过旺堆手里的牛角，在旺堆的案板上画线。这一次他画得出奇地直，把旺堆都看傻眼了。

旺堆说：你画得真好啊！

洛桑顿珠开门进来，诺布听到声音赶紧把牛角丢给旺堆。洛桑顿珠仔细看了看两兄弟的作品，盯着诺布。他犀利的眼神将诺布盯得不知所措，诺布低下头，不敢再与父亲对视。

洛桑顿珠说：旺堆，你去玩吧。

旺堆开开心心地跑了出去，诺布也紧随其后。

洛桑顿珠说：诺布，回来！

诺布乖乖地停下脚步，转向洛桑顿珠。

洛桑顿珠说：接着练。

诺布说：爸啦，为什么？

洛桑顿珠说：俗话说，二心人办不成事，双尖针缝不成衣。你一会儿唱歌，一会儿画线，怎么能当好一个藏香师。

诺布指着木桌上的图纸说：可那是我画的！

洛桑顿珠说：闭嘴，给我乖乖地练！

诺布从小特别喜欢唱歌，因此总是忙里偷闲哼上几句，而这恰恰被父亲所不待见。他觉得一个未来的藏香师应该是一个清心寡欲、认真严肃，而非处处抛头露面的人。可是，父亲越是反对诺布唱歌，诺布就越是喜欢。

藏历年到了，按照当地的习惯，二十九日晚上吞弥村的上空鞭炮齐鸣，各种颜色的烟花四起。那天晚上下着鹅毛大雪，洛桑顿珠一家人象征性地放了放鞭炮，然后就回到屋里围坐在一起。桌上摆满了食物，有肉干、石锅鸡、青稞酒、土豆包子、酥油茶、血肠、炸油果、青稞饼、糌粑。每个人面前还摆着一碗古突。一家人你看着我，我看着你，都在等别人先吃。

洛桑顿珠脸上露出难得的笑容，他说：老婆，可以吃古突了吧，看看孩子们吃出什么。调皮的旺堆率先吃一口，很快吐出来一枚硬币。

梅朵说：旺堆吃到了硬币，以后要发大财了！

旺堆把硬币拿在手里，向大家炫耀，家人都笑起来。

洛桑顿珠却板着脸说：吃出硬币恐怕不是什么好征兆。

妻子索朗卓嘎对着洛桑顿珠说：大过年的，能不能说点吉利的话！

洛桑顿珠夫妻如往常一样的吵嘴并没有影响过年的气氛。大家都拿起勺子开动。诺布吃了一口，迅速吐了出来。

梅朵说：诺布哥吃了一块小石头！

旺堆说：说明他是铁石心肠，以后肯定是……

诺布用手肘碰了一下旺堆，然后又吃了一口，脸上现出痛苦的表情，他吐出来一看，是一小撮柏叶。

洛桑顿珠微笑说：这个吃的倒是合我的意。

索朗卓嘎亲切地摸了一下梅朵的脸说：好啦，该你了。

梅朵吃了一口古突，准备吐在手里，可是一不小心掉在地上，不知道滚到哪儿去了。在座的所有人哄堂大笑，梅朵一排整齐洁白的牙齿上带着如血的红色。

旺堆说：血？梅朵吃的是血！

洛桑顿珠说：胡说！

诺布说：不是血，是红枣，红枣的皮粘在牙齿上了。

紧接着，轮到洛桑顿珠和索朗卓嘎，老两口也边吃古突，边把吃到的特别东西吐出来，全家人都说笑个不停。诺布走到窗子前向外看，外面依旧飘着大雪。他回头看一眼其乐融融的家人，又转头看窗外，脸上露出微笑。

小时候，诺布和旺堆、梅朵一样，很喜欢过新年。他喜欢新年，不是因为新衣服，或者好吃的东西，而是因为那种长大后再也找不回来的快乐。最让人吃惊的是，后来诺布才发现，那晚他们吃的古突，居然预示着他们每个人不同的遭遇和命运。

三

诺布兄弟和梅朵三个人，走在上学的路上。诺布有心事，一路不说话。梅朵和旺堆一路踢着石子玩，小狗扎西在后面追着。到了吞弥村口，小狗扎西停下来望着他们。

梅朵说：回去吧，扎西！

小狗扎西摇了摇尾巴，转身往家的方向跑去。旺堆把书包和装干粮的塑料袋子交给梅朵。对着诺布说：诺布，我们来赛跑吧！看谁先到学校。说完，旺堆飞快地跑了出去，诺布紧随其后。

梅朵看着他们，笑着说：你们慢点儿跑，不要摔倒了！

梅朵年纪比诺布小，可是她更像是诺布和旺堆的姐姐。生活中，总是她照顾他们兄弟俩。

课堂上，普布老师在讲四年级的课程。诺布在认真听讲。梅朵帮旺堆削好一支铅笔，递给旺堆。旺堆没有接，反而偷偷地从塑料袋子里拿出一点糌粑坨坨塞到嘴里。诺布用手指了指他，警告他不要太放肆，正好这一动作被普布老师发现了，普布老师说：旺堆，你在干吗呢？普布老师一问，旺堆手里的塑料袋掉到了地上，里面的糌粑坨坨碎开，撒了一地。同学们看到这一幕，都哄堂大笑。普布老师来到旺堆旁边，揪着他的耳朵把他拎出教室。

普布老师是吞弥村村小唯一的老师。他是个非常慈祥的人，脸上总是挂着微笑，不过上课的时候，要是谁敢捣乱，他总是揪着他的耳朵，把他拎出教室。旺堆是班里最调皮的，因此这一幕总是在重演。

午饭的时候，同学们在教室里三五成群地吃干粮。诺布和梅朵也在教室的一角吃塑料袋子里的糌粑坨坨。他们俩为了惩罚旺堆上课期间的"不当行为"，故意不分糌粑坨坨给旺堆吃。两手空空的旺堆站在一旁看着他们，直流口水。旺堆又馋又饿，只好竖起手指求饶，诺布和梅朵这才把各自的糌粑坨坨分一半给他。

中午放学前，诺布在学校阅览室里看书。旺堆跟一个同学在教室里追逐打闹。梅朵正在帮他们收拾东西，这时候，同学尼玛走过来，非要给梅朵一个东西。梅朵知道尼玛没安什么好心，但是她有些好奇，把手伸过去，结果是一条滑溜溜的蚯蚓。梅朵吓哭了。旺堆见状，大喊道：尼玛！

尼玛一回头，旺堆把半瓶墨水泼到了他的脸上。教室里的同学们看到尼玛的脸，哄堂大笑。尼玛愣了一会儿，用手抹掉脸上的墨水，开始满教室追打旺堆。

普布老师走到门口说：你们在干什么？

普布老师一吼，大家都停了下来。下午上课的时候，尼玛的脸上、身上还留着没洗干净的墨水，他气鼓鼓地噘着嘴。旺堆回头看了一眼尼玛的滑稽相，朝他做了一个鬼脸，尼玛更加生气了。放学回家的路上，尼玛带着四个小男孩儿拦住了他们的去路。他们都壮壮的，叉着腰站着。梅朵有些害怕。诺布想要带着弟弟妹妹绕过他们。尼玛拦住他们的去路说：站住！今天你们几个都别想跑！

旺堆丝毫不怕，挺身站到梅朵和诺布前面，做出保护他们的姿态。尼玛跟身边几个小男孩儿使了个眼色，几个男孩子冲了过来，一下子就把旺堆扑倒在地。梅朵想冲上去保护旺堆，被一个男孩儿拉开。旺堆毫不示弱，奋力反抗，可是寡不敌众，还是翻不了身。诺布冲了过去，死死抓住尼玛就开始打，只打他一个人。

梅朵急哭了，她央求说：旺堆、诺布，不要打了！

晚上，尼玛的妈妈找上门来，她要讨一个说法。洛桑顿珠看了看脸上青一块紫一块的尼玛，回头怒视两个儿子。诺布和旺堆站在一边低着头不说话，他们浑身脏兮兮的，脸上也有伤。旺堆偷偷抬起头看了一眼委屈的尼玛，又朝他做了一个鬼脸。洛桑顿珠为了安抚哭哭啼啼的尼玛母亲，给尼玛的脸上敷了一些消炎的药，他们母子这才走了。兄弟俩以为父亲会饶过他们，暗自高兴时，洛桑顿珠把他俩关在香坊里，对外喊道：老婆，拿鞭子出来！

索朗卓嘎说：小孩子之间哪能没有磕磕碰碰的呀。

洛桑顿珠说：你拿不拿？

索朗卓嘎说：虎有十八般跳跃本领，狐有十九个洞穴可钻。你教育儿子不言传身教，总是动手打人算什么教育方法，我不拿，要拿你自己拿！

洛桑顿珠说：梅朵，你去给我拿来！

梅朵吓得脸色都变青了，她不知道从哪儿拿了鞭子送到香坊门口。不一会儿，香坊里传来洛桑顿珠用鞭子抽打诺布和旺堆的声音以及兄弟俩的哭声。洛桑顿珠认为，保持平和的心态是一个藏香师的基本素质。不能动怒，不能与人吵架，更不能与人打架。所以，从小到大，如果诺布和旺堆与别人打架，那就一定会被惩罚，不问缘由。

诺布和旺堆低眉敛目地站在香坊里，洛桑顿珠板着脸，看起来更加严肃了。洛桑顿珠把门重重地关上，兄弟俩乖乖地拿出纸笔抄写古籍配方。诺布已经把配方记得很熟了，几乎不用看书。旺堆照着书，像鬼画符似的在纸上抄写着。

旺堆说：诺布，你说阿爸还会带我们上山去采摘草药吗？

诺布摇摇头，兄弟俩抄写了一会儿，肚子饿得咕咕叫，突然香坊的门响了。

梅朵端着一盘掰成几块的烙饼站在门口说：嘘……

旺堆眼前一亮说：梅朵姐！

诺布拉着梅朵说：快进来。

梅朵面露歉意说：我对不起你们俩……

诺布说：不怪你，就算你没有去拿鞭子，阿爸也会去拿。

旺堆看梅朵手里的烙饼说：别废话了，快把烙饼给我，我都快饿死了。

梅朵把烙饼递给他们，还不忘叮嘱旺堆说：你慢点儿吃。

诺布接过烙饼，警惕地看了看周围。梅朵看懂了他的意思，跑到门口去放哨。

兄弟俩狼吞虎咽地吃了起来。梅朵微笑着看着他们。诺布抬起头，他的眼神与梅朵清澈的眸子相遇。诺布莫名其妙地觉得脸颊发烫，于是慌乱地转过头。

当天色露出熹微的光线时，村子里一片寂静，旺堆和诺布都趴在香坊的桌子上睡着了。香坊的门再次被推开，兄弟俩从睡梦中惊醒，诺布下意识地拿起桌子上的笔，旺堆揉着眼睛抬头，看见洛桑顿珠背着背篓站在门口等他们。

旺堆欢呼一声说：爸啦！

洛桑顿珠脸上带着一丝不易察觉的笑意说：走吧。

洛桑顿珠带着兄弟俩去采药，当他们再次坐在巨石旁边休息时，洛桑顿珠又给两个儿子讲起了有关藏香的故事。

旺堆说：爸啦，你上次说，莲花生大师降伏妖魔地神鬼怪，他们才帮助修建桑耶寺，从此以后桑耶寺就有焚香的习俗，那究竟是谁发明了藏香？

洛桑顿珠说：真正造出藏香的是吐蕃七贤之一的吞弥·桑布扎大师。大师幼年即被松赞干布送往印度等地学习，学成归来后，除了创制藏文、翻译佛经，还在现今尼木县吞巴沟发明了水磨香车，研制出了真正的第一代藏香，彼时距今已有一千三百多年了。之后的数百年间在藏文医学古籍，尤其是各地各寺庙手工制造藏香的手抄配方本中有对藏香的配方、制作方式、使用方法的描述和记载。

诺布说：那后来是怎么推广藏香的呀？

洛桑顿珠说：吐蕃七贤之一的吞弥·桑布扎大师造出了藏香，其后，在历代僧俗大众的努力下，藏香种类逐渐丰富，各类香品一应俱全，有药香、熏香、水香等等。后来藏香制作工艺十分高超，据说可制作各种点燃后显出祥瑞符号的香雾，并能有效控制香雾的升腾，有一种藏香飘至人的鼻端便停止上升，煞是奇妙。但这些造香术失传已久。

家乡留给诺布的一切记忆都带着馥郁的香气，是这个气味将他们一家紧紧绑在一起。在尼木，诺布度过了这一生最难忘的童年时光。

四

火车奔驰在无垠的羌塘草原上，那两个可爱的男孩儿已经在穿藏装的母亲怀里熟睡了。从火车的窗户举目望去，头顶的星星都仿佛变大了一样，闪闪发光。

诺布不禁伸出手，做了一个抓星星的动作。他久久凝望着星夜，又陷入了回忆。

十五年前的某个夜里，高原灿烂的星空下，尼木村出奇地安静，洛桑顿珠家昏暗的制香坊里，点了几盏微弱的油灯。洛桑顿珠指挥着家人及村里几个年轻人在制作藏香。他们个个不苟言笑，认真地忙着自己手里的活儿。

洛桑顿珠把制作好的藏香包在黄色丝绸里，带着诺布和旺堆，再次来到边巴老人家。父子三人到了老人面前，非常恭敬地打开黄色丝绸，从里面取出一炷刚刚制作完成的藏香点燃。老人比起十多年前，已经苍老了不少，两鬓的白发如银丝卷起，许久未曾打理。老人手持藏香，闻了又闻，久久不说话。

洛桑顿珠说：边巴叔叔，你觉得……

边巴老人摇了摇头。

洛桑顿珠说：唉，我恐怕再也配制不出来先祖的藏香了……

边巴老人说：俗话说，要防豹子的侵袭，应紧抱怀中的钢枪；想拔牡鹿的角，就带上嗅觉好的猎犬。不要泄气，你还要继续，即使你配制不出来，你还有两个儿子，他日定能成器！

洛桑顿珠说：常言道，要射北方的野牛，要看小伙儿的箭术。可是两个儿子一个整日唱歌，一个贪小便宜、不图上进，看不到希望呀。

边巴老人说：也许你的要求太苛刻了，其实藏香师的功夫不应该在藏香坊里，而应该在丰富的人生阅历和广阔的天地间。

洛桑顿珠问：可是我们究竟怎么去领悟制作藏香的奥秘所在呢？

边巴老人说：根据藏医典故里的记载，制作藏香，要以悲天悯人的医者之心，以香味的馥郁芬芳，赐予感官的愉悦享受和万物的清浊沉浮。藏香的可贵，在于其传承香方，将无情之物升华为有情之物，从而洗净世界的污垢，提升有情众生的笃信……

诺布的父亲每一次上山采草药，回来制作藏香，之后送到边巴老人家，请他检验，可是他总是闻后摇头。为此父亲非常沮丧，但是他又总是锲而不舍，不停地试验各种配料。因此，诺布常常觉得父亲制作的藏香，离成功近在咫尺，又远在天边。

每年藏历七月是当地的沐浴节。传说在药神化身的嘎玛堆巴星照耀大地时，所有的溪水、河流、湖泊都会化作甘露。这个时节，尼木人都会到河里洗澡，祈求健康。对于年轻人而言，这是风花雪月、谈情说爱的最好节日。

郁郁葱葱的灌木谷底，清澈的溪水声响彻山谷。年轻人带着满身泥土跑过来，用石头在溪水里砌出一个池子。男孩儿们又分成了两个阵营，脱掉衣服泡在水池里嬉戏打闹，互相朝对方泼水、丢石头。打闹间，不知是谁的裤子不小心掉进水里，顺着溪流漂走了。

旺堆说：谁的裤子被水冲走了！

仁青认真看了看说：还笑！就是你的！

旺堆忙说：快帮我捡啊！

仁青伸手没有够到，幸灾乐祸地耸耸肩。眼看着裤子漂远，旺堆没办法，只得光着屁股追过去。他顺着溪流追到下游，突然看到几个正在洗澡的女孩子，他跑回去躲在河边的灌木丛中。但看到自己的裤子被水冲到姑娘们身边的鹅卵石上，只得捂着重要部位靠近她们。女孩子们看见光着屁股的旺堆，都害羞地尖叫着，矮身沉在河里，不好意思看他。

旺堆说：姐姐们，我无意冒犯，真的无意冒犯！我只想把我的裤子拿回去。

有个胆大一点儿的女孩说：你把身体转过去，我把你的裤子扔过去。

旺堆转过身去，嘴里感激地说：谢谢！谢谢！

女孩儿游到河边，从鹅卵石上捡起旺堆的裤子，扔到他的身边，然后像一条鱼一样，跳回河里。旺堆提着湿淋淋的裤子，跑到灌木丛背后，有些激动地问：你叫什么？

女孩儿脸露喜色，但是没有回答，旁边一个女孩儿替她说：央金拉姆！

晚上，银河闪耀着神秘的光，年轻的男孩儿女孩儿围着篝火跳起了锅庄。旺堆像换了个人一样，又唱又跳。女孩子们时不时地偷偷看他，羞涩地小声议论他。锅庄跳了一圈又一圈，篝火的火焰越来越小。有些疲惫的旺堆停下来，一个人来到人群背后，躺在草坪上，正在休息的时候，他发现身边有个黑影在蠕动。旺堆急忙问：谁？

她说：嘿嘿，是我，下午给你捡裤子的女孩儿。

旺堆既惊讶又兴奋地说：还真是你呀！

第二天，兄弟俩醒来的时候，太阳高挂在头顶，他们俩草草洗漱后，来到厨房。梅朵在厨房里帮着索朗卓嘎做饭。小狗扎西趴在铁炉边昏昏欲睡。诺布说：妈啦、梅朵。

旺堆跟在后面说：妈啦、嫂子。

梅朵听见这个称呼，有些害羞地转开脸。诺布下意识地蹙眉，低声教训旺堆说：别乱说话！

旺堆满不在乎地耸了耸肩膀。小狗扎西懒洋洋地摇着尾巴跟兄弟俩打招呼，旺堆蹲下身揉了揉它的头。诺布提着茶壶走进香坊时，洛桑顿珠正在专心研制香秘籍，面前摆着各种香料，他会不时地拿起一种来闻一下。诺布在门口站了一会儿，等洛桑顿珠合上书之后才开口。

诺布说：爸啦。

洛桑顿珠点了点头，诺布上前弯着腰往洛桑顿珠的茶碗里添茶。

洛桑顿珠说：你们俩昨天出去怎么没带梅朵？

诺布顺手把茶壶煨在洛桑顿珠脚边的火盆上，接着说：昨天是沐浴节，我们几个男孩子去河里洗澡，带着梅朵不方便。

洛桑顿珠赞同地点点头说：你们年纪都大了，确实该注意了。

诺布说：嗯。

洛桑顿珠若有所思地说：把牛犊拴在桩上，为的是看谁的脖子劲大；让刀子朝天举起，为的是看谁的刀柄更长。你和旺堆不一样，将来你是要做一个藏香师的，所以心要沉得下来，以后没事别整天在外头瞎跑。

诺布愣了一下，欲言又止。

几天后，诺布骑摩托车到镇上去买制作藏香所需的矿物质，回来的路上看见一个女孩趴在河道边的陡坡上。诺布走近了才发现原来是一只小羊羔掉河床里了，女孩儿想下去救羊，可是没有勇气跳下去。

诺布停下摩托车说：我来吧。

还没等这个女孩儿反应过来，诺布就已经身手敏捷地跳下去把小羊羔抱了起来。诺布说：接着！

她在岸上接住羊羔，羊羔被吓得咩咩直叫。她抚摸着羊羔的头说：小黑头，没事，没事，去找妈妈吧。

她朝诺布伸出手说：我拉你。

诺布这才看清楚女孩儿的相貌，一时有些看呆了。女孩儿被诺布盯得不好意思。诺布意识到自己的行为可能有些唐突，赶紧挪开了目光。诺布好像在什么地方见过她，但是一时想不起来。

诺布说：你让一让，我可以跳上去的。

她退后几步，诺布抓着岸边的石壁，敏捷地跃了上去。但他的手掌被石壁划破，往外渗出鲜血。

女孩儿问：你的手没事吧？

诺布这才发现自己的手受伤了，说：小伤，没事的。

女孩儿想了想，解下发带递给诺布，发丝如瀑散开，在阳光下泛出光泽。她说：先用这个包一下，把血止住。

诺布赶忙说：我好像在什么地方见过你。

她笑着说：也许吧。

诺布直愣愣地看着她。她有些羞涩地把发带塞进诺布手里，朝他笑了笑，转身赶着羊群离去。诺布这才反应过来，连忙问：姑娘，请问你叫什么？只可惜姑娘已经远去了。诺布痴痴地望着她的背影，手中的红色发带随风飘扬。

后来，诺布无数次走过那条路，却怎么也等不到那个牧羊姑娘。可是她美丽的容貌总是浮现在他的脑海里。诺布为当时没有鼓起勇气追上去询问她的名字而懊悔不已，心中一直盼望着能再见她一面……

五

诺布和洛桑顿珠在香坊制香，每一个步骤都有条不紊地进行着。诺布把香泥一一排线，排列整齐后，拿到屋外去晾晒，顺便把上一批晾干的香取回来。制作流程结束后，诺布恭敬地取了一炷香，双手递给洛桑顿珠。洛桑顿珠点燃香，烟雾在香坊里缭绕。洛桑顿珠阴沉着脸摇了摇头。

诺布看出父亲对自己制的藏香并不满意，支吾着想要解释。

洛桑顿珠说：唉，爸啦没有用呀，至今配制不出来祖上的藏香！

诺布说：爸啦，我们总会配制出来的！

洛桑顿珠说：诺布，你有所不知，我这一生，早年丧父，经历过很多岁月的苦难。在动荡年代，我们藏香世家也没有机会学习知识，藏香制作更是无从谈起。唉！我的人生如同野地，基本荒废了。

诺布说：爸啦，这些不怪你。

洛桑顿珠说：更重要的是，我曾经为了养家糊口，偷偷上山打猎，作为一个藏香师，这是万万不应该的，我的手上沾染过血，我恐怕再也制作不出祖上的藏香了。如今太平盛世，你要珍惜。光宗耀祖全靠你了！

诺布说：嗯！

原本诺布以为，这只是他和父亲之间一次极为寻常的谈话，但其实这是父亲在打开心扉，向诺布袒露内心隐藏的秘密。他在反思，在忏悔，在寻找出路，可是那时候诺布情窦初开，父亲的话，如同耳边风，诺布完全听不进去。

岁月荏苒，金秋已至。当地望果节的庆典十分热闹，戏台子下围满了看藏戏的观众。旺堆和诺布好不容易挤进人群，几个女孩儿看到他们，凑了过来。

央金拉姆说：旺堆！是你啊！

旺堆看着央金拉姆，努力回想她的名字，过了几秒说：央金拉姆？

央金拉姆惊喜道：你还记得我啊？

旺堆说：当然记得啦！

几个女孩围着旺堆叽叽喳喳地讲话。诺布在人群中张望，试图寻找牧羊姑娘的身影，但一直没有收获。他只看到了梅朵跟她的两个朋友。

有个个子娇小的女孩儿说：诺布哥，今年你还是不唱歌吗？

另一个稍显壮硕的女生指着台上正在殷勤献歌的某个邻村男歌手，遗憾而有些不屑地说道：唉，方圆几百里的人都只知道他，不知道你的歌声全不输给他。你应该也让他们都听听！

旺堆指着侧台的方向说：马上开始了。

诺布顺着旺堆指的方向看过去，看见正在候场的演员中，站在中间的女孩儿因为气质出众显得格外耀眼，让人一眼望过去就能从人群中注意到她。那正是诺布找了很久的女孩儿，她叫德吉。

旺堆正准备走，被诺布拉住。诺布有些激动地说：等一下！旺堆疑惑地看着诺布。诺布的声音因为兴奋而微微颤抖：要是有人陪我唱，我就去唱。

旺堆先是愣了一下，笑了笑说：我没听错吧？

诺布回头说：没听错！

旺堆说：你不怕阿爸把你……

诺布拍了拍旺堆的肩膀，朝台侧跑去。

诺布跑到台侧，努力平复呼吸，好让自己看起来冷静一点儿。主持人报幕，诺布走上舞台，台下顿时掌声雷动，观众都处在意料之外的兴奋中。舞台边上的德吉认出了诺布，有些惊讶又有些害羞地看着他。诺布也傻傻地看着德吉，德吉回给他一个温柔的微笑。空气仿佛都凝固了。不知道谁把德吉推到了舞台上，推到诺布身边。

音乐响起，他们对唱了一首当地非常有名的情歌。德吉含情脉脉地望着诺布，诺布的眼神也始终没有离开德吉。在那个瞬间，诺布感觉到台下的观众、周围的舞伴、远处的牛羊仿佛都消失了。偌大的天地间，仿佛只剩下他们两个。他们第一次一起唱歌，却默契得像是配合多年的搭档。

歌曲结束后，诺布和德吉一起走下舞台。下台阶时，诺布朝她伸出手，德吉犹豫了一下，把手递给诺布。

德吉说：之前排练的时候怎么没见过你？

诺布说：我父亲不让我唱歌。

德吉点了点头。诺布正要说话，一群人围了上来。一个其貌不扬的年轻人语气不善地说：哟！我刚才还以为我看错了，这不是洛桑顿珠家的老大吗？太阳打西边出来了！

其他人都哈哈大笑。旺堆和梅朵也跟了过来，旺堆认出这个人是隔壁村的仁青。

旺堆说：这有什么好奇怪的？没见识的东西！

仁青不理旺堆，对着德吉说：德吉，我等一会儿要去赛马，为了你，我一定会拿到第一名的！

德吉说：为了我？

仁青说：当然了！你来看我赛马，我拿个第一给你当聘礼怎么样？

周围人听见仁青的话，开始起哄。

人群中有人开口说：如果拿了第一就能娶德吉，我们这儿有一堆人等着呢！

其他人附和说：就是！凭你也想娶我们村第一美人吗？

有个长发青年说：是啊！先赢了我们再说！

仁青说：行啊！不服气的都来比比好了！

其他人一起哄，德吉被闹得脸颊通红，不知所措地看着诺布。仁青有些不高兴，挑衅说：怎么样，诺布你也要参加吗？哦，我忘了，你们家没有马！众人哄堂大笑，弄得诺布有些不好意思。

仁青说：那先掰掰手腕吧。

众人再次哄笑起来，诺布也轻蔑地笑了。

旺堆说：到时候输了你可别后悔啊。

仁青说：来呀！

德吉担忧地看着诺布，诺布回给她一个安慰的笑。梅朵将两人无声的交流看在眼里，神色黯然。

仁青和诺布开始掰手腕，身边围着一大堆人，有人吹口哨，有人起哄。比赛共三次，仁青赢了一次，诺布赢了两次，按照三局两胜的规矩，诺布赢了。在旺堆的带领下，大伙把诺布举了起来，欢呼声四起。德吉看着诺布，眼神里都是爱慕。仁青和他的同伴们有些不服气，也只能悻悻离开，到赛马场去了。

洛桑顿珠手里握着鞭子，威武地站在院子里。诺布站在他的对面。家人都挤在屋里，不敢出来，只是从门缝里偷看。洛桑顿珠说：你瞧，你站在我面前，都差不多跟我一样高了，我今天不打你，可是……可是我问你，你为什么不好好学习藏香制作，跑到戏台上去唱歌？

诺布说：爸啦，我又没有经常唱歌，只是偶尔……就这一次……

洛桑顿珠说：偶尔唱歌不也是唱歌吗？

诺布说：爸啦，你为什么那么痛恨我唱歌？

洛桑顿珠说：我不是痛恨唱歌，我痛恨一个未来的藏香师，不好好钻研藏香的研制，反而心里总是惦记着唱歌！

望果节那天诺布唱歌的事情，被父亲知道后，他狠狠地教育了诺布一顿。幸运的是，洛桑顿珠只知道诺布上台唱歌，并不知道那天他和德吉对唱情歌的事，更不知道诺布和仁青为了德吉掰手腕的事情，不然恐怕诺布早被父亲揍得体无完肤了。

六

皓月当空，空地上燃起了熊熊的篝火，年轻的男男女女围着篝火跳着锅庄。诺布和德吉坐在人群外聊天。

德吉说：原来你是藏香师？

诺布有些惆怅地说：是我父亲希望我能成为藏香师。

德吉说：那你自己呢？

诺布说：我更想去外面的世界看看。

德吉温柔地笑着说：外面也有很多人想到我们这里来。

诺布低头沉默不语。

德吉说：也许你应该听听自己内心的声音，才能找到想要的答案。

诺布看着德吉，久久没有说话。诺布指着自己的胸口说：德吉，这个送你。

德吉做出接过来的样子，说：这算什么？聘礼吗？

诺布和德吉同时笑起来。

夜里，诺布送德吉回家，两人一路有说有笑，在德吉家门口依依不舍地道别。德吉和诺布很快坠入爱河，奇怪的是，诺布从没跟任何人提起过的那些梦想、孤独和迷茫，在德吉面前都能毫无保留地倾诉。他们相识不久，却懂得彼此，像是相交多年的知己。

诺布回家的途中，经过两村之间的田边小路时，突然从路边的灌木丛中，先后蹿出两个人。朦胧的月光下，诺布看不清楚对方的脸。女的到了马路上，整理了一下藏装松垮的腰带后，步履匆匆地朝着邻村的方向赶去。男的嘴里吹着口哨，优哉游哉地朝诺布走来。不一会儿，男的到了诺布的身边，诺布借着月光一看，居然是旺堆。

诺布说：你在这里干什么？

旺堆吓了一跳，说：哥，你怎么在这儿？我没有干什么呀！

诺布说：我刚才都看见了，你可不能胡来啊！

旺堆说：嘿嘿，送到嘴边的肉怎么可能不吃，再说一年只有一个望果节！

诺布说：你知不知道，万一……会有什么后果？

旺堆说：还能有什么后果，是个男人都会这样干！

诺布说：你迟早会闯祸的！

旺堆说：对了，哥，那你在这里干什么呢？

诺布说：我……我……我这不是刚从篝火晚会上回来……

旺堆说：哈哈哈！篝火晚会早就散了！上次唱歌的那个女孩叫什么来着，对了，叫德吉，你是不是去跟她约会了？

诺布说：是……不……我……我可不会……

几天后的某个下午，德吉带诺布去了她的秘密基地，她给那里取了一个浪漫的名字叫"月亮谷"。诺布和德吉来到山坡上，并肩而坐。他们共同眺望天上那一轮明月。诺布滔滔不绝地讲着什么，而德吉在耐心倾听之后给他回应。诺布见过她各个时节的样子，她神秘又美丽，每一次见面都带给他不同的惊喜。诺布脑中竟生出一种前所未有的渴望，他想要永远待在那里，这种渴望甚至一时间超过了他对外面世界的向往。诺布以为他和德吉可以就这样永远在一起，但他们相爱的事还是很快被家人知道了。

有一天，诺布晚归，家门口灯光昏暗，诺布走近了才发现梅朵等在门口。诺布说：梅朵？

梅朵没有说话，诺布注意到她眼睛红红的。

诺布说：谁欺负你了吗？

梅朵终于开口说：今天下午，我看到你和她在一起。

诺布沉默了一会儿，梅朵的眼睛里再次噙满泪水。

诺布说：梅朵，从小到大我都一直把你当亲妹妹看，你是知道的吧？

大颗大颗的泪珠顺着梅朵的脸颊落下来，诺布有些慌了。诺布说：你，你别哭，梅朵，你听我说，虽然阿爸以前说过要让你做我们家的儿媳妇，但是我……

诺布话还没有说完，被同样晚归的旺堆喝住：诺布！

诺布和梅朵都吓了一跳，梅朵赶紧擦干脸上的眼泪。旺堆假装嬉皮笑脸地走过来，跟梅朵撒娇说：梅朵姐，你先进屋吧，我有话要单独跟哥哥说。

梅朵点点头，转身进门，旺堆顿时收起脸上的笑意。

旺堆说：你做的好事半个村子都知道了！

诺布说：我和德吉谈恋爱，有什么问题吗？

旺堆说：我以为你跟她只是玩一玩，如果你真的跟她好了，那梅朵姐怎么办？

诺布说：这件事情跟她没有关系。

旺堆说：吞弥村的人都知道，梅朵以后是要做我们家儿媳妇的。现在你跟别的女人不清不楚的，你让村里的人怎么看梅朵姐？

诺布说：我们家又不是只有我一个儿子。

旺堆说：可梅朵姐喜欢的人是你！

诺布说：她喜欢我，我就必须娶她吗？世上哪里有这样的道理？如果是这样，我必须娶进家门的女人要从这里排到邻村去了！

旺堆说：你……现在我们在说你的问题！

诺布说：没什么好说的！

诺布不打算跟旺堆多纠缠，转身想走，被旺堆紧紧拉住。

旺堆说：你不许走！今天必须把话说清楚！

两人正拉扯着，洛桑顿珠从屋子里走出来，兄弟俩立马老实了。

洛桑顿珠说：诺布，你跟我进来！

诺布看了旺堆一眼，旺堆也是一脸疑惑。洛桑顿珠转身回屋，诺布只好乖乖跟在后面。父子俩走进香坊，洛桑顿珠从柜子里拿出一炷香，点上。

洛桑顿珠说：你闻闻看！

诺布用手轻轻地在鼻子跟前扇了扇，闭上眼睛感受说：你加了新的草药？好像已经跟先祖留下来的那味香很接近了。

洛桑顿珠叹气说：俗话说，没有舔到酪的大雕白了头，没喝到血的乌鸦红了嘴。我这辈子恐怕是做不出来了。

诺布说：别这样说，爸啦，我愿意去找"吉布桑"。

洛桑顿珠摇摇头说：我最近经常梦见你晋美叔叔。

诺布预料到洛桑顿珠要说什么，低头沉默不语。

洛桑顿珠说：俗话说，水浮不起石子，人担不起闲话。诺布，你跟梅朵都老大不小了，我打算找人选个日子……

诺布试图阻止洛桑顿珠说下去：爸啦！

洛桑顿珠没有理会诺布，继续说：没有形，哪儿来的影呀，是时候把你和梅朵的事情定下来了。

诺布鼓足勇气大声说：我从来没有想过要跟梅朵结婚！

洛桑顿珠有些生气地说：你这话是什么意思？

诺布说：爸啦，我从小到大一直把梅朵当成自己的亲妹妹。

洛桑顿珠强忍着怒火说：是因为那个女孩子吗？

诺布说：不，就算没有德吉，我也从没想过要娶梅朵！

洛桑顿珠说：混账东西！听听你说的这是什么话！

索朗卓嘎听见父子俩争吵，赶紧推门进来说：有什么话跟孩子好好说。梅朵在家呢。

洛桑顿珠听到这话，坐了下来。

第二天，按照约定的时间，诺布到月亮谷时，德吉已经在那里等他了。诺布吹了一声口哨，德吉看到了诺布，笑着朝他挥手。诺布来到德吉身边坐下，德吉顿时脸颊绯红，头落到胸口。两人在山坡上并肩坐着。

德吉心疼地抬头看着诺布的脸说：怎么这么憔悴，到底发生什么事情了？

诺布说：晋美大叔曾经救过我阿爸的命，因此我阿爸让我娶梅朵，可这是两回事！今天出门的时候我甚至想过干脆就这么走了，永远都不回去。

德吉说：如果你真的就这么走了，你阿爸阿妈会很伤心的。

诺布说：可真的太痛苦了，我只要一想到以后要过着那种一眼就能望得到头的生活，就觉得喘不过气来。

德吉若有所思地看着诺布说：其实你有没有想过，你真正怕的不是跟梅朵的婚约。

诺布有些疑惑地看着德吉。

德吉说：也许……对象换成是我，你也会有相同的感觉。

诺布说：不会的！德吉，我爱你，我巴不得现在就能跟你结婚！就算有一天我真的要走，也会带着你一起走的。

德吉听到这话笑了笑，没有回应。

七

诺布和旺堆一起到香坊，洛桑顿珠在里面制香。诺布说：爸啦。洛桑顿珠没有回答，专心做手上的线香，等到一炷线香做好了才抬起头。

洛桑顿珠说：你们两个年纪都不小了，是时候自己出门采药历练了。

旺堆有些兴奋地说：太好了！

洛桑顿珠看了旺堆一眼，旺堆立马老实了。

洛桑顿珠说：我让你们出去是想锻炼你们的意志，磨炼你们的心性。尤其是你，诺布。

诺布恭敬地看着父亲。

洛桑顿珠说：你是我们家的长子，身上有必须承担的责任。回来以后，就开始准备跟梅朵的婚事吧。

诺布说：爸啦！

洛桑顿珠说：俗话说，有盛水的瓦罐，无装话的容器；说出去的话，泼出去的水。这件事情没得商量！

几天后，诺布和德吉再次出现在月亮谷。他俩并肩坐着，两人的身影在天地间显得分外渺小。诺布有很多话想对德吉讲，但不知道该怎么开口。诺布想把他的决定告诉德吉，他知道这个决定意味着什么，但是他相信，就算全世界都反对，德吉也一定会支持他。可是当诺布真的到了她面前，却什么也说不出来。

德吉说：你决定了吗？

诺布疑惑地看着德吉说：决定什么？

德吉说：离开这里。

诺布惊讶地说：你怎么知道？

德吉笑了笑说：从认识你的那天我就知道，你就像在天上自由飞翔的雄鹰，总有一天会飞走的。

诺布说：你希望我留下来吗？

德吉说：我当然希望我们能永远在一起。

诺布看着德吉，一时不知道该说些什么。

德吉接着说：可是就算你现在为了我留下来，我们结婚，一起生活。总有一天你会想起为了我而放弃的梦想，那时你会因为后悔而对我产生怨怼。

诺布说：你可以跟我一起走！

德吉看向诺布。诺布解释说：我是说，等我找到工作，把一切都安顿好了，就把你接过去，我们还是可以永远在一起。

德吉摇摇头说：诺布，你不用跟我承诺什么。我爱你，但是这并不代表你的世界只有我，我更不想变成你的负担。就算有一天你要走，我也绝不会用眼泪来送你。

诺布被德吉的温柔、通透，还有包容所感动，张张嘴刚想说什么，德吉抬手阻止了他。

晚上，诺布进屋的时候，家人都已经围着饭桌开饭了。旺堆手里抓着一块羊肉，吃得满嘴是油，小狗扎西在脚下眼巴巴地看着他，旺堆撕了一块肉给小狗。

索朗卓嘎说：快来，再晚一点儿旺堆这个饿鬼就要把羊肉吃光了。

诺布走过去挨着旺堆坐下。旺堆在讲笑话，家人都被他逗得哈哈大笑，只有诺布心事重重，一脸严肃。

索朗卓嘎说：诺布，你身体不舒服吗？

诺布放下筷子，没有回答母亲的话，反而面朝洛桑顿珠说：爸啦、妈啦，我有事跟你们说。

洛桑顿珠停下手中的动作，看向诺布。诺布说：我想离开西藏，去其他地方看看。

诺布的话音一落，屋子里顿时安静下来。

旺堆出来打圆场说：哥，你要去旅游啊？带上我吧！

诺布的声音不大，却很坚定地说：我的意思是，我想去唱歌，去其他城市生活。

洛桑顿珠一拍桌子说：荒唐！

家人都被吓了一跳。

洛桑顿珠说：俗话说，狮子落入沼泽地，连野狗都不如。外面有什么好的，让你连家都想不要了？

诺布说：就是因为我不知道外面哪里好，所以我才想去看看。

洛桑顿珠被气得说不出话来，捂住胸口指着诺布，手指因为愤怒而微微颤抖。

梅朵红着眼睛，说：诺布哥，你不用为了躲我跑到其他地方去。阿爸、阿妈，我这段时间已经想得很清楚了，我……

索朗卓嘎说：梅朵……

梅朵说：这些年你们对我已经很好了，我不想因为我害得诺布哥跟你们吵架。

诺布说：梅朵，就算没有跟你的婚约，我也是要离开的，这不关你的事。

洛桑顿珠说：这么说你根本就是已经做好决定了，只是通知我们一声？

诺布默认了。

洛桑顿珠冷笑着说：你死了这条心吧，只要你还认我这个阿爸，就别想离开尼木！

诺布说：爸啦！

洛桑顿珠不理诺布，起身离开，诺布想跟过去，被旺堆拦住。

旺堆说：你跟我过来！

旺堆拉着诺布离开饭厅，来到后院。诺布说：放开我，旺堆。

旺堆说：你知不知道你说了些什么？你疯了吗？

诺布沉默着没有回答。旺堆说：阿爸生气是应该的，因为他这么多年辛辛苦苦却养了一只白眼狼！

诺布说：旺堆，如果我这辈子一直待在尼木，我才真的会疯。

旺堆说：可是阿爸一心想把你培养成一个真正的藏香师，继承他的事业。

诺布说：洛桑顿珠家只有我一个儿子吗？

旺堆说：你这话是什么意思？

诺布取下耳朵上的绿松石递给旺堆，旺堆一脸不可置信。

诺布说：旺堆，以后家里都靠你了。

旺堆一把将诺布手里的绿松石打落在地上，愤怒地说：凭什么？你才是我们家的长子，你肩膀上的责任凭什么要我来扛？！

诺布抓住旺堆的衣领说：我是家里的长子，所以我就欠你的吗？

旺堆愣住了。诺布发泄似的把心里话全都说了出来：从小到大，我必须每天待在家里好好学习制香，不能有哪怕是一丝别的想法。可是有没有人问过我，这究竟是不是我想要的！

旺堆强压住怒火说：你给我松开！

诺布不动，旺堆拽住诺布的胳膊，一个过肩摔，把诺布摔倒在地。

旺堆说：我忍你很久了，从小到大我什么事情都帮你出头，但你呢？你这个没有心肝的白眼狼！

诺布爬起来说：你凭什么这么说我？我是你哥哥！

旺堆说：现在你想起来你是哥哥了？

诺布一拳打在旺堆脸上说：轮不到你来教训我！

两兄弟扭打在一起。索朗卓嘎听到动静，跑过来拉架：你们两个住手！

两兄弟却打得越发激烈，索朗卓嘎只得上前把两人分开，推搡间，索朗卓嘎摔倒在地上。旺堆马上住手，跑过去扶起索朗卓嘎，抬头恨恨地瞪着诺布。

八

诺布蹲在香坊门口。索朗卓嘎心疼地劝他说：俗话说，搭帐篷，门对门，赶烈马，并肩跑。起来吧，你阿爸现在还在气头上，等他气消了，你们父子俩再好好商量。

诺布摇摇头，坚持蹲着。

索朗卓嘎叹气说：你们父子俩真是，脾气都这么犟，你是想让阿妈伤心死吗？

诺布说：妈啦……

索朗卓嘎默默地擦眼泪，洛桑顿珠猛地把门打开，诺布看向父亲。洛桑顿珠说：凶兆无须再看，臭气不要重闻！你现在脑子不清醒，我没什么好跟你说的。

诺布说：爸啦，我已经想得很清楚了。

洛桑顿珠说：你把家里新到的那批柏木都劈好了再来跟我说话！

诺布说：好，我一个也不落下！

索朗卓嘎说：孩子他爸！那可是几十棵柏木，他一个人怎么劈得完！

洛桑顿珠说：谁也不许帮他！

洛桑顿珠家门口的河道边堆着几十棵柏木，显然不是一个人能完成的量。诺布憋着一口气，闷声不响地开始劈柏木。他机械地重复着手里的工作，不知疲倦。仿佛他只要按照父亲的要求完成它，就可以解决他所遇到的阻碍，得到家人的支持，去做他想做的事情。

天边微亮，诺布还在坚持着，就算手掌渗出鲜血，累得筋疲力尽也不肯停手。村子里有两个早起的人经过，看到诺布像受罚一样在劈柏木，小声议论着。太阳升起来了，索朗卓嘎红着眼睛出门。

索朗卓嘎说：孩子，别犟了。

诺布说：我答应了阿爸，不能食言。

索朗卓嘎说：休息一下吧。

诺布说：没事，妈啦。

索朗卓嘎叹了口气，回屋子里去了。诺布感到疲倦，但还是咬牙坚持着。村子里路过的人越来越多。到了正午，阳光刺眼，诺布的皮肤被晒得通红。旺堆出来，蹲在门口看了诺布一会儿，没说什么，出门去了。黄昏，诺布还在劈着柏木，汗水湿透了他的衣服，他已经筋疲力尽。旺堆怒气冲冲地回来，走到诺布面前狠狠地盯着他。因为太过劳累，诺布眼前有些发黑。他定了定神，才看清楚旺堆的脸上带着明显的伤。

诺布说：你跟人打架了？

旺堆说：现在你满意了吧？

诺布说：你怎么总是这样。

旺堆语气很冲地说：你这是做给谁看呢？

诺布低头边继续砍柏木边说：不是给谁看，我答应了阿爸。

旺堆说：你知不知道村子里的人怎么说的？

诺布停下来，看着旺堆。

旺堆说：他们笑话梅朵，说你为了不跟她结婚宁可离开尼木！

诺布皱眉说：他们怎么知道？

旺堆说：你在家门口砍了一天柏木，还怕别人不知道？你知道那些人是怎么说你、怎么说阿爸的吗？

诺布说：我可以跟他们解释！

旺堆说：用不着你去解释！我已经跟他们说清楚了，梅朵要嫁的人是我！

诺布震惊地看着旺堆。

旺堆冷笑说：我们洛桑顿珠家不是只有你一个儿子。

诺布说：你……

旺堆说：现在你满意了吧？

诺布有些不知所措地说：旺堆，我不是这个意思……

旺堆不再理会诺布，转身进屋，诺布只得跟了进去。诺布跟着旺堆进了家门，父母正跟梅朵一起吃饭，梅朵眼睛肿着，显然是大哭过一场。

旺堆说：爸啦、妈啦、梅朵，我有话跟你们说！

洛桑顿珠把碗往桌上重重一掷，大声地说：你又要说些什么混账话！

旺堆说：我要娶梅朵！

对面的三个人听到这话都惊呆了。索朗卓嘎不敢相信自己的耳朵：你说什么？

旺堆说：我们家又不是只有诺布一个儿子。

洛桑顿珠看了一眼梅朵说：你在开什么玩笑！

旺堆说：我没有开玩笑！梅朵长得漂亮，而且温柔又勤劳，我喜欢她！

梅朵还没回过神来，甚至以为旺堆说的是别人。洛桑顿珠沉默着，没有开口。旺堆说：梅朵你放心！我娶了你，会一辈子对你好的！

梅朵看看旺堆，又看看诺布。诺布低着头，看起来又虚弱又狼狈。梅朵摇了摇头，说不清是出于悲伤、欣喜、害羞，还是愤怒，她跑出屋去。洛桑顿珠看着梅朵的背影，深深地叹了一口气。

梅朵从小在诺布家里长大，父母把她当亲生女儿看待。她美丽聪敏，善良可爱。诺布当着全家人的面，拒绝接受她作为未来的结婚对象，对她的打击可想而知，可是她抹着眼泪挺住了。然而弟弟旺堆说了他要娶梅朵后，这件事情的性质就变了。梅朵就像个球，被他们兄弟俩踢来踢去，这种做法彻底伤害了梅朵的自尊心。可是诺布也憋着一肚子的委屈，他心想，我为什么不能追求自己的爱情呢？

梅朵躲在她的小屋里，家人劝她，她还是不肯出来。诺布不知道是碍于面子，还是遵从内心，没有去劝她，反而像惩罚自己一样，在门口继续劈着没清理完的柏木。

旺堆一整天都在梅朵小屋的门口和窗口来回跑，安慰她。到了晚上，他也没有回到自己的小屋，而是守在梅朵小屋门口，最后累得睡着了。洛桑顿珠和索朗卓嘎夫妇看见这一幕，偷偷地抹眼泪。

梅朵在小屋里躲了三天三夜，旺堆的痴情，终于感动了梅朵，她从小屋里走了出来。诺布在门口，不停地劈柴，几十棵柏木，都被他劈完了，可是全家人对诺布的看法发生了很大的变化。从家人的眼神当中，诺布明显地感觉到了嫌弃。

九

雪顿节是拉萨最隆重的节日，也是西藏历史悠久的传统节日之一。藏语中，"雪"是"酸奶"的意思，"顿"是"宴"的意思，雪顿节即为吃酸奶的节日。节日期间，有隆重的藏戏演出和规模盛大的展佛仪式。雪顿节除了吃酸奶，人们还喜欢看藏戏。

据说尼木的藏戏在全西藏都有名，会有藏戏班子组团到拉萨演出。雪顿节期间，演出剧目包括《智美更登》《朗萨雯蚌》《卓娃桑姆》《苏吉尼玛》等。而且，由于尼木离拉萨不远，每年到了雪顿节，尼木人也成群结队到拉萨去参加雪顿节。那几天，全家人都到拉萨过节去了，只剩诺布一个人闷在家里，只有上了年纪的老狗扎西陪伴着他。

临走的时候，旺堆拉着梅朵出门。旺堆从包里摸出一条围巾给梅朵围上，梅朵有些抗拒地想要躲开，被旺堆按着肩膀围上围巾。

旺堆说：戴好了，外面风大！

梅朵看向诺布，有些尴尬。

旺堆没有理会诺布，只对着梅朵说：快走吧，再晚就来不及了！

旺堆拉着梅朵离开了。诺布看着两人的背影，心情很复杂。

旺堆是诺布的亲弟弟，他们从小一起长大，他聪敏、务实、勇敢、爱打抱不平，但是诺布始终觉得他缺乏耐心和责任感，总觉得他不如自己。可是当他说他要娶梅朵，并且为此付诸行动后，诺布的心情突然复杂起来，他爱他，憎他，敬佩他，嫉妒他。

自从梅朵同意跟他结婚后，旺堆像换了一个人一样，开始忙碌起来。他现在不是那个曾经无忧无虑的快乐王子，他身上肩负着父母的期望，内心里守护着爱情的承诺。他要干出个"惊天动地"的大事，以便恢复藏香世家昔日的荣耀。自从他和家人参加雪顿节回来后，他背着父亲，经常跟着几个外地人在一起，一会儿在村里溜达，一会儿又跑到外村去了，几天都不见人影。

有一天，旺堆趁着家人没有起床，偷偷摸摸地打开父亲装钱的箱子，从里面偷了一笔钱，正要溜出去时，在门口撞上了诺布。

诺布说：你这一阵子鬼鬼祟祟在干什么呢？

旺堆：跟你有什么关系，反正是搞事业。

诺布说：你没有背着父亲干什么见不得人的事情吧？

旺堆说：我能干什么见不得人的事情？你一个不负责任、只顾自己的人有什么资格教训我！

诺布说：我是你哥！

旺堆说：那是过去的事情！

几天后的某个黄昏，在暗淡的暮色下，有两个行色匆匆的男人出现在洛桑顿珠家门口。他们把洛桑顿珠喊到屋外，其中一个戴礼帽的男人，神神秘秘地与他谈话。正要回家的梅朵看到这一幕，躲在墙角，听见了谈话内容。

戴礼帽的男人说：雪山不会被太阳晒化，孔雀不会被毒物毒死，但是如果不加观察分析，就会混淆水汽和烟雾。鸟儿虽在天上飞，影子却落在地上……

洛桑顿珠说：你给我讲这么多谚语，什么意思，赶紧说说，出什么事了？

礼帽男人说：话无谚难说，器无柄难持。你们家儿子把人家姑娘的肚子搞大了！

洛桑顿珠说：什么？肚子搞大？没有搞错吧！谁家的姑娘？

礼帽男人说：怎么会搞错！是隔壁村木匠的女儿央金拉姆。

洛桑顿珠说：是诺布还是旺堆？

礼帽男人说：旺堆！

洛桑顿珠气愤地说：那个孽种！

礼帽男人说：俗话说，虎的花纹在外，人的花纹在内。对方本来想兴师动众地问罪，可是你们家是体面的藏香世家，为了给你们家一个台阶下，派我们过来问问你们的意思。

洛桑顿珠说：唉……这可……

梅朵再次躲进她的小屋里不肯出来，也不让家人进去。这次，旺堆没有像上次一样，白天黑夜都守着她，因为他正在外面忙着"惊天动地"的大事。这次，诺布再不能熟视无睹。于是他一会儿跑到梅朵的小屋门口，一会儿跑到窗户外面，劝她，安慰她。洛桑顿珠和索朗卓嘎夫妇，也如热锅上的蚂蚁，嘴里边骂旺堆畜生，边劝梅朵把门打开。

第二天，天亮以后，诺布来到梅朵的小屋门口，敲门说：梅朵，梅朵……

屋子里没有回应。诺布又敲了敲门，感觉不对，直接推开门进去，房间里空无一人，诺布慌了，他急匆匆地跑出去。

索朗卓嘎见状问：诺布，怎么了？

诺布说：妈啦，梅朵不见了！

索朗卓嘎慌了：三宝啊！那她去哪儿了呀！

诺布没来得及回答，焦急地跑了出去。

诺布带着人到处找梅朵，找遍了村子的各个角落都没有看见梅朵的身影。诺布赶回家，洛桑顿珠和索朗卓嘎站在门口。

索朗卓嘎问：没找到吗？

诺布摇摇头，旺堆也带着人回来了，看到众人的表情就知道结果了。

索朗卓嘎焦急地说：梅朵这孩子，到底跑到哪儿去了？

旺堆质问诺布说：你为什么不看好她！

诺布难过地说：我……

几个人正说着话，一个放羊的小孩儿跌跌撞撞地跑过来说：诺布哥，诺布哥，梅朵姐的头饰和围巾在尼木河边。

诺布等人赶到尼木河边时天已经要黑了。在尼木河边上，诺布发现了梅朵的头饰和围巾。人们点起火把，大声呼喊着梅朵的名字，可是茫茫的夜里，毫无音讯。一瞬间，诺布脑中轰的一声，突然失去了一部分知觉，他看不见周围，也听不见旁边人的声音，眼前一片猩红。

恍惚间，诺布看见周围围了越来越多的人，都在为梅朵伤心惋惜，诺布听见母亲凄厉的哭声，看见悲痛的父亲，看着狼狈的旺堆朝自己冲过来。梅朵无声无息地走了，正如一缕藏香，回到大自然母亲的怀抱里。她把最后的归途选在尼木河，也许希望清澈的河水洗净她的悲伤和忧愁。诺布不记得那天晚上他们是怎么回的家，不记得父亲说了什么，更不记得村子里的人是怎么议论他们的。诺布好像大病了一场，等他再清醒过来时，一切都已经变了……

诺布像个游魂一样走到后院，远远地看见父亲在和普布老师聊天。洛桑顿珠很憔悴，整个人看起来老了好几岁。诺布离得很远，但他能清楚地听见父亲的声音。

洛桑顿珠说：造孽呀，我堂堂藏香世家，怎么会生出这样两个畜生！

普布说：唉，我是他们的小学老师，俗话说三岁看大，七岁看老。我对他们俩还是比较了解的。旺堆过于顽皮，总是给你惹出是非来，可是他聪明、勇敢、做事麻利、很有担当；而诺布呢，有些迟钝，总是不如你的意，但是他做事沉着冷静，为人忠厚友善，是个可塑之材。

洛桑顿珠说：普布老师，我非常感谢你，你对我这两个儿子自始至终寄予厚望。可是俗话说，人无害臊如狗，狗无尾巴像鬼。一个大丈夫，怎么能无情无义、不忠不孝呢！

普布说：我知道你为什么生气，两兄弟正是青春年少、躁动不安的年龄。诺布只是被爱情冲昏了头脑，而旺堆呢，做事不计后果，才导致这个悲剧。

洛桑顿珠说：旺堆虽然犯了错，可是我能理解，然而诺布，他是家中长子，是我们藏香世家未来的传承人，怎么能这样呢？更气人的是他总是嚷着出去。俗话说，猛虎虽饿不食同类，雄狮虽冷不离雪山。他要走就走吧！我就当没这个儿子，他根本就不配做一名藏香师！

普布说：手心手背都是肉，可是以我的观察，旺堆快，诺布慢。旺堆做事快得让人目不暇接，而诺布慢得都不知道在干什么。这好比乌龟和兔子赛跑，乌龟虽然跑得慢，但往往最后能赢得比赛；而兔子呢，虽然跑得快，但是最终它输掉了比赛。所以我觉得，诺布即使犯了错，终将大器晚成，而我更加担心旺堆，怕他……

普布老师后面跟洛桑顿珠说些什么，诺布没有听见。

后来的几天里，诺布躺在床上，发着烧。中途他醒过来，走出房间，家人都对他视而不见。他想跟家人说话，但是没有一个人理会他。诺布躺回床上，还在发着烧。梅朵死了，这一切罪责，貌似归咎于旺堆，可是诺布心里非常清楚，他脱不了干系。如果当时诺布寸步不离地守在她身边，如果他没有提出要离开，如果他答应娶她，如果诺布从一开始就不曾向往外面的世界……但如今所有的悔恨、羞愧和自责都是那么苍白。诺布终于准备走了，却是以家族罪人的身份，他一生都将背负着这份罪孽，片刻不得安宁。

十

几天后，趁着父亲和弟弟不在家，诺布收拾行李要走，母亲哭着求他留下来，可是他心意已决，母亲未能劝住他。诺布一个人提着行李，孤零零地离开了，只有老狗扎西在送他，老狗扎西已经老得快走不动了，却一直吃力地跟着诺布。

诺布说：扎西，回去吧。

老狗扎西坚持跟在他身后，诺布慢悠悠地沿着马路往村外走去，扎西还是跟着。

诺布说：回去吧，回去吧。

老狗扎西跟不上了，筋疲力尽地趴在原地，目送诺布离开。诺布知道这是他跟扎西的最后一面，看着老狗扎西的身影越来越远，直到变成一个小小的黑点，诺布哭了。突然身后有个熟悉的声音传来，诺布回头看了看，洛桑顿珠挥舞着手，像一阵风一样朝他赶来。

诺布停了下来。

从村子里远远地看过去，洛桑顿珠和诺布父子站在通向乡里的公路边上，洛桑顿珠手舞足蹈地给诺布说着什么，诺布低头听着，偶尔回几句。父子俩在公路边上僵持了半个多小时，洛桑顿珠转身朝着村庄的方向走去。诺布看着父亲的背影愣了一会儿，缓慢地拉着行李箱，跟着洛桑顿珠，朝着村庄的方向走去。

诺布要走的那天，他的藏香师父亲，给他讲了很多很多不能离开故乡的道理。他说如果他好好钻研，找回祖先失传的秘诀，并成功配制出藏香，就是为自己、为祖先、为有情众生做出了贡献，而且这一贡献将载入史册。父亲的这些大道理，诺布听得太多了，已经无法在他内心引起波澜，可是诺布发现父亲说这些话的时候，眼眶里竟然带着泪水，最后像个孩子一样，居然哭了起来。诺布从来没有见过父亲眼眶里带着泪水，更没有见过他像个孩子一样哭。诺布被他的这一举动震撼了。那天，诺布为了父亲的眼泪，为了父亲的哭声，转身回了家。诺布心想，从今以后我再也不离开故乡尼木。

几天后的某个黄昏，有几个村民怒气冲冲地来到洛桑顿珠家门口，有人吆喝，有人敲门。洛桑顿珠打开门，他们都朝着洛桑顿珠嚷嚷个不停。

洛桑顿珠问：怎么了？

村民甲说：叫你家旺堆出来，我们要讨个说法！

村民齐声说：对，叫他出来，给我们解释清楚！

洛桑顿珠说：到底发生什么了？

村民乙说：他说有个外地商人想投资藏香，在我们村庄附近修建制作藏香的工厂，所以要从我们每家每户手里集资，每家一万块钱，那可是我们的血汗钱呀，结果……

洛桑顿珠说：结果怎么了？

村民丙说：结果藏香厂没有建起来，那人跑了。

洛桑顿珠说：这么大的事情，我怎么不知道？

村民甲说：洛桑顿珠叔叔，你儿子干的事情，你怎么可能不知道！

洛桑顿珠说：我真的不知道！

村民乙说：事到如今，你逃避也没有用，毕竟你是我们吞弥村德高望重的藏香师，我们也不想让别人看低你们家，你还是说怎么赔吧！

洛桑顿珠说：没有关系，一万，我赔给你们！

村民丙说：洛桑顿珠叔叔，每家一万，总共三十多万！

洛桑顿珠说：什么？我们村才十几户，你们搞错了吧！

村民丁说：还有隔壁几个村的也参与集资了！

洛桑顿珠听到这里终于支撑不住晕了过去。

洛桑顿珠躺在家里的炕上，额头上放着一条白毛巾，家人和村里几个亲戚都在围着他打转。洛桑顿珠慢慢睁开眼睛，看了看眼前的人，慢腾腾地说：那个逆子，在哪儿？

诺布说：爸啦，你别生气，身子骨不能气坏了呀！

洛桑顿珠说：我在问你们，那个逆子在哪儿？

诺布说：已经找到他了，可是他在邻居家里不敢回来。你在气头上，等你好一点儿了再叫他回来挨骂也不迟。

洛桑顿珠说：赶紧叫他回来！

索朗卓嘎边哭边说：老头子，你不要再生气了，旺堆虽然犯了错，那也是你的儿子呀。

洛桑顿珠说：你个老太婆，哭什么哭，叫他回来！

炕沿边的亲戚和家人互相看了看，不知道如何是好。旺堆突然出现在人群背后，径直来到父亲的身边，带着哭腔对洛桑顿珠说：爸啦，我对不起你，对不起列祖列宗！

洛桑顿珠久久看着儿子没有吭声，他脸上的表情就像夏季暴风雨来临之前的天空，激昂中略带阴沉。

几天时间里洛桑顿珠苍老了许多，而且步履蹒跚，精神萎靡。诺布知道父亲受到严重打击，生怕他发生意外，所以父亲走到哪儿，诺布就跟到哪儿。

有一天，父亲从家里走出来，一步一步来到藏香坊门口。父亲到了藏香坊后，久久地坐在他做工的工位上，看着那些制作藏香的工具，东摸摸，西摸摸。

过了许久，他站起来，环视藏香坊里每个角落。门外的诺布有些担心，正准备进去时，父亲依依不舍地从藏香坊里走出来。他重重地关上藏香坊的门，然后用一把黑色的藏式大锁锁住了门。

洛桑顿珠来到两村之间的小溪边上，如同漏气的皮球一般，瘫在小溪边的鹅卵石上。诺布知道，父亲做出这样的决定，是经过深思熟虑的结果。可是对一个藏香世家来说，那是一件非常悲壮的事。

诺布来到父亲身边，坐下来准备安慰安慰这个倔强的藏香师父亲，可是洛桑顿珠把长满疥疮的双手，泡在清澈的小溪里，不停地洗手，小溪荡起了珍珠般的水花。洛桑顿珠知道诺布在自己身边，可是他仍然闭紧双目，沉默不语。

诺布说：爸啦，我知道你心里有说不尽的苦，我也知道，你洗手的寓意，但是如今天气还没有变暖，不要老把手泡在小溪里，会着凉的。

洛桑顿珠说：要不是因为这条小溪流淌在两村之间，我真想跳进小溪里洗个三天三夜，把自己身上的所有罪孽都洗干净！

诺布说：爸啦，那怎么行？就算要洗罪孽，理应我和旺堆洗。要不，晚上等村民都睡了之后，我和旺堆偷偷下水，把全身洗个遍。

洛桑顿珠说：胡说！你们充满污垢的身体，有什么资格在这条小溪里洗？你看看，这条小溪里有没有鱼？

诺布低头看了看小溪说：没有。

洛桑顿珠说：古时候桑布扎第一次制作藏香时，为了不杀生，就祈愿这个小溪里，不要出现任何鱼娃。从此以后，这条小溪里再也没有出现过鱼娃。

诺布说：原来如此！爸啦，你小时候给我们讲了藏香的故事，可是从没有说过我们祖传的藏香，今天能否告诉我？

洛桑顿珠说：是时候告诉你了。由于藏传佛教和藏香的药用功能，古时候西藏地方政府对藏香生产管理极为严格，不可随意造香，并设有专门机构管理此事，每年都要检查藏香的生产作坊及产品质量。藏香使用范围也逐步明晰，各种祭祀仪式、宗教活动、民间活动，都有明确的藏香使用类别，也产生了相应的礼仪和完整的藏香文化。随着藏香产业的不断发展，完整的香具也开始诞生。

诺布问：既然藏香生产管理得那么严格，我们家祖上为什么能制作如此奇特的藏香，后来为什么又失传了呢？

洛桑顿珠说：我们祖上是吞弥·桑布扎的嫡系后裔，当年吞弥·桑布扎受赞普的委托，制作藏香并且将秘方公之于众，让所有的藏族人都能够制作藏香供奉天地。至于我们家祖上为什么有个制作藏香的特殊秘方，这个要感谢桑布扎本人。曾经，他的子孙，也就是我们的祖先，求他给家里留个秘方，于是他就说雪山上有种叫"吉布桑"的草药，只要摘到那种草药，就可以制作与众不同的藏香，我们家的祖传秘方就是这样得来的。

诺布说：那为什么后来又失传了呢？

洛桑顿珠说：唉，这个怪我，过去几十年战争不断，加上我水平有限，几次到雪山上去采摘"吉布桑"，却怎么也识别不出来，为此你晋美叔叔的命也搭进去了。

诺布说：爸啦，我从今以后，再也不离开尼木，好好学习藏香的制作，报答你的养育之恩！

洛桑顿珠说：诺布，我没有能力延续祖宗的辉煌，可是从来没有放弃寻找失传的秘方，为制作藏香呕心沥血。可是自从你弟弟借我的名义闯祸了以后，我们颜面扫地了，有何脸面继续祖先的伟业呢？所以，我建议你，立刻去外地，不管从事什么工作，多挣点钱，把村人的血汗钱，给我还上。

诺布不知是出于激动，还是悲哀，突然哽咽了。他说：爸啦，我……我知道你内心，不愿意我离开尼木。

洛桑顿珠说：啥都不说了，就这样定了。

自从诺布和德吉在月亮谷秘密约会以来，他们每约会一次，都会在山坡上堆一个石头，后来约会的次数多了，石堆变成了一个"小山"。他们俩很长时间没有见面了，双方情绪都非常激动。德吉主动依偎在诺布的怀里，闭着眼睛不说话。过了许久，诺布感叹说：唉，最近我家里发生了太多的事情。

德吉说：我都知道了。上次我们俩来月亮谷，我以为是最后一次见面，可是你没有走成。

诺布说：这次我真的要走了。

德吉说：家里出了那么多事情，你这时候走，不合适吧？

诺布说：本来我再也不想走了，可是阿爸非要让我走。不过这一走，真不知道啥时候能回来。

德吉说：人的命运真神奇，一切总是在意料之外！

诺布从左手取下戒指递给德吉，说：不管未来发生什么，这是我的心意，你戴着它吧！

德吉说：我可从来没有想过让你对我承诺什么。

诺布说：一切随缘吧，这只是一个念想。

德吉说：好，一切随缘。

德吉说最后一个字时，声音都在发抖，但是她曾经说过，绝不会用眼泪送别自己爱的人，为了抑制自己的情绪，她抬头看向碧蓝的天空。诺布顺着德吉的目光看过去，一只雄鹰在天空中翱翔。

洛桑顿珠家门口聚集着不少人，都是来送诺布的，老狗扎西也在旁边，它现在已经老得走不动了，可怜兮兮地望着诺布。索朗卓嘎难过地低头哭泣，洛桑顿珠虽然没有表现出难过，但是他的表情非常凝重。诺布告别家人和乡亲后，沿着村里的马路，朝着乡里的方向赶去。弟弟旺堆帮他拖着行李箱。

到了公路边上，诺布回头望去，家人和亲戚都还在门口挥手。村庄背后的山坡上，德吉正在目送他。旺堆笑着说：哥，要不要去跟她道个别？

诺布说：不必了！

不久，一辆客车驶来，诺布依依不舍地上了车。旺堆目送客车消失在公路的尽头。诺布曾经非常渴望离开尼木，到外面的世界去看看，甚至有几次，他都想背着家人，偷偷地离开家里，从此远走高飞。可是梅朵身亡、家人被骗、债台高筑后，诺布不得不出外谋生，真的要离开的时候，诺布反而有些不舍，也许这一切都是冥冥之中注定的吧！

十一

火车到了终点站——拉萨站。

诺布拖着巨大的行李箱从火车上下来。他穿着一身精致的西服，岁月并没有在他身上留下太多痕迹，优渥的生活使他看起来比同龄人还要年轻很多。出站口，人群熙熙攘攘，有三五成群的游客叽叽喳喳地憧憬着未知的旅程；有一家老小翘首期盼着归来的游子；有多年不见的老友重聚时的热烈拥抱。只有诺布独自一人拖着行李，在人群中显得格外落寞。

一个年轻人走上前来，说：是诺布先生吗？

诺布点了点头，年轻人麻利地从诺布手中接过行李箱，在前面带路。越野车在盘山公路上飞驰着，开车的年轻人快活地哼着歌。诺布坐在后座上看着窗外的景色。车子引擎盖慢慢开始冒烟。年轻人见状赶紧靠边停下，下车检查。

洛桑顿珠躺在床上，索朗卓嘎正在用毛巾帮他擦脸。洛桑顿珠看了一眼立在墙角的落地钟，努力地撑着，想坐起来。

索朗卓嘎赶紧去扶他，顺便问：你要拿什么？

洛桑顿珠拿过索朗卓嘎手里的毛巾，说：去帮我把上个月新做的那件藏袍拿出来。

索朗卓嘎了然地笑了，说：知道了，我这就去给你拿。

在盘山公路上，年轻人还在修理汽车。诺布下车去查看情况。年轻人说：对不起大哥，发动机出了点问题，估计一时半会儿走不了了。要不我再帮你叫辆车吧。

诺布说：没关系，我可以等客车。

诺布看了一眼时间，拿起电话，打给阿妈。

索朗卓嘎接电话说：喂，诺布。

洛桑顿珠在一旁关切地问：他到哪儿了？

诺布说：车子临时坏掉了，我在路边等大巴，爸啦病情怎么样？

索朗卓嘎说：有些好转了，我让旺堆去接你。

这时一辆大巴驶过来。

诺布说：没关系，客车已经到了。

诺布挂断电话，朝大巴招手。

诺布上了车，车上都是穿着藏族服饰的老乡，只有诺布一个人穿着正装，显得格格不入。客车电视里播放着藏族民间相声演员米玛拉的相声，老乡们都津津有味地听着，时不时发出笑声，其中有个嘴里没牙的老大爷，笑得嘴都合不起来。

诺布坐在最后一排靠窗的位子上，他的心情和车里的气氛形成鲜明的对比。

诺布看着外面的景色，心中不由得惆怅起来。突然电话铃声响起，看到屏幕上面显示"刘总"两个字，他恭敬地接起电话。

诺布说：喂，刘总。

刘总说：诺布，到拉萨了没有？

诺布说：早到了，现在在去尼木的客车里。

刘总说：给家里打电话没有，你父亲病情如何？

诺布说：已经打了，说父亲病情有好转。谢谢刘总的关心！

刘总说：客气啥呢，好好去陪父亲治病。

诺布说：嗯嗯，好的，谢谢！

刘总说：你们拉萨人就这点不好，太客气。公司这边你放心，等你父亲的病好了，你再回来。

诺布说：好的，谢谢！

诺布坐在客车里，看着车外面苍茫的高原景色，刺眼的阳光，透过玻璃窗，映照在他的头上，他有些难以忍受，于是把双手盖在脸上，靠在座位的靠背上。过去那些往事，又浮现在脑海里。

那是十二年前的事情。在成都，刚下飞机的诺布拖着行李箱上了一辆出租车。出租车行驶在高速公路上，穿过市区，停在成都武侯祠藏民街的一个酒店门口。他登记入住后，出来逛了逛藏民街。藏民街里，各家商铺都摆满了佛像、唐卡、藏香等各种琳琅满目的商品。晚上，他到附近的藏式酒吧去推销自己。

诺布离开家，先是到拉萨的酒吧去唱他们当地的民歌挣钱，但是会唱当地民歌的人很多都比他强。后来，诺布听说被人称为天府之国的成都，是除了拉萨以外藏族人最多的城市，而且成都市武侯祠附近有很多藏族酒吧，于是诺布去了成都。

成都夜市非常繁华，路上车水马龙，各种建筑物上闪烁着五颜六色的霓虹灯。在其中一个建筑物上，挂着"唐古拉演艺中心"几个字。在演艺中心的舞台中央，诺布尽情歌唱。烟雾缭绕的卡座里坐满了顾客，桌子上堆满了酒水和果盘。划拳、劝酒、笑谈等各种声音，掩盖了诺布的歌声，可是楼上某个包间里，有几个西装革履的男人和穿着时尚的美女，在静静地听着诺布唱歌。等他唱完，其中一个男人激动地起立鼓掌，身边的男女也都齐刷刷地起立鼓掌。

成都很多酒吧里的歌手都是安多和康区的，诺布唱拉萨民歌有一定的优势，有幸能在成都唐古拉演艺中心驻唱，一个月能挣三千左右，但是与他弟弟欠的三十万相比，这点实在是微不足道。直到那天诺布遇到了刘总，改变了他的境遇。

那天下午，成都某个繁华街区的一家咖啡厅里，诺布和刘总面对面地坐着。诺布来到成都已经半年了，他的行为举止比以前自然大方许多，谈吐也更加稳健妥帖。

刘总说：没错，就是你！

诺布说：刘总，谢谢你的赏识！

刘总说：其实我也去过西藏，物色了一些歌手，但是总觉得缺点什么，要不是昨晚在唐古拉听到你的声音，我这次只能带着遗憾回上海。

诺布说：刘总，谢谢你的赏识！

刘总说：别客气了，我原以为你们西藏人比我们东北人还豪爽，结果你们客气得我们不知如何是好。

诺布说：其实我没有那么好，在我们西藏……

刘总说：别说了，你在成都一个月能挣到多少钱？

诺布说：三千左右。

刘总：我给你两倍，而且包吃包住！

刘总和诺布乘坐飞机，来到上海。一辆黑色轿车行驶在繁华的上海街道，刘总不停地给诺布介绍附近的建筑。轿车停在某条街道上，司机跑出来，打开左后门，刘总从轿车里下来，车门砰一声自动关上了。

刘总站在车旁整理着衣着。从没有乘坐过豪车的诺布不会开门，于是他在车内有些狼狈地敲打车窗。这一窘态被刘总发现，他给司机递了一个眼神，司机立刻从轿车背后绕过去，打开了右后门。诺布这才有些拘谨地从车里下来。他抬头看了一眼，眼前一栋古色古香的二楼建筑上挂着"西藏音乐宫"五个字。

刘总是沈阳人，祖上都信奉藏传佛教，因此他对藏族文化特别感兴趣，在上海浦东附近的街上，开了这个叫"西藏音乐宫"的高端音乐吧，专供忙碌的都市人群养心静气。

西藏音乐宫里面并不大，一个中心舞台，周围都是卡座，装修风格不是那种金碧辉煌的藏式风格，而是一种古朴典雅里透着一股贵族气息的感觉。如果一定要找出一个藏式特点，便是舞台背后那幅巨大的布达拉宫浮雕。音乐宫里放着的都是藏族宫廷音乐和民间歌曲，声音不高不低，非常舒适。

音乐宫里，只有零零散散的几个顾客，跟成都唐古拉热闹非凡的场面形成鲜明的对比。舞台上四个乐手开始弹奏，诺布已经训练了几日，但是第一次登台还是有些紧张。可是让他更适应不了的是台下零零散散的几个顾客和他们稀稀拉拉的掌声。诺布满头都是汗珠，内心更是充满失落和沮丧。

刘总和几个男女坐在一个不起眼的卡座上，等诺布唱完了第一首歌曲后，刘总马上起立鼓掌。

刘总说：诺布，今晚你的首秀非常成功！

诺布说：谢谢刘总！

有个顾客说：真好听！

另一个顾客说：这才是林籁泉韵，刘总，你这是从哪儿挖出来的稀世珍宝？

刘总说：张总，感谢你的赏识，不过这可是商业秘密，无可奉告！

十二

在诺布寝室靠窗的位置放着一张实木桌子，桌子上铺着一整块玻璃板，几张照片被压在下面。这些都是诺布不同时期拍的照片，其中有他和父母的合照，也有弟弟和已故妹妹梅朵的照片。阳光透过玻璃窗，照在诺布身上，诺布从被窝里坐起来，揉着眼睛，打了一个哈欠。同屋叫达娃，是个来自云南香格里拉的拉弦子的康巴小伙子，看起来比诺布小几岁，但是身体却比他魁梧许多。达娃已经起床了，他站在自己的床边，用一条毛巾擦手里的弦子。他看见诺布从被窝里抬起头，于是边拉弦子，边跟诺布聊天。

达娃说：诺布哥，我吵醒你了？

诺布说：没有，你起来之前，我已经醒来了，只是窝在被子里，没有起来。

达娃说：你怎么看起来有些沮丧，有什么心事？

诺布说：也不是什么心事，只是……

达娃说：只是什么？是不是在想家人或者某个心爱的女人？

诺布说：没有！对了，达娃，你到音乐宫多长时间了？

达娃说：一年多了。

诺布说：你觉得这里怎么样？我来了几天了，音乐宫里只有那么几个顾客。

达娃说：我刚开始来的时候，也有一些不适应，现在习惯了。

诺布说：唉，感觉心里有些对不住刘总。

达娃说：刘总很器重你，你才来了几天，他给你那么高工资。不过你放心，咱们这边消费高，他是不会亏的。

诺布说：但愿如此。

音乐宫里，放着西藏宫廷音乐，敬业的服务员穿梭在每个卡座之间，重新摆放桌椅，随时等待顾客的光临。墙壁上的时针已经指向晚上十点，演出马上开始了，可是只有两个卡座上有顾客。舞台上，不同的歌舞陆续演出，轮到诺布时，只多出两个卡座的顾客，其他的依然空空如也。他在舞台上，边跳边唱了一首老家的民歌。唱完，台下的顾客给予了热烈的掌声。诺布捧着一杯早已准备好的酒，来到每位顾客面前，边致谢边敬酒，然后退回靠近舞台的一个空卡座上，看下一个节目。他的表情凝重，眼神游离，似乎心有不快。

第二天，当诺布和他的室友达娃穿过上海的车水马龙，向东方明珠塔的方向走去时，诺布突然接到从遥远的家乡尼木打来的长途电话。

诺布接起电话说：喂，哪位？

旺堆说：哥，是我！

诺布说：是旺堆呀，我寄过去的钱收到了没有？

旺堆说：收到了，我正在乡信用社取钱呢！

诺布说：等钱取了后，回去给乡亲们还钱，就说我们家对不起他们。

旺堆说：哥，你放心吧，我会好好还他们的。

诺布说：家里人都好吧，爸妈身体怎么样？

旺堆说：都挺好的，只是爸啦……

诺布说：爸啦怎么了？

旺堆说：爸啦说，你以前每个月寄两千，这个月突然寄四千，他觉得光靠唱歌，不可能挣那么多。他说我们家里虽然债台高筑了，但是在外面不能干违法犯罪的事情！

诺布说：上次我给你说了，我在上海演出挣的钱比成都多很多，你没有告诉爸啦吗？

旺堆说：告诉他了，可是他放心不下，所以今天叫我问你。

诺布来到上海已经一个多月了，一直没有出去逛街，那天诺布和室友达娃刚上街逛了一阵，就接到弟弟的电话，说父亲担心他的钱来路不明。其实父亲的担心是对的，刘总待他不薄，可是音乐宫里顾客那么少，诺布的劳动和收入不成比例，他内心里非常惭愧。

豪华气派的办公室里，摆放着各种名贵的家具。椭圆形的办公桌上摆放着电话、电脑和文件。摇椅背后的墙壁上，挂了一幅元代的唐卡，特别引人注目。

从办公室干净的玻璃窗向外望去，可以俯视上海某个繁华的街角。刘总和诺布面对面坐着。

刘总说：诺布，你找我有事吗？

诺布说：我……

刘总说：你赶紧说，不要那么拘谨，把你们西藏人豪放的一面给我表现出来。

诺布说：刘总，我都来了一个多月，可是顾客那么少，你给我开的工资那么高，我感觉有些对不住你，要不你给我减点工资？

刘总说：哈哈哈！我只见过要求加工资的员工，没有见过主动要求减工资的员工，都说你们藏族人实诚，我这算是见识了！

诺布说：可是，每天顾客那么少，难道刘总不打算多做点儿宣传，招揽客人？

刘总说：诺布，我告诉你，我们音乐宫来的客人都不是一般人，都是上海的有钱人，有些身家几十亿，甚至上百亿。我们音乐宫可不能像成都的酒吧那样吵吵闹闹的，我们要的是在音乐中享受宁静，在宁静中享受音乐，我们的宗旨是把最纯粹的音乐奉献给最精致的顾客，知道吗？

诺布说：知道了，可你这投资也不小啊！

刘总说：哈哈哈！诺布，音乐宫只是因为我喜欢和欣赏藏族音乐，才搞的一个副业，我还有很多别的生意，顾客哪怕只有一个人，你也安心地唱。

诺布说：好的，谢谢刘总！

刘总说：别客气了，我把你当兄弟看待，以后你叫我刘哥吧。

诺布说：谢谢刘总。

刘总说：瞧，还是那么客气。

诺布说：一时改不了口。

刘总说：好吧，以后工作中可以叫我刘总，私下里你就叫我刘哥。

诺布说：好的。

音乐宫里的演出开始了，今天的顾客比平时多一些，但是仍然有不少空卡座寂寞地等待着。诺布站在舞台上，正在唱歌。偶尔有人过来给他献上一条哈达。他略微低头致谢，依然沉浸在音乐中，他的深情，感染了台下的顾客。顾客时不时地给予热烈的掌声。

从那年起，诺布开始了在上海的漂泊生活。为了不去回想过去的事情，他拼命地用工作把生活填满，也终于换回了儿时梦寐以求的生活。但诺布所拥有的一切并没有换来他内心的平和与安宁，他总是在夜深人静时反复想起过去的很多往事，想起梅朵的死和乡亲们被骗的事。他心想，梅朵的死自己责任最大，人死不能复生，我只能默默忏悔；乡亲们被骗的钱，虽然是弟弟闯的祸，但是作为哥哥也有责任，如果不偿还乡亲们的血汗钱，真是无脸见父老乡亲。

……

（原载于《民族文学》2022 年第 4 期）

流淌火（节选）

李司平（傣族）

一

五岁那年我意识到撒尿是自己一个人的事情，妈妈已经教过我"男子汉"应该如何自己拉下裤子"自力更生"。六岁依然尿床的我开始意识到那是个极为不雅的毛病，我脸红但又没脸没皮。二十多岁，已经不会脸红了，而是习以为常、灰心丧气，有脸没脸都是一个样儿。尿床其实并不可怕，令人绝望的是每一次尿床都伴随着梦中的蛇群和鼠群，导致我大白天见到老鼠和蛇都会膀胱一松闹出洋相。我生来胆小如鼠吗？可我从小又是我们这片儿天不怕地不怕出了名的"混世魔王"。五岁我拿着"落地响"将幼儿园的小伙伴儿吓得哭爹喊娘；一年级过家家玩打仗，我揣着满兜的小鞭炮和一盒火柴，率领我们一小的孩子向隔壁二小发起猛烈"进攻"。

我妈在洗床单晒褥子的重复操劳中无奈而又委屈，警告我："再敢尿，就把它割下来喂狗。"我怕得一直用手紧紧捂住裤裆，不敢放开。可到晚上该怎么尿还是怎么尿，一三五尿得略黄，二四六尿得其貌不扬，还空出来一天没床单可以换了，我妈给我铺了张塑料薄膜，当晚就被捂出痱子来，于是我住进了医院。护士姐姐很漂亮，看着我留在床单上的"版图"开始还打趣，"啊，这孩子在描绘美好的未来。"后来估计是护士姐姐灵感和耐心双双枯竭了，弹了我一脑瓜崩，凶巴巴地说："再尿，就把小雀雀用橡皮筋扎起来。"那天晚上我终于没尿医院的白床单，而是半夜溜到护士站，尿在了她们的水杯里。

混世魔王是不能有弱点的，况且尿床这毛病侮辱性极强。我妈带我去好多家医院问过诊，十岁之前医生们说可能是因为膀胱太小，吩咐我妈给我灌水训练憋尿。到了十六七岁医生们说这个年纪很正常，不是遗精就是遗尿。后来再去看，医生们饱含同情地说现在的年轻人生活工作压力太大，尿一尿也挺好。求助现代医学无果，其间也找过神婆若干，装神弄鬼请来"仙儿"，"仙儿"翻翻白眼说尿床跟噩梦没关系，而是惹了脏东西得了癔症。随即画符念咒施展法术又唱又跳，请过的"仙儿"都够组一支队伍跳广场舞了，我的"癔症"还是老样子，谁知这"尿床功夫"却被神婆们盯上了。我们这地界上有拿童子尿煮鸡蛋的传统，据说这用童子尿煮出来的鸡蛋滋阴壮阳有大补之功效。而童子尿易得，童子的夜尿难找。夜尿是啥？神婆们神秘地打着噱头说："童子的夜尿是夜老母赏赐的圣水。"小时候放学路上神婆会拉住我，有时塞袋麦丽素，有时塞根火腿肠，随即递过来一个汽水瓶，我盛情难却，将汽水瓶拿回来，调一个半夜的闹钟，到点儿了起来接满。

令我百思不得其解的是，明明半夜起来用瓶子接了，可床单也没有一个早上是干爽的。

这世界上倘若有一千种治疗尿床的偏方，在我这个尿床大王身上至少试验过五百种，皆以失败告终。

尿床最直接的后果是，高考后我以还算优异的成绩去读了我们家隔壁专科学校的护理专业。没人理解我到底咋想的，其实隐私这种事也用不着拿出来让别人理解。我总不能去外地念个大学还要天天穿个尿不湿睡觉吧。

上了大学，我作为本地人的优势就充分展现出来了。

我就是那传说中的低调"拆二代"，我们大学的田径场以及毗邻的消防中队，好大一块地，以前都是我们家的。我是不用愁找不到女朋友的。

但轻而易举、轻描淡写的过往多了，总觉得虚无。况且我尿床这事儿在女同学之间已经开始小范围传播，太影响个人形象了。所以我决定找一个真爱，以后本本分分只"尿"她一个。

我找了王晓慧，她是我们的女班长。王晓慧可一点儿都不好追，作风传统正派，冷冰冰的有股子傲气。我也刻苦用心地找她谈了一个学期的学习，期末竟然拿了个优秀学生的红本本，终于有理由请她吃饭，于是跨年夜晚上我和王晓慧水到渠成地达成深入了解的共识。只不过到了半夜我还是"现了原形"，王晓慧把我给揪了起来，一脸严肃地跟我说："这种重要的场合你怎么可以尿床呢？"我像是在会场上遭到了点名批评，又困又无奈还有点儿委屈，说："我都尿十多年了。"王晓慧竟然扑哧一声笑了，亲了我一口说："以后没有我的批准，不准尿。"

我口头答应说"好"，但一夜之间改变真的没可能。我爱王晓慧，王晓慧也爱我。我们确定恋爱关系的第二个月开始同居，地点在学校门口我家的那栋出租房。我们一起在顶楼天台上穿着短裤晒床单被套，顺便看一看楼底下消防中队的消防员上蹿下跳地进行训练。消防中队的训练场紧邻着我们学校的田径场，一三五的早上，消防员们都会到我们学校田径场进行负重体能训练。每个季度消防队都会在训练场进行一场消防大比武，消防实操在中队训练场，负重长跑借用我们学校田径场。那场面难得一见，我家的楼顶是最佳观赏位置。消防员们有时背着灭火器扛着梯子，有时背着消防水管扛着破拆器，有时戴着呼吸器拉练五公里。我们看到他们训练完了扶着田径场边的小树嗷嗷吐，场面很滑稽，我乐呵呵地看热闹，王晓慧一脸认真地看着我，"不准笑，有能耐你也去跑。"

王晓慧不愧是个有责任心的女朋友，她决定对我负责，坚决治好我尿床的毛病，生拉硬拽地带着我去看老中医。那老中医是王晓慧的同乡，店就开在消防中队对面的巷子里，墙上挂满了锦旗，专治疑难杂症。他抬眼皮扫了我一眼就煞有介事地断出了病根，说是肾精不足导致的夜间遗尿。不过他看在王晓慧是他同乡的分儿上没给我大包大包抓药，而是交代王晓慧回去用牛鞭炖当归给我补一补。很神奇，自从王晓慧给我炖了牛鞭之后我的毛病就好了。王晓慧说："感谢我吧，是我亲手治好了你。"我说："宝贝儿你真好。"

治好我的绝不可能是牛鞭汤。为了治我的尿床，我妈早把猪马牛羊鞭都试过了，甚至还曾经托朋友从俄罗斯弄来一罐用熊胆汁泡着的熊鞭。我想，大概是因为王晓慧。一次我们在房间里使用热得快烧水，引起短路着火把窗帘点着了，我看着越蹿越高的火苗被吓得手足无措大呼小叫，王晓慧比我沉着冷静，先跑去关了电闸，然后去楼梯间拿来灭火器对着起火的窗帘一顿喷。火被灭掉以后我才发现自己又湿了裤子，哆哆嗦嗦地依偎在王晓慧怀里，安睡了一夜。早上起床的时候王晓慧说她手麻，而我破天荒地没有尿床。从此睡觉的时候我都抱着她。她紧紧地贴着我，经常在梦中遇到的那些蛇群鼠群没有了踪影。

我又开始尿床是在大学的最后一年。那时候学校组织出去实习，安排了几辆大巴车送我们去广东的电子厂。我们是学护理的，说是实习，其实就是去厂里打螺丝。说是打螺丝，其实是学校那几个脑袋秃得发亮的家伙想要换车子。看得清本质，我肯定是不去的，发不发毕业证无所谓，真要敢给我扣了，我自有本地人的路子。我劝王晓慧也不要去，可她是个有责任心的班长，认死理儿，说她一定要去，帮助组织同学。我愤愤地说："你傻啊，明知道要去打螺丝还要去任人剥削。"王晓慧跟我杠上了，说："你才傻，不实习怎么找工作，你是怕苦怕累还是怕到了那边尿床？"我有些窝火，说："找什么工作，等毕业我就娶你，到时候我养你一辈子。"这可把王晓慧的火儿给点着了，她说："你爱养谁养谁，我什么时候说了要嫁给你？"

认知出现了偏差，冷战了一周，结局就只能是分。王晓慧去广东实习的前一天晚上，我们点了外卖开了瓶红酒，心平气和像谈判一般四目相对，举办一场和平的分手仪式。真要分手终究还是有点儿舍不得，于是我们又抱在了一起。我全程咬着牙，王晓慧始终抿着嘴，最后的夜晚，王晓慧依然抱着我，我的头依然枕在王晓慧的胸脯上。不多久王晓慧从被窝里跳了起来，甩着手气呼呼地对我吼："你个尿脖子，你就是故意的。"我被彻底激怒了，怒不可遏地扇了她一巴掌，"你给老子滚蛋。"

之后，直至大专毕业我都没有再见到王晓慧，她的毕业证都是托人拿了给她寄过去的。毕业典礼上她成了典型，学校号召说，要向优秀毕业生王晓慧学习，人家实习的时候就被别的大公司重金给挖走了。我毕业回了家，白天帮我妈拎串钥匙抄水电收房租，晚上回去无拘无束地尿床。日子平淡且空虚，每个夜晚都准时来折磨我。

一次次败下阵来，一次次想象王晓慧突然出现。

二

我是在分手的第三年再次遇见王晓慧的，她在我们家对面的消防中队做文职。

当时我蹬着电三轮替我爸去给消防中队的食堂送菜，路过办公大厅的时候一眼就认出了她。王晓慧穿着火焰蓝制服，扎着高高的马尾，化成灰我都认得她。兴许我看愣神儿了，三轮前轮撞上马路牙子仰面朝天地翻了，一旁训练的消防员兄弟就着我的事故即兴开展了一场现场教学。好家伙，其实我只是膝盖擦破点儿皮。一帮大男人围着我，先是对着我来了一套心肺复苏和胸外心脏按压，本来还要人工呼吸的，可没人下得去嘴。然后教学假设我出了严重事故腿被轧断了，要如何对我的断肢进行干燥冷藏保存。

好歹邻居，低头不见抬头见的，其实我跟消防中队这帮家伙早就是老熟人啦。

我不关心王晓慧为什么会回来，但我知道广东的电子厂不是她这么轴的人能待的。重要的是她回来了，我无论如何都要让王晓慧回到我身边来，无论如何。因为我已经病了，我的膀胱经受不住从未间断的折腾，少数时候我的小腹会刺痛难耐，大部分时候我已经面部浮肿。

其间我妈托人给我介绍了几个姑娘相亲，各方面条件都不错，都是奔着继承我妈包租婆的衣钵来的。相亲的流程是一步到位的，喝杯咖啡然后就顺理成章来出租屋做客。可我无比悲伤地发现我那方面也出问题了。往往还没怎样我的尿意就上来了，于是只得喊个暂停，去撒泡尿。几次三番下来严重挫败了我作为男人的尊严，索性我就直接给戒了，往硬处憋，往死里忍。可戒来戒去我才发现王晓慧才是我最大的瘾，那种全身被放空之后的感觉空洞洞、轻飘飘的没着没落。整个屋子里密密麻麻飘满王晓慧，伸手一碰却都是流沙泡影。

我托消防队的哥儿们替我去打探一下王晓慧的情况，她这几年也没闲着，新找了个男朋友，是我们隔壁市消防中队的消防员。这给我气得啊，简直头晕目眩，我都没找，她那么心急火燎要干啥。我在她下班的路上将她堵住，有些气急败坏地质问："你要找新男朋友为啥不提前跟我汇报一声？"

王晓慧白了我一眼，"你以为你是谁呀？我的事情凭什么要跟你汇报？"

王晓慧将我怼得真应不过来，我说："找男朋友也要找个条件好的呀，找个消防员工资能有多少。"

王晓慧斜了我一眼，满脸鄙夷地说："我怎么样你管不着，你好好当你的拆二代公子哥儿包租公，以后请你不要再来打搅我。"我在气头上，但也意识到自己"道德滑坡"，对消防员大不敬了。正在窘迫之下，王晓慧已经头也不回地走远了。

城中村土著的日子也没想象的那么好，本来是城乡接合部靠种地活命的农民，没了土地光靠收点儿房租谋生。按我爸的话说，一次性补千八百万的总会有花完的一天，农民没有了土地就没有了根，往后子孙后代都是无土之木无根之人。况且我们家的情况还有些特殊，当年北市区扩过来要征收土地的时候我爸刚从监狱服刑回来，我家的那块地，也就是现在盖了消防队办公大楼的那块，我爸一根筋地决定要无偿捐赠给消防队。消防队当然不敢要，再说土地本来就是国家的，说捐赠也不太合理。最终是土地征收款下来了，我爸全部拿出来给消防队捐了云梯消防车。那云梯消防车价格可真贵得离谱，我家的全部动迁款只够买一辆半，另外半辆是消防队出的钱。当年我爸花重金给消防队捐设备这事儿还上过各大报纸和电视台，市政府专门给我爸颁了个年度道德模范的荣誉奖章。他并没有去领这个道德模范奖章，报社电视台的记者一大堆人找上门来的时候，我爸玩起了失踪，避开风头的他成了街头巷尾纷纷议论的"傻缺"暴发户，实际上他是去云南给我求治疗尿床的偏方了。后来我专门找当年各大报纸的报道看过，基本上都是瞎编。那些记者各自发挥想象力，将铺天盖地的溢美之词堆砌在一起，主题却很一致：我市一个神秘的老板做好事不留名，号召全市的企业家学习，树立高度的社会责任感，先富带动后富。

其实我爸就是个普通的郊区农民，主营业务是骑着三轮卖土豆茄子大白菜，偶尔也跟城管斗智斗勇"打游击"。进监狱前干这个，出来了还是干这个，挣不挣钱倒也次要，总要干点儿自己能干的。北市区还没扩过来的时候，我们村里就开始对外出租屋子，那会儿主要租给外省人加工家具。北市区扩过来之后就更不得了了，我们村里的人一夜之间全都翻了身，算是跻身我们市的"先富"行列。家家一大笔征地补偿款暂且不说，房租也一下子水涨船高，村里的出租房供不应求。说到租房，还把我爸"租"到牢里去了，也没必要藏着掖着。

那时候北市区规划刚出来，划了一块地给消防中队。消防中队的办公楼断断续续盖了四五年，实在等不得，只好先将训练塔弄起来好让消防指战员们将就着开展训练。当时消防队有个教官叫马森凯，刚从武警部队那边转过来。为了方便驻训，马森凯带着他老婆就租住在我们家。当时我们家的房子还是普通的农村合院，青砖白瓦，马森凯和他老婆就租住在我家偏房。偏房是两层的砖混结构，举架很高，马森凯两口子租的是二楼。偏房原本是一家温州人租了做沙发的，后来温州人破产退租走人，一楼就一直堆着些做沙发的海绵、布料和人造皮革。尽管那时候我还很小，不过我记得马森凯老婆的样子，唇红齿白，长长的头发烫着波浪卷，睫毛翘翘的，漂亮得像个洋娃娃。刚搬来的时候她已经怀了孩子，我看着她穿着白色的睡裙，肚子一天天鼓起来。她挺着肚子扶着腰站在二楼阳台喊我小可爱，下楼来的时候给我一颗大白兔奶糖，跟我抱怨说："刚给弟弟缝了个肚兜，买个菜回来就被你家的老鼠给咬破了。"我嘴里嚼着奶糖，说："该死的老鼠。"

偏房着火的时候，我就在楼下呆呆地站着。火焰从滚滚浓烟中蹿出来，舌头般一舔一舔的。我还没有反应过来到底发生了什么，或者说我直接被吓傻了，先是听到剧烈的咳嗽，然后是骇人的尖叫，最后是火和火碰在一起的时候撞得噼啪响。我被人抱走的时候，天与地打了个旋儿，我哭晕了过去。

马森凯的老婆就是这么在这场大火中丧生的，连同她肚子里的孩子。其实浓烟起来的时候，旁边驻训的消防官兵发现情况集合冲过来了。马森凯带着几个兄弟背着灭火器率先赶到火场的时候，大火已经将整个房屋吞没。马森凯奋不顾身想要冲进去救出他老婆的时候被拉住了。火场内部发生了剧烈的爆燃，当时整个房子抖了一下，马森凯跪在地上眼睁睁看着二层的小楼一屁股朝下垮了下来。消防车在城中村狭窄拥挤的道路中被卡得死死的，等到清出消防通道，赶到现场的时候，已经晚了。灭火只用了十分钟，但是大火整整烧了一个小时。我爸骑着三轮车冲回来的时候火势已经铺开了，三轮车上装着一车刚从批发市场批回来的西瓜，他随即带领着一起救火的街坊往火场里扔西瓜。火场轰然垮塌下来的时候我爸急火攻心呕出了一摊血，在医院醒来之后就直接去了派出所。失火罪成立，我爸被判了四年。在法庭上做最后陈述的时候我爸说："一尸两命，判四年太短了，请求法官直接枪毙。"火场痕迹鉴定还原起火原因，初步推定为自燃。自燃物是堆在一楼的那堆沙发废料。火势失控的主要原因是我爸为了方便给三轮车加油，私自囤积了几桶汽油放在旁边。

我爸踩了四年的缝纫机出来，本想着学成出师开个门脸裁裤脚换拉链的。可牢里边和外边完全是两种概念，牢里边缝纫机踩得火花带闪电，到了外边就不行了，看见针线就手犯哆嗦眼睛花。最终他还是得干回老本行，骑着三轮和城管打游击也是个充分体现勇气和智慧的活儿。反正不为了挣钱，穷挣钱富打发。他出来的第三年，用动迁补偿款给消防队捐了一辆半的云梯车后，消防队的领导感动得热泪盈眶，说："要充分给予改过自新重新做人的机会，以后消防队的食堂就你来承包吧。"于是我爸给消防队干了两年的食堂，不挣钱，还往里贴钱，我爸雇了最好的厨子用最好的食材给消防队做了最便宜的饭菜。按照我妈的说法，这食堂纯粹就是干了个寂寞。我爸一脸认真，说："欠消防队的，该还的。"

其实我和我妈都知道，我爸不欠消防队什么的，他欠着的人是消防队的马森凯，我们家欠着马森凯一尸两命。最终我爸不再往消防队贴钱，也是因为马森凯。当时马森凯已经成了消防中队的副队长，他找到我爸说："意思到了就行了，你这样老往队里贴钱，容易违反规定。"我爸说："我有钱，我愿意。"马森凯犹豫了一会儿，说："其实以前的事情，我没有怪过你。"往后，消防队食堂改革，请了厨师自己经营。消防队跟我爸重新签了合同，专门给他们做蔬菜配送。这么些年来，我爸跟马森凯的关系很奇怪。算是老朋友了，可相处起来的样子看上去又很陌生。正如朝着一堆荆棘拥抱，然后痛得惺惺相惜。他们每周都要约在一起喝一顿酒，就是单纯地喝酒，闷声喝，人生百般滋味全都融进了辛辣的白酒中。抿上一口酒然后痛快地咂咂舌，有时候呼吸深长，有时红了眼眶。

马森凯在火灾之后便孑然一身，把消防队当成了家，出任务的时候是出了名的不要命。有一年马森凯救一个要跳楼的女孩儿，抱着那女孩儿从十八楼的空调外挂台一直坠到了二楼，幸亏腰上系着安全绳。下坠的时候马森凯紧紧将女孩儿护在怀里，安全绳上的两人摆了个弧线撞在楼房外墙上，马森凯的半张脸在急速下坠的时候被擦得血肉模糊。后来整形医生从马森凯肚子上取了几块皮补在脸上，效果不尽如人意，算半毁容，笑起来半张脸皮拧在一起。伤愈出院，他还是跟我爸喝酒。一碟花生米，两瓶牛二，有一搭没一搭就喝大了。俩人毫无征兆就动起手来，我爸打了他一拳，他回我爸一拳。反复几次，打得气喘吁吁。我爸骂他说："你总是想找死。"马森凯眼眶红红的，嘴角还有血，说："我早就死了，可还活着。"这场面可把我妈吓坏了，她冲上前去护着我爸哭天抢地说："他坐够牢了，你有什么仇啊恨的冲我来。"马森凯立即酒醒了一半，愣了一下，摸了摸我的头嘴角一咧说："嫂子，我们闹着玩儿呢。"

三

为了让王晓慧再次回到我的身边，我主动担负起了每天往消防队送菜的任务。我爸对此表示诧异，说："你个懒人送什么菜。"王晓慧始终躲着我，但我又是门儿清，只要她还在消防中队，我就能堵到她。几次三番下来王晓慧歇斯底里了，朝我吼："求你了，不要再来骚扰我。"

王晓慧对我使用了"骚扰"一词，我听着心里总觉得怪怪的不是滋味。这绝对是用词不当，我又不是调戏良家妇女的纨绔子弟。这事儿闹到马森凯那儿去了，他现在是消防中队的中队长，我也喊他马队。马队也很为难，对我说："收敛收敛，别那么明目张胆。"然后对王晓慧说："别理他就好了。"马队的话让王晓慧很委屈，"我没理他，是他成天来堵我。"马队最终不让我给他们消防中队送菜了，于是我坐在我爸三轮车兜里跟着去搬筐。

我成天去堵王晓慧还有一个重要的原因，不过这涉及我的个人隐私。每天能看见一次王晓慧，我白天滴水不漏尿不出来的毛病莫名其妙就好了。消防中队的便池刷得锃亮，我哗哗地尿得痛快极了。消防中队的人都算是我的老熟人了，可见我一来二去频繁借着送菜的由头堵王晓慧，他们也不爱理我了，路上见个面都是假客套。

原因很简单，我是后知后觉的。王晓慧的现任男朋友也是个消防员，我横插一脚要抢他们战友的女朋友，实在是没有任何道义可言。我说王晓慧是我前女友，消防员们一脸鄙夷，说："以前是以前，过去的都过去了。"王晓慧的现任男友正在想办法把王晓慧弄到他们队里，如果王晓慧真走了，煮熟的鸭子不就飞了吗。所以我觉得有必要找她男朋友谈一谈，我当时的想法特简单，反正他们还没登记结婚，公平竞争嘛。她男朋友缺的只是个老婆，而王晓慧却是我的命根子。我无时无刻不在设想，若是没有王晓慧，我这辈子算没指望了。不是白天被尿憋死，就是晚上把自己淹死。我找王晓慧的男朋友谈，面对面谈判是不可能的，他们消防员体能那么好，万一没忍住将我暴揍一顿划不来。我决定先在电话里谈，主打感情牌，晓之以理动之以情，充分表现出王晓慧于我性命攸关。

电话号码费了很大的劲儿才弄来，嘟嘟几声电话接通了，那头的声音磁性很强弄得我很慌张，我问："你是王晓慧的男朋友吗？"那头顿了一下，说："嗯，我是晓慧的男朋友。"往下我嗓子眼儿就堵住了，我有点儿莫名的胆怯，不敢再往下说了。这个时候我听见电话那头响起了急促的警铃，然后就是一串脚步声，她男朋友语气急促地说："不好意思，我出任务了，结束再给你回。"电话被挂断后，手机里的一阵忙音让我心里空落落的。

当天晚上，王晓慧给我打来电话，语气严厉地说："我想跟你谈谈。"

我心里咯噔一下，有些气短，"谈，谈什么？"本来我说去咖啡店坐一下，王晓慧站着就不动，说就在消防中队门口。王晓慧一上来就开门见山地问："你是不是给我男朋友打骚扰电话了？"

我先是一愣，然后吞吞吐吐说不出话来，本来我想撒谎说没有，但是脸上的表情早已表明了一切。王晓慧这次没有激动更没有打算朝我吼，她出乎意料地平静，冷冰冰地跟我说："你配吗？你不配。"

我哼唧了一声："配，配什么？""你就是个垃圾。"后来我才听说，那天她男朋友挂了电话就去出任务，使切割机的时候不慎切断了一根手指。她男朋友可是全省消防技能大赛冠军，能在气球上切肉丝，在灯泡上切割铁丝。

王晓慧撂下我头也不回地走了的时候，我就有答案了。我站在原地想，我完了，王晓慧她确实找到了一个好男人。

往后几日，我在家一直没敢出门。我有点儿害怕会遇上王晓慧，害怕她眼睛里的寒光，很锋利地就能将我剖得一干二净。其间王晓慧男朋友真给我回电话了，手机在桌子上呜呜振动，我看着来电显示的电话号码忐忑不安，最后还是接了。电话那头王晓慧的男朋友还是那充满磁性的声音，问："前几天你打电话问我是不是王晓慧男朋友，是有什么事情吗？"我慌极了，撇着声儿瞎编，"我们联通大厅做活动，情侣绑卡套餐优惠，流量八折。"电话那头沉默了，好一会儿才拖着声儿回了我一句"哦"。我顺着话茬儿把戏做足，说："联通营业厅很高兴为您服务。"其实打这通电话的时候，电话两边都已经是在心照不宣地明知故问了，想表明的也不过是各自的态度。男人之间的较量有时就是一瞬间，他留有余地地向我宣示主权，然后我就不动声色地不战自溃。

放下电话我已经一头一脸都是汗水，这汗出得跟胆怯无关，我只觉得心里空落落的后背直发凉。良心这玩意儿我还是有的，尽管害良心的事儿也没少干。

不见王晓慧的日子里，我的毛病又犯了。溜进消防中队借厕所，也尿不出来。尿不出来总憋着，憋得面目狰狞小腹刺痛腰杆发麻。到医院做了一个全套检查，啥毛病没有。没办法了，医生也挠挠头说，那就先插导尿管救急。

到了晚上，我梦中经常出现的那些蛇群鼠群都快成我的宠物了，我尿得哗哗的。可很快我就发现了大问题，我梦中多了王晓慧男朋友的声音，那磁性十足的声音在我梦里重复回响："我是王晓慧男朋友，我才是王晓慧的男朋友。"我从梦中一次次被惊醒，看着湿漉漉的床单上竟然留着一丝一丝的红褐色的黏稠血迹。

我不由得悲观地猜想，活人被尿给憋死，那我一定是这个世界上最悲伤的鬼。我的膀胱已经开始出血，说不定会爆炸。

我必须得回到王晓慧身边，她王晓慧能去消防中队做文职，我为啥不能，必须能。

恰逢那几天消防中队发布了招聘消防行政执法辅助人员的公告，学历专科以上，性别要求男，本地户籍优先考虑。这样的条件不正是冥冥之中为我量身打造的吗，况且马队跟我这层关系，偶尔走走后门更亲近。我把我的决定告诉爸妈，我妈的反应倒还行，一只手搓着麻将，另一只手挥了挥，"去吧去吧，我看消防队有几个小姑娘挺标致，最好娶一个回来给你洗床单。"我爸的反应就有些激烈了，黑着脸说："家里到揭不开锅的时候了？那么危险，你去干啥？"我极力解释说："消防队文职就是做文字工作的，坐坐办公室不出现场。"

我爸很固执也很坚定，"敢去，老子就打断你的腿！"最终我还是去消防队报名了，我是大小伙子了，再也拉不下脸来向我爸解释我的个人问题。没承想一个小小的消防队文职竞争还那么激烈，先笔试然后面试，最后还要进行体测。大学生乳臭未干，笔试的时候都是考神，但我还是在面试的时候以高分被录取。有必要说明的是，我绝对没有走后门。我确实是想走来着，还专门找过马队。马队狐疑地瞅了我几眼摇摇头，"王晓慧过几个月就要走了，你没机会的。"我极力保证说："真不是为了王晓慧。"实际上，这次消防中队文职招聘是有针对性的，大队领导专门讨论过，原则上是只要有本地人报名，那基本上就是内定了。而我，凑巧正是那个唯一报名的本地人。

原因很简单，防火的战斗要深入人民群众中去。换个不严谨的说法，这防火的战斗要从"敌人"的内部开始瓦解。我这样的城中村土著，必须是可遇不可求的人选。这些年来，北市区大兴土木，我们城中村自然而然成了打工仔集散地，出租房供不应求后，各种形式的私搭乱建将我们村变成了一个巨大且复杂的蚂蚁窝。消防安全问题一直是消防队久攻不下的顽疾，事故频出，市委市政府正加大力度督办。

消防文职最大的好处就是朝九晚五，不需要全天候战备，正好我可以回家睡觉避免尴尬。正式进入消防中队工作之前，先得进行为期一周的军训。进入消防队后，我白天尿不出来的毛病竟然又好了，该尿就尿，尿得踏实有着落。军训的时候马队喊着号令，我们稍息立正向右看齐，然后齐步走、正步走。训练强度不大，但是枯燥。我时不时溜号去办公室找王晓慧，美其名曰提前熟悉工作环境。自从她男朋友出事以后，她对我冷漠到了极点。我厚着脸皮去烦她，她盯着电脑桌面不给我正脸。

实在被烦够了，王晓慧俩手一摊气呼呼地说："有意思吗？"

我说："没意思。"王晓慧问："那你是什么意思？"我十分认真地说："以后我是你的同事，也是你的新搭档。"王晓慧气愤了，说："过几个月我就走了，难道这也不能让你死心？"

因为我跟大队长提过条件，王晓慧也从文职转到行政执法辅助岗位上来了。王晓慧只要一天不离开我们中队，那她注定就是我的搭档。马队一脸严肃地交代王晓慧："这小子新来，你要多带带他。"王晓慧委屈地说："带，怎么带？"

我们这个岗位不怎么坐办公室，经常出外勤。主要是对建筑工程进行消防管理、防火检查和开业前消防检查。分着片区，挨家挨户去。马队带着我们转了几天熟悉工作流程后，就带队出任务去了。防火参谋老刘带我们继续转，老刘是我们中队指导员。

四

消防隐患里的一般情况，就是主观上的情有可原，可处理也可以不处理的情况。

关键在于可见，或者不可见。通常是指消防通道堵塞、消防措施缺失、灭火器没气儿等此类显而易见容易被抓住把柄的地方。私搭乱建的城中村，一般情况并不算罕见。这些一般情况真到了哪一天发展成了特殊情况，那就是摧枯拉朽不可想象的。

我和王晓慧两个生瓜蛋子，只好硬着头皮去做工作。王晓慧比我有素养，做工作的时候晓之以理动之以情，讲条例摆法规，然后换回来唾沫星子满天飞。人们当着王晓慧的面就直接做出总结，"你这娘儿们，较真儿。"王晓慧听了先是一怔，然后抬手指着城中村的私搭乱建，指头一抖一抖的，说："要是城中村着起来，肯定是连片地烧，后果无法想象。"得到的回应永远只有一个，"那又能怎样呢？不是还没烧起来吗？"

我就没王晓慧那么好的修养了。那些临街开餐馆的防火检查不合格拒不改正的，我处理的办法首先是涨房租。消防措施不完善的小旅馆，我软硬兼施给两个选择，要不就是改，要不我断你水电。尽管房子不是我们家的，但城中村的老户谁和谁不是沾点儿亲带点儿故呢？外地人多过本地人的城中村，来村里做生意的外地娘儿们总站在我背后骂街，"房东崽子都是他大爷的。"王晓慧为此批评过我很多次，"别以为你有点儿臭钱就了不起，我们消防中队的工作还是要讲究纪律。"我也撑过王晓慧，"要是你们的工作纪律能把事情干下来，就不会聘用我这个本地人了。"因为我去消防中队工作这事，我爸整整一个月没跟我说过一句话。在我把城中村搅得鸡犬不宁之后，我爸喝得酩酊大醉，对我破口大骂，喷着酒气直呼我的大名"江河海"，"你六岁时候我给你改的名儿，你小子生来就缺水，还敢去消防队工作？"我妈在一旁拉着我爸护着我，"你爸的意思是，都是街坊邻居的，你要注意工作态度。别什么时候出了问题，你就成了背锅的。"

几乎每一次出外勤，王晓慧都被我气得够呛。今时不同往日，恋爱那会儿插科打诨的嘴皮子功夫现在拿出来，就是对过去彻底的否定和批判，也是对现状的无情嘲弄与讥讽。王晓慧下班的时候一个人躲在办公室边给她男朋友打电话边哭，我回办公室取东西的时候恰好在门外听到。王晓慧抽噎着问："我什么时候才能去跟你一起，我快要熬不住了。"电话那头她男朋友问："我正在跟中队长申请岗位。是不是那王八蛋又欺负你了？"王晓慧呜咽着说："那倒是没有，不过我这样天天跟他在一块儿工作，对你不公平。"

我只能悄无声息地退了回来，嘴颊酸溜溜的。我还从来没有想过，我会给王晓慧带来这么大的痛苦。原来我就是个极度自私自利的完蛋货。

再出外勤，我注意保持和王晓慧的距离。患得患失的感觉真会要人命，我得彻底斩断对王晓慧的一切幻想，甚至打了退堂鼓想要从消防中队撤退。我旁敲侧击地跟马队说过想辞职不干了，马队横了我一眼，"真当消防中队是你家？想来就来想走就走。"幸亏刘指导员外出学习回来带着我们俩一起出外勤，我和王晓慧之间多了一个刘指导员，我基本上可以做到一天不和王晓慧说一句话。刘指导员自然看得出我和王晓慧之间有端倪，不好点破，于是说："战友之间还是要注意保持团结。"我嘴贱的毛病又犯了，"我和王晓慧战友已经团结过很多次了。"王晓慧甩给我一大白眼，"呸"了一声，说："臭流氓。"

我们去城中村出外勤很频繁，马队和刘指导员共同带队。据说市里正在筹备开展一场针对城中村的消防大整改行动，这个行动是马队最先提出来的，其间经过了很激烈的讨论。否了又提，提了又否。反对的意见认为，开展一场消防大整改行动太劳心费神，干脆来个一劳永逸的办法，把城中村拆迁纳入规划编制。马队激动地说："城中村没等拆迁就烧起来，谁来负责？"于是城中村消防大整改还是被提上日程，市委领导吩咐马队前期先摸清楚情况，好进一步因地制宜制定整改方案。

其间我又和王晓慧吵过一次，其实我没想跟她吵。本来是她男朋友消防中队那边出任务，前往邻省的洪涝灾害现场参与救援，这一去就失踪一个多月没给王晓慧打电话。回来联系上以后她男朋友告诉她，消防中队文职岗位还是没有申请下来。王晓慧是小姑娘嘛，难免有点儿情绪，埋怨她男朋友一点儿都不在乎她。我用跟马队学来的大义凛然外加我的油腔滑调，一本正经地给王晓慧做思想工作，"你也在消防，你什么时候看见过我们的消防员有闲着的一天，不是在出任务就是在出任务的路上。所以你一定要做一个称职的消防员的好妻子。"大概我把话说得腔调十足，于是王晓慧只能冷冷地横了我一眼，带着哭腔说："要你管。"

下班的路上王晓慧把她的愤怒一股脑儿地朝我倾泻，我略感委屈，说："难道我们就不能和平相处？"王晓慧说："不能。"然后她接着骂，"你个尿脬子，都分手几年了还阴魂不散。"我也被勾起火了，没见过这么侮辱人的。本来想给她一巴掌然后喊她滚的，抬到半空滞住了，可王晓慧不依不饶翘起下巴把脸凑过来，"有种你打啊。"我只好把巴掌轻轻落到自己脸上，啪，"我没种。"我气呼呼转身就走，王晓慧蹲在地上呜呜哭起来了。

我挺想转回身去安慰她的，唉，想想还是算了吧。我跟马队请了三天假，我有点儿没脸再见王晓慧，尽管这次招惹她的不是我，我觉得。其实主要还是想试一试没有王晓慧的日子里我会不会老毛病复发。结局自然是肯定的。我郁郁寡欢到酒吧喝了一个通宵的酒，天亮的时候回家睡觉。翻来覆去睡不着，尿急了却尿不出来，于是开始憋。最后耐不住了，憋得腰杆酸麻小腹刺痛，于是我不得不回消防中队。去的路上在消防中队门口撞上提着豆浆啃着油条来上班的王晓慧，她瞅着我，说："前几天的事情是我不对，我跟你道歉。"我当时已经憋得面目狰狞走路打飘，被她这么一说反而松懈了。刺啦一下，裆下一片温热迅速散开来。我再无工夫搭理她，边往中队卫生间跑边应着："暂且接受。"

……

五

王晓慧男朋友休假来看她的时候，我们正好出外勤。

马队带领着我们消防和城管联合执法，在城中村对那些"握手楼"进行重点整顿。城管执法队负责督促拆除那些私搭乱建的阳台和遮阳棚，我们消防重点检查楼里的排烟道和飞线。对城中村的消防整改行动就这么悄然开始了，阵仗不算大，持久战，讲究个循序渐进一步一个脚印地来。不过处罚的力度倒是挺大的，该罚款就罚款，该停业整顿就停业整顿。为此，好多被罚款的商户找了我爸，托我爸找马队说说情少罚一点儿。不过在这一点上我爸是立场坚定的，说："消防措施做不好，被罚了活该。"我爸得罪了人，于是黑历史被重新翻出来，人说："好意思教育别人防火，当年你不也烧死过人。"尤其是我爸没事儿跟在马队后边分发防火宣传单的时候，身后一片指指点点，老城中村人没有办法不想起马队的老婆。

王晓慧的那个消防员男朋友叫李海成，我第一次见到他的那天刚好是情人节。为什么这么记忆犹新呢，因为那几天马队他们出任务出得很勤，大都是因为失恋跳楼的、跳河的、想办法要找死的。在这个节点消防中队的警铃呜哇呜哇聒噪极了。马队吩咐我和王晓慧常去城中村做消防检查，城中村那些打工仔表白时摆玫瑰点蜡烛容易引发火灾。

李海成捧着一束玫瑰花悄然而至，要给王晓慧制造一个浪漫的惊喜。

这天我和王晓慧出完外勤准备下班的时候，又热又渴，正好遇到一家冰激凌店开业酬宾，买一送一。我一只手拿着一个冰激凌，问王晓慧："来一个？"

王晓慧白了我一眼，"不吃。"我说："再不吃就化了，浪费可耻。"王晓慧勉强地接了过去。于是我们正蹲在那里吃冰激凌。

这个关键时刻李海成捧着一束玫瑰花出现在巷子口，一瞬间空气僵滞住了，六目相对。李海成看了我一眼，然后略过我，捧着花喊了声："晓慧。"王晓慧呆愣住了，语气略带责备地说："你怎么一声招呼不打就来了。"好在王晓慧反应过来之后，瞅了我一眼跟李海成介绍说："这是我的同事，我们刚结束外勤。"李海成看我一眼笑了笑，说："我知道。"我跟李海成假模假样地寒暄，他看着跟王晓慧挺般配的，个子高挑形象干练，理着一个清爽的寸头，笑起来露出洁白的牙齿。李海成笑得很坦然，我倒莫名有些心虚。

晚饭是一起吃的，本来我坚决不去，电灯泡就不当了。谁知李海成一再坚持说，遇上就是朋友，一起吃个饭顺便聊聊。没承想这时候王晓慧冷不丁来一句"不做亏心事不怕鬼敲门"。那我也只能说"必须去，身正不怕影子斜"。情人节的食客们成双成对，只有我们是两男一女。服务员上来推荐情侣套餐，再看看我们仨的组合立即捂住了嘴。吃饭的时候，我看见李海成那根出任务时被切割机切断的手指接上去了，不过已经名存实亡，没有办法正常弯曲。

场面一度僵滞，李海成在努力维持，干脆给我们讲了个笑话，说："几个月前遇到个傻缺，给我打电话问我是不是晓慧的男朋友。我说是。然后那傻缺拿着移动的电话号码跟我推销联通公司的套餐。"出于礼貌,我咧着嘴红口白牙配合着哈哈笑。

转移尴尬的重任最终还是落在了酒上,我和李海成决定喝点儿。王晓慧在一旁捅了一下李海成,说:"你不能喝酒,影响训练。"然后王晓慧斜了我一眼说:"他酒量不行,别喝。"我结结巴巴会意,说:"要不还是别喝了。"李海成声气大了,说:"这酒得喝,因为高兴。"

于是我在和李海成不是较量的较量中,终于赢了一次。如果说较量是为了王晓慧,那我肯定输,因为我没有任何底气也不占理儿。若是较量只是为了高兴,我城中村土著不是白叫的。李海成果真如王晓慧所说,酒量不行,端着杯子推了几手太极说话就开始夹舌了,面颊绯红,眼睛血红。王晓慧在桌子底下踩了我好几脚,暗示不能再喝了。可李海成不依不饶,端起酒杯就跟我干了,干了一杯之后我就恍恍惚惚看见他脑袋歪了。

李海成颤颤巍巍伸出手来跟我握手,看看王晓慧又看看我,喊我"兄弟",然后说:"我知道你和晓慧以前的事情……"

我刚要做出解释,李海成又堵了我的话接着说:"不过这不是重点,重点是我觉得你能给晓慧更好的爱,我可以选择放手。"

我头一回遭遇到这样的情况,脑子发蒙,我说:"过去的就不提了,你们好好的就行。"

李海成继续坚持,认真地说:"我这个做消防员的,成天火里冲水里蹿,亏欠晓慧的太多太多。我感觉你跟晓慧更适合……"

李海成这么一说,我就不敢接了,我心里怪不是滋味的,甚至有些生气,我站起身来就要走,"神经病啊,你们谈你们的恋爱,跟我有毛关系。"

我走的时候王晓慧在身后喊我:"江海河,你个王八蛋。"

我转过身看着趴在桌上嗷嗷吐的李海成,对王晓慧交代说:"照顾好你男朋友。"

李海成这时候抬起头来,看着我说:"我是认真的,晓慧跟你更适合。"于是我摆了摆手,酒劲儿冲上来,"去你妈的,不带这么玩的。"

这一夜我睡得很踏实。城中村的烂仔们大半夜放烟花表白的时候把楼下的垃圾堆点燃了,消防中队半夜出任务灭火都没把我吵醒。我竟然没有尿床。

难道我尿床的毛病就这么好啦？我不得其解，而且像一个正常人一样起床直奔厕所痛痛快快地解决了所有问题。

算啦算啦，不想了，脑瓜子嗡嗡的。去消防队上班的时候，开早会，马队专门将昨晚城中村的火情提上来，将我和王晓慧两人严厉批评了一顿，说我们俩吃闲饭，对城中村消防检查粗心大意。本来我想反驳两句的，那帮烂仔放烟花引发的火情，要找就找城管或者派出所去。不过我扫了一眼王晓慧，她大概是一夜没睡无精打采的，就忍住没说。

李海成休假期间一共来看了王晓慧五天，五天里有三天都在我们中队吃食堂。本来马队想抓着他这个消防技能冠军给我们消防员上几节课，传授一点儿切割机的使用技巧。可李海成向马队展示了他的手指，说："使不了，握不动啦，以后就是压水管的命啦。"李海成和王晓慧成双成对的几天里，我是没脸在队里待，我跟王晓慧的事情整个中队都知道。

……

六

王晓慧又回中队做文职，这个时候已经生下了小海成。

我和宝来从总队受训回来专门去看望，小家伙吮吸着奶嘴躺在婴儿车里笑呵呵，鼻子和眼睛都像从海成那儿翻的模。王晓慧带着孩子和海成的母亲租住在城中村。本来我说可以住我家的房子，反正我家那么多出租房。王晓慧看着我笑了笑，然后摇摇头，"不了。"其实我知道王晓慧是害怕我不收她的房租，从她决定选择坚强的时候她已经不再需要任何形式的施舍。我让我妈少打麻将，没事儿就炖只鸡送过去照看照看孩子，顺便跟海成母亲唠唠嗑。我妈说："你倒是发善心，人家晓慧又不是你媳妇，生的也不是你的孩子。"我认真地跟我妈说："那是我战友的老婆，以及我战友的孩子。"我妈看着我怔了一下，轻叹了一声说："好好好，我儿子总算也有懂事的一天。"

在总队训练的一年里我拥有了一个全新的概念，那就是战友。战友，就是并肩作战的时候你可以成为他，他可以成为你。宝来跟我说："战友，就是随时可以为你赴汤蹈火的人。"

海成的母亲没事总是呆呆地站在阳台上朝着消防中队的训练场凝望，我们都知道她在望什么，消防中队的训练场上，上蹿下跳训练的消防员都是她的儿子。我提着奶粉纸尿裤去看王晓慧的孩子频繁了，过度的热情让海成的母亲有些不适应。我跟王晓慧那段青春的过往其实已经不是什么秘密，有时候海成母亲会拉着我的手长吁短叹跟我唠："晓慧这苦命的孩子连婚都没结，糊涂哇，是我们家亏待她了。"我知道她想表达什么，于是我一再解释："我和晓慧只是同事，我和海成是战友。"海成母亲怔了下，又说："晓慧还是得有个依靠。"往下我就没敢再接她的话。回来的时候王晓慧送我到楼下，犹豫了一会儿跟我说："海成牺牲的事不单单是谁的原因，以后你还是别来了，影响不好。"我沉默了一会儿，说："好。"

　　我转身要走的时候王晓慧又叫住我，叮嘱我说："好好训练，注意安全。"

　　我去省总队训练的一年里，我爸没有给我打任何一个电话。或者说，是我当儿子的没能如他的意。这一年里我爸又进了一趟派出所，原因是打架斗殴。我妈说是马队跑上跑下把他捞出来的，其实并不是，马队只不过是做通了被打者的工作，赔了点儿钱私了。打架斗殴的起因是我爸配合消防队做城中村的消防专项整改工作，清理消防通道的时候拖走了几辆电动车。于是矛头都指向了我爸，先是说我爸犟驴一样太轴，我爸没有搭理。于是矛头从我爸身上转向了我这个儿子身上，取笑我说："尿脖子当了消防员，尿裤子尿到了省上去。"

　　我从省总队受训回来的时候，我爸看着我欲言又止，最终还是问了一句："你相信宿命吗？"

　　我愣了下，"不信。"我爸"哦"了一声，接着说："我信宿命，所以我不想你当消防员。我们家欠着消防队一尸两命，我总担心会有偿还的一天。"

　　我咂了咂嘴，说："信则有，不信则无。"

　　我爸爸起身拍了拍我的肩膀，说："好样的，不过要注意安全。"

　　我和宝来以及其他十余名同期的消防员在总队受训回来，到中队报到，马队放下手头所有工作亲自带着我们搞训练。回了中队也就意味着我们即将步入实战阶段，往往在火场最容易出事的就是我们这些刚学了点儿三脚猫功夫的青瓜蛋子。马队说："别以为在总队受训拿了优秀有多了不起，真正的火场的情况不知道比训练场复杂几万倍，随时随地都要人命。"回中队的第一节课是在室内上的，没收了手机以及一切电子设备，观看一些内部的事故现场影像资料。其实马队是在打擦边球了，事故现场的照片图像属于绝密资料，拿出来做警示教育当然是最好的教材，可认真追究下来也违规。马队一再警告："出了门，嘴上就忘了，心里一定要记得。"

马队教育我们说："我们消防员要救人，首先要知道人可能会怎么死。"警示教育进行到一半，已经有新消防员忍不住捂着嘴冲去卫生间吐了，吐完又接着回来眯着眼睛东倒西歪地坐着。我还好，胃里翻涌了几次还是强忍下去了。可马队还在继续，我从未感到过一堂课会是如此漫长。马队的语气越来越严厉，"如果我们消防员能准时到位，很多这样的场面是可以避免的。"接下来马队的语气就是在警告了，"如果我们消防员不听指挥，业务不熟练操作不标准，下场也这样。你们以为牺牲是什么？牺牲了就是死了，死了就是永远不在了。"马队说这句话的时候我又开始伤感，想起了海成。马队的警示图片还在放，其实这个时候我们好多人都已经眯起了眼。马队敲了敲桌子提醒我们睁开眼，这次的图片是一具烧得蜷缩的尸体，我一眼就辨出了那是谁：蜷缩的尸体的腹部膨胀得圆鼓鼓的——那是马队的老婆和孩子。

我的心猛地遭了一击，刺啦一声我只感觉后背凉得发麻。我触电般从座位上弹了起来，我几乎是惊叫："马森凯，你个神经病！"

马队一眼扫过来，"出去！"我逃离似的朝着门口奔，其实从座位上弹起来的瞬间我就尿了裤子。我听见马队在我背后继续警示道："这是我老婆，以及我老婆肚子里我的孩子。"一旦揭了秘，我听见台下的消防员感同身受般倒吸着寒气。

马队无比懊丧地接着说："如果当时消防检查到位一点，如果消防通道不堵塞，或者我们消防员能早到一分钟，就不会这个样子……"

很久以后，我们消防员再次回忆起这入队第一课时，仍旧记忆犹新。我们一直不敢去想象马队到底要有多么强大的内心，才能把他最痛苦的东西拿出来反复回忆。

答案？是没有答案的。我们只知道马队是一心想让我们好好的。

回中队的头三个月里，队里基本没遇到什么特别紧急的任务。就算有火警，也是老消防员出动就解决。我们新消防员按部就班地进行着训练，上午练体能，下午练各种消防操。练得疲乏了，马队半夜三更在消防训练塔里点了几把火，然后紧急把我们喊起来突击演习。

自从在消防中队和宝来上下铺了以后，我尿床的毛病成了过去式。不可否认，我对宝来产生依赖了。在我这里，宝来和王晓慧其实没什么区别。

我又陷入噩梦中跟蛇群鼠群进行纠缠，我习惯性喊："宝来赶快来帮我。"

可这天晚上回应我的却是宝来重重的一耳刮子，我捂着脸从床上弹了起来，怒不可遏地叫："宝来你个灰孙。"定了定神，我听见耳边响起急促的警铃声，宝来一边往身上穿戴一边催促我："愣着干啥，出任务了，快！"

七

四十五秒之后我们已经完成了登车，然后我们出发。我洋相百出地在车上费力地往上拽裤头以及整理防火服上衣的穿脱拉链。直觉告诉我，其实也不用直觉，我们都知道我们遇到了严峻的任务。火光早已冲天，正朝着天上噼里啪啦地喷射着燃烧的碎屑——鸡窝一样的城中村终究没能逃过失火的命运。

意外是真够意外，不过我们就是这么一支应对意外的队伍，一切意外都不是意外。

城中村的失火是在预料之中，但没人愿意接受。城中村就在消防中队门口，这火着得充满了讽刺性。初步探明原因是一个黑网吧私搭电路导致起火，网吧旁边是个小诊所。诊所下班前刚用医用酒精全面消毒，隔壁的火蔓延过来的时候，诊所内挥发的酒精气体发生了爆燃。我们抵达现场的时候，消防通道仍旧堵塞，这是个疑难杂症。居委会的人正在帮忙挪动那些堵在路中间的电动车，可是时间不等人。火已经借着风势铺展开，连片地烧了起来。好几栋出租房已经被吞噬在火中，被困在楼上下不来的人正趴在窗户上疯狂地挥舞毛巾求救。我爸爸哇呀呀叫骂着那些乱停车的家伙，轰隆隆开来一辆铲车从路口推着进去。

还是我们中队的老规矩，先是建立现场指挥部，刘指导员外围坐镇指挥，马队率领攻坚组深入。我们在火点正面架设水枪阵地控制火势蔓延，升起云梯车对被困在楼上的人实施救援，同时还分出人手对火场外围的群众进行紧急疏散。马队率领攻坚小组在水枪的掩护下，深入火场内部进行人员搜救。与此同时，外围观察哨侦查的时候报告了一个令人头皮发麻的消息，火势马上就要蔓延至城中村丁字路口。那里有一家烟花爆竹专卖店，仓库囤积着大量易燃易爆品。于是再次分出宝来他们小组火速前往丁字路口架设移动水炮阵地，对正在朝着烟花爆竹专卖店蔓延的火势进行堵截。

只听轰隆隆几声，爆炸还是发生了。整栋楼前后左右晃动了几下，然后一屁股就栽坐了下来。

我能清晰地听到我的心跳，我朝着爆炸发生的方向喊："宝来你个灰孙。"

其实我是听不到我在喊什么的，我的耳朵在蜂鸣般尖叫。

探照灯下，我在烟尘弥漫的废墟中看见了宝来，他从一堆碎砖头的缝隙中艰难地挣出来。宝来满脸都是厚厚的烟尘，双眼通红，眼角渗着血渍。宝来颤颤巍巍站了起来对我做了个鬼脸，指着身后的废墟艰难地说："快救人。"然后宝来转身跟跟跄跄朝着废墟走了几步，他不自量力地想搬起一块砖头，弯下腰的时候哐当一声整个人栽了下去。爆炸发生的时候，高速飞行的物体击中了宝来的头盔。我歇斯底里地朝宝来喊："宝来你个灰孙！"喊得有些泄气，两腿有些发软，不过这次我站得踏实没有一屁股坐下，因为我知道还有事情没干完。爆炸的发生，加快了火势蔓延的速度，半个城中村已是一片火海。

附近几个消防救援站的战友也赶过来支援，几十辆消防车将城中村围住，架设水炮为城中村制造了一场倾盆大雨。马队率领内攻的攻坚小组呼吸器告急，退出来换人，火场内部的高温已经让攻坚小组的组员脱水几近休克。参谋长指挥说："江河海，你们小组顶上。"我斩钉截铁说："保证完成任务！"马队更换了呼吸器之后坚持还是由他带队，参谋长瞪大眼睛说："老马，你不要命了？"马队斩钉截铁地说："还是我带队，我熟悉情况，以防他们进去之后瞎摸。"于是我们拖着水枪跟着马队开始了第二轮战斗，内攻的任务其实已经交给了赶来支援的其他消防救援站的战友。马队在无线对讲时下达的任务是深入火场开辟通道，挨个楼层挨个房间搜救被困群众。不恋战，讲究快和准。

搜救过程中我们遇到被困的王晓慧一家，海成的母亲在隔壁楼着火的时候打开窗户查看情况，被从隔壁楼窗口喷出来的火焰燎伤了眼睛看不见了。王晓慧先把孩子送下楼之后再回去背她婆婆，从六楼背到四楼的时候往下的通道就被火势堵死了，恰好遇到我们开辟通道的搜救组。我卸下呼吸器戴在海成母亲的鼻息处，弯腰就要背她下楼。可海成母亲不让，眯着眼睛摸着我的脸说："别管我，先去救其他人。"这时候我才顾不了那么多，扛起海成母亲就往楼下走。送至楼下，我立即转身要返回火场的时候，王晓慧喊我："江河海，我在这里等你回来。"我想转身回答一声，但是我没有转身也没有回答，我的战友还在火场中战斗。

我们攻坚小组的搜救工作进行到六楼的时候，水枪里的水呛了几下忽然就停了。无线电对讲中得知是因为一楼发生垮塌压住了水管，目前正在组织清理。没有了水枪，楼内部的火势又迅速蹿了上来，马队呼叫了支援，率领我们从楼道暂时退到了房间。

这个时候建筑北侧凹字形的底部中间位置发生液化气罐爆炸，又是轰隆一声碎裂响动，西北角的阁楼坍塌。我们攻坚小组被困在了六楼房间，扒拉着墙壁随着楼房一同倾斜。马队又在对讲机上呼叫了好几次紧急支援，得到的答复却是消防通道被垮塌的房子堵着，云梯车进不来，最好的方式是撤离到楼顶天台等待救援直升机。可往楼顶天台撤离的通道早已经是一片火海，房间的门锁因为高温的缘故根本打不开。况且如果将门打开，门外的火势蹿进来遇到氧气，又是一场剧烈的爆燃。

所以最好的方式只剩一个，那就是在原地等待，第三轮内攻救援小组正在赶来。

我们在房间里搜寻一切可用的物件用来堵门缝中不断冒进来的烟，可堵来堵去还是徒劳无功，更多的浓烟来自天花板。我们想扒在窗口呼吸，可城中村这该死的握手楼，窗对面那栋楼也在剧烈燃烧，浓烟滚滚正朝着我们的房间灌。吱呀一声，那是火烧塌了承重墙，楼房的倾斜还在一点点加大，在噼里啪啦的燃烧中我们可以听见混凝土内部钢筋崩断的声音。

我们攻坚小组在楼房的三角区挤在一块儿，能见度其实已经很低了，我们趴在楼板上脸贴着地才能勉强看清彼此的轮廓。我的耳朵贴着马队的呼吸器面罩，我听见马队对着对讲机断断续续说："用干粉，不能再用水浇了，否则这楼随时会散架。"

其实这个时候我觉得我有必要提醒马队："你那对讲机早就在卧倒的时候摔成了八瓣。"

可一切都只能是潜意识，我压根说不出话来。说话是一件很费氧气的事，我的空呼机在卸下来给海成母亲戴的时候就已经报了警，现在早已经成了摆设。我的大脑在缺氧状态下早就一片空白，这样的空白是悬浮着的，身子轻得可以飘起来，脑袋坠在地上足有千斤重。

这一年多来消防训练所接收到的常识在重复警告我——你就要死了，无论你接受与否。

我在意识完全丧失之前艰难而缓慢地朝着马队扭过头来，拼尽全力说："马队，我对不起你。"

我想这是我最后做的一件有良心的事。

我坠在地上的脑袋也轻飘飘地升了起来，我以为我死了。

死了，就换个环境。起码这个环境里不再有带毒的浓烟和稀薄的氧气，当呼吸不再是奢侈，我张开嘴大口大口地呼吸。然后我再次坠入梦中，梦中还是有那么多蛇群和鼠群，它们从烈火和浓烟中涌出来。它们在我面前急停，然后我们进入持久的对峙。我都已经死了，再无恐惧，我歇斯底里地喊着："来呀，都来吧！"一张一张的鼠头蛇脸都幻化成我的样子，鼠头露着龅牙，蛇脸吐着芯子，我也无比嫌弃我这张丑脸。我有点儿后悔死前没有留下遗言，如果能留，那肯定是追悼会上无须瞻仰我的遗容，因为那真的是不好看。

我挥起拳头向鼠群和蛇群发起了冲击，"我早就不怕你们了。"

击退了蛇群和鼠群，其实也就击碎了一个漫长的梦境。梦境被击碎的时候，我在医院的病床上醒来。床单白得灼眼，我偏了偏头望向另一侧的心电监测仪。几条曲折的线条一波跟着一波往前走，这个时候我只想随便抓个什么人过来，问问我为什么还没死。实际上我是没办法做到的，我感觉全身的骨头都被擂碎了，稍有动作就锥心刺骨般疼。

感受到疼，我确认我没死。

我没死，可是马队死了，准确地说，是壮烈牺牲永远不在了。

我让人推着我去看了他最后一眼，火场的高温使得马队植上去的半张脸皮起了卷儿，殡仪馆为他修整遗容的时候留下的针脚像是爬了一脸的蜈蚣。我稍有好转之后躺在病床上见人就咆哮："我这条贱命都能救回来，怎么马队就死了呢！"好几次我把照料我的小护士给吼哭了，我知道我不该这样的，她们把我归为英雄，每时每刻悉心照料。

于是我只能对着中队的人吼，终于还是吼来了真相。刘指导员淌着泪水，浑身颤抖着说："马队，马队把他的呼吸器摘了罩在你脸上了。"这样的真相，其实等同于让我死。既然我还苟活，那肯定是生不如死。王晓慧抱着小海成来医院看望我的时候我已经能下床走动了，她进了病房我俩相对无言，直到小海成用哭闹打破沉默，王晓慧才红着眼眶看着我，"马队的事大家都很伤心，你也想开点儿。"我喉头耸了几下说不出话来，我把注意力转移到小海成那儿，我朝着小海成伸出手，"让叔叔抱一下。"小海成伸出娇嫩的小手抓了抓我的脸，我在想如果这小家伙会说话，他肯定会对我说："你走开，我才不要你抱。"

我和王晓慧去看宝来的时候，我把小海成抱在脖子上骑马玩，小家伙尿了我一身。王晓慧急忙把小家伙抱过去，"怎么能在叔叔头上撒尿呢。"我乐呵呵地傻笑，"没事，童子尿大补。"宝来这家伙属蟑螂的，送往医院的时候脑出血，心脏停了两分钟，起搏无效后医生都掐着表等着给他宣判死刑，这家伙愣是重新活了过来。只不过宝来再也干不了消防员了，伤了大脑之后，动作略显笨拙，手脚不协调。我们去看他的时候，他正站在墙根捧着一块镜子练习大笑。不知是哪个医生支的招儿，说大笑可以刺激大脑产生脑啡肽。宝来笑着对我们说："我就说我被阎王爷收走的概率低吧。"我咧了咧嘴哽咽了一下没搭话。我们离开宝来房间的时候，宝来继续捧着镜子大笑，笑着笑着突然开始号啕。

烟花仓库爆炸的时候，整个突击小组就宝来一个人活了下来。

烈士回家的那天，几乎整个城市的人都自发地赶到灵车必经的路段肃穆相送，这一天我第一次看见我爸哭。他胸脯剧烈起伏，咬紧牙关呼吸急促，眼泪大颗大颗从眼眶迸出来。我妈买了一货车元宝纸钱准备烧了让马队带下去花，我爸怒目圆睁朝着我妈吼："就别拿活人的那套去矸碜死人！"

马队的遗像被挂在我家墙上，头七那晚上我和我爸在河边给他放河灯。河面上来风的时候，莲花状的河灯打着旋儿越漂越远，河面上闪烁的烛光星星点点。

我爸跟我说："我们欠他的，永远还不清的。"我沉默了很久，说："我知道，我是还不清的。"河面上的风刮着刮着夹杂了沙，我的脸上挂满了泪水。我的梦境逐渐清晰了起来，这梦漫长极了，一做就是二十年。梦里有蛇群鼠群，还有王晓慧、李海成、马队，还有我们整个中队战友们出操时候的火焰蓝。其实我是不善于抒情的，其实我知道这并不是梦，那都是我一直在逃避的残酷现实。我想起来了，其实我从来没有忘记。

我一直以为我忘记了。

马队的老婆挺着肚子上楼回屋的时候，我一个人待在院子里玩。一楼的仓房蹿出来几只大老鼠，其中一只嘴里还叼着一颗刚偷来的大白兔奶糖。我说："该死的老鼠快滚开。"一只老鼠停了下来，回头挑衅似的望了我一眼。我那个气啊，从兜里掏出几个小鞭点着了朝老鼠扔过去。

小鞭一共扔了四个或者五个，砰砰砰响了三声。一楼的那堆杂物冒烟的时候我抬起头，一条蛇率先从屋檐逃逸，舞着 S 形的优美曲线从我的头顶飞跃而过，重重地摔在地上蜷缩成一团，翻了肚白。冒起的浓烟越来越白，越来越白，扑哧一声橙色的火焰蹿了出来，越烧越大。所有隐匿在屋里的老鼠一股脑儿从浓烟中惊慌逃出，地上全是密密麻麻移动的黑点。一只老鼠的脚心踩过我的脚背，凉冰冰的。我听见浓烟之中有剧烈的咳嗽，然后转作声嘶力竭的呼喊。我抬起头的时候整栋小楼都被大火淹没在其中，我看呆了，或者我根本没意识到发生了什么。

在马队牺牲后的很多日子里，我问过我爸爸很多次："马队知道吗？因为我。"

我爸说："当然。"

（原载于《民族文学》2022 年第 7 期）

叼狼·双子（节选）

格日勒其木格·黑鹤（蒙古族）

纪念这个冬天刚刚老去了的我的爱犬小斗士、呼德勒和熊猫，纪念所有那些曾经陪伴我成长的爱犬。

一、从离别开始——背影

它们回来的时候，我刚刚送走自己的一头爱犬。

我的小斗士永远地离开我了。

十四岁，对于一头猛犬来说，绝对是寿终正寝了。

它是朋友送给我的礼物，一头白色中亚牧羊犬。

因为童年陪伴我的两头蒙古牧羊犬都是白色的，所以我自幼一直对白色的猛犬情有独钟。它刚到我这里时，还是四个月大的幼犬，呆萌滚圆，如同一只可爱的北极熊幼崽。多年饲养猛犬的经验告诉我，它那与身体不太匹配的巨大爪子和沉硕的头颅预示着它将来必是一头巨犬。后来它的成长证明了我的推测，八个月大时它的肩高已经达到八十厘米。我将它们的成长归功于呼伦贝尔草原丰富的乳肉资源。当我将它的图片发给当时将它送给我的朋友看时，朋友发出由衷的赞叹。我这才知道它的血统，它的体内流淌着三支俄罗斯全国冠军的血脉。

当时，它差不多是中国最大的中亚牧羊犬了。

银河之星，这是将它送给我的朋友为它取的名字。朋友是中国最早的中亚牧羊犬繁育者之一，他告诉我这只幼犬本来是要自留的，但是知道我喜欢白色的猛犬，才忍痛割爱送给我。

不过朋友也坦言，只有呼伦贝尔草原才适合这种来自俄罗斯的猛犬。在他那里，这只小狗就会一直生活在犬舍里了。朋友还告诉我，本来还想为它取名为宇宙之星，后来感觉太夸张也就作罢了。我感觉这个名字过于烦琐，又因为这头幼犬五个月大时已经敢于跟营地里的成年猛犬叫嚣对抗，被咬翻数次血染当场仍然毫不退缩，一次又一次勇猛地扑咬，索性给它取名为小斗士。

它的成长超出我的想象，在肩高超过八十厘米以后，它的身体就开始横向发展，到一岁时体重甚至直逼一百公斤。

我有个健身习惯，就是喜欢扛着自己的猛犬做深蹲。其他的猛犬我都可以轻松地扛起来，而每一次扛起它对我来说都绝对是一个挑战。

在两岁之后，小斗士的头颅变得更为硕大，肩头肌肉隆起，所以来到我营地的朋友远远地看到它卧在我的门口，都望而却步，惊呼那是一头北极熊。

小斗士确实是令人感到震撼的猛犬。

几年以后我去俄罗斯参加书展，闲暇时当地的朋友安排我参观了一个位于圣彼得堡的中亚牧羊犬犬舍，在那犬舍里我看到一头几乎与小斗士一模一样的白色巨犬。跟犬舍的主人交流时，得知这头白色雄犬的名字从俄罗斯语翻译过来即是宇宙之星，是俄罗斯全国犬展的冠军犬，而且，竟然是小斗士的祖父。我与犬舍的主人分享了小斗士的图片，他盛赞我养出了一头冠军犬。我还记得当时随行的翻译告诉我犬舍主人对小斗士的评价——生活在中国的小斗士超完美地继承了俄罗斯冠军犬的伟大传统。我和这位俄罗斯猛犬繁育者也就此成为朋友。

小斗士就这样在我身边快乐地成长。

但是时间流逝，没有什么可以阻止岁月行使它的权利，小斗士慢慢地衰老。犬的生命周期与人类不同，我们永远无法追随它们老去的脚步。

过了十岁之后，像所有的老年犬一样，小斗士的记忆力开始减退，它有时会认不出我。每次我远行归来，它要远远地观察我很久，非常困惑，似乎在努力地思考。

我大声呼唤它的名字，抓搔它颈部松垂的皮肤，用力揉搓它的后背，抚摸它的下巴，甚至叼住它颈部皮毛——这是我们最喜欢的游戏，我在模仿母犬对它的惩罚。终于，这些动作中的某一个触动了它已迷失记忆中的一点，也许是一丝气味与它大脑沟回中的记忆点契合，它最后还是认出了我。

它像幼犬一样笨拙地跳动，然后伏低上半身，那是犬类发出邀请一起游戏的动作。随后它瘫倒在地上，肚皮朝上，任由我揉搓它的腹部。这是信任的表示，将自己最为柔软且易受伤害的腹部展露出来。

其实这样的动作从它还是幼犬时我们每天都要做无数次。只要我稍稍走近它，它就咣当一声倒在地上，露出肚皮让我抚摸。而我无论多么繁忙，都要过去抚摸它柔软的肚皮。确实，谁能拒绝这样的邀请呢？记得在小斗士半岁的时候，一匹拴在拴马桩上的马被缰绳缠住，我急于拿刀去切断绳子解救已经快要窒息的马，所以从它身边匆匆跑过而没有停下为它抚摸肚子。当我理顺绳索再经过它身边的时候，它竟然还在保持着那个动作等待我，而时间已经足足过去半个多小时了。

它那哀怨且无助的孩子般的眼神确实触动了我，那一次我坐在它身边为它抚摸肚皮足有十几分钟，算是安慰它受伤的幼小心灵。

在小斗士生命最后的那个夏天，它几乎所有的时间都在昏睡。因为反应迟钝，免疫力下降，它的健康两次出现问题。一次是眼角，另一次是爪尖，都是因为一个微不足道的小伤口，后来导致严重的感染。苍蝇永远是无孔不入的机会主义者，我发现的时候伤口已经生蛆。我仔细地为它清理上药，保证伤口愈合。

入冬之后，我结束一本新书的宣传活动从外地返回，小斗士的两条后腿已经失去运动能力，基本瘫痪。

我将小斗士转移到最温暖背风的一个犬舍，在犬舍里垫了厚厚的牧草，又在犬舍的门上加了一个厚棉帘。但是它并不喜欢这个犬舍，每天早晨我都发现它一身寒霜地卧在犬舍的外面。也许它只是需要更多新鲜的空气。尽管中亚牧羊犬与蒙古牧羊犬一样都是高寒地区的犬种，不惧严寒，但是它过于衰老，而且两条后腿瘫痪，血液流通不畅，很有可能会被严重冻伤。

索性我将它挪到我的毡包旁边。

在我毡包的门前，总是会卧着我最年老的爱犬，能够待在这里，对于它们也是一种荣耀。

之前这一直是它的地方，它守护着我。

而现在，我要开始守护它了。

我在小斗士的身下垫上牧草，每日更换，然后一天为它翻身数次。当然，也为它煮制柔软且易于消化的食物。

既然它拒绝住在犬舍里，我白天就让它卧在草堆上晒太阳。每到黄昏，气温开始下降的时候，我就用准备好的几块毡子和数根木棍在它的身上为它搭建起一个圆锥形的小帐篷。这样就可以在不挪动小斗士的情况下在它的身体上方建造一个温暖的空间，为它抵御寒冷。第二天太阳升起以后，我再掀开毡片，取走木棍，它就可以直接享受温暖的阳光了。

我本以为小斗士挨不过这个冬天，它却在呼伦贝尔冬天直逼零下五十摄氏度的严寒中安然迎来了春天。也许是因为照顾得好，当冰雪消融的时候，小斗士竟然颤颤巍巍地站了起来。但是它的身体越来越消瘦，这是没有办法的事，它的脏器开始衰竭，无论吃多少食物，也吸收不了太多营养。

在温暖的春日午后，我尝试着领它出去散步。

我们走得很慢，小斗士一开始还是与我并肩而行，但很快它就忘记了我的存在，独自沿着冰面正在消融的莫尔格勒河的河岸向前走去。我停下来，它却并没有注意到我，一直跌跌撞撞地向前走。

衰老就是这样，似乎让它又回到童年的样子。当它还是一只幼犬的时候，我带着它和其他的小狗一起外出散步，它们就一直向前奔跑。它们并没有具体的目标，但是会一直傻呵呵地向前跑去。如果我不追上去制止它们，它们也许会一直跑到世界的尽头。

小斗士就这样在刚刚返青的草原上一直慢慢地向前走，最后成为草原中一个小小的白点。

我追了上去。

我走近它时，它正在沉重地喘息，感觉到有人靠近，它抬起头，发出低沉的咆哮。我呼唤它的名字，它顿了一下，然后记起了我。它艰难地缓慢躺下，露出自己的腹部，让我抚摸它。

我本想回营地开车过来将它载回去，又怕将它独自留在草原上会有危险，索性将它抱起。它将头埋进我的怀里，像小时候一样。

它的体重已经不足五十公斤了，体重只剩下身体巅峰时的一半。

走了没有多远，我还是抱不动了，直接将它扛在肩上。

回到营地，我轻轻地将它放下时，它已经睡着了。

它太疲惫了。

随着天气越来越温暖，我也开始担心，因为苍蝇就要出来了。

四月底我上山去看望北方森林中的使鹿鄂温克朋友，在山上没有手机信号。五月初我下山，手机刚有信号，就看到营地工作人员发给我的信息——小斗士在我上山的第二个夜晚就安静地离去了。

像是宿命吧，我的狗总是会选择我不在它们身边的时候离去。

我很释然。小斗士离开得安然。它选择在春天离开很好，没有必要再苦挨即将到来的溽热的夏季。它已经见识过呼伦贝尔草原，跟随我从呼和诺尔再到莫尔格勒河边，它离开时头还枕着未吃完的肉。作为犬，它并无遗憾。

枕着肉在主人的身边安然睡去，这是一头犬完美的归宿。

但我的爱犬从未有一头选择我在身边的时候离去，也许是怕我悲伤吧。

二、蒙古猎犬——童年记忆

这是一种行将消失的珍稀猎犬——蒙古猎犬。

四岁时，我第一次见到这种猎犬。

因为自幼身体羸弱，又出生在城市里，当地空气污染严重，医生就建议送我去一个空气清新的地方。就这样我四岁时被送往草原，我的童年在草原上度过。

刚到草原，我住在小镇上的外婆家。那时，我的两个伯父经常会骑着马从草原与山林的接合部过来看我，他们的到来总是带着令我神往的荒野的气息。现在回想起来，我应该感谢他们，让我有幸看到北方草原狩猎时代最后的背影。

他们骑着马，背着猎枪，枪管在阳光下闪耀着炫目的金属的烧蓝，马鞍鞘绳上挂着布鲁棒子。梢绳上面也会经常拴系着一些刚刚猎获的野兽或飞禽，它们的皮毛或羽毛是如此柔软且斑斓。他们骑的马非常强壮，甚至比草原上散放的蒙古马更为结实，四腿粗壮让人感觉像某种质地致密的石头。我想，这可能是蒙古马中一个更强壮血统的分支吧。

在他们身旁，总会跟随着四五头猎犬。

最吸引我的就是他们带来的这些猎犬，它们细腰大腔，高大强壮，身体上没有一丝赘肉，闪亮的薄薄皮毛下就是线条清晰的肌肉，它们更像猎豹，而不是狗。它们的毛色是最接近自然的冷素的颜色——黑、灰、草白和枯黄。

其实，这一众人马刚刚在地平线上出现时，小镇里的蒙古牧羊犬已经开始发出浑厚的咆哮，然后奔跑着上去对峙，因为这陌生的人马已经闯入了牧羊犬的领地。作为一种高大凶猛、能够驱赶并且杀死狼的猛犬，蒙古牧羊犬强悍结实，它们习惯于直来直去地冲撞撕咬，攻击时像带着利齿的水雷。

从这一行人马出现到最终进入小镇上外婆的院落，一两公里的路程上，牧羊犬和猎犬会不断地发生冲突、撕咬，相互追逐围攻。

而端坐在马上的猎人，对它们几乎不会过多干预。

与不断地发出炸雷般咆哮的牧羊犬相比，猎犬几乎不发出任何声音，面对牧羊犬石头般的冲撞，它们巧妙地闪躲，避其锋芒，如同海豚般灵活地跳跃，更像是在炫技。在几次无果的冲锋或者是冲撞之后，牧羊犬的锐气已弱，而猎犬几乎没有喘息，仍然像刚开始一样迅猛而灵敏，它们完美地配合，默契地迅速分散，眨眼间又组合围攻。它们分工明确，同伴在前面引逗时，它们从后面猛地撕扯牧羊犬的尾巴，那是尾上的死毛，不会痛，但是侮辱性太强。牧羊犬惊慌失措，这是一种善于组织完美配合的猎犬，让牧羊犬疲于应付。

与这些皮毛闪亮速度惊人的猎犬相比，牧羊犬确实显得过于粗糙和笨重了。

小镇上的十来头牧羊犬尽管在数目上占有优势，却总是处于被围攻的状态。猎犬似乎拥有属于自己约定俗成的战术体系，在厮打中总是可以如光滑平面上流淌的水银一样，飞速地转换，分而制之。与狂野却组织混乱的牧羊犬相比，猎犬的攻击飘忽而高效，迅速地围攻再后撤，只留下被咬翻在地哀嚎不已的牧羊犬，它们又无声地冲向另一个对手。

其实这令我肾上腺素飙升的眼花缭乱的缠斗只是几分钟的事。

顷刻间马已经到了院门前，外祖父迎出去，呵斥着牧羊犬。

我意识到这几乎是给了牧羊犬一个可以保持尊严的台阶，它们悻悻地低嗥，然后走开，寻找阴凉的地方卧下，开始漫长的喘息，让快要爆裂的肺休息一下。

而几头猎犬，连呼吸似乎都没有任何紊乱，显然它们拥有极好的体能。它们以轻灵的步伐散开，在松了肚带的马旁边卧下，几乎立刻进入沉静的休息状态。我注意到，它们各自趴卧的位置仍然是仔细选择过的，与马的距离，互相之间的兼顾，随时可以得到同伴的支持。它们趴下时，头也是一直向着主人所在的方向。

我明白这是与牧羊犬迥然不同的犬种，它们冷漠傲慢，气质不凡，身上往往还带着刚刚跟野兽搏斗过的伤痕。想来经过那种与荒蛮野兽的生死对峙之后，刚才牧羊犬对它们的围攻看来真是儿戏。

它们看似卧在马的旁边休憩，却可以在转瞬之间一跃而起，将目光投向远方的地平线。

尽管那时我还小，但我已经意识到，这是一种十分特殊且极不易得的猎犬。

它们总是与我保持着恰到好处的距离，与我以前见过的所有的狗都不一样。

我明白，它们只是礼节性地容忍我略显战栗的抚摸。

我还记得其中最为高大的是一头银灰色的雄犬，它身上闪亮的皮毛像是经过仔细抛光的金属，当它凝立不动时，我为它那雕塑般的精美而着迷。

那确实是一种在不断的奔跑和狩猎中进行了自我完善的中国原生狩猎犬。

两位伯父的马，和猎犬一样，拥有其为狩猎而生的属性。

他们在下马之后，从挂在鞘绳的皮袋子里取出食物，喂给自己的马。这食物似乎是为了映衬他们的马也是与众不同的，表面露出如同木质一样的纤维，看起来像是被折断的干透的树枝和木片。我研究了一下，这种粗糙的马的零食，竟然是经过腌制后晾干的肉干。这是吃肉的马。而这种肉干也是猎犬和马共同享用的食物。

我偷偷地尝过这种肉干，味道就像是加了盐的麻绳，又干又硬，我的牙齿根本无法分割。我想含得软一点儿再咀嚼，但其中所含的盐分让我的口腔表面都脱水起皱了。

这种肉干有浓重的腥膻味道，过于荒野的气息显然不属于经过饲养改良的家畜的属性，应该是取自他们狩猎到的野兽。我的唾液根本无法软化这种肉干。我已经满足了自己的好奇心，将肉干吐了出来，给了一头猎犬。但那头猎犬对我给予它的食物连看都没有看一眼。

我的嘴里只留下那很久不曾消散的北方森林的气息。

很多年以后，我接触到大兴安岭南麓的鄂伦春猎人，他们也会用这种食物喂自己的马。而肉干的成分是用盐腌制再晒干的狍子肉和犴肉。

我慢慢地长大，但这些童年的事我都记得。

我想，所谓成长，大概就是自己熟识的那些人一点点地老去吧。

二伯父吉日格勒，清瘦，独目，蓄山羊胡，在父亲几个巨人般高大的兄弟中，略显单薄。吉日格勒伯父牧马一生，锁骨和肋骨因数次从马上摔落而多处骨折，像所有的牧人一样，因长年骑马两腿呈 O 形，一旦下马总是表现出无所适从的蹒跚不稳。2008 年，酒后，吉日格勒伯父在清凉的秋夜里安详睡去，再未醒来。

大伯父伊拉塔，拥有巨人般的身体和力量，右手两个指节被马缰绳勒断。伊拉塔伯父于 2012 年因胰腺癌去世。在生命最后的日子，因阻塞性黄疸他的皮肤呈现出古铜般的色泽，身体只剩一副巨硕的骨架支撑，面容宛如塑像，但这坚强的牧人从未呻吟一声。

我是写作者，我以自己的方式纪念他们——离我远去的老人。

我创作了一系列关于蒙古猎犬的小说。在我的作品里，那些纵马在荒野中独行的猎人身上就有他们的影子。其实，我做不了更多的什么，我只能遥望那些远去的背影，记录已经在北方随着荒野一起消逝的狩猎文化。

2013年，我创作完成自己第一部关于蒙古猎犬的长篇小说《叼狼》。

这是一部关于已经远去的狩猎时代的故事，故事的主角就是一头银灰色的蒙古猎犬。在此书进入编辑阶段时，出版社封面的设计和内文的插图一直无法达到我的要求。迫不得已，我决定拍摄一些蒙古猎犬的照片来作为封面和内文插图的素材。之前，我一直与一位致力于蒙古猎犬繁育的朋友保持联系。我联系这位朋友，希望可以去他那里拍摄一些蒙古猎犬的图片，朋友欣然同意。我赶到黑龙江省龙江县，随同朋友来到他的犬舍。这时我才意识到，龙江县是农业区，此时正是庄稼的成熟季节，尚未到收割的阶段。在农耕的世界里，竟然根本找不到一块可以将蒙古猎犬放开纵情奔跑让我拍摄照片的地方。不得已我只好铩羽而归。但朋友却决定将自己培育多年精选出的三头蒙古猎犬出让给我，他相信我能够让它们过得更好。那时，我正在呼伦贝尔草原筹建我的蒙古牧羊犬营地，接纳它们，只是一两个犬舍的问题。

很快，三头蒙古猎犬就来到我在呼伦贝尔的营地。在它们到达营地的第三天，我就将它们放开，让弟弟骑着马带着它们在草原上奔跑。在秋日的草原上，它们伸展腰身，跟随着骏马纵情奔跑，展现出如猎豹般健美的身姿。那天我拍下了很多图片，以最快的速度发到出版社，成为《叼狼》的封面和内文插图。

随后，这三头猎犬就留在我的营地。我当时承诺朋友，会将它们养到终老。

在《叼狼》的最后一段，我曾经写下这样一段话：

后来，人们一直在等待那样的一只幼犬出现。

总有一天，会在某一窝初生的狗崽中发现一只银灰色的幼犬，它的毛色如同浸过蜂蜜的银子一样闪亮。这种事，需要的只是耐心和等待。

那猛犬的血脉会一直隐藏在某处，合适的时候总会显现。

从 2013 年一直到现在，我已经尝试着繁殖了五窝幼犬。每年冬天在幼犬中都会出现一只银灰色的狗崽，而且往往它也会是所有幼犬中最为强壮和漂亮的。但是不知道为什么，每次这只漂亮的灰色小狗都会因为种种原因无法成活下来，肠炎、细小病毒……我已经饲养猛犬多年，却无法救活这些小狗，它们全部未能成活。

一语成谶。

就像宿命一样，我也一直在等待这样一头银灰色的猎犬。

我饲养的蒙古猎犬，是猎犬。

"狩猎"这个词语，一般的解释是：捕杀或猎取野生动物。

人类最初开始狩猎，就是为了获得最基本的生活资料——果腹的食物、御寒的皮张，这样的时代已经永远地过去了。现代的狩猎似乎已经脱离这个范畴，我们了解到的大多是为了获得更多的利益而进行的偷猎行为，或者是那些法律允许的狩猎，当然在一些国家这也是一种体育运动，有效地控制一定区域内的野生动物，保证自然资源的永续发展。

我必须学会思念那些尚未失去但终要失去的一切。

我记录那段历史，并创作新的故事。

2016 年，我又完成第二部关于蒙古猎犬的长篇小说《叼狼·疾风》。

有很多朋友知道我在呼伦贝尔草原上做蒙古牧羊犬的保育，将自己营地里繁殖的蒙古牧羊犬幼犬无偿赠送给草原上的牧民。但是，其实我的营地一直保留着四个血统的大约二十头蒙古猎犬。

在中国，狩猎已成记忆。同样，作为狩猎文化中一个重要的符号，猎犬也就失去了它们存在的意义。

这是一种发展的必然趋势，这世界上有些东西是终要成为历史的。

蒙古猎犬，我不知道它们的未来。

目前在中国被广泛引进作为伴侣犬的金毛猎犬和拉布拉多犬，其实最初的用途就是猎犬——寻回猎犬，但因它们的聪慧和善解人意，又经多年的选育，最终成为著名的伴侣犬。

也许，蒙古猎犬也可以经过定向培育，成为护卫犬或伴侣犬。但是，失去了传说中的迅猛与强悍，它们是否还是蒙古猎犬？

这似乎是一个二难推理。

到目前为止，与蒙古猎犬相关的北方草原与森林中狩猎的故事，尚还在流传。

我的营地里繁殖的蒙古猎犬，我曾经送过两只给朋友。

在选择一只狗时，人们会有很多的承诺。我将一只幼犬送出时，会跟它未来的主人一再地说明，考虑到人生一定还会有变化，比如结婚、生子、搬家、工作变动等等，所以选择一只小狗时一定要慎重。

但他们信誓旦旦，在那一刻他们许下的承诺确实可以与人类世界的海誓山盟媲美。

当然，也许承诺就是用来背叛的，而不是兑现的。

所以我在送出小狗时，告诉它们未来的主人，如果他们有一天无力再养自己的狗，那么无论什么原因，一定要将小狗送回来。

我将它们送出去的时候，没有想到有一天它们还会回到我的身边。

三、莱西——失落故国的公主

那只银灰色的小雌犬，我送给了北京的一位朋友。

当时这位朋友看到这窝小狗的视频，立刻就在九只小狗中选定了它，坚信自己必须成为这只小狗的主人。

朋友的条件足够有说服力。

朋友在北京工作，但却住在郊区拥有独立院落的别墅里，而从朋友家开车出去十几分钟，就是大运河边广阔的田野。

朋友确实也是爱犬的人，就在一年前一只养了十二年的金毛猎犬刚刚终老。

我跟朋友一再地说明，蒙古猎犬是猎犬，真正的猎犬，与经过培育后的已经完全可以作为伴侣犬的金毛猎犬根本不是一个概念，不太适合在城市里饲养。

但是，终究拗不过朋友的一再恳求，最终还是将这只小雌犬送给了他。当然也有另一个原因，繁殖完这窝小狗之后，我确实为了给这些小狗寻找主人而筋疲力尽。在中国，真的没有太多适合猎犬生活的环境。每送出一只小狗，总是需要对它未来的主人进行详尽的考核，而相当多的朋友对这种猎犬的认知还停留在只是看起来可爱的程度。最终好不容易才为所有的小狗找到相对合适的主人——有养犬经验，特别是控制大型犬的能力；能够为狗提供足够的活动空间，而且能够陪着狗外出运动，毕竟这是一种需要奔跑的猎犬……

后来将所有小狗送出之后，我总结了一下，北京的朋友所拥有的养犬条件，在这些小狗的主人里是排在第二位的。

这只银灰色的小狗去了北京之后，我不断收到它的主人发过来的图片。每天下午它的主人都会开车领它到京杭大运河附近的荒野里，让它纵情奔跑两个小时。

它外出时总是穿着精致漂亮的小狗专用的衣服，打扮得像移动的花朵。只是看一下小狗的状态，已经可以确定，它被当作公主一样，被照顾得非常好。相对它猎犬的属性，有一个如此照顾和爱它的主人，显然更为重要。

这多少让我感觉有些反差过大，这本性狂野的猎犬竟然会拥有这样一个童年，确实也是太幽默了。

它在那里茁壮——我这是用了一个多么淳朴的词语来形容它——地成长。

小狗拥有了自己的名字，莱西。一个很英式的名字，很多年前那个电影《灵犬莱西》让我记住了那只漂亮的苏格兰柯利牧羊犬。莱西也是颇为女性化的名字，但是当年在我看电影时，感觉其中那只柯利牧羊犬怎么看都是一头雄犬。而且我确信其中出演的犬显然不是一只，需要它表现勇气的时候可以气势逼人，需要表现温驯的个性也没有任何问题，一只犬无论如何也不能那么快地完成性格上的转换。很多年以后，我看到了一个关于这个电影背景的纪录片，原来在电影中扮演莱西的确实是雄犬，因为雄犬的体形更为健硕，而作为扮演者的雄犬竟然有十几只，它们各司其职，有的擅长奔跑，有的精于游泳，有的长于攀登……总之，最后在影片中也就呈现给观众一只完美的狗。

当时我没有想到，这个英式的名字也会预示着这只小狗后来的命运。

我将它送走后，再见到它已经是一年以后了。

我到北京参加新书的发布会，正好有一个空闲的下午。

朋友提议可以利用这个时间到他的家里去看一下莱西。

噢，莱西，我还是有些接受不了蒙古猎犬拥有这样一个极富凯尔特薄暮色彩的名字。

我是有所准备的，在路上我留下了一个飞机上发放的小汉堡，准备将这当作与它见面时的小礼物。

朋友的车在院子门口刚刚停下，莱西就冲了出来。我见过太多的巨型犬，但是看到它的第一眼，我还是颇受震撼。它应该刚刚一岁多一点儿，但是肩高显然已经超过八十厘米。

这是绝对的巨型犬了。

它银灰色的皮毛如同经过仔细打磨做旧的银器，闪闪发亮，这是营养摄入充足而均衡的表现。四腿挺拔像一匹小马，显然钙质的吸收也恰到好处。在饲养幼犬的方面我确实也算是专家，我的大型犬幼犬食物配给方法曾经在国内各个猛犬网站上传播。幼犬成长阶段，对于大型猛犬确实没有一个合适的标准化的喂养方式，更多的还是经验。

朋友下车，莱西迎了上来，两只前爪直接扬起，搭在朋友的胸前。朋友身高将近一米八，他紧紧握住它的两只前爪，怕它弄脏了自己的衣服。但它太有力了，朋友几乎难以控制。

对于家养的伴侣犬，这并不是一个很好的习惯。犬将两只前爪搭在主人的身上，在犬类世界的肢体语言中，这是要支配和控制的表现。

显然朋友和莱西已经习惯了这种互动方式，这是犬缺少管控的表现。现在它还没有完全成年，尚可以勉强控制，再大恐怕就无法压制了。

此时，莱西也注意到了我，立刻向我冲了过来。

估计之前它很享受自己冲向陌生人时对方表现出的惊恐和发出的惊叫，但我的表现有些出乎它的意料。我见过太多的猛犬了，所以，它实在是太小儿科了。它在我面前跃起，准备将两只前爪搭在我的身上，我抬起右膝，对着它的胸腹部顶了一下。我的动作幅度以不会伤害到它的骨头和内脏为底线，但也会让它感到足够的冲撞感和疼痛。它的一扑没有成功，但它没有意识到这意味着什么，落地之后再次跃起，我又结结实实地给它来了一下。

它再一次失败了。

落地之后它往后跳了一步，开始与我保持距离。它已经感受到我的控制力，显然是我在掌握着整个局面。

当它面露猜疑的时候，我从背包里取出了我的礼物——那个用锡纸包着的小汉堡。

即使拥有巨大的体形，它仍然还算是年轻的未成年犬，在好奇心的驱使下它走了过来。在已经表现出足够的控制力之后，我认为这是一个可以向它示好的机会。

毕竟犬对食物的渴望是可以压倒一切的。

但是，我错了。

它只是闻了闻我手中的汉堡，然后就走开了。我似乎看到了它眼神中的不屑。

之后到我离开，它一直与我保持着一定的距离。显然我的存在让它很有压力。

跟朋友喝茶聊天的时候，我看到了那份由保姆为莱西准备的食物。

一个盆子里，有大概两杯量的犬粮，然后是煮好后切成小块的牛肉，一杯酸奶，一个煮好后剥了皮的鸡蛋，还有切成块的草莓。草莓，竟然是草莓，而且还切成块。我还看到四五粒鱼肝油和维生素。

我确实也是无语了。当然，这也解释了为什么它会对我拿给它的汉堡无动于衷了。

它慢条斯理地吃完了自己的这份食物，而那个煮鸡蛋它叼到客厅，趴在地毯上玩了很久，根本没有吃。

我以为莱西就此可以像公主一样永远地生活在自己的城堡中，当然如果后来可以等到自己的王子就是更完美的结局了。

但是，必须是"但是"才能完成这种必然的转折。

我的朋友——莱西的主人要去英国工作一段时间，很长一段时间。时间长得也许就是一只狗的生命周期了。

这种可能性包括在之前我将小狗送出前的提醒中，即工作变动，当我的朋友跟我承诺的时候他认为真正面临选择的时候，他能够做出自己的决定，即放弃这种变动，而选择自己的狗。但是其实当这一切真的到来的时候，第一被放弃的却是当时他们曾经视若珍宝的狗。所以啊，好多时候，人类对自己狗的承诺，真的就是在风中飘啊。

莱西的主人即将去往英国，而莱西从理论上无法跟随一同前往。

当然，它的主人也做出了很多努力。好吧，至少做出了努力。

确实，外国的犬只进入英伦三岛的程序太复杂了。

英国自 1903 年消灭了狂犬病之后，对境外进入的犬都要进行极为严格的强制性隔离检疫。先不说之前需要按英国的要求进行各种芯片接种、接种狂犬疫苗、血清检测，即使能够顺利清关进入英国，接着又会在机场直接被送往隔离站进行为期六个月的隔离。六个月，半年。

这半年的隔离存在太多变数。

它的主人必须踏上去往英伦的旅程，不能带上莱西同行。

在最初我将小狗送出时，已经明确地说明，当它们的主人因为各种原因无力再饲养时，切勿将它们转送，必须将它们送还给我。而且，从此他们不能再见这只狗。我这样做只是为了不让一只狗再受更多的伤害。对于一只狗，无论因为何种原因离开原来的家庭和主人，它们所受的打击都是毁灭性的，从此无论新的主人怎样努力，都很难再建立起它们从前的自信。而它们已经开始逐渐适应新的环境时，也在努力慢慢淡漠对曾经主人的思念，若此时原来的主人再次出现，会让犬出现极大的心理波动，那是更为巨大的心理伤害。

我在机场接到莱西时，被它的托运犬箱震撼了。

这些年我在机场接过很多小狗，但是这样精美的犬箱确实是第一次见到。这应该是一种高分子复合物制作的犬箱，无论是那种灰蒙蒙带有珍珠质感的颜色，还是在科幻电影中频繁出现的星际旅行飞行器般极富未来感的外形轮廓，都在说明一件事：这犬箱绝对价格不菲。

我仔细研究这精美的犬箱，想搞清楚它的材质，直到旁边航空公司的工作人员提醒，我才反应过来，在收货单上签了字。

我将犬箱搬运到车上之后，就在停车场给莱西的主人发了视频。

其实，此时莱西的主人也在首都机场的三号航站楼。也许是想在最后一刻与自己的狗分离吧，它的主人将自己离开中国的航班和莱西到达呼伦贝尔的航班选择在同一时间。

我在拍视频的时候看了一下，莱西卧在有些昏暗的犬箱里，并没有吠叫或者表现得过于焦虑。不过，这也说明不了什么，它应该从未被关在狭小的犬箱中这么长时间吧。印象里朋友曾经发过带着它出去旅游的图片，它一直都是享受着宽敞的 SUV 后排座的特权。

它的主人可以放心地踏上去往英伦的旅程了。

到达我的营地之后，我把犬箱从车上卸了下来，就放在我的房间前面。

我让犬箱有格栅窗口的那一面正对着营地里的犬舍。

莱西要做的就是要了解一下它之后要生活的地方。而且它也要意识到一个事实，从此它不再是主人的唯一了。在我草原深处的营地里，有几十头猛犬。

在车刚刚驶入营地的时候，所有的猛犬发出震耳欲聋的嗥叫，那是它们在欢迎我。但是，当我将犬箱卸下之后，它们的叫声就更为激动了，因为它们嗅到了新成员的气味，因而变得好奇而兴奋。生活总是需要一些新的东西加入，才更有意义吧。

一般情况下，无论多么凶猛的猛犬来到我的营地，这个欢迎仪式就足以挫掉它们所有的锐气。

无论如何，总得有个适应过程。还是让它先在犬箱里感受一下这里澎湃的气氛，慢慢了解。要融入这里，确实需要一段时间。

就这样，我让犬箱整个下午都放在那里。直到黄昏，我忙完自己的事，才准备打开犬箱。

我只准备了一碗清水。

我估计它应该超过二十四小时没有进食了，航空托运需要将犬提前很长时间送到机场。即使如此，无论犬如何饥饿还是不要在长途运输之后直接喂食太多的食物，在旅程中犬会因为环境的改变出现应激反应而使整个消化系统紊乱。如果此时大量进食很容易腹泻，诱发多种疾病。

我打开犬箱的门，足足过了一分钟，莱西才从里面慢慢地钻出来。

对我放在它面前的水，它连看都没看一眼。

它往四处看了看，随后发出幼犬乞食般的嘤嘤的低鸣。毫无疑问，它在寻找自己的主人。它曾经的生活已经永远离它远去了，这里没有任何它熟悉的事物，甚至连空气和海拔都跟之前的地方截然不同。

我呼唤它，但它并没有向我靠近。

而此时，犬舍里我的爱犬们终于得偿所愿，看清了这个新来者的样子，它们开始撒了欢地狂叫。

午餐之后，它们刚刚经历了一个漫长的餐后睡眠，刚刚醒来，正是精力最旺盛的时候，它们发出一拨如同洪水般气势磅礴的爆炸式的咆哮。

莱西在这一刻被吓坏了。尽管刚刚进入营地时它也领受了群犬的热情，但那时它藏在犬箱里，相对还是比较有安全感的，而此时它完全是幕天席地暴露在一个陌生的环境中。

它夹着尾巴向营地外面跑去。

还好，为了迎接它的到来，我将自己所有爱犬都关在犬舍里，没有一头犬向它发动攻击。

我没有呼唤它，由它去了。它的表现跟我预想的差不多。

此时，我才开始研究这个犬箱。我试着提了一下，非常轻，敲一敲，质感很坚硬。我怀疑是碳纤维制作的。这时我才注意到犬箱里垫着一条毯子，我抽了出来，一起掉落的还有两个玩偶，一只鸭子和一个超人，这个搭配比较超现实主义。这个超人我认识，我第一次见到它时，它就叼着这个玩偶玩来着。

主人用心了。

当狗来到陌生的环境时，如果有它熟悉的物品，可以起到安慰它的作用。

我将这毯子还有玩偶拿进房间里，将毯子铺在我书桌斜对面火炉前的一块毡子上。那是一只小牧羊犬的趴卧处，随着成长，它开始嫌室内太热，就很少到屋子里来了。我将两个玩偶放在毯子上。

忙完这些，我拿起望远镜，站在窗前。很快我就发现了莱西，它已经跑到了南边的小山顶上。

从北京郊区来到往四个方向看都是地平线的草原，作为一头猎犬，一般情况下都会因为看到这可以一直奔跑到世界尽头的平坦猎场而激动得不知所措吧。

当然，这种不知所措也许仅仅是属于那些由主人驱车带到草原上的猎犬。而莱西不一样。我不知道它的主人是通过怎样的方式将它诱骗进犬箱，锁上门之后又运到机场，最后飞机降落在北方的草原。飞机起降巨大的轰鸣声，货场的叉车，混乱，陌生，还有灰尘……这是可怕的旅程。

来到海拔不一样的地方，即使这里的空气更为清新，但它并没有心情品味。

我想它是吓到了，这里距离它曾经的家太遥远了。遥远得让它明白自己再也回不去了。

远远地，我不用望远镜也可以看到它位于山脊线上的剪影，它慢慢地巡行，然后伫立，凝望远方。

可以想象此时这头猎犬的孤独和无望。

无论它的主人为它做了什么，对于它来讲都是被主人抛弃了。

这也就是丧家之犬的由来吧。失去了家的犬。

随着暮色慢慢抹去它在山顶孤独伫立的身影，我也再次坚定了自己的决心，不能再轻率地送出小狗了。这些年我送出的小狗太多了，特别是蒙古牧羊犬。

我将它们送出去的时候，它们一般都已经三四个月大，注射过三针疫苗，驱过虫，极其健康。而从犬的年龄来讲，此时也正是它们开始探索这个世界的时候，这时到一个新的环境，是最适合的。

我努力为它们寻找合适的主人，首要条件是草原上的牧民，有草场，这一点非常重要。我不想让它们离开草原。

我在它们的额头上点了黄油，然后目送它们的新主人带它们离开。

每当我将小狗送到新主人的手中时，总会不断地嘱咐，告诉他们注意事项。例如刚开始不要喂太多食物等等。我还告诉他们，过一段时间我会去他们的牧场上看这只小狗，算是阶段性回访，看看它们生活得怎么样。如果他们养得不好，我会把小狗带回来。

但是我这样说的时候，其实心里并无底气。这些小狗有的会被带到呼伦贝尔草原最深处的牧场，远达边境。那些地方，就算他们一再地向我描述，我也很难在遍布草库伦的草原上找到通向那个牧场的路。我很清楚，这些小狗一旦送出去，我就再也见不到它们了，我无法预测它们的未来。之后的一切，只能靠它们的运气了。

人类的承诺因为种种原因，难以相信。

我在为这些小狗选择主人的时候，其实也在为它们选择命运。

我的选择决定它们的命运。

我无法猜测它们的未来，只是希望它们能够在草原上慢慢成长为勇敢凶悍的牧羊犬，拥有能够驱赶并且杀死狼的能力，护卫营地，保护牲畜，然后繁殖后代，让这古老咬狼犬的血脉能够在呼伦贝尔草原上生生不息。

天慢慢地黑了，我打开房间里的灯。这灯光在草原上会非常显眼。我相信莱西并无太多的选择，面对这种陌生的环境，它只能回到我这里。这灯光算是为它指引方向的。

大概过了半个小时左右，我听到从不远处我的邻居通古勒嘎大叔家那边传来牧羊犬的吠叫声。显然是大叔家的两头牧羊犬发现了陌生的闯入者，但是没有缠斗对峙的嗥叫。

应该是莱西试图接近大叔的营地，但是两头护卫的牧羊犬执行自己的职责，将它驱赶出来了。牧羊犬是追不上它的。

又过了二十分钟，犬舍里的猛犬们也开始吠叫。当然，没有下午时那么猛烈。

我非常确信，莱西一定会回到我这里。在黑暗荒凉的草原上，它别无选择。如果是我营地里的猎犬，放开后它们会如鱼得水地在黑暗的草原上纵情奔跑。而它不同，它是城市里的犬，它甚至并不知晓自己存在的真正意义，之前它一直都是作为伴侣犬存在的。

　　我能根据犬舍里群犬的吠叫声判断它的远近。我让门敞开着。

　　它回来了。先是它的鼻子探了进来，分开了磁吸的防蚊门帘。

　　我轻轻地呼唤它。

　　它慢慢地走了进来。

　　这确实是一头丧家之犬，落魄至极，失望、疲惫、饥渴。而我对于它来说，是相对熟悉的人了。

　　如果说它跑开时还有些许的抗拒，此时已经不存半分了。

　　它是犬，需要主人，需要人类的抚慰。

　　我轻轻地抚摸着它的头颅，抓搔它的耳后和下巴。

　　它接受了。

　　随后我又试着慢慢拉扯它颈部的皮毛。我一点点用力，它先是全身僵硬，然后又放松下来，随后也就认同了。

　　我坐回到自己的座位上。

　　它开始审视我的房间，然后注意到水盆，还有食盆里的犬粮。

　　这是它已经吃惯的犬粮。它的主人在它到来之前，已经提前将两袋犬粮快递过来。

　　它先是喝了很久的水，久到我怀疑它试图用这种方式让自己相信这只是一个梦境，醒来时又会回到原来的生活。

　　它终于选择离开自己的梦，象征性地吃了两口犬粮，最后在火炉前的毯子上卧了下来，它叼起鸭子放在自己的两只前爪间。不知道为什么我会有这样的想法，它没有叼起超人。

　　它几乎立刻就睡着了。

　　我一直在桌边写作。

　　很快，它就进入自己真正的梦境。

　　它四腿抽动，发出像小狗一样嘤嘤的低鸣。犬是会做梦的，在它的梦里此时应该正在重演与主人的离别吧。我想这样的梦境大概还会在它之后的日子里不断地上演。

后来，我决定还是不要让它再沉浸在这悲伤的梦境中了。我走过去，轻轻地抚摸它。

它终于从沉重的梦中醒来，但显然它并不清楚自己身在何处，半抬起头看了我好久。

它重又躺下，叹息着再次睡去。

大约凌晨三点左右，莱西用冰冷的鼻子轻轻地触碰我的手臂，将我唤醒。这是智商比较高的犬惯有的动作，一般意味着它们要出去方便一下。

我起床开灯，然后为它开门，它慢慢地跑了出去。也许是因为它已经开始融入营地的生活，犬舍里的犬竟然没有咆哮示警。当我站在门口仰头望着满天星斗的时候，它已经完成了排泄，跑到门前，我将它放进屋子里。它喝了几口水，重又在自己的毯子上趴下睡去了。

早晨是我先醒来的，我看到它的两只前爪间搂着自己的玩偶，两只，超人和鸭子。

这是被抛弃的孩子。

我会努力对它更好一点儿的。

之后无论我去哪里，莱西一直跟随着我。

我鞴马的时候，它站在不远处面带猜疑地注视着我和我的马，我怀疑之前它从未见过这种高大而剽悍的动物。当两个马镫碰撞在一起发出金属特有的清脆响声时，它被吓得弹跳而起，显然之前它也没有见过马鞍。

但它可以控制自己的情绪，装作若无其事的样子在马的周围逡巡，若有所思地嗅着马粪。它的智商很高，当它绕到马后的时候，与马保持足够安全的距离。

我上马后骑出营地，莱西就在后面慢慢跟随，很快它就寻找到一个与马同步的慢颠的步伐。

我领着它在莫尔格勒河沿岸转了一圈。

一只野兔突然现身，不过几乎立刻就消失在河边的芦苇丛中了。

莱西兴奋得不知所措，在那片芦苇丛中搜索了很久。其实我已经看到那只野兔在不远处钻出了芦苇丛，跑进草原深处了。

这与它之前生活的地域不同，是一个生机勃勃的世界。

这次出行显然释放了它过多的精力，回来后就又在毯子上睡着了。

它仍然有梦，在梦中机械地划动四腿。我想一定是梦到自己在追捕那只灵活的野兔吧。所谓梦，不过就是白天的愿望在夜晚的实现。

后来我骑马领莱西出行的时候，它会突然跑开，飞跑到附近的小山顶，独自在那里伫立发呆。我呼唤它的名字，它才追上来找我。

它开始接受并适应这里的生活。

莱西刚刚开始适应这里的生活，但是仍然有很多事是它并不了解的。

比如，之前生活在北京郊区的莱西从来没有见过羊。

当然，马、牛、骆驼这些动物之前它都没有见过，但是这些动物的体形对于它来说有些过于庞大了，庞大到它根本无法将它们归结到猎物的范畴。

其实我一直很小心，就是怕带莱西出去的时候与附近通古勒嘎大叔家的羊群偶遇。

大叔家的羊群一般早晨赶出棚圈，到距离大概不到两公里的预留的草库伦里放牧，快天黑时再赶回棚圈。

我一般会避开这两个时间段。

但是万事总有偶然。这天下午，我骑马带着莱西刚刚离开营地，就遇到早早回返的羊群。后来我询问才知道，羊倌身体不舒服，就早早赶着羊群回来了。

羊，无论是大小还是气味，还有它们笨拙奔跑的样子，都太符合猎物的定义了。

羊是完美的猎物。

莱西疯狂了。羊群就是猎物的海洋，也许用海洋来形容有些夸张，那至少也是湖泊。

它要跳进这湖泊中纵情沐浴。

它一头扎进羊群，左冲右突，羊群被追得四散奔逃。

我下了马，怪叫着在后面追赶。

实在是太狼狈了。

还好，莱西没有受过专门捕猎的训练，并不知晓应该怎样扑咬。事实上，在我追赶它的时候，它的两次扑咬只是咬了一嘴羊毛，有一下还被羊拽得直接摔倒在地。

羊群组成大群奔跑，让它有些不知所措。这也让我明白了为什么非洲草原上的斑马要结群狂奔，就是为了扰乱捕食者的视线。

一只羊被羊群绊倒了，再起身的时候已经落单了。羊在羊群中是最安全的，而一旦落单就危险了，因为会显得过于醒目。

莱西立刻发现并锁定了它，冲了过去。

我也冲了过去。

我百米最好的成绩也就十二秒，那是我高中的成绩。我想自己的奔跑一定已经接近于我曾经的最好成绩了。

我在莱西刚刚叼住羊后颈的同时，冲跃到它的身上，抱住了它的脖子。

羊逃开了。

在羊群卷起的灰尘里，我抱着莱西剧烈地喘息，吸入这弥漫在空气里的灰尘，感觉自己快要呕吐窒息了。那段时间因为左膝盖疼痛，我一直没有跑步，缺少有氧锻炼，此时感觉自己的肺已经快要爆炸了。

羊是草原游牧人最重要的牲畜，是游牧人的财产，是不能捕猎的。

当然我不会为了教会莱西不再捕食羊，而拿一只羊放在它面前，若它有捕食的动作就训斥责打惩罚它。这是普遍的做法，但是这对于羊来说太残忍了。

我在等待一个机会，很快就到接羔的季节了。

羊群中一只母羊产下小羊以后不认自己的羊羔。

在早些年，游牧人的传统是会由家中的妇女为这只母羊唱劝奶歌，最终让母羊迷途知返，接受自己的小羊。这是北方游牧人伟大传统的一个组成部分，悲悯而富于浪漫主义色彩。游牧人是与牲畜共命运的人，这是在漫长的生产生活中总结出来的经验——以舒缓且不断重复的劝奶歌分散母羊的注意力，趁机让小羊吃上初乳。这种事例在关于草原的艺术作品中曾被不断演绎。

我也分析过原因，应该是母羊在生产时因受到惊吓或者某些原因拒绝小羊的存在，当然也有可能是小羊的气味或者母羊体内激素的影响，总之就是母羊拒绝为刚刚降生的小羊哺乳。

而曾经古老的劝奶歌，其实就是通过歌声分散母羊的注意力，而游牧人家的主妇也会将母羊的尿液或者身上的分泌物涂抹在小羊的身上，这一切都是为了让它意识到小羊与自身的联结，在它疏忽间趁机让小羊喝上初乳。母羊体内的激素水平在小羊叼住乳头的时候就会发生变化，就此接纳自己的孩子。

一般情况下，通古勒嘎大叔家每年像打马印、骟马、剪羊毛和接羔这样的时候我都会过去帮忙。

每到接羔的季节，概率上总会有这样不要小羊的母羊。毕竟小羊是批量出生的，为每只拒羔的母羊唱歌对于大妈来说确实有些太浪费体力了，一般都会用录音机放在母羊面前，放出音乐和各种声音分散母羊的注意力。

当所有的录音机和手机都用上之后，还有不要小羊的母羊在候补。

终于，我想出一个新的办法。

所有的羊都怕狗。

当所有能够发出声音的电子产品都用上之后，再出现一只不要小羊的母羊，我就牵一头我的爱犬到羊圈里，将这头猛犬拴在母羊前面大概两米远的地方。猛犬的出现让母羊非常紧张，在它全神贯注地观察猛犬的动向时，只需要将小羊推到它的腹下，也就顺理成章地完成了劝奶任务。

我自己一直认为这是一个伟大的创意。

而在犬种的选择上，我比较青睐中亚牧羊犬，它们巨大的外形在面对母羊时极具震慑力，第一眼就足以让母羊失神发呆。

在我的几头牧羊犬中，效率最高的是我的中亚牧羊犬熊猫。它曾经在一天之中完成七只拒羔母羊的作业。这种猛犬本来在中亚地区就是牧羊犬，只是后来才被训练成斗犬。

它太专业了，以至于每当我将它牵进羊圈，它只需要在母羊面前卧下，也就十几分钟就足以完成任务。尽管体形巨大，它却是一个温和的巨人，经常会有其他的小羊跑到它的身边寻找温暖。

这次我直接将莱西牵到了羊圈里。我还随身带了根小马鞭。

拒羔的母羊已经被拴了起来。那只刚刚降生不久的小羊羔，已经站了起来，但它并不敢接近母羊，想来刚才已经经历异常悲惨的遭遇。人们都说温顺的羊，看到拒羔母羊表现出来的仇恨和决绝，着实让人有些理解不了。它们会顶撞、踩踏、踢打自己的小羊。

小羊大概已经放弃了，生存的本能让它想接近母羊获得乳汁，但每一次接近都会遭到劈头盖脸的虐打。此时它已经糊涂了，好不容易来到这个世界上，等待它的却只有冰冷、饥饿、孤独和疼痛。

看到我们走近，小羊慢慢地走了过来，先是嗅了嗅我，显然对我的气味并不满意，而且我的身上也缺少皮毛。它向莱西靠近。

我原本以为一进羊圈，莱西就会表现得极其兴奋。但出乎我的意料，它只是在刚刚进入羊圈的一刻浑身绷紧，但是当我牵紧它的绳子时，它立刻就放弃要冲出去捕猎的打算。

其实在它第一次追羊被我抓住后，我并没有责打它，而是将它在门口拴了一天。之后我也牵着它在羊群附近流连，当然距离很远，每当它有要冲向羊群的举动时，我就用力扯动项圈。两三次，它就不再试图冲向羊群了。那时它应该已经算是预习了后来的训练。

我还是有些紧张，将它项圈上的绳子扯得很紧。我确实怕它一口叼住小羊，那脆弱得像纸片一样的小东西根本禁不住它的折腾。

小羊已经接近了，莱西目不转睛地注视着这个小东西。它身体绷紧，慢慢地趴低了身体，这是攻击的前奏。这也是它的本能，在这个犬种漫长的培育过程中，它们不会放过出现在地平线上一切活着的猎物。这种主动送上门的，当然更要欣然领受。

我勒紧了莱西的牵引绳，力度足以让它呼吸困难，同时压低自己的声音以短促有力的威胁口气呵斥它。

当小羊触碰到莱西的身体时，我已经死死地将牵引绳收到最紧，它已经几乎无法呼吸了。

但它仍然在与我角力，我用手重重地敲在它的鼻梁上。

它放弃了，回头看向我，眼神中那捕猎的热望正在消散。

我已经非常明确地向它表明——小羊是不可捕杀的。不能触碰，保持距离。

它必须完成这种学习，克制自己捕猎的欲望，即使它已经为小羊身上的气味所迷醉。

它的身体放松了下来。

我将它拴好。

此时，我的一番操作确实吸引了那只母羊的注意力。它了解人类，却并不了解这种四腿细长的猎犬，于是瞪着白眼死死地盯着莱西。

我拎起小羊，慢慢地走到母羊的身后。

我将小羊放下，小羊却无论如何不愿意再前进一步。

小鹅会将出壳后看到的第一个生物当作妈妈，而小羊的本能是接近母羊，但之前的经历却是不断地受挫，它已经失去了继续的勇气。

我试着将它推过去，它在抗拒我。

我索性直接将它拎起，放在母羊的腹下。

母羊全部的注意力都在莱西的身上，而且绳子拴得紧，它也无暇后顾。

我抓着小羊的脖子将它的头凑向母羊的乳房。

小羊的嘴唇在触到母羊乳头的一刹那，似乎一个隐秘的开关被打开了，它死死地叼住乳头，迅猛地冲撞。

小羊就这样喝上了奶。

而母羊似乎也回过神来。此时，不知道是意识到应该接受小羊，还是这种触感让它萌发出母性和爱意，它不再拒绝自己的小羊了。

这算是成功完成了劝奶的任务。

我牵着莱西在羊群里往复走了几次，它对周围的羊视若无睹。

我想对于莱西的教育也是成功了。太快了，出乎我的意料，我的那根鞭子都没有用上。

莱西的表现真的不错，它跟熊猫一起，成为优秀的劝奶犬了。

后来我做了记录，在这个接羔季节，熊猫一共治愈了六只母羊，而莱西屈居熊猫之后，是四只母羊。

已经是接羔季节的尾声，又出现了一只拒羔的母羊。

那天早晨，我本来是想牵着熊猫过去，但最后还是决定让莱西完成这个接羔季节的收官之作。

我将莱西拴在拒羔母羊的前面，然后回营地忙自己的事。过了大概一个半小时我再回来查看的时候，看到一个令我瞠目结舌的画面。

母羊已经开始给自己的小羊喂奶了。莱西顺利完成了自己的任务。

莱西趴在母羊的对面睡觉，它的身边卧着两只小绵羊羔，它们应该是在靠着它的身体取暖。

就在这时，一只青色的小山羊羔，一路像踩着弹簧一样蹦跳着跑了过来，直接跳到了莱西的身上，然后再跳回到地面上，就这样肆无忌惮地往复跳了好几次。小山羊的动作驾轻就熟，显然已经不是第一次这样做了。

我走近一些，莱西并没有起身，其实我清楚它已经知道我来了。

我走得更近一点儿，看到莱西看起来是在睡觉，其实它是睁着眼睛的。

它仍然没有任何动作，只是瞟了我一眼，那眼神颇为幽怨。

作为猎犬，在这个时代它并没有机会像祖先一样纵情在草原上奔跑，去追捕如风的狼和黄羊，在我的身边，我赋予了它新的使命，劝奶犬也是草原牧区特有的一种工作犬吧。

四、宝络——劫后余生的巨兽

宝络比莱西晚半年回到我的身边。

它是我这些年繁殖的蒙古猎犬幼犬中最大的一只。

出生的时候，在同窝的九只小狗中它就是最大的，体形几乎比其他的小狗大出一倍。它总是霸占着母犬乳汁最充沛的乳头，成长得也更为迅猛，将其他的小狗远远地甩在后面。

它满月的时候，竟然足足有六公斤。我甚至怀疑它这是返祖现象，也许在这支蒙古猎犬血统的上几代中混入过其他大型猛犬的血。但是无论是它的体形还是敏捷程度，显然都是一头猎犬。尽管体形硕大，但它却是这一窝幼犬中最为敏捷灵活的，刚刚一个半月大的时候，别的幼犬还在糊里糊涂地晃来晃去，而它最喜欢的游戏却是将别的幼犬当作鞍马，从它们的身上轻松地一跃而过。它的皮毛极有特色，是一种淡淡的银灰色，有些像刚刚开始氧化的银器表面浮现的那种朦胧的质感。

好多见过这只幼犬的朋友都建议我将它留在自己身边，但是事实上如果我在一窝小狗中选择留下一只在自己身边，往往那只小狗都是最弱小的一只。原因非常简单，我怕太弱小的狗崽别人养不好，在我这里它能够得到更好的照顾。不过留在我身边那些弱小的狗崽，在长大后却比那些我送出去的最壮硕的狗崽更加强壮高大。先天的条件并不能决定一切，后期的成长才是最重要的。充足的营养，足够的运动，阳光和草原上清新的空气，当然还有爱和照顾，这一切都缺一不可。

我的爱犬已经太多了，不能再增加新的成员，否则会降低它们的生活质量。

我努力为所有的小狗寻找合适的主人。

它后来的主人是我一个朋友的父亲，年轻时是苏木狩猎队的成员，一生爱骏马良犬。

老人在城里有楼房，但一年几乎所有的时间都在草原牧场上照管自己庞大的马群。老人饲养的马有蒙古马，也有在呼伦贝尔已经不多的顿河马。

大概十年前我曾经送给老人一头白色中亚牧羊犬。那头猛犬被老人视若珍宝，养得非常漂亮。老人每次骑着高大的顿河马出行，这头白色猛犬总是陪伴左右，甚是拉风。而中亚牧羊犬除了可以护卫牲畜，也是斗犬，所以在老人穿越草原时，每有牧民的猛犬来袭，必是被这头白色中亚牧羊犬咬得仓皇逃窜。

有一次跟朋友一起吃饭，这位朋友甚是感激地告诉我，我让他的父亲完成了关于猛犬的终极梦想。

那头白色中亚犬就是小斗士的后代，在老人身边陪伴多年，安然老去。

朋友告诉我，白犬的离去对老人打击很大。

于是我决定将这只漂亮的灰色幼犬送给老人。

来取这只灰色的小狗时，老人在儿女们的陪同下开着两辆车同行，甚是浩荡。

老人身着崭新的蒙古袍，而他们带来的礼物也丰盛得让我有些不知所措。

后来朋友告诉我，那是老人自白犬离去后最快乐的一天。

这只灰色的小狗就这样被老人接走了。

后来，朋友每次回草原去看望自己的父亲，总会拍一些照片给我。

这头灰色猎犬的成长没有让我失望。

印象里朋友每次给我发照片时，这头灰犬的旁边总是有吃剩下的死牛死羊。在荒寒的草原上从来不缺少冻馁而亡的牲畜，这些高质量的食物让这头灰色猎犬飞速地成长。

它幼年的体型优势确实很好地保留下来了，十个月的时候肩高已经达到了八十五厘米，在朋友发来的照片里站在老人身边的它简直是一头巨兽。它不仅高大，而且特别强壮，脖子粗得看起来更像中亚牧羊犬之类的猛犬。

老人将这头猎犬当作宝贝，取名为宝络。

老人的牧场旁边即是大兴安岭余脉，每天夜色降临之后，这头灰色猎犬就隐入暮色中的山林。

在半岁大时，每天清晨这头猎犬就开始不断地带回一些猎物，野兔、山鸡，在冬天甚至捕获过狍子。也就是说，这是一头可以单猎的猎犬，即无须猎人帮助独自狩猎的猎犬。

也有时，它回来时头脸上伤痕累累。丛林也是野兽的乐园，它进入其中就必须与这些野兽争斗。每次看到清晨从山里带伤回来的宝络，老人都是怜惜不已，仔细地为自己的爱犬上药治疗。

一天早晨老人起床开门，看到宝络卧在门前，伤得特别严重，整个脸颊上伤口众多，肿得已经有些变形，眼睛勉强还剩下一条小缝。但是宝络似乎并不在意这些伤痛，看到老人立刻一跃而起，转身向山上走去，并回头示意主人同行。之前在它捕猎到大型猎物时，也会这样为自己的主人带路去取回猎物。老人跟随着猎犬一路前行。在一片谷地里，宝络带着自己的主人很快就找到两头被咬死的獾。

在老人的记忆里他之前饲养的猎犬从未有捕获獾的经历。这种皮毛粗硬，习惯匍匐而行，一旦咬住对手就不愿松口的野兽绝对不好对付。因为獾那众所周知的可怕咬合力，一般的猎犬都对它避而远之。猎人都清楚，对于猎犬来说獾是比狼更难捕获的猎物。宝络不但捕获了獾，而且是两头。对于猎犬来说，这是可以夸耀一生的战绩了。

宝络的伤治了很久，每天老人都会用一种自己用黄油和草药调成的药膏为它涂抹伤口。

大概过了一个多月，宝络的伤口终于愈合脱痂。

这一天老人蹲在宝络身边为它检查了愈合的伤口之后，对治疗效果非常满意，就在起身的时候，老人摔倒了。

之后，老人再未有机会骑上骏马领着自己的猎犬出行。

在医院的病床上挣扎了半年，在老人的强烈要求下，还是回到了草原上的家中。

在最后弥留之际，宝络一直卧在主人的身边。

宝络在老人逝去一周以后被送回到我的营地。

朋友在将它送回来之前跟我联系，他告诉我，自己的父亲离去之前，宝络就卧在老人的床前。老人对儿子唯一的要求就是将宝络送还给我。他相信自己的狗在我的营地会被很好地对待。

是的，我会很好地照顾它。

朋友说父亲去世之后本来自己还有不少事要处理，但是不得不尽快将宝络送回来。在老人逝去之后，这头灰色猎犬每天晚上都像狼一样嗥叫，这种嗥叫会持续整个夜晚，以致附近的牧民怨声载道，生怕它将真正的狼给招引过来。而且，它总是莫名其妙地冲进附近牧民的草场，挑衅攻击营地里的狗。确实它的攻击能力太强，那些狗被吓得像躲瘟神一样躲着它。每当看到它那飘忽的身影在草库伦的外面出现，被吓破了胆的狗就会发出悲惨的嚎叫，四处躲藏。

如果仅仅是这样也就罢了，宝络在狂乱中甚至开始攻击牧民的牲畜。这是犯了大忌的事情，在草原上狗攻击牲畜就会被立刻捕杀，即使它是猎犬。附近的牧民传话给朋友，如果他不马上将这头猎犬送走，就会直接将它打死。

事实上他们已经在这样做了，但是无论如何也无法捕获这头猎犬。附近的牧民联合过几次围捕宝络，但是根本无法追得上它。它可以轻松地跳跃草库伦的围栏，将骑马或者驱车的牧民甩在身后。被追急了它就会直接隐身进入森林里。他们拿这头幽灵般的猎犬没有任何办法。

朋友趁它回家吃食的时候将它抓住，用车拉了过来。

我本来想让朋友直接将车开进营地，但是我听到动静从房间内走出来的时候，他已经在营地草库伦的门口停了车，直接将这头灰色的猎犬从皮卡车的后斗上牵了下来。

确实，它太大了。

远远看去它的体形更像一头大丹犬，但线条却是猎犬应有的流畅，走起来也毫不笨重。

这是一头特体的大猎犬，也是我见过的最大的猎犬。

我担心的事还是发生了。看到有陌生的车到来，附近通古勒嘎大叔家的两头牧羊犬也是闻讯及时赶来。我还在向草库伦的门口跑去时，灰色猎犬已经在眨眼之间就对两头牧羊犬完成了压制性的攻击。

其实它刚一下车，在气质上已经足以压制两头牧羊犬了。它的表现更像经历漫长旅程归来的船长，早已见识了太多的风浪与怪兽。我看到它只是轻轻地甩了甩头，就挣开了朋友手中牵着的绳子，然后完成了攻击。

我跑到跟前时，两头牧羊犬正在发出愤懑的哀号，一头牧羊犬被咬伤了前腿，另一头竟然被叼住了鼻子一口撕开。

这头牧羊犬从来没有见过这样的攻击，鼻子撕裂的伤口中鲜血喷溅而出，随着它的吠叫血流进鼻孔。它被自己的血呛到了，就这样打着喷嚏一路抽噎着和自己瘸腿的同伴一起逃走了。

这确实是猎犬的进攻方式，迅猛出击，一击即中，然后再以同样迅捷的动作全身而退。

在将两头牧羊犬咬跑之后，它却并没有其他的任何举动，既没有追赶也没有跑开，而是若无其事地仍然留在原地。

高大强悍，力量惊人，气质沉稳，这是它给我的第一印象。当它抬起头，展现出它眼下的红色息肉，那大概是它在与猎物搏斗时被抓伤后的赘生物，看起来却触目惊心，更映衬出它那有些幽暗的眼神。这猎犬，似乎是从我并不了解的黑暗的地方来。当然它本来是一头阳光的猎犬，主人的离去迅速将它带入黑暗的世界。

朋友过去牵起它的绳子，跟着我进了营地。

我注意到，经历刚才闪电式的突袭，它竟然连大幅度的喘息都没有。这头猎犬的体力确实好得出奇。

它表现得非常顺从。

而朋友手中那根比鞋带粗不了多少的绳子确实也是让我叹为观止。它的脖子上也没有项圈，就是用这么细的绳子绾了个圈套在它的脖子上。朋友就是用这根绳子将它拴在皮卡车的后车斗上，而且还没有后盖。

其实这绳子对于它粗壮的脖颈，似乎只是摇摇头，就会断掉。在路上它可以选择直接跳车逃走。我想它没有这么做的理由仅仅是因为它选择服从。它认识我的朋友，既然他是主人的儿子，至少应该在它这里获得足够的尊重。

我已经为它准备了一个结实的项圈，还有一根铁链，可以暂时将它拴在我的门前。这样方便我更多地亲近它。

朋友给它拴上项圈的时候，我已经注意到这头猎犬的颈部肌肉过于发达，强壮得几乎没有脖子，似乎是头颅直接延伸到肩胛，而它的流线型头颅又相对狭长。所以这种犬特别容易脱套，也就是可以轻松地将头从项圈里褪出来。

我一再提醒朋友将项圈拴得更紧一些。

后来我仔细查看朋友之前发给我的照片时才注意到，这头猎犬被拴住时，除了脖子上的项圈，还总是在它的胸部或者腰上再拴上一个细绳套。这绳套跟项圈连在一起，起到固定的作用，这头猎犬也就无法挣脱项圈了。不过这种拴系的方法显然是朋友的父亲所为，朋友并不知晓，当时我看到他确实已经将项圈收到最紧，也就没有太在意。

跟朋友聊了一会儿。朋友告诉我，在他父亲的最后时刻，老人非常坚决地对自己的家人说，其实在他的床边卧着两头犬，一头灰犬，一头白犬。他说能够听到白犬叹息的声音，它还站起来抖动自己的身体。最后的时候，他说看见了自己所有曾经养过的猎犬，它们就环绕在他的周围。它们的身体上带着森林里潮湿的气味，似乎它们刚刚经历漫长的旅程穿越丛林而来。

我告诉自己的朋友，其实我也有过同样的经历。在有些夜晚半梦半醒之间，我能感觉到我的已经离去的爱犬会卧在我的床边守护我，我能够听到它们的呼吸声，翻身的动静，和梦里的呢喃。

我送朋友离开的时候，注意到这头猎犬并没有什么过多的表示。它卧在门前我为它准备的软垫上，甚至没有扭过头看我们一眼。

我想着给它的胸口再加一根绳子。只是这样想着，后来就忘记了。

晚上通古勒嘎大叔请我去他家吃饭。

我吃完饭往回走的时候，看到下午刚刚被咬了鼻子的牧羊犬从我营地方向急匆匆地往回跑。这一次，它的腿也瘸了。

我意识到什么，跑回到营地时发现宝络已经不见了，地上只留着一个空项圈。

它确实直接将头颅从项圈里脱了出来。

应该是那头牧羊犬又来挑衅，宝络一怒之下就挣脱了项圈，又给这头牧羊犬补上了一课。

天已经黑了，我开着车在附近找了一圈，一无所获。我又沿着公路开出去几公里，也就是它过来的方向，也没有看到它。

这样漫无目的的寻找显然毫无意义。我决定第二天再说。

第二天我在附近的草原上又找了一遍，有一个牧马人说看到一头灰色猎犬横穿草原。

我也在微信朋友圈里发了信息。

同时我也联系了朋友，看看宝络会不会回家去了。

第三天，一个海拉尔的朋友给我发微信，说是在狗市上看到一头灰色的猎犬，应该就是宝络。

我开车以最快的速度赶到海拉尔。

海拉尔的狗市在伊敏桥靠西岸一侧的大堤上，我赶到后刚刚在桥下停车，远远地就看到一头巨大的灰狗被两个人用铁叉子夹起，扔进一辆小货车上的铁笼里。

尽管距离很远，我也可以确定那灰狗是宝络无疑，毕竟体形如此巨大的猎犬并不多见。

那个叉子，应该是一个巨大的铁夹子，可以像钳子一样紧紧地箍住犬的脖颈。这种机械的嵌合极为牢固，再强壮的犬也无力挣脱。铁叉上的长杆又可以让捕犬人保持与犬的距离，不会受到犬的攻击。这种工具是狗市上收狗人的标配。

宝络已经完成转手，卖给了狗市上的收狗人。

我走过去时，两个收狗人正靠在车厢旁边喘息。显然为了将宝络投进笼子，他们确实也是耗费了不少力气。

那笼子里都是他们在狗市上收来的狗，几乎是犬类品种的集中展示。当然进入这个笼子也是在狗市上没有被卖出的狗的最后的终结。宝络被投进那低矮的笼子后，笼子里其他的狗都躲到一边，即使笼子里的空间并不宽敞。

那笼子实在是太低矮了，宝络根本抬不起头来。

我尝试着叫它的名字，它半侧着头看了看我，也并没有表现得过于激动。我也不知道它是不是真的认出了我。

至于这狗是从哪里来的，什么人卖的，收狗人收它的时候花了多少钱，这些问题毫无意义。

我也不想让他们意识到这狗与我相识，只是说看到这狗喜欢，他们出个合适的价钱，我就把它带走。

两人先是慨叹了一番，述说这狗的力大无穷。一般情况下一个人拿着夹子就能把狗夹起扔进笼子，结果今天这头灰狗力量太大，他们两人还费了好大的力气，而且险些弄坏了夹子。

他们确实没有过于夸张，那铁夹子钢筋制成的杆子竟然弯了，其中一个人的右手虎口被杆子划出一个颇深的伤口，还在渗血。

我从随身带的小包里取出两个创可贴递上去，拉近了与他们的距离。

他们在狗市上收狗屠狗，但是却固守着某种类似职业尊严的准则，一旦将收来的狗投进了笼子，他们绝不会再转手卖出。他们特别忌讳以放生为名到收狗车上来买狗的人。毕竟作为一种职业，在他们转手将已经买到要杀掉的狗卖给放生的人时，总会感觉灵魂被严酷拷问，索性坚决不再转手。

当然也不是完全不可能。

最后我以数倍于正常的价格买回了宝络。我在那时知道它的体重是九十二斤，它当然是被按重量收购的。

将它从那笼子中取出仍然要由收狗人运用那已经变形的巨大铁夹子。我确实没有勇气将手伸进那铁笼子里将宝络拉出来，笼子里挤满了极度恐惧的犬。犬在恐惧时是最富有攻击性的。所以，狗咬人是因为恐惧，而不是勇敢。

我再一次目睹那铁夹子准确地卡住宝络的脖子，将它从铁笼上面的笼口里拉扯出来。它挣扎时连小卡车也被撼动。它确实太有力量了。

无论如何，对于一头狗，这也许是它可能遭受的最可怕的经历了。

宝络发出几近窒息的抽噎。它的脖子太粗了，几乎超出了铁夹子最大的直径，这个巨大的夹子无法闭合。所以两个人不得不拼命地夹紧，如果不是因为它那发达的肌肉，恐怕它的颈椎已经被勒断了。

我用带来的项圈套在它的脖子上，为了安全，我还是不得不收紧一些。

我示意收狗人松开夹子。

他们松开夹子后，就用那铁夹当作武器护在身前，慢慢地后退。

我也有些紧张，几近窒息的宝络显然在惊恐中几乎不太可能认出我，它可以随时向身边的任何人发动攻击。我手中的牵引绳可以感受到它的颤抖和抗拒。

我一边大声呼唤它的名字，一边慢慢地拉着绳子，想牵引着它尽快离开这个混乱而嘈杂的地方。这是最好的选择。

它在跟随着我，不过有些脚步不稳，大概是因为缺氧。

我终于将它带到车前。

它并不认识我的车。但是在我打开皮卡车的后盖时，它直接跳上了车。这倒是出乎我的意料。

我关好车门。

我只想尽快离开这里。我不再回头看那辆收狗车，我确实救不了那车上所有的狗。

回到营地，为了安全起见，我直接将宝络牵进一间提前空出来的犬舍里——毕竟我还是怕它再次逃跑。

看到宝络的加入，犬舍里其他的猛犬顿时疯狂起来，发出海啸般的狂吠。但这并没有影响到它。宝络对这一切充耳不闻，进入犬舍后，直接就卧下开始睡觉。确实这头猎犬曾经见识过广袤的山林，猎捕过无数的野兽，现在它连生死也见识过了，我想也许没有什么能够让这头久经沧桑的猎犬再感到恐惧的了。

第二天我去犬舍看它的时候，它侧躺在犬舍里，一动不动，像是死了一样。

我给它放上食物，一盆犬粮，这是一种任何狗都会喜欢的食物。生产商在生产的时候费尽心机，先不说里面的成分，只是增香剂就足够激起犬的食欲。另外我又从冰柜里取出一块冻肉，化开了也放在盆里。那是春天一头冻毙的牛，我把它卸开，冻在冰柜里。对于犬，这是最好的食物。

下午我再去看的时候，它保持着跟上午同样的姿势和方向仍然躺在那里，食物没动，但是喝过水。

它倒也不是绝食。我相信自己给它的食物绝对比它在原来的家里质量要好很多。但我将食物放下的时候，它并无兴趣。偶尔我也能看到它起身，随口吃点什么，喝水。它只是在维持生命而已，已经没有什么可以再激起它的兴趣了。

之后的几天几乎所有的时候，它就那样躺着，似乎会永远继续下去。

它淡定坦然，似乎已经不在意一切，既没有反抗，也没有抗拒，已经以认同和妥协的态度接受了自己的命运，那是绝望的悲伤。

对于不是自己从小养大的犬，我在接近时还是非常谨慎的。即使自己对犬也算是非常了解，安全永远是第一位的。但是我很快意识到，其实它连攻击我的欲望都没有。

我搬了一把小椅子进入它的犬舍，就坐在它的旁边看书，上午下午各一次，一次一个小时左右。这样做只是为让它习惯我的存在。

我必须让宝络更快地融入新的生活。

我决定将它带入室内。

我进入犬舍时，它很有礼貌地站起，轻轻地摇动着尾巴，但并不主动靠近我。

我给它戴上项圈，它也并未拒绝。我再一次感叹它脖颈上的肌肉实在是太发达了，太粗了。

我给它扣上牵引绳，牵它出犬舍时，它表现得非常配合，没有一丝抗拒，就像它第一天到来时那样。

像草原上所有的犬一样，从出生那一刻起它们就已经习惯幕天席地。它们从未进过室内，屋顶会让它们感到憋闷，喘不过气来。

在我将它牵进室内的时候，它终于还是有了小小的抗拒，不过也仅仅是让我感到手中的牵引绳上小小的阻力，然后它就妥协了。

为了舒缓它的情绪，我特意提前将莱西放在房间里等待它。

这起到了积极的作用，宝络将更多的注意力放在从火炉前起身迎接它的莱西身上。趁着它被分散注意力的这个时机，我也就顺理成章地将它牵进了房间。

两头犬相见时友好地互相问候打量，互相嗅闻气味。当然这种友好只存在异性之间，如果是同性的猎犬，毫无疑问会爆发一场争斗。

我的选择是正确的，看到莱西之后，宝络明显地放松下来。

不过，在宝络跟莱西站在一起的时候，我才重新感受到它的庞大。莱西已经足够高大了，但是宝络比它大出整整一圈，而且更为粗壮。

当宝络进到房间里，也许是因为空间密闭，我闻到它的身上散逸出的微微的臭味。这应该是它被投进收狗车的犬笼里时沾染上的，除了笼子里积存的粪便，应该还有那种因为惊吓过度腺体分泌出的刺激性的气味。恐惧是有味道的。

我用一块湿毛巾仔细地为宝络擦了一遍全身，然后拧干毛巾又擦了一遍。

当我拿出梳毛的梳子时，它略有些紧张，显然它以前从未见过这种专为短毛猎犬梳毛的梳子。它并不习惯有人为它梳理皮毛。也许从未有人为它梳理过皮毛。确实有些猎犬的主人除了基本的训练，很少有与猎犬互动的机会，他们甚至并不抚摸猎犬，认为这样更有利于保持它们身上凶猛的攻击性。而梳毛对于他们来讲也是一种过于温情的娱乐行为。

其实只是刚刚开始，它就已经感受到这种细密的梳子带给它的快意。我的梳子终究会触及它的耳后、脖颈、后腰这些它自己抓搔不到的地方，这种惬意是它从未领受过的，显得有些不知所措。尽管最初它还有些许的抗拒，但是随后就尽情沉浸于这快意的海洋之中，舒服得轻轻地战栗。

作为短毛猎犬，尽管身上看起来很平滑，但我还没有梳多长时间，在我脚边的地板上就已经满是死毛。那些脱落却没有褪下的绒毛一直未曾得到彻底的清理。

完成梳理之后，我又拿出一块柔软的绒皮，将它的全身擦拭了一遍。这个环节更像是为一件清理干净的物件进行最后的抛光，可以通过擦拭带走灰尘和一些细小的毛茬。其实这个技艺我是从吉日格勒伯父那里学来的，他与其他的猎人不同，总是爱将自己的爱犬梳理得干干净净，与其他人养的那些戗毛戗刺的猎犬截然不同。

很小的时候我就从吉日格勒伯父那里学习到，其实梳理皮毛除了可以增进与爱犬的感情，还可以检查犬的健康状况。

通过整个清洁和梳理的过程，我对宝络的身体也进行了全面的检查。它的一颗左前犬齿的齿尖折断，应该是某次捕猎时用力过猛，还好仅仅是齿尖，没有伤到牙髓。它的头脸上遍布白色簇毛，那是受表皮伤后痊愈的痕迹，显然它经历过很多争斗和厮杀。胸颈处的皮下有几处结节，应该也是受伤后又愈合留下的瘢痕。骨骼粗壮，没有受过伤，肌肉极其发达。真是一头完美的猎犬，我不由得叹息，吉日格勒伯父终其一生也不曾拥有过这样漂亮的猎犬。

宝络确实是一头如此漂亮不凡的猎犬。

经过这一番打理，它的毛色在一点点闪亮。那全身的银灰色酷肖太阳刚刚沉入地平线时薄暮下的松林。这种纯净的毛色属于遥远的时代。那是一种浸润了北方荒野的气质，在地平线上它们一直追随着狩猎者的骏马，纵情奔跑时肌肉在闪亮如缎子般的皮毛下闪现。其实它们即使不作为猎犬，仅仅是站在那里也是不可多得的精美艺术品——腰身极限地伸展，修长得无可挑剔的腿，巨大的胸廓是呼吸的源泉，结实而有力的爪趾为奔跑提供最大的动力。

我的手顺着宝络流畅的背脊线轻轻地滑过。它在努力适应这种抚摸，它还不是很习惯这种与人类的接触。对于在我营地的童年生活它不会保留太多的记忆，毕竟它后来的生活如此丰富多彩。对于犬这种活在当下的动物，它们不会在大脑中保留太多的空间给幼年时期的记忆。而对于草原上传统的养犬人，包括那位大叔，他们爱犬，但是更专注于猎犬专门的技能和这种技能的无限发展，不太会与猎犬有更多肢体上的接触，他们认为这样做会消弭掉犬身上固有的强悍的本性。

天色已近黄昏。

太阳最后的光芒从窗外射入室内，也落在宝络的身上。

它那皮毛闪亮，像是一件古老的银器，曾经因为浸润包浆的灰尘而黯淡，在仔细擦拭之后，这种岁月的沉积一旦褪去，即是不可多得的珍宝。

我就让宝络留在房间里。

我将它带到炉火前的垫子前，这垫子本来属于莱西。但是当我将一个新垫子放在那里时，莱西又立刻将它占为己有。

在我为宝络打理皮毛的这段时间里，莱西已经在新垫子上睡了很久。看到宝络走近，它只是睡眼惺忪地看了一眼，便将头埋在腹下，又睡去了。

宝络明白我的意思，它仔细地嗅闻着那垫子上留下的气味，然后开始旋转身体在上面卧下。那是犬遗传自祖先狼的本能。在曾经遍布植物的荒野里，它们在卧下时必须通过这种旋转压倒周围的草，才可以让自己卧得更舒服一些。当它们作为犬成为人类的伙伴的那一刻起，人类已经满足了它们的需要，食物和温暖的趴卧处，但它们仍然无法磨灭这万年前的本能。

我将刚才梳理下来的毛收起，倒进垃圾桶。

宝络已经睡着了，比我想象的要快一些。也许是梳理皮毛的这个仪式让它放松下来。来到营地后它一直一动不动地趴卧在犬舍里，但它并没有能够真正地休息。我想焦虑和被遗弃的失望一直伴随着它。

当我坐在桌前开始晚上的写作时，宝络已经进入更深层次的梦境。它在睡梦中慢慢地翻滚身体，腹部朝上，这是犬最放松的姿势，表明对目前的一切极其满意。确实，这环境足以让它放松。

它睡了很久，中间被梦魇住，划动着四腿，爪子在地板上摩擦，发出巨大的响声。不知道它梦到了什么，显然是让它感到恐惧的事，也许是在梦中溺水，拼命地刨动四腿划水，想要浮出水面；或者在重温那天被扔进收狗人笼子的一刻。

它在梦中哼叫着。

我走过去，在它身边蹲下，轻轻地抚摸着它的脖颈和头颅。它慢慢地醒了过来。

在睁开眼睛看到我的一刻，它似乎没有意识到自己到底在什么地方，受到了些许惊吓，有些忧心忡忡地看着我，随后似乎是认出了我，目光缓和，紧绷的身体也放松下来。它放下了仰起的头，躺在垫子上。

它又睡着了。

我注意到莱西也被惊醒了。于是我又蹲在它的身边轻轻地抚摸它，让它也重回自己的梦境。

大概在凌晨一点左右，宝络再次醒来，它起身稳步走到我的桌边。

如果我猜测得没有错，显然它是想出去方便一下。

我很好奇它会怎样示意我，于是我保持着继续操作电脑工作的姿势，装作并未发现它的到来。

它站在我的桌边，大概足足有一分钟。

看到我没有任何表示，它终于决定有所动作。它探出了头，用湿润的鼻尖触碰我的手，我假装没有感觉到。

看到我仍然没有任何反应，它停顿了一下，之后突然加大了力度，这一次它将那长长的嘴探到我的手肘内侧，然后用力挑开，将我的手臂甩到一边。显然它还不懂得控制自己的力量。

在我小的时候，曾经自己喂大过一匹小马。

尽管我的外祖父一再告诫我，不能经常投喂小马，但我终于还是无法控制自己，我喜欢小马像狗一样快活地到我这里来取食的样子。不过，我很快就明白了为什么不能喂小马。每当我呼唤它的时候，它都会兴冲冲地奔向我。随着它的成长，它的力量越来越大。加了白糖的牛奶快速地转换为能量，它成长得太迅速了，终于当它向我跑过来的时候我开始感到恐惧，它的力量太大了。它将我一次又一次地撞倒，却只将这当作是游戏。显然我的成长速度无法跟随它的步伐。

但它根本无法理解自己的力量与我被撞倒之间的关系。

马不是不能喂，而是我需要学习控制马的力量。它成长得太快了，我无法控制它的力量。

到这个时候，我装作没有注意到宝络的存在显然有些不太符合逻辑。

我起身领它到门边，在出门前我为它挂上了牵引绳。

不能再让它逃进黑夜里了，下一次我可不一定能在那么恰到好处的时刻拯救它。

这时莱西也醒了，跟了过来。

我牵着宝络来到外面，它在草地上转了一圈，很快就完成了排泄。这是一头智商很高的狗，不会在室内便溺，而且会以自己特有的方式示意人类自己要外出的想法。事实上，几乎我养过的所有的蒙古猎犬都会如此，这种习惯似乎是天生的。

而莱西则利用这个机会在营地里全面巡视了一圈，才意犹未尽地跑进室内。

我将宝络也带回到室内，解下牵引绳之后，它立刻走到自己的软垫前，卧了下来。而莱西已经在自己的垫子上进入新的梦境了。

真正拉近我和宝络关系的是黄油。

我曾经跟无数的朋友解释过内蒙古草原上乳制品的种类，但是中国的游牧民族众多，蒙古族又分为不同的草原部落，各个部落又都有自己的饮食习惯。甚至在同一片草原上，各家也都有属于自己的制作奶制品的独到方式。

但是大体上不过如此。

新鲜的牛奶放置一夜，将上面的油皮揭起，即是奶皮子。而奶皮子再加热，最后浮起的即为黄油，也就是乳制品的精华，最高等级的白食。

　　每天我早餐的时候，都会用黄油配面包和油炸馃子，或者直接在奶茶中放入一勺。这是非常优质的脂肪。

　　而早于宝络回到我身边的莱西已经在我的早餐中找到了自己的位置。最开始，我会将一小块面包抹了黄油，然后喂给它。但是很快我发现它其实注重的不是食物本身，而仅仅是这个仪式感，因为它已经可以从每天我为它准备的食物中获取足够的营养和满足感，为了减少打扫那些在它挑挑拣拣中掉落地板上的面包渣的麻烦，我准备了一把莱西专用的勺子。每天我吃早餐的时候，分一勺黄油给它，这让它产生了足够的参与感和满足感。

　　在宝络进入室内的第二天早晨，我吃早饭的时候，我和莱西完成了它每天已经习惯的仪式，吃完一勺黄油，它就回到自己炉火前的垫子上，准备来一个完美的回笼觉。

　　此时，我注意到卧在垫子上的宝络在观察我们的仪式。

　　于是，我尝试着呼唤它过来。

　　它起身走近我。

　　我用莱西的勺子舀起黄油，送到它面前。

　　它有些困惑，显然不了解黄油，也不习惯这种进食方式。

　　不过它尽管没有吃过黄油，嗅觉却告诉它，这是与牛奶相关的食物，经过提炼让它更富有高级的气味，这是高等的可以度过最寒冷冬天的脂肪。之前它应该都是直接从盆里吃食，或者是接到抛来的食物。这样的食物，它从来没有吃过。当然，这种进食方式，对于它来说也颇为新奇。

　　它伸出舌头，小心缓慢地舔食勺子里的黄油。这慢条斯理的动作让我颇为感动，有时候给陌生的狗喂食物会让我心存恐惧，生怕它会直接连勺子和我的手一口吞下去。

　　显然黄油的质感和味道让它颇为享受，就这样它整整吃了两勺黄油。

　　而本来已经卧在垫子上的莱西被这一幕惊呆了，大概是因为这原本属于我和它之间的独有仪式被分享而愤愤不平，更重要的是僭越者竟然也用了它的勺子。

　　它立刻冲了过来，撞开比它强壮很多的宝络，又要求吃了一勺黄油。

　　犬确实是一种会妒忌的动物。

　　也就是从那个早晨开始，我的早餐都会十分繁忙而且生机勃勃。黄油，第一勺给莱西，第二勺给宝络，第三勺再给莱西，第四勺还是宝络的。

在每一个阳光灿烂的早晨，我摆好早餐的时候，两头猎犬都在垫子上跃跃欲试，它们目光闪亮，目不转睛地盯着我的一举一动。当我打开装满黄油的罐子时，它们已经激动得快要爆炸了。而我拿起勺子的动作，就是启动这爆炸的引信。它们挤撞着奔到我面前，只需要两秒。

随后，它们在我的餐桌前屹立不动，准备接受这个早晨的金色黄油的洗礼。

与莱西相比，宝络略显羞赧。

但是这是很好的开端，说明它正在开始恢复正常，这是一头有期待的猎犬。

宝络刚刚回到我的营地时，我已经注意到它胸突的部位有些微微发红。

这是大型猎犬非常容易出现的问题。

人类在培育猎犬时为了让它们拥有极致的奔跑能力，在选育时会特意挑选那种胸部宽大、胸廓更深的猎犬作为种犬。巨大的胸腔也就意味着在奔跑时能够获得更多的氧气，加快血液代谢。

但是，巨大的胸腔也导致胸部的圆弧度过大，胸突处突出隆起过高，在猎犬趴卧时胸突不断与地面摩擦，不断破皮结痂形成赘肉。当这赘肉因为继续摩擦刺激不断增生影响到奔跑的时候，就需要切除。

宝络的胸腔不但围度大，而且肌肉极为发达，这也就让它的胸突处更为饱满而突出。

莱西大概是因为小时候就一直卧在柔软的地毯和垫子上，所以它的胸突处就一直没有出现赘肉。但是宝络一直不太喜欢过于柔软的垫子，而且它更喜欢通风的地方，总是卧在门口。因为它，我特意买了比较厚的入户处的地垫，但是即使如此，它胸突处的赘肉还是越来越大，必须得切除了。

跟海拉尔的宠物医院约了时间，我开车拉它过去。

尽管从未进过城，它表现出的从容却出乎我的意料。如果有一个词可以形容，就是"宠辱不惊"吧。

很小的外科手术。

手术完成后，它还在昏睡中，我将它从手术室抱到观察室。

我等待它慢慢醒来，然后带它回家。

等了大概十来分钟，它已经有苏醒的迹象，开始发出呻吟声。正在此时来了一个电话，我一边接电话一边走出观察室，然后到宠物医院的外面接听电话。

我接电话也就大概不到五六分钟的样子，重新走进宠物医院里，发现护士正在紧张地寻找我，而那些带着宠物候诊的人也都惊诧地死死盯着观察室。两只小型宠物犬因为受了惊吓，正在地面上打着转地嚎叫。

有些混乱。

我听到观察室里面发出沉重的撞击声，这是混乱的来源。

我很多次带着自己的爱犬做过需要麻醉的手术。

刚刚从麻醉中醒来的犬因为不知自己身在何处，而且神志没有完全恢复，会有危险的攻击行为。我因为有足够的经验，总是很小心地观察犬的清醒程度，没有被爱犬误伤过。

我打开门，看到宝络已经清醒过来。

看到我，它努力地站起来，想走向我。它的身体太沉重了，麻醉药的影响还没有完全退去，它直接跌倒在地上，发出沉重的声响。

我立刻走过来，抱住它的头，怕它在摔倒时咬伤自己的舌头。

它的身体在颤抖，将头钻进我的怀里。

显然，刚才它从麻醉中醒来，看到这个陌生的地方，又没有看到我——吓坏了。

印象里，自从它来到我的身边，这是它第一次如此流露自己的情感——恐惧。

我安抚了它一会儿，它终于慢慢地平静下来。

医生的意见是准备留观一天。

我还是决定让医生将消炎针剂备好，回去后我给它注射就好。

我本来想把它放在加了后盖的皮卡车厢里，但是我刚刚将它抱进去，它就开始焦虑不安地发出嘤嘤的哀鸣。没有办法，我只好在后座上铺上了一条毯子让它卧在那里。

但是，它不断地想挪动到前面来。后来它终于找到一个折中的姿势，整个身体留在后座上，而它的头搭在两个前座间的扶手箱上，依偎着我的右手臂，才算安静下来。

它就一直保持着这个姿势跟我一起回到营地。

……

（原载于《民族文学》2022 年第 9 期）

长篇小说存目